BASTEI
LÜBBE

ESTHER FRIESNER

DRUIDENBLUT

Roman

Ins Deutsche übertragen
von Dietmar Schmidt

Mit Illustrationen
von Johann Peterka

BASTEI
LÜBBE

BASTEI LÜBBE TASCHENBUCH
Band 20 390

1. Auflage: Juli 2000

Vollständige Taschenbuchausgabe

Bastei Lübbe Taschenbücher
ist ein Imprint der
Verlagsgruppe Lübbe

Deutsche Erstveröffentlichung
Titel der englischen Originalausgabe: Druid's Blood

Lektorat: Alexander Huiskes / Stefan Bauer
Titelillustration: Dietmar Krüger
Innenillustrationen: Johann Peterka
Umschlaggestaltung: QuadroGrafik, Bensberg
Satz: QuadroPrintService, Bensberg
Druck und Verarbeitung:
Brodard & Taupin, La Flèche, Frankreich
Printed in France

ISBN 3-404-20390-9

Sie finden uns im Internet unter
http://www.luebbe.de

Der Preis dieses Bandes versteht sich einschließlich der gesetzlichen Mehrwertsteuer

Für W. J., meinen Ehemann,
der (mit ein wenig Hilfe von Vaughn Williams)
die Filmmusik komponieren wird,
sollte dieser Roman jemals verfilmt werden –
jedenfalls, wenn ich dazu irgend
etwas zu sagen habe.

Inhalt

PROLOG

Sein letzter Vorhang

Porca Madonna! Wo im Namen alles Heiligen steckt er nur?«

Zaghaft zupfte Maestro Bertoldi an dem schweren, sackleinernen Vorhang und warf einen verstohlenen Blick ins Publikum. In feinen Tröpfchen stand ihm der kalte Schweiß auf der Stirn. Schon lange war er als reisender Theaterveranstalter tätig, und in all dieser Zeit hatte er nur ein einziges Mal einem amerikanischen Publikum eröffnen müssen, daß die Show nicht weitergehen werde. Vor jedem Wetterumschwung juckten und brannten seine Narben, die unmittelbaren Folgen dieses Geständnisses waren; ein teuer bezahltes Barometer. Unabhängig von ihren zahlreichen verschiedenen Rassen und Regierungen nahmen alle Amerikaner das Theater sehr ernst.

Die himmlische Sarah musterte, ohne sich über die Nöte ihres Arbeitgebers auch nur im geringsten zu bekümmern, ihr Angesicht in einem Handspiegel. Sie nahm eine winzige Korrektur an ihrem Lippenrouge vor, blieb aber unzufrieden. Weder ihr Äußeres noch ihre Darbietung genügte ihr jemals. Wenn man sie fragte, lag in dieser Anschauung das Geheimnis, eine große Schauspielerin mit lebendiger künstlicher Ausstrahlung zu bleiben.

»›Wo steckt er?‹, habe ich gefragt!« Maestro Bertoldi ergriff Sarah beim Ellbogen, drehte sie herum und zwang sie, ihn anzusehen. »Der Mann sei verdammt –

ich hätte es besser wissen sollen, als einen Briten in meine Truppe aufzunehmen, Talent hin, Talent her. Ein geheimnisvolles Volk ist das, genauso unnahbar wie ihre zauberumwobene Insel. Sie lassen einen glatt nur dann einreisen, wenn es ihnen so paßt! Ach, wenn er nur kein so großes Talent gehabt hätte ...« Maestro Bertoldi wiegte sein sich lichtendes Haupt. Der rundliche Mann war von Kopf bis Fuß von bitterer Untröstlichkeit erfüllt. »In seiner Garderobe ist er nicht, hinter der Bühne ist er nicht, und mit einer der Huren oben ist er auch nicht ...«

»Welche Überraschung.« Sarah verzog leicht den Mund zu einem amüsierten Schmollen. Wie jede ihrer Gebärden war auch diese peinlich beherrscht. Beherrschung: auch das ein Geheimnis. Leidenschaft war nur ein Anhängsel der Beherrschung. Leider hatte der zurückhaltende britische Schauspieler das niemals begriffen. Leidenschaft war für ihn alles – leidenschaftliches Selbstvergessen in der Rolle, die er spielen sollte.

Wütend funkelte Maestro Bertoldi sie an; sein Blick sollte so durchdringend und tödlich sein wie Shakespearesche Bissigkeit. An Sarahs kühlem Stolz prallte er ab wie eine stumpfe Klinge. »Was ist daran so komisch? Vielleicht wäre es Ihnen lieber, *Madame*, wenn ich Sie ins Rampenlicht schicke und verkünden lasse, daß das Stück ausfällt? Haben Sie das Haus gesehen? Dons von den westlichen Vorposten, *Mynheers* von den Handelzentren im Osten, *Voyageurs* aus dem Süden, Rote Männer der Sieben Völker, und dazwischen, nur um unseren Untergang zur völligen Gewißheit zu machen, etliche vergnügungssüchtige Türken und Venezianer aus Florida! Das sind keine Menschen, die sich mit irgendwelchen Ausflüchten begnügen.«

Sarah zuckte mit gallischem Fatalismus die Schultern. »Ich habe die Peoria noch nie gern gespielt. Eine Rolle für den gröberen Geschmack. Aber machen Sie sich keine Sorgen. Sagen Sie ihnen, der Spielplan hätte sich geändert. Wir können ›Die Beschämung der Maudie Jones‹ ohne ihn geben.«

Maestro Bertoldi klatschte sich die Hand auf die Stirn. »Sie wollen diesen Rowdies ein moralisches Stück präsentieren, einem Publikum, das auf Mord, Intrigen, Arglist und meisterhafte logische Schlußfolgerungen versessen und nur deswegen hierhergekommen ist? Ach, wie ich den Tag verfluche, an dem ich zufällig auf dieses Exemplar des *Strand Magazine* gestoßen bin!«

»Niemand hat Sie gezwungen, die Idee der Erzählung zu stehlen und ein Theaterstück daraus zu machen«, gab Sarah zu bedenken.

Maestro Bertoldi schüttelte wieder den Kopf. Kaum konnte er die Zwangslage fassen, in die sein Ehrgeiz ihn gebracht hatte. »Solch eine großartige Geschichte, solch eine fesselnde Hauptfigur! Wer hätte je gedacht, daß ein einfacher britischer Arzt dergleichen auf dem Papier zum Leben erwecken könnte? Ich schwöre, er muß etwas von der dunklen britischen Zauberkraft in sich haben!«

»In der Zeitschrift wurde aber nicht erwähnt, daß der Autor zur Goldenen Bruderschaft gehört. Die Herausgeber hätten gewiß nicht eine derart wichtige

Tatsache über einen ihrer Autoren übersehen. Der Mann ist ein begabter Schriftsteller, das ist alles.«

»Wenn er so begabt ist, warum hat er dann keine weiteren Abenteuer dieses großen Detektivs geschrieben? Ganz sicher hat der doch seine Beratungen nicht eingestellt. Außer dem ›Karmesinroten Kryptogramm‹ muß es noch andere Fälle gegeben haben!«

Sarah maß den kleinen Italiener mit einem Blick, in dem ihre ganze Abscheu zum Ausdruck kam. »Warum sollte er denn noch mehr Geschichten schreiben? Wohl damit Sie diese Ideen ebenfalls stehlen und auf die Bühne bringen können? Sie reden gerade so, als hätte dieser Arzt über eine reale Person geschrieben! Er ist nichts weiter als eine Figur in einer Geschichte, Ihr großer Detektiv. Der Autor ist seiner überdrüssig geworden und hat sich anderen Themen zugewandt, wenn er seine schriftstellerische Beschäftigung überhaupt noch weiterverfolgt. Warum sollte ein Mediziner auch seine Zeit mit dergleichen sensationslüsternem Firlefanz vergeuden?«

»Ein *britischer* Arzt hat dank der Goldenen Bruderschaft mehr Zeit, als ihm lieb ist. Wie man hört, kommen ihre Heilsprüche Wundern gleich!« Maestro Bertoldi klang unerträglich gut unterrichtet. Indem er sich über den dünnen Schnurrbart strich, fügte er hinzu: »Und wenn dieser Detektiv nur eine Erfindung ist, wieso wohl erwähnte der Doktor dann, daß er mit ihm eine Wohnung teile?«

Sarah seufzte. »Aus demselben Grund, weshalb unser Hauptdarsteller darauf bestand, mit mir zu schlafen, als wir ›Romeo und Julia‹ einstudierten. Da kam es ihm realer vor!« Ihre Lippen zuckten, als sie sich an alte Zeiten erinnerte. »*Dieu*, war das eng in diesem verdammten Sarg.«

Das Füßestampfen, das Händeklatschen, die vereinzelten Kriegsrufe und das vielsprachige Gebrüll auf der anderen Seite des Vorhangs schwollen zu immer größerer und immer schwieriger zu ignorierender Lautstärke an. Maestro Bertoldi begann zu zittern. »Ich würde meine Seele hergeben, wenn dieser britische Esel jetzt wieder mit Ihnen in einem Sarg liegen würde.«

»Das wär's mir auch wert«, murmelte Sarah sittsam.

Der Theaterveranstalter schraubte sich den gewaltigen Beryllring vom linken Zeigefinger. »Hier, Sarah. Der gehört Ihnen, wenn Sie jetzt nach vorn gehen und dem Publikum die Lage erläutern.«

Kühl musterte Sarah den Ring, während der Tumult vor dem Vorhang immer lauter wurde. Schließlich nahm sie ihn an und schob den Vorhang auseinander.

»Gentlemen, Gentlemen, ich bitte um Ihre Aufmerksamkeit«, hörte Maestro Bertoldi sie mit ihrer klaren, tragenden Stimme rufen. Sie bediente sich des polyglotten Idioms, das jeder sprach, der auf den großen amerikanischen Handelsrouten unterwegs war. »Gentlemen, zu unserem Bedauern müssen wir Sie informieren, daß wir durch den tragischen Verlust unseres Hauptdarstellers heute abend nicht in der Lage sein werden, Ihnen ›Das karmesinrote Kryptogramm‹ zu präsentieren.«

Als von den enttäuschten Theaterbesuchern Wutgeschrei aufstieg, krümmte sich der Italiener zusammen.

Sarah klang, als sei sie selbst ein wenig beunruhigt, als sie rasch hinzufügte: »Statt dessen gebe ich vor Ihnen den berühmten Monolog aus ›Hamlet‹ ...«

Das Publikum unterstrich sein Mißvergnügen mit dem Krachen zerschmetterter Stühle.

»... unbekleidet.«

Und während Maestro Bertoldi sich die Stirn abwischte und abwartete, daß sein Herzschlag allmählich wieder normaler wurde, erfuhr ein kleiner Teil des großen amerikanischen Völkergemischs, weshalb die Dame die *himmlische* Sarah genannt wurde.

Im Zug nach Nieuw Amsterdam legte sich ein schlanker, asketisch wirkender junger Mann den Inverness bequemer über die Schultern und stopfte mehr Shag-Tabak in seine Pfeife. Die scharfen Augen hatte er auf ein Ziel fixiert, das nur er sehen konnte und das weit hinter dem östlichen Horizont lag, jenseits des Ozeans.

Als sein Zug die Hafenstadt nach vieltägiger Reise erreichte, würdigte er die sauberen, schmucken Sträßchen mit den blumengesäumten Kanälen und die wohlhabenden, rotgesichtigen Bürger keines Blicks, sondern begab sich unverzüglich an die Kais. Seine Habe trug er in einem einzigen bescheidenen Handkoffer bei sich.

Der indonesische Sklave in dem dritten Passagierbüro, das er versuchte, warf ihm ein vor bemerkenswert weißen Zähnen blitzendes Lächeln zu. »Sie haben Glück, *Mynheer*«, sagte er mit leichtem Akzent in der Handelssprache. »Wir haben ein Schiff mit Freigabe nach Britannien, das in zwei Tagen auslaufen soll. Ich kann Ihnen sehr billig eine Koje dritter Klasse darauf verschaffen.«

»Was kostet eine Einzelkabine?« Der junge Mann sprach makelloses Neuholländisch.

»Mynheer?« Der Sklave war sowohl über die linguistischen Fähigkeiten des jungen Mannes als auch über dessen verschwenderisches Ansinnen erstaunt. Die meisten des Neuholländischen Kundigen, die er kannte, neigten kaum dazu, mit dem Geld um sich zu werfen.

»Eine Einzelkabine, sagte ich. Ich weiß, wie es bei rauhem Wetter auf jenen hölzernen Seglern zugeht, und wünsche nicht, mit der Seekrankheit anderer Personen konfrontiert zu werden. Mir genügt meine eigene.«

Der Sklave runzelte die Stirn. »Wenn Sie es vorziehen, Mynheer, können Sie mit einem regulären

Dampfschiff nach Island fahren und dort an Bord eines Segelschiffs nach Britannien gehen.«

»Und wie lange müßte ich wohl auf die Umsteigemöglichkeit warten?« Der junge Mann griff in seinen Koffer und legte eine Handvoll Goldkuguars auf den Tisch. »Reicht das für eine Einzelkabine?«

Der indonesische Sklave starrte mit weit aufgerissenen Augen auf die sagenhaften Münzen. In Nieuw Amsterdam geboren und aufgewachsen, würde er dort auch sterben, wenn es ihm nicht gelang, sich seine Freiheit zu erkaufen. Nur aus Erzählungen kannte er den Goldkuguar, die einzig legale Währung für den inneramerikanischen Handelsverkehr.

»Gewiß doch, Mynheer, selbstverständlich: die beste! Das ist fast doppelt so ...«

»Dann nimm es, buche meine Passage, sorge für die nötigen Dokumente, und verschaffe mir ein angemessenes Hotelzimmer, in dem ich mir bis zur Abreise die Zeit vertreiben kann. Den Rest kannst du behalten.«

Da überfiel den Sklaven ein Anfall von Dankbarkeit. Mit größter Mühe beruhigte er sich und versuchte, die schuldige Atmosphäre von Tüchtigkeit und Diensteifrigkeit wiederherzustellen.

»Ich kümmere mich sofort darum, Mynheer. Ich sorge für Ihre äußerste Bequemlichkeit. Und welchen Namen soll ich auf die nötigen Dokumente schreiben lassen?«

»Sherbourne Rath. Ein Einreisevisum brauchst du mir nicht zu verschaffen. Ich bin in Britannien geboren.«

»Jawohl, jawohl.« Der Sklave griff zum Telephon, tätigte eine Reihe von Anrufen und strahlte seinen Kunden an. »Eine Viertelstunde, und Ihre Droschke steht vor der Tür, Mynheer Rath. Eine andere wird Sie Donnerstag an Bord bringen, und Sie werden genügend Zeit haben, es sich in Ihrer Kabine behaglich zu machen. Wenn ich Ihnen auf irgendeine andere Weise dienlich sein kann ...«

»Keineswegs.«

»Und seien Sie versichert, daß Sie sowohl im Hotel als auch auf dem Schiff völlig ungestört bleiben werden. Niemand soll auch nur ein Wort erfahren, wer oder wohin Sie unterwegs sind, auch meine Besitzer nicht. Ich werde die Bücher ... anpassen.«

Sherbourne Rath richtete seine Adlernase und einen eiskalten, geringschätzigen Blick auf den Sklaven. »Nicht jeder, der Wert auf Privatsphäre legt, bedarf der Heimlichkeit. Ich verberge mich vor nichts und niemandem, und wenn du etwas anderes annehmen solltest, so begehst du einen schweren Fehler; solltest du die Hoffnung hegen, für dein Schweigen weitere Summen von mir erpressen zu können, einen gravierenden. Wenn ich deiner Komplizenschaft bedürfte und sie mir erkaufte, würdest du doch vielleicht gar nicht lange genug leben, um dich der Früchte deiner Mithilfe zu erfreuen. Die Statistik beweist, daß ein deutlicher Großteil aller Morde von Erpressungsopfern begangen wird, um sich ihres Erpressers zu entledigen. Darin eingeschlossen sind selbstverständlich nicht die ungeklärten Morde, deren Motive durchaus ebenfalls in der Ausschaltung von Erpressern liegen könnten. Da sie jedoch ungelöst sind, werden wir es wohl nie erfahren, nicht wahr?« Knapp und ohne jede Wärme lächelte er den erstarrten Sklaven an. »Einen guten Tag.«

Im Motortaxi, das ihn zu seinem Hotel fuhr, hatte Rath die Muße, seine Darbietung zu überdenken. Er gelangte zu dem Schluß, daß sie einige Wünsche offenließ. »Er hätte sich niemals zu solch ausschweifender Rede hinreißen lassen. Nein, nicht in dieser Situation.« Er legte seine langen Finger aneinander und klopfte sich damit sanft gegen die Lippen. »Ich muß lernen, ich selbst zu sein.«

Eine Woche später, mitten auf dem Atlantischen Ozean, fand ein höchst entschlossener und einfallsreicher junger Mann Mittel und Wege, sowohl das Schiffsregister als auch seine eigenen Reisedokumente zu ändern. Im Grunde lief alles darauf hinaus, daß Sherbourne Rath, einst Ensemblemitglied in der amerikanischen Reisetheatertruppe von Maestro Bertoldi, über die Reling trat und ins Meer stürzte, um nie wieder gesehen zu werden. Für den restlichen Teil der Reise belegte ein anderer Gentleman Rath' Kabine. Außer diesem Gentleman bemerkte niemand den Austausch.

Etliche Wochen nach dem Tod von Sherbourne Rath zog ein überaus verblüffter John H. Weston, Dr. med., in neue Räume um, die er fortan mit einem Herrn teilte, dessen Namen, Gesicht, Charakter und Beruf er gut kannte, obwohl er dem betreffenden Gentleman noch nie zuvor begegnet war.

Wegen des Lebens, das Dr. Weston führte, beeindruckte die wundersame Übereinstimmung zwischen Natur und Kunst ihn jedoch nicht allzusehr. Davon abgesehen lockte ihn die wunderbare Gelegenheit, seine kreative Beschäftigung wiederaufnehmen zu können, ohne von der Launenhaftigkeit der Inspiration abhängig zu sein. Spielend leicht gelang ihm der Übergang vom Boccaccio zum Boswell. Gegen die nun häufiger werdenden Schecks vom *Strand Magazine* hatte er gleichfalls nichts einzuwenden.

An den langen Winterabenden blickte Dr. Weston oft von seinem Schreiben hoch und betrachtete die langgliedrige Gestalt, die sich auf dem Liegesofa ausgestreckt hatte, die Füße nahe dem Feuer, eine Pfeife mit aromatischem Shag im Mund oder die wertvolle Stradivari in den Händen. Die Musik, die der Beobachtete der alten Violine entlockte, war süß genug, um auch den aufdringlichsten Londoner Straßenlärm, der von der Baker Street hinaufhallte, vergessen zu machen. Nicht einmal der jährliche Tumult des Umzugs zur Segnung des Mistelzweigs vermochte die Musik des Meisters zum Verstummen zu bringen.

Dr. Weston ließ das Kinn auf der Hand ruhen und seufzte glücklich. Genau so hatte er sich die Szene vorgestellt, als er ›Das karmesinrote Kryptogramm‹ verfaßte, und es trug sehr dazu bei, die Qualen seiner früheren Einsamkeit zu lindern.

Maestro Bertoldis ehemaliger Hauptdarsteller empfand das gleiche, auch wenn er nichts sagte. Er hatte Britannien verlassen, weil er es nicht ertragen konnte, ohne Zaubertalent in einem Land zu leben, das von Zauberern beherrscht wurde. Er hatte seine eigene Magie gesucht, indem er den Geschichten von Wundern in den noch unzivilisierten Landen in Übersee nacheilte. Schließlich hatte er einen Kompromiß eingehen und den untergeordneten Zauber eines Schauspielerlebens akzeptieren müssen, doch war ihm das letztendlich nicht genug gewesen. Er wollte jemand sein, der selbst Wunder wirkte.

Dann hatte Maestro Bertoldi ihm diese Rolle gegeben. Kaum hatte er sie gelesen, als er sich wie gebannt auch die Erzählung verschaffte, aus der das Stück gestohlen war. Er war völlig in dem Charakter des Mannes aufgegangen, der seine einfachsten

Deduktionen durch stärkere Zauberei zu gewinnen schien als alles, was die Goldene Bruderschaft aufbieten konnte.

Er hatte eine Offenbarung erlebt: die Offenbarung der Zauberkraft des auf sich gestellten menschlichen Verstandes. Von jenem Moment an hatte er gewußt, daß es auf Erden nur einen Ort gab, wohin er wirklich gehörte.

Brihtric Donne, beratender Detektiv, war nach Hause gekommen.

KAPITEL 1

George mit dem Klumpfuß und sein abscheuliches Weib

Mein Name ist Dr. med. John Weston, und wenn Ihre Vertrautheit mit mir sich auf die wenigen bescheidenen Abenteuergeschichten beschränkt, die ich zum Ruhme meines guten Freundes Mr. Brihtric Donne in *The Strand Magazine* veröffentlicht habe, so muß ich Ihnen sagen, daß an mir mehr ist, als Sie vielleicht erwarten. Dieses Abenteuer gehört mir allein, und es handelt sich mehr um ein Bekenntnis als eine Verherrlichung. Wahrlich, auch über den großen Detektiv könnte ich einige völlig andersgeartete Geschichten erzählen, ginge ich seine Heldentaten mit der gleichen Ehrlichkeit an, unter deren Zeichen ich meine Geschichte hier vor Ihnen ausbreiten möchte.

(Tatsächlich habe ich auf den folgenden Seiten vieles von Donnes Charakter enthüllt, was in meinen Erinnerungen an anderer Stelle niemals auftauchen wird. Und wenn einige der im folgenden beschriebenen Ereignisse für Donne auch nicht so schmeichelhaft sind, wie er und seine Bewunderer es wohl vorzögen, so genießen sie doch wenigstens den Vorzug, der Wahrheit zu entsprechen. Weshalb man jedoch der

Tugend Wahrheit in einer Welt, die auch Kosmetik, Politik und Magie hervorgebracht hat, so viel Bedeutung zumißt, entzieht sich zur Gänze meinem Verständnis.)

Doch genug davon. Ich nehme an, Schuld an dem Beginn der Affaire, die Britannien in ihren Grundfesten erschüttern sollte, trage ganz allein ich: denn ich hätte genausogut im Bett bleiben können. (Nicht, daß ich dort nicht letztendlich gelandet wäre, doch will ich darauf an geeigneterer Stelle zu sprechen kommen.) Doch es war Beltaine-Abend! Hell loderten die Scheiterhaufen, laut lärmte es auf der Straße, und mein guter Freund Mr. Brihtric Donne fiel mir noch stärker auf die Nerven als gewöhnlich. Nationalfeiertage brachten stets seine schlimmste Seite hervor.

»Heiden«, hörte ich ihn brummen, während sich sein Adlerprofil gegen den Lichtschein von den Feuern auf der Baker Street abhob. »Und wie allen Heiden gebricht es ihnen an Methodik. Methodik, Weston! Einen logischen Verstand anstelle von ein paar anmaßenden Zauberern und ihres Hokuspokus! Der und nichts anderes wird eines Tages Britannien retten!«

Ich hob die Schultern. Das fröhliche Lärmen war noch verlockender als Donnes Gesellschaft. Während ich durchaus große Bewunderung für diesen Mann empfinde und der Laune des Schicksals, die uns zusammengebracht hat, stets dankbar sein werde, so gab es doch Momente, in denen ich versucht war, ihn die Kanüle dort spüren zu lassen, wo er sich noch lange daran erinnert hätte.

Ich griff nach meinem Jackett. Die erste Mainacht war kühl, aber doch nicht so kühl, daß ein Mann mit meiner eisernen Konstitution einen Überzieher oder ein Cape nötig gehabt hätte. »Ich gehe nur noch kurz vor die Tür, Donne.« Ich gab mir Mühe, möglichst beiläufig zu klingen. »Ein wenig frische Luft schnappen.«

Donne schnaubte. »Frische Luft? Solche Ausflüchte können Sie sich für Ihre geneigten Leser aufsparen. Wir wissen beide, weshalb Sie ausgehen. Gott sei Dank sind Sie Mediziner. Um so einfacher, sich eine Kur gegen das zu verschaffen, was immer Sie sich heute nacht ›an der frischen Luft‹ zuziehen.«

»Nun hören Sie einmal, Donne ...«

»Es hat keinen Sinn, mich zu belügen, Weston«, entgegnete er, ließ sich melancholisch in seinen Lieblingssessel sinken und griff mit seinen langen, schlanken Fingern nach der Meerschaumpfeife und dem Shag-Tabak. Am schlimmsten war, daß ich ihn tatsächlich nicht belügen konnte. Ich hatte es versucht, und er war meinen armseligen Ausflüchten damit begegnet, daß er geringschätzig und herablassend Größe, Gewicht, Nationalität und besondere Fertigkeit meiner Begleiterin aufzählte. Ihren Beruf zu erwähnen, war unter Donnes Würde.

Im Gehen knallte ich mit der Tür und wäre beim Hinunterstürmen der Stufen beinahe über die arme Mrs. Hendrik gefallen. Unsere wackere Hauswirtin hetzte gerade mit einem Teetablett die Treppe hinauf. Zuzeiten glaube ich, daß sie schon mit einem bemalten Blechtablett und einem halben Dutzend bleischwerer kleiner Teekuchen zur Welt gekommen ist.

»Hoppla, Sir, da haben Sie mich aber erschreckt!« rief sie aus und stützte mit ihrem hinreichend gepolsterten Busen das Tablett. Dann fügte sie mit einem vielsagenden Blick hinzu: »Sie wollen wohl auch nicht die Freuden der Beltaine-Nacht verpassen, was?«

Ich versuchte mich an einer Imitation von Donnes Hochmut und versagte kläglich. Der Mann verfügt eben über den Vorteil einer Physiognomie, die von selbst Arroganz und Verachtung ausstrahlt. Ich hingegen erwecke als armseligen ersten Eindruck stets den eines vierzig Jahre alten Welpen. Nun, so bin ich eben. Imposant? Wohl kaum. Selbst Mrs. Hendrik nahm mich nicht ernst.

»Na, dann beeilen Sie sich mal, mein lieber Junge«, sprudelte es aus ihr hervor. »Sie werden schon ein Vergnügen finden. Ach, wäre ich doch auch noch mal jung!« Sie seufzte – und die seismologischen Konsequenzen hätten beinahe das Teegeschirr ins Wanken gebracht. Dann warf sie einen verlangenden Blick die Treppe hinauf auf die geschlossene Tür zu unseren Räumen. Ich wünschte ihr knapp eine gute Nacht und drängte mich, einen unausgesprochenen Fluch auf den Lippen, an ihr vorbei. Genau wie der ganze Rest auch, die alte Schachtel! Bis zu den Augäpfeln in Donne verliebt, und er scherte sich nicht darum, hatte nicht einmal einen halben Twopenny für irgendeine übrig. Ich hingegen ... – nun, dazu ist die Beltaine-Nacht schließlich da; gute Jagd für die unter uns, die das Jagen am nötigsten haben.

Der Scheiterhaufen auf der Baker Street wirkte recht bescheiden. Eine Weile sah ich dem jungen Volk zu, wie es im Kreise das Feuer umtanzte. Ich fühlte mich seltsam alt. Dann erblickte ich den kleinen Jones, einen aus Donnes berühmter ›Spezialeinheit‹, den *Baker Street Irregulars,* der sich recht regulär mit Mildred aus der Bäckerei die Straße hinunter befaßte. Der *kleine* Jones! Er hatte mir erzählt, daß er und die anderen Irregulars planten, in näherer Zukunft weiter im Norden einen großangelegten Rinderraub zu begehen. Klein, fürwahr. War er schon alt genug, um Vieh zu stehlen und Bäckermädchen zu belästigen? War ich denn um so vieles älter geworden?

»Eh, Scheff! Die Götter soll'n die Kön'gin schützn un so. Was machn Se denn hier so allein, eh? Suchn Se Sellschaft?«

Ein schlanker Arm hakte sich bei mir ein. Im Feuerschein erblickte ich das Gesicht seiner Besitzerin, die sich zwar mit Begeisterung, aber ohne große

Kunstfertigkeit geschminkt hatte. Älter als siebzehn konnte sie nicht sein. Ich löste mich von ihr.

»Vielen Dank, aber heute abend nicht. Ich überdenke lediglich die ... äh, die Heiligkeit der Rituale.« Und außerdem gab ich mein Möglichstes, um mir ›die Freuden der Beltaine-Nacht‹ zu verschaffen und gleichzeitig die Spur für Donne zu verwischen. Diese Dirne jedoch hatte genügend billiges Calais-Wasser aufgetragen, daß selbst Lestrasse mein Treiben verfolgen könnte, sollte ich mit ihr mitgehen.

Die Dame nahm Anstoß an meiner Antwort. »Ey! Se sin' doch wohl nich' einer von die, die Jungens lieber sin', oder?« fragte sie naserümpfend. Ich schüttelte den Kopf. Das erregte ihr Interesse. »Was'n dann? Bißchen verhaun, weil Se ungezogen g'wesen sind? Daisy macht alles mit«, offerierte sie eifrig.

»Madam, die letzte Frau, die in dieser Weise mit mir umgesprungen ist, war meine liebe Gouvernante, Miss Ruth Bowyer, und ich bin damals sechs Jahre alt gewesen. Ich hege keinerlei Absicht, die alten Zeiten wiederaufleben zu lassen.«

Nun hatte ich ihr vollstes Interesse geweckt. »Keine Mädch'n, keine Jungs, kein Verhaun?« Ihre geistigen Klimmzüge standen ihr förmlich ins Gesicht geschrieben.

»Ganz recht. Genausowenig, wie ich die Rennen in Ascot aus anderem als sportlichem Interesse verfolge«, gab ich ihr zu verstehen. »Die Riten Eponas ...«

Nun schnaubte das Mädchen Daisy, und zwar wie ein Pferd. »Hätt' ich nich' gedacht, daß Se's mit'n Pferden ha'm. Nur 'n ganzer Kerl kann der Göttin dienen. Aber Sie? Dann solltn Se schon besser sein als die Fatzken, die heut nacht um Ihrer Maschestät Beltaine-Feuer rumtanzen.« Ihr Spottgelächter klang rauh. »'ne Freundin von mir, Lucy, die hat mal versucht, auf der Feier vonne Kön'gin zu arbeitn. Keine Schangße! Die gehn alle da hin, weil se glauben, se wärn gut genug, daß Ihre Maschestät se sich aussucht. Aber es kommt immer gleich. Weg geht se mit so 'nem Dichter und läßt 'n Rest zurück, damit se mit 'm einzigen Zepter König spieln, das se jemals ha'm werden.« Fröhlich knurrte sie, dann drückte sie mich an sehr vertraulicher Stelle. Höchst beunruhigend. »Sinn Se sicher, daß Se nich mit Daisy mitkommen wolln, Scheff?«

Ich habe auf dem Schlachtfeld operiert. Ich habe Speerspitzen entfernt, Klingen und Pfeile, manchmal sogar herkömmliche Impotenzflüche. Ich kann Ihnen versichern, all dies verblaßt zur Bedeutungslosigkeit gegenüber der Schwierigkeit, eine einmal entschlossene Londoner Straßendirne wieder loszuwerden. Daisy hing wie eine Klette an mir, so fest wie eine Napfschnecke am Pierpfeiler, und hatte sich strategisch so geschickt plaziert, daß ich es nicht riskieren durfte, sie mit einer Verwünschung davonzujagen: Sie befand sich in genau der richtigen Position, um auf der Stelle überaus schmerzhafte Rache zu üben.

»Äh ... meine liebe junge Frau ...«, brachte ich hervor, als sie mir eine weitere aufreizende Kostprobe ihrer Fingerfertigkeit zugute kommen ließ. »Mein liebes Ding, Sie haben den Nagel auf den Kopf getroffen.«

»Dacht' ich mir's doch!« gluckste Daisy.

»O nein, ich meine, genau dahin will ich ja gerade – zu Ihrer Majestät Beltaine-Feuer. Tatsächlich, wenn ich in einer Viertelstunde nicht dort bin ...«

Das Mädchen sprang zurück, wobei sie mich gnädigerweise vorher losließ. Mißtrauisch blinzelte sie mich an.

»Se sinn einer von *denen*?« fragte sie drohend.

»Denen?« wiederholte ich lahm. Daisy war noch sehr jung, aber ich hatte den Eindruck, daß wir noch einiges von ihr hören würden. Selbst ihre ersten zaghaften Versuche, mein kommerzielles Interesse zu err... erwecken, waren erstaunlich erfolgreich gewesen. Ich bemühte mich um ein wenig Donnesche Ruhe.

»Se wissn schon«, fuhr sie fort. »*Sie*. Die Weisen. Die blöde Bruderschaft. Wo ist dann eigentlich Ihre Sichel?« Erneut streckte sie die Hände nach mir aus. Ich tanzte davon.

»Na, na, na! Nicht anfassen! Augenblicklicher Tod jedem, der kein Initiat ist, das weißt du doch. Muß mich beeilen. Verzeihung!« Ich fürchte, für meinen gelassenen Rückzug wäre mir nach jedem Wettlauf das Palmblatt gereicht worden. Ich stürzte mich in die dunklen Londoner Straßen und verlor Daisy aus den Augen.

Keuchend lehnte ich mich an das Schaufenster eines Kurzwarengeschäfts, das geschlossen hatte. Nicht jede Straße in London konnte sich ein Beltaine-Feuer leisten. Das Brüllen des Viehs klang, als käme es aus großer Ferne, doch der unverkennbare Gestank durchdrang die ganze Stadt. Ich überlegte, ob ich zur Baker Street zurückkehren oder mir mein Vergnügen woanders suchen sollte. Diese Aussicht war wenig erhebend. Ich würde doch nur einer von Daisys Kolleginnen in die Hände fallen, und dann lachte Donne als letzter. Nur würde er gar nicht lachen, sondern trocken glucksen.

Dann traf es mich. Heureka! Was hatte ich gerade erst Daisy gegenüber behauptet? Alle Götter, schützt die Königin! Warum sollte nicht John H. Weston, Doktor der Medizin, versuchen, zum Gemahl für die Nacht erwählt zu werden? Ich war so gut wie jeder Mann, dem ich im Umkreis von Ihrer Majestät Scheiterhaufen begegnen konnte. Und selbst wenn die Königin mich nicht erwählte – was sehr wahrscheinlich war –, sollte ich dort doch eine passende und mir zusagende Dame finden können. Das Beltaine-Fest der Königin kannte ich nur vom Hörensagen – was, wie Donne es ausgedrückt hätte, kein Ersatz für

Beobachtung aus erster Hand war. Vielleicht konnte ich sogar eine Monographie darüber verfassen! *Über sexuelle Reaktion bei reichen Frauen.* Das klang doch vielversprechend.

Nachdenklich bahnte ich mir durch hellerleuchtete wie stockfinstere Straßen meinen Weg. Wie lange war es her, daß ich unsere gute Herrscherin erblickt hatte? Nur einmal, vor vielen Jahren, bei ihrer Thronbesteigung, hatte ich einen raschen Blick auf sie erhaschen können. Doch zu solchen Gelegenheiten sieht man den neuen britischen Souverän nie, wie man ihn oder sie sehen sollte. Zum einen mußten die vielen Leichen beiseitegeräumt werden, zum anderen war da dieser verirrte Höllenhund, der die Spaziergänger am Strand belästigte. Als Mediziner war ich daher viel zu sehr mit dem Versorgen von Wunden beschäftigt, als daß ich mehr als den flüchtigen Eindruck einer kleinen, zierlichen und dennoch drall wirkenden Frau mit hellem Haar und strahlend blauen Augen erlangen konnte. Ich erinnere mich auch noch an die Wonneträume in den darauffolgenden Nächten, in der meine Phantasie Ihre Majestät in die Hauptrolle rückte.

Lange bevor ich den Beltaine-Festplatz der Königin erblickte, hörte ich es, obwohl die Scheiterhaufen gewiß die größten und hellsten auf der ganzen Insel waren. Vor mir drängten sich Schulter an Schulter junge Männer. Ihre Festtagskleidung war vom vielen Rempeln zerdrückt und eingerissen. Hier und da vernahm ich einen hastig hervorgestoßenen Fluch und sah den unbesonnenen, ungeschützten Empfänger zusammenbrechen, ob gelähmt oder tot, konnte ich auf die schnelle kein einziges Mal entscheiden.

Außer zu den Zeiten, zu denen ein Arzt seinen Beruf ausführt, gibt es noch andere, in der ihm seine Kenntnis der Physiologie zustatten kommen kann. Durch die Schar der hoffnungsfrohen jungen Männer bahnte ich mir einen Weg, indem ich hier ein wenig wohlüberlegte Nervenabklemmung anwandte, mich dort auf mein Halbwissen in Druckmanipulation besann und schwierigen Subjekten schon mal einen Tritt in den Hintern versetzte. Binnen kurzem stand ich auf Sichtweite zum Feuer, und wären nicht die dichtgedrängten Menschen ringsum gewesen, so wäre ich gewiß vor Ehrfurcht zusammengebrochen.

Der Scheiterhaufen loderte prächtig; er ließ an ein scharlachrotes Wildpferd denken, das tänzelt, sich aufbäumt und an seinem Strick zerrt. Tannenzweige spien Funkenfontänen, trockenes Dornengestrüpp knisterte und krachte, und im Herzen des Feuers brannte die heilige Eiche mit grimmen, stetigen Flammen. Über allem thronte Magister Nelson und blickte von der Krone seines Monolithen herab, während er weiterhin den steinernen Drachen Frankreichs an seinem Granitarm fressen ließ.

Die Bruderschaft, angetan mit weißen Roben aus Wolle, umgab die Flammen im Kreis. Ihre schneeigen Bärte und Haartrachten verwandelten die Männer in wandelnde Geister. Goldene Sicheln funkelten. Akolythen und Lehrbuben huschten zwischen den Meistern einher, nackte, blau bemalte Priesterinnen trieben tollend die königliche Herde immer und immer wieder um das heilige Feuer. Druide oder nicht, welcher Mann konnte diesem Spektakel zusehen und davon unbewegt bleiben?

»Wenn es nicht bald vorangeht mit dem Erwählen«, sprach mir eine träge, lustlose Stimme gelangweilt ins Ohr, »dann gehe ich heim, betrinke mich und mißbrauche meinen Pagen. Oder ich schreibe noch einen oder zwei Cantos über Don Juan und mißbrauche meinen Verleger.«

Der Sprecher wurde für seine Despektierlichkeit ausgezischt. Die öffentliche Reaktion ließ ihn nur auflachen und hinzufügen: »Anders betrachtet, warum geht nicht ihr alle nach Hause? Dieses Jahr wird sie mich erwählen. Erneut.« Er seufzte bedrückt auf. »Was bin ich auch mit dem Ruf gestraft, der perfekte Liebhaber zu sein? Ich weiß, das kommt von meinem Gesicht, aber ...«

»Was hältst du denn davon, wenn ich dir das Gesicht ein wenig überarbeite, Bucky?« erklang die Herausforderung.

Ein Kreis öffnete sich. Ich hätte es für unmöglich gehalten, aber irgendwoher kam der Platz, an den die Umstehenden zurückwichen. Nun erst konnte ich das Gesicht des Mannes sehen, der so dringend nach Hause und Pagen oder Verleger mißbrauchen wollte. Ein Blick genügte mir, um zu wissen, daß ich meine Zeit verschwendete. Der Mann hatte die lautere Wahrheit gesprochen; Ihre Majestät würde ihn erwählen.

Manches ist einfach selbstbeweisend. Sosehr Frauen offenbar außerstande sind, dem unnahbaren Donne zu widerstehen, sooft umschwirren die gleichen Damen auch Männer, deren weiches, gutaussehendes Gesicht und dahinschmelzende Augen sie außerordentlich erreichbar erscheinen lassen. Gewissermaßen für jede zu haben. Dieser Gentleman mußte mehr als einmal in seinem Leben gehabt worden sein. Seine Züge waren von klarer, griechischer Anmut, seine Augen groß und glänzten entweder vor intensiver Sentimentalität oder Heufieber im fortgeschrittenen Stadium, und dieses Gesicht wurde gekrönt von einem Schopf lockigen Haars in der Farbe schwarzer Weinbeeren. Sollte er in der Hölle schmoren!

Meine Sympathien lagen daher auf der Seite des Herausforderers, eines schwungvollen jungen Mannes mit der Brust eines Brauereigauls. Auf dem Beltaine-Fest der Königin waren Bürgerliche unerwünscht, dieser Mann aber wirkte, als hätte eine apathische Gräfin oder Marquise irgendwo in der Ahnenschaft dieses Kerls auch mal einen der Stallknechte in ihrer Terminplanung berücksichtigt. Der Kerl hatte

Fäuste wie ein Pflüger, die an Schinken erinnerten, und offenbar die Moral eines gebürtigen britischen Peers. Unser hübscher, bleicher Freund war dem Untergang geweiht.

»He, laßt das sein! Wenn die Bruderschaft das spitzkriegt«, flüsterte jemand besorgt.

»Die sehen das gar nicht. So lange dauert das nicht.« Der Herausforderer kicherte gehässig. Er reichte mir sein Jackett und streckte die Fäuste vor. »Fertig?« wollte er wissen.

»Wenn ich muß«, seufzte der andere, »dann muß ich wohl.« Und ohne sich die Mühe zu machen, Mantel und Rock abzulegen, verarbeitete er kurzerhand das Gesicht seines Herausforderers zu Hackfleisch.

Als Kampf kann man es kaum bezeichnen. Im einen Moment hielt ich noch das Jackett eines vor Wut scharrenden Bullen, im nächsten wurde ich von dem Sieger gefragt, ob ich eine sichere und unschädliche Methode kannte, Blutflecken aus feinem Wollstoff zu entfernen. »Ich kümmere mich lieber um diesen Mann«, sagte ich.

»Ach, mühen Sie sich nicht«, entgegnete mein neuer Freund leichthin. Er befingerte das Jackett seines gefallenen Gegners, das ich immer noch wie dumpf in der Hand hielt. »Armseliger Stoff, der Schnitt vom letzten Jahr. Kein Stil. Wie in allem. Ihr Gesicht, Sir, ist mir bekannt. Ich habe Sie schon einmal gesehen, und da haben Sie nicht den Sekundanten in einer Straßenschlägerei gespielt. Kommen Sie mit. Meine Augen sind ein wenig schwach. Ich möchte ins Licht. Begleiten Sie mich, und ich verschaffe uns beiden einen Platz in der vordersten Reihe der Kandidaten Ihrer Majestät. Schließlich und endlich wird sie nach mir suchen, und es gehört sich nicht, eine Dame zu lange an der falschen Stelle Ausschau halten zu lassen.«

Er warf die Jacke zur Seite und schob mich durch die dichtgedrängten Massen. Junge Krieger, die die Demonstration seiner Kampfkraft beobachtet hatten, schmolzen vor uns beiseite wie Schnee unter der Sonne. Während wir zwischen ihnen hindurchdrängten, bemerkte ich eine leichte Unregelmäßigkeit in seinem Gang. Ich blickte nieder und sah, daß der schöne junge Gott doch nicht ganz ohne Makel war. Er hinkte wahrnehmbar, die unausweichliche Folgeerscheinung eines Klumpfußes. Wenn ich deswegen irgendwelches Bedauern empfand, so hatte ich nicht die Zeit, dem Ausdruck zu verleihen. Auf dem Gesicht spürte ich die Hitze des gewaltigen Feuers nun viel stärker. Nelsons Monument über uns war schon nicht mehr zu sehen, sondern vom dicken, aufsteigenden Rauch verhüllt. Eine nackte Priesterin wand sich vorbei, die Schenkel mit blauen Tätowierungen übersät. Ihr Steinmesser blitzte im Feuerschein auf. Meine Gedanken waren von den zahllosen Überraschungen dieser Nacht so abgelenkt, daß ich kaum bemerkte, wie ich stolperte und taumelnd mit einer in eine weiße Robe gehüllten Gestalt zusammenstieß.

»Pardon«, brummte ich. Aus der Rückschau betrachtet, nur eine von mehreren möglichen Antworten. Jede einzelne wäre falsch gewesen.

»O du meine Güte!« rief mein Begleiter, »jetzt haben

Sie es geschafft.« Ob sein unmittelbar auf seine Worte folgendes Verschwinden auf Zauberei oder besonders eifrige Fußarbeit zurückzuführen ist ... nun, mir ist es nie in den Sinn gekommen zu fragen. Jedenfalls blieb ich zurück und stand vor einem sehr, sehr ärgerlichen Druiden. Allein.

Seit ich mich mit Donne zusammentat, hatte ich mehr als einen schrecklichen Anblick zu Gesicht bekommen. Das Funkeln in den eisigen Augen einer Schlange, das unbewegte Glotzen einer Tarantel, den rauchigen gelben Blick eines hungrigen Panthers; all das bedeutete nichts gegen das durchdringende Zornesstarren des Druidenlords, den zu meinem Unglück ausgerechnet ich angerempelt hatte.

»Sie ...«, zischte er. »Sie *wagen es, mich so anzureden?*«

»Oh. Ja? Ich meine, ich wollte mich entschuldigen.« Ich senkte den Blick und bemerkte, daß mein Fehltritt direkt auf dem Saum seiner weißen Robe gelandet war und einen deutlich sichtbaren Schubabdruck hinterlassen hatte. Es war auch leider nicht gerade ein Schuhabdruck aus Staub, den man zur Not noch hätte ausklopfen können, da zu Beltaine nun einmal sehr viel Vieh auf den Straßen war. »Wenn Sie das Ihren ... äh, Akolythen einfach in die Baker Street 221 B bringen lassen würden, wäre ich mehr als erfreut, es Ihnen reinigen ...«

»Schafft mir diesen Narren aus den Augen.« Nun zischte er nicht mehr, er knurrte. »Sofort. Bevor ich noch das Ritual verderbe.«

»Tun Sie lieber, was er sagt, alter Junge.« Mein neuer Freund war wieder da und zog mich am Ellbogen von dem Erzürnten fort. »Mit dem Eisernen Herzog sollte man lieber keine Possen treiben.« Er brachte mich in die relative Sicherheit der Menschenmenge gleich am Scheiterhaufen. Ich sah, wie sich auf der anderen Seite die Druiden zu einer

Dreierreihe aufstellten, um die Ankunft der Königin zu erwarten. Wie schaumige Gischt tanzten sie in den Schatten vor und zurück.

»Der Eiserne Herzog? Wollen Sie damit sagen, ich bin *Wellington* auf die Robe getreten?« Plötzlich bebte ich vor Furcht. Wiewohl Magister Nelson hoch über mir außer Sicht war, spürte ich, daß er auf mich herabgrinste. Der Eiserne Herzog war nicht nur der Erzdruide von ganz Britannien, sondern selbst ohne seine gewaltige Zauberkraft ein Mann, den man niemals unterschätzen durfte. Nelson hatte stärkere Zauber gekannt und eine tiefgründigere Kenntnis der Dunklen Künste besessen, aber Wellington war es gewesen, der jede zauberische Auseinandersetzung in den letzten Kriegen geführt und gewonnen hatte; Wellington hatte unsere Truppen bis in Herz Frankreichs geführt; Wellington hatte überlebt und den Korsischen Hexenmeister vom Obsidianthron auf der Feste im Karnutenwald gestoßen.

»Machen Sie sich keine Gedanken deswegen, er hat noch etliche zu Hause. Ihm anzubieten, ihm die Robe reinigen zu lassen! Mein guter Mann, ich muß wirklich darauf bestehen, Ihnen die Hand zu schütteln, und daß Sie mich mit meinem Vornamen anreden. George, wenn's recht ist. George Noel Gordon, Lord Byron; Geordie für meine Freunde, die ich nicht habe.«

Sein Lächeln war einfach entwaffnend. Ich drückte ihm die Hand mit Wärme. »Einen hoffentlich doch. Ich bin John H. Weston, Dr. med.«

»Das sind Sie? Teufel auch!« Er sah mich scharf an, als wollte er sich meine unglückseligen Züge ins Hirn brennen. »Daher kenne ich Sie also! Ich habe Ihre Geschichten immer und immer wieder gelesen. Verraten Sie mir nur eins: Ist er wirklich solch ein Meister der Deduktion? Wenn Sie beschreiben, wie verflixt brillant Donne sich in jedem Fall schlägt, den er annimmt, will es mir oft vorkommen, als ahmten Sie den Bauernjungen nach, der erst den Speer warf und dann die Zielscheibe malte.«

»Ich darf Ihnen versichern, Mylord ...«

»Geordie.« Er bestand darauf.

»Geordie, ich versichere Ihnen, Donne ist genau so, wie ich ihn beschreibe. Wenn daran etwas nicht akkurat ist, dann nur deswegen, weil ich mehr verschweigen muß, als ich niederschreibe. Man sollte der Öffentlichkeit nicht zuviel mitteilen.«

Geordie bedachte mich mit einem verschlagenen Blick. »Die besten Stellen behalten Sie also für Ihre privaten Aufzeichnungen, was? Gut für ...«

»Byron.«

Wie ein Lebewesen waberte die schwarze Robe im Dunkeln. Das Gesicht des Akolythen, der sie trug, konnte ich nicht erkennen, aber diese Stimme ...! Diese Stimme gehörte jemandem jung an Jahren, doch alt an Erfahrung. Lord Byron wandte sich um und versuchte zu sehen, wer ihn angesprochen hatte. Was ich nicht erkennen konnte, das erblickte er, und im Feuerschein sah ich sein Gesicht kreidebleich werden.

»Was machst du hier?« krächzte er leise. »Weißt du nicht, welche Zeit ...«

»Er weiß es. Er hat mich nach dir geschickt. Kommst du mit? Oder muß er einen anderen Diener nach dir schicken?«

Der arme Byron! Kaum zwei Minuten war es her, daß er sich mit genügend *Sang-froid*, um selbst Teufeln zu trotzen, einem doppelt so kräftigen Mann zum Zweikampf gestellt hatte, und nun sah er sich einem Jüngling gegenüber, dessen Hände – weiche, zierliche Gebilde, von denen er eine dem Lord auf die Schulter gelegt hatte –, Hände, die noch nie davon geträumt hatten, sich zur Faust zu ballen – und hatte Angst.

»Nein – nein. Das ist nicht nötig. Ich komme mit.« Er warf mir ein mattes Lächeln zu. »Tut mir leid, John, aber Sie müssen verstehen. Aber ... wird sie es verstehen? Arme liebe Lady. Ich kann doch die Königin nicht enttäuschen. Ich wünschte nur ...« Eine Idee zuckte in ihm auf. Auch Schlangen neigen zum Aufzucken, heißt es. Eine Entschuldigung murmelnd, riß er sich von dem ungeduldigen Akolythen los und brachte seine Lippen an mein Ohr. »John, worum auch immer es geht, es wird schnell vorbei sein. Ich *muß* die heutige Nacht mit der Königin verbringen. Höchstwahrscheinlich bin ich schon wieder zurück, wenn's mit dem Erwählen losgeht, aber falls nicht ... hier, nehmen Sie meinen Mantel. Ja, es ist ein Stehkragen – genau so! Sie wird den Mantel erkennen. Ein liebes Kind, aber ein wenig kurzsichtig und zu stolz, den Schärfungszauber zu sprechen. Ja, ja – perfekt: wir sind gleich groß und haben beide lockiges dunkles Haar. Ha! Sobald Sie von ihr erwählt worden sind, alter Junge, gehen Sie mit ihr in den Palast, und erst da lassen Sie die Katze aus dem Sack. Sagen Sie ihr, daß ich sofort nachkomme. Danke, danke. Das werden Sie niemals bereuen.«

Niemals.

Dann war er fort, im schwarzen Kielwasser des Akolythen davongestürmt, und in seinen Mantel gehüllt stellte ich mich so dicht an den Scheiterhaufen, wie die Hitze es gestattete.

Viel Zeit, um über das Kommen und Gehen meines merkwürdigen neugewonnenen Freundes nachzusinnen, sollte mir nicht beschieden sein, denn im nächsten Moment erhob sich vom Feuer ein Ruf. Indem ich meine Augen mit der Hand vor dem grellen Flackern beschirmte, blickte ich wie die dicht zu Nelsons Füßen gedrängte Meute von jungen Herren aus gutem Hause auf und sah, wie der geschwollene Silberleib des Mondes in voller Pracht hinter der Statue des gefallenen Magiers erschimmerte. Wie durch Zauberei verschluckte das sanft strahlende weiße Licht die Rauchwolken. Der Drache Frankreichs erbebte vor Furcht, sein steinerner Schweif zuckte, als er für einen Augenblick zum Leben erwachte und dann wieder für ein weiteres Jahr zur Reglosigkeit erstarrte.

Ein zweiter Ruf erklang und verstummte; völlig ungestörte Stille folgte. Nicht einmal die königliche Viehherde muhte; die Zauber der zuständigen Priesterinnen hielten die Tiere in Verzückung. Nun erhob sich allmählich ein tiefes Summen – das Summen des ungestörten Waldherzens, das Summen mächtiger Ströme im Traum, der Klang der Harfensaiten der Erde; streng gestimmt rief es Mann zu Weib, Frau zu Mann. Es wuchs an, wie ein natürlicher Wasserlauf anschwillt und sich in Flut verwandelt, dann überströmte es uns alle wie mit den Flügeln eines unsichtbaren Gespensts. Mein Körper spannte sich unter der Sehnsuchtsmagie an, das Herz in meiner Brust wurde ruhig und zufrieden.

Dann erschien sie. Die weiß gekrönten Wellenkämme des Druidenmeeres teilten sich und gewährten ihr Durchgang. In wallende weiße Gewänder war sie gekleidet und ritt auf einem weißen Pferd. Langsam, langsam kam sie herbei, und als ich sie erblickte, begriff ich plötzlich die wahre Bedeutung des Wortes: Majestät. Die Zufriedenheit in meinem Herzen zerbrach, und das Verlangen nach ihr – nach ihr! – wallte auf und ergriff vollends Besitz von meiner Seele.

Vor mir zügelte sie ihr Roß, indem sie an seiner Mähne zog. Ich spürte ihre Augen auf mir. »Diesen«, sagte sie und ritt weiter.

Bevor ich ganz begriff, wie mir geschah, packten mich zwei Akolythen bei den Armen. »Mitkommen«, sagte der eine und zerrte mich dem sich entfernenden weißen Hinterteil des königlichen Pferdes hinterher. »Und um Eponas Willen, paß auf, wo du hintr... Ach, verdammt noch mal!«

»Ruhig, Kevin, ganz ruhig«, besänftigte ihn der andere. »Er kann sich die Schuhe abputzen, bevor er mit ihr hinaufgeht.«

Kevin brachte seine Nase gefährlich nahe an die meine. »Der hier sieht nicht so aus, als hätte er genug Hirn, um sich die Nase zu putzen.«

»Du kleiner Bastard!« rief ich. »Mit dir wische ich den Fußboden auf; wir wollen sehen, ob du genügend Hirn hast, um mich davon abzuhalten.« Ich brach seine widerwärtige Umklammerung und hob die Fäuste. Kevin spuckte säuberlich zwischen meine Füße auf den Boden.

»Gut. Der ist lebhaft.« Noch während er sprach, machte er vor meinen Gesicht eine komplizierte Fingerbewegung, und so sah ich nichts mehr von den Beltaine-Feuern, bevor ich auf das Pflaster schlug.

Nein – solche Ungenauigkeit fände Donnes Mißbilligung. Ich nehme nur an, daß ich auf das Pflaster geschlagen bin. Als ich wieder zu mir kam, schmerzten mir Kopf und Rücken derart, daß diese Deduktion als die einzig mögliche erscheint. Ein Schmerz, der mir im übrigen gestattete zu folgern, daß Kevins Kumpan es nicht für nötig befunden hatte, mich aufzufangen, nachdem Kevins Lähmzauber seine Wirkung auf mich entfaltet hatte. Ich schlug die Augen auf, und alles, was ich sah, waren Sterne.

Wenn ich sage, ich sah nur Sterne, so meine ich das wörtlich. Die Sterne waren mit Silberfaden in den Betthimmel aus blauem Damast gestickt, zu dem ich aufschaute. Ich fand die Sternbilder des Großen Wagen und der Drei Schwestern, dann erst spürte ich, daß etwas Kaltes, Feuchtes auf meiner Stirn lag.

»Endlich kommst du wieder zu dir«, sagte die Königin. Trotz meiner Schmerzen drehte ich den Kopf zu ihr. Lächelnd rückte sie das feuchte Tuch zurecht. »Ich muß wohl ein ernstes Wörtchen mit den Jungen sprechen. Anscheinend glauben sie, ihre Pflicht beginne und ende damit, mir meinen erwählten Gemahl für die Nacht ins Bett zu legen. Auf derlei Weise aber verdienen sie sich die weiße Robe nie; kein Gefühl für Stil.«

»Geordie ist der gleichen Ansicht«, murmelte ich. »Über den Stil. Sie müssen wissen, daß ein Mann ihn zum Kampf forderte, und ich hielt sein Jackett – ich meine, das des Mannes –, und als alles vorbei war, sagte Geordie ...« Offenbar hatte ich die Gewalt über meine Zunge schon fünf Minuten früher wiedererlangt als mein volles Bewußtsein. Ich wußte gar nicht, was ich sagte, doch als ich mit dem Gestammel fortfuhr, meldete sich in meinem Kopf eine Warnsirene mit der fröhlichen Botschaft: *John, du klingst gerade so wie der Favorit im Wettkampf um den Titel des Dorftrottels!*

»Geordie soll hängen, wer immer er ist«, entgegnete die Königin. Mit warmen blauen Augen lächelte sie mich an. Sie zog das feuchte Tuch von meiner Stirn und ersetzte es durch ihre zarte Hand. Die sanfte Berührung versetzte meine Nerven in solchen Aufruhr, daß ich das Geplapper fortsetzte. Die Dorftrottel-Sirene schrie sich heiser, aber ich achtete nicht darauf.

»Sie wissen nicht, wer Geordie ist? Aber er sagte, Sie würden ihn jede Beltaine-Nacht erwählen! Er hat ungefähr meine Größe und Haarfarbe ... warten Sie, warten Sie! Sie kennen ihn vielleicht nur unter seinem richtigen Namen: George. George Gordon, Lord Byron? Der Dichter, Sie wissen schon. Eure Majestät, er gab mir seinen Mantel und bat mich, Ihnen auszurichten ...«

Sie lachte. Nie habe ich aus der Kehle einer Frau einen süßeren Laut kommen hören. »Anscheinend habe ich mir einen Kleiderständer zum Gemahl für die Nacht erwählt. Du mußt dich nun ein wenig beruhigen, mein Lieber. Du wirst es nicht genießen können, wenn du so nervös bist.«

Nervös? Ich? Ich bin Mediziner. Der menschliche Körper hat sich mir willig in all seinen Formen offenbart, manchmal nicht weit vom Orang-Utan entfernt, manchmal nur eine Stufe unter den Engeln. In meinem Sprechzimmer hatte ich Frauen gesehen, die nicht so drall waren wie die Königin und sich mehr der perfekten weiblichen Gestalt annäherten. Nach klassischen Maßstäben sah Ihre Majestät recht gewöhnlich aus. Selbst Daisy war jünger und frischer gewesen. Warum also lag ich da und faselte dummes Zeug? Warum spürte ich, als sie schließlich den nassen Lappen beiseite warf und neben mich ins Bett stieg, den überwältigenden Drang, die Flucht zu ergreifen?

Mit einem Schulterzucken hätte Donne es als jenseits der Grenzen der Logik liegend abgetan. Ich hingegen wußte nur, daß ich Angst empfand.

Die Königin kniete im Bett, ihre Glieder noch in die weiße, enge weiße Wollrobe gehüllt. Ihr helles Haar war auf dem Kopf zu einem hohen Knoten geschlungen, den sie nun öffnete. Das Haar fiel ihr in sanften Wellen über die Schultern. Ich lag erstarrt, die Arme an die Seiten gepreßt, neben ihr, steifer als irgendeiner Ihrer Majestät Palastgardisten.

»Ach du liebe Güte«, sagte die Königin und klatschte entzückt in die Hände. »Wie schüchtern. Wir sind höchst amüsiert.«

Sie schwang die Beine herum und richtete sich in einen Schneidersitz auf. »Wie heißt du denn, mein Lieber? Wenn du kein Kleiderständer bist.«

»Ich ... ich ... Geordie sagte, daß er zu Ihnen kommen würde, sobald er etwas Dringendes erledigt hätte, das ...«

Sie streckte sich längs aus und legte mir eine Hand auf die Brust, welche träge damit begann, mir die Weste aufzuknöpfen, einen nach dem anderen, als wäre sie ein unabhängiges Ding.

»Wer immer du bist, ein gehorsamer britischer

Untertan bist du jedenfalls nicht. Ich habe dich doch deutlich gebeten, Geordie hängen zu lassen und mir deinen Namen zu sagen. Du bist doch Brite? Oder habe ich mir diesmal einen verdammten Ausländer ausgesucht?«

Man mag meine Intelligenz verspotten. Es steht jedem frei, mein Äußeres zu kritisieren. Aber bei den Göttern des Windes und des Wassers, niemand darf meine Treue als ehrlich geborener Brite in Frage stellen! Ehrlicher geboren als Ihre Majestät, wenn man der Wahrheit die Ehre gibt.

Erzürnt setzte ich mich stocksteif auf, als gerade der letzte der Westenknöpfe der königlichen Aufmerksamkeit nachgab.

»Ma'am, ich bin Ihr treuer Untertan. Aber meine Treue erstreckt sich über die Grenzen dieses Raums hinaus. Ich bin von Lord Byron betraut worden, als ... als sein Platzhalter in Ihrer Aufmerksamkeit zu fungieren, und es würde eine unfaßbare Untreue bedeuten, wenn ich sein Vertrauen mißbrauchte.«

»Ach«, meinte Ihre Majestät und wandte sich meinen Hemdknöpfen zu.

Ich trat kriechend den Rückzug an; ein wenig zu weit, wie sich zeigte. Man sollte glauben, daß ein königliches Bett breiter ist. Mein Hemd zerriß, als die Königin vergebens versuchte, mich an dem schwachen Tuch zurückzuzerren. Ihr liebliches Gesicht blickte auf mich hinunter, der ich auf dem Fußboden lag, und verzog sich vor nicht ganz unterdrückter Belustigung. Schmollend erhob sich mich.

»Komm zurück ins Bett, und zieh nicht so ein finsteres Gesicht. Da kommt mir dein Schnurrbart viel zu grimmig vor.« Einladend klopfte sie auf das Laken.

»Eure Majestät, ich ziehe es vor stehenzubleiben.«

»Und ich ziehe es nicht vor. Komm ins Bett.«

»Ma'am, mein Freund muß jeden Augenblick hier eintreffen.«

»Und Ihr Freund wird an der Schlafzimmertür abgewiesen werden. Halten Sie mich für eine Närrin, Sir? Meine Augen mögen schwach sein, aber für die Beltaine-Nacht allein nehme ich die Mühe auf mich, sie mit den Mondwassern zu benetzen. Es ginge nicht an, daß ich eine traurige Gestalt in meinem Bett vorfände. Ich habe nicht etwa den Mantel des guten Geordie erwählt in dem Glauben, Geordie stecke darin. Ich habe Sie erwählt. Ich brauchte ein wenig Abwechslung.«

Ich hauchte ein Geräusch des Erstaunens. Die Königin lächelte breiter und zeigte zwei wunderhübsche Grübchen. Wortlos ließ ich mich wieder auf das Bett sinken. So groß war meine Erschütterung, daß ich überhaupt nicht bemerkte, wie sie rasch auch das Wenige noch abstreifte, was von meiner Garderobe übrig war.

Ganz gleich, was Donne dazu zu sagen hätte, verdammt noch eins!

Doch leider macht die Stunde den Mann. Oder sie entmannt ihn. Die Furcht, die mir in den Hals gestiegen war, sank nun plötzlich abwärts und beeinträchtigte meine empfindlicheren Regionen.

Ihre Majestät kostete ihr Entzücken an meiner anscheinenden Schüchternheit um so mehr aus und ließ sich sehr viel Zeit, um aus ihrer Robe zu schlüpfen. Ihre Schultern waren perlweiß und von einem Schimmer überzogen, der Schein der Kerzen in ihrem Schlafgemach machte sie nur noch verführerischer. Die Robe legte sich als milchweißer Teich um ihre Schenkel, während sie auf dem Bett kniete, und glitt geräuschlos zu Boden, als die Königin sie endgültig abschüttelte.

Und ich lag in Sterbensqualen da, ohne ein Mann zu sein.

»Mein Lieber, jetzt übertreibst du es aber mit der Schüchternheit«, sagte sie und musterte die Lage. »Ich kenne einen Zauber, der vielleicht hilft. Hättest du etwas dagegen?«

Ich zog die Knie an den Leib und blickte sie kläglich an. »Ma'am, es gibt nichts, das ich nicht täte, wenn es Sie zufriedenstellt. Aber in diesem Fall fürchte ich, daß ein Zauber nicht von Nutzen wäre. Ich bin ...« Ich zögerte und fragte mich, wieviel von der Wahrheit ich ihr mitteilen durfte. »Ich bin gegen medizinische Magie immun.«

Die Königin verlagerte sich vor mich und kräuselte nachdenklich die hellen Brauen. »Davon habe ich schon einmal gehört. Du armer Kerl! Wie sehr du leiden mußt, wenn du krank wirst.«

»Kein bißchen. Ich bin John H. Weston, Doktor der Medizin, Euer Majestät zu Diensten.« Ich verbeugte mich, so weit meine Haltung dies erlaubte.

»Nicht sehr zu Diensten, muß ich leider sagen. Dennoch wäre es mir sehr recht, wenn du mich nicht mehr siezen und mich weder ›Ma'am‹ noch ›Eure Majestät‹ nennen würdest. Ich heiße Victoria Alexandrina, und ich bin erfreut, dich kennenzulernen, John. Ich darf dich doch John nennen, oder?«

Eine offizielle Vorstellung! Im Angesichte der Lage geradezu albern. So nackt, wie wir auf die Welt gekommen waren, klammerten wir uns an die Artigkeiten der Etikette. An etwas anderes konnte ich mich schließlich auch nicht klammern. Ich entgegnete, daß ich fürchterlich verletzt wäre, wenn sie mich nicht John nannte, und sie antwortete mit einigen Floskeln, wie sie beim Tee üblich sind. Nicht lange, und wir unterhielten uns ernsthaft. Als wären wir Kinder, die sich gerade miteinander anfreundeten, wollten wir die Vorlieben und Abneigungen des Gegenübers erfahren.

Selbstverständlich verriet sie mir mehr, als ich ihr jemals offenbaren durfte – damals jedenfalls. Ich erfuhr die Einzelheiten ihrer traurigen, einsamen Kindheit; die Zeit, die sie damit verbrachte, die Kräfte auszufeilen, die sie durch ihre königliche Abstammung ererbt hatte; die Freundschaften, die sie nicht eingehen durfte aus Furcht, daß sie des Tags, an dem König George abdankte oder starb, im Kampf um den Thron einem Freund gegenüberstehen könnte und ihn töten müßte.

»Ja, John«, seufzte sie und legte mir ihren lieben Kopf auf die Schulter, »ich glaube, das habe ich in all den Jahren meiner Herrschaft – meines Lebens – am meisten vermißt: einen Freund.«

Worte, Worte, Worte. Ach, die stärkende Kraft der Worte! Nicht länger war sie meine Königin, und ich war nicht mehr der Untertan, der in dieser Nacht in ihrem Bett den Part des Gottes spielen sollte. Nein, wir waren Freunde, und wenn ein sanftes Wort zu einer sanften Berührung führte, diese Berührung zu wärmerer Zärtlichkeit und diese wiederum zur Hitze entflammter Leidenschaft ... Freundschaft ist etwas Wunderbares, nicht wahr?

Mein Schlaf war, als er mir kam, erschöpft und tief. Ich erwachte, wieviel später weiß ich nicht, von meinem eigenen glucksenden Lachen. Ich hatte von Victoria geträumt, die mir ausgelassen und verführerisch vor unserer ersten Umarmung gut zugeredet hatte: »Schließ die Augen, beiß die Zähne zusammen und denke an Britannien, John.« Ich riß die Augen auf und glaubte, der Traum hätte sich in einen Alptraum verwandelt.

Da stand er, der Eiserne Herzog. Die Bettvorhänge waren nur zum Teil beiseite gezogen, und durch die schmale Lücke am Fußende erblickte ich seinen wallenden Bart und sein wie von Gewitterwolken verhangenes Gesicht. Victoria stand ihm gegenüber, und ihr Antlitz wirkte gleichermaßen aufgewühlt. Ich zügelte meinen Atem und gab vor, weiterhin zu schlafen.

»Und ich sage, ich bekomme ihn!« Victoria blickte sehr aufsässig drein. »Es ist Zeit, es ist allerhöchste Zeit, daß ich Britannien einen Erben schenke, und ich sage dir, daß ich niemals, in all den Jahren meiner Herrschaft nicht, einen Gemahl hatte, der mich auch nur halb so zufriedengestellt hat wie er.«

Der Eiserne Herzog zeigte sich von dem Beharren der kleinen Königin völlig unbeeindruckt. »Er! Ein Niemand, in dessen Adern nicht ein einziger Tropfen von Brans Blut fließt! Sieh mich nicht so an, mein Kind, du weißt, daß ich in dieser Sache niemals lügen würde. Du kannst sein Blut so gut lesen wie ich; tu's! Dann wirst du sehen, daß ich recht habe. Wenn du entschlossen bist, dir deinen Prinzgemahl zu erwählen, dann warte bis zum nächsten Beltaine und nimm einen von deiner Art, einen von königlichem Geblüt. Die *Rules* gebieten überaus deutlich, daß niemand von Brans Geschlecht einen Bürgerlichen heiraten und den Thron behalten kann.«

Er hob den Bettvorhang und röstete mich mit Blicken, während ich weiter den Schlafenden spielte.

»Ein bürgerlicher Herbalist auch noch!«

Autsch! Das schmerzte.

Wenn der alte Wellington auch nur halb so gut das Blut zu lesen verstanden hätte, wie er behauptete, dann würde er jedoch ein anderes Lied gesungen haben. Aber heute nacht sollte es keine Musiklektionen geben. Er verließ mit Türenschlagen das Schlafgemach der Königin und ließ sie vor Wut zitternd zurück.

»Ich werde ihn bekommen! Das werde ich!« Sie öffnete den Bettvorhang weiter, und ich konnte zwischen besonnen gesenkten Lidern hindurch alles sehen. Der Blick, den sie mir zuwarf, bedeutete den höchsten Prüfstein für meine schauspielerischen Fähigkeiten, denn als ich diesen liebenden Blick bemerkte, wollte ich nur noch eins – aufspringen und sie wieder in die

Arme schließen. Doch meine Willenskraft obsiegte, und ahnungslos wandte sie sich von mir ab.

Victoria warf sich zu der Stelle herum, wo das Ölportrait ihres Vorgängers Onkel George an der Wand hing und die Königin mit alkoholschwangerem Wohlwollen anstrahlte. Seine Schweinsäuglein waren hinter Wülsten aus rosa Fett fast verschwunden, und Kinn türmte sich auf Kinn.

Victoria zog ein finsteres Gesicht und formte ihren Zorn zu einer Klinge aus unappetitlich grünem Feuer, das im Bogen durch die Kammer zuckte und das gemalte Herz durchbohrte.

»Au!« heulte König George. Voll Unbehagen verdrehte er die glänzenden Augen. »Oh. Ach, du bist es. Was willst du denn? Was soll das? Kannst du mich nicht freundlicher rufen? Es ist überhaupt nicht nett, deinen alten Onkel zu mißhandeln, das weißt du doch. In den gehobenen Kreisen tut man so etwas nicht. In Bath hätten wir niemals ...« Am vergoldeten Rahmen des Portraits zerbarst eine kantonesische Vase. Der ehemalige Monarch wäre fast aus dem Firnis gesprungen. »Was ist denn, Kind?« rief er zärtlich aus. »Was stimmt denn nicht?«

»Ich habe mir den Mann erwählt, den ich zum Prinzgemahl wünsche, und Wellington behauptet, ich könnte ihn nicht haben!« weinte Victoria. Ich spürte, wie mein Herz schneller schlug. »Er sagt, die *Rules* erlauben jemandem aus Brans Geschlecht nicht, einen Bürgerlichen zu heiraten.«

»Und was sagen die *Rules* dazu?« König George drohte ihr mit dem Finger. Ernsthaftigkeit bekam ihm nicht.

»Du aufgeblasener Esel, ich habe dich nicht gerufen, damit du hier den Schulmeister spielst! Ich will von dir wissen, ob Wellington recht hat!«

»Liebste Nichte, ich habe nicht die leiseste Ahnung.«

Blitze durchzuckten den Raum. Die Malergoldschnörkel, die sich um den Bilderrahmen rankten, erwachten zischend als Königskobras zum Leben, die nach den entsetzten Augen des verstorbenen Monarchen schnappten. Hinter der schmalen Victoria nahm ein Phantom Gestalt an – eine rothaarige Hexe mit einer Halskrause aus schneeweißer Spitze, die ihr adlernasiges Gesicht einrahmte, und einer Königskrone, die auf die feurigen Locken gesetzt war.

»*Männer!*« fauchte das Gespenst. »Ich habe gesehen, wie sie Haare, Zähne und Virilität verloren, aber niemals auch nur das geringste Bißchen Ignoranz. Borniert, einer wie der andere!«

»Oh, hallöchen, Lizzie!« rief das Portrait liebenswürdig. »Hat Vicky dich auch herbeigerufen?«

»Bevor ich einen Ruf brauche, um dahin zu gehen, wohin ich will, küsse ich einem Schwein den Hintern«, entgegnete Elizabeth. »Meldest du dich freiwillig, George?« Sie warf den Kopf in den Nacken und lachte laut.

»Klingt ganz wie ihr alter Herr«, meinte König George zu Victoria. »Was nicht als Kompliment gemeint ist, aber das weißt du ja.« An die einstige Königin gewandt, fügte er hinzu: »Da du ja so freundlich bist, deine sehr an einen Brieföffner erinnernde Nase überall dort hineinzustecken, wo sie nicht erwünscht ist, hast du vielleicht auch die Güte, dem Mädel weiterzuhelfen. Du mußt wissen, sie will etwas über die *Rules* erfahren.«

»Beim Tod Gottes!« brüllte Elizabeth. Sie schwebte durch Victoria hindurch und blickte das Portrait aus zusammengekniffenen Augen an. »Hatte ich während meiner Herrschaft etwa nicht genug zu tun? Glaubst du wirklich, ich hätte die *Rules* auswendig gelernt? Was macht ihr eigentlich solch Aufhebens darum?«

Meine süßeste Königin erklärte ihrer verehrungswürdigen Ahnfrau das Problem und ließ Königin

Elizabeth einen langen Blick auf mich werfen. Ich spürte, wie ihre kleinen grünen Augen von oben nach unten über meinen nackten Körper tanzten. Zu spät wünschte ich, unter das Plumeau gekrochen zu sein. Eliza kicherte höchst verstörend.

»Da hast du dir keinen schlechten Hengst für deine Koppel ausgesucht, mein Kind. Ich habe bessere gesehen, aber ein Zuviel der guten Dinge verdirbt eine Frau nur für die Ehe. Gründe eine Familie, mein Liebes, bevor du weißt, was du entbehrst; oder besser, was er entbehrt.« Elizabeth wandte sich wieder Georges Portrait zu. »Nun, ich stimme dafür, daß sie darum kämpfen soll, ihn zu behalten, und Verdammnis über die Goldene Bruderschaft. Erinnerst du dich an irgendeinen sachdienlichen Passus in den *Rules*, Georgie?«

»Nein, verdammt noch mal. Bringst du jetzt endlich diese vermaledeiten Schlangen zum Verschwinden?« Noch während er sprach, schlug eine besonders kecke Schlange zu und bohrte ihm ihre Zähne in seine plumpe, juwelengeschmückte Hand. Mit einem hochgezogenen Winseln enteilte er in einem Regen parfümierter Funken aus seinem Rahmen.

»Da ist er uns aber eine tolle Hilfe gewesen«, meinte die Königin.

Eliza nickte. »Liebste Nichte, dir scheint keine Wahl zu bleiben. Du persönlich mußt die *Rules* einsehen.«

Victorias Gesicht leuchtete auf. »Aber natürlich! Dabei ist das doch ganz offensichtlich. Das Recht habe ich schließlich; niemand sonst in ganz Britannien darf es. Liebste Bess, du hast da wirklich einen klugen Kopf auf den Schultern.«

»Das muß wohl so sein; nach meiner Mutter komme ich nicht«, entgegnete Elizabeth und verschwand.

Mit gefalteten Händen blieb Victoria noch einen Augenblick lang vor dem leeren Bilderrahmen stehen, dann kam sie zum Bett und zog alle Vorhänge zurück. Ich blieb, wie ich war, denn meine schauspielerische Unerfahrenheit hätte mir niemals erlaubt, glaubhaft den Erwachenden zu mimen. Freimütig gestehe ich ein, daß auch eine gewisse Neugierde eine Rolle spielte, eine selbstsüchtige Neugierde: Welche ›Herrschaftsregeln‹ hielten denn mein Schicksal in seinen Zeilen gefangen? Ich, John H. Weston – Prinzgemahl von ganz Britannien! War es nur der Appetit auf eine Heirat mit der Krone, der mich dazu brachte, ruhig dazuliegen und abzuwarten, was Victoria als nächstes tun würde? Nein, das kann nicht sein; mit Kronen hatte ich mehr Erfahrung als mir lieb war.

Der Leuchter neben dem Bett begann zu blaken. Verstohlen beobachtete ich die Königin, wie sie daran eine neue Kerze entzündete, eine dicke gelbe, und sie auf einen mit einem Dorn versehenen Halter rammte. Damit in der Hand eilte sie an die Wand mit dem verwaisten Portraitrahmen ihres Onkels. Mit ihren schlanken Fingern fuhr sie über die geschnitzten gehörnten Götter und Pferde, Kessel und Schwerter, bis sie einen Schnäpper fand: Ein Mauerstück öffnete sich geräuschlos und schwenkte nach innen. Leise wie ein Geist schlüpfte Victoria in die verborgenen Katakomben.

Was konnte ich anderes tun, als ihr zu folgen? Zeit, mich in die vielen Schichten meiner Straßenkleidung zu hüllen, hatte ich nicht, daher bedeckte ich meine Blöße mit dem Mantel, den Geordie mir geborgt hatte. Der Mantel hatte eine Kapuze, und ich weiß nicht, welche Eingebung mich trieb, sie mir vors Gesicht zu ziehen, so daß meine Züge vollständig verborgen wurden. Dann begab auch ich mich in die Welt jenseits der Schlafzimmerwand.

Ein weitverzweigtes Labyrinth führte abwärts, durch Korridore aus Holz und Stein, durch Säle mit alten Eichen, die noch verwurzelt waren und lebten.

Tote Blätter strichen mir übers Gesicht und zerbrachen knisternd unter meinen Füßen. Ich hielt die leisen Schreie der Überraschung und des Schmerzes zurück, wenn ich auf zu Boden gefallene Zweige und spitze Steinchen trat. Im gesprenkelten Halbdunkel schimmerten perlenbleich weiße Beeren an den überhängenden Ästen.

Immer tiefer hinab führte das Labyrinth. Schon bald war zu beiden Seiten nur noch toter grauer Fels, die grob behauenen Wurzeln der zeitlosen Monolithen, die lotrecht im Herzen der Stadt London standen. Die Wände schienen immer enger zueinander zu neigen, und mein Umhang schleifte über den rauhen Stein. Die zerklüftete Decke senkte sich so tief herab, daß ich mich schließlich gezwungen sah, gebückt zu gehen. Nachdem ich den schwachen Schimmer von Victorias Kerze aus den Augen verloren hatte, mußte ich mich vortasten.

Am Ende spürte ich einen kühlen, feuchten Luftzug. Wäßriges Licht lockte mich hinan, doch hielt ich mich zurück. Victoria sollte meine unerwünschte Anwesenheit nicht bemerken. Bedächtig ging ich weiter bis an die Stelle, wo der schmale Steinkorridor an einem friesgeschmückten Durchgang endete. Dort verbarg ich mich in den Schatten und wartete.

Die Königin stand im Zentrum einer quadratischen, aus dem Fels gehauenen Kammer. An der Wand gegenüber dem Eingang wartete ein leerer Altar, und die glänzend-roten Ströme, die von der oberen Platte hinunterflossen, wirkten zu hell, um mehr als das Scheinbild eines Opfers zu sein. Das Gesicht eines Bullen funkelte Victoria vom Altar her an; in seinen leeren Augenhöhlen flackerte das Feuer, das im Altarstein brannte. Meine geliebte Königin trat näher und stellte ihre Kerze neben dem Heiligtum ab, dann ließ eine Berührung durch ihre Hand die Platte zurückkippen. Ich war gefährlich nahe daran, mit einem lauten Protest aus meinem Versteck zu stürzen, als sie die Hände mitten in die hungrigen, züngelnden Flammen stieß.

»Sie verschwenden Ihre Zeit, Eure Majestät. Dort ist es nicht mehr.«

Victoria fuhr herum, und ich kauerte mich noch tiefer in die Schatten. Während ich zusah, verbreiterte sich ein Sprung in der Wand hinter dem Altar und entließ drei in Kapuzenmäntel gehüllte Gestalten, die erste in Weiß, die zweite in Schwarz und die dritte in Scharlachrot.

»Sie spricht die Wahrheit, Eure Majestät«, sagte die weiße Gestalt. Eine Männerstimme, trocken und gedehnt – und als er die Kapuze abnahm, erblickte ich wölfische Zähne, die sich weiß vor seiner sonnenverbrannten Haut abhoben. Er mußte lange unter einer Sonne gelebt haben, die stärker brennt als die, welche auf Britannien herabscheint.

Sein Gesicht eignete sich vorzüglich, dabei zu grinsen, wenn andere Leute das Ertränken von Welpen erörterten. Nach allem, was ich trotz der alles verhüllenden Druidenrobe von seinem Körperbau erahnen konnte, handelte es sich um einen kräftigen, wohlproportierten Mann etwa meines Alters; dennoch schmeichelte ich mir, daß ich ihn in ehrlichem Kampf mit Leichtigkeit niederschlagen könnte. Selbst von weitem leuchteten seine Augen noch mit dem inneren Feuer der großen Dschungelkatzen, von denen ich nur gelesen hatte. Mit seinem glatten, pechschwarzen Haar und dem breiten Schnurrbart erweckte er in mir das unangenehme Gefühl, daß er mit diesen wunderschönen und zugleich schrecklichen Bestien einen erlesenen Blutdurst teilte.

Ich erkannte die Stimme der schwarzgekleideten Kreatur, die im Schatten dieses boshaften Mannes hing wie eine Fledermaus in einer Turmruine: es war derjenige Akolyth, dessen Ankunft dem armen

Geordie solche Furcht eingeflößt hatte. Erst jetzt begriff ich, daß die Stimme des Akolythen nicht aufgrund seines zarten Alters so hell und melodisch klang, sondern weil es sich um eine Frau handelte. Lachend neigte sie sich eng an den dunklen Mann. Die dritte Gestalt – die in Scharlachrot – hielt sich im Hintergrund.

Victoria keuchte vor Schreck, dann stieß sie die Hände zum zweitenmal ins Feuer. Die Flammen ließen sie unversehrt, während sie in dem Lodern umherfuhr, wie ein Stubenmädchen in einer Schublade nach einem Teelöffel sucht. Doch als sie ihre Hände wieder herauszog, waren sie leer.

»Sehen Sie?« Der Mann in Weiß gähnte.

»Aber wie ... Wie konnten Sie es berühren?« verlangte die Königin zu erfahren. Schwarz und Weiß näherten sich ihr. Victoria breitete die Hände aus und wirkte einen Schutzzauber, aber das brillante Strahlen ihrer Beschwörung verdunkelte sich rasch zu einem matten Leuchten, dann erlosch es ganz. Die Frau in Schwarz packte die Königin bei den Handgelenken. Dabei rutschte ihr die Kapuze vom Gesicht.

»Lady Byron!« stieß Victoria hervor.

»Eure Majestät«, entgegnete die Frau, und ihre Worte klangen ebenso verzerrt wie ihr Lächeln.

Ich hatte gerade meine Gegenwart enthüllen wollen, doch als der Name Byron fiel und ich die Identität des ›Akolythen‹ erfuhr, der Geordie entführt und mir das Feld überlassen hatte, zögerte ich vielleicht zehn Herzschläge lang – zehn Herzschläge zuviel.

Victorias zierlicher Leib spannte sich an wie ein Langbogen, und der Zauber verließ ihre Lippen als Donnerkeil stärkster Macht. Diese Magie war dazu ausersehen zu töten – weshalb Victoria das beabsichtigte, wußte ich damals noch nicht –, aber der Dunkelhäutige fing die Wirkung des Zaubers mit einem einzigen Wort ab und schleuderte ihn zurück.

Die Zauberkraft verwandelte sich in funkelnde Wellen, die jedes Menschenwesen lähmten, das sie berührten. Die Königin erstarrte – und ich ebenso. Nur das Kribbeln in meinem Blut verriet mir, daß ich in meinem Versteck zum unbeabsichtigten Opfer eines Bannzaubers geworden war. Mein Fleisch war hart wie Stein, und ich konnte nicht mehr helfend eingreifen, ich konnte nur tatenlos zuhören.

Lady Byrons Gesicht war kreidebleich. Deutlich war zu sehen, daß sie geglaubt hatte, der Zauber der Königin sei unaufhaltsam. Der dunkle Mann las ihr das kaum bezähmte Entsetzen vom Gesicht ab und hob mit einer kühnen Bewegung ihr Kinn, zwang sie, ihm in die Augen zu blicken.

»Angst, meine Liebe? Sie hätten sich niemals auf meine Seite stellen dürfen, wenn Sie meinen Kräften nicht vertrauen.«

»Das ... das war es nicht«, log Lady Byron erbärmlich. Die Augen des Mannes glitzerten. Sanft strich er ihr über die Wange, und vier Blutspuren zeigten den Weg seiner Liebkosung an. Lady Byron wimmerte vor Schmerz, und die scharlachrot gekleidete Gestalt stand als regloser Wächter daneben, wie ich nicht mehr als ein stummer Beobachter.

Lady Byron sank auf den Steinfußboden und tupfte sich die mißhandelte Wange mit dem herabhängenden Ärmel ihrer schwarzen Robe ab. Der Mann in Weiß beachtete sie nicht mehr. »Dem Gedanken des ritterlichen Ehemanns machen Sie nicht allzuviel Ehre, George. Doch andererseits verhält es sich wohl bei allen Dingen so, die Sie aus dem Schlafzimmer entfernen.«

»Es steht mir nicht zu, Ihre Entscheidungen in Belangen der ... der Disziplin zu hinterfragen, Mylord«, sagte Geordie aus dem Schutz seiner scharlachroten Kapuze. Nie zuvor habe ich einen Mann so bar jedes Kampfgeistes sprechen hören.

»In der Tat«, sagte der Dunkelhäutige. »Sie besitzen weniger Ehrgeiz als Ihre Frau, doch manchmal überrascht mich Ihre Intelligenz. Als mein Helfer haben Sie eigentlich ausgedient« – der arme Geordie erschauerte –, »und doch glaube ich, daß meine Pläne weiterhin von Ihrer Existenz profitieren könnten.«

»Aber ... aber als Beltaine-Gemahl der Königin ...«

Der Mann in Weiß wischte Geordies hastige Rechtfertigung unwirsch beiseite. »Dieses Stadium ist vorbei – es ist zu Ende gegangen. Sie selbst haben es heute nacht beendet, indem Sie Ihrer Majestät erlaubten, einen Ersatz für die königliche Bettstatt zu finden.«

»Aber Sie haben mich doch fortgerufen!«

Der Dunkelhäutige zog langsam die Augenbrauen hoch. Sein Gesichtsausdruck war ein Zerrbild unschuldigen Erstaunens. »Hinterfragen Sie mich also doch, George? So wenig verlange ich von meinen Dienern, und bisher erfüllten mir alle jeden Wunsch. Ich habe Sie rufen lassen, das ist richtig. Aber ich habe Sie nicht aufgefordert zu trödeln, nachdem ich Sie entlassen hatte. Sie hätten genügend Zeit gehabt, ans Feuer zurückzukehren und erwählt zu werden. Aber machen Sie sich deswegen nur keine Gedanken. Wir brauchen keine Zeit mehr zu gewinnen. Meinen untertänigsten Dank für die vielen Jahre, in denen Sie Ihre Majestät harmlos beschäftigt haben. Hätte sie einen Gemahl gefunden, der sowohl geeignet als auch erwählbar gewesen wäre – was Sie als verheirateter Mann niemals waren –, hätte sie schon viel früher auf den Gedanken kommen können, die Rules zu konsultieren.«

»*Wo sind sie, verdammt noch mal? Wo sind die* Rules Britannia?«

Victoria hatte gesprochen. Ihre eigene, auf sie selbst zurückgeschleuderte Zauberkraft kannte ihre wahre Herrin noch immer und vermochte sie nicht, wie mich, sprachlos zu machen. Indes schien ihr wütender Aufschrei den Dunkelhäutigen nicht zu beunruhigen. Er musterte sie auf die gleiche Weise, wie Schuljungen einen gefangenen Schmetterling betrachten.

»Das werden Sie zu einem geeigneteren Zeitpunkt erfahren, Eure Majestät. Wie lange es noch dauert, hängt ganz von Ihnen ab, denn ich beabsichtige, Ihnen die *Rules* zurückzugeben – als Hochzeitsgeschenk.«

»Hochzeitsgeschenk?« Geordie hob ruckartig den Kopf. »Aber nach all den Jahren, in denen ich verhindert habe, daß sie sich einen Gemahl erwählt ...«

»Halten Sie den Mund, George. Bitten Sie doch Ihre Lady, Ihnen beim Tee meine – mehr als ehrenhaften Absichten auf Ihre Majestät zu erläutern. Das Recht auf Herrschaft hat sie verwirkt, indem sie zuließ, daß ihr die *Rules Britannia* aus der Hand genommen wurden, aber das können wir sicherlich als unser kleines Ehegeheimnis bewahren. Und nachdem wir geheiratet haben und die Krone des Prinzgemahls mir gehört – wenn Britannien sich mir geöffnet hat –, dann wird meine liebe Frau mir auch die Geheimnisse der *Rules* offenbaren, und ich werde über mehr Macht gebieten, als die Goldene Bruderschaft sich je träumen ließ.«

Victorias Lachen klang in der Felskammer hohl und spröde. »Beim Gehörnten, mir gefällt Ihr Gerede von Träumen! Ich weiß zwar nicht, wie Sie es geschafft haben, mit den *Rules* davonzukommen, aber nutzen werden sie Ihnen nichts! Kein Tropfen Druidenblut fließt in Ihren Adern, habe ich recht? Nein, wohl nicht, denn sonst bräuchten Sie nicht mich, damit ich Ihnen die *Rules* eröffne.«

»Majestät sind höchst aufmerksam.« Der Dunkelhäutige verbeugte sich spöttisch und nicht sehr tief. »Selbst Lord Byrons stark verdünntes Geschlecht weist mehr Druidenblut auf als meine armen, bürgerlichen Adern.«

»Und daher unterwerfen Sie sich jene mit wenig

Zauberkraft, der Sie von vornherein gar nicht über Magie verfügen dürften. Ach, das ist gut! Glauben Sie ernstlich, ich hätte noch nie mit Komplotten wie diesem zu tun gehabt? Ihr Ehrgeiz ist weder für mich noch für die Bruderschaft etwas Neues. Bevor man Ihnen erlaubt, mich zu heiraten, röstet man Sie im Weidenkorb. Die *Rules Britannia* gehorchen nur dem, der von Bran abstammt. Ihnen bleiben sie verhüllt, das schwöre ich.«

Der Dunkelhäutige schüttelte die weiße Robe ab, und darunter kam der scharlachrote, mit zahlreichen Dienstauszeichnungen behangene Uniformrock eines Soldaten hervor. »Ebensosehr wie die Ungerechtigkeit dieser erbärmlichen Insel hasse ich Ungenauigkeit. Haben Sie etwa noch in dem Augenblick, in dem ich Ihren Zauber auf Sie zurückwarf, geglaubt, ich geböte über keinerlei Macht? Glauben Sie etwa, Ihre überschätzten Druiden wären die einzigen Zauberer auf der ganzen Welt? Sie sind nicht anders als die kurzsichtigen Mitglieder dieser engstirnigen Bruderschaft; Ihr Horizont endet, wo der Ozean an Ihre Ufer schlägt. Doch es werden sich noch zahlreiche Gelegenheiten bieten, Sie zu unterweisen. Annabella!«

Trotz der Schmerzen, unter denen sie noch leise stöhnte, eilte Lady Byron an die Seite ihres Herrn. Er flüsterte ihr einige Worte zu, und sie verschwand in den Riß hinter dem Altar, um mit einem bronzenen Räucherbecken zurückzukehren, das so fremdartig geformt war, wie ich es noch nie zuvor gesehen hatte. Lady Byron legte ein Stück Holzkohle in die flache Schale, nahm einen Lederbeutel von ihrem Gürtel und streute daraus ein gelbes Pulver über die Kohle. Unverzüglich entstand ein durchdringender, überwältigend süßer Rauch und ließ seine Tentakel zur rauhen Steindecke aufsteigen und sich entlangkräuseln.

»Leben Sie wohl, Majestät«, sagte der Dunkelhäutige. Seine Worte ließen rotes Feuer vor meinen Augen aufflackern, die tränten und gegen die sich zusammenziehende Dunkelheit ankämpften. Ich spürte, daß der Bannzauber schwächer wurde. Gleichzeitig gaben meine Knie nach, doch bevor mir endgültig die Sinne schwanden, hörte ich den Finsteren noch sagen: »Sie bringen sie in ihre Schlafkammer zurück, George. Nein, blicken Sie mich nicht an wie ein Kälbchen! Sie wird sich an nichts erinnern. Dafür hat Ihre Frau gerade gesorgt. Sie und ich werden auf dem gleichen Weg fortgehen, auf dem wir hierhergekommen sind. Gehen Sie nun und ...«

Mehr hörte ich nicht.

Ich erwachte voll angekleidet am Themse-Ufer, als das erste Morgenlicht den Himmel gelb und rosa färbte. Ein eklig-süßer Geruch hing an mir, und ich konnte beim besten Willen nicht sagen, wo oder wie ich ihn mir zugezogen hatte. Mit schmerzenden Knochen und völlig durchgefroren schleppte ich mich nach Haus in die Baker Street.

Ich hatte keinen Grund, Donnes schadenfrohen Schlußfolgerungen zu mißtrauen, die er anzustellen begann, kaum daß er den ersten Hauch von mir wahrnahm – keinen Grund, an den ich mich erinnert hätte.

Da noch nicht.

KAPITEL 2

Vittoria, die Zirkustänzerin

Eine Woche nach Beltaine begannen die Kopfschmerzen, die mich seit der vergessenen Nacht geplagt hatten, gerade erst nachzulassen. In die gleiche Zeit fielen Verhaftung und Verurteilung von Vincent Lynch, dem Fälscher, nach dessen Ergreifung mein guter Freund Mr. Brihtric Donne einmal mehr in eine jener Perioden der Untätigkeit sank, die er so sehr verabscheute. Als ich von einem Strandspaziergang in der Morgendämmerung zurückkehrte, fand ich ihn apathisch auf dem Sofa ausgestreckt vor. Neben ihm lag seine frisch gestopfte, aber noch nicht angezündete Pfeife. Mich beschlich eine tiefe Besorgnis, denn ich fürchtete, er sei wieder auf den Konsum von Kokain verfallen, um sich von seinem erzwungenen Beschäftigungsmangel abzulenken.

»Sie brauchen mich durchaus nicht so durchdringend anzusehen, Weston«, sagte er. »Ich weiß bereits, wie sehr Sie mein harmloses Hobby mißbilligen.«

»Harmlos ist wohl kaum der richtige Ausdruck dafür, Donne.«

»Sie haben ein Recht auf Ihre eigene Meinung, obschon Sie sich lieber mit den Fakten über dieses Rauschmittel beschäftigten sollten, anstatt Vorurteile nachzuplappern.« Dann fügte er augenzwinkernd hinzu: »Doch in Anbetracht der frühen Stunde sollten Sie wissen, daß ich mich eher dem Frühstück hinzugeben neige als dem Kokain. Schließlich möchte ich unsere gute Mrs. Hendrik nicht aufregen, sollte sie hereinkommen und mich unter dem Einfluß von etwas vorfinden, das unnatürlicher ist als ihre gebratenen Räucherheringe.« Erwartungsvoll rieb er sich die langen, weißen Hände.

In diesem Moment klopfte es an der Tür. »Das muß Mrs. Hendrik sein«, wagte ich mich vor.

»Muß? Sagen Sie niemals ›muß‹, Weston. Tatsächlich würde ich sagen, daß Sie eine Besucherin vorfinden werden, die erheblich jünger ist als unsere Hauswirtin.« Mit diesen Worten öffnete er die Türe.

Meine lange Bekanntschaft mit Donne hat mich vieles gelehrt, vor allem aber seine nahezu übernatürlich zu nennende Fertigkeit, Herkunft und Beruf eines Klienten schon auf den ersten Blick zu ersehen. Daher hätte ich nicht überrascht sein müssen, daß er hier Alter und Geschlecht dieses Gastes vorhersagte, ohne einen Blick zu benötigen. Unsere Besucherin war tatsächlich eine Lady, die mir geheimnisvollerweise auf der Stelle höchst anziehend erschien.

»Mr. Donne?« Ihr Gesicht war von einem dünnen schwarzen Schleier verhüllt, aber unter dem nüchternen, aschfarbenen Redingote lenkte ein prächtiges Satinkleid, das in allen Farben des Regenbogens schillerte, die Aufmerksamkeit auf sich. Die Stimme der Besucherin, die sehr warm und melodisch klang, wies einen unverkennbar italienischen Akzent auf.

»Wollen Sie nicht hereinkommen?« fragte Donne. »Nein, nein, bitte setzen Sie sich nicht auf diesen Stuhl. Weston hier ist immer der Erste, der sich über meine Schlampigkeit echauffiert, doch stellen diese Papiere einen wichtigen Teil meiner Akten dar. Auf gar keinen Fall dürfen sie durcheinandergebracht werden.«

»Donne nimmt für sich in Anspruch zu wissen, wo er was findet«, warf ich ein. Meine Stimme klang heiser wie die eines nervösen Schulbuben. Die Dame hatte den schwarzen Schleier gehoben und zeigte uns ein zierlich-schönes Gesicht, wie man es nur selten sieht. Sowohl sie als auch Donne ignorierten meine Bemerkung völlig.

»Mr. Donne, ich heiße Vittoria Pitti. Auf Ihren Namen bin ich gestoßen ...« Sie zögerte.

»Das spielt keine Rolle.« Donne hatte sich auf die Tischkante gesetzt und musterte unsere Besucherin eingehend; seinem scharfen Blick entging nichts. »Wichtig ist allein, daß Sie meiner Dienste bedürfen. Wie kann ich Ihnen helfen, Signorina Pitti?«

Die Erinnerung ließ sie den Blick senken. Blonde Locken umrahmten hübsch das runde Mondgesicht. »Ich bin – wie sagen die Briten dazu? – eine Frau, der Unrecht angetan wurde.«

»Welches Unrecht, Signorina? Herzensaffairen fallen an sich nicht ins Metier eines beratenden Detektivs.«

»Dessen bin ich mir bewußt, Mr. Donne.« Trotzig hob sie das kleine, runde Kinn. »Das Unrecht, das mir angetan wurde, hat mehr mit Diebstahl denn mit Liebe zu tun. Mir ist etwas entwendet worden.«

»Tatsächlich? Und was wurde Ihnen gestohlen?«

»Ein Pergament, Mr. Donne. Eine Reliquie, die meine arme florentinische Familie seit Generationen bewahrt. Das Pergament soll ein Adelsbrief sein, ausgestellt von einem Medici-Fürsten für seine Mätresse, die dem Bauernstand entstammte.« Sie hielt den Kopf gesenkt und wich unseren Blicken aus. Ich vermutete, daß sie Seiltänzerin sein mußte oder eine andere Artistin, deren größtes Kapital Anmut und Schönheit ist. »Meine Großmutter erzählte, daß der Brief aus Furcht vor der Frau des Fürsten niemals in Anspruch genommen worden sei, denn diese Dame soll sehr eifersüchtig gewesen sein und große Erfahrung in der Beseitigung ihrer Rivalinnen besessen haben. Für jeden außer mir ist das Pergament wertlos, aber ich bewahrte es in einer sehr kostbaren Schatulle auf. Ich ... ich bin nicht ohne Mittel, die mir reiche Bewunderer gestiftet haben, und so sorgte ich dafür, daß dieser einzige Anspruch meiner Familie auf besseres Blut in einer Art Reliquiar aufbewahrt wurde. Es besteht aus gehämmertem Silber und Filigranarbeit und ist mit Blutrubinen im Cabochonschliff besetzt. Ich fürchte, daß der Dieb das Pergament zerstört oder wegwirft, wenn er das Gefäß an einen Hehler verkauft und man es ihm nicht vorher abnimmt. Sie müssen mir helfen, es wiederzufinden, Mr. Donne; das müssen Sie einfach!«

Zunächst gab Donne keine Antwort. Dann erhob er sich von der Tischkante und schritt zur Tür. Indem er sie aufriß, sagte er: »Eine höchst interessante Familiengeschichte, Signorina Pitti. Ich schlage vor, daraus eine Fortsetzungsgeschichte für die Zeitungen zu machen. Ich werde ihr gewiß gespannt bis zum Ausgang die Treue halten; vorher lese ich zur Einstimmung die Seufzerspalten.«

Ich sog scharf die Luft ein. Der Ausdruck der Verzweiflung auf Miss Pittis anbetungswürdigem Antlitz stach mir ins Herz, doch auf Donne zeigte er überhaupt keine Wirkung. Wie stets Meister der eiskalten Vernunft, veränderte sich seine Miene um keinen Deut.

»Sie glauben, daß ich lüge«, brachte Miss Pitti schließlich hervor.

»Ich weiß, daß Sie lügen«, entgegnete Donne. »So sehr ein Fall auch willkommen wäre, verbringe ich meine Zeit doch lieber mit Nichtstun, als sie damit zu vergeuden, daß ich Lügen nachgehe.«

Miss Pitti machte keinerlei Anstalten, sich von ihrem Stuhl zu erheben. Tränen begannen ihr die Wangen hinunterzulaufen.

»Also wirklich, Donne«, tadelte ich ihn.

»Ja, *wirklich,* Weston!« wandte er sich an mich. »Womit haben wir es hier wirklich zu tun? Vor uns liegen alle Elemente eines billigen Räuberromans. Nicht eines, das fehlte! Die schöne Dame in Bedrängnis, das entwendete Dokument, die zusätzliche Würze einer Zirkusintrige – denn ich stelle fest, daß Sie eine Zirkusartistin sind, Signorina –, und alles gekrönt vom melodramatischen schwarzen Schleier. Nun fehlt nur noch ein frischer Leichnam und vielleicht eine Andeutung auf die Gifte der Borgias! Doch Sie entschlossen sich, diese kleine Farce lieber in Florenz anzusiedeln als in Rom.« Zornig schlug er die Türe zu und zog Miss Pitti hoch, daß sie vor ihm stand.

»Madam, ich bin ein beratender Detektiv. Das ist alles, was ich bin, und alles, was zu sein ich vorgebe. Weder rinnt auch nur ein Tropfen Druidenblut durch meine Adern, noch ist jeder Tropfen meines Blutes britisch! Einen verlorenen Gegenstand, ganz gleich wie wertvoll, könnten Sie leicht wiederfinden lassen, indem Sie sich an einen aus der Goldenen Bruderschaft wenden. Schon als Lehrbuben meistern sie einfache Suchzauber. Warum also sind Sie zu mir gekommen?«

Statt einer Antwort stieß Miss Pitti einen furchtbaren Schluchzer aus und drängte sich eng an Donne. Ich muß eingestehen, angesichts seiner Last ein Aufwallen von Neid empfunden zu haben, seine eigenen Gefühle hinsichtlich der Situation bestanden jedoch lediglich aus Ungeduld und Verärgerung. Er schob die Weinende von sich fort und setzte sie wieder in den Sessel. Dann kehrte er ihr den Rücken zu, ging an das Fenster und beobachtete eingehend den Teil der Baker Street, den er von dort einsehen konnte.

Miss Pitti erlangte schon bald ihre Selbstbeherrschung zurück. »Nun gut, Mr. Donne.« Mit einem Taschentuch, das sie unter ihrem Redingote hervorzog, tupfte sie sich die Augen ab. »Ich will Ihnen die Wahrheit sagen. Sie wiesen mich darauf hin, daß die Bruderschaft alles Verlorene wiederfinden kann, *ganz gleich, wie wertvoll*. Aber kann ich denn darauf vertrauen, daß man dort alles zurückerstattet, was man findet? Wie leicht wäre es, dem Auftraggeber zu bescheiden, daß die Zauber keine Wirkung gezeigt hätten! Wie leicht es der Bruderschaft fiele, zu behalten, was sie einmal gefunden hat! Selbst wenn ich ihr den Betrug nachweisen könnte, wie sollte ich sie zwingen, mir mein Eigentum wiederzugeben? *Guiro*, sie jagen mir solche Angst ein, diese britischen Hexenmeister!«

»Fahren Sie fort«, wies Donne sie an. »Ich konnte nicht glauben, daß eine Zirkusartistin solch Aufhebens um eine altes Pergament und ähnlichen Klimbim machte. Wir sprechen also von etwas so Wertvollem, daß es selbst einen Druiden in Versuchung führen könnte?«

Miss Pitti beugte sich vor, und ihre blauen Augen funkelten. »*Precisamente!* Das Gefäß – das Reliquiar – sieht gerade so aus, wie ich es beschrieben habe, aber anstelle des Pergaments liegt ein Smaragdkollier

darin. Es ist unbezahlbar! Der Zirkus war in Böhmen, und ein gewisser Edelmann ...«

»Selbstverständlich könnte solch ein wertvolles Geschenk jeden Mann in Versuchung führen, sogar einen Druiden. Vielen Dank, Signorina Pitti. Das Vertrauen, das Sie nun in mich setzen, ehrt mich. Sollte ich so verdorben sein und das Kollier behalten wollen, nachdem ich es gefunden habe, müßten Sie nur die Mächte der zivilen Gerichtsbarkeit auf mich herabbeschwören, um mich zum Nachgeben zu bewegen, und keine Zauberei. Könnten Sie mir das Kollier ein wenig näher beschreiben?«

»Ja, gewiß. Fünfzehn quadratisch geschnittene Smaragde, der größte so groß wie mein oberes Daumenglied, alle in Gold gefaßt, der Verschluß hat die Form einer Nixe mit Augen aus Diamant. Das Kollier habe ich in dem Reliquiar aufbewahrt, dieses wiederum war in einem mit Seide ausgekleideten Holzkistchen aus polierter Eiche mit ... mit Schnitzereien von Trauben. Auch dieses Kistchen ist gestohlen worden, und es ist mir ebenfalls sehr kostbar. Sie müssen wissen, daß hinter der Polsterung des Deckels eine Photographie verborgen ist, die ...«

»Meine liebe Signorina.« Donne half ihr auf und führte sie mit sanftem Nachdruck zur Tür. »Sie dürfen sich darauf verlassen, daß ich Ihnen das Kollier nicht ohne das Silberreliquiar und das Kistchen übergeben werde. Es ist mir ein Vergnügen, Ihnen helfen zu können. Wenn Sie in einer Woche um die gleiche Zeit zurückkehren, werde ich Neuigkeiten für Sie haben.«

»So bald?« Sie riß die blauen Augen weit auf. »Ah, Sie sind wirklich genau so, wie man sagt, Mr. Donne!« Darauf lächelte Donne nur und führte ihre handschuhlosen Finger an seine Lippen. Ich konnte nicht anders, ich glotzte! Solch eine höfliche Geste war für meinen Freund völlig untypisch. War auch er dem Zauber erlegen, der mich so rasch vereinnahmt hatte?

Meine Phantasie währte nur so lange, bis Donne hinter unserer schönen Besucherin die Tür geschlossen und sich in den Sessel geworfen hatte, wo er ein bellendes Gelächter ausstieß. »Himmel, Weston, wie habe ich das genossen!«

»Genossen?« wiederholte ich. »Es will gar nicht zu Ihnen passen, daß Sie sich am Leid anderer ergötzen, Donne.«

Donne lachte erneut, und lauter. »Guter alter Weston. Wie kann es nur sein, daß die vielen Jahre als mein Boswell Ihre Beobachtungsgabe nicht im geringsten geschärft haben? Oder handelt es sich um einen weiteren Beweis für das, was ich schon immer gesagt habe – daß Frauen die männliche Fähigkeit der logischen Schlußfolgerung zerstören?«

Er zündete sich die Pfeife an, die während des Gesprächs auf ihn gewartet hatte, und fragte mich: »Haben Sie denn gar nichts Fehlerhaftes an der Geschichte der Lady bemerkt, Weston? Nicht einen einzigen Widerspruch?«

»Hmpf ... nun ... Ich hielt sie für ein zu nettes Mädchen, als daß sie solche teuren ... äh, Beweise der Zuneigung wie dieses Kollier annehmen sollte.«

»Es gibt kein Kollier«, entgegnete Donne.

»Was? Aber Sie haben doch eingewilligt, Miss Pittis

Fall zu übernehmen. Wenn es keine Halskette gibt, dann gibt es auch keinen Fall.«

»Es gibt auch keine Miss Pitti«, fügte Donne hinzu.

»Keine ... keine Miss Pitti? Aber sie saß doch direkt hier vor ...«

»*Eine* Frau hat dort gesessen. Eine, der etwas Wertvolles abhanden gekommen ist. Eine Dame, die unbedingt die wahre Natur des Abhandengekommenen vor vielen Menschen verbergen muß; besonders aber vor den Druiden der Bruderschaft.«

»Ja, so viel ist mir auch klar«, sagte ich. »Ein kostspieliges Geschenk ...«

»Eine Lady« – Donne ignorierte mich –, »die eine ganz ungeübte Lügnerin und noch schlechtere Schauspielerin ist. Auf mein Urteil darüber ist Verlaß. Ihre Anschauung von Verkleidung und Unwahrheit sind kindlich romantischer Natur. Wenn diese Lady nicht eine ledergebundene Gesamtausgabe von Byrons Werken besitzt, will ich ein Türke sein. Und doch ist diese Dame, allen Lügen zum Trotz, meine Klientin, Weston, und keine Macht auf Erden soll mich davon abhalten, ihr bis zum Äußersten bei der Lösung ihres Falles beizustehen.«

»Donne«, murmelte ich, »Sie haben sich in sie verliebt.«

Donne bedachte mich mit einem empörten Blick. »Wohl kaum. Es sei denn, Sie beziehen sich auf die Liebe, die jeder echte Brite für seine rechtmäßige Königin empfinden muß. Die Götter mögen sie schützen«, fügte er wie im Nachsatz hinzu.

Bevor ich nach einer Erklärung verlangen konnte, hatte er schon seinen Inverness ergriffen und stand an der Tür. »Kommen Sie, Weston, die Jagd hat begonnen!« frohlockte er.

Erst nach einigen Häuserblocks vermochte ich ihn einzuholen. Wenn er sich in einen Fall verbiß und losstürmte, ließ er mich unweigerlich mit seinen langen

Schritten weit zurück. »Was soll das alles mit der Königin? Was hat sie mit dem Fall dieses armen Kinds zu tun? Ist das noch eine Ausgeburt Ihres kokainberauschten Gehirns?«

Donne blieb auf der Stelle stehen. Egal, ob man ihn nun gegen den Hintergrund von Moorland betrachtete oder wie jetzt im vollen Sommersonnenlicht, war er eine imposante Gestalt. »Müssen Sie schon wieder davon anfangen, Weston? Manchmal glaube ich fast, Sie schreiben diese absurden Geschichten über mich nur, um sich als bedauernswerten Märtyrer darzustellen. Armer alter Weston, immer wird er vom großen Detektiv mit leutseligem Spott bedacht. Als was für einen herablassenden Bastard Sie mich zeichnen! Und welch demütigen, duldsamen Schüler Sie aus sich machen.«

»Das ist nur ausgleichende Gerechtigkeit für die vielen Phantomjagden, auf die Sie mich mitgeschleppt haben. Und wofür? Weil Sie gern Ihren Namen gedruckt sehen, Donne, nur darum!«

Brihtric Donne seufzte. »Ich bin schließlich auch nur ein Mensch – wie ich Ihnen schon zu Dutzenden Gelegenheiten darlegte. Wenn ich jedoch meinen Namen gerne gedruckt sehe, so haben Sie wohl auch nichts dagegen, den Ihrigen zu lesen – vorzugsweise in dem Feld ›zahlbar an‹ auf einem Scheck vom *Strand Magazine*. Ich könnte mir gut vorstellen, daß Ihnen diese Summen das Exil versüßen.«

Ich vergrub mein Kinn in den Kragen. »Schachmatt«, brummte ich. »Aber wir stehen hier wie die Kaninchen. Wohin zum Teufel gehen wir?«

»Einem alten Freund einen Besuch abstatten.«

»Zu dieser frühen Stunde?« Donne und ich waren Frühaufsteher, und auch die geheimnisvolle Miss Pitti schien keine Langschläferin zu sein. Die allermeisten Londoner aber verließen gerade erst ihre Häuser und machten sich verschlafen auf den Weg zur Arbeit.

»Für einige ist dies eben nicht die Stunde, um aufzustehen. Sie werden schon sehen.« Mit diesen Worten stürzte er sich in das Gewirr der Londoner Seitenstraßen, und ich mußte mein Tempo verdoppeln. Ich konnte es nicht wagen, ihn aus den Augen zu verlieren, denn ich wußte nicht, wohin er ging.

Die Straßenschilder wurden seltener, aber Donne, der sich genau an jeden Schleichweg und Karrenpfad der Stadt erinnerte, bedurfte ihrer gar nicht.

Ich hingegen hatte schon längst die Orientierung verloren, als er endlich vor einer bestimmten grünen, abgenutzt aussehenden Türe stehenblieb und gebieterisch klopfte.

Die Tür war nur eine von vielen ähnlichen an einer Reihe von Wohnungen, die früher einmal Stallungen gewesen waren und bessere Zeiten gesehen hatten. Die überhängenden Gebäude schlossen das Sonnenlicht zum großen Teile aus und vermittelten das Gefühl ewiger Dämmerung. Gut drei Minuten lang mußten wir in den Schatten warten, dann wurde die Tür mit einem rostigen Quietschen um eine Winzigkeit geöffnet, und ein einzelnes dunkles Auge betrachtete uns. »Wer ist dort?« fragte eine rauhe Stimme.

»Mach schon auf, Toddy, ich bin's«, befahl Donne.

Die Tür öffnete sich um weitere sechs Zoll, und ein Gnom mit stahlgrauem Haar, struppig wie ein Dachs, blickte uns an. »Ach, Sie sind's, Mr. Donne. Die Mädchen und ich, wir wollten grade Schluß machen, weil's ja nicht so wahrscheinlich ist, daß wir jetzt noch Kunden bekommen tun. Aber Sie sind uns höchst willkommen, Sir, wie immer höchst willkommen. Kommen Sie rein! Kommen Sie rein!«

Ich bedachte Donne mit einem ungläubigen Seitenblick, während wir Rumpelstilzchen ins Haus folgten. »*Mädchen*, Donne? Was für Mädchen denn, verdammt noch eins?«

Donne grinste und ließ die Frage unbeantwortet.

»Guckt mal, wer gekommen ist, ihr Lieben!« bellte unser Führer. Wir standen in einem Raum, dessen Mauern von schweren Samtvorhängen verhüllt wurden und dessen einzige Möblierung aus dicken, bestickten Kissen bestand. Auf diesen Kissen räkelten sich Frauen aller Rassen, Hautfarben und Nationalitäten außer einer. Selbst ich war schnell genug, um die Abwesenheit jeder britischen Rose in diesem einzigartigen, köstlichen Bouquet zu bemerken.

Die Damen – von denen manche schläfrig schmollend dreinblickte – hoben die Augen und stießen Schreie der Begeisterung hervor. Donne quittierte sie mit einer Verbeugung. »Bin heute nur geschäftlich hier, meine lieben jungen Damen. Nur geschäftlich, fürchte ich. Ein Fall, Sie verstehen.« Diese Erklärung wurde von einigem Aufstöhnen beantwortet, und es war mir eine Wohltat, daß Donne einen hilflosen Ausdruck aufsetzte.

»›*Illic et Venus et leves Amores atque ipsa in medio sedet Voluptas*‹«, zitierte er. Ich runzelte die Stirn. »Ach, geben Sie sich doch einen Ruck, und entspannen Sie sich, Weston! Wollen Sie nicht lieber wieder meinen Hang zum Kokain mißbilligen? Prüderie paßt wohl kaum zu einem Mann, der sich nicht einmal zu erinnern vermag, wo er die Beltaine-Nacht verbracht hat.«

»Deshalb haben Sie mich mitgeschleppt, Donne? Um ein ... ein *Etablissement* zu besuchen?«

»Meine Güte, welche Idee, Weston«, schmunzelte Donne. »Das sollte man in der Tat einmal in Erwägung ziehen. Aber nein, dieser Besuch hat allein berufliche Gründe. Friedrich, wenn Sie so gut wären, uns in Ihrem Büro zu empfangen?« sprach er den Gnomen an.

»Ganz wie Sie wünschen, Sir! Hier entlang!« Die

Unterwürfigkeit in Person, rieb Friedrich die knorrigen Hände gegeneinander. Wir suchten uns einen Weg zwischen den räkelnden Damen hindurch und erreichten eine Tür, die in erheblich besserem Zustand war als ihr Gegenstück an der Straße. Nachdem wir sie durchschritten hatten, stockte mir angesichts der luxuriösen Einrichtung des Büros der Atem. Ich ließ mich langsam neben Donne in den bequemen Plüsch eines großen, tabakfarbigen Sofas sinken, während der kleine Friedrich sich in den wahrhaftigen Thron hinter einem Mahagonischreibtisch flegelte, der auch einem Premierminister gut angestanden hätte. An der Wand hinter ihm starrte mich eine nackte Odaliske mit liebestollen Augen an.

»Nun, Donne, was kann ich für Sie tun?«

Ich zuckte zusammen. Der Gnom hatte ein großes Taschentuch hervorgezogen und war sich damit mehrmals über das Gesicht gefahren. Statt des runzligen, alten Geschöpfs, das uns eingelassen hatte, saß uns nun ein junger, rothaariger Mann mit einem Adonisgesicht auf einem Kinderleib gegenüber. Er sprach mit reinstem Oxford-Akzent.

»Sehen Sie, Weston?« fragte Donne. »*Das* nenne ich eine gute Verkleidung. An seiner Größe kann Friedrich nichts ändern, doch erhebt er sich über solche Beschränkungen. Ich darf darauf vertrauen, daß Sie nach wie vor eine gut ausgestattete Garderobe unterhalten, Friedrich?«

Der Kleinwüchsige grinste. »Die Beste, die Sie außerhalb der Drury Lane finden werden, mein Freund. Manchmal wünschen unsere Gäste ein phantasievolles Umfeld beim Besuch unserer freundlichen Hostessen. Aber Sie sind doch gewiß nicht zu dieser schrecklich frühen Stunde zu mir gekommen, um sich über Kostümierung zu unterhalten.«

»Im Gegenteil, genau deswegen bin ich hier. Ich entschuldige mich vielmals, daß ich Ihr Etablissement so spät nach den üblichen Öffnungszeiten heimsuche, aber meine eigene Kollektion an Gewandungen umfaßt leider nicht das Kostüm, das meinen gegenwärtigen Bedürfnissen am besten dienen würde. Sie müssen Weston und mich auf der Stelle mit etwas Passendem ausstatten, denn wir haben eine höchst wichtige Verabredung.«

»Das glaub' ich Ihnen aufs Wort!« pfiff Friedrich bewundernd. »Wie gern ich wüßte, um was es dabei wohl geht.«

»Vielleicht legt sich Ihre Neugierde wieder, wenn ich Ihnen sage, daß es mit der Bruderschaft zusammenhängt.«

»Ausgerechnet?« Friedrich erschauerte. »Dann behalten Sie Ihr Geheimnis nur für sich. Teilen Sie es mit den Druiden. Einer unserer Gäste letzte Nacht hat Nadja etwas über eines ihrer Feste erzählt – Sammain, um genau zu sein –, und wie das Leben eines Mannes abgeschnitten wird, wenn er den Druiden in dieser Nacht in die Hände fällt.«

Donne zeigte die Zähne. »Wenn Sie ein geborener Brite wären wie ich, Friedrich, und kein verdammter Ausländer, dann wüßten Sie, daß einem Mann nicht das Leben abgeschnitten wird, wenn die Druiden ihn an Sammain im Freien erwischen.«

»Brr! Manchmal frage ich mich, weshalb ich Hamburg den Rücken kehrte und mich in diesem gottlosen Land niederließ«, sagte der Zwerg.

»Geld wird wohl nicht der Grund gewesen sein?« fragte Donne. »Ein Etablissement wie dieses, mit Mädchen vom Festland besetzt, muß doch einiges einbringen.«

»Manche Dinge sind mit Geld nicht zu bezahlen. Jedenfalls lasse ich mich nicht erwischen, wenn es Sammain ist. Eure garstigen Feiertage bedeuten mir nichts, und ich hänge sehr an meinem *Frater Franciscus*, wie man so schön sagt.« Friedrich schüttelte den Kopf und erhob sich aus dem Sessel. »Ich bewahre meine Garderobe hier auf. Schminkutensilien finden Sie in der obersten Schublade des Schminktisches. Nehmen Sie sich, was Sie brauchen, und bringen Sie es zurück, wann es Ihnen genehm ist.«

Ich stand der Tür, auf die Friedrich gewiesen hatte, am nächsten. Nun öffnete ich sie und betrat einen Raum, der ein eigenes kleines Zimmer hätte sein können. In einer roten Glaskugel brannte ein schwaches Licht, eine andere Beleuchtung gab es nicht. Plötzlich wurde ich bei den Beinen gepackt und stürzte, vom Gewicht meines ungesehenen Angreifers zu Boden gerissen, vornüber. Flinke Hände griffen nach meiner Kehle, und schwerer Atem strömte mir ins Gesicht. Als die sabbernden Kiefer näherkamen, glaubte ich, exotische Gewürze riechen zu können.

»Kwei-fei! Um der Gnade willen, laß den Mann in Ruhe!« Friedrich hob einen Kerzenhalter. In seinem Licht sah ich endlich den Angreifer – eine bernsteinhäutige Schönheit, deren schärpenlose Seidenrobe nichts verhüllte außer ihren Absichten. Widerstrebend – wenngleich nicht halb so widerstrebend wie ich – rollte sie sich von mir.

»Ein gutes Mädchen, unsere Kwei-fei, aber sie nimmt alles wörtlich. Ich habe sie zur Gewandmeisterin gemacht, müssen Sie wissen«, sagte Friedrich.

»Sie hätten ihr ihre Pflichten vielleicht etwas genauer erklären sollen«, meinte Donne.

»Hätten Sie das getan?« Der kleine Mann lächelte spitzbübisch. Kwei-fei setzte sich mit untergeschlagenen Beinen in die Ecke und schob sich eine rotlackierte Pfeife zwischen die Zähne. Süßer Rauch kräuselte sich und stieg in Spiralen zur Decke. Neben ihr hingen die ganze Wand entlang Friedrichs Kostüme. Weitere häuften sich gebraucht auf Stühlen, und noch mehr stapelten sich in einem offenen Schiffskoffer unter dem einzelnen, hohen Fenster des Raumes.

»Ich lasse Ihnen selbstverständlich freie Wahl, aber wenn ich einen Rat geben darf, so halten Sie sich lieber von Angelegenheiten fern, die in irgendeiner Weise die Goldene Bruderschaft betreffen«, sagte Friedrich. »Die Mädchen würden Sie schmerzlich vermissen. – Wir ha'm ja echt tolle Zeiten zusammen gehabt, Mr. Donne«, fügte er mit jener vulgären Aussprache hinzu.

Donnes Hand fiel schwer auf Friedrichs Schulter. »Sie sind ein guter Freund, Friedrich; ein guter, treuer Freund. Aber dieser Fall ist noch viel zu weit von der Lösung entfernt, als daß eine Verzögerung erträglich wäre. Die Zeit ist knapp und entscheidend. Wenn Sie wüßten, was ich plane, würden Sie mir zustimmen.«

»Nun, wie Sie wollen.« Friedrich ließ uns bedrückt mit unseren Angelegenheiten in der Garderobe zurück.

»Ich weiß nicht recht, Donne«, sagte ich, während er sich durch die Haufen aus Baumwolle, Satin, Samt und einfachem Kattun wühlte. »Dieser Friedrich ist schon ein komischer Kauz, aber er wirkt doch recht vernünftig. Worauf lassen wir uns denn eigentlich ein? Wie kann die Geschichte dieses Zirkusmädchens irgend etwas mit den Druiden zu tun haben – oder der Königin?«

Das Gesicht des Detektivs war hart wie Stahl. »Wenn Ihnen meine Methoden nicht zusagen, dann bleiben Sie eben hier. Friedrich hätte gewiß Verwendung für Sie, und Sie könnten sogar ein wenig Geld machen, indem Sie seinen Mädchen ihre berufsbedingten Wehwehchen kurieren. Was mich betrifft ...« Er wandte sich wieder seiner Suche zu. Schließlich richtete er sich triumphierend auf. »Na also, Weston. Die hier sollte Ihnen passen, und ich weiß, daß diese hier in meiner Größe ist.«

Als ich die schwarze Akolythenrobe berührte, die er mir zuwarf, durchlief ein vages Schreckensgefühl meinen ganzen Arm. »Donne, haben Sie den Verstand verloren?«

Er hatte sich bereits in die weiße Robe eines Meisterdruiden gehüllt und befaßte sich nun mit der Schminkschublade, die bis zum Überquellen mit falschem Haar, glaslosen Brillen und anderen Bühnenrequisiten gefüllt war.

»Keinesfalls. Aber sind Sie in Form, Weston?«

»In Form? Was wollen Sie damit sagen?«

Er hob die Augen zu dem einsamen Fenster, durch das ein Balken Sonnenlicht in den Garderobenraum fiel. Ungerührt sah Kwei-fei zu, wie wir unsere Toilette beendeten und den unorthodoxen Ausgang nahmen.

Im Salon stürzte die schwarzhaarige russische Schönheit Nadja gerade ein Glas Wodka hinunter und verschluckte sich hustend daran. Die goldene Sichel hatte sich um ihre Kehle gelegt, und die scharfe Schneide drückte leicht gegen ihre elfenbeinfarbene Haut.

»*Wo sind sie?*« donnerte die Stimme des Druiden.

Die anderen Mädchen kreischten auf. Einige wollten fliehen, aber die Tür zu Friedrichs Büro war verschlossen. Musette hämmerte wütend dagegen. Jeanne kauerte sich schluchzend in die Kissen.

»*Wo?*«

Die Straßentür hatte geräuschlos nachgegeben, und Donne hatte Nadja gepackt, bevor irgend jemand noch begriffen hatte, daß wir hereingekommen waren. Ich stand hinter seiner weißen Pracht, kohlrabenschwarz in meiner Robe, in den Händen einen Eschenholzstab. Donne ragte drohend zwischen den Frauen auf wie ein geisterhafter Hai mitten in einer Schule leuchtender Fische. »*Wo ist der Apostat?* Wo ist der Ungläubige? Die Götter verlangen nach einem Opfer! Die Toten schreien nach seinem Blut!«

»Da drin!« kreischte Nadja und wies heftig auf die Bürotür. »Vor keiner Stunde sind sie dort hinein, und es gibt keinen anderen Ausgang. Nehmt sie mit! Nehmt sie mit und geht!« Sie keuchte erleichtert, als der ›Druide‹ die tödliche Goldsichel von ihrem Hals nahm.

»Russisches Miststück!« schrie Musette. Sie war aus ihrer Schreckstarre über den angeblichen Überfall der Bruderschaft erwacht. Nun sprang sie Nadja an und zerrte ihr den Kopf am Haar in den Nacken. »So leicht wirfst du ihn den Wölfen zum Fraß vor? Wie oft hat er dir geholfen, hm? Wie oft hat er jedem Mädchen hier im Hause geholfen?«

»Musette hat recht«, krächzte Emilia. »*Porca Madonna,* sie hat recht!« Aus einem ihrer weißen Ziegenlederstiefel zog sie ein kleines Messer. »Verfluchter Weißbart, wir aus Rom wissen, wie wir mit deinesgleichen umzugehen haben!« Katzengleich und wie eine Furie schreiend warf sie sich auf ihn.

Ihr Angriff wurde mit mehr Leidenschaft als Kampfgeschick geführt. Donne packte sie beim Handgelenk und bog es zurück, bis sie das Messer fallen lassen mußte. Dann sagte er mit einem Kichern: »Solche Ergebenheit ist wie Honig. Vielen Dank, Emilia; Musette. Aber was dich betrifft, Nadja ...« Er schnalzte mit der Zunge. »Dein Rückgrat bedarf der Stärkung.«

»*Donne!*« Verwundert riß die Russin ihre schwarzen Augen weit auf.

»Und Weston.« Mit einer Armbewegung rückwärts wies er auf mich.

»Aber wir haben Sie in das Büro gehen sehen, und da ist keine Tür ...«

»Ladies, in Ihrem Beruf wie in meinem ist es niemals klug, ein Fenster zu übersehen. Aber erfreut stelle ich fest, daß unsere Verkleidungen immerhin gut genug sind, um Sie zu täuschen. Wir wollen Sie nicht länger von Ihrem wohlverdienten Schlummer abhalten. Guten Tag.«

»Ich komme mir vor wie ein Narr«, sagte ich, als wir Friedrichs Bordell hinter uns ließen und wieder in das Londoner Straßenlabyrinth eintauchten.

»Besser ein Hund und lebendig als ein Löwe und tot, Weston. Wir gehen schließlich nicht zum Maskenball. Die Angelegenheit ist fürchterlich ernst.«

»Ich wüßte gern, wohin wir gehen«, knurrte ich.

»Wohin?« Donne hob hinter den beiden angeklebten dicken Büscheln aus falschem weißem Haar die Augen. »Nun, unsere kleine Zirkustänzerin aufsuchen. Sie werden schon sehen.«

KAPITEL 3

Des alten Isaacs' grauenvoller Tod

Die schmalen Gassen, durch die wir marschierten, wichen schließlich breiteren Straßen, die auf weite, gut gepflasterte Avenuen führten. Stattliche Ulmenhaine warfen kühle Schatten. Ich erkannte einen wohlhabenden Londoner Stadtteil, doch gerade in solch bessergestellten Vierteln begegnete man den hochrangigen Druiden. Was sollte aus uns werden, wenn jemand unsere Maskerade durchschaute? Eine besonders angenehme Vorstellung war das nicht.

Donne war ganz in seinem Element. Er strich an Ansammlungen der heiligen Männer vorbei, als wäre er wirklich ihr Bruder, und ging sogar soweit, einen Schüler, der wie ich in Schwarz gekleidet war, zu ohrfeigen, weil er an der Bordsteinkante gegen ihn gestoßen war. Fließend fluchte Donne in der Alten Sprache, und der arme Junge hetzte davon.

»Sie bringen es noch zuwege, daß man uns beide tötet«, flüsterte ich.

»Wenn ich das beabsichtigte, hätte ich es dem

Jungen durchgehen lassen, mich anzurempeln. Nun, da hätte ich mir auch gleich und auf der Stelle die Robe vom Leib reißen können. Sie verfügen über ein gewisses Talent zur Täuschung, Weston, aber Ihnen fehlt die Finesse, durch die sie zur Kunst wird. Machen Sie sich keine Gedanken. Sie eignen sich hervorragend dazu, den demütigen Schüler zu spielen. Nun halten Sie sich dicht bei mir. Wir nähern uns dem Ziel.«

Vorsichtig hob ich den Blick und biß mir sofort auf die Lippe, um ein Keuchen zu verhindern. Donne hatte mich unmittelbar vor den vergoldeten Torbogen des Buckingham-Palasts geführt. Gleich davor stand der brütende Marlborough-Dolmen und schützte Boudiccas Brunnen. War es Einbildung, oder hörte ich wirklich das Klagen und Schreien der Römer, die in seinen Tiefen den Tod durch Ertrinken gestorben waren?

Die königlichen Gardisten vor der Tür des Palastes warfen nur einen Blick auf unsere Roben und versuchten gar nicht erst, uns aufzuhalten. Donne hielt sich nicht mit Anklopfen auf, sondern ergriff den schweren, polierten Messingring am rechten Türflügel und zog fest daran. Die Tür öffnete sich durch ihr eigenes Gewicht, und wir standen im Palast.

Als wir die menschenleere Eingangshalle durchquerten, ertönte unerwartet ein leiser Schrei, und ich fuhr zusammen. Donne warf mir einen finsteren Blick zu, dann hielt er nach der Quelle Ausschau. Unter eine Anrichte mit Marmorplatte duckte sich ein alter, adrett in die Livree der Königin gekleideter Pförtner.

»Steh auf.«

Zitternd gehorchte der alte Mann Donnes Befehl. »Meister – Meister, wir haben nicht mit Ihnen gerechnet ... nicht damit gerechnet, daß jemand von der erlauchten Bruderschaft uns heute mit seinem Besuch beglückt. Nichts ist vorbereitet.« Anrührend, die

Furcht des Alten. Der gewöhnliche Mann erwies der Goldenen Bruderschaft eine Ehrfurcht, die an Todesangst grenzte. Zweifellos hatte ein scharfsichtiger Diener unsere Ankunft aus einem Fenster in der oberen Etage erspäht und unverzüglich Alarm gegeben. Kein Wunder also, daß wir beim Betreten des Palastes niemandem begegnet waren.

»Wir sind mit Ihrer Majestät verabredet. In diesem Moment wartet sie auf uns«, sagte Donne. »Bist du der einzige, der uns zu ihr führen kann?«

»Ich – ich darf die Tür nicht verlassen, Meister. Ich bin nur der Pförtner.«

»Du weigerst dich, mir zu dienen?« Donnes Auffahren wirkte sehr überzeugend. Der alte Pförtner zitterte so heftig, daß ich fürchtete, er könnte sich das eine oder andere Gelenk auskugeln, aber er hielt sich unbeugsam aufrecht und preßte die Daumen unverrückbar an die Seitenborten seiner Knickerbocker aus blauer Seide.

Donne gab nicht nach. »Wir sind es nicht gewöhnt, daß man uns warten läßt. Ich würde vorschlagen, daß du dein beleidigendes Verhalten nicht weiter ausdehnst. Führe uns auf der Stelle zur Königin.«

»Jawohl, jawohl«, schnatterte der Pförtner. Seine gepuderte Perücke rutschte ein wenig nach vorn und verlieh ihm ein leicht angetrunkenes Aussehen, doch verschwendete er keine Zeit damit, sie zurechtzurücken. Er hechtete geradezu durch einen Bogengang, den Statuen höchst unpassend wirkender Nubier mit silbernen Fackeln in den Händen flankierten.

Zum zweitenmal an diesem Morgen fand ich mich in einem Labyrinth wieder; dieses allerdings war so luxuriös und verschwenderisch gestaltet wie das andere schäbig und trostlos gewesen war, besonders in den Straßen, die Friedrichs ›Haus‹ unmittelbar umgaben. Das Elend dieser Straßen erschien nun eine Million Meilen entfernt. Hier, wohin keinerlei

Tageslicht je gelangte, war alles kühler Luxus. Wie jedes Schulkind weiß, sind die einzigen Fenster im Buckingham-Palast die vom Boden zur Decke reichenden Glaswände der offiziellen Empfangsräume. Dem Zauberweben, mit dem Britannien regiert wurde, war eine hermetische Dunkelheit dienlicher.

Ich roch das Aroma parfümierter Bienenwachskerzen, die in Haltern längs der endlosen Wände brannten, an denen die Portraits der früheren Herrscher unserer glücklichen Insel uns passieren sahen; Ailin der Ungebildete, Canute der Bekehrte, zahlreiche Henrys und eine stattliche Anzahl Edwards, William der Erwecker und selbstverständlich der Stammvater von Britanniens Königshaus und Britanniens Zaubermacht, Bran der Gepriesene. Unter unseren Füßen wich das perfekte Parkett seidenen Teppichen und Treppen aus rosa Marmor. Etliche Stufen mußten wir ersteigen, bevor der Pförtner endlich vor einer weiß und golden eingelegten Eichentür stehenblieb.

»Soll ich Sie melden?« fragte er mit bebender Stimme.

»Du kehrst am besten auf deinen Posten zurück.« Donne verzog hinter dem falschen Bart die Lippen. »Vielleicht warten andere darauf, daß du sie *nicht* einläßt.« Der Pförtner verbeugte sich einmal zackig und verschwand. Donne konnte ein leises Lachen nicht unterdrücken. »Verliert vor Angst fast den Verstand, bewahrt aber die Form bis zuletzt. Da liegt die Macht Britanniens, Weston! Unsere wahre Macht. Welches Volk, welche Nation kann wohl gegen uns bestehen, wenn selbst unsere dienende Klasse eher sterben würde, als ihre Ausbildung zu vergessen? Und das hat kein Druidenzauber hervorgebracht!« Er wandte seine Aufmerksamkeit der Tür zu. »Wir treten unangemeldet ein«, entschied er.

Ich versuchte den Türknauf. »Wir werden wohl

klopfen müssen«, sagte ich. »Sie ist abgeschlossen.«

Donne blickte mich überaus belustigt an. »Weston, Ihnen gebricht es an Phantasie. Was bedeuten einem Angehörigen unseres Ordens denn Schlösser? Mit einer Handbewegung öffnen wir sie, oder mit ein paar wohlgemurmelten Mystizismen. Sehen Sie sich doch einmal meine persönliche Art von Hexerei genau an!« Und er hob seine Robe und versetzte dem Türschloß rasch einen heftigen Tritt. Mit einem Krachen wie von einem Donnerschlag brach die Tür auf.

Drei hübsche junge Frauen in den modischen und absurd wirkenden Reifröcken vom Kontinent standen wie erstarrt vor dem riesigen Kamin. In den Tiefen des finsteren Palastes war es selbst an milden Sommertagen noch so kalt, daß ein wärmendes Feuer angeraten erschien. Als die drei Damen uns erblickten, verwandelte sich ihre anfängliche Überraschung in Entsetzen. Eine keuchte, zu verängstigt, um aufzuschreien. Die zweite schrie sehr wohl und sank ohnmächtig in die Arme der dritten, die hysterisch und tränenlos zu weinen begann.

Donne rauschte zu ihnen, und seine langen weißen Ärmel fuhren durch die Luft und erzeugten ein geradezu phantastisches Wetterleuchten.

Der Effekt übertraf alles, was ich je in den Herbalistik-Journalen gelesen hatte. Die gerade noch ohnmächtige Dame kam auf der Stelle zu sich und floh kreischend aus dem Zimmer, der hysterischen versagte plötzlich die Sprache, die von Stummheit geschlagene erlangte den Gebrauch ihrer Stimmbänder lange genug zurück, um zu kreischen und einen hysterischen Anfall zu erleiden *und* in Ohnmacht zu fallen. Donne hob seine Schultern leicht in einer Gebärde, als wollte er mich fragen, was er tun solle.

»*Erhebt euch!*« donnerte er. Die eine Hofdame, die noch alle Sinne beisammen hatte, glotzte ihn nur an, und ihre lächerlichen, an Würste erinnernden Hängezöpfe tanzten an ihren Wangen, während sie ihrer bewußtlosen Gefährtin hilflos Luft zufächelte. »Laß sie. Sie wird sich erholen. Wir haben heute mit Ihrer Majestät zu reden. Wo ist sie?«

Das Mädchen machte einen zaghaften Versuch, sich uns zu nähern. Ihr Knicks war für ihre weichen Knie beinahe schon zuviel; sie hatte Mühe, sich zu erheben. In mir regte sich das Mitgefühl, als ich sah, wie ihr die Tränen in die hübschen braunen Augen stiegen. »Sie müssen uns nicht zu ihr bringen«, sagte ich freundlich, »oder uns melden.« Ich deutete auf die hohe Tür, die aus dem Vorraum führte. »Ist sie da drin?«

Das Mädchen nickte und rang sich einige Worte ab. »Ihr Schlafgemach. O bitte, Meister, ich muß Sie melden! Ihre Majestät hat strengste Anweisung gegeben, daß niemand sie stören ...«

»Lionors! Wer hat die arme Morgan in diesen Zustand versetzt? Der Fratz hat ohnedies schon wenig Verstand, aber ... Oh!«

Eine Frau war eingetreten; eine hochgewachsene, gutaussehende Frau, deren starkes, patrizisches Gesicht nur von einer verheilenden Verletzung auf einer Wange verunziert wurde – vier langen Schnitten, die an ein frisch gepflügtes Feld denken ließen. Im königlichen Palast, wo man die Mode jeder Nation und jedes Zeitalters erspähen kann – ganz zu schweigen von den strengen Gewandungen der Druidenhierarchie – trug sie ein einfach geschnittenes Futteralkleid aus stumpfweißem Dimity im Stile der Epoche des verstorbenen George IV.; den hochgeschlossenen Hals dominierte eine reichverzierte Brosche. Um die Taille verlief ein schmales Band aus blauem Samt, mit einem ähnlichen hatte sie die dicken, leuchtend kastanienbraunen Locken hochgesteckt. Bei jeder anderen Frau hätte diese schmucklose Tracht überaus charmant gewirkt; an dieser aber ließ sie an die Maske eines Scharfrichters denken. Die Zofe

Lionors hielt sich die Faust vor den Mund und begann zu zittern, doch die hochgewachsene Frau hatte sich bereits Donne zugewendet.

»Wer sind Sie? Was haben Sie bei der Königin zu schaffen?« Sie ließ sich keinerlei Furcht vor seiner Verkleidung als Druide anmerken und kaum einen Anflug von Respekt vor seinem angeblichen Rang.

»Mylady, mein Tun geht Sie nichts an. Kümmern Sie sich um die Zofen, und gedenken Sie Ihrer Stellung.« Donne sprach mit genau der richtigen Mischung aus eisiger Drohung und unterschwelliger Gehässigkeit. »Wenn ich mit Ihrer Majestät fertig bin, verschreibe ich Ihnen vielleicht eine Breipackung zur Behandlung Ihres – Teints.«

Unwillkürlich bedeckte die Frau mit der Hand die schrecklichen Narben. »An dem Tag, an dem ich Ihre stinkenden Umschläge brauche ... – Bei der Morrigan, glauben Sie etwa, ich sei nicht fähig, mich selbst zu heilen?«

»Sie sind nicht fähig zu gehorchen, so viel ist offenbar. Dabei tragen Sie im Gesicht doch eine hübsche Erinnerung daran, wohin es führt, wenn man sich nicht gegenüber jenen zu benehmen weiß, die im Zauberweben überlegen sind. Nun, wenn Sie nicht eine gleiche Zeichnung auf Ihrer anderen Wange wünschen, werden Sie und dieses arme Kind Ihre gefallene Freundin herausbringen und uns in Frieden lassen.«

Die Frau war zwar bereits im Nachgeben begriffen, aber sie blieb dennoch in der Tür stehen und schwankte hin und her. Ich fühlte mich an eine Schlange erinnert, die ihren Angriff kalkuliert. Aus einem Grund, der mir zu diesem Zeitpunkt noch unbekannt war, erfüllte mich allein ihr Anblick mit kaum erträglichem Widerwillen, als wäre sie ein Spuk aus meiner Kindheit, der zum Leben erwacht war. Ich atmete tief erleichtert auf, als sie sich schließlich niederkniete, um

Lionors zu helfen, die Ohnmächtige aufzuheben und aus dem Raum zu schaffen.

»Wir wollen uns beeilen, Weston«, sagte Donne. »Lady Byron wird ihren Hinauswurf nicht gütlich hinnehmen, sondern zurückkehren und ohne Zweifel Verbündete mitbringen. Schließen Sie die Tür, und schieben Sie etwas Schweres davor. Ich fürchte, das konventionelle Schloß habe ich auf dem Gewissen.«

»Woher wissen Sie, wer sie ...«

Ich konnte meine Frage nicht beenden, denn in meinem Rücken erklang eine liebliche Stimme: »Vielen Dank, Mr. Donne. Ich sehe, daß Sie mein in Sie gesetztes Vertrauen nicht enttäuschen.« Ich drehte mich um und stand vor der Königin.

Sie lehnte sich mit einer Hand an ihre Schlafzimmertüre, die sich ohne das leiseste Geräusch geöffnet hatte. Mehr als alles auf der Welt glich sie den sonderbar schönen Geschöpfen, die von den Iberern Engel genannt und neben ihren anderen Göttern verehrt werden. Dieser Engel war schmutzig; ihr enganliegendes, cremefarbenes Wollkleid war mit grauen Flecken übersät. Die Königin schloß die Schlafzimmertür hinter sich und trat vor. Sie bot Donne beide Hände.

Ein saurer Stich fuhr mir in die Magengrube, als er sie an seine Lippen hob. »Eure Majestät sprechen von Vertrauen, doch sollte sich nun Offenheit hinzugesellen. Weshalb haben Sie mich belogen? Wozu dieses törichte Posieren als Zirkustänzerin, wenn Ihre Rolle ebenso viele Löcher aufwies wie Ihre Geschichte?«

Sie sah ihm unbeirrt in die Augen. »Ich mußte sicher sein. Zu Dr. Weston habe ich größtes Vertrauen.« Nun warf sie mir ein hinreißendes Lächeln zu, und ich wollte verdammt sein, wenn ich mein Glück begriff. Wo die Beltaine-Nacht sein sollte, klaffte nach wie vor eine geheimnisvolle Gedächtnislücke; ich wußte nur noch, daß ich die Wohnung verlassen und am Themse-Ufer wieder zu mir gekommen war. »Bis vor kurzem habe ich seinen Namen nicht mit den Geschichten über Sie in Verbindung gebracht. Dennoch darf auch der bewundernswerteste Mann sich in Erzählungen ein bestimmtes Maß an künstlerischer Freiheit zugestehen. Ich mußte mich vergewissern, daß alles, was er über Sie geschrieben hat, der Wahrheit entspricht.«

»Ich verstehe. Weston, Sie haben Ihre Sache gut gemacht. Wie viele Autoren können schon für sich in Anspruch nehmen, unsere Herrin derart beeindruckt zu haben?«

Mir schwirrte der Kopf. Königin Victoria lächelte mich noch immer an, als erwartete, ja verlangte sie von mir eine bestimmte Antwort, aber ich konnte nicht mehr tun denn dastehen wie ein Ochse. Schließlich verebbte ihr Lächeln und wich einem Ausdruck verletzten Erstaunens. Ach, wenn ich doch diese Tage zurückkaufen könnte, in denen ich ihr so viel Kummer bereitete, ganz gleich, zu welchem Preis!

Donne fuhr in seiner Rede fort: »Werden Eure Majestät mich nun ins Vertrauen ziehen, nachdem die Frage meiner Referenzen geklärt ist?«

Die Königin winkte uns zu mit braunem Samt bezogenen Sesseln, die behaglich nebeneinander vor dem Kaminfeuer standen. Donne schüttelte den Kopf. »Ich glaube, zunächst sollte ich meinen Assistenten kennenlernen, Eure Majestät.« Mit einer Kopfbewegung wies er auf die geschlossene Schlafzimmertür.

Verblüfft fragte Victoria: »Ihren Assistenten?«

»Oder wie immer Sie ihn zu nennen belieben. Ein Mann jedenfalls, der die Königin und Herrin über ganz Britannien dazu bringt, sich wie ein gewöhnliches Küchenmädchen in die Herdasche zu knien, muß schon recht mächtig sein. Ich wundere mich, daß Sie mich überhaupt hinzuziehen, wenn er Ihnen schon zur Verfügung steht.«

Ohne eine Erlaubnis abzuwarten, hatte er den Vorraum durchquert und die königliche Schlafkammer betreten. Auf der Schwelle hielt er noch inne und fragte: »Die andere Tür, Weston?« in seinem üblichen leicht scheltenden Ton.

Ich schob einen schweren Schreibtisch vor die Tür, um sie zu verbarrikadieren, bevor ich mich zu Donne und der Königin gesellte. Sie hatte auf der Kante eines Bettes Platz genommen, dessen mitternachtblaue, silbern bestickte Vorhänge mir seltsam vertraut vorkommen wollten. Donne stand mit verschränkten Armen hinter der zusammengekauerten Gestalt eines alten Palastdieners in voller Livree, der im Kamin in der Asche eines lange erloschenen Feuers kniete. Über ihnen hing ein unerklärlicherweise leerer goldener Bilderrahmen.

»Nun, guter Mann, Sie sehen nicht so aus, als wäre Ihre Zauberei allzu mächtig«, sagte Donne gerade mit gutgelauntem Lächeln. Der Diener schwieg, hob jedoch die rechte Hand zur Wange und machte eine bizarre, streichelnde Gebärde von der Seitenlocke seiner gepuderten Perücke bis hinunter zu seinem langen Kinn und zurück.

»Mr. Donne, Adams ist nur ein Palastdiener. Davon lasse ich jeden Tag zwanzig oder mehr kommen«, entgegnete die Königin.

Donne wandte ihr unbewegt das Gesicht zu. »Eure Majestät wollen mich wohl erneut auf die Probe stellen. Doch selbst unter Aufbietung aller Phantasie ist es kaum vorstellbar, daß ein nur mäßig fähiger Beobachter einen jüdischen Scholaren für einen königlichen Diener halten könnte.«

Der alte Mann, der Adams genannt worden war, ließ von seiner merkwürdigen Selbstliebkosung ab und versuchte sich zu erheben. Auf seinem Gesicht stand ein Ausdruck völliger Fassungslosigkeit. Er trug eine in Tombak gerahmte Brille. Beim Aufstehen scharrte er beharrlich in der Asche des Kamins, bis Donne einen Fuß vorschnellen ließ und den seinen gefangenhielt. Nun kniete mein Freund nieder.

»Aha, nun bin ich wahrlich beeindruckt«, sagte er und legte die Hand ans Kinn. »Kein gewöhnlicher Talmudgelehrter, sondern nichts weniger als ein Meister der Kabbala. Ich bitte Sie um Verzeihung, Sir. Fahren Sie nur mit Ihrer Arbeit fort. Schließlich und endlich ist es im Vorraum bequemer.«

In mir sträubte es sich ob der anmaßenden Art, in der Donne mit der Königin umsprang, und doch hatte ich während unserer kurzen Abenteuer auf dem Festland gekrönte Häupter, die Victoria in nichts nachstanden, von ihm ähnlich behandelt gesehen. Ich konnte mir nicht erklären, weshalb ich nun Einwände hatte gegen dieses typisch Donnesche Gebaren, das jeden irdischen Rang im Vergleich mit seinem deduktiven Verstand zu einem Nichts reduzierte.

Donne ließ sich in einen der Sessel sinken und streckte behaglich die Beine aus. Die Königin nahm den anderen und überließ es mir, in der Nähe zu stehen, ein ungeladener Gast bei ihrem Gelage. Mit einem zaghaften Blick auf Donne schloß der angebliche Diener hinter uns die Schlafzimmertür.

»Eure Majestät haben einiges zu erklären«, sagte Donne und nahm sich den falschen Bart ab. »Was immer Sie verloren haben, muß außerordentlich wertvoll sein, und dennoch wagen Sie nicht, die Macht der Druiden in Anspruch zu nehmen, die Ihnen nach dem Blutrecht gehorchen müßten. Folglich sammeln Sie um sich ein Gefolge, das in keinerlei Verbindung zur Goldenen Bruderschaft steht. Zunächst einen Juden; sodann mich, dessen Abscheu vor der Druidenmagie Weston ja hinreichend dokumentiert hat.«

»Mr. Donne, Sie haben mich erstaunt – was nicht leicht ist, wenn Sie bedenken, wieviel mir in meinem kurzen Leben bereits widerfahren ist.« Die Königin faltete die Hände im Schoß, aber allein durch ihre Gegenwart verwandelte sie den bürgerlichen Lehnstuhl in einen Drachenthron. »Ihre Schlußfolgerungen bezüglich Adams – oder genauer: Isaacs – sind so präzise, daß ich mich nun frage, ob nicht doch eine Spur von Druidenblut durch Ihre Adern rinnt. Ich kann nicht vorsichtig genug sein.«

Donne neigte den Kopf. »Niemand von uns kann vorsichtig genug sein. Sein Name ist also Isaacs? Nun gut, Eure Majestät, dann müssen diesmal Sie den Weston spielen. Er war erstaunt, als ich Lady Byron korrekt benannte, obwohl ich der Dame noch niemals begegnet bin. Doch solange die Aristokratie Gefallen daran findet, ihre Wappen auf ihrem Schmuck zu verewigen, ist ihre Identität leicht zu erkennen. Haben Sie die Brosche an ihrem Hals etwa nicht bemerkt? Die Nixe der Byrons war selbst aus der Entfernung und den schlechten Lichtverhältnissen deutlich zu erkennen. Was Isaacs angeht, so lag es doch auf der Hand, daß er etwas anderes sein mußte als ein Palastdiener. Ihr Pförtner ist ein viel älterer Gefolgsmann als der angebliche ›Adams‹, doch trotz seiner Jahre hielt er sich, wie es ihm anerzogen wurde, kerzengerade. Wenn er seine Ausbildung vergaß, so erinnerte sich sein Rückgrat für ihn. Ganz anders ›Adams‹. Er blieb in die Asche gekauert – konzentriert wie ein Gelehrter. Ein echter Diener springt auf und nimmt Haltung an, sobald seine Herrin mit Besuchern das Zimmer betritt.«

»Er half mir, ein Feuer zu entfachen, Mr. Donne«, entgegnete die Königin, die sich offensichtlich auf ein Wortgefecht mit ihm einlassen wollte.

»Ein Diener, der die Arbeit eines Zimmermädchens verrichtet? Ihre Diener, Ma'am, behüten ihre unterschiedlichen Ränge noch eifersüchtiger als Ihr Adel. Die Asche auf Ihrem Kleid beweist, daß sie neben ihm gekniet haben. Helfen Sie Ihren Dienstboten häufig?

Das bezweifle ich doch sehr. Und wo befindet sich das Brennmaterial für das neue Feuer? Nein, nein, Ma'am, damit kommen Sie bei mir nicht weit.«

Er sprang auf und riß sich die Druidenrobe vom Leib. Mir bedeutete er, mit meiner Akolythenkleidung das gleiche zu tun. Darunter trugen wir unsere normalen Anzüge. Alle Druiden außer den hochrangigsten betrachteten ihre weiße Robe als rein zeremoniell, ähnlich einem Richter, der unter seinem beeindruckenden Talar einfache Tweedhosen trägt. Was der Erzdruide unter der Robe trug, war Gegenstand mancher Mutmaßung und nicht weniger schmutziger Schuljungenwitze. Unsere beiden Roben und mit Ausnahme der goldenen Sichel alle anderen Requisiten warf Donne nun in die gierigen Flammen des Vorraumkamins.

»Schon bald bekommen wir Besuch, und wir sollten uns wohl besser nicht dabei erwischen lassen, wie wir uns als Mitglieder der Bruderschaft ausgeben. Wären Eure Majestät so gut, die Angelegenheit ein wenig zu beschleunigen?«

Die Königin nickte und zerdrückte die Sichel in ihren Händen zu gewöhnlichem Staub, den sie ins Feuer warf, das zu übernatürlicher Wildheit aufflackerte und unsere Kostüme in einem Bruchteil der normalerweise erforderlichen Zeit verzehrte.

Donne nahm all dies mit äußerster Selbstverständlichkeit hin und sprach weiter, während er seine Hände mit Bleistift und Notizbuch beschäftigte, welche er seiner Jacke entnommen hatte. Er hielt der Königin eine offene Seite unter die Nase. Ich spähte über ihre Schulter, um einen Blick darauf zu erhaschen, vermochte der Krakelei jedoch nichts zu entnehmen.

»Da versagt Ihr Schulgriechisch, was, Weston? Haben Sie sich je mit der hebräischen Sprache befaßt? Buchstaben wie diesen hat Isaacs in die Asche geschrieben; ich konnte ihn davon abhalten, sie zur Gänze auszulöschen. Es handelt sich dabei um die Symbole eines kabbalistischen Rituals – eines, mit dem man verlorene Gegenstände wieder auffinden kann. Meine Deduktion bezüglich Isaacs' Rasse haben sie nur bestätigt.«

»Ja«, sagte ich. »Aber woher wußten Sie denn sogleich, daß er ein Jude sein muß? Ein Gelehrter – ganz offensichtlich, aber wieso ein jüdischer?«

»Elementar. Zumindest für den genauen Beobachter. Seine eigentümliche Geste – das hier ...« – er strich sich wie Isaacs über Wange und Kiefer –, »nun, weshalb sollte jemand das tun – jemand, der glattrasiert ist? Diese Gebärde ist unter Bartträgern hingegen recht verbreitet, besonders, wenn sie nachdenken oder nicht weiterwissen. Ferner bemerkte ich, daß Isaacs' Haut längs des Kiefers beträchtlich heller ist als der Rest seines Gesichtes. Bis vor kurzem muß etwas sie von der Sonne abgeschirmt haben. Ein Bart nämlich, den er sich abgenommen hat, um sich als Diener ausgeben zu können, und den er schmerzlich vermißt. Schwache Augen, die lieber durch eine Brille als durch die Mondwasserzauber geschärft werden. Wieso sollte ein Mann, dessen Leben das Studium ist, einen Zauber zurückweisen, der ihm die Lektüre schwer leserlicher Texte so sehr erleichtern könnte? Doch nur, weil für diesen Mann die Magie, die Weisen und all ihre Werke ein Greuel sind. In den heiligen Büchern der Juden können Sie lesen, welch schwere Strafen den Gläubigen für die Verwendung von Hexenkraft angedroht werden, Weston. Deshalb ein Gelehrter – aber *kein* Druide –, der so viel zu gewinnen hat, daß er sich dafür sogar seinen geliebten Bart abrasiert. Euer Majestät sprachen sich so entschieden gegen die Hinzuziehung der Bruderschaft aus, daß ich weiterhin folgern konnte, daß dieser Mann zu einer Rasse gehören mußte, die nicht an unseren Ufern eingeboren ist, denn nur dadurch kann sein völliger Mangel an Druidenblut garantiert sein. Die Juden erfüllen diese Voraussetzung, sind bekannt für ihre Freude am Wissen und die üppigen Bärte ihrer Gelehrten. Von der königlichen Gunst könnten sie in unerhörtem Maße profitieren, denn die Bruderschaft gewährt ihnen in Britannien lediglich eine Zuflucht, die von einem Augenblick zum anderen widerrufen werden kann. Habe ich ins Schwarze getroffen, Eure Majestät?«

Victoria erwiderte sein Lächeln. »Joseph Isaacs steht in meinen Diensten, weil ich ihm versprochen habe, sein Volk unter den Schutz der Krone zu stellen. Sie erfüllen allerdings jede einzelne meiner Hoffnungen, Mr. Donne.«

»Dann hoffen Sie bitte, daß ich überlebe«, entgegnete Donne.

Ein fürchterliches Gekreisch erhob sich von der Tür zum Flur. Der Schreibtisch erschauerte wie eine nervöse Stute, als seine Beine sich plötzlich über den Parkettfußboden bewegten. Er geriet in Schwung, schoß auf die Seite und gab die Tür frei, die nach innen einstürzte. Lady Byron stürmte in die königliche Suite.

Sie kam mit gewichtiger Begleitung. Meine Erinnerungen an Beltaine waren offenbar doch nicht ganz aus meinem Gedächtnis gefegt worden: einige Geister lauerten noch in den Ecken, und das schlimmste unter diesen schauderhaften Phantomen war der Erzdruide von ganz Britannien, Wellington, der mit Abscheu auf das blickte, was mein Fußabdruck seiner Robe angetan hatte. Nun stand dieses Schreckgespenst in Fleisch und Blut vor mir. In der dazwischenliegenden Woche hatte sein wütendes Funkeln nicht an Schärfe verloren. Feigling, der ich bin, empfand ich große Erleichterung, weil ich die Wut Wellingtons diesmal nicht auf mich, sondern auf Donne gerichtet sah.

Zwei andere Männer kamen hinter dem Eisernen Herzog, der eine mit einem schon zu ebenmäßig zu nennenden Gesicht und einem bedauerlichen Klumpfuß-Hinken, der andere mit tief gebräunter Haut und so wendig wie ein Otter, aber ohne den Charme dieses Tieres. Als er sich mir näherte, bekam ich eine Gänsehaut.

»Sie sind noch da, Meister!« Lady Byrons Anklage klang siegesgewiß. »Ihre Roben müssen hier noch irgendwo liegen – sie hatten keine Zeit, sie zu verbergen ...« Sie schlich eifrig im Zimmer umher wie ein Foxterrier, der einer Spur nachgeht, fand jedoch nur leere Bauten.

»Roben? Wir tragen doch keine Roben. Sie meinen vielleicht – Morgenmäntel? Oh, ich versichere Ihnen, Dr. Weston und ich haben die Nacht nicht hier verbracht.« Wellingtons durchdringendem Starren begegnete Donne mit Gleichmut; sie hätten auch zwei befreundete Erntearbeiter sein können, die sich auf dem Erntefest einen Krug Bitterbier genehmigten.

»Ich kenne Sie, Donne«, sagte der Herzog verächtlich, und sein weißes Haar sträubte sich, als sei er elektrisiert. »Noch immer der Ungläubige. Noch immer der Zweifler.«

»Noch immer der Vernunftmensch. Ein größeres Kompliment könnten Sie mir gar nicht machen.«

»Ich bin nicht gekommen, um Ihnen zu schmeicheln. Was haben Sie in den Gemächern Ihrer Majestät zu suchen?«

Victoria hätte etwas sagen und eine Entschuldigung für uns abgeben können, doch Donne genoß das Kräftemessen zu sehr. »Warum schauen Sie nicht in Ihren Kupferkessel und suchen dort nach der Antwort, Meister? Gäbe es gar Geheimnisse, die der Bruderschaft unbekannt wären?«

Der Eiserne Herzog kehrte Donne wie einer Kreatur, mit der sich zu befassen unter seiner Würde lag, den Rücken zu. Zu dem dunkelhäutigen Mann im Offiziersrock sagte er: »Befassen Sie sich mit ihm, Kitchener. Über Zauberkraft verfügt er nicht; Sie werden es leicht mit ihm haben.«

»Lord Kitchener, nicht wahr?« So einfach ließ Donne sich nicht vom Gespräch ausschließen. »Ha! Kann irgend jemand so weit gereist sein wie Sie – und gesehen haben, was andere Nationen erreichen – und immer noch den treuen Wachhund der Bruderschaft spielen? Wenn Sie Ihre Männer – magisch unbegabte Sterbliche wie Sie und ich – gegen die eisernen Kanonen des Feindes führen und zusehen müssen, wie sie in Fetzen geschossen werden, weil ein Druide sich bei der Beschirmungsformel versprochen hat – wie fühlt sich das an? Wie ist es, wenn Ihre Toten plötzlich Bronzeschwerter und Langbogen aus Eschenholz umklammern, die plötzlich ihre Verzauberung verloren haben – gewöhnliche, erbärmliche, primitive Waffen gegen all das, was die moderne Welt zu bieten hat?«

Was Seine Lordschaft darüber dachte, sollten wir zu diesem Zeitpunkt noch nicht erfahren. Die Luft wurde von einem Entsetzensschrei zerrissen, der so grauenhaft und verzweifelt klang, daß selbst dem Eisernen Herzog das Blut aus dem Gesicht wich. Ein zweiter Schrei, noch lauter als der erste, drang aus der geschlossenen Tür zum Schlafgemach der Königin. Gedankenschnell packte Donne den Türknauf und sprang mit einer unterdrückten Verwünschung zurück, die Hand vor Schmerz verkrümmt.

»Der Knauf, Weston!« keuchte er. Ich ergriff sein Handgelenk und untersuchte die verkrampfte Hand. Als ich die Haut erblickte, mußte ich die in mir aufsteigende Übelkeit niederzwingen. Die Haut war so weiß wie die eines Mannes, der an den steinigen Hängen des Snowdon erfroren ist. Der Türknauf des Schlafgemachs strahlte ein furchterregendes, blauweißes Leuchten aus und klopfte und pulsierte, als lebte er. Ein dritter Schrei ertönte, dann ein Geräusch, als fiele etwas Schweres zu Boden. Der Herzog sprach ein Wort der Macht, und die Tür öffnete sich.

Donne und ich waren die ersten, die durch die Türe stürzten. Wir erblickten Isaacs, der vor dem Kamin auf dem Rücken lag, die glasigen Augen weit aufgerissen, das Gesicht zu der schrecklichen Maske eines Mannes verzerrt, der seinem eigenen Tod zu lange ins Auge geschaut hat. Ungeachtet seiner Schmerzen hockte sich Donne neben den Toten und musterte ihn. Ein kalter, übler Geruch hing in der Luft und verbreitete sich durch die ganze königliche Suite. Fast alle von uns mußten husten und sich die tränenden Augen wischen.

»Eure Majestät! Bitte, Eure Majestät ...«

Ich gab mir größte Mühe, der Königin den schrecklichen Anblick zu ersparen. Dieser plötzliche Drang, eine Frau zu behüten, die mit einem einzigen Lied die Toten aus einem halben Hundert britischer Hügelgräber erheben konnte, war ebenso unlogisch wie unwiderstehlich.

»Treten Sie zur Seite«, sagte sie fest.

»Ja, Weston, lassen Sie Ihre Majestät herein. Wer immer der Schuldige ist, er ist fort.« Ich mußte mir meinen Platz in dem Kreis rings um den toten Isaacs erkämpfen. Seine armselige Brille lag zerbrochen und verbogen auf den Herdsteinen, die gepuderte Perücke saß schief und entblößte das kleine schwarze Scheitelkäppchen, das sich an das spärliche, dachsgraue Haar schmiegte.

»Raus mit Ihnen, Donne!« bellte der Herzog. Sein Stab krachte auf den Stein und zerstörte die Brille des ältlichen Gelehrten endgültig.

Donne grinste auf eine Weise zu Wellington hoch, die eindeutig absichtlich dazu angetan war, den Erzdruiden zu reizen. Er stand auf und bewegte die lange Adlernase gefährlich dicht vor das Gesicht des Erzdruiden. »Benutzen Sie doch Ihren Zauberstab, Herr Magier. Bringen Sie mich zum Verschwinden.«

Der Eiserne Herzog stieß ein wütendes Brüllen aus und drosch Donne brutal mit dem Stab auf die Schulter. Mit wirbelnden Gliedmaßen brach der Detektiv über Isaacs Leiche zusammen. Er wimmerte wie ein geprügelter Hund und preßte die leichenblasse Hand gegen die gepeinigte Schulter, während er sich mit großer Mühe wieder aufrichtete, dann floh er ohne ein weiteres Wort aus dem Raum.

Ich stand wie vom Donner gerührt da. In mir kämpften zu viele Gefühle gegeneinander an, als daß eins davon hätte die Oberhand erhalten und erkannt werden können. Mein Mund öffnete und schloß sich wie der eines Fisches, meine Augen blickten von einem Gesicht zum anderen in der Schlafkammer der Königin und begegneten nur Feindseligkeit. Victoria wollte meinen Blick nicht erwidern.

»Kommen Sie mit, alter Junge«, sagte eine freundliche und daher willkommene Stimme. Sie gehörte dem gutaussehenden Klumpfüßigen, der mich am Ellbogen ergriff. »Ihr Freund wird Ihre Heilkunst nötig haben. Ich führe Sie hinaus.«

Donne stand weder auf dem Flur, noch war er auf der Treppe zu sehen, die wir nach unten nahmen. »Er muß nach Hause gegangen sein«, murmelte ich. »Sie brauchen mich nicht zu begleiten, guter Mann. Ich versichere Ihnen, daß ich nicht das geringste Interesse hege, noch länger hierzubleiben.«

»Aber ich bestehe darauf, ich bestehe darauf!« Und der Griff des Kerls an meinem Ellbogen unterstrich seine Worte. Er lenkte die Stufen hinunter, doch als ich die Vordertüren des Palastes erblickte – und unseren Freund, den alten Pförtner, der sich wieder gefaßt hatte und auf seinem Posten stand –, bog mein Führer unerwartet nach rechts ab, und ich fand mich durch eine niedrige Tür hinter der Biegung des großen Treppenhauses gehetzt.

Sofort sah ich druidische Ränke, die mein Leben bedrohten, oder zumindest meine Persönlichkeit. Lady Byron erschien mir nicht als eine Frau, die nur einen Plan in petto hatte, um mit Eindringlingen fertig zu werden – insbesondere solchen, die sie beleidigt hatten. War Donne bereits überwältigt worden? Drohte mir ein ähnliches Geschick? Der schönste Palast der Welt eignete sich vermutlich auch am besten zur Beseitigung unerwünschter Besucher.

In der modrigen Dunkelheit unter dem Treppenhaus blieb ich daher unvermittelt stehen und entzog meinen Arm dem Griff des Klumpfüßigen. »Also, was haben Sie vor?« Ich klang affektiert genug, um ein Bankier zu sein.

»Nicht hier, John! Nicht hier! Auf diese Entfernung kann sie mich bespitzeln, wenn sie will. Ich kann nicht mit Bestimmtheit sagen ... Kommen Sie mit mir – bitte kommen Sie mit mir.«

Mein Vorname ging dem Fremden sehr leicht über die Lippen. Waren meine Geschichten über Donnes Taten so weit verbreitet? Auf dem glatten Gesicht des Mannes lag außerdem solch ein besorgter Ausdruck, daß ich ihm folgte, denn meine Bekanntschaft mit Donne hat mich mit einem hoffnungslosen Hang zu allem Geheimnisvollen erfüllt.

Eine zweite Tür führte aus dem engen Raum unter der Treppe in eine Speisekammer, in der das königliche Essiggemüse und Eingemachte in Reih und Glied standen und von einem zierlichen, hellhaarigen Mädchen inspiziert wurden, das mit einem Staubwedel bewaffnet war. Daß wir plötzlich zwischen all dem Chutney auftauchten, schien sie nicht im geringsten zu überraschen, aber sie knickste ein wenig unbeholfen.

»Ist das der *Herr*, Eure Lordschaft?« flüsterte sie

ehrfürchtig. Das *H* betonte sie mit der Befangenheit einer reformierten Cockney-Sprecherin.

Mein Führer streichelte sie zärtlich unter dem Kinn. »Genau der, Sarah. Hast du das Zimmer vorbereitet?«

Sie spreizte die knochigen Ellbogen, machte einen weiteren Knicks, ließ in der Abwärtsbewegung den Staubwedel fallen und zog eine Reihe falscher Dielenbretter beiseite, die eine schwere Falltür tarnten. Der Klumpfüßige öffnete sie und stieg auf eine Leiter, die in die Tiefe führte, aus welcher ein warmes Licht zu uns heraufschien.

Ich verschränkte die Arme. »Da hinunter gehe ich nicht! Was glauben Sie denn, wie weit Sie mich zum Narren halten können?«

»Verdammt noch mal, kommen Sie!« Er schlug mit der Faust auf den Boden; er war schon halb im Loch verschwunden. »Ich habe Ihnen in der Beltaine-Nacht nicht das Leben gerettet, damit Sie mir nun mit törichten Fragen die Hölle auf Erden bereiten. Kommen Sie schon, bevor *sie* den Braten riecht.«

Beltaine! Oh, da folgte ich ihm. Ich wäre der Morrigan selbst gefolgt, um die Erinnerung an diese vergessene Nacht wenigstens zum Teil zurückzuerhalten. Statt in der schrecklichen Folterkammer, die ich unter der Speisekammer erwartet hatte, fand ich mich in einem aufgegebenen Brunnen wieder, der trockengelegt und verkleidet worden war, um einen behaglichen Zufluchtsort zu bieten für jemanden, der sich nicht davor fürchtete, lebendig begraben zu werden. Ein bequemer Sessel, ein wackliger hölzerner Schemel, ein kleiner Tisch aus Fichtenholz und eine Öllampe aus Ton bildeten die Einrichtung, doch setzten wir uns beide nicht nieder.

»Viel Zeit habe ich nicht«, sagte er und legte mir beide Hände fest auf die Schulter. »Allein die Götter wissen, wieviel Zeit ich habe, bevor er sie wieder in seine Gunst nimmt. Hören Sie, ganz gleich, was sie mir antut, Sie müssen die Königin retten. Ich würde es selbst tun, wenn es um meine Kräfte stände, wie es sollte, doch selbst der Erzdruide wäre nicht mächtig genug, um meine Frau aufzuhalten und ... *Ah!*« Er riß den Kopf zurück, und seine bleichen Finger gruben sich mir durch den dünnen Stoff meiner Tweedjacke in die Schultern, auf denen plötzlich sein ganzes Gewicht lastete, als hätte er die Gewalt über seine Knie verloren.

Ich stützte ihn, so gut ich konnte, doch er stöhnte nur und wurde in meinem Griff schlaff wie eine Flickenpuppe. Ein scharfes Zischen von oben ließ mich hochschauen. Das Mädchen Sarah bedeutete mir mit panikerfülltem Winken, ich solle ihn fallen lassen und aus der Grube kommen.

»Oh, kommen Sie hoch, kommen Sie hoch. *Ihm* passiert schon nichts. Aber *sie* ruft ihn jetzt, und wenn er sich nicht sofort meldet, dann macht sie *das* mit ihm. Der arme Lord Byron, er ist so ein ritterlicher Gentleman!« Sie griff nach mir, um mich von der Leiter in die Speisekammer zu ziehen, und hätte sich dabei beinahe selbst in die Grube katapultiert. »Beeilen Sie sich, Chef! Wenn sie ihn niederstreckt, dann kommt sie bald, um nach ihm zu sehen. Ich schaff' Sie aus dem Palast.«

Anstatt also das Mädchen auf uns fallen zu lassen, verließ ich die Grube und zog auch Byron heraus. Offensichtlich wollte er nicht, daß seine Frau von diesem Versteck erfuhr, und von Sarah konnte nicht erwartet werden, daß sie ihn aus eigener Kraft heraufwuchtete. Während ich den Lord halb aufrecht hielt, schloß ich die Falltür und schob mit dem Fuß die falschen Dielenbretter an Ort und Stelle.

»Was sind Sie für 'n kräftiger Kerl«, murmelte das Mädchen. Hinter den Gurkengläsern zog sie eine halbvolle Brandyflasche hervor, entkorkte sie und schmierte dem Lord etwas davon auf die Lippen. Dem gleichen Versteck entnahm Sarah ein gewöhnliches Wasserglas und brachte mit meiner Hilfe Byron glaubwürdig in die Haltung eines Mannes, der sich heimlich einen Kleinen genehmigt hat. Sie legte den Finger auf die Lippen und führte mich durch einen anderen Ausgang aus der Speisekammer. Wir verließen den Palast durch eine Art Lagerkeller für allerlei Wurzeln.

In einem kleinen, dunklen Hof kamen wir heraus. Die schmalen Zufahrten waren gerade breit genug, um Wagen durchzulassen, die den königlichen Palast mit Lebensmitteln und Brennstoff belieferten. »Ich werde noch wochenlang nach Runkelrüben riechen«, sagte ich und versuchte, mir das erdige Aroma aus den Kleidern zu klopfen. Sarah lachte, doch ich war ernst. »Das also war Lord Byron. Was auch immer er mir sagen wollte, viel davon verstanden habe ich nicht. Sie scheinen mit seinen Umtrieben vertraut zu sein. Was wollte er von ...«

»Eine von Ihren Freundinnen, Weston?« Es war, als hätten die Pflastersteine hier und jetzt Donne zur Welt gebracht. Für einen Mann, der gerade noch Todesqualen gelitten hatte, hielt er sich recht gut. »Eine Hausmagd, wie ich sehe.«

»Sarah Giles, Sir, zu Ihren Diensten.« Sarah begleitete ihre Vorstellung nicht mit einer Verbeugung, sondern bedachte Donne mit einem jener verlangenden, bewundernden Blicke, wie er sie stets ... – Der Kerl sollte doch zur Hölle fahren! »Lord Byron sagte, die Königin hätte nach jemandem geschickt, der ihr helfen soll. Ich bin ja so froh, daß Ihre Majestät *Sie* gerufen hat!« Und mich blickte sie noch einmal an und sagte: »Ach, dann müssen Sie *der* Dr. Weston sein.«

Aus der offenen Kellertür hinter ihr drangen Stimmen. Sie warf einen nervösen Blick über die magere Schulter und sagte: »Ich gehe lieber wieder zurück. Äh, aber Mr. Donne, Sir, der Königin *müssen* Sie einfach helfen! Gucken Sie mal, hier steht alles.«

Sie drückte mir ein gefaltetes Blatt Papier in die Hand. »Ich ... ich liebe Ihre Majestät ja auch. Ehrlich. Was da oben vorgeht, das ist einfach nicht richtig. Das ist nicht nur halb verdorben, o nein! Ach, geh'n Sie, gehen Sie!« Damit schlug sie die Kellertür vor uns zu.

»Donne, Sie werden mir nicht glauben, was ich gerade erlebt habe«, begann ich.

»Sie können mir alles darüber erzählen, aber nicht jetzt. Wir sollten Sarah Giles' Rat lieber beherzigen. Was auch immer der Königin gestohlen wurde – was auch immer im Palast auf freiem Fuße ist –, hat bereits ein Menschenleben gefordert.« Er zog die Brauen fest zusammen; nichts erregte Donnes Unmut so sehr wie die Vergeudung menschlichen Lebens.

Dann, wie Sonnenschein nach einem Juniregen, kehrte sein Frohsinn zurück. Schnellstens führte er uns aus der Nähe des Palastes und in eine kleine Gaststätte in einer Seitenstraße der Llyr Street, wo wir an einem Tisch im Hinterzimmer Platz nahmen. »Nicht ganz das, was Sie gewöhnt sind, Weston, aber perfekt, um Vertrauliches zu besprechen. Geben Sie mir das Papier.«

Ich reichte ihm Sarahs Nachricht. Eine Weile vertiefte er sich darin und legte sie schließlich mit einem leisen, überdrüssigen Seufzer auf den Tisch. »Noch eine Möchtegern-Romanautorin, unsere kleine Hausmagd. Sie behauptet, daß eine üble Intrige gegen die Königin im Gange sei, sagt jedoch nichts Konkretes darüber aus. Sehr spezifisch wird sie hingegen, als sie darum bittet, für eine höhere Position als die einer Hausmagd in Erwägung gezogen zu werden, sollte sich ihre Hilfe in diesem Fall als wertvoll erweisen. Na, na! Vielleicht hätte Mrs. Hendrik Verwendung für sie. Sauber gewaschen könnte sie ganz passabel wirken. Das Mädchen bietet uns an, innerhalb des Palastes Auge und Ohr für uns zu sein, und will uns in einer Woche von heute an im Gasthaus

›The Silver Hand‹ in Seven Dials Bericht erstatten.« Mit seinen langen Fingern riß Donne das Papier methodisch in Fetzen.

»Wollen Sie sich dort mit ihr treffen?« fragte ich.

»Nein«, antwortete er und nahm einen tiefen Schluck von seinem Bitterbier. »Das erledigen Sie.«

»Aber das kann doch wertlos sein – Hirngespinste einer überreizten jungen Frau mit einem Hang zur Melodramatik!«

»Übersehen Sie nur nichts, Weston.« Er drückte sein leeres Glas an seine Brust und fixierte mich mit seinen Adleraugen. »Noch gibt es zu viele unbeantwortete Fragen, als daß wir einen Hinweis einfach verwerfen könnten, sei die Quelle auch noch so unwahrscheinlich. Wenigstens ist keiner von uns beiden heute morgen leer ausgegangen. Das ist immerhin ein Trost.«

Er lehnte sich unter meinem neugierigen Blick zurück und steckte die Hand in die Weste, zog ein Taschentuch hervor, in das offensichtlich etwas eingewickelt war, und legte es auf den Tisch. Mit der Anmut und dem Gefühl für Effekt eines Varietékünstlers packte er das Bündel aus.

»Eine Feder?« Ich nahm sie vorsichtig zwischen Daumen und Zeigefinger und hielt sie mir vor die Augen. Bis hinunter zum Kiel war die Feder schwarz und glänzend. Je länger ich sie hielt, desto mehr schien sie an Gewicht zuzunehmen. Ich mußte sie auf meinen Handteller stützen, und selbst dann wurde sie noch schwerer, bis ich meine Hand auf die Tischplatte legte.

»Ganz genau. Eine Feder, wie jede Taube im Regent's Park sie abwerfen könnte.« Wieder machte sich Donne über mich lustig.

»Wohl kaum. Dergleichen habe ich noch nie gesehen! Woher haben Sie sie?«

Er nahm sie zurück und betrachtete die unheimliche Feder lange und eingehend, wie ein Seher in seinen Kristall blicken würde. »Das ist das Erbe von Joseph Isaacs.« Er begegnete meinem fragenden Blick. »Diese Feder, Weston, hielt Isaacs im Tode umklammert. Zunächst hatte ich keine Chance, sie mir zwecks näherer Betrachtung anzueignen, denn zu viele Augen ruhten auf mir. Daher reizte ich den Eisernen Herzog absichtlich, bis er mich schlug, so daß ich auf den Leichnam fallen und in dem Tumult die Feder an mich nehmen konnte.«

»Armer Donne. Zuerst Ihre Hand und dann Ihre Sch... Moment mal, mit Ihrer Schulter ist ja alles in Ordnung! Sie haben bei dem Hieb so laut geschrien, daß ich dachte, er hätte sie Ihnen gebrochen.«

Er gestattete mir, seine vorhin noch verletzte Hand zu untersuchen. Keine Spur mehr von den schrecklichen Erfrierungen der Haut. »Anscheinend hatte ich Glück, so daß die Konsequenzen nicht von Dauer waren. Was meine Schulter betrifft, so kann nur ein sehr schlechter Schauspieler nicht einen Schlag abrollen.«

Wir zahlten unsere Zeche und gingen gemütlich heim. Donne kannte kein anderes Thema mehr als die Feder. So sehr mich die seltsamen Eigenschaften des Gegenstandes auch faszinierten, vermochte ich ihm doch keinerlei Bedeutung beizumessen. Andererseits mochte es jedoch auch sein, daß die Vorstellung von Mrs. Hendriks Mittagessen, das in unseren Räumen auf uns wartete, in meinem vom Hunger umnebelten Hirn keine anderen Gedankengänge zuließ.

Mrs. Hendrik wartete am Fuß der Treppe auf uns. »Sie haben einen Besucher, Gentlemen«, erklärte sie. »Wissen Sie wohl, ob er zum Mittagessen bleibt?«

»Ich habe niemanden erwartet, Sie etwa, Donne?« fragte ich.

»Bitten Sie ihn unter allen Umständen mit zu Tisch, Mrs. Hendrik. Das heißt, wenn es keine allzu große Mühe bedeutet?« Offensichtlich wollte sich Donne nicht dazu herablassen, meine Frage zu beantworten.

»Eine Mühe? Ach nein, das ist doch keine Mühe, wenn Sie mich fragen, Mr. Donne!« sprudelte unsere schätzenswerte Wirtin hervor und trollte sich, um sich »um alles zu kümmern«.

»Noch ein Klient?« fragte ich laut. Welche Antwort konnte Donne ihm geben, Ihrer Majestät verpflichtet, wie er war? Der unbekannte Besucher tat mir leid, und ich sah bereits die peinliche Szene vor mir, mit der der große Detektiv einem armen Wicht die Tür wies und ihm alle Hoffnung raubte; schmerzlich auch für Donne, der es haßte, einer gerechten Sache die Hilfe zu versagen.

Der Mann, der auf uns wartete, machte indes nicht den Eindruck, als beschwerten ihm seine Sorgen allzusehr das Gemüt. Er hatte einen dunklen Teint und war hochgewachsen, so daß er Donne mit einem Ausdruck bissigen Scharfsinns in die Augen blicken konnte. Er war ein Relikt einer Zeit, die selbst der weinseligen Herrschaft von König George IV. voranging, und während jene, die vom Druidenblut sind, ihre Zauberkraft dazu benutzen können, ihr Leben zu verlängern, so lange ihre Kräfte anhalten, gibt es doch nur wenige, deren Zauber so stark sind, daß sie seit den Tagen überleben, in denen sich Männer mit der überladenen Seide, den scharlachroten Stiefeln mit hohen Absätzen, von prachtvollen Federbüschen verzierten Hüten und kunstvollen Perücken kleideten, die dieser Mann trug.

Donne zeigte sich durch das seltene Kostüm nicht beeindruckt. Er verbeugte sich lediglich und fragte mit gewohnter Gleichmut: »Eure Ehemalige Majestät, wie ich annehme?«

KAPITEL 4

Eine Gefälligkeit für Lord Backwater

Verständlicherweise bin ich mit der britischen Thronfolge nicht allzu vertraut. Deshalb habe ich mir auch nie den beliebten Spottvers eingeprägt, den jeder Straßenjunge vor Noll Cromwell Day singt, wenn er sich einen Korbmann geleistet hat, nämlich:

Als Hexenmeister Cromwell
ihm den Vater erschlagen
Konnte Old Rowley seine
Wut kaum ertragen,
So König Charley ein Beil
sich nahm
Und der Mistkerl damit
vierzig Hiebe bekam.

Unverzüglich glich Donne meine betrübliche Bildungslücke aus, indem er die Verse vom Fleck weg rezitierte. »An Noll Cromwell Day setzen die kleinen Teufel ihre Weidenpuppen in Brand, um ihre frommen Vorfahren nachzuahmen. Wenigstens gehen sie nicht so weit, in den schrecklichen Weidenmännern echte Menschenopfer einzusperren, wenngleich die örtliche Population an Ratten, Mäusen und Tauben nach jenem Feiertag oft schmerzlich dezimiert ist. Ich für mein Teil habe nie verstanden, weshalb die Götter auf solch grauenhaften Glaubensbezeugungen bestehen. Aber ich bin schließlich auch ein nachlässiger Tempelgänger. Nehmen Sie schon den Hut ab, Weston. Sie stehen vor einem Angehörigen des Königshauses.«

»Ei der Daus, Mr. Donne, Ihr scheint überhaupt nicht erstaunt, mich hier vorzufinden. Empfangt Ihr also des öfteren königliches Geblüt?« Seiner Ehemaligen Majestät dunkle Augen blitzten fröhlich.

»Sie schmeicheln mir, Königliche Hoheit«, antwortete Donne. »Bis vor kurzem, sehr kurzem, hatte ich nur mit ausländischen Monarchen das Vergnügen. Die vergangenen Stunden jedoch haben gewisse Veränderungen mit sich gebracht. Es wäre zuviel gesagt, wenn ich behauptete, fest mit Ihnen gerechnet zu haben, aber rückblickend ist es ganz eindeutig: An wen sonst hätte sie sich wenden sollen?«

»Meine Nichte? Sie hat also mit Euch gesprochen?« Der ehemalige Herrscher über Britannien beugte sich aus dem Sessel vor, und sein federgeschmückter Hut rutschte ihm unbemerkt von den Knien und landete auf dem Fußboden.

»Ihre Nichte? Man sollte meinen, daß der Abstand in der Linie sie zu Ihrer etwas entfernteren Verwandten machte. Aber Sie mögen das Mädchen. Sie sind ihr Lieblingsverwandter, ihr ›Onkel‹ Charles. Der einzige Mensch mit der Macht eines Meisterdruiden, an den sie sich wenden und auf dessen Loyalität sie sich zu einer Zeit verlassen kann, in der sie keinem anderen aus Brans Geschlecht vertrauen darf. Selbstverständlich ...« Donne lehnte sich zurück und begann, sich lässig die ölige schwarze Tonpfeife zu stopfen. »Wem sonst könnte sie wohl anvertrauen, daß ihr die *Rules Britannia* gestohlen worden sind?«

König Charles sprang mit solcher Kraft vom Sessel, daß das Möbelstück wie irrsinnig hin und her schwankte, bevor es umfiel.

»Beruhigen Sie sich, Königliche Hoheit«, sagte Donne. »Ihr Geheimnis ist bei uns sicher. Nicht um alles in der Welt würde ich etwas tun, das diese Frau in Gefahr bringt.«

»Woher wißt Ihr davon?« Der frühere König setzte sich wieder, nachdem er den Sessel aufgerichtet hatte. »Ihr habt keine Zauberkraft in Euch – soviel vermag ich zu erkennen. Niemand außerhalb der Bruderschaft weiß von den *Rules*!«

»Diese Feststellung ist eindeutig unzutreffend, Königliche Hoheit. Ganz offensichtlich weiß ich davon; und meiner indiskreten Erwähnung der *Rules Britannia* zum Dank hat nun auch Weston davon gehört.«

Eingedenk König Charles' heftiger Reaktion beeilte ich mich hinzuzufügen: »Ich weiß nicht mehr darüber als ihren Namen. Gütige Götter, Donne, als wir bei der Königin waren, hatte sie doch gar nicht die Zeit, uns zu sagen, was ihr gestohlen worden ist! Wie haben Sie das nur erraten?«

»Ich rate nie, Weston.«

An dieser Stelle wurden wir von Mrs. Hendrik unterbrochen, die das erste von mehreren Tabletts mit dem Mittagessen hereintrug. Vom königlichen Geblüt unseres neuen Klienten konnte sie nichts wissen, doch ein Blick auf sein Gewand mußte ihr klargemacht haben, daß es sich um keinen gewöhnlichen Besucher handelte. Sie hatte sich selbst übertroffen. Geschwärzte rosa Papierkrausen waren zwischen die Schweinekoteletts gepreßt, die Tafel war mit ihrem ›besten‹

Silber und Leinen gedeckt, und zur Krönung des Ganzen watschelte sie nun mit einem dickbäuchigen silbernen Samowar voller Tee in den Raum. Nichts hatte sie vergessen. Leider auch nicht ihre elenden Teekuchen.

Donne stürzte sich begeistert auf das Mahl. Selten habe ich ihn so beschwingt erlebt. Er brachte es gar fertig, drei der unsäglichen Backwerke unserer Hauswirtin zu vertilgen, die er mit einer Stachelbeerkonfitüre bestrich, welche jeden normalen Menschen auf der Stelle an seine Sterblichkeit gemahnt hätte.

Während er daran knabberte, sagte er zu mir: »Als *Rules Britannia*, lieber Weston, bezeichnet man jenes magische Buch, das mehr dazu beigetragen hat, Britannien gegen Feinde und Invasionen zu verteidigen, als jede Waffe, jeder Feldherr und jeder Diplomat. Die *Rules* sind mit einigen Skandalen verbunden – Skandale, die auch Mitglieder des Königshauses betreffen, nicht wahr, Königliche Hoheit?«

Charles bestätigte die Wahrheit dieser Aussage. »Ich bitte Euch nur um eins, Mr. Donne. Wenn Ihr beabsichtigt, Eurem Freund hier die Geschichte der *Rules* bekannt zu machen, so erlaubt mir, dies für Euch zu erledigen.«

»Königliche Hoheit sind überaus freundlich. Ihre Methode der Erklärung wird gewiß weitaus dramatischer sein als die meine. Ich möchte nur betonen, daß Sie Weston völlig vertrauen können. Der Sicherheit unserer Königin ist er ebenso ergeben wie jeder andere hier in diesem Raum.«

»Das wäre auch besser für Ihn, denn ich würde wiederkommen und den schwarzgesichtigen Mistkerl von eigener Hand am gleichen Tag aufspießen, in dem ich etwas über diesen Fall, meinen Besuch oder die *Rules Britannia* in diesem syphilitischen *Strand Magazine* lesen muß.« Bei diesem Satz lächelte er mich an. Es war kein beruhigendes Lächeln.

»Königliche Hoheit haben keinen Grund, Westons Aussehen zu kritisieren. An seinem Teint ist ein Mann unschuldig. Sie selbst sind ebenfalls recht dunkelhäutig.« Der gute alte Donne ergriff für mich Partei! Das brachte König Charles zum Lachen.

»Dunkel wie ein zwiefach verdammter Pikte ist Er! Aber ich auch, ich auch. Nun, um so interessanter wird Er die Erzählung finden.« Mit der rechten Hand strich er über die glitzernde Wölbung des Samowars, und plötzlich war der Raum von Dunkelheit erfüllt. Nur die silbrige Fläche glänzte noch gleich einem Spiegel mit dem rhythmisch unsteten Licht eines mondbeschienen Sees. Die Wellen trieben in Ringen nach außen, und innerhalb dieser Ringe aus leuchtender Magie entsprangen weitere Ringe, die sich zu Wirbeln und Strudeln erweiterten. Ein Lichthof entstand, der sich immer weiter ausbreitete. Aus seinem strahlenden Herzen schälte sich eine Vision hervor.

Weiß füllte die Ringe. Ein Mann erschien darin, der aussah wie ein schneebedeckter Berg. Sein Bart reichte ihm bis an die Hüften, das Haar war mit dem silbernen Stirnreif eines Erzdruiden gebunden. An dem Reif funkelten Steine im gleichen Wasserblau wie seine Augen. Der Mann stand in selbstsicherer Haltung auf den Kreidefelsen der Südostküste Britanniens und betrachtete, wie die rauhen grauen Wellen des Ärmelkanals sich unter ihm auf den Strand warfen.

Möwen schrien und überquerten den wolkenlosen Himmel. Jenseits der Brecher fuhren römische Kriegsschiffe im ruhigeren Wasser. Die Sklaven unter Deck legten sich kräftig in die Ruder. Claudius' Mannen konnten kaum das Ende dieser Überfahrt erwarten, waren begierig, die Eroberung zu beenden, die Julius Cäsar nur oberflächlich begonnen hatte. Britannien war reich. Britannien war schwach. Britannien lockte.

Nicht für einen Moment nahm der Erzdruide den Blick von den näherkommenden Schiffen. Hinter ihm erhoben sich die Bitten, das Wehklagen und das Flehen um Gnade der letzten römischen Kolonisten, die dem Schwert überantwortet wurden. Derjenigen, die Glück hatten. Heilige Quellen verschluckten viele; noch mehr endeten im Kessel. Die wenigen, die glaubten, sie würden verschont werden, sollten bald begreifen, was ihnen bevorstand, wenn die Weidepuppen um sie herum geflochten wurden und sie darin eingeschlossen den Fackeln entgegensahen. Einer nach dem anderen schlossen sich die übrigen Druiden dem Einsamen auf seiner Wacht an.

»Wann wird es geschehen?« fragte der erste. Er war noch sehr jung, sein Haar noch dunkel, der Bart erst halb gewachsen.

»Das wissen die Götter.« Der Meister faßte den juwelenbesetzten Eichenstab fester. »Du und die anderen, ihr könnt gehen. Wenn die Zeit kommt, werde ich verrichten, was nötig ist.«

»Allein?« Der junge Mann wirkte zweifelnd und ängstlich.

»Allein.« Der Erzdruide blickte ihn gelassen an. »Ich werde genügen. Du wirst sehen, Llyr. Denke nach. Wie lange bin ich fort gewesen? Wie lange ist her, seitdem mich jemand aus der Bruderschaft gesehen hat?«

»Wir auf Mona haben uns oft gefragt, wo du sein könntest. Wir glaubten, du genössest die Gastfreundschaft der Häuptlinge, Bran.«

Bran schüttelte den Kopf. »Die Häuptlinge sind, wie sie immer gewesen sind und wie sie immer sein werden. Unablässig bekriegen sie sich, stehlen einander das Vieh, rauben sich gegenseitig die Köpfe, um sie an den Dachbalken ihrer Hallen aufzuhängen. Es gibt ebenso viele Britannien, wie es Häuptlinge gibt; zu viele Britannien. Nein, Llyr, von ihnen habe ich mich ferngehalten.« Seine Augen richteten sich wieder auf den Horizont. »Ich bin unter den Dunklen gewesen.«

Llyr erschauerte. »Ich glaubte die Dunklen alle tot.«

»Die Dunklen werden niemals völlig aussterben. Aus der Abgeschiedenheit der westlichen Gebirge wird ihr Blut neben dem unseren durch die Zeitalter fließen. Ihre Linie wird dünn sein, doch wird sie bestehen. Niemals darf sie in die unsere strömen; wir müssen reinen Blutes bleiben. Oh, wir besitzen Waffen, von denen die Dunklen niemals zu träumen wagten – Bronze ist für sie ein Wunder –, aber sie besitzen Macht – schreckliche, wundervolle Macht.«

»Du bist bei ihnen gewesen?« Der bloße Gedanke stieß den jungen Druiden ab, für den die Dunklen des Westens nicht mehr waren als vage Legenden und Gerüchte, die man nur flüsterte.

»Das bin ich. Ich habe mich in ihr Wissen vertieft. Was sie uns antun könnten, wenn sie sich dazu entschlössen! Diese Macht, Llyr! Die rohe, wilde Macht einer neugeborenen Erde durchströmt ihre Magie. Hätte ich genügend Zeit gehabt, so wäre ich wohl für immer bei ihnen geblieben und hätte ihre Geheimnisse getrunken, ohne daß der Quell der Weisheit jemals versiegt wäre.

Doch sah ich den Schatten, der sich von Osten näherte. Mein Platz ist bei meinem wahren Volk. Als Dieb bin ich aus dem Westen zurückgekehrt. Ihr Wissen habe ich gestohlen, das sie mir nur deswegen so willig gaben, weil sie glaubten, ich würde mein Wort halten und bei ihnen bleiben. Nun kann ich nie wieder dorthin zurückkehren. Weil ich Britannien mehr liebte als meine Ehre, kann ich niemals wieder dorthin gehen, wo die Dunklen wohnen.«

»Meister, was ist das?«

Bran blickte auf das, worauf Llyr deutete, auf das dicke elfenbeinfarbene Pergament, das er um seinen Amtsstab aus Eichenholz gewickelt hatte. Beinahe hätte er vergessen, daß es sich dort befand. »Ein Schild, Llyr; ein unfaßbar mächtiger Schild. Ein

Schildwall, den kein Römer jemals brechen soll und auch kein anderes Volk. Wir schufen ihn gemeinsam, die Dunklen und ich, doch ich allein werde ihn um die Küsten Britanniens ziehen. Geh mit den anderen. Die Stunde ist nahe.«

Llyr ließ seinen Meister auf den Klippen zurück und trieb dabei die anderen Druiden vor sich her. Der Erzdruide wandte sich der See zu. Allein durch die Berührung seiner Hände entrollte sich das Pergament. Der Stab sprang aus seiner Hand in den klaren Himmel, und der düstere Donner des Zaubers hallte über die Meerenge.

Von der ganzen römischen Flotte erreichte weniger als der zehnte Teil sichere Häfen in Gallien. Die Schiffe waren kaum noch die Reparatur wert, die Männer hatten den Verstand verloren. Der Himmel über Britannien blieb klar und getrübt, aber der Ärmelkanal wallte und brodelte noch tagelang. Auf seinen beiden Seiten flüsterten die Menschen von Nodens' monströsen Kindern, die mit sich windenden und schlängelnden schuppigen, salzverkrusteten Gliedern wieder in ihre Träume zurücksanken, die gewaltigen Bäuche gefüllt mit dem Fleisch toter Männer.

Schwerter blitzten in der Szene auf, dennoch fand kein Kampf statt. Die vielen Häuptlinge Britanniens kamen herbei und legten ihre Klingen zu Füßen eines Steinaltars nieder – eines stierköpfigen, einstmals Mithras geweihten Altars, der von seinen römischen Erbauern erbeutet worden war. Neben den flammenden Augen des Bullen stand Bran und nahm Huldigung und Unterwerfung der Häuptlinge entgegen. Von der Steinplatte rann das Blut eines widersetzlichen Stammesfürsten; auf weitere Opfer wartete der schwarze Kessel.

»Der Stärkste unter uns herrscht.« Diese Worte sprach Bran als unwiderrufliches Gesetz aus. »Einzig die Magie hat Britannien errettet. Nur wo Zauberkraft das Blut erfüllt, dürft ihr euren König suchen, o Häuptlinge! Allein Magie in den Händen eines einzelnen Herrschers wird uns diese Insel erhalten. Mögen uns die Götter schützen.« Leiser, widerwilliger Jubel erhob sich von den entmachteten Häuptlingen, und die Vision entschwand.

Jahrhunderte zogen über den Silberbauch des Samowars. Lord Brans Sohn erhielt die Schriftrolle der gestohlenen Macht aus der Hand seines Vaters und beherrschte nach ihm Britannien. Von Hand zu Hand, vom Vater und von der Mutter an das Kind wurde die vergilbende Schriftrolle im Laufe der Jahre weitergereicht. Wer die Schriftrolle besaß, dem gehörte Britannien; und wenn es ein Mann war, der das Land nicht um seiner selbst willen liebte, so zwang er Britannien unter seine Gewalt. Die Schriftrolle wurde zuerst von einer Lederhülle geschützt, dann von einer Schachtel aus geschnitztem Eichenholz, dann einem Kästchen aus Bronze. Germanenstämme sammelten ihre Schiffe vor der gallischen Küste, dänische Langboote, normannische Drakkars; und alle traf sie das gleiche Schicksal wie Claudius' zum Untergang verurteilte Legionen. Die wenigen Überlebenden, die schiffbrüchig die britische Küste erreichten, wurden den Göttern geschenkt. Britannien blieb unversehrt.

Manchmal hielt die Schriftrolle inne und wartete. Der Druidenkönig hatte zu viele Kinder gezeugt, und sie alle waren mächtig, alle bewandert in der Magie. Eine Zauberschlacht zerriß das Land, die Wasser und den Himmel, bis nur noch ein Magier übrig war, um Brans Erbe anzutreten. Jeder König herrschte, so lange seine Macht bestand, und seine Macht war seine Lebenskraft. Manchmal dankte ein König ab, bevor all seine Zauberkraft aus ihm gesogen war und er sterben mußte. Im Ruhestand konnte er sein verbliebenes Mana dann nutzen, um seine Lebensspanne über das übliche Maß hinaus zu verlängern.

Ich sah, wie Uthers Sohn befahl, den Inhalt der zerfledderten Schriftrolle abzuschreiben und die Seiten zu einem Buch zu binden, einem Buch, das in eine Kassette aus Buchenholz gelegt wurde, und die echte Schriftrolle zu vernichten. Ich beobachtete, wie er sich nach Avalon davonstahl, während Modred und seine anderen Söhne bis auf den Tod um den Besitz des Buches fochten.

Die letzte Vision entschwand. König Charles hauchte sie hinweg.

»Nun wißt Ihr es, Dr. Weston. Nun kennt Ihr die *Rules Britannia,* den Ursprung des Landes.«

»Und nicht zuletzt die Erklärung für Ihre robuste Gesundheit, Sir«, warf Donne ein. »Ein geringes Wunder, daß Sie abgedankt haben. Es hätte Ihnen gar nicht ähnlich gesehen, sich an eine Krone zu klammern, wenn Sie Ihr Leben weitaus erquicklicher in einem gemütlichen Kuhdorf wie Maidenhead verbringen können.«

»Maidenhead!« brüllte König Charles. »Und wie habt Ihr herausgebracht, daß ich dort wohne, Sir? Kein Wort habe ich darüber verloren! Als nächstes werdet Ihr mir wohl noch sagen, mit welcher Dame ich zuletzt geschlafen habe, Mr. Donne!«

Donne zuckte nicht mit der Wimper. »Madam Gwynne. In Ihrer Gegenwart zögere ich, von ihr als ›Nellie‹ zu sprechen. Nein, Sie haben mein Blut schon richtig gelesen. Ich bin kein Druide; ich kann mich sogar kontinentalen Blutes rühmen. Die schlimmste Sorte Mischling von allen, wie der Herzog von Wellington erfreut feststellen würde. Doch solange frühere Orangistinnen darauf bestehen, einem starken Patschuligeruch den Vorzug zu geben, der bei Frauen dieses Jahrhunderts längst nicht mehr in Mode ist« – der einstige König hob seinen breiten Spitzenkragen an die Nase und schnüffelte sehnsüchtig daran –, »und solange Schuster allerorten die Sohlen ihrer Kunden mit einem leicht zu identifizierenden Kode markieren, bleibt meine Arbeit elementar.« Donne wies auf das schwache Kreidezeichen am hohen Spann des Schuhwerks Seiner Ehemaligen Majestät. »Sie müssen einmal meine Monographie über die regionalen und lokalen Unterschiede in den Hieroglyphen der Schuhmacher lesen.«

»Maidenhead und Nellie. Ich will verdammt sein.«

»Das wollen wir doch nicht hoffen. Das Mittagessen war vorzüglich! Wenden wir uns nun wieder dem Geschäftlichen zu. Da ich Ihrer Nichte bereits diene, wie kann ich zusätzlich Ihnen helfen?«

»Indem Ihr meiner Nichte helft, Mr. Donne, und mich darüber auf dem laufenden haltet.« Der einstige Monarch klang überhaupt nicht mehr fröhlich. »Vor nicht allzu langer Zeit hat Victoria mir ihre Sorge anvertraut. Da spürte ich, daß irgend etwas fürchterlich im argen liegt.«

»Den Verlust der *Rules* sollte man doch arg genug nennen.«

»Etwas, das darüber hinausgeht. Sie sagte, sie wolle unter Ausschluß der Bruderschaft so viele Wege der Suche einschlagen wie irgend möglich. Unter anderem ließ sie Euren Namen als mögliche Hilfequelle fallen. Auf der Stelle widmete ich meine eingerosteten Fähigkeiten dem Problem, stand am Ende jedoch mit leeren Händen da. Wo auch immer die *Rules* sind, wer immer sie gestohlen hat, muß der mächtigste Druide auf dieser Insel sein!«

»Oder gar kein Druide«, murmelte Donne. Doch das hörte Charles nicht.

»Schlimm genug, daß ich keine Spur der Regeln finden konnte, aber noch schlimmer ist, daß meine Nichte, als ich ihr diese schlechte Neuigkeit zutragen wollte, sich sehr merkwürdig verhielt. Sie schien sich überhaupt nicht daran erinnern zu können, mich jemals um Hilfe gebeten zu haben! Das nenne ich doch verflixt seltsam, oder nicht?«

Mein Freund ließ sich seine Meinung in keinster Weise anmerken. »Sie haben die Königin selbstverständlich an ihre Bitte erinnert.«

Charles nickte. »Da erwähnte sie, daß sie beabsichtige, Euch hinzuzuziehen, Mr. Donne – nachdem sie sich versichert habe, daß Ihr der Aufgabe gewachsen wäret.«

Donnes Pfeife war leer. Er klopfte sie auf der Armlehne aus. »Es wird Sie freuen zu hören, daß ich Signorina Pittis Probe bestanden habe.«

»Wessen? Ach so, vermutlich eine dieser Damen, mit denen Vickie sich umgibt.« Der einstige König schloß halb die schweren Lider und strich sich den dünnen schwarzen Schnurrbart. »Einige davon sind gar nicht schlecht.« Er schüttelte den süßen Traum ab und fuhr fort: »Ich werde mich nicht in Eure Angelegenheiten mischen, Mr. Donne, aber das Mädchen bedeutet mir einiges, und wenn ich gebraucht werde, so möchte ich es gern wissen. Kann mich nicht darauf verlassen, daß sie mich ruft, wenn die Möglichkeit besteht, daß sie wieder alles vergißt!« Er hob den gefiederten Samthut vom Teppich auf und zog einen Papierstreifen aus dem Hutband. »Das hier ist der Name meines Londoner Bankiers. Er kennt mich nur als Lord Backwater; darin steckt also tatsächlich Euer abgelegenes – wie sagtet Ihr? – Kuhdorf. Ich habe mich dieses Mannes schon früher in vertraulichen Angelegenheiten bedient, und er weiß, wo er mich sowohl in London als auch in Maidenhead erreichen kann. Mit wem auch immer wir es zu tun haben, er bedient sich der Zauberei und bedeutet vielleicht eine große Gefahr. Laßt uns über diesen Bankier in Verbindung bleiben, wenn Ihr damit einverstanden seid, Sir.«

Donne nahm das Papier. »Mr. Lucius Hope in der Threadneedle Street. Absolut akzeptabel. Das Element der Gefahr ist leider keine Mutmaßung mehr, Königliche Hoheit.« Seinem finsteren Gesichtsausdruck konnte ich entnehmen, daß er an den armen alten Isaacs denken mußte. Unvermittelt wechselte er das Thema. »Während Ihrer Herrschaft waren Sie bekannt für ein lebhaftes Interesse an den Naturwissenschaften, die über die engstirnigen Denkweisen der Druiden hinausgehen. Was halten Sie hiervon, Sir?«

Auf den kleinen Tisch mit der Marmorplatte zwischen ihnen legte er die schwarze Feder.

König Charles hatte große Hände, doch auch sie vermochten die Feder am Ende nicht zu bezwingen. »Die hat kein irdischer Vogel verloren, Mr. Donne«, sagte er schließlich. »Und ich, der ich der Morrigan von Angesicht zu Angesicht gegenübergestanden habe, als unsere Jungs van Tromps Leute in der Wattensee versenkten, weiß, daß es auch keiner der ihren ist!« Er schauderte und machte das Schutzzeichen gegen den Schlachtenvogel, die Morrigan, und ihre schwarzen Schwingen. »Woher stammt das?«

»Ich erhielt es von Joseph Isaacs, einem der anderen Helfer, die Ihre Majestät herbeigerufen hat.« Der finstere Gesichtsausdruck kehrte zurück, wie es immer geschah, wenn Donne an ein ungelöstes Geheimnis oder einen ungeklärten Mord dachte. »Im Augenblick habe ich bezüglich dieses Objekts lediglich eine Theorie, und meine Theorien diskutiere ich nur selten.« Er nahm König Charles die Feder ab und reichte sie an mich weiter. Ich schloß die Hand zu rasch und zu fest darum.

»Autsch!«

Die Feder sank zu Boden, während ich an den vielen kleinen Nadelstichwunden saugte, die mir das Ding in der Handinnenseite zugefügt hatte. Donne hob sie auf.

»Keine gewöhnliche Feder, wie man leicht sieht. Weston, auf meinen Schreibtisch finden Sie eine kleine Schachtel, einen kurzen Brief und ein Schildchen mit der Adresse eines meiner alten Lehrer in Cambridge. Seien Sie doch so gut, packen Sie die Feder hübsch ein, legen Sie den Brief dazu und bringen Sie das Päckchen zur Post und geben es auf.«

Meine Verletzung kommentierte er mit keinem Wort, doch hatte ich es nicht anders erwartet. Vor Publikum war Donne immer glücklich. Ich verließ ihn, während er noch mit dem ehemaligen König plauderte. Sie verglichen die Vorzüge der verschiedenen Schauspielerinnen, die letzterer zu Mätressen genommen hatte. Ich habe immer gewußt, daß Donne einen Hang zum Dramatischen hatte. Ob diese Liebe freilich so handfest war wie die Liebe von König Charles zu Moll Davies oder Madam Nellie, entzog sich meiner Kenntnis. Friedrich hätte dazu mehr sagen können.

Das Postamt war nur wenige Häuser von unserem Domizil in der Baker Street entfernt. Lange mußte ich nicht warten, da ich zu dieser späten Nachmittagsstunde der einzige Kunde zu sein schien. Der Akolyth hinter der Theke, ein gelangweilter junger Mann, sandte die Feder mit einem billigen Transportzauber fort, dann verrechnete er sich mit dem Wechselgeld und gab mir einen falschen, zu geringen Betrag heraus. Die

Magie zu meistern ist eine, die Beherrschung der Mathematik jedoch eine andere Sache.

»Hören Sie, guter Mann, bitte zählen Sie das doch noch einmal nach, ja?« bat ich.

Er schnaufte laut und starrte dumpf auf die Münzen, die ich auf die Theke gelegt hatte. »Was is'n los? Eine davon beschnitten, oder was?« Selbst unter den wachsamen Augen der Bruderschaft verschlechterten manchmal Fälscher die Münzen. Dabei handelte es sich um einen der wenigen ›Zauber‹, die Bürgerliche praktizierten – und mit großer Freude –, wenn die Weisen gerade unaufmerksam waren.

»Ich beschwere mich nicht etwa über die Münzen, sondern über den Betrag. Ich bekomme zwei Shilling und sechs Pence heraus.«

»Hier nicht.« Mit einer schmierigen Hand schob er sie mir wieder zu. »Verschwinden Sie. Ich hab' noch andere Kunden.«

Ich blickte mich in der kleinen Amtsstube um, und tatsächlich, jemand stand direkt hinter mir – jemand, den ich kannte. Der Akolyth begrüßte ihn überaus herzlich, froh, seinen kleinen Betrug mit den Geschäften eines anderen Kunden zu übertünchen. So ging das nicht!

»Weston!« Lord Byrons vom Schicksal gezeichnete Augen blickten mich aus einem Gesicht an, das zu hager war, um noch gutaussehend genannt zu werden. Mit einer bebenden, feingliedrigen weißen Hand zupfte er mich am Ärmel. »Ich muß mit Ihnen sprechen.« Er zog mich in die Ecke der engen Amtsstube. Der neugierige Bedienstete wurde von der Ankunft mehrerer Damen abgelenkt, von denen jede mehrere Pakete und Briefe anschleppte. Als zuerst Fragen und dann heftige Einwände an der Theke erschallten, konnten wir ungestört miteinander reden.

»Freundinnen von mir«, erklärte Byron mit einem knappen Nicken in Richtung der streitbaren Damen.

Der Bedienstete hatte im wahrsten Sinne des Wortes alle Hände voll zu tun. »Ich habe gewartet und Ihre Wohnung beobachtet. Ich habe nicht gewagt hineinzugehen. Sie spioniert Ihnen nach; sie sieht jeden, der Ihr Haus betritt oder verläßt. Sie tut alles, was er sagt, zur Hölle mit ihr!«

Bevor er seine Tirade fortsetzen konnte, stieß ich hervor: »Bei unserem letzten Treffen sagten Sie etwas von der Beltaine-Nacht, davon, daß Sie mir das Leben gerettet hätten. Erzählen Sie, hier und jetzt! Was? Wann? Ich kann mich an nichts erinnern!«

Traurig schüttelte er den Kopf. Ich bemerkte den ungesunden Gelbstich seiner Augäpfel. Das ist Ihnen gar nicht möglich, und auch sie kann es nicht. Keiner von Ihnen weiß noch, was in dem Gewölbe vorgefallen ist. Nur, daß es fort ist. Die Dämpfe ... die Dämpfe ... es ist ihr Werk; das Werk meiner Frau ...«

Er redete zusammenhanglos. Betrunkene benahmen sich oft so, auch die, die wir immer als mondsüchtig bezeichnen. Der gehetzte Bedienstete war zwar langsam, doch allmählich erfüllte er die Wünsche seiner Kundinnen. Lange konnte die Ablenkung nicht mehr währen. So dicht vor der Lösung zum Rätsel meiner Beltaine-Amnesie zu stehen, trieb mich fast in den Wahnsinn. Ich packte Lord Byron bei den Schultern und schüttelte ihn. »Die Schwarze Arawn soll Ihre Frau holen!« brüllte ich. »*Was ist mit mir in der Bel...*«

Ein kleines weißes Päckchen fiel zwischen uns zu Boden. Byron bückte sich danach, aber ich war schneller. Das Aussehen war mir vertraut, und die saubere Handschrift des Apothekers ließ keinen Raum für Zweifel an seinem Inhalt.

»Arsenik.« Ich blickte Lord Byron eindringlich an.

»Gegen die Ratten«, antwortete er elend.

Donne ist nicht der einzige, der für seine geistigen Klimmzüge ein Publikum zu schätzen weiß. »Sehr wahrscheinlich, diese Geschichte! Ein Mann Ihres Standes, der Rattengift einkauft? Eine Aufgabe, die man besser einem Diener überlassen sollte? Wohl kaum. Hören Sie, Ihre Frau mag nicht zu den freundlichsten Wesen zählen, aber solch radikale Maßnahmen sind den Preis nicht wert, den man für sie entrichten muß.«

»Was geht Sie das an?« Seine Stimme war ebenso von Trauer erfüllt wie sein Gesicht. »Wenn Sie Bescheid wüßten, wären Sie nicht so rasch bei der Hand damit, mir es ausreden zu wollen.« Er machte den vergeblichen Versuch, sich das Päckchen zu schnappen.

»Guter Mann ...«

»Geben Sie es mir zurück! Bitte, bitte, es ist gegen die Ratten. Oh, wie schrecklich diese Rattenplage ist!« Er packte meine Hand und versuchte die Finger aufzubiegen, doch ich hielt das Päckchen unbeirrt fest. »Sie sind groß, riesengroß, und ich muß sie loswerden. Hören Sie zu! Hören Sie mir zu, wenn Sie wissen wollen, was Ihnen in jener Nacht widerfahren ist. Kommen Sie ins ›Café Royale‹; kommen Sie, und ich werde Ihnen alles erklären. Wir treffen uns dort; geben Sie mir nur das – das ...« Sein Blick zuckte auf den Akolythen, und meine Augen folgten den seinen automatisch. Byron riß mir das tödliche Päckchen aus der Hand, dann stürmte er durch die Tür davon.

Ich erwog, Donne zu bitten, mit mir an einer Studie über erblichen Schwachsinn in den Kreisen des Hochadels zusammenzuarbeiten.

Als ich das Postamt verließ, bemerkte ich einen kleinen Mann, der auf der anderen Straßenseite stand und mich beobachtete. Trotz der Wärme trug er einen hochgeschlossenen Wintermantel, einen Schlapphut und einen langen Wollschal. Über der krümmsten Nase, die ich je gesehen habe, waren nur seine schwarzen, unnatürlich schwarzen Augen zu sehen.

Seine irgendwie olivbraune Haut war noch um ein oder zwei Schattierungen dunkler als meine, in Britannien ein seltener Anblick. Ich ging diesen zufälligen, beiläufigen Beobachtungen nicht weiter nach. Während der Jahre, die ich schon in London lebte, hatte ich so viel Verblüffendes gesehen, daß ich diesen Mann als nicht mehr denn einen weiteren an Straßenecken herumlungernden Hanswurst abtat.

Ich irrte mich. Ich irrte mich in schrecklichster Weise.

KAPITEL 5

Die Affaire mit der Pseudowäsche

Nach meiner Begegnung mit Lord Byron kehrte ich nicht sofort nach Nr. 221 B zurück. Ich verspürte ein geringes Bedürfnis, für meinen lieben Freund Brihtric Donne das Florett zu spielen in ganz gleich welchem Geplänkel zwischen ihm und Seiner Ehemaligen Majestät. Ohne Donnes tadellose Qualitäten schmälern zu wollen, gab er mir doch oft genug Gelegenheit zu wünschen, ich hätte nicht im Criterion Halt gemacht, um jenen schicksalhaften Drink zu nehmen, und hätte dadurch das zufällige Treffen mit dem jungen Stratford vermieden, wodurch dieser mich niemals anschließend mit Donne hätte bekannt machen können. Aber was sollte es! Könnten wir die Schicksalsfäden der Vergangenheit entwirren, so würden wir in unserem Bemühen, sie nach unseren Wünschen neu zu weben, nur andere Verstrickungen hervorrufen.

Von den Gedanken über meine eigene Vergangenheit wandte sich mein Bewußtsein der Vision zu, die König Charles vor unseren Augen auf dem Bauch von

Mrs. Hendriks Lieblingssamowar erzeugt hatte. Etwas daran ließ mich nicht los, obwohl ich nicht genau wußte, warum; nämlich die Szene, in der Bran der Gepriesene sich das Königtum aneignete und die Treueide der Stammeshäuptlinge entgegennahm. Einer nach dem anderen verschwanden die Akteure in dieser Szene außer Sicht, bis ich nur noch den Altar selbst sah, in dem ein ewiges Feuer brannte und aus den Augen des steingemeißelten Stieres leuchtete.

Ich wußte genau, Donne hätte mich einen albernen Romantiker genannt – was einer seiner bevorzugten herabsetzenden Ausdrücke war –, weil ich so lange bei einem untergeordneten Aspekt des Gesehenen verharrte. Nein, auf keinen Fall hatte ich es eilig mit der Heimkehr. Auch von den am meisten geschätzten Freunden bedarf man gelegentlich einer kleinen Ruhepause. Um die Zeit totzuschlagen, strich ich durch die Läden in der Einkaufszeile der Baker Street, wo ich Mildred aus der Bäckerei besondere Aufmerksamkeit widmete. Ich erwähnte unseren gemeinsamen Bekannten, den jungen Cuchulain Jones von den Irregulären, doch eine vollkommen unschuldige, freundlich gemeinte Bemerkung über Brote und Öfen brachte mir eine barsche Ohrfeige ein. Das Mädchen besaß offenbar keinen Sinn für harmlosen Spaß.

Schlechter Laune kehrte ich zur Wohnung zurück, wo sich ein bislang ungekanntes Drama auf den Stufen abspielte. Eine alte Frau mit schwachen Knochen und so vielen Runzeln wie ein Äffchen saß sich wiegend vor unserer Tür, während sie zwischen den Zahnstümpfen ihres Mundes einen Klageschrei ausstieß, dessen sich auch eine Banshee nicht hätte schämen müssen. Neben ihr stand ein großer, unförmiger Leinensack. Mittlerweile hatte sich eine kleine Menge aus Müßiggängern und Neugierigen um sie geschart.

»Was soll denn das? Gehen Sie doch weiter!« Mir

fehlte leider der Spazierstock, um ihn zu schwenken, doch die Menge teilte sich dennoch. Das alte Weiblein blickte mich mit all der Dankbarkeit an, zu der nur ein Hirtenhund mit entzündeten Augen fähig ist.

»Ach, danke, danke sehr, Dokter Westing, Ssör. Bin ich vielleicht froh, daß Sie kommen. Na, jetzt gucken Sie Meg doch nicht so komisch an! Ich weiß Ihren Namen, weil ich Ihr Gesicht kennen tu. Er hat mir gesagt, wie Sie aussehen, Ssör, das hat Mr. Donne.« Sie klopfte auf den Sack neben ihr. »Ihre neue Wäscherin, das bin ich. Wenn 'ne Frau von 'nem Mann die Unterwäsche sehen tut, Ssör, dann kennt se ihn besser als seine arme Mama es je tat. Frisch gewaschen, alles gestärkt und plissiert, wo's sein sollte, aber ich bin ja nun nicht mehr so gut auf'n Beinen, und mein nixnutziger Neffe, der eigentlich hier den Sack da die Treppen hat rauftragen sollen, der ist zu 'nem Hahnenkampf! Na, Hahnenkampf kann der haben, wenn ich den in die Finger krieg'! Sieben Blocks weit hab' ich den verdammten großen Sack geschleppt, jawohl, aber diese Treppen, Ssör, diese Treppen sind für mich zuviel.«

Beim Anblick dieses armen, mißgestalteten Geschöpfs brach mir schier das Herz. Sie war knorrig wie ein alter Baumstumpf. »Ich werde ihn für Sie hochtragen, Madam. Ist noch eine Rechnung offen?«

»Ach, der Mann soll gesegnet sein! Keine Rechnung, keine Rechnung, ist alles im voraus bezahlt, das isses. Sei'n Sie gesegnet, Dokter Westing, sei'n Sie gesegnet!« Sie machte einen schiefen Knicks und schlurfte davon, um sich wieder in welche Kellerwohnung auch immer zu begeben. Ich schulterte den Sack.

Schulterte ihn und wäre beinahe gegen die Tür geprallt. Das Ding war scheußlich schwer. Wie hatte die zerbrechliche alte Seele diese monströse Last auch nur sieben Schritte weit bewegt, geschweige denn sieben Häuserblocks? Ich taumelte unter dem Gewicht und keuchte fürchterlich, als ich endlich unser Wohnzimmer erreichte.

»Gütige Götter, Weston, was bringen Sie denn da an?« Der ehemalige König war fort. Donne saß mit bequem aufs Kamingitter gelegten Füßen da und rauchte eine lange schwarze Zigarre.

»Wäsche.« Ich wuchtete den Sack von der Schulter und schlug ihn leicht gegen die Wand, bevor ich begann, ihn ohne weitere Umstände zu Boden gleiten zu lassen. »Unten habe ich die neue Wäscherin getr...«

»Seien Sie vorsichtig mit dem Sack, Sie Narr!«

Er war aufgesprungen und hatte innerhalb eines Augenblicks den Raum durchquert, packte munter den Sack und senkte ihn behutsam auf den Teppich. Mit seinen langen Fingern löste er die Schnüre, die den Sack oben geschlossen hielten, während seine fallengelassene Zigarre unbeobachtet weiterglomm und den Sitz seines Sessels in Brand setzte.

»Donne! Seien Sie doch bitte etwas achtsamer!« Ich schlug das aufzuckende Flämmchen mit einem Kissen aus, dann wandte ich mich ihm zu, um ihn für seine bizarre und gefährliche Gier nach frischer Kleidung zur Rede zu stellen. Doch meine Rede verebbte, ohne daß ich ein Wort gesagt hätte, denn Donne hatte einen gewöhnlichen Wäschesack geöffnet und einen Druiden herausgeschüttelt.

»Dr. med. John H. Weston, gestatten Sie mir, Ihnen Cambridges besten Lehrer für Übernatürliche Wissenschaft vorzustellen, meinen guten Freund, Meister Caradoc.«

Der ehrwürdige Druide befreite seine Füße aus dem Leinensack und reichte mir die Hand. »Ich hoffe, Dr. Weston kann mir vergeben, daß ich nicht weniger wiege. Dem holprigen Ritt nach zu urteilen, den ich hinter mir habe, war ich zuviel für ihn. Also, dieser Zwergenfreund, den Sie haben, Brihtric, dieser

Friedrich, der kann im Vergleich zu seiner Größe wirklich wunders was heben! Hat das vielleicht etwas mit der Lage des Schwerezentrums zu tun? Das muß ich mir notieren. Das könnte eine Monographie wert sein ...« Er hielt meine Rechte weiterhin fest, während er mit der freien Hand seine Robe nach Papier und Bleistift abklopfte. Ich ergriff die Pause zur Gelegenheit, meiner Verärgerung Luft zu machen.

»Ich hoffe, nun sind Sie zufrieden, Donne! Hat man mich doch endlich zum Esel gemacht! Ausgerechnet Friedrich!« Ich löste meine Hand aus Meister Caradocs Griff, während der noch immer nach Schreibmaterial fahndete. »Dieser O-beinige kleine Bordellwirt verkleidet sich als Wäscherin und verschwindet, um sich auf meine Kosten ins Fäustchen zu lachen! Es gibt Zeiten, Donne, in denen Ihre Neigung zum Dramatischen die Bande unserer Freundschaft arg strapaziert!«

»Niemals, Weston.« Donne blickte mich ernüchtert an. »Niemals, hoffe ich. Ich hatte dieses Vorgehen angeregt, um Meister Caradoc ungesehen in unsere Räume zu schaffen, weil es absolut erforderlich ist. Wir werden beobachtet.«

Mir fiel Lord Byrons Bemerkung, seine Frau bespitzele uns, wieder ein. Ich berichtete Donne alles, was sich im Postamt zugetragen hatte, einschließlich des Zwischenfalls mit dem Arsenik.

Donne tat den Mordplan mit einer Handbewegung ab. »Das wird er niemals tun. Dazu sind seine Methoden viel zu grob. Wenn ein Mann sich in so kurzer Zeit so einschneidend ändert, befindet er sich fest in der Hand eines überlegenen Feindes. Lord Byron und seine Frau entstammen beide dem Geschlecht der Druiden, wenn auch nur einer sehr schwachen Seitenlinie. Wenn er zu gewöhnlichen Giften Zuflucht nimmt, anstatt die Magie zu bemühen, so kann das nur heißen, daß er sich an Strohhalme klammert. Falls sich Lady Byron nicht enorm unvorsichtig verhält, wird sie am Ende siegen. Aber ich habe keine Zeit, mich mit den kleinlichen Ehestreitigkeiten des Hochadels zu befassen.«

Er schloß unseren Tantalus auf, den verriegelbaren Flaschenwagen, und goß uns allen einen französischen Branntwein ein, eine seltene und kostbare Trophäe vom Kontinent. Meister Caradoc sog die Blume ein und schloß genießerisch die kleinen blauen Augen.

»Selbst meine Kollegen am Gwenhwyfar College und ich können uns nur selten solch exquisite Konterbande verschaffen«, sagte er. »Der Vorstand ist der Meinung, wir sollten unseren Studenten ein gutes Beispiel geben und nur trinken, was in Britannien gebraut wurde. Tscha! Die Bruderschaft hat an Ihnen einen Schatz verloren, mein guter Brihtric. Wären Sie doch nur als einer der Weisen geboren worden!«

»Niemand wird weise geboren, und selbst wenn ich die Wahl gehabt hätte, würde ich mich dagegen entschieden haben. Magie hat ihre Lockungen, birgt aber auch eigene Gefahren.« Er goß mir einen weiteren Schluck Brandy ein, als wollte er mir meine jüngste Schicht als Wäscheträger versüßen. »Sie müssen wissen, Weston, ich hatte erkannt, daß man uns beobachtet. Ich wußte es, seit wir den Palast betraten. Ob es nun Lady Byron allein ist, die über das Kommen und Gehen an unserer Tür wacht, muß noch herausgefunden werden. Deshalb schlug ich in dem kurzen Brief in dem Päckchen, das Sie gerade abschickten, Meister Caradoc gewisse Vorsichtsmaßnahmen vor für den Fall, daß er mich zu sprechen wünschte.«

»Und das wollte ich«, sagte der alte Druide strahlend. An sich hatte er eine kindliche Nettigkeit, die Auswirkung von langen Aufenthalten innerhalb des steinernen Kokons von Cambridge. »Ich hätte mich ohne Umweg hierher transportiert, Dr. Weston, aber ich dachte, es könnte nicht schaden, wenn ich dem Jungen den Gefallen tat. Deshalb tat ich, sobald ich wußte, womit wir es zu tun haben – und ich garantiere Ihnen, junger Brihtric, mit schrecklich riskantem Zeugs haben Sie sich diesmal eingelassen –, was er wollte, und sandte mich zur ... äh, Wohnung – nein – Haus – nein – Etablissement? – dieses kleinen Zwergenkerls.«

»Wie würde ein Druide, der über die Mittel eines Adepten verfügt, am bequemsten einen Ort erreichen oder verlassen, Weston?« Donne leerte sein Glas zur Neige und stellte es ab. »Durch Magie. Und wer sagt uns, daß unser Spion – oder unsere Spione – nicht auch die Tore des Zaubers genauso überwachen wie die rein irdischen Türen?«

»Nun, *beide* können sie nicht bewachen«, warf Caradoc ein.

Donne stellte die Ohren auf. »Ach, in der Tat?«

»Aber ja.« Der Gelehrte flocht seine Finger in seinen kurzen, aschgrauen Bart. »Das weiß selbst der unerfahrenste Akolyth. Ein Beobachtungszauber der einen Art schließt alle anderen Arten aus. Entweder beobachtet man die Tore der Magie oder die normale Türe, aber nicht beide. Aus der Entfernung, meine ich. Nichts kann einen Mann davon abhalten, Ihre gewöhnliche Tür mit seinen beiden Augen zu bewachen und zugleich die magischen Passagen zu Ihren Räumen mit seinen Zaubern zu bespitzeln.«

»Da ich mir nicht vorstellen kann, daß Lady Byron auf der Baker Street herumlungert, nur um zu sehen, wer uns aufsucht, schließe ich, daß sie uns nur mit Hilfe eines Zaubers überwacht«, sagte Donne.

Meister Caradoc nickte. »Wenn überhaupt, junger Brihtric. Offen gesagt übertreiben Sie Ihre Vorsicht vielleicht ein wenig. Ich wäre der erste, der wettet, daß die fragliche Dame lediglich ihrem Ehemann hinterherspioniert. Lord Byron genießt immerhin einen *gewissen* Ruf. Nun, und wenn sie doch Sie überwacht, dann kann kein anderer es ebenfalls tun. Wie ich schon sagte, schließt ein Zauber alle anderen aus. Wer zuerst kommt, mahlt zuerst. Jeder andere, der noch versuchte, durch Ihre Schlüssellöcher zu spähen – erhielte eine Art Besetztzeichen. Wie am Telephon, Sie wissen schon.«

»*Am was?*« Wundervoll war es, Donne diesen Ausruf ehrfürchtigen Erstaunens äußern zu hören, den ich so oft zu benutzen gezwungen war, wenn er – das überlegene Wesen – eine weitere Kostprobe seiner logischen Schlußfolgerungen ablieferte.

»*Am Telephon*, Brihtric. Ach du liebe Güte. Sie hätten Ihre Studien der Geschichte des Festlands nicht derart vernachlässigen dürfen. *Ich* hingegen, ich halte mich sehr gern über die Veränderungen dort, jenseits des Branswalls, auf dem laufenden. Ich muß Ihnen zu einem günstigeren Zeitpunkt unbedingt von meiner letzten Reise dorthin berichten. Faszinierend, was man dort ohne Zauberei zuwege gebracht hat.«

»Erstaunlich.« Donne kräuselte bitter die Lippen.

»Aber das betrifft uns nun nicht. Britannien ist ein gemütliches Land, nicht wahr? Und wir sollten darauf achten, daß es so bleibt.« Der Druide öffnete den Beutel aus weichem Rehleder, der an seinem Gürtel hing, und griff hinein. Ich erblickte die verhängnisvolle schwarze Feder wieder. »Ihre Mutmaßungen entsprechen allesamt der Wahrheit, junger Brihtric. Eine Vogelfeder besteht aus einer Reihe paarweise angeordneter Federäste, die dem zentralen Federkiel entspringen und eine flache, normalerweise gewölbte Fläche bilden, die Federfahne. Die Federäste verzweigen sich in Federstrahlen, nach oben in Hakenstrahlen und nach unten in Bogenstrahlen. Die Hakenstrahlen sind, wie der Name schon sagt, mit Häkchen besetzt, die in die Bogenstrahlen greifen, so daß die Federfahne eine geschlossene, steife Fläche bildet.«

Vorsichtig strich er mit dem Finger durch die Feder. »Hier finden sich jedoch keine Federstrahlen. Die benachbarten Federäste halten überhaupt nicht zusammen. Diese ›Feder‹ ähnelt mehr einer Ansammlung von Stacheln an einem gemeinsamen Stengel als einer Vogelfeder. Selbst die Morrigan trägt im Fluge das echte Federkleid eines Raben. Die Spitzen dieser Stacheln bilden eine flexible Klinge, die wie ein Rasiermesser einschneiden kann, wenn man sie im richtigen Winkel über die Haut zieht. Diese Feder enthält schon durchaus Zauberkraft, aber keine Magie, die irgendein Druide kennen würde.«

»Auf der Welt gibt es noch andere Magie«, entgegnete Donne kühl, »ebenso, wie andere Lebensweisen existieren. Nur ist Ihre Bruderschaft über keinen dieser beiden Gedanken sonderlich entzückt.« Mit weicherer Miene fügte er hinzu: »Sie sind die einzige Ausnahme von der engstirnigen Selbstfälligkeit der Druiden, Meister Caradoc. Wären nur alle ›Weisen‹ wie Sie ... Aber eine Frage hätte ich: Von welchem Wesen stammt eine solche Feder?«

Caradoc verschränkte die Hände. »Das kann ich nicht sagen, und das ist ein weiterer Grund, weshalb ich persönlich nach London gekommen bin. An sich wollte ich die Quellen im Lesesaal des Britischen Museums zu Rate ziehen und dort nach der Antwort auf Ihre Frage suchen. Man gibt sich dort leider äußerst kleinlich, wenn jemand ohne große Vorankündigung Material heraustransportieren will, und hat deshalb undurchdringliche Wachbarrieren errichtet. Daher bleibt nur eine Möglichkeit, dort etwas zu erfahren: Man muß persönlich Einsicht in die Bücher nehmen. Ich beeile mich lieber. Es wird spät.« Der alte Mann murmelte etwas und verschwand. Donnes Verwünschung war durchaus deutlicher hörbar.

»Und das, nachdem ich ihn gewarnt habe, nicht mit Hilfe von Zauberkraft zu kommen oder zu gehen!

Diese verdammten geistesabwesenden Gelehrten!«

»Er wird schon keine Schwierigkeiten bekommen, Donne. Wissen Sie, es ist durchaus möglich, daß Meister Caradoc in Bezug auf Lord Byron ins Schwarze getroffen hat. Erst heute morgen habe ich beobachtet, wie sie sozusagen an seiner Kette gezerrt hat. Wenn Sie mich fragen, verkehrte er mit der kleinen Hausmagd im Palast auf allzu vertrautem Fuße. Ich kann es seiner Frau gar nicht verübeln.«

Donnes Hand schwebte über dem Tantalus, dann zog er sie zurück. Er ging an das Vorderfenster und vertiefte sich in den unerreichten Anblick einer Londoner Abenddämmerung in Violett und Gold.

»Sie ist wunderschön«, sagte Donne.

»Wer?« Ich hoffte inständig, daß er von irgend jemandem außer der Königin spräche. Ihr liebliches Gesicht – das auch in der schlimmsten Lage nicht zu lächeln verlernte – blitzte vor meinem inneren Auge auf, und ein Phantom-Donne beugte sich vor, um ihr die Hand zu küssen. War ihr Lächeln für ihn bestimmt? Ich biß die Zähne zusammen.

Donne musterte mich träge. »Was, nicht wer. Und doch, wir bezeichnen Britannien schließlich als Dame, und London ist das Juwel in ihrer Krone. Erinnern Sie sich noch an Paris, Weston? An Hamburg? An Madrid? Wie lange ist es her, daß wir im Ausland waren? Ach, damals schleppte ich Sie hinter mir her, um die wunderbaren Werke zu besichtigen, die auf dem Festland zustandegebracht wurden, und zwar ohne Hilfe von Zauberei. Ja, sogar in Frankreich, wo der letzte große Hexenmeister erst jüngst gestorben war! Die Fabriken, Weston! Die großen Maschinen, die das Land verändern! Wie viele davon werden sie mittlerweile wohl gebaut haben? Welche Meisterwerke der Ingenieurskunst erzeugen sie, während wir in der Vergangenheit schwelgen?«

»Ich erinnere mich«, sagte ich und trat neben ihn

ans Fenster. Durch eine architektonische Laune war es möglich, zwischen zwei Gebäuden auf der anderen Straßenseite hindurchzuspähen und einen Blick auf das Smaragdgrün eines Stadtparks zu erhaschen, dem kleinen Bruder der weiten, fruchtbaren Felder, die gleich hinter dem Stadtrand begannen. Ich mußte an diese Felder denken, an das genügsame Vieh, den klaren Himmel, der sich darüber wölbte, die saubere Schönheit der blühenden Hecken und das silbrige Schimmern des Weizens, all das kaum einen Nachmittagsspaziergang weit vom Herzen der großen Stadt entfernt. Dann dachte ich an die Städte auf dem Festland und seufzte.

Donne verstand mich völlig. »Ich weiß, woran Sie denken. Den Rauch. Den Gestank. Nun, auch ich erinnere mich daran; und auch an die Gesichter der Fabrikarbeiter. Britannien aber verweigert dem Menschen den Verstand und gibt dem Zauberwerk den Vorzug. Wir sind vom Rest der Welt abgeschottet – es sei denn, unsere Herren erlauben aus ihren eigenen Gründen das Öffnen eines Tores –, und der Rest der Welt lebt ohne uns. Ich habe die Bruderschaft einmal eine Gemeinschaft alter Maulwürfe genannt, die sich weigern, über den Branswall hinauszublicken und dem Menschen ohne Druidenkraft zu gestatten, seinen Verstand zur Gänze zu nutzen ...« Er öffnete das Fenster und atmete tief die Luft ein, die voll war von den berauschenden Düften der nahen Wiesen und Wälder. »Zu Gelegenheiten wie diesen hingegen glaube ich manchmal, ich sei der Maulwurf und die Druiden die wahrhaft Weisen.«

Er schüttelte die nachdenkliche Stimmung ab und schlug mir seine Hand auf die Schulter. »Wir wollen nicht unsere Zeit vergeuden, während Meister Caradoc den Ursprung dieser geheimnisvollen Feder ergründet. Vielleicht gibt es noch andere Spuren im Fall der Königin, denen wir folgen können. Ach, welch ein Tag das gewesen ist, Weston! Welch ein beschwingender Tag! Wenn jeder Tag – oder auch nur jeder zweite – ähnlich wäre, müßten Sie sich zeitlebens nie wieder Sorgen machen, ich könnte Zuflucht in der Nadel suchen. Der Abend könnte kühl werden. Ziehen Sie sich einen leichten Mantel über.«

Während er noch sprach, nahm er sein Reisecape aus dem Schrank und setzte sich die zweikrempige Mütze auf. »Wohin gehen wir eigentlich?« fragte ich. Nach einem Tag wie diesem freute ich mich eher auf die wohlverdiente Ruhe vor dem Kamin, ein leichtes Abendessen und einen Blick in ein gutes Buch.

»Nun, zum ›Café Royal‹! Royal, Weston, nicht *Royale,* wie unser Freund Byron es gern hätte. Eine affektierte Aussprache, die freilich gut zu seinem insgesamt affektierten Auftreten paßt. Hat er gesagt, daß Sie ihn heute abend dort treffen sollen?«

Ich rief mir Byrons genaue Worte ins Gedächtnis. »N-nein. Er hat weder Uhrzeit noch Datum erwähnt.«

»Typisch! Ganz typisch!« Donne war entzückt. »Also muß er ein Stammgast des Lokals sein. Wenn er heute abend nicht dort ist, können wir gewiß von den Kellnern erfahren, wann mit seinem Eintreffen zu rechnen ist. So haben wir wenigstens etwas zu tun. Ich hasse es, wenn ich nicht weiß, was ich mit mir anfangen soll. Und außerdem«, fügte er hinzu, als er mich aus dem Raum schob und die Stufen zur Baker Street hinunterdrängte, »erhalten wir so eine harmlose Ausrede, einen angenehmen Abendspaziergang zu unternehmen.«

Auf der Straße sahen wir etliche unserer Nachbarn, die offenbar die gleiche Idee wie Donne gehabt hatten. Zu dieser Zeit schlossen die Läden, und die Besitzer verriegelten die Geschäfte für die Nacht. Mildred aus der Bäckerei sah uns die Treppe herunterkommen und lächelte einfältig, als Donne in ihre Richtung blickte. Seine Verweigerung jeder Reaktion schenkte mir ein wenig verspätete Befriedigung wegen der Ohrfeige, die sie mir verabreicht hatte.

»Sind Sie je im Café Royal gewesen, Donne?« fragte ich.

»Nein, ich kenne nur seinen Ruf. Hier entlang.« Er wies am Postamt vorbei.

In diesem Augenblick zerriß ein irrsinnig anzuhörendes Wehklagen die abendliche Stille. Der vermummte Mann, den ich so nonchalant als Teil der Londoner Straßenszenerie abgetan hatte, sprang aus dem Schatten des Eingangs zum Postamt, beide Arme über den Kopf erhoben, und in den Händen glitzerte ein langes Messer. Sein Schal war fort und der Hut heruntergefallen. Im trüben Licht des schwindenden Tages sah ich, wie der Fremde Donne das Messer in die Brust rammte. Mein Freund ging zu Boden, und der Meuchelmörder richtete seine wild kreisenden schwarzen Augen auf mich, dann schrie er wie ein Tier seinen Triumph heraus und wandte sich zur Flucht.

Ich machte mich auf der Stelle an die Verfolgung. Die Abendspaziergänger und Ladenbesitzer warfen sich uns aus dem Weg, drängten sich an die Wände oder wichen in den Rinnstein aus. Der Verrückte rannte mit der Anmut eines Hirschen und stürzte sich auf die Straße, wo er nur knapp den wirbelnden Hufen vorbeieilender Gespanne entkam. Pferde stiegen wiehernd auf die Hinterhand, und die Kutscher fluchten lauthals. Ich setzte dem Mörder weiter nach, ebenso ohne Rücksicht auf meine körperliche Unversehrtheit wie mein Ziel. Ich würde ihn für Donnes Blut zahlen lassen, wenn ich ihn zu fassen bekam, und die Götter sollten jedem beistehen, der sich mir in den Weg stellte!

Der Mörder blickte mitten im Lauf über die Schulter zurück und bemerkte mich. Ohne innezuhalten, riß er sich den hinderlichen Wintermantel auf und zog mit seinen skeletthaften braunen Fingern etwas hervor, was ich nicht erkennen konnte.

Dafür sah er die Bordsteinkante nicht. Gleich vor den eleganten Portman Rooms ist sie höher als üblich. Wenn man das Viertel nicht kannte, mußte man darüber stolpern. Noch leuchtete die Straßenbeleuchtung nicht, und es wurde immer dunkler. Wenn nicht ein launenhafter Gott Mitleid mit diesem Mörder hatte, mußte er stürzen und binnen Augenblicken mir gehören. Ich rang mir einen Ausbruch an Geschwindigkeit ab; den Tod dieses Menschen wünschte ich mir dringender, als ich mir je etwas ersehnt hatte. Ach ihr Götter, wie würde ich es genießen, mich mit ihm zu befassen!

Und dann, gerade, als seine Füße gegen den Bordstein prallten und er aufs Pflaster stürzte, blitzte etwas von seiner Hand auf. Etwas schlug mir gegen das rechte Bein. Ich stürzte ebenfalls, und eine rote Schmerzwelle stieg vor meinen Augen auf und überflutete mich mit Dunkelheit.

KAPITEL 6

Die Verfolgung und Ergreifung Hamids, des Assassinen auf der Baker Street

Das erste, was ich sah, als ich wieder zu Bewußtsein kam, war Donnes besorgtes Gesicht über mir. Dieser Anblick erfüllte mich mit solcher Freude, daß ich mich viel zu rasch aufsetzte und sich zur Strafe der Raum um mich drehte. Ich fiel zurück und spürte Donnes Hand unter meinen Schultern. Mit übertriebener Sanftheit legte er meinen Kopf zurück aufs Kissen.

»Es freut mich zu sehen, daß Sie schon so bald mit unseren Ermittlungen fortfahren möchten, Weston, doch glaube ich, daß Sie zunächst einmal Ihre Grenzen ertasten sollten. Die Heilung war, wie ich leider sagen muß, unvollständig.«

»Mich freut es, Sie zu sehen, Donne! Ich dachte, dieser Wahnsinnige hätte Sie ermordet! Aber von was für einer Heilung sprechen Sie?« Ich setzte mich auf, diesmal viel langsamer, und stellte fest, daß ich auf das Wohnzimmersofa gelegt worden war. In meinem rechten Hosenbein befand sich eine erschreckende Anzahl von Löchern. Es sah aus, als ob mich ein riesiges, unnennbares Ungetüm mit den Zähnen gepackt und benagt hätte, doch die Haut, die durch die Löcher zu sehen war, zeigte keinerlei Narben. Erst als ich meine Beine vom Sofa schwang, bewies mir ein scharfer Schmerz im rechten Bein, daß etwas damit geschehen sein mußte.

Auf Donnes Gesicht zeigte sich ungekünsteltes Mitgefühl, als er mich zusammenzucken sah und meinen unterdrückten Aufschrei hörte.

»Bereitet es Ihnen solche Pein, alter Freund? Das tut mir ehrlich leid.«

»Und mir auch«, erklang Meister Caradocs jungenhafte Stimme hinter mir. Er kam um das Sofa herum und stellte sich so, daß ich ihn sehen konnte. Er wirkte niedergeschlagen. »Ach, wäre ich nur einige Jahre jünger, Dr. Weston, dann hätte ich Sie beide, ohne einen Gedanken daran zu verschwenden, in einer Sitzung vollends heilen können. Doch das Alter fordert seinen Tribut von mir. Je älter man wird, desto mehr Zauberkraft muß man sich für eigene Zwecke aufsparen. Mein Leben nähert sich nun rasch dem Ende, und dementsprechend schwinden meine Kräfte. Aber fürchten Sie nichts!« Schlagartig besserte sich seine Laune. »Eine Weile werden Sie wohl einigen Schmerz zu erdulden haben, aber morgen zur gleichen Stunde werde ich genug von meinen Kräften wiedererlangt haben, um die Heilung abzuschließen.«

»Donne, was hat das alles zu bedeuten? Ich habe einen Wahnsinnigen gesehen, wie er Sie – erstochen hat, so glaubte ich zumindest. Wer war das? Und mit welchem Zauber hat er mich niedergestreckt?«

»Ich hatte Glück, Weston. Meine Tweeds haben die Kraft des Stiches abgelenkt. Daß ich fiel, lag nur an der Wucht, mit der dieser Mensch mich ansprang, und daran, daß es mir vernünftig erschien, mein kleines Kunststück vom Abrollen mit dem Stoß zu wiederholen, welches ja schon vor Wellington solch ein Erfolg gewesen war. Mir kam es als das Klügste vor, den Mörder glauben zu lassen, sein Anschlag wäre gelungen. Ein Lebenszeichen von mir hätte ihn verleiten können, die Tat zu wiederholen, diesmal womöglich mit größerem Erfolg. So aber trug ich nur einen oberflächlichen Schnitt davon, den zu heilen Meister Caradoc so freundlich war, bevor er sich Ihrer Verletzung zuwandte. Und auch Sie hat kein Zauber verwundet, Weston.«

Mein alter Freund half mir auf und stützte mich auf dem Weg vom Sofa zum Kamin. Daran hielt ich mich fest, während Donne eine Schublade seines Schreibtischs öffnete und einen ledernen Kasten herausnahm, wie ihn Flötisten zur Aufbewahrung ihres Instrumentes verwenden. Donne stellte ihn auf die Schreibtischplatte und präsentierte mir nacheinander die denkwürdigen Gegenstände, die der Kasten enthielt.

Beim ersten handelte es sich um einen Dolch. Die Klinge bestand weder aus der vertrauten Bronze noch aus Stein, Messing oder Basalt und gehörte auch nicht zu den rein dekorativen, unbrauchbaren Elektrumwaffen, mit denen sich die britischen Adligen manchmal schmückten. Das Metall war blauweiß, und ich konnte mich nicht überwinden zuzugeben, daß das, was ich hier vor Augen hatte, nichts anderes sein konnte als ...

»Stahl, Weston. Jawohl, da berühren Sie ihn und leben dennoch, allem zum Trotz, was die sogenannten Weisen behaupten. Und warum sollten Sie die Berührung von Stahl nicht überleben? Schließlich ist es ein Druide gewesen – Bessemer der Häretiker –, der seine Herstellung perfektioniert hat. Undenkbar, meinen Sie? Kein anderes Metall besitzt die Macht des Eisens, allein durch seine Nähe zum Zauberer die Wirkung aller Druidenmagie zu beschneiden. Und Stahl – Stahl könnte man als Super-Eisen bezeichnen. Die Bruderschaft nennt ihn das ›Todesmetall‹. Ganz gewiß hat er für Bessemer den Tod bedeutet.«

»Dafür gibt es keinerlei Beweis, junger Brihtric«, wandte Meister Caradoc zaghaft ein.

»Dann will ich mich verbessern: Sagen wir lieber, daß Bessemer der Häretiker kurz nach seiner Entdeckung spurlos verschwand und sein Geheimnis mitnahm. Doch stirbt Wissen schwerer als ein Mensch. In der Ferne, jenseits des Branswalls, gibt es Stahl. Wie fern, das können Sie an der Gegenwart dieses Dolches ermessen.«

»Seine Gestaltung«, sagte ich, »ist jedenfalls ebenso fremdartig wie das Material, aus dem er besteht.«

»Ein orientalischer Dolch«, bestätigte Donne mit einiger Zufriedenheit. In der Maske eines ruhelosen Norwegers namens Sweynson hatte er mehrere geheimnisumwitterte Streifzüge im Osten unternommen. »Was dort in die Klinge geätzt ist und auf den ersten Blick nach ornamentalen und ansonsten sinnlosen Schnörkeln aussieht, ist tatsächlich arabische Schrift. Meine Kenntnisse in dieser Sprache sind leider ein wenig eingerostet, doch erscheinen mir diese Zeilen als ein Gebet um ein sicheres Auge, eine ruhige Hand und eine rasche Tötung. Sehr passend für die erwählte Mordwaffe eines *Haschâschîn*.«

»Hascha-was? Donne, Sie sprechen in Rätseln, in ineinander verschachtelten Rätseln noch dazu. Der Branswall öffnet sich nur, um Handelsschiffen die Zufahrt in die britischen Häfen zu gestatten. Nach Erlaß des Inneren Tempels darf sich kein einziger Gegenstand aus Eisen – geschweige denn aus Stahl! – an Bord befinden. Selbst die Schiffe müssen nach altem Muster aus Holz ohne eiserne Nägel gebaut sein. Wie also sollte solch eine Waffe nach Britannien kommen? Ein Schiff, das sie an Bord hätte, müßte sinken, sobald es in unsere Gewässer gelangt. Wie also kann dieser Dolch die erwählte Waffe von irgend jemandem auf dieser Insel sein?«

Der Detektiv gab keine Antwort, sondern nahm einen zweiten Gegenstand aus dem Flötenkasten, ein weißes Taschentuch, das er ausbreitete, um einen kleinen Würfel aus dunkler, kautschukähnlicher Substanz von charakteristischem Geruch zu enthüllen.

»Haschisch, Weston. Als Herbalist sollten Sie es zu schätzen wissen. Die indische Hanfpflanze schenkt uns mehr als nur Seile. Gegessen oder geraucht habe dieser Stoff, so sagt man, angenehme Auswirkungen auf den menschlichen Verstand. Selbstverständlich nur, wenn man Illusionen als angenehm empfindet.« Meinen Fragen kam er mit erhobenem Zeigefinger zuvor. »Im Laufe der Jahrhunderte hat sich der Branswall oft geöffnet. Selbst die Bruderschaft ist sich im klaren, daß Britannien nicht vollkommen von der restlichen Welt isoliert bleiben kann, es sei denn zum Schaden unserer Insel. Nein, denn frisches Blut wurde gebraucht, neue Handelsgüter und, in weit geringerem Ausmaß, auch neue Ideen. Anders als in den unglücklichen Ländern, in denen die Veränderung dem Brauch und der Sprache der Eingeborenen durch Invasion aufgezwungen wird, war Britannien stets in der Lage, sich die Rosinen aus dem Kuchen zu picken, wenn Sie den Vergleich erlauben, Weston. Habe ich recht, Meister Caradoc?«

»Ach du je, nun geht das wieder los«, seufzte der alte Druide. Vertraulich murmelte er mir ins Ohr: »Geben Sie ihm ein Publikum, und sofort gibt er ganz fürchterlich an. Hätte Schauspieler werden sollen. Oder Politiker. Nun wird er sich einen kleinen Vortrag über Fremdwörter in der britischen Sprache gönnen, obwohl er Ihnen nur sagen muß, daß unser Wort ›Assassine‹, Meuchelmörder, vom arabischen *Haschâschîn* stammt, was wiederum ›dem Haschisch Frönender‹ heißt. Wirklich schreckliche Gesellen – käufliche Mörder –, die dieses abstoßende Rauschgift in großen Mengen zu sich nehmen, um genügend Mut für den Mordanschlag zusammenzuraffen.«

»Vielen Dank, Meister«, sagte Donne, wirkte jedoch nicht sonderlich dankbar. Ich lachte schallend. »Ach, seien Sie still, Weston.«

»Nur zu, junger Brihtric, nur zu«, forderte der Hochschullehrer meinen Freund auf. »Niemand wollte Ihnen den Wind aus den Segeln nehmen.«

Mit einem bösen Blick auf Caradoc wandte sich Donne dem nächsten Gegenstand zu, einem anderen Taschentuch. Als er dieses aufschlug, kam eine kleine Ansammlung verbogener Metallsplitter hervor, die alle hier und da von Blut befleckt waren. »Da sehen Sie den Zauber, den der *Haschâschîn* auf Sie geworfen hat, Weston. Ein sehr handfester, sehr unmagischer ›Zauber‹. Wäre der Meuchler nicht gestolpert, als er ihn benutzte, hätte die Magie ausreichen können, um Sie zu töten.«

Behutsam befingerte ich die Metallsplitter. »Aber wie – wie konnten die denn mit soviel Wucht geworfen werden, daß ... *Au!*« Mein Bein protestierte mit heftigem Schmerz gegen mein Gewicht. Donne zog einen Stuhl näher an den Kamin und hieß mich darauf sitzen, bevor er das letzte Geheimnis des Lederkästchens offenbarte: Er legte mir es auf den Schoß und bedeutete mir, es zu öffnen. Ich gehorchte, und mir gefror schier der Atem auf den Lippen.

»*Eine Pistole.*« Mehr als ein Flüstern brachte ich nicht hervor. Solche Waffen hatte ich während unserer Abenteuer auf dem Festland zu Gesicht bekommen, aber niemals davor und niemals danach. Eine Pistole – ein kleines, primitives Modell mit einem Lauf wie dem einer winzigen Muskete – auf dieser Seite des Branswalls vorzufinden war noch unglaublicher als das Vorhandensein des stählernen Dolches.

Donne zog seinen Stuhl vor, so daß er mir gegenüber saß, und holte seine treue schwarze Tonpfeife. Während unseres Gesprächs hatte sich Meister Caradoc so weit als möglich vom Kamin entfernt aufgehalten. Nun begriff ich den Grund dafür. Ich war kein Druide, und Donne ebenfalls nicht, so daß der Stahl uns nichts anzuhaben vermochte, doch für Meister Caradoc hätte es gegen alle Vernunft verstoßen, sich in die Nähe dieser Ansammlung von Todesmetall – Dolch, Pistole und Geschosse – zu wagen. Kein Wunder, daß er nicht imstande gewesen war, meine Heilung auf einen Schlag zu bewerkstelligen! Das Eisen in der Wunde mußte seine Kräfte in ganz gewaltigem Ausmaße geschwächt haben.

»Wir sehen uns hier einem hübschen Problem gegenüber, Weston«, sagte Donne. »Auf irgendeine Weise ist Stahl in seiner allertödlichsten Form nach Britannien gelangt. Und doch wissen wir, daß genau dies eigentlich unmöglich sein müßte.« Er stopfte sich die Pfeife und suchte erst auf dem Tisch, dann in seinen Taschen nach einem Streichholz. Er fand keines, und wegen des milden Wetters brannte im Kamin kein Feuer, so daß Donne sich die Pfeife auch nicht mit einem Fidibus anzünden konnte. Sehr übelgelaunt knurrte er: »Wenn wir natürlich in einem *zivilisierten* Land lebten, hätte ich vielleicht ein Stück Feuerstein und Stahl, um wenigstens einen Funken für meine Pfeife schlagen zu können!«

Caradoc musterte gerade die Einbände von Donnes Kollektaneenbüchern und kehrte uns den Rücken zu. Also hauchte ich die Worte in meinen Handteller und beschwor aus dem Erdenherzen eine kleine Flamme, mit der ich Donne die Pfeife ansteckte.

»Guter alter Weston«, sagte Donne so leise, daß nur

ich ihn hören konnte. »Ein Jota der Zauberkraft Ihres Volkes ist mehr wert alle Druidenkunst auf einem Haufen zusammen.«

»Haben Sie etwas gesagt, junger Brihtric?« erkundigte sich Caradoc, der in sicherer Entfernung verharrte.

»Nur, daß Sie durch Ihr Kommen meine Anweisungen zum zweitenmal mißachtet haben. Sie haben sich hierher transportiert. Da könnten wir auch gleich Banner mit Ihrem Namen darauf aus dem Fenster hängen, um Ihre Ankunft zu verkünden.«

»Sie sagten, ich solle *unverzüglich* kommen; es eile, sagten Sie.« Meister Caradoc verfügte offenbar nicht nur über die Unschuld, sondern auch den Trotz eines Kindes. »Und gut, daß ich's getan habe! Ein hübsches Bild gaben Sie ab, wie Sie Ihren Freund in den Armen hielten, von Kopf bis Fuß voller Blut, und beide schmutzig, als wären Sie durch den Rinnstein gerollt.«

»Genau das hatte ich getan. Der *Haschâschîn* hat mir nämlich seine Waffen nicht etwa kampflos überlassen. Den Dolch verlor er, als er mich angriff, die Pistole, als ich ihn auf den Pflastersteinen vor den Portman Rooms packte. Doch war er flink wie ein Frettchen und entwand sich mir, so daß ich mit seinem Wintermantel in den Händen dastand. Darin habe ich das Haschisch gefunden. Ich hielt es für besser, mich um Weston zu kümmern, als dem Assassinen nachzuhetzen.«

»Und ich hielt es für besser, auf schnellstmöglichem Wege herbeizukommen!« Meister Caradoc war zweifellos eingeschnappt. Mir gefiel es zuzusehen, wie Donne eine gute Dosis seiner eigenen schlechten Laune abbekam. »Hätte ich in meinem Alter den weiten Weg vom Museum hierher etwa zu Fuß zurücklegen sollen? Bis dahin wäre er verblutet!«

»Ha! Das Museum!« Mit einer Bewegung des Armes kehrte Donne Pistole, Dolch und den Rest zurück in den Flötenkasten, den er sodann auf die hinterste Ecke seines Schreibtischs schob. »Wir müssen sehen, daß Sie so schnell als nur möglich dorthin zurückkehren! Wir benötigen die Antworten! Wo ist mein Mantel? Ich begleite Sie.«

Der Druide winkte ab. »Nicht nötig. Ich habe Ihre Antwort ja. Ich wollte mich gerade auf den Weg machen und zu Fuß vom Museum hierherkommen, als ich Ihren Ruf spürte.« Die schwarze Feder sprang Caradoc zwischen die Fingerspitzen. Plötzlich war der alte Mann wieder völlig sachlich. »Sie ist magisch, aber es ist nicht unsere Magie. Das ist die Feder eines Afrit.«

»Natürlich! Natürlich!« Donne begann, den Raum mit langen Schritten auf und ab zu gehen. Er hinterließ eine gezackte Spur aus Pfeifenrauch. »Im gleichen Augenblick, in dem ich den Dolch sah und das Gesicht dieses *Haschâschîn,* da hätte ich dergleichen erwarten müssen! Ach, Weston, für Ihr Volk sind die Mysterien des Festlands doch schon der letzte Schrei in puncto Exotik, aber was ist mit der weiten Welt dahinter? Der Osten, Weston – der Orient!«

Er zog einen Folianten aus dem Bücherregal und legte ihn mir in den Schoß. Es handelte sich um einen Band über Mythen und Glauben im Nahen und Fernen Osten.

»Schlagen Sie es nach! Schlagen Sie es nach, Weston! Sie werden es finden – Afrit, Afreet, Ifrit; ganz gleich, wie man es buchstabiert, in jedem Fall ein Monstrum. Ein Menschenfresser, ein unversöhnlicher Feind, der Leiber zerreißt, ein Geschöpf, dessen Erscheinung so schrecklich ist, daß ... daß es leicht zu begreifen ist, legt man diese Feder zugrunde, weshalb der arme Isaacs ohne äußere Anzeichen starb außer dem Ausdruck des äußersten Grauens auf dem Gesicht.«

»Aber so etwas gibt es doch gar nicht!« protestierte

ich. »Hier steht es geschrieben, schwarz auf weiß, daß solche Monstren nur in Märchen vorkommen.«

Donnes scharfe Augen tanzten. »Und was glauben Sie denn, was man dort über unseren Glauben schreibt? Wir haben die Feder, Weston. Sie ist echt. Ein ebenso solider und unleugbarer Beweis wie Joseph Isaacs' Leichnam! Wenn Sie nichts dagegen haben, Meister, nehme ich das wieder an mich.«

Caradoc gab die schwarze Feder nur zu gern zurück. »Ein Afrit!« Vor Beklommenheit sprach er mit sehr leiser Stimme. Donne drehte die Feder zwischen Daumen und Zeigefinger. Caradocs Blick war auf das wirbelnde Federblatt gerichtet, und als er weitersprach, klang es, als erinnerte er sich an einen Traum.

»Früher – früher, als ich noch jünger war, schloß ich mich einer Expedition auf die andere Seite des Branswalls an. Wir suchten das Abenteuer, den Ruhm, den man sich mit einem guten Rinderraub erwirbt, aber in größerem Maßstab; etwas, wovon die Barden in alle Ewigkeit singen würden. Wir waren jung – so jung! – und so stolz auf unsere sprießenden Kräfte. Wir glaubten, niemand auf Erden könne uns widerstehen, uns, den Kundigen der britischen Magie. Die Bruderschaft öffnete uns einen Durchgang, und wir transportierten uns in ein Land, in dem es keinen Nebel gab – niemals –, und in dem es heißer war als tausend Beltaine-Feuer zusammen. Unter uns waren etliche Akolythen und auch ein paar Grünschnäbel von Adepten; so fiel es uns nicht schwer, uns gegen die braunhäutigen Männer zu verteidigen, die uns angriffen. Sie ritten fremdartige, bucklige Bestien, die ungeheuerlich brüllten und spuckten, wenn wir sie einfingen. Doch erinnere ich mich noch gut an einen Mann – er muß eine Art Schamane gewesen sein. Er begriff, daß wir Magie gegen seine Männer einsetzten, und so beschwor er seine eigene Zauberkraft.«

Der alte Druide bedeckte sich die Augen mit seinem

weißen Ärmel und begann zu weinen. »Ach, Pwyll! Pwyll, mein Bruder! Wir spürten, wie die Wüstenluft unter der Stärke des Schamanenzaubers wallte, und hüllten uns in einen Schutzbann, als der Sand sich so dunkel färbte wie der Bauch eines Wirbelsturms. Nur Pwyll stellte sich außerhalb unseres Kreises! Pwyll lachte dem östlichen Hexenmeister ins Gesicht und nannte seine Sprüche heiße Luft! Ich sah, wie der Sand zerriß und aufklaffte wie lebendes Fleisch, und aus der Kluft erhob sich ein Wesen – so schrecklich ... die Klauen ... seine Augen gelbe Flammen ... das fahle Maul ... Pwyll! Ach, Pwyll!«

Donne ergriff Meister Caradoc beim Handgelenk und zwang dessen Finger, sich um ein frisch eingeschenktes Glas unverdünnten Nordlandwhiskys zu schließen. Der alte Mann trank, als stünde er selbst unter einem Bann, dann hustete er und erlangte den gewohnten, gelassenen Gesichtsausdruck zurück.

»Sie sehen also«, sagte er, »ich weiß sehr wohl, wie real die Gefahr ist, die uns alle bedroht. Afrits sind real, Dr. Weston. Mein Wort darauf, sie sind real. Leider gibt es viele in der Goldenen Bruderschaft, die Ihren Glauben teilen, bei allen Erwähnungen der Zauberkraft jenseits des Branswalls handele es sich um nicht mehr als Schauergeschichten, mit denen man ungezogene Kinder ängstigt. Normalerweise würde ich sagen: Überlaßt sie doch ihren Vorurteilen.«

»Normalerweise ja«, stimmte Donne zu. »Doch nun?«

Caradoc breitete die Arme aus. »Nun, junger Brihtric, müssen Sie eins von zwei Dingen tun. Ich habe bisher keine Fragen gestellt; habe mich nicht danach erkundigt, wie diese Feder in Ihren Besitz gelangt ist. Eins jedoch steht fest: Der Rat muß gewarnt werden, und die Königin muß davon erfahren. Entweder sagen Sie mir alles, und ich gehe zu ihnen ...«

Donne schüttelte den Kopf. »Ich persönlich vertraue Ihnen vollkommen, Sir, aber ich habe einem Klienten mein Wort gegeben. Nun müssen Sie mir vertrauen.«

»Oder«, fuhr Caradoc fort, »Sie müssen die Königin und den Rat einweihen.«

»Den Rat? Meister, Sie machen sich keine Vorstellung, wie sehr ich vom Rat verabscheut werde. Meine Verachtung für das, was er Britannien angetan hat, ist weithin publik, und entsprechend haßt man mich. Der Rat wird mir niemals zuhören, ganz gleich, was ich zu sagen habe. Man wird mich nicht einmal die Tore zum Inneren Tempel passieren lassen.«

»Ganz im Gegenteil, junger Brihtric – genau aus diesem Grund müssen Sie vor den Rat treten! Man haßt Sie, das stimmt, doch ist es kein blinder Haß. Der Rat weiß von Ihren Reisen, von Ihren Kenntnissen, von Ihrer Vertrautheit mit der Außenwelt. Sie müssen den Dolch nehmen, die Pistole, die Feder – alles! – und dem Rat sagen, daß er sich hüten muß! Der Rat wird Ihnen zuhören, und er wird handeln.«

Donnes Gesichtsausdruck zufolge teilte er Caradocs Ansicht nicht einmal im Ansatz, doch er sagte: »Also gut. Wir sprechen vor dem Rat und mit der Königin. Weston, sind Sie dem gewachsen?«

»Der Schmerz ist vergangen, Donne. Ich fühle mich bemerkenswert erholt.« Ich litt nur noch unter einem leichten Hinken, deshalb borgte ich mir von Donne einen soliden Gehstock aus Schwarzdornholz, den ich aus dessen Schirmständer neben der Tür zog. Der Stock wies ein ungewöhnlich hohes Gewicht auf; vermutlich war er an der Spitze mit Blei beschwert, aber ich gedachte ihn wirklich nur als Stütze zu verwenden.

»Sie sollten sich erholt fühlen. Sie waren die ganze Nacht über bewußtlos. Ich weiß gar nicht, wie ich mich auf den Beinen halte, nachdem ich all die

Stunden hindurch über Sie gewacht habe.« Donne versuchte ernst zu blicken, doch vermochte er ein schmales Lächeln nicht zu unterdrücken. Jawohl, er hatte sich um mich gesorgt. »Was Sie angeht, Meister Caradoc, so möchte ich Sie bitten, hier zu bleiben. Wenn Sie sich nicht fortrühren, besteht nur eine geringe Chance, daß Sie meine Instruktionen vergessen und das Haus durch die irdische Tür verlassen.«

»Ich habe nichts dagegen, in Ihren Räumen festzusitzen, junger Brihtric«, entgegnete Caradoc, »solange Sie mir den Schlüssel zum Tantalus dalassen.«

Donne legte ihn auf den Kaminsims, und ich zog mich in mein Schlafzimmer zurück und machte hastig Toilette. Allmählich wurde es mir wohl zur unangenehmen Gewohnheit, nachts angekleidet zu schlafen.

»Nun sehen Sie erheblich besser aus«, lobte Donne, als ich gewaschen, rasiert und gekämmt, in frischen Kleidern und auf den Schwarzdornstock gestützt wieder ins Wohnzimmer kam. Erst auf der Straße, wo wir uns außerhalb Meister Caradocs Hörweite befanden, sprach er weiter. »Am besten informieren Sie Ihre Majestät. Ich will mich mit dem Rat in Verbindung setzen, obwohl ich genau weiß, daß man mich nicht anhören wird.«

»Was genau soll ich Ihrer Majestät sagen?«

»Sagen Sie ihr, daß Hoffnung bestehe. Denn es besteht Hoffnung, Weston. Ich kann zahlreiche Fäden erkennen, die scheinbar alle in unterschiedliche Richtungen laufen. Die *Rules* fehlen. Ein Helfer, der sie suchen soll, findet durch ein Monstrum aus einer orientalischen Legende den Tod. Sie und ich werden von einem eindeutig orientalischen Mörder angegriffen, als wir uns mit dem gleichen Fall befassen. Die Fäden mögen lang sein, doch sie alle gehen vom gleichen Punkt aus! Und ich bin es, der sie bis an ihren Ursprung verfolgen wird.«

Ich blickte auf den ledernen Flötenkasten, den

Donne unter dem Arm trug. »Wenn Sie das dem Rat vorlegen, wird man Ihnen glauben müssen.«

»Solch ein großer Narr bin ich nicht. Wenn der Rat mir nur übel genug will, biete ich ihm eine willkommene Blöße, zeige ich mich im Besitz stählerner Gegenstände! Einen Moment noch, Weston; ich bin sofort wieder bei Ihnen.« Er duckte sich in die Bäckerei, wo er sich, wie ich sah, ernsthaft mit unserer Venus von den Korinthen unterhielt. Von seiner unerwarteten Beachtung ihrer Person war Mildred völlig überwältigt. Donne schob den Flötenkasten über den Ladentisch, und Mildred ließ ihn dahinter verschwinden. Einen Augenblick später kam Donne nur mit seinem Gehstock wieder heraus. Er pfiff vor sich hin.

»Manche Orte sind noch sicherer als die Bank von Britannien, Weston.« Er zog seine Taschenuhr zu Rate. »Wir müssen König Charles von dem Geschehenen unterrichten. Denn für den unwahrscheinlichen Fall, daß der Rat tatsächlich auf meine Warnung bezüglich ausländischer Waffen und ausländischer Magie in Britannien hört, könnte man schließlich von der Königin verlangen, daß sie den unfehlbaren Schutz der *Rules Britannia* über die Insel legt. Das wird unmöglich sein, und sie benötigt einen starken Helfer an ihrer Seite. Ja, wir müssen uns unbedingt mit Seiner Ehemaligen Majestät in Verbindung setzen. Treffen wir uns um drei vor Hopes Bank. Das Büro wird dann zwar schließen, aber das bedeutet nur, daß wir keine unliebsamen Zeugen haben, denn ein gewissenhafter Geldmann wie Hope wird noch ein wenig länger dort bleiben. Sie gehen also zur Königin und ich zum Inneren Tempel.« Ohne ein weiteres Wort marschierte er los, und seine langen Beine verzehrten rasch die Entfernung.

Ich kam weniger schnell voran. Meine noch nicht vollständig verheilte Wunde behinderte mich, doch war ich starrsinnig und entschlossen. Den Luxus des

Invaliden, eine Mietdroschke, wollte ich mir nicht gestatten. Ich war zornig mit mir selbst, weil ich ein meiner Meinung nach unentschuldbares Beispiel an Sorglosigkeit geboten hatte. Der Assassine war so auffällig gewesen wie ein schwarzer Stier in einer Herde weißer Schafe, und doch hatte ich ihn nicht beachtet. Nie wieder sollte mir dergleichen passieren! Jeden Passanten, der mir auf meinem Weg von der Baker Street zum Palast begegnete, musterte ich mit einem enervierenden, durchdringenden Blick. Eine Dame ließ mich deshalb festnehmen, und unangenehmerweise mußte ich einem gelangweilten Gesetzesakolythen in knapper Form meine Beweggründe darlegen.

Einen Häuserblock vom Palast entfernt fragte ich mich, wie ich eigentlich Einlaß erhalten sollte. Weder war ich als schwarzberobter Akolyth verkleidet, noch konnte Donne mir einen Rat geben. Ich beschloß, offen vorzugehen, mich an der Tür vorzustellen und zu behaupten, Ihre Majestät habe mich rufen lassen. Wenn der Pförtner diese Behauptung überprüfte, so würde die Königin gewiß meinen Namen wiedererkennen und mich decken. Kühn marschierte ich also – hinkend – am Wachgardisten vorbei. Der Soldat war entschieden kleiner als der Gardist, der am Vortag dort Posten gestanden hatte. Sein Gesicht war von der Farbe einer Olive.

Der Pförtner, der auf mein Klopfen hin die Tür öffnete, war hingegen der gleiche, den Donne gezwungen hatte, uns zur Königin zu führen. Als er meinen Namen und mein Anliegen hörte, machte er mir überraschend wenig Ärger.

»Wenn Sie mir bitte folgen wollen, Sir. Ich kann Sie bis auf den Treppenabsatz im ersten Stock bringen, aber danach müssen Sie meiner Wegbeschreibung folgen.«

»Können Sie mich denn nicht bis zur Königin führen?«

»Das darf ich nicht, Sir. Ich habe mich um die Tür zu kümmern; die Zeremonienmeister führen die Gäste nach oben. Wenn Sie so freundlich wären, Sir.«

Mir graute es davor, auf mich gestellt zu sein. Mündlichen Wegbeschreibungen zu folgen, war nie meine Sache gewesen; mit einer Karte in der Hand kam ich hingegen gut zurecht. Als wir die Stufen hinaufstiegen, fragte ich den Mann: »Wo sind denn die Zeremonienmeister? Wenn ihre Aufgabe darin besteht, Besucher zu führen, weshalb tun sie es dann nicht?«

Der Pförtner, der sah, welche Mühe ich wegen meines verletzten Beines hatte, ihm zu folgen, blieb stehen, um mir eine Pause und eine Antwort auf meine Frage zu gönnen. »Das liegt daran, Sir, daß sie den Leuten gekündigt hat. Der Hälfte gestern nachmittag, fast dem ganzen Rest heute morgen. Und diese Gesellen, die sie ersetzen ...! Also, weder paßt ihnen die Livree, noch verstehen sie auch nur die Hälfte von dem, was man ihnen sagt, und meistens sind sie nicht auf ihren Posten!«

»Dann sollten sie sehr schnell wieder entlassen werden«, empörte ich mich. Der Pförtner zuckte resigniert mit den Schultern und setzte den Anstieg fort. »Oder jemand sollte Ihrer Majestät die Beschwerde vorlegen; sie fragen, weshalb sie treue Dienstboten derart behandelt.«

Der Pförtner blieb unvermittelt stehen und sah mir in die Augen. »Als ich *sie* sagte, Sir, meinte ich nicht Ihre Majestät«, erklärte er mit leiser Stimme. Am Ende der Treppe gab er mir wie angekündigt eine Wegbeschreibung und ließ mich allein.

Zu meiner Freude darf ich sagen, daß ich Ihrer Majestät Räume fand, ohne allzu viele falsche Wege zu nehmen. Während ich durch das Labyrinth irrte, begegnete ich mehreren der Ersatzdienstboten, von denen der Pförtner gesprochen hatte. Mit seiner

Beschreibung ihres Äußeren hatte er recht genau gelegen. Trotz der Livree Ihrer Majestät wirkten sie fehl am Platze. Selbst der alte Isaacs hatte nicht so unpassend gewirkt. Die meisten, die ich sah, waren kleiner und schmaler gebaut als typische britische Diener, und die Livree schlotterte ihnen um den Leib. Ein Mann, dem ich mich auf der Portraitgalerie näherte, füllte seine Dienstkleidung noch am besten aus. Ich klopfte ihm auf die Schultern, um von ihm den Weg zu erfragen. Als er sich umdrehte, blickte ich in das bleiche, mandeläugige Gesicht eines Cathayers. Als ich meine Frage stellte, schüttelte er heftig den Kopf und schlüpfte davon.

Schließlich stand ich doch vor der Tür zur königlichen Suite und klopfte. Als ich jene süße Stimme vernahm, die mich bat einzutreten, vergaß ich alle schäbigen, nagenden Verwicklungen von geschwätzigen Pförtnern, orientalischen Dolchen und unmöglich anmutenden schwarzgeflügelten Ungeheuern. Eifrig riß ich die Tür auf, und nichts anderes kümmerte mich noch außer dem Gedanken, sie wiederzusehen.

Doch was immer ich zu ihr sagen wollte, erstarb unausgesprochen auf meinen Lippen. Er war da – Kitchener! Verdammt sei der Mann, was hatte er hier zu suchen? Die Königin saß mit ihm auf einer brokatbezogenen Polsterbank vor dem Kamin, und er hatte es gewagt, ihre Hände in seine zu nehmen. Als ich eintrat, erhob er sich flink. Auf seiner scharlachroten Uniform blitzten all jene verwünschten Auszeichnungen, und mit der Geste eines Mannes, der sich durchaus zu Hause fühlte, strich er sich den dicken Schnurrbart.

»Dr. Weston, nicht wahr?«

»Lord Kitchener.« Ich begegnete seiner gönnerhaften Begrüßung mit dem kühlsten Nicken, zu dem ich fähig war. Ihre Majestät schwieg. Ich suchte ihren Blick, doch sie hielt den Kopf gesenkt und die nunmehr freigelassenen Hände sittsam im Schoß gefaltet.

»Welchem Umstand haben wir dies überraschende Vergnügen zu verdanken? Wie ich sehe, sind Sie allein gekommen. Bei den Göttern, das wird mir niemand glauben, wenn ich's erzähle! Weston ohne Donne. Ja, ist das denn überhaupt denkbar?«

»Genauso denkbar, wie Sie im königlichen Boudoir vorzufinden statt in der Königlichen Kaserne«, entgegnete ich. »Oder nicht im Schatten des Eisernen Herzogs. Sie sind doch die legendäre rechte Hand des Erzdruiden. Sie sollten wirklich einige Ihrer Abenteuer an seiner Seite niederschreiben. Wie ich höre, ist das *Strand* immer auf der Suche nach Nachwuchsautoren.«

Ich schwöre, der Schnurrbart sträubte sich ihm bei diesem Seitenhieb wie der Schweif eines gereizten Katers. Einem Beobachter mußten wir beide in der Tat wie zwei Straßenkatzen erscheinen, die einander anfauchten und anknurrten und den Gegner schmähten, bevor der eigentliche Kampf begann. Doch sollten wir keine Gelegenheit erhalten, unsere Krallen auszufahren. Zu diesem Zeitpunkt noch nicht.

»Bitte, Eure Lordschaft, es ist dringend. Die Schiffe ...« Lady Byron war ohne Umschweife ins Zimmer gekommen. Sie hatte weder angeklopft, noch schien sie die Gegenwart der Königin überhaupt wahrzunehmen. Und Victoria tat nichts, um diese unverhohlene Unhöflichkeit der Hofdame zu korrigieren. Allein die Götter kannten den Grund, aber die Herrin über ganz Britannien war offenbar der Beachtung durch zwei Angehörige des niederen Adels nicht würdig.

Solches Glück hatte ich nicht.

Lady Byrons stechende Augen richteten sich auf mich. »Was suchen Sie hier?«

»Ich habe ein Anliegen an Ihre Majestät.« Unter diesem sengenden Blick die Würde zu bewahren fiel mir nicht leicht.

»Ein Anliegen? Was für ein Anliegen?« Sie schoß einen mißtrauischen Blick auf Victoria ab, doch die Königin hob nicht einmal den Kopf. »Mit Ihrem Anliegen passen Sie vielleicht auf einen Misthaufen, aber nicht hierher!«

Vielleicht hatte ich bei meinem letzten Gespräch mit Lord Byron zu vorschnell geurteilt; für Arsenik jedenfalls sprach einiges.

»Ich muß doch sehr bitten, Lady Byron! Wenn Weston behauptet, ein rechtmäßiges Anliegen an die Königin zu haben, dann müssen wir dem guten Doktor auch Gelegenheit dazu geben.« Ich hatte nicht im entferntesten damit gerechnet, daß ausgerechnet Lord Kitchener sich einmischen und mich vor dem scharfzüngigen Drachen retten würde. Fast war ich ihm dankbar. »Sie haben eine Nachricht für mich – eine dringende, sagen Sie. Nun, dann sollte ich sie mir wohl anhören.« Kitchener ergriff sie beim Arm und führte sie hinaus. Ich wartete, bis die Tür hinter ihnen ins Schloß fiel, dann lauschte ich, ob sich ihre Schritte auch wirklich entfernten, und erst als ich mir sicher war, wandte ich mich der Königin zu.

»John! Ach, mein lieber, liebster John!«

Als Woge der Zärtlichkeit landete sie in meinen Armen. Ich gestehe, daß ich auf einen solchen Angriff völlig unvorbereitet war. Ich rang um Atem und glaubte zu halluzinieren. Der Liebesschrei war ihren Lippen entfleucht, kaum daß ich die Augen von der geschlossenen Tür genommen hatte. Mit einer Handbewegung legte sie das Schloß vor; ich hörte, wie sich der Riegel vorschob. Nun zerrte sie mich mit sanfter Dringlichkeit in den duftenden Hafen ihrer Schlafkammer. Das Rascheln ihres langen, mit Gold durchwirkten seegrünen Kleides wisperte Andeutungen von Wörtern, die meine Erinnerung anspornten.

Neben dem Bett blieb sie stehen, berührte sanft

mein Gesicht und nahm es zwischen die Hände. »Du bist zu mir zurückgekommen, John. Den Göttern sei Dank! Ich habe nicht gewußt, was es bedeuten sollte, daß du dich gestern so merkwürdig gegeben hast. Aber warum hast du so lange gezögert, bevor du wiederkamst? Die vielen Tage! Die Tage, die seit Beltaine verstrichen sind! Kannst du dir überhaupt vorstellen, wie sehr ich mich nach dir gesehnt habe? Ach, mein geliebter Freund! Als Freund brauche ich dich nun! Dich, der du mir alles bist – Freund, Geliebter und ... Gemahl.«

Ich vermochte nicht zu protestieren. Ich konnte nichts in Frage stellen. Sie schloß mich in die Arme. Sie war so liebenswert. Ihre Schultern waren über dem blaugrünen Schaum aus Seide bloß – des Meeresgottes Tochter erhebt sich aus den Wellen. Ich brannte nach ihr seit ihrer ersten Berührung, und nun zog ich sie an mich, um sie die Feuer spüren zu lassen, die in mir loderten. Die Feuer ... die Feuer ...

Feuer in den leeren Augenhöhlen eines steinernen Stieres. Feuer und Rauch, die sich mit den Drogendämpfen gesättigt aus einem Feuerbecken erheben. Der Alptraum erhob sich – drei kapuzenverhüllte Gestalten, meine geliebte Königin, die Kapuzen wurden zurückgezogen ... Byron, seine Frau und der, vor dem sie sich als ihrem Herrn verbeugten. Feuer, ein leerer Altar, leere Feuer ...

Leere Feuer, in denen ich immerhin gerade mein Gedächtnis wiedergefunden hatte.

Besorgt betrachtete Victoria mich. Sie strich mir leicht über die Stirn, als versuchte sie, die Vorhänge der Vergeßlichkeit zur Seite zu ziehen. Die Erinnerung strömte auf mich ein, und Victoria sah sie kommen. Nachdem Lady Byrons Zauberbann gebrochen und mir all das wieder eingefallen war, was man mir in der Beltaine-Nacht genommen hatte, erblickte ich als erstes das Lächeln der Königin.

»Kitchener.« Den Namen sprach ich aus wie einen Fluch, und so meinte ich es auch.

Victoria nickte und lehnte sich an mich, barg ihren Kopf an meiner Brust – welch kostbares Gewicht. »Auch ich habe mich tagelang nicht erinnern können. Als mein Gedächtnis wiederkehrte, war alles zu spät. Er ist nun im Besitz der *Rules;* aber ich weiß noch immer nicht, wie er sie in die Hände bekommen konnte. Kein Sterblicher überlebt die Berührung des Feuers im Altar. Es brennt, seit es von Bran selbst angefacht wurde, und der einzige Mensch, der unbeschadet hineingreifen kann, ist der oder die Eine, dem oder der es gegeben ist, die *Rules* zu gebrauchen.«

»Und das kann er nicht?«

»Er ist kein Druide. Ganz gleich, wie weit sein Geschlecht zurückreicht, niemals entsprang ihm einer der Weisen. Kitchener ist zwar im Besitz der *Rules Britannia,* aber benutzen kann er sie nicht.« Aus aufflackernder Verzweiflung klammerte sie sich an mich. »Das kann nur ich.«

»Hast du Angst, er könnte sie vernichten?«

Heftig schüttelte sie den Kopf. »Er plant viel Schlimmeres. Er will die *Rules* auf die einzige Weise benutzen, in der ein Usurpator dazu in der Lage wäre: durch mich. Warum bist du darüber so erstaunt? Dieser Plan ist doch perfekt. Ich habe viel zu viele Jahre und viel zuviel Zauberkraft mit Frivolität verschwendet. Britannien bedarf eines Erben, und der Rat drängt mich, endlich zu heiraten. Lord Kitchener ist zwar kein Druide, doch von edlem Blut, und er steht in der Gunst des Eisernen Herzogs. Kitchener hat Wellingtons Erlaubnis, mich zu heiraten! Darum ist er hier gewesen.«

»Wellingtons Erlaubnis?« Ich zog die Augenbrauen hoch. »Und deine Wünsche zählen wohl nichts?«

»All meine Sehnsucht gilt dir«, sagte die Königin, und für einige Augenblicke gestattete ich mir, süßes

Vergessen in ihrer Umarmung zu finden. Sie war es dann, die sich zurückzog und unseren Schwierigkeiten ins Auge blickte. »Ich wage nicht, Kitchener die Tür zu weisen. Er würde zum Eisernen Herzog gehen und irgendwie die *Rules* aufbringen. Wellington würde mich bitten, sie ihm zu zeigen, und ich ... ich hätte nichts vorzuweisen. Das wäre mein Tod.«

Ich wußte, daß sie die Wahrheit sprach: Der Tod war des Verräters Lohn, und welcher Verrat konnte größer sein als der Verlust jenes Zauberbuchs, von dem Britanniens Existenz abhing? »Aber er ist doch der Dieb!« rief ich aus. »Er würde sich doch selbst in Gefahr bringen, wenn er dich anklagt.«

Wie süß und wie traurig sie mich anblickte! »Wer würde denn glauben, daß einem Mann ohne Zauberkraft dieser Schurkenstreich gelungen ist? Oh, du und ich, wir wissen, daß Kitchener nicht ohne Zauberkraft ist, aber der Rat würde es nie glauben, und Kitchener würde es ihm wohl kaum offenbaren. Nein, es ist unmöglich. Es existiert kein Beweis, der gegen Kitchener spräche.«

Ich legte mir ihre Hände aufs Herz. »Ganz gleich, wie es ihm gelungen ist, sie zu stehlen, und wo auch immer er sie versteckt hält, und sei es in der tiefsten Kluft Annwns, wir werden die *Rules Britannia* finden. Das schwöre ich dir.«

»John, ich glaube dir. Wenn ein Mann sie retten kann, dann du.«

»Ich – und Donne.«

»Du mußt dich beeilen. Lord Kitchener macht sich einen Spaß daraus, um mich zu werben. Mit Lady Byron hat er die Verwaltung des Palastes so gut wie ganz an sich gerissen. Ich muß ihre Gefangene bleiben und darf es nicht wagen, dem Rat auch nur eine Andeutung zu machen, weil ich Kitcheners Aussage fürchten muß.« Ihre Augen blitzten vor Zorn. Nichts Weiches oder Nachgiebiges lag nun noch darin.

»Tatenlos muß ich zusehen, wie *sie* meine Dienstboten entläßt und durch andere ersetzt, die *er* ausgesucht hat! Fremde Gesichter, Ausländer, die Götter allein wissen, wie sie auf die Insel gekommen sind! Der Branswall ist gebrochen, und ich bin zu Stillschweigen verurteilt. Für wie lange noch? Wie lange noch, bis Kitchener der Brautwerbung überdrüssig wird? Pryderis Fluch soll ihn treffen!«

Wie lange würde es noch dauern, bis ihre Wutschreie Lady Byron herbeilockten? Ich brachte meine Königin auf die köstlichste Weise zum Schweigen, die ich kannte, und als sie wieder beruhigt in meinen Armen lag, sagte ich: »Spiele gut mit ihm, meine Dame! Schick ihn fort, und ruf ihn wieder zu dir; halte sein Interesse an dem Spiel aufrecht, solange es geht. Spiel auf Zeitgewinn. Er mag über Zauberkraft verfügen, doch gibt es noch andere Mächte, die sich vielleicht als stärker erweisen. So viel habe ich aus Donnes Vorträgen bereits gelernt.«

»Ja«, sagte sie, aber in ihren Augen war nur wenig Zuversicht zu bemerken. Einer Frau, deren ganzes Leben auf der Macht von Zauberei beruhte, mußte es schwerfallen hinzunehmen, daß es auch andere Wege gab.

Ich küßte sie mit aller Liebe, die ich je einer Frau entgegengebracht habe. »Es besteht noch Hoffnung, Victoria. Das sind Donnes eigene Worte, und er gehört nicht zu den Menschen, die es leuchten sehen, wo nichts schimmert.«

Es war halb zwei, als ich endlich aus den Windungen und blind endenden Gängen des Palastes herausgefunden hatte. Wie oft mußte ich den Kopf schütteln über die Nachlässigkeit, die nun in diese historischen Mauern Einzug gehalten hatte. Während Lord Kitchener und Lady Byron eifrig die Dienerschaft umschichteten, konnte jedermann in das Bauwerk eindringen und nach seinem Gutdünken vom Keller bis in die höchste Mansarde durchstreifen. Als ich endlich die Türe wiederfand, durch die ich eingetreten war, bewegte mich mehr Verärgerung als Erleichterung, denn ich war sehr damit beschäftigt, ein möglichst qualvolles Ende nach dem anderen für Seine Lordschaft heraufzubeschwören. Der Pförtner öffnete die große Tür vor mir, und ich war schon halb hindurchgeschritten, als mir einfiel, dem Mann zu danken.

Der alte Pförtner war nicht mehr da. Unter der absurd anmutenden gepuderten Perücke starrte mich das Gesicht eines Pharaonen an, dann wurde mir die Tür vor der Nase zugeknallt.

Die anderthalb Stunden Untätigkeit bis zu meiner Verabredung mit Donne vor Hopes Bank gedachte ich damit zu verbringen, daß ich mein lahmes Bein mit einem Streifzug durch den Mag Mell Park stärkte, einem hübschen Wildgehege unweit des Palastes. Der Torhüter war einer der seltenen Vögel, ein Akolyth des Grauen Ordens, der sich mit der niederen Magie begnügte und seine Studien nicht mehr fortsetzte.

»Schöner Tag zum Spazierengehen, Sir«, begrüßte er mich. Ein breites Grinsen lag auf seinem sommersprossigen Gesicht.

»Das ist wohl wahr.«

»Haben Sie eine eigene Waffe mitgebracht, oder würden Sie es vorziehen, unser Tagesangebot auszuprobieren?« Mit anmutiger Geste zog er die Ölhaut von einer feinen Auswahl an Kurzschwertern, Langbogen, gefüllten Köchern und Dolchen mit blattförmigen Klingen. »Wenn ich Ihnen unsere besondere Empfehlung zeigen darf«, fügte er hinzu und hob ein kleines Faß, damit ich hineinsehen konnte. Es enthielt Lederschlingen und Bleikugeln. »Sehr wirksam und doch eine Herausforderung.«

»Vielen Dank, guter Mann, aber ich beabsichtige nicht zu jagen.«

»Dennoch rate ich Ihnen, sich etwas auszusuchen, Sir – zu Ihrem eigenen Besten. Es kostet nichts, die Waffen zu leihen, und Sie können sie an allen Toren zurückgeben. Bitte nehmen Sie etwas. Es ist noch lange bis Sammain, aber es heißt, die Spukgespenster da in den alten römischen Ruinen wären ein klein wenig unruhig.« Und er flüsterte mir ins Ohr: »Hauptsächlich Kobolde, Sir; die sind zwar ziemlich dämlich, aber tödlich boshaft.«

Ich zeigte ihm meinen Gehstock aus Schwarzdornholz. »Der hier reicht mir, aber ich danke Ihnen.«

»Ganz wie Sie wünschen, Sir.« Der Akolyth entriegelte das Tor. Gerade als ich hineinging, kam ein anderer Müßiggänger heraus. Er hatte Erfolg gehabt: an seinem Gürtel hingen fünf kleine blaue Bälge.

Die Bäume im Mag Mell Park standen dicht, und immer im Wechsel befindliche Schatten tauchten ihn in Dunkelheit. Einst hatte auf diesem Grund eine römische Villa gestanden – entstanden in der Zeit des Julius Cäsar, nicht der des Claudius. Als Bran der Gepriesene das Land säuberte, war nur noch eine einzige Angehörige dieses Hauses am Leben, eine Jungfrau mit Namen Drusilla, die sich sehr tiefgehend mit dem Okkulten befaßt hatte. Als Brans Männer kamen, um sie zu holen, war sie nirgendwo zu finden. Suchzauber offenbarten keine Spuren, und so erhielt die alte Villa den Ruch, es spuke in ihr. Schreckgespenster, Banshees, Teufel, Kobolde und dergleichen erkannten die Ruine schon bald als ideale Zuflucht, und jeder mit etwas Verstand konnte dort in einer müßigen Stunde den Helden spielen und nach Herzenslust so viele Imps und kleine Ungeheuer erlegen, wie er wollte – solange er sich im Rahmen des Artenschutzgesetzes bewegte.

Selbstverständlich gab es keinerlei Beschränkung

für die Anzahl der Möchtegernhelden, die von den Schreckgespenstern erlegt wurden.

Ich war dem von Buchen beschatteten Weg noch nicht weit gefolgt, als in mir die beunruhigende Gewißheit aufstieg, verfolgt zu werden. Mehr offenbarte sich mir nicht; nur das Gefühl. Wenn mich also wirklich etwas beschlich, dann mit äußerster Verstohlenheit. Zwar hörte ich weder Zweige knacken noch Blätter rascheln, doch verfüge ich seit meiner Jugend über einen unfehlbaren Sinn für ungebetene Beobachter. Der beschwerte Schwarzdornstock wurde mir plötzlich zum beruhigenden Gefährten. Bei jedem Schritt stützte ich mich nun schwerer darauf und übertrieb mein Hinken, denn ich hoffte, meinen Verfolger durch diese Zurschaustellung von Verwundbarkeit ins Freie zu locken.

Und er ließ sich durch die List täuschen: nach kaum einem Dutzend weiterer Schritte hörte ich, wie hinter mir ein schwerer Körper aus der Deckung hervorkam. Auf dem gesunden Bein wirbelte ich herum, den Schwarzdornstock wie einen Streitkolben erhoben, um dem Schoßtierchen Drusillas, das sich an mich herangeschlichen hatte, das zähnefletschende Gesicht zu zerschmettern.

Doch mein Stab prallte gegen eine Messerklinge, nicht auf ein Ungeheuer. Über unsere gekreuzten Waffen funkelten mich die vom Irrsinn erfüllten Augen des Assassinen an.

Er sprang zurück und stieß ein schreckliches Geheul aus, dann stach er wieder nach mir. Erneut parierte ich, und er hobelte mir einen großen Splitter vom Stock ab.

Der Assassine kicherte und jonglierte mit seiner Waffe. Von einer Hand in die andere ließ er den kurzen Dolch springen; golden blitzte das Sonnenlicht auf der Klinge. Mitten im Flug ergriff er den Dolch bei der Spitze und schleuderte ihn nach mir. Ohne darauf zu warten, daß das Wurfgeschoß ins Ziel gelangte, zückte er aus seiner schwarzen Jacke ein zweites Messer und warf es gedankenschnell.

Hätte ich versucht, dem ersten Messer durch einen Schritt zur Seite auszuweichen, so wäre ich vom zweiten getroffen worden. Doch ich gehorchte dem Rat des Glücks: ich ließ mich auf ein Knie fallen und schlug mit dem beschwerten Stock nach den Beinen des Assassinen. Er hingegen hatte Rückzug erwartet, keinen Angriff. Der bleigefüllte Stab prallte mit einem befriedigenden Krachen auf Knochen. Der Assassine brüllte vor Schmerz auf und stürzte. Ich nutzte meinen Vorteil und schlug ihn mit einem Hieb aufs Kinn bewußtlos.

»Also, ich muß schon sagen, Sir!« rief der Akolyth des Grauen Ordens, als ich mit dem Assassinen auf den Schultern an das Tor zurückkehrte. »Den werde ich wohl im Leitfaden nachschlagen dürfen. Das ist wirklich die häßlichste Banshee, die ich je gesehen habe! Könnte zu den geschützten Arten gehören; ein seltenes Exemplar, wissen Sie.«

»Nicht ganz so selten, fürchte ich. Es handelt sich um einen gewöhnlichen Mörder – glücklicherweise einen erfolglosen. Rufen Sie doch bitte einen Gesetzesakolythen herbei, seien Sie so freundlich.«

Mit unvergleichlicher Genugtuung beobachtete ich, wie der Assassine in Gewahrsam genommen wurde. Ich willigte ein, später beim örtlichen Revier der Hand der Gerechtigkeit vorbeizukommen und eine Anzeige zu beschwören.

Mein Erfolg im Mag Mell Park belebte mich außerordentlich. Die Rechnung mit dem Assassinen beglichen zu haben brachte den Schmerz in der halb verheilten Wunde fast völlig zum Verschwinden. Ich konnte kaum erwarten, Donne davon zu berichten, aber es war noch zu früh, um zum Treffpunkt zu gehen. In meiner gehobenen Stimmung wanderte ich bis hinunter an die Themse und durchquerte den Markt von Billingsgate.

In der Nähe von Billingsgate wird der Geruch des Flusses den meisten Menschen zu intensiv, denn Billingsgate ist Londons größter Fischmarkt. Doch selbst die Möwen, die Eingeweide und andere Abfälle des Tagesfangs schmausten, konnten ihn nicht halb so sehr lieben wie ich, denn hier roch ich den Fluß und durfte mir vorstellen, mich am Duft der fernen See zu laben, des Meeres, an das ich vielleicht nie zurückkehren würde.

Billingsgate wimmelte von allen Sorten Menschen, die irgendwie mit dem Fischfang zu tun hatten. Seeleute jedes Schlages drängten sich um die wackeligen Tische, an denen die Kapitäne der Fischerboote ihre Besatzungen anheuerten. Träger, die sich das Haupt mit Kappen aus steinhartem Rindsleder schützten, welche an umgedrehte Schüsseln erinnerten, schleppten Fässer und Körbe voller kleiner, silbriger Leiber, die sie auf dem Kopf balancierten. Den Weg von den Docks zu den großen Lagerhäusern durch die wimmelnde Menge bahnten sie sich durch einen niemals abreißenden Strom profanster Beschimpfungen, die nirgendwo in London übertroffen wurden. Ein guter Billingsgater Träger konnte mit seiner Zunge einen schwarzen Kessel zum Schmelzen bringen, sagte man, oder den Eichenstab eines Druiden so verlegen machen, daß er sich in eine Eichel zurückverwandelte. Abseits der Menschenmenge verhandelten Fischhändler mit Grossisten. An die mit Seetang ausgekleideten Kisten gelehnt, tauschten sie Beleidigungen aus; eine kleine Armee hungriger, streunender Katzen umstrich ihre Beine und rieb die narbigen Rippen dagegen.

Eins der Tiere entfernte sich von dem Rest und erkor meine Beine zu seinem neuen Betätigungsfeld. Der Kater schlängelte den schlanken Leib zwischen meine Fußgelenke und den Schwarzdornstock, wobei er herzzerreißend miaute. Ein wohleinstudiertes Schauspiel: Unter dem stumpfen Fell war der Kater so fett wie ein Pudding.

»Armes Kätzchen«, sagte ich und beugte mich hinab, um ihn unter dem Kinn zu kraulen. Er legte die Ohren zurück und schloß genießerisch die bernsteingelben Augen. Sein Näschen zuckte. »Ich hab' aber nichts für dich, liebes Kätzchen.« Davon ließ er sich jedoch nicht beeindrucken, sondern wiederholte seine Liebkosungen und verdoppelte die Lautstärke des Schnurrens. Ich hingegen wußte genau, wann ich geschlagen war. »Na gut. Ich kaufe dir einen Hering. Aber jedem weiteren Erpressungsversuch wird mit der vollen Strenge des Gesetzes begegnet werden, mein Freund!«

Der Kater schien mich sehr wohl zu verstehen. Er löste sich von meinen Beinen, so daß ich zum nächsten Fischkarren gehen konnte, welcher unter einer glitzernden Last aus Seezungen, Makrelen, Stinten und Schollen ächzte. Ich suchte ein hübsches, fettes Exemplar aus, hielt es zur Begutachtung und Genehmigung durch meinen Erpresser in die Höhe und schaute mich nach dem Besitzer des Karrens um.

Ich erblickte keine Menschenseele. Der Karren schien herrenlos zu sein, was natürlich nicht sein konnte. Nichts wäre einfacher gewesen, als den Fisch dem Kater vorzuwerfen und meiner Wege zu gehen. Doch ich hatte es nicht nötig, einen ehrlichen, wenn auch abwesenden Mann zu betrügen, der für seinen Lebensunterhalt hart arbeiten mußte. Außerdem mochte meinen armen, pelzigen Freund ein Stiefeltritt in die Rippen oder Schlimmeres erwarten, wenn der Fischhändler ihn nach seiner Rückkehr dabei ertappte, wie er sich am Diebesgut labte.

»Ganz offensichtlich müssen wir einen Augenblick warten, Tom«, sagte ich.

»Aye, ehrlich währt am längst'n, hä, mein Jung'?« erklang hinter mir eine brüchige Stimme. Ein runzliger Mann mit ledrigem Gesicht und ebensolchen Händen schlurfte herbei und nahm den Karren in Besitz. »Man kann ja nich zulassen, daß das arme Viech für 'nen Diebstahl büßen muß, nich wahr? Na, da haben Se sich aber 'n fein' Fisch ausgesucht! Königliche Großzügigkeit, kann ich da nur sagen. Wie von 'nem König.« Er wog das Meerestier in der Hand und starrte mich aufdringlich an, was auf mich sehr enervierend wirkte.

»Es ist doch nur ein Fisch«, sagte ich und wich dem stechenden Blick des alten Fischhändlers aus, indem ich nach einer Münze suchte.

»Nee, mein Jung'! Da is mehr dran, ganz sicher! 'n Mann kann sich zwar verstecken vor allen, die ihn kenn', aber sein Blut, das verrät ihn, und königliches Blut verrät am meisten von all'm.«

Ich versteifte mich. »Was sagen Sie da?«

»Ach, nix, Old Jim quatscht einfach so vor sich hin. Und was macht ein' eigentlich zum Prinzen, so alles in allem? Krone und Königreich? Oder Zauber und Magie? Ich weiß von einem Prinzen, dessen Thron bestand aus gebrochenen Herzen und Heringsgräten. Das Rätsel lösen Se mal, aber es is 'n dunkles Rätsel, und man braucht 'n Dunklen, um 's zu lösen, M'laird.« Er packte die Griffe des Karrens, hob sie und rumpelte über die schmale, mit Kopfsteinen gepflasterte Straße davon, ohne auf Bezahlung zu warten. Ich blieb mit dem Fisch in der Hand stehen.

Tom – oder vielleicht auch Tess – erinnerte mich schon bald daran, wem der Fisch gehörte. Ein drängendes Krallen an meinem Bein riß mich aus dem unbehaglichen Sinnieren, in das mich die denkwürdigen Worte des alten Fischhändlers versetzt hatten. Ich warf der Katze den Fisch zu und rückte überflüssigerweise meine Krawatte zurecht, ein Ritus, mit dem jeder Mann ein ungutes Gefühl überdeckt. Zweimaliges Zupfen reicht aus, um die schlimmsten der geheimen Dämonen auszutreiben. Nun wollte ich keine weitere Zeit vergeuden, sondern begab mich auf direktem Wege zur Threadneedle Street.

Donne wartete auf den Stufen vor dem Gildehaus der Kristallseher auf mich. Unbeschwert lehnte er sich auf einen Gehstock aus Melaka mit einem Elfenbeinknauf in Form eines Hundekopfes. »Sie sind ja überpünktlich, Weston. Es ist erst zehn Minuten vor drei. Wie fanden Sie die Königin vor?«

»Donne, es ist unfaßbar ...! Ich erinnere mich, Donne! Ich erinnere mich wieder an die ganze Beltaine-Nacht! Die Königin schwebt in größerer Gefahr als wir glaubten, und ich weiß nun, wer die *Ru...*«

Er gebot mir zu schweigen, indem er sich einen Finger auf die Lippen legte, und deutete unauffällig mit seinem Gehstock auf den Portikus des Gildehauses. Vor dem Stammsitz der Kristallseher sollte man wirklich nicht über Geheimes reden. Diese am meisten spezialisierten, begabtesten Mitglieder der Goldenen Bruderschaft bedurften nur eines winzigen Fingerzeigs auf irgendein Geheimnis, und schon mobilisierten sie ihre alles durchdringende Kunst, um die Wahrheit hervorzulocken. Ich hustete laut und betete, daß niemand mich vernommen hätte.

»Und ... und wie ist es Ihnen ergangen?« fragte ich.

»Oh, ganz ausgezeichnet. Kaum hatte ich meinen Fall dem Eisernen Herzog vorgelegt, als ihm die Tränen in die Augen stiegen und er mich um Vergebung anflehte für die schlechte Meinung, die er bis dato von mir gehabt hatte.«

»Sie sind sarkastisch, Donne.«

»Und Sie sind einfühlsam.« Donnes Gesicht wurde ernst. »Diese Schmach, Weston! Das hätte ich mir wirklich ersparen sollen. Schließlich wußte ich, daß man mir nicht zuhören würde, und ich hatte befürchtet, Spott zu ernten. Selbst wenn ich ihnen die Beweise mitgebracht und vor ihren Augen hingelegt hätte, sie hätten eine Entschuldigung gefunden, nicht hinzuschauen. Ich hoffe nur, es ist nicht zu spät, wenn sich ihre Augen endlich öffnen!«

Das tat ich auch. »Glauben Sie, wir können Mr. Hope ohne Risiko aufsuchen?«

Donne zuckte mit den Schultern. »Riskant oder nicht, es muß sein. Es ist unabdingbar, König Charles in Kenntnis zu setzen.«

Wir verließen die Stufen des Gildehauses und gingen den halben Block zu Hopes Bankhaus. Offenbar handelte es sich um ein mittelgroßes Kreditinstitut und hatte, nach dem Aussehen des großen Fensters zu urteilen, bereits geschlossen: Obwohl es kaum drei Uhr war, hatte man das grüne Rouleau aus Öltuch bis zur bemalten unteren Hälfte des Fensters heruntergezogen, wo der Firmenname in Goldbuchstaben auf grünem Grund prangte.

»Für heute scheint man alle Geschäfte bereits abgeschlossen zu haben«, bemerkte ich.

»Erfolgreiche Bankhäuser geben sich oft diesen Anschein, besonders jene, die den niederen Adel umwerben. Dadurch erhalten die gehobeneren Kunden die Annehmlichkeit, ihre Geschäfte in relativer Zurückgezogenheit erledigen zu können. Um eingelassen zu werden, brauchen sie nur zu klopfen. Übrigens, lieber Weston, können Sie den Erfolg einer Londoner Bank oft anhand der Gestaltung des Türklopfers beurteilen.« Donne hob den schweren Ring, der von den Kiefern eines Messingdrachen gehalten wurde, und klopfte hart. »Ich würde sagen, Mr. Hope ist recht erfolgreich.«

Wir warten mehrere Minuten, doch niemand kam an die Tür.

»Erfolgreich genug, um sehr früh zu schließen, ob

er auf den niederen Adel abzielt oder nicht«, meinte ich. »Wir müssen herausbringen, wo er wohnt, und ihn dort aufsuchen.«

Ich wollte mich umdrehen, doch Donne hielt mich zurück. »Hier stimmt etwas nicht. Einem erfolgreichen Bankier gehen seine Gewohnheiten in Fleisch und Blut über. Ohne triftigen Grund würde er sein Geschäft niemals so früh schließen. Hier stimmt etwas nicht.« Er versuchte den glänzenden Knauf zu drehen und stellte fest, daß dies leicht zu bewerkstelligen war, denn die Tür war unverschlossen. Ein Hauch modriger Luft blies uns Furcht in die Gesichter, als wir langsam in die Stille hinter der Türe traten.

KAPITEL 7

Die garstige Geschichte vom purpurroten Blutegel und das abstoßende Ende des Bankiers Hope

»Verlassen«, sagte ich sehr leise. In Hopes Bankhaus war es dunkel, das einzige Licht sickerte durch den schmalen Schlitz, wo das Rouleau nicht ganz den lackierten Teil der Fensterscheibe erreichte. Es genügte gerade, uns im Dunkeln graue Umrisse und Schatten erkennen zu lassen, und all das erweckte zusammengenommen solche Beklemmung, daß ich meine Stimme zu einem Wispern gedämpft fand. »Und dieser Geruch, Donne – wie aus einer frisch geöffneten Gruft.«

»Ganz genau das ist er auch, Weston«, antwortete Donne. Er hatte hinter uns die Tür geschlossen und verriegelt und bewegte sich nun übernatürlich sicheren Schritts durch die Schatten. Wie eine Katze schien er im Dunkeln sehen zu können. Diesmal beneidete ich ihn nicht darum. Er ging auf etwas zu, bei dem es sich offenbar um den Kassenschalter handelte, und öffnete die niedrige Tür in der hölzernen Theke. Er trat hinter den Schalter und ging in die Hocke. Sekunden später vernahm ich seinen unterdrückten Fluch.

»Donne, was ist geschehen?« Ich eilte zu ihm. An einer Stelle blieb ich mit dem Fuß in einem seltsamerweise nassen Fleck auf dem Teppich hängen und stolperte, aber davon abgesehen geleitete mich mein Schwarzdornstock sicher durch die Finsternis. Ich stieß die Tür auf und mußte mir im nächsten Moment die Fäuste vor den Mund schlagen, um meinen Entsetzensschrei zu unterdrücken und zu verhindern, daß meine aufkommende Übelkeit mich übermannte.

Hinter der Absperrung lagen fünf tote junge Frauen. Donne kniete neben einer davon. In einer anrührenden Geste des Mitleids und der Betrübnis bettete er ihren Kopf auf seinen Arm. Sie hatte ein gesundes, unauffälliges Gesicht wie hundert andere berufstätige junge Britinnen, makellos geflochtenes sperlingsbraunes Haar, dessen Zöpfe am Scheitel zu einer Krone aufgesteckt waren; das häufige gründliche Waschen und Plätten hatte ihr einfaches Gingankleid nicht zum Besseren verändert. Ihre blicklosen Augen starrten mich an, bis Donne sie gnädig schloß.

»Sehen Sie genau hin, Weston!« rief Donne, indem er versuchte, seine alte, vorgetäuscht klinische Fassade wiederzuerrichten. Aber so gut war er als Schauspieler denn doch nicht. »Dieses arme Kind starb als erstes. Ich fand sie auf dem Boden, die Arme an den Seiten. Sie hat keine Anstrengung unternommen, um sich gegen den Angriff zu verteidigen, weil er von ihr nicht erwartet wurde. Das zweite Mädchen hat die Arme vor dem Gesicht gekreuzt – eine nutzlose Geste. Die anderen drei liegen auf dem Bauch mit ausgebreiteten Armen. Sie haben versucht zu fliehen, als sie niedergestreckt wurden. Aber eine Chance hatten sie wohl nie. Das Tor, durch das wir hier eintraten, ist der einzige Ausweg, wenn man sich nicht zwischen den Messingstäben über der Theke hindurchzwängen will. Und wie hätten die Mädchen in ihren Röcken das tun sollen?« Er berührte die billige Kameebrosche, die das erste Mädchen an ihrer Büste trug. »Welch harmloses Stück Eitelkeit. Vielleicht das Geschenk eines Geliebten. Wer hätte durch den Tod dieser unglückseligen Frau irgend etwas zu gewinnen?«

»Aber Donne, was hat sie getötet? Wie sind sie gestorben?«

Wegen des schwachen Lichtes konnte ich seinen Gesichtsausdruck nicht erkennen, als er den Kopf des toten Mädchens zur Seite drehte und mir eine riesige, kreisförmige, blutige Wunde an ihrer linken Halsseite zeigte. Ein wenig Blut sickerte immer noch hervor, aber der Kragen des Kleides war völlig sauber.

»Wer könnte so etwas tun, Weston? Eine gute Frage. Sie ist blutlos, eine große Fläche an ihrem Hals auf übelste Weise zerfetzt, aber es findet sich keine Spur von vergossenem Blut. Bei den anderen werden wir das gleiche finden, das schwöre ich.« Behutsam legte er sie nieder, ergriff seinen Melaka-Gehstock und fragte: »Was mag Hope zugestoßen sein?«

Ja, allerdings. Allmählich gewöhnten sich meine Augen an das Halbdunkel in der Bank. Am anderen Ende des Raumes glänzte die Mahagonitür zum Büro des Bankiers mit dem schwachen, aber unverkennbaren Schimmer wohlpolierten Hartholzes.

Die Mattglasscheibe, darauf des Bankiers Name in Goldlettern, hatte Donnes Aufmerksamkeit auf sich gezogen.

»Ich gehe nachschauen«, sagte er. »Sie bleiben besser hier. Möglich, daß unser Mörder noch im Büro ist und abwartet, ob weitere Beute des Weges kommt.«

»Wer immer das getan hat, muß schon lange geflohen sein!« entgegnete ich, denn ich konnte mir niemanden vorstellen, der willentlich in einem solchen Schlachthaus verharrte, nicht einmal der Mörder persönlich. Donne dachte anders darüber.

»Menschen morden entweder aus triftigem Grund oder aus schierem Wahnsinn. In beiden Fällen kommt es leider oft genug vor, daß Unschuldige das eigentliche Opfer in den Tod begleiten. Haben Sie nicht auf die Geldschubladen im Kassenschalter geachtet? Nichts ist angerührt worden; das Motiv hier lautete also nicht Bankraub, und Raub wäre der einzige direkte Grund gewesen, diese unglücklichen Frauen zu ermorden.«

»Dann glauben Sie, der Mörder wollte eigentlich nur Hope töten?«

Donne preßte die Lippen zusammen. »Sie postulieren auf Hopes Ermordung, obwohl Sie die Leiche noch nicht gesehen haben. Aber was, wenn er noch lebt und in seinem Büro sitzt? Von dem Moment an könnten wir nicht mehr sagen, ob Hope ebenfalls ein Opfer ist – oder alles andere als das.«

»Ich werde nicht zulassen, daß Sie allein dort hineingehen, Donne! Angenommen, es ist, wie Sie sagen? Was, wenn Hope wirklich durchgedreht ist und nur auf ein weiteres Opfer wartet? Wir sollten die Gesetzesakolythen rufen, damit sie uns Rückendeckung geben, um der Götter willen!«

»Der Tag, an dem ich mit einem einzelnen Mann nicht mehr fertigwerde, Weston, ist der Tag, an dem ich die Baker Street verlasse, nach Sussex ziehe und mich fortan der Bienenzucht widme.«

In seinen Augen las ich, daß er seine Entscheidung nicht weiter erörtern würde. Ich lehnte mich daher an den Kassenschalter, während Donne das Büro des Bankiers betrat. Ein Stechen durchfuhr mein Bein, und ich beugte mich ein wenig vor, um die verkrampften Muskeln ein wenig zu massieren. Dabei hörte ich Donne ausrufen: »Ebenfalls tot!«, dann flackerte in dem Büro ein Licht auf. Donne kam aus der Tür, und seine Gestalt hob sich als Silhouette vor dem gelben Lampenschein ab. Ich war noch unbeholfen vorgebeugt, als er sagte: »Hope ist also auch ... – Mein Gott, Weston, geben Sie acht!« Doch zu spät; das Ungeheuer ließ sich auf mich fallen.

Es war, als ob mich ein riesiges Kissen flach an den Boden drückte. Ein gewaltiges Gewicht preßte mir die Luft aus den Lungen. Ein Gestank, wie er von den Druidenaltären aufsteigt, wenn sich auf ihnen die Leiber der noch warmen, frisch geschlachteten Rinder türmten, verschlug mir den Atem. Nur durch Glück hatte ich meinen Schwarzdornstock nicht fallenlassen. Blind schlug ich damit zu. Die Last verschob sich ein wenig, so daß ich mich, indem ich den Stock als Hebel benutzte, auf den Rücken drehen und sehen konnte, was mich am Boden festhielt. Mir gelang es, Kopf und Schultern unter der schlaffen Masse des gewaltigen Ungetüms hervorzuziehen, und im nächsten Moment wünschte ich, ich wäre gestorben ohne zu wissen, was mich umgebracht hatte.

Selbst der mächtigste Magier wirkt keinen so mächtigen Zauber, daß er imstande wäre, mich diesen furchtbaren Anblick vergessen zu machen. Mein Unterleib wurde noch immer zu Boden gepreßt, und nun konnte ich die Abscheulichkeit sehen, die mich festhielt. Das Monstrum besaß weder ein Gesicht noch feste Konturen; es war von der Farbe geronnenen Blutes und so lang wie zwei erwachsene Männer. Das namenlose Grauen wand sich und pulsierte, seine Flanken bebten. Wie erstarrt sah ich diesen Alptraum sich über mich erheben und wallen wie eine Schlange. Erst da begriff ich, welches Ende ich finden sollte und wie auch die Mädchen gestorben waren.

Reihe um Reihe klafften sie hungrig nach mir: keine Mäuler, sondern lebende Öffnungen von der Größe eines Säuglingskopfes, jede ein schwingender Kreis aus Stacheln, die sich beständig in einer Bewegung kontrahierten, die an Saugen denken ließ und die überwältigende Übelkeit weckte. An fünfen dieser Saugmäuler glänzte rotes, gestohlenes Blut. Ich schrie auf und schlug mit aller Kraft nach dem Bauch der Bestie. Der Stock traf dumpf auf und prallte ab; die Mäuler senkten sich auf mich.

»Weston! Weston, schützen Sie Ihr Gesicht!«

Bevor ich gehorchen konnte, preschte Donne aus Hopes Büro hervor. Während der Rest der Welt stillzustehen schien, überlegte ich, ob mein guter Freund wohl zu einem Magier geworden sei, denn aus seinen nackten Hände brach das Erdenfeuer hervor. Er warf einen Leuchtball, der das Ungeheuer traf und zu einer aufstiebenden Flammenwand zerbarst. Die Kreatur erbebte furchtbar und wich zurück, doch meine Beine blieben weiterhin wie an den Boden genagelt unverrückbar. Wie von Sinnen drosch ich auf das Monstrum ein, doch brachten meine Anstrengungen mir nichts weiter ein als einen brennenden Schmerz im verletzten Bein. Tränen verschleierten mir die Sicht.

»Ihr Gesicht, verdammt! Bedecken Sie Ihr Gesicht!« befahl Donne brüllend. Ich roch verbranntes Fleisch und sah, daß Donne nun auf den Kassenschalter sprang, daß er hinter dem Monstrum aufragte und eine dickbauchige schwarze Flasche hoch über den Kopf hob. Er warf sie – und ich schwöre, ich glaubte, er wollte mir damit einen gnädigen Tod verschaffen –; als sie das Ungeheuer traf, explodierte sie mit der Hitze einer kleinen Sonne. Feuer umschloß mich. Mein Haar knisterte versengt, und der scharfe Geruch schien überall zu sein. Ein Gewicht rollte von meinen Füßen. Ich blinzelte die Schmerztränen fort, die mir das Augenlicht bewahrt hatten, und erblickte Donne, der gerade eine geschmeidige Bronzeklinge aus dem Melaka-Stock zückte. Damit hackte er den noch zitternden, schwelenden Leib der Bestie in Stücke.

Ich schleppte mich rückwärts über den Boden und richtete mich sodann mit Hilfe des Stockes auf. Donne hatte dem entsetzlichen Monstrum das letzte Leben aus dem Leib geschnitten. Neben einem Schreibtisch, der vermutlich einem der untergeordneten Schreiber des Bankhauses gehörte, standen drei Feuerlöscheimer voll Sand säuberlich nebeneinander. Ich leerte zwei davon auf Stellen des Teppichs, die Feuer gefangen hatten, während Donne mit dem Inhalt des dritten die letzten Flammen auf dem Ungeheuer zum Ersticken brachte.

Als er fertig war, wischte er sich das Gesicht mit einem sauberen Taschentuch ab, dann säuberte er die Klinge und steckte sie zurück in die Scheide. »Mit Ihnen alles in Ordnung, Weston?«

»Ich ... ich glaube schon.«

»Brav gesprochen, Mann! Keine Angst, Ihnen wachsen schon neue Augenbrauen.« Ich hob die Hand an mein Gesicht, um mich des Verlustes zu vergewissern. Kurz blitzte Donne ein Lächeln über die Züge, dann blickte er auf das tote Ungeheuer. »Das also war unser Mörder.« Er stieß die reglose rote Masse mit der Schuhspitze an. Nun bemerkte ich die Bruchstücke der gewöhnlichen Tischlampe, die Donne als erstes auf das Ungeheuer geworfen, und dann die Scherben des Ölkruges, den er hinterhergeworfen hatte, und von dessen Explosion der Wurm fast in zwei Hälften gerissen worden war. »Faszinierend. Der purpurrote Blutegel ist in Ägypten und im Sudan beheimatet. Tatsächlich unterscheidet er sich außer in der Farbe wenig von seinen britischen Vettern.«

»Gütiger Himmel, Donne, aber die Größe dieses Ungetüms ...?«

Donne holte tief Luft. »Hexerei erschafft niemals

Substanz aus dem Nichts. Sie vermag nur zu verändern, was bereits existiert. Ich habe gehört, daß ägyptische Hexenmeister sich darauf verständen, an gewissen primitiveren Lebewesen eine Art Riesenwuchs hervorzurufen. Der Goldenen Bruderschaft gebricht es an dieser zweifelhaften Fertigkeit. Ägypten; schon wieder der Orient.«

Da berichtete ich ihm von meinem Gespräch mit der Königin und Lord Kitcheners Ambitionen. Plötzlich strahlten Donnes Augen heller als jede Flamme. Mit offensichtlichem Entzücken rieb er sich die Hände. »Das ist der letzte Faden, Weston! Der Faden, der sich unabwendbar am Ende zu der Schlinge knüpfen wird, die wir Lord Kitchener um den Hals legen! Sie haben der britischen Militärgeschichte wahrscheinlich ebensowenig Interesse entgegengebracht wie der britischen Thronfolge, habe ich recht? Macht nichts. Ich werde es Ihnen später erklären. Im Augenblick muß ich Sie bitten, in das Büro des dahingeschiedenen Mr. Hope mitzukommen. Zwar bietet es einen wenig erfreulichen Anblick, doch werden Sie seinen Leichnam höchst aufschlußreich finden.«

Nur mit Widerstreben folgte ich Donne. Hope saß zusammengesackt auf seinem Stuhl. Seine Hände ruhten auf der Schreibtischplatte, der Kopf war schlaff zur Seite gesunken. Daß er tot war, wußte ich im ersten Augenblick, doch etwas an dem Leichnam ließ mich stutzen. Ich verdrehte den Kopf, während ich den Toten aus allen Richtungen betrachtete, und Donne sah amüsiert zu.

»Dieser Mann ist nicht durch den Egel zu Tode gekommen«, stellte ich schließlich fest.

»Bravo, mein lieber Weston! Am Ende bringe ich Ihnen doch noch das Handwerk des Detektivs bei! Sie haben völlig recht: wie Isaacs ist auch Mr. Hope vor Furcht gestorben.«

»Der Anblick dieses Ungeheuers hätte mich beinahe ebenfalls zu Tode erschreckt.«

Donne schüttelte den Kopf. »Egel sind Wasserbewohner, Weston. Zauberei erlaubte es diesem einen Wesen dort, an Land zu überleben, dennoch aber benötigte das Tier einen Schild aus Feuchtigkeit auf seiner Haut. Sein Herr paßte seine Zauber diesen Bedürfnissen an, und unser Freund hinterließ wie eine Schnecke eine Spur aus Feuchtigkeit auf dem Teppich. Sie werden im Vorraum einige solcher Spuren entdecken können, auch dort, wo der Blutegel die Wand hinaufkroch, um von der Decke hinunterzuhängen, bis Sie herbeikamen und ihm gleich unter seiner Position ein solch verlockendes Ziel boten. Anders als ich haben Sie die Leichen der Bankangestellten nicht berührt, deshalb konnten Sie auch nicht die verräterische Feuchtigkeit spüren, die vom Angriff des Monstrums noch an ihren Leibern haftete. Eine schwache, kaum wahrnehmbare Feuchtigkeit, muß ich hinzufügen. Auf Hopes Haut hingegen finden Sie nicht einmal eine solch schwache Spur, und auch nicht auf irgendeiner Fläche dieses Zimmers.«

Ich untersuchte Hope und konnte Donnes Beobachtung nur bestätigen. Außerdem entdeckte ich auf der Schreibunterlage des Bankiers einen auffälligen Gegenstand, der nicht an diesen Ort gehörte. »Ein lavendelfarbener Handschuh.« Ich hielt ihn Donne hin, damit er ihn sehen konnte. Sein Lächeln verriet, daß er ihn bereits bemerkt und gehofft hatte, daß er mir ebenfalls auffiele.

»Ein kalbslederner Damenhandschuh in der Farbe des Lavendels. Eine bemerkenswert kleine Größe. Wie viele Frauen in London haben wohl solch winzige Hände und gleichzeitig eine Vorliebe für diese ungewöhnliche Farbe? Ein Jammer, daß tote Gegenstände nicht zu sprechen vermögen. Das würde mir nämlich zahlreiche Befragungen der Londoner Handschuhmacher ersparen – ganz zu schweigen von den Putzmacherinnen. Die Besitzerin dieses Handschuhs war jedenfalls aller Wahrscheinlichkeit nach die letzte Person, die Hope lebend gesehen hat.«

Ich steckte den Handschuh in die Tasche. Donne würde ihn sicher zu den anderen Fingerzeigen des Falles legen wollen. »Das Gesicht der Dame wird wohl nicht so schrecklich gewesen sein, daß Hope bei seinem Anblick dahinschied«, scherzte ich.

Donne würdigte die Bemerkung keiner Antwort. »Es gibt viel für uns zu tun, Weston. Hopes Tod durchtrennt unsere Verbindung zu König Charles. Ihre Majestät wird jedoch einen starken Verbündeten brauchen, wenn sie Kitchener standhalten und die *Rules* zurückgewinnen will – und dann muß sie mit dieser Geschichte vor die Bruderschaft treten. Von einem Sturmangriff wäre sicherlich abzuraten, aber Seine Ehemalige Majestät hat möglicherweise einige Vorschläge in bezug auf unsere Strategie zu machen. Er ist stets ein brillanter Taktiker gewesen. Nun also!« Er klatschte in die Hände und ergriff seinen Melaka-Stock. »Zuerst wollen wir die Gesetzesakolythen auf Hope hinweisen – indirekt – und dann ...«

»Dann begeben wir uns am besten zum Revier der Hand der Gerechtigkeit und erheben Anklage gegen diesen verdammten Haschaschascha... – bezahlten Mörder. Kitcheners bezahlten Mörder, verdammt noch eins!«

»Der *Haschâschîn* ist in sicherem Gewahrsam?« Ach, da wünschte ich mir, die Zeit nur um eine Winzigkeit ausdehnen und Donnes Gesichtsausdruck ein wenig länger genießen zu können! Doch die Manipulation der Zeit gehört zur höheren Magie, deshalb mußte ich den triumphalen Augenblick damit beschließen, daß ich ihm von den Ereignissen im Mag Mell Park berichtete.

»Weston, aber Sie sind ja ein Wunder!« Strahlend

klopfte er mir auf die Schulter. »An Ihnen zeigen sich immer wieder neue Seiten, die mich in Erstaunen versetzen!«

Er trat hinter Hopes Stuhl, wo ein schmaler Spalt in der Vertäfelung aus dunklem Eichenholz eine weitere Tür verriet. »Es kann sich um einen einfachen Wandschrank handeln, aber ich hoffe – Aha!« Die Türe gehörte tatsächlich zu einem Einbauschrank, der tief und fast so groß war wie ein kleines Zimmer. »Dunkel, aber die Luft riecht nicht abgestanden. Ich glaube, wir finden in der hinteren Ecke, was wir suchen. Weston, dürfte ich Sie behelligen? Ich habe schon wieder meine Streichhölzer verlegt; ich muß sie verloren haben, als ich die Lampe auf Hopes Schreibtisch anzündete.«

Willig rief ich das Feuer des Erdherzens in meine Fingerspitze. Der niedrigen Magie durfte ich mich noch straflos bedienen, solange ich dieses Vorrecht nicht mißbrauchte.

Im Licht der Flämmchen betraten Donne und ich den Wandschrank und fanden schon bald eine zweite Tür in der Rückwand. Diese war sorgfältig verriegelt. Ein leiser Luftzug brachte meine Feuer zum Flackern; diese Türe führte nach draußen.

Donne schützte seine Hände mit Handschuhen und schob den Riegel beiseite. Nach Öffnen der Tür fanden wir uns hinter dem Gebäude in einer schäbigen Gasse wieder. »Gut. Niemand in der Nähe. Nun können wir uns einige Blocks entfernen, bevor wir die Aufmerksamkeit des Gesetzes auf dieses Bankhaus lenken.«

Wir schlängelten uns parallel zur Threadneedle Street in Richtung zum Revier der Hand der Gerechtigkeit. Plötzlich raste ein Straßenjunge an uns vorbei, offenkundig der Anführer einer ganzen Horde dieser Kinder der Armut. Donne stellte sich dem kleinsten und letzten der Bande in den Weg, einem mageren Jungen mit schmutzigem Gesicht, der lauthals protestierte, bis Donne ihm ein paar Shilling unter die laufende Nase hielt.

»Er sieht mir ganz wie ein vertrauenswürdiger Bursche aus«, sagte Donne langsam in der typischen Aussprache eines gelangweilten Dandys aus der Stadt. »Kennt Er dieses Viertel gut?«

»Na sicher«, antwortete der Junge kühn.

»Ausgezeichnet. Wir sind Freunde von Mr. Hope, der hier eine Bank betreibt. Eigentlich sollte er uns heute abend zum Supper im Simpson's treffen, doch sehen wir uns gezwungen, unsere Pläne zu ändern und wollen ihn um acht im Grillrestaurant des Carlton erwarten. Wir haben jedoch keine Zeit, ihn selbst zu unterrichten.«

»Schon klar. Noch was?«

Donne schüttelte den Kopf und warf dem Jungen die Münzen in die ausgestreckte Hand. Der schnappte sie im Fluge und wollte wie ein geölter Blitz davonschießen – allerdings in die gleiche Richtung wie die Bande. Donne fing ihn ein, bevor er noch die Ecke erreicht hatte.

»Wenn ich für einen Dienst bezahle, erwarte ich, daß er verrichtet wird«, fuhr er den Jungen an. Er hielt ihn am zerlumpten Krangen gepackt. Das Gassenkind wand sich wie ein gefangener Lachs und versuchte, sich aus Donnes eisernem Griff zu befreien.

»Ich wollt' doch Ihre blöde Nachricht Ihrem Freund sagen, das mach' ich auch! Nennen Sie mich ja nich einen Dieb, Sie großer aufgeblasner Bastard!«

»Hopes Bank«, stieß Donne langsam zwischen den Zähnen hervor, »ist aber in die andere Richtung.«

»Götter, hat denn wer was anders gesagt?« Das arme Kind begann wehleidig zu tun. »Aber es is doch noch lang nich acht, oder? Ich wollte doch nur die große Explosjon sehn, Chef, das is alles. Wie oft kamann schon sehn, wie das beschissene Revier der bekloppten Hand der Gerechtigkeit platter gekloppt wird als 'n Kuhfladen, hä? Hier, nimm doch deine schmierigen Shillings und schieb se dir in 'n Arsch!« Damit schmiß er Donne die Münzen ins Gesicht, verdrehte sich auf unglaubliche Weise und sprang zu Boden, wo er sofort davonsetzte. Donne und ich rannten ihm hinterher, aber wir beabsichtigten gar nicht, ihn einzufangen.

Das Revier der Hand der Gerechtigkeit! Bei allen Göttern, hatte hier je ein Gebäude gestanden? Über die Trümmer konnte man bis zum Mag Mell Park hinüberblicken. Gesetzesakolythen aus den Nachbarrevieren suchten die Ruine bereits nach Toten und Verletzten ab.

»Lassen Sie uns durch! Dieser Mann ist Arzt!« Donne schob mich an einer Meute gaffender Zuschauer vorbei und gleich zu dem Mann, der anscheinend die Oberaufsicht über die Rettungsunternehmung führte. Er wirkte so groß und breit wie ein Stein in Stonehenge, und aus den Ärmeln seiner Akolythenrobe ragten Arme, die zu einem Straßenbauarbeiter gepaßt hätten. Wäre er auf der anderen Seite des Branswalls geboren worden, hätte er einen prächtigen Schmied abgegeben.

»Ein Arzt?« Er maß mich mit einem ernsten, forschenden Blick. »Wir bräuchten eher einen Wiedererwecker.«

»Es gibt also gar keine Überlebenden?« fragte Donne.

Der Mann seufzte und kratzte sich das schwarze Kraushaar. »Ein paar, Sir, ein paar. Aber die sind alle eindeutig durchgedreht. Alle stammeln sie nur wirres Zeug, und meine Jungs haben noch nicht rauskriegen können, was hier eigentlich passiert ist. Sie wissen ja selbst, wie es ist. Sobald ein Gebäude drei Obergeschosse oder mehr haben soll, braucht man Bindezauber, damit es aufrecht stehenbleibt, nicht wahr?«

»Oder ein Stahlgerüst«, entgegnete Donne halblaut.

»Wie bitte, Sir?«

»Ganz Ihrer Ansicht.«

Der Akolyth begnügte sich mit dieser Antwort. »Nun, und dann passiert immer wieder dasselbe. Mit Zaubersprüchen ist es genau wie mit allem anderen: ab und zu muß man sie inspizieren. Nur ist es sehr leicht, sie einfach für selbstverständlich zu nehmen. Und das ist nicht gut, Sir; das ist überhaupt nicht gut.«

Donne zog die Augenbrauen hoch. »Wollen Sie damit sagen, die Zauber hätten sich ... abgenutzt?«

»Ich sage gar nichts, Sir. Jedenfalls nicht, bevor mein Meister nicht gekommen ist. Wenn ein Bindezauber bricht, dann muß ermittelt werden; wir verfolgen ihn dann bis zu dem Mann zurück, der ihn gesprochen hat. Um des Gewinns willen sind etliche stümperhafte Zauber an den guten Leuten von London verbrochen worden. Eine Schande ist das!«

»Allerdings«, stimmte Donne ihm zu und nieste.

»Der Schlachtrabe halte sich fern von Ihnen, Sir«, wünschte ihm höflich der Akolyth. Donne zog ungelenk ein Taschentuch hervor, schneuzte mit lautem Trompeten hinein und ließ das Tuch in eine der zahlreichen Pfützen fallen, die die Stätte des Unglücks umgaben. »Oje. Erlauben Sie, Sir.«

»Vielen Dank, mein Guter.« Donne steckte das triefende Tuch wieder in die Tasche. »Sind Sie sicher, daß mein Freund hier nichts für Sie tun kann?«

Der Akolyth hob die Schultern. »Sehen Sie sich ruhig um, wenn Ihr Magen stark genug ist. Die Überlebenden haben alle den Verstand verloren. Sie erzählen von Drachen – von Drachen, die aus der Themse gestiegen wären und das Revier vernichtet hätten!« Er stieß ein abgehacktes, bellendes Lachen aus. »Dabei war das letzte Tier dieser Art in Britannien ein armer alter Hühnerdrache, und der ist von der guten Königin Bess erschlagen worden. Jeder, der auch nur halbwegs etwas in der Schule gelernt hat, weiß das, aber hier können Sie ausgebildete Gesetzesakolythen finden, die Ihnen stundenlang *Drache – Drache – Drache* ins Gesicht bibbern, wenn Sie sie lassen. Und die, die nicht überlebt haben ...« Sein Schulterzucken ging in ein Erschauern über. »Hier drüben haben wir sie hingelegt, Sir. Schauen Sie sich's ruhig an, wenn Sie unbedingt wollen; für die kann man jedenfalls nichts mehr tun, und es ist gewiß kein hübscher Anblick.« Er deutete auf gut zwanzig von Leintüchern bedeckte Gestalten, die in einer Reihe längs der ehemaligen Ostmauer des eingestürzten Gebäudes lagen.

Donne betrachtete die Leichen ohne näherzutreten, dann ließ er seinen forschenden Blick über die Unglücksstätte schweifen. »Ihre Männer haben ein Opfer übersehen.« Mit dem Melaka-Stock deutete er auf die bloßen Füße eines einzelnen Leichnams, der um die Ecke der dem Fluß zugewandten Seite des Häuserblocks gerade noch zu sehen war.

Der Akolyth schüttelte sein mächtiges Haupt. »Nichts haben wir übersehen, Sir. Alles ist genau so wie's sein soll.«

»Mein Fehler. Kommen Sie, Weston. Wir wollen sehen, ob wir den Männern von irgendwelchem Nutzen sein können.« Er schlug mir auf den Rücken und ging eiligen Schritts zu dem nahen Laden, in dem die anderen Akolythen ein Behelfslazarett für die Überlebenden errichtet hatten.

Das Geschäft war eine Teestube. Die Besitzerin hätte Mrs. Hendrik wie ein Ei dem anderen geglichen, wären nicht die verblaßten blauen Tätowierungen gewesen, von denen die sichtbaren Teile ihrer Anatomie größtenteils bedeckt wurden. Sie ging mit einem schweren Tablett von Tisch zu Tisch und drückte jedem eine Tasse belebenden Tees in die Hand. Ich wurde zudem mit einem Teekuchen attackiert. Donne bekam ein Cremetörtchen. Dergleichen widerfährt mir ständig.

Ich brauchte nicht lange, um zu erkennen, daß unser hilfsbereiter Freund draußen die Wahrheit gesagt hatte. Einer wie der andere konnten die Akolythen, die sich um die Verletzten kümmerten, nur hoffnungslos mit dem Kopf schütteln, wenn sie versuchten, ihren Patienten eine vernünftige Antwort zu entlocken.

»... sage dir doch, ich hab' ihn gesehen! Ach, es war so schrecklich! Einfach schrecklich. Ich guck' aus dem Fenster, und da bäumt er sich über mich. Aus allen Schuppen läuft schleimiges Wasser. Dann hebt er die Pranke und ...«

»... dachte, der Himmel fällt mir auf den Kopf! Ja, ja, genau das, was man uns lehrt zu fürchten! Dann klärte sich mein Blick, und ich sah ihn – dick wie ein Mann, so grün wie die Zähne eines Toten – den Schweif des Ungeheuers. Es schleifte ihn durch die Ruinen wie ...«

»... Mutter, Mutter, Mutter, Mutter, Mutter ...«

Und sie alle waren gestandene Männer, waren Gesetzesakolythen, jeder einzelne so kräftig und ehrfurchtgebietend, wie es der Gesetzesdienst verlangte. Nun aber saßen sie zusammengekauert an ihren Tischen, umklammerten ihre Teetassen und schaukelten vor und zurück wie alte Ahnfrauen, blinzelten und fuhren bei jeder plötzlichen Bewegung mit einem Kreischen auf. Ich kannte keine Kräuter, mit denen man diesen bedauernswerten Seelen noch helfen konnte.

»Donne, wir wollen gehen«, murmelte ich.

Doch Donne war nicht in Sicht. Vergebens suchte ich die überfüllte Teestube nach ihm ab. Das sah ihm ähnlich – wortlos irgendwohin zu verschwinden. Ich ging nach draußen, wo Suche und Räumarbeiten noch in vollem Gange waren, und fand ihn schließlich neben dem einzelnen Leichnam kniend, den er zuvor bemerkt hatte. Ich versuchte mich an ihn hinanzuschleichen, aber als auch ich sah, was Donne so eingehend betrachtete, keuchte ich laut auf.

Donne machte sich nicht die Mühe, sich zu mir umzuwenden. »Ganz genau, Weston«, sagte er. »Wir haben unseren *Haschâschîn* gefunden.«

Gefunden! Seine Überreste, wollte Donne wohl sagen! Der Assassine lag auf dem Rücken und hatte die Augen wie in friedvollem Schlaf geschlossen. Mein Schlaf wäre auch so tief und friedlich gewesen, wenn man mir die Brust aufgeschnitten und das Herz aus dem Leib gerissen hätte. Auf der Stirn des Toten bemerkte ich ein verschnörkeltes Muster.

»Arabisch, Weston.« Es wäre töricht gewesen anzunehmen, Donne könnte es noch nicht gesehen und bereits analysiert haben. »Seien Sie doch bitte so gut, und kopieren Sie es für mich. Ich muß damit ins Museum, um zu überprüfen, ob diese recht barbarische Inschrift in der Tat das bedeutet, was ich glaube.«

Ich tat wie geheißen und übertrug die Zeichnung mit etwas prosaischeren Bleistiftstrichen in das Notizbuch, das ich immer in der Tasche habe. Donne hockte sich wieder auf die Fersen und musterte die Leiche mit makaber anmutender Eindringlichkeit.

»Kein Wunder, daß sie ihn abseits der anderen hingelegt haben«, stellte er nach einer Weile fest. »Die anderen Opfer sind offensichtlich beim Einsturz des Gebäudes zu Tode gekommen. Die Spuren sind eindeutig: gebrochene Knochen, zerschmetterte Schädel, Gipsstaub und Mörtelbröckchen überall auf den Kleidern. Dieser Mann hingegen ist eines anderen Todes gestorben. Er ist völlig unverletzt – einmal davon abgesehen, daß ihm das Herz fehlt. Darüber hinaus ist er so sauber, als wäre er gerade erst dem Bade entstiegen.« Er reichte mir sein triefnasses Taschentuch. »Riechen Sie einmal daran.«

Ich gehorchte. Das Tuch roch deutlich nach Bilge. Ich rümpfte die Nase und gab es Donne rasch zurück.

»Themsewasser, Weston. Am Revier der Hand der Gerechtigkeit ist der Fluß über die Ufer getreten, aber sonst nirgends. Der Kleidung dieses Mannes haftet der gleiche Geruch an.«

Donne hob die Hand der Leiche an und bat mich, ein Blatt Papier aus meinem Buch zu reißen und es ihm zu geben. Mehrmals strich er damit unter den Fingernägeln des Toten hinweg, faltete es zusammen und steckte es in die Tasche.

»Was erwarten Sie dort zu finden?« fragte ich angewidert. Er sah mich mit gewölbten Brauen an.

»Die Visitenkarte eines Drachen.«

»Sie wollen mich wohl auf den Arm nehmen, Donne.«

»Ganz im Gegenteil, Weston, mir ist es todernst. Wenn ich diesen Abrieb unter dem Mikroskop untersuche, werde ich nicht überrascht sein, wenn ich eine Substanz finde, die sehr an Schlangenschuppen erinnert. Hier ist Magie im Spiel, und Dinge gehen vor, die selbst die höchsten Zauberer im Lande nicht erklären können; einfache Gesetzesakolythen schon gar nicht. Unter so vielen Toten ein auffälliger Leichnam, der sauber und offensichtlich nicht erschlagen worden ist! Und dazu haben wir ein noch nicht entschlüsseltes Geheimsymbol auf seiner Stirn, und – denken Sie nur, Weston! – das Herz ist ihm herausgeschnitten worden; das ist keine Tat von Menschenhand.«

Nervös strich ich mir mit dem Zeigefinger über den Schnurrbart. »Ich wage kaum meinen Ohren zu trauen, Donne. Sie, der Sie so ungern eine Beteiligung des Übernatürlichen in Ihren Fällen zugeben ...«

»Da mißverstehen Sie mich!« Donne fuhr auf und ergriff mich beim Ellenbogen, um mich sodann von dem toten Assassinen fortzuziehen. Ich wunderte mich über seine Hast, sagte jedoch nichts, bis wir uns mehrere Häuserblocks vom eingestürzten Reviergebäude entfernt hatten. Wir gingen nun in Richtung Baker Street und waren gerade in die Paddington eingebogen, als der große Detektiv das Thema erneut anschnitt.

»Wir mußten von dort fort, Weston. Mein großes Interesse an der Leiche des *Haschâschîn* erweckte bereits das Mißtrauen unseres freundlichen Akolythen. Ihm mag es vielleicht nie in den Sinn kommen, beim Tod eines Mannes, dem das Herz herausgerissen wurde und der dennoch kaum Blut verloren hat, die Beteiligung von etwas Übernatürlichem zu vermuten ...«

»Donne!«

Er schenkte mir ein Lächeln seiner zusammengepreßten Lippen. »Wie ich sehe, ist er in seiner Unaufmerksamkeit nicht allein.«

Ich gestand ein, dem Zustand des Toten keine besondere Beachtung geschenkt zu haben, die über Entsetzen und Abscheu hinausging. In der Nachschau begriff ich nun, daß Donne durchaus recht hatte. Der Tote hatte die Leichenblässe vermissen lassen und das Einsinken der Haut; zudem hatte sich auf seiner Kleidung nicht der kleinste Blutfleck gefunden.

»Wenn alle Beweise darauf hindeuten, daß der einzige mögliche Täter in solch einem Mord übernatürlicher Natur ist, dann akzeptiere ich diesen Umstand durchaus willig. Das konnten die Gesetzesakolythen nicht. Wie sie nicht wagten zuzugeben, daß die Berichte der Überlebenden von Flußdrachen der Wahrheit entsprechen, legten sie den Leichnam, der solche Unruhe in ihr kleines sauberes Universum brachte, wohlweislich weit von den anderen nieder.«

»Aber ... woher hätte denn ein Flußdrache kommen sollen?« fragte ich. Daß ich noch immer dazu neigte, eine andere Erklärung für den Tod des *Haschâschîn* zu finden, machte sich in meiner Stimme und meinem Verhalten deutlich. »Und warum sollte er das Revier angreifen?«

»Elementar, Weston. Er hat nicht das Revier *per se* angegriffen; das unglückselige Reviergebäude bot lediglich dem eigentlichen Opfer des Drachen Unterschlupf. In Britannien leben keine Drachen mehr, und Flußdrachen hat es hier ohnehin nie gegeben. Das heißt jedoch noch lange nicht, daß es sie anderswo ebenfalls nicht gibt oder daß sie nicht durch einen geeigneten Zauber herbeigerufen werden können. In der chinesischen Sagenwelt zum Beispiel wimmelt es geradezu von Drachen. Das Herbeirufen eines Drachen stellt eine vielleicht etwas melodramatische, aber sehr wirksame Methode dar, einen unfähigen Diener zu bestrafen, *pour encourager les autres* – ein Ansporn für die übrigen.«

»Sie meinen, der Assassine ...«

»Verdiente den Namen nicht und wird sicherlich nicht ins Paradies gelangen, das, wie es heißt, seine fähigeren Brüder erwartet. Angeblich besteht es ausschließlich aus berieselten Gärten und sich ewig erneuernden Jungfrauen. Wie bedauerlich für ihn. Aber da sind wir ja schon!« Er öffnete unsere Tür und ging vor mir die Treppe hinauf. »Ich werde Meister Caradoc bitten, mich zum Museum zu begleiten. Dort können wir uns der Inschrift widmen, die Sie gütigerweise kopiert haben.«

Meister Caradoc sollte das Britische Museum jedoch nie mehr sehen. Mit dem Gesicht nach unten lag er im Durchgang zwischen Donnes Schlafraum und unserem Wohnzimmer. Sein Kopf ruhte in einer Blutpfütze, und auch seine weiße Robe war mit seinem Lebenssaft getränkt. Donne warf sich neben seinem alten Lehrer zu Boden und hob sanft das blutbefleckte Haupt.

Hätte mich die Entsetzlichkeit dessen, was ich nun

beobachten mußte, nicht wie in einen Bann geschlagen, so hätte ich wohl das Bewußtsein verloren. Meister Caradocs Kopf war fast zur Gänze vom Leib getrennt und hing nur noch an einem schmalen Hautstreifen. Jede Farbe wich aus Donnes Gesicht. Diesmal war das Ausmaß des Verbrechens auch für ihn zuviel.

Keiner von uns beiden hatte sich bereits soweit erholt, daß wir die polternden Schritte auf unserer Treppe hörten, bis die Tür aufgestoßen wurde und vier stämmige, in schwarze Roben gekleidete Gesetzesakolythen ins Zimmer stürzten. Zwei von ihnen sprangen zu Donne und packten ihn bei den Armen. Er wehrte sich steif, mehr aus Reflex denn aus Kalkül, dann ergab er sich. Das andere Paar machte keinerlei Anstalten, etwa mich zu ergreifen; die beiden beachteten mich überhaupt nicht. Statt dessen stellten sie sich wie Gardisten zu beiden Seiten der Tür auf, durch die sodann der Eiserne Herzog mit aller frostigen Majestät ins Zimmer trat.

Selbst Wellingtons steinerne Fasson wurde brüchig, als er der Greueltat ansichtig wurde, die in unseren Räumen verübt worden war. Er sammelte sich und richtete seine kalten Augen auf Donne. Dann sagte er: »Er warnte mich, daß wir Sie in Verletzung der Gebote der Goldenen Bruderschaft vorfinden würden, aber ich hätte niemals erwartet, daß es zu Mord kommen würde.« Er gab den Akolythen ein Zeichen, auf das hin sie Donne aus dem Raum führten.

»Warten Sie!« rief ich. »Warten Sie! Er hat nichts verbrochen! Wohin bringen Sie ihn?« Ich hielt den Eisernen Herzog am Ärmel fest, ohne darüber nachzudenken oder mich darum zu bekümmern, ob ich mir etwa den Unmut des Erzdruiden zuziehen könnte.

Er starrte mir finster ins Gesicht. »Sie.« Dem einfachen Wort wohnte die Kraft eines Fluches inne. »Zur Unschuld Ihres Freundes können Sie sich später äußern. Bis dahin wird Mr. Brihtric Donne im Tower residieren, bis er vor Gericht gestellt wird.«

»Unter welcher Anklage, verdammt noch eins?«

»Hochverrat, Dr. Weston; Hochverrat und Mord. Nun geht es ihm ans Leben.«

KAPITEL 8

Der Verlust der britischen Barke ›Maura Oisin‹

Ich saß am Fenster der Wohnung, in der ich nun allein lebte, und betrachtete die subtilen Anzeichen, an denen alle Stadtbewohner das Herannahen des Herbstes erkennen: Die leichten Baumwoll- oder Seidenkleider der Damen weichen schwerem Gewebe. Kecke italienische Strohhüte mit Bänderschleifen unter einem hübschen Kinn verwandeln sich in Hauben aus wasserglänzendem Samt, die zum Schutz vor den immer kälteren Brisen mit Haarnadeln festgehalten werden. Der Sommer war vergangen, der September schon halb vorbei, und dennoch schmachtete mein guter Freund nach wie vor im Tower. Nach allem, was ich wußte, mochte man ihn zu Sammain noch immer dort finden.

Ein vertrautes Klopfen an der Tür riß mich aus meinem Sinnen. Mrs. Hendrik hetzte herein. Ich glaube nicht, daß die gute Frau neben dem Hetzen noch eine andere Fortbewegungsmethode kannte. Sie stellte das Teegedeck auf den Tisch mit der Marmorplatte und schenkte zwei Tassen ein, dann biß sie sich in die Faust.

»Ach, lieber Dr. Weston, da mach' ich es schon wieder! Das liegt nur daran, daß es mir so schwer fällt zu glauben, dieser liebe arme Mann könnte wirklich von uns gegangen sein.« Eine dicke Träne sammelte sich in ihrem Augenwinkel, Vorbote der Sintflut, die bald folgen würde.

»Mrs. Hendrik, ich gebe Ihnen mein Wort darauf, daß Mr. Donne nicht tot ist.«

»Na, aber genauso gut könnt' er es doch sein, oder nicht?« Mit bemerkenswerter Wildheit fuhr sie zu mir herum. »Danach zu urteilen, wie sich alle Welt verhält, könnte er tot und begraben sein und die Würmer füttern! *Einige* – und ich nenne keine Namen –, aber *einige* könnten ganz gut eine Lektion in grundlegender Dankbarkeit brauchen, damit sie wissen, was sich gehört, das will ich wohl meinen!«

Ich nahm einen ihrer Teekuchen und nagte daran, entschlossen, den Frieden aufrechtzuerhalten, ganz gleich, welche persönlichen Opfer damit verbunden waren. »Köstlich, Mrs. Hendrik«, sagte ich in völligem Ignorieren ihrer Eröffnungssalve und würgte sodann den Rest des Backwerks herunter. »Wahrlich eine Speise für die Götter.«

»Die Götter können mich mal kreuzweise!« fauchte Mrs. Hendrik.

»Aber meine gute Frau ...!«

Unsere Hauswirtin schlug sich die pummeligen Hände vor den Mund. »Ach, *bitte* vergeben Sie mir, Dr. Weston, Sir. Vor Sorge um den armen lieben Mr. Donne verliere ich ja fast den Verstand! Die halbe Zeit weiß ich gar nicht, was ich sage.« Der Tränenfluß nahm nun ernsthafte Ausmaße an. Sie wischte sich die roten Wangen mit dem Schürzensaum trocken. »*Lieber* Dr. Weston, Sie sind doch so ein kluger Mann. Warum haben Sie sich denn keine Möglichkeit einfallen lassen, Mr. Donne aus seinen gegenwärtigen Schwierigkeiten herauszuhelfen?«

»So glauben Sie mir doch, ich habe ...«

»Wenn Sie sich dem Problem wirklich widmen würden, dann würde Ihnen schon was einfallen, das weiß ich. Und wenn Sie dabei meine bescheidene Hilfe brauchen könnten, dann will ich Ihnen in jeder Weise helfen, die Ihnen dienlich ist, Sir.« Sie ergriff meine Hand und drückte sie an ihren nankinggestützten Busen. »Um *seinet*willen.«

O ihr gütigen Götter!

»Mrs. Hendrik ...« Ich entzog ihr meine Finger und umfaßte zur Selbstverteidigung meine Teetasse mit beiden Händen. »Meine liebe Mrs. Hendrik, seit jenem Augenblick, in dem mein Freund in Gewahrsam genommen wurde, habe ich alles in meiner Macht Stehende getan, um ihm zu helfen. Ich habe mehr Aussagen gemacht, mehr Gesetzesmänner hinzugezogen und mehr lange Meilen zwischen hier und dem Inneren Tempel zurückgelegt als Haare auf meinem Kopf wachsen. Jedesmal erhalte ich die gleiche Antwort: Eine Anklage wegen Hochverrats obliegt der Bruderschaft und kann allein durch ein Gremium hochrangiger Druiden durchgeführt werden – wie bei jedem anderen Kapitalverbrechen auch. Ich kann nichts weiter tun, bis es der Goldenen Bruderschaft einfällt, Donne vor die Sternkammer zu stellen.«

Jedes Schlachtroß hätte Mrs. Hendrik um ihre Fertigkeit beneidet, die Nüstern zu blähen und schnaubend ihrer Geringschätzung Ausdruck zu verleihen. »Wenn es umgekehrt wäre, wenn Sie im Tower säßen und er nicht, dann hätte er schon lange einen

Weg gefunden, Sie zu befreien, da können Sie Ihre letzte Guinee drauf verwetten, und zum Teufel mit der Bruderschaft! Aber Sie haben ja was anderes im Kopf, stimmt's? Ja, Sie glauben wohl, ich hätte nichts davon gemerkt! Diese kleine flachsblonde Schlampe, mit der Sie immer ausgehen – ein gemeines Biest ist sie, oder ich bin ein Troll. Ja, verschwenden Sie nur Ihre Zeit mit Ihrem Betthäschen, und lassen sich's wohlgehen, während Mr. Donne hinter diesen nach Blut stinkenden Mauern schmachtet!«

Bei der flachsblonden Schlampe handelte es sich um keine andere als Sarah Giles aus dem Palast, aber ich sah keinen Grund, weshalb ich Mrs. Hendrik darüber in Kenntnis setzen sollte. Donne hatte mich persönlich ermutigt, den Kontakt zu der kleinen Hausmagd aufrechtzuerhalten, denn sie war unsere letzte Informationsquelle aus dem weiteren Umkreis der Königin. Jeden Monat gab es neue und beunruhigende Veränderungen im königlichen Palast, die nicht weniger seltsam und verunsichernd waren als einiges, was ich auf den Londoner Straßen bemerkt hatte.

Tatsächlich plante ich sogar, am gleichen Abend mit Sarah ›auszugehen‹. Darauf freute ich mich nicht. Sarahs Berichte waren zu gefühlsbeladen und stellten nicht mehr dar als Bröckchen an Wissenswertem, eingebettet in weitschweifige Ergüsse der Entrüstung darüber, wie der neue Herr über Ihrer Majestät Küche sie behandelte. Jede Bitte meinerseits, ein wenig spezifischer zu werden, entlockte dem Mädchen nur einen Tränenstrom, und sie begann, über unsere ›arme, unglückliche Herrin‹ zu lamentieren.

»Warum arm? Warum unglücklich?« hatte ich bei unserem letzten Treffen wissen wollen.

»Ich kann gar nicht daran denken; nein, das wag' ich nicht«, hatte Sarah daraufhin geschluchzt. »Wenn Sie sie nur sehen könnten, Sir, dann wüßten Sie Bescheid!«

»Aber ich kann sie nicht sehen, Sarah.« Ich reichte ihr mein Taschentuch. »Wenn ich versuche, zu Ihrer Majestät vorgelassen zu werden, weist man mich ab.« Die anderen Gäste in dem schäbigen Café, in dem wir uns immer trafen, beobachteten uns allmählich zu aufmerksam. Man sollte doch meinen, daß sie sich mittlerweile an unsere überlauten und tränenreichen Tête-à-têtes gewöhnt haben sollten. Schließlich waren wir Stammgäste. Andererseits gab es in einem Loch wie dem Seven Dials wohl nur wenige Quellen gewandten Amüsements, wenn man von den Morden auf der Straße einmal absah.

»Aber Sie sollten sie sehen! Ach, die arme, unglückliche Herrin!«

Und bei keinem unserer Zusammenkünfte erfuhr ich sehr viel mehr. Hätte Donne nicht darauf bestanden, hätte ich diesen Treffen mit Sarah schon längst ein Ende gemacht. Die kleine Hausmagd hatte zwar großes Interesse an Intrigen, jedoch nicht den Verstand, den man dazu brauchte. Zuzeiten wunderte ich mich, ob meine erzwungene Liaison mit ihr nicht Donnes subtile Rache dafür war, daß ich auf freiem Fuß war, während er im Tower saß.

Mrs. Hendrik zankte noch immer mit mir. Ich holte tief Luft und zählte bis neun. »Ich bin mir durchaus bewußt, daß Mr. Donne sich weitaus besser zu helfen weiß als ich. In seine Fußstapfen vermag ich nicht zu treten, und das würde ich mir auch gar nicht anmaßen wollen. Ich tue, was ich kann und so gut ich kann, aber Sie müssen mein Wort darauf nehmen, wenn ich sage, daß seine fortgesetzte Einkerkerung mich mehr schmerzt als sie irgendeinen anderen lebenden Menschen peinigen könnte.«

So melancholisch wirkte ich, so viel stille Würde beschwor ich, daß ich Mrs. Hendrik völlig überwältigte. Sie stieß ein lautes Blöken aus und rannte, die Schürze vors Gesicht geschlagen, aus dem Zimmer. Nach fünfzehn Minuten war sie wieder da. Zerknirscht brachte sie mir einen tuchbedeckten Korb.

»Entschuldigen Sie, Dr. Weston, daß ich mich so habe gehen lassen.«

»Denken Sie nicht mehr daran, Mrs. Hendrik.«

»Ich habe einen Korb gemacht, den Sie mitnehmen können, wenn Sie ihn das nächstemal besuchen gehen. Zwei Gläser Zitronenmarmelade, eins mit meinem besonderen Chutney und ein Dutzend Teekuchen. Sie scheinen besser zu werden, wenn sie alt sind.«

Da hatte sie allerdings recht. Wenn man sie so lange liegenließ, daß sie nicht nur ungenießbar, sondern tatsächlich nicht mehr eßbar waren, wurden sie erheblich besser: Donne konnte dann damit nach den Raben am Tower werfen, wenn ihm der Sinn danach stand. Freundlich dankte ich unserer Hauswirtin und gab mir den Anschein eines Mannes, der gern mit seinen Gedanken allein gelassen werden mochte. Das half mir immerhin über die fünf Minuten hinweg, die vergingen, nachdem sie mich verlassen hatte und bevor sie mit der neuen Ausgabe des *Morning Chronicle* zurückkehrte.

»Ich dachte, ein Blick auf die Nachrichten lenkt Sie ein wenig ab, Dr. Weston.« Sie reichte mir die Zeitung.

Mich ablenken! Ja, wenn man in solch beunruhigenden Nachrichten Zerstreuung findet, dann vielleicht! Zwei Tragödien teilten sich brüderlich die erste Seite. Eine weitere junge Frau war dem diabolischen Phantom der Nacht zum Opfer gefallen, einem barbarischen Mörder, den die Fleet Street den ›Ripper‹ genannt hatte. Wie Donne in seiner einsamen Zelle auf und ab schreiten, auf das Mundstück seiner Bruyèrepfeife beißen und mit dem Schicksal hadern mußte, das ihn in den Kerker gebracht hatte, wenn er genausogut frei gewesen sein und diese entsetzliche Mordserie hätte lösen können! *Wer ist der Wahn-*

sinnige, der unser schönes London für das schöne Geschlecht zu einem unsicheren Ort macht? verlangten die Schreiber zu erfahren. Vergebens hatten die Gesetzesakolythen ihre Netze ausgelegt; kein Zauber schien stark genug zu sein, um die Identität des Rippers zu enthüllen. Das etwas direkte Vorgehen der Schildmaidengilde der Schwestern Boudiccas erbrachte nichts Ungewöhnliches, gleich welche Seitenstraße sie nächtens auch patrouillierten.

Die zweite Tragödie wirkte auf den ersten Blick weniger sensationell, zog jedoch weitere Kreise. Die britische Bark *Maura Oisin* war während einer Routinewachfahrt am Branswall vor der Küste Devons mit der ganzen Besatzung verloren gegangen. Der Kronrat hatte Staatstrauer für die größtenteils druidische Besatzung angeordnet, doch davon abgesehen konnte man vor Nodens' Willen nur das Haupt neigen.

Es klopfte an der Tür, und Mrs. Hendrik, die mit ihren vom Weinen geröteten Augen und der Schniefnase wie ein Kaninchen wirkte, spähte zu mir herein. »Bitte um Vergebung, Dr. Weston, aber draußen sind zwei außergewöhnliche Personen, die Sie sprechen möchten.«

»Außergewöhnlich, Mrs. Hendrik?«

»Das, und zudem nicht gerade respektabel, wenn Sie mir diese Bemerkung gestatten. Die männliche Person – ich fühle mich nicht geneigt, ihn als einen Gentleman zu bezeichnen – sendet Ihnen seine Karte.« Sie präsentierte sie mir auf einem kleinen runden Tablett aus Silber.

FRIEDRICH GUTMANN
Hamburg, Eton, Oxon., Soho
Kuppler

»Schicken Sie sie bitte herauf, Mrs. Hendrik.«

Unsere Hauswirtin schürzte die Lippen, aber sie gehorchte. Friedrich Gutmann und eine verschleierte, dunkelhaarige Schönheit aus seinem ›Stall‹ wurden eingelassen.

»Wie schön, Sie einmal wiederzusehen, Dr. Weston«, sagte Friedrich und schüttelte mir herzlich die Hand. Seine Begleiterin schlug ihren Schleier zurück, und ich blickte in das lieblich-exotische Antlitz von Kwei-fei, ehemals die Herrin von Friedrichs Garderobenraum. Sie zog den Veloursmantel aus und ließ sich mit bequem untergeschlagenen Beinen auf dem Teppich vor dem Herd nieder. Ihre bezaubernden Gliedmaßen waren nur in den dünnsten aller roten Seidenpyjamas gehüllt. Mehr als nur meine Hand zitterte erhitzt, als ich endlich den Blick wieder abwandte.

»Das – das Vergnügen ist ganz auf meiner Seite, Mr. Gutmann. Darf ich Ihnen ein wenig Tee anbieten? Ich lasse Mrs. Hendrik noch etwas heraufbringen.«

Der Zwerg mit dem Engelsgesicht lachte. Er war piekfein gekleidet, ließ aber den billigen Glitzer, der seine Berufskollegen auszeichnete, völlig vermissen. Vielmehr ließ er an eine Miniatur des wählerischsten jungen Mannes in der ganzen Stadt denken, der über unaufdringlichen, guten Geschmack und ein bescheidenes Vermögen verfügte.

»Dann bitte ich Sie aber, mit mir die Tasse zu tauschen«, antwortete er. »Ihre Wirtin schien geneigt, mir den Tee mit ein wenig Schierling zu würzen.« Er kletterte auf Donnes Lieblingssessel und blickte sich um. »So also wohnt er! Ich kenne die Räume nur von außen, wie Sie wissen.«

Ich errötete. Gerne ließ ich mich nicht an die Rolle erinnern, die ich dabei gespielt hatte, den verstorbenen Meister Caradoc in unsere Wohnung zu schmuggeln. Ich klingelte nach Mrs. Hendrik, die prompt weitere Teegedecke auflegte. Bis dahin hatte Kwei-fei eine armlange Pfeife aus Lackholz hervorgezogen und paffte schweigsam. Als Mrs. Hendrik ging, preßte sie die Lippen so fest zusammen, daß ich bezweifelte, ob sie sie je wieder öffnen könnte.

»Sie wissen natürlich, weshalb wir gekommen sind, Dr. Weston«, sagte Friedrich und schlürfte seinen Tee. Ich mußte passen. Mein Besucher legte den Kopf schräg, als könnte er nicht glauben, was er hörte. »Nein? Ich dachte, das wäre offensichtlich. Drei Monate sind ganz und ein vierter fast vergangen, und Donne sitzt noch immer im Tower. Nun weiß ich, wie nahe Sie einander stehen – Sie als sein Boswell und all das –, doch finden Sie nicht auch, daß Sie allmählich etwas unternehmen sollten? Der echte Boswell tat auch mehr, als nur die Ereignisse im Leben des Dr. Johnson und dessen Aussprüche festzuhalten. Er war durchaus ein Mann, der unabhängig zu handeln wußte.« Kwei-fei kicherte. »Außer Getändel in Toreinfahrten nach Einbruch der Dunkelheit, meine ich.« Friedrich bedachte sie mit einem mißbilligenden Blick.

»Was hat das denn mit ...«

»Nur ein Beispiel, Dr. Weston!« Um seine Worte zu unterstreichen, klopfte er mit einem Teekuchen auf den Tisch. »Sie müssen Boswell in mehr als nur einer Hinsicht nacheifern! Doch wenn Sie sich fürchten, auf sich allein gestellt zu handeln, so sollten Sie wissen, daß meine Mädchen und ich zu hundert Prozent hinter Ihnen stehen. Wir bilden eine Kraft, die man nicht verachten sollte, und unser Vertrauen in Sie ist wenigstens ebenso groß wie unsere Bewunderung für Donne.«

Ich wußte nicht, was ich darauf erwidern sollte. Soeben war mir Mrs. Hendriks Anklage von anderer Seite erneut vorgelegt worden. Von den Lippen des Zwerges hallten Sarahs weinerliche Vorwürfe in leicht veränderter Form wider. Noch schlimmer, was er sagte, war eine Wiederholung der inneren Stimme, die mir Tag und Nacht keine Ruhe ließ und mich unablässig mahnte: *Du mußt etwas tun. Du mußt handeln. Du mußt deinen Freund retten.*

Friedrich begriff mein Schweigen als Widerstreben, was nur die halbe Wahrheit war. Er räusperte sich. »In dieser Hinsicht mag ich vielleicht anmaßend erscheinen, Dr. Weston, aber die Mädchen und ich dachten, Sie könnten vielleicht schlagartig aktiv werden, wenn wir Ihnen ein Zeichen unserer Aufrichtigkeit in dieser Angelegenheit zukommen ließen. Außerdem dachte ich, wenn dieses Zeichen zugleich ein Andenken wäre, das Ihrem abwesenden Freund besonders teuer ist, dann würde es Sie an die vielen glücklichen Stunden erinnern, die Sie zusammen mit dem Lösen von Fällen verbracht haben, und Ihnen ... äh ...« Er blickte mich an, als verlangte er von mir, daß ich ihn rettete.

»Das Rückgrat stärken?« schlug ich bissig vor.

»Bitte seien Sie nicht beleidigt! Manchmal bleiben die besten Absichten eben nur Absichten. Ich beabsichtige schon seit Ewigkeiten, eine Zweigstelle in Bath zu eröffnen, aber mir fehlt einfach der letzte Anstoß, dieses Unternehmen in Angriff zu nehmen. Betrachten Sie unser kleines Geschenk doch einfach als den letzten Anstoß, an dem es Ihnen mangelt.«

Selten war ich so charmant beleidigt worden. »Vielen Dank«, antwortete ich. »Natürlich bin ich nicht beleidigt und werde Ihr Geschenk immer in Ehren halten, besonders, wenn es mir hilft, einen Weg zu finden, Donne zu befreien.«

»Ausgezeichnet! Ausgezeichnet!« Friedrich rieb sich flink die Hände und glitt vom Stuhl. »Lassen Sie es mich augenblicklich wissen, wenn Sie Hilfe benötigen. Guten Tag!«

Er war durch die Tür und schon halb die Treppe hinunter, als ich ihn erwischte.

»Warten Sie mal! Ihre ... Freundin sitzt noch auf meinem Teppich.«

»Kwei-fei? Ja, natürlich sitzt sie da.«

»Äh ... soll ich sie in eine Droschke setzen, nachdem sie ihren Tee ausgetrunken hat?«

»Wozu? Ihre Sachen schicke ich am Nachmittag mit einem Wagen. Machen Sie sich nur keine Umstände.«

»Mein guter Mann, Sie wollen doch hoffentlich nicht sagen, *sie* sei das Andenken, von dem Sie gesprochen haben?«

Friedrich zwinkerte mir zu. »Über und über mit gepreßten Blumen bedeckt, hm?«

So gern ich Kwei-fei auch über die weniger rationalen Interessen meines Freundes Donne befragt hätte, bestand ich darauf, daß Friedrich sie wieder mitnahm. Als sie sich den verhüllenden Schleier und den Mantel überzog, hustete sie fürchterlich.

»Sehen Sie! Das kommt davon, wenn Frauen rauchen!« rief ich mit all der Selbstgerechtigkeit eines Mannes, der das schmutzige Kraut niemals anrühren würde.

Kwei-fei ergriff eine halbvolle Teetasse und leerte sie in einem Zug, dann warf sie mir einen feurigen, durchdringenden Blick zu. Friedrich schnalzte mit der Zunge. »Kwei-fei hat es mit diesem Laster nie übertrieben, Sir. Der Husten hat sie erst jüngst befallen. Ein aufmerksamerer Mann würde rasch den wahren Grund dafür erkennen.«

»Ein Mann wie Donne«, erklärte ich nicht ohne Verbitterung.

»Betrachten Sie in nächster Zeit einmal den Sonnenuntergang, Dr. Weston. Man braucht kein Brihtric Donne zu sein, um zu sehen, was mit unserem schönen Land geschieht.« Ohne ein weiteres Wort verließen sie mich.

Ich fragte mich, was er mit diesem rätselhaften Ausspruch wohl gemeint haben könnte, und folgte Friedrich und Kwei-fei nach unten in der Absicht, sie zu fragen. An der Schwelle des Hauses blieb ich jedoch stehen und überlegte es mir anders. Ich wünschte nicht, erneut für Friedrich den Narren zu spielen. Sollte die kryptische Andeutung doch sein Geheimnis bleiben; ich hatte Besseres zu tun. Nonchalant lehnte ich mich an den Rahmen der Haustür und genoß den Anblick von Kwei-feis langsamem, fließendem Abgang. Als ich meine Hand wieder fortnahm, bemerkte ich darauf eine dünne Schmierschicht.

Mrs. Hendrik kam zu mir. Sie erblickte den sauberen Fleck, den meine Hand hinterlassen hatte, und schniefte. »Ich weiß nicht, was das ist, Sir«, sagte sie. »Ich lasse die Putzfrau die Tür saubermachen, aber es hat keinen Zweck. Bevor der Tag um ist, ist die Türe schon wieder schmutzig. Ich könnte schwören, daß alles länger sauber blieb, als ich noch jung war.« Sie blickte in beide Richtungen die Straße entlang. »Heute nacht gibt's wieder diesen gelben Nebel, heißt es. Ich verstehe nicht, daß die Bruderschaft nichts dagegen unternimmt. Solchen Nebel gab es doch früher nie! Dick wie Erbsensuppe! Kein Wunder, daß es diesem schrecklichen Ripper so leicht fällt. Ach, ich kann Ihnen sagen, zu meiner Zeit hat es all das nicht gegeben!«

Sie schüttelte weise das Haupt, etwa in der Art eines Ochsen unter dem Joch, und zog ein zerfleddertes gelbes Briefkuvert aus ihrer Schürzentasche. »Das ist gerade für Sie gekommen, Dr. Weston. Von Mr. Donne ist er aber nicht.«

»Von wem ist er dann?« Wenn ich hoffte, sie dafür zu beschämen, neugierig gewesen zu sein, so war ich an die Falsche geraten.

»Woher soll ich das wissen? Auf einem Brief, der nicht an mich adressiert ist, lese ich nicht mehr als die Anschrift.«

»Woher wollen Sie dann wissen, daß er nicht von Donne ist?« Mit eisiger Verachtung straffte ich die

Oberlippe, doch bekam ich ein Schnurrbarthaar in die Nase, das mich fürchterlich kitzelte, worauf ich nieste und die Wirkung ruinierte.

»*Weil* ...« – sie imitierte meine versuchte Würde peinlich genau – »ich Mr. Donnes Handschrift sehr gut kenne, schließlich habe ich die vielen Jahre lang von ihm Schecks über die Miete erhalten, nicht wahr?« Sie stolzierte zurück ins Haus und steckte noch einmal den Kopf heraus, um höhnisch hinzuzufügen: »Elementar, mein lieber Dr. Weston.«

Grausam; grausam und in keinster Weise provoziert.

Ich blieb stehen, wo ich war, um den Brief zu lesen. Damit ließ ich Mrs. Hendrik Zeit, das Teegeschirr aus unserem Wohnzimmer abzuräumen und damit zur Hölle zu fahren. Ich spürte eine ärgerliche Reizung in der Kehle und hustete, um mich davon zu befreien. Ich wurde doch nicht etwa krank? Nun, da ich daran dachte, fiel mir ein, daß ein bemerkenswerter Anteil meiner Londoner Mitbürger in letzter Zeit zunehmend an Husten, Schnupfen und ähnlichem litt, obwohl es noch zu früh im Jahr war, als daß mit den üblichen Erkältungen, der Grippe, dem Sumpffieber oder den Schrecken des Sammain gerechnet werden mußte.

Diese Frage stellte ich zurück. Der Brief kam von Sarah. *Ich muß Sie heute abend treffen. Kommen Sie bitte nicht zur üblichen Zeit, ich werde früher dort sein. Um sieben Uhr habe ich Feierabend, also werde ich etwa um halb acht ankommen. Es ist wirklich wichtig. Mit freundlichen Grüßen etc. pp.*

Die Unterschrift bestand aus einem dichten Gekrakel, die befangene Hand eines Mädchens aus der Unterschicht, das über ihre Fähigkeit zu lesen und zu schreiben noch immer ein wenig erstaunt ist. Halb acht war eine gute Stunde früher als unsere üblichen Treffen, und ich fragte mich, ob sie nun wirklich etwas

Wichtiges zu berichten hatte oder ob es sich dabei einmal mehr um einen von Sarah Giles' Papiertigern handelte.

Ich nahm den Brief mit nach oben und legte ihn in die mittlere Schublade meines Schreibtischs. Dort lagerten auch die anderen Relikte des Falles: die schwarze Feder des Afrit und der lavendelfarbene Handschuh aus Hopes Büro. Die metallenen Beweisstücke beschirmte noch immer Mildred auf der anderen Straßenseite, und das war gut so. Allein bei dem Gedanken daran, was geschehen wäre, wenn der Eiserne Herzog echten Stahl in Donnes Besitz entdeckt hätte, strichen mir eisige Finger am Rückgrat entlang. Ich schloß die Schublade.

Mrs. Hendrik blickte aus ihrem Wohnungsfenster, als ich die Treppe hinunterkam, nachdem ich mir einen leichten Tweedmantel übergeworfen hatte, um die Abendkälte abzuhalten. »Soll ich zum Abendessen mit Ihnen rechnen, Dr. Weston? Ich habe ein Paar wunderbare Lammsteaks frisch vom Metzger.«

»Nein, vielen Dank, Mrs. Hendrik, ich kann noch nicht sagen, wann ich wieder nach Hause komme.«

»Das überrascht mich nicht!« Sie schmiß die Tür zu. Wie seltsam, dachte ich, sie hat mein Stelldichein vergessen. Dabei vergißt eine gute Londoner Hauswirtin doch erst dann etwas, wenn man die Miete schon bezahlt hat.

Der prophezeite Nebel sandte bereits tastende gelbe Finger die Baker Street herunter. Ich stand vor der Wohnung und suchte durch die Lücke zwischen den Gebäuden gegenüber einen beruhigenden Blick auf die Grünanlage zu erhaschen. Der Sonnenuntergang war lebhafter, als ich ihn je erlebt hatte – gewaltige Schleier aus Purpur, Scharlachrot und Blutorange –, aber ihm fehlte das klare Licht, das er früher so reichlich gespendet hatte. Zwischen den Gebäuden war nichts Grünes zu sehen, nur Braun. Wie oft hatte ich die Szene seit Donnes Verhaftung betrachtet, ohne daß mir etwas aufgefallen wäre? Ach, ihr Götter! Donne hätte es auf der Stelle bemerkt.

Was geschieht nur mit unserer schönen Stadt? wunderte ich mich, und Friedrichs ominöse Worte kamen mir wieder in den Sinn: *Man braucht kein Brihtric Donne zu sein, um zu sehen, was mit unserem schönen Land geschieht.*

Mein Treffpunkt mit Sarah lag am Themseufer, an dem Flußabschnitt, wo einige von der Bruderschaft geduldete ausländische Schiffe mit der Erlaubnis vor Anker lagen, ihre Ladungen zu löschen. Die Schiffe unserer Handelsmarine lagen weiter flußabwärts bei Tilbury. Der kürzeste Weg von der Baker Street an die Kais führte über den Markt von Billingsgate.

Wie anders der große Fischmarkt wirkte, wenn Nacht und Nebel sich auf ihn hinabsenkten. Wie verlassen ragten die hohen Lagerhäuser bedrohlich auf, nur die silbrigen Geister ungerächter Heringe machten sich bemerkbar. An den Straßenecken brannten einige wenige Lampen. Normalerweise wurden sie durch Magie betrieben, doch heutzutage konnte die Bruderschaft keinen Druiden für solch untergeordnete Pflichten wie Zauberbeleuchtung entbehren, und man mußte gewöhnliches Petroleum in den Lampen verbrennen, um eine wenig wirksame Beleuchtung zu erwirken. Selbst die Akolythen wurden für dringendere Aufgaben gebraucht. Der dichte gelbe Nebel schien die elend matt strahlenden Kugeln förmlich zu verspotten, bevor er ihren schwachen Schimmer in seiner schweren Umarmung begrub.

»Ach, was gucken Se denn so auf das kleine Licht, Jungchen? Könn' Se den Weg nicht finden, der Ihn'n bestimmt is? Sie kennen ihn doch gut, aber dunkel is er, furch'bar dunkel isses, wohin Se gehen werden!«

Beim Klang der Stimme eines anderen Menschen fuhr ich herum, aber ich sah niemanden. Der Nebel hatte sich verdichtet, und die Straßenlaternen leuchteten nicht heller als das Glühen eines ersterbenden Kohlefeuers.

»Machen Se sich doch 'n Licht, Jungchen! Aye, soviel Macht hat se Ihnen ja schon gelassen, aber Sie ha'm Angst, se zu benutzen, was? Jetzt müssen Se mir aber mal sagen, wie's denn sein kann, daß 'n totes Mädel 'n Mann gerissener umgarnen kann als 'n lebendiges? Ein echt königliches Rätsel is das, und es sollte doch reichen als Gesellschaft für 'n Prinzen, der durchs Zwielicht wandert.«

Nun hörte ich ein schweres Ächzen und sah eine große, gedrungene Erscheinung durch den Nebel näherkommen. Sie rumpelte über die Pflastersteine, und eine Laterne tanzte vor ihr auf und ab. Sie warf mehr Licht, als die kleine, ummantelte Kerze hätte abgeben dürfen. Durch diesen unnatürlichen Lichtschein erkannte ich den Umriß eines Billingsgater Fischkarren. Das Laternenlicht glänzte und schillerte auf den Schuppen Hunderter Fische, die auf einer Unterlage aus Seegras ausgebreitet waren. Auf dem Haufen saß der gleiche plumpe Kater, mit dem ich mich vor Monaten angefreundet hatte, und den Karren selbst schob niemand anders als der Mann, der sich Old Jim genannt hatte.

»Oh, Sie sind es«, sagte ich und kam mir töricht vor, daß ich mich nun schon vor den Schatten fürchtete. Vielen erging es so, seit es diesen gelben Nebel gab. Doch hatte ich immer geglaubt, gegen Angst in der Nacht immun zu sein.

»Aye, und da sind Sie auch wieder.« Der alte Fischhändler setzte den Karren auf die Stützen ab, beugte sich vor und kraulte den Kater unter dem Kinn. Das Tier schnurrte; es klang wie die heranflutenden westlichen Gezeiten. »Manchmal fühlt 'n tapf'rer Mann sich alleine und handelt sich was ein, mit dem er nich gerechnet hätt'. Nur wenige könn' ohne 'n zweites

Paar Beine steh'n, mein Jung', und oft heiratet der Mann sie dann. Aber das war nich nach Ihr'm Geschmack, was? Von wegen Heiraten, sondern ab über die Berge weg, und weit sind Se gekommen, bevor Sie die zweite Hälfte von sich gefunden ha'm, Johnnie!«

»Sie sind ja betrunken, alter Freund«, entgegnete ich barsch und schlug den Mantelkragen hoch. Der Kater hörte auf zu schnurren und maunzte warnend. Aus seinen starrenden Augen stoben grüne Funken auf und zerteilten den Nebel. Er sträubte das Fell, und seine Nackenhaare stellten sich soweit auf, daß sie an die Mähne eines kleinen Löwen erinnerten. Die Ohren legte er so flach an den Kopf, daß dieser an das Haupt einer Schlange denken ließ.

»Ach, da ha'm wir 'n Tierchen, das Wahrheit von Wahrheit und Trunkenheit vom Träumen unterscheiden kann. 'n königliches Tierchen!« Old Jim strich den Kater rauh, bis dieser sich wieder beruhigt hatte. »Hoheit täten wohl gut dran, einem wie Tam hier gewogen zu sein, wenn Se wieder in Ihr'm eignen Land zurück sind.«

Meinem eigenen Land.

O Götter, das Schweigen darauf! Der gelbe Nebel umfaßte uns leise wie mit verderbter Hand und blies sanft, was Old Jims Laterne noch heller aufflackern ließ. In dem Lichtausbruch wurden die Augen des Katers unglaublich groß und rund und zogen mich in die klaffende Dunkelheit der Pupillen. Ich gestattete ihnen, mich tiefer hineinzuziehen, immer tiefer in die gähnende Schwärze jenseits der goldrandigen Tore, und meine Ohren füllten sich mit dem Lied der fernen See.

»Nix da, Jungchen!«, weckte mich der laute Ausruf des Fischhändlers. Ich hatte mich über seinen Karren gebeugt und stand kurz davor, vornüber zu kippen. Ich taumelte und mußte mich an der hölzernen Kante festhalten, um nicht zu stürzen. Dabei riß ich mir einen dicken Splitter in den Handteller. Ich fluchte lauthals, während der alte Mann glucksend lachte.

»Ach, aye, die gleiche Leidenschaft im Blute, durch die Se überhaupt erst hergekommen sind, um se hier freisetzen zu können, was! Es heißt, 'n Prinz hätt' genug Leidenschaft, um 's Meer trockenzulegen und 'n Himmel weinen zu lassen, aber wer weint 'n über sowas? Sie war 'n hübsches Kind und königlich genug für jeden Mann im Rat – außer einem. 's heißt, sie wär' nicht der einzige Grund gewesen, weshalb er gefloh'n ist, aber Klatsch is wie Gin – je stärker und je leichter zu kriegen, desto besser.«

Einen Augenblick lang vergaß ich meine schmerzende Hand. »Was sagen Sie da? Die Götter mögen uns behüten – wer hat Ihnen etwas davon erzählt?« Ich griff nach ihm, aber die Karre stand zwischen uns, und der wachsame Tam schlug mit seinen krallenbewehrten Pfoten nach mir und fauchte.

»Tam, Tam mein Schatz, würd'ste wirklich sein Blut seh'n wollen? Kein Druidenblut is das; nein, nicht 'n einziger Tropfen Druidenblut da drin. Damit wirst du dich doch nich abgeben.«

Ich nahm überhaupt nicht wahr, wie er davonging, doch irgendwie war er, noch bevor er zu sprechen aufhörte, nur noch eine sich rasch entfernende Gestalt im Nebel. Flirrende grüne Funken standen in der Luft, wo Tams Augen geleuchtet hatten, und rieselten wie Schnee auf meine verletzte Hand herab. Wo sie den Splitter berührten, schmolz er und verwandelte sich in gesundes Fleisch. Ich stand mit meiner Verblüffung und meiner Furcht allein.

Ich hatte keine Zeit, um den Nebel abzusuchen in der Hoffnung, die unheimliche Erscheinung des Old Jim wiederzusehen. Fleisch und Blut, ein schlechter Traum oder Dämonenwerk – im Augenblick mußte ungeklärt bleiben, was der alte Fischhändler wirklich war. Sarah wartete auf mich.

Ich blickte auf die Uhr und stellte fest, daß ich nur wenige Minuten zu spät kommen würde, wenn ich meinen Schritt verdoppelte. Tatsächlich hätte ich es besser wissen sollen, aber meine gerade erst zurückliegende Begegnung mit Old Jim hatte mich schwerer erschüttert, als ich zugeben wollte. Doch durch diesen Nebel zu eilen war töricht. Mehrmals bog ich falsch ab und mußte wieder zurückgehen. Die Zeit verrann. Bald war ich überfällig und hatte die Orientierung verloren. Das Themseufer hatte ich zwar gefunden, aber selbst wenn mein Leben davon abgehangen hätte, wäre ich nicht in der Lage gewesen, jene Straße zu finden, die mich zum Treffpunkt brächte.

»Konzentriere dich, John, konzentriere dich«, brummte ich vor mich hin und versuchte, die richtige Straße herbeizubeschwören, indem ich mir mit meinen fröstelnden Händen auf die ebenso kalten Oberschenkel schlug. Ein umständliches Manöver, denn ich mußte dazu ständig meinen Gehstock von einer Hand in die andere wechseln. Dieser schreckliche gelbe Nebel wies ein Element auf, das jedem Angst machte, allzulange bewegungslos zu verharren; der Nebel bedrohte den Zaudernden damit, ihn unwiderruflich zu verschlingen.

Meine Kreiselbewegungen müssen das Richtige gewesen sein, denn der Nebel teilte sich geringfügig, und ich erkannte eine Sitzbank wieder, an der ich in nebellosen Nächten schon oft vorbeigegangen war. Von allen anderen Bänken am Themse-Ufer unterschieden sie ihre Armlehnen, denen irgendein Akolyth aus einer Laune heraus die Gestalt von Raben verliehen hatte.

»*Da!*« Mit meinem Gehstock versetzte ich beiden Raben einen fröhlichen Schlag aufs Haupt und war so stolz auf sie, als hätte ich die verdammte Bank ganz allein geschnitzt. »Die Straße verläuft genau im rechten Winkel zu euch beiden, meine lieben Kerle. Wer sagt, daß mir nie etwas auffällt?« Ich gab beiden noch eine Kopfnuß, wandte mich scharf um und stolzierte fröhlich wie ein Idiot lächelnd davon.

Nur einem Wunder habe ich es zu verdanken, daß mir dieses einfältige Grinsen nicht auf dem Gesicht gefror. Die Götter wissen, daß der Schrei, den ich hörte, mir Eiseskälte in die Glieder jagte. Zuerst ein langgezogener Schrei, dann eine Reihe kurzer, schriller, schrecklicher Schluchzer, die sich zu einem weiteren langen Schrei erhoben. »Hilfe! Oh, güt'ge Herrin, *Hilfe!*« Sarah! Ihre Stimme brach wie eine Flutwelle über mich herein, und wie diese erstarb der Laut mit einem häßlichen gurgelnden Geräusch.

Die Straße, auf der sie lag, war durch eine Ironie des Schicksals frei von Nebel. Eine einzelne Lampe warf hinreichendes Licht, um zu erkennen, daß Sarah tot war. Arme und Beine hatte sie ausgebreitet und verdreht, ihr Leib lag halb auf dem Gehsteig, halb im Rinnstein, und ihr Blut überflutete die Straße.

»Gütiger Himmel«, hauchte ich. Mehr konnte ich nicht tun, um den Aufruhr in meinem Magen zu mindern. Sarah Giles war vom Unterleib bis zur Kehle aufgeschlitzt worden. Während ich mich beglückwünschte, einen dämlichen Orientierungspunkt am Flußufer gefunden zu haben, hatte sich das Intrigenspiel der unglücklichen kleinen Hausmagd als tödlich erwiesen. Es konnte kaum ein Zweifel bestehen, wer dafür verantwortlich war.

»Der Ripper!«

Das hatte nicht ich gesagt. Der Gesetzesakolyth, der meinen Arm gepackt hatte und ihn mir nun auf den Rücken drehte, hatte die Worte ausgestoßen und fügte nun hinzu: »Haben wir dich endlich, du Bastard!«

»Nun hören Sie doch, mein ... Au! – mein guter Mann, ich habe nichts damit zu ... Au! – tun. Ich bin John H. ... Autsch! – nicht so fest, bitte!«

»Je mehr du dich wehrst, desto mehr kriegst du

davon zu spüren, du Teufel!« herrschte der Akolyth mich an und verdrehte mir den Arm noch ein wenig, um deutlich zu machen, daß er es ernst meinte. »Du kannst auf dem Revier der Hand der Gerechtigkeit aussagen.« Er hob die freie Hand und beschwor eine Leuchtbake aus strahlend-weißem Licht, das den Nebel durchstach und andere Akolythen im Eilschritt herbeirief. Als sie den Leichnam sahen, begannen sie zu schnattern wie die Schulmädchen.

»Das ist er also?« Schulter an Schulter stellten sie sich vor mich und starrten mich düster an. Es war mir völlig unmöglich, mich über den Lärm, den sie veranstalteten, verständlich zu machen.

»Klar ist er das! Ich hab' das Opfer noch schreien hören! Also komme ich so schnell es geht her, und gerade rechtzeitig, um ihn zu packen. So, ein paar von euch kümmern sich um das tote Mädchen, seid so gut. Ich bringe den hier zum Revier.«

Einer der Akolythen – ein großer, gemein dreinblickender, hohlwangiger Kerl – nahm seine dunklen Augen nicht von mir. »Epona weiß, wann der hier je seine gerechte Strafe bekommt, so langsam, wie die Gerichte im Moment arbeiten. Habt ihr schon mal daran gedacht, daß wir den Meistern im Grunde einen Gefallen tun, wenn wir den Kerl jetzt und gleich erledigen? Dann hat alles seine Ordnung.«

Zu meinem Entsetzen stimmten einige der anwesenden Akolythen dem Vorschlag dieses düsteren Kerls zu, mir schnelle Gerechtigkeit widerfahren zu lassen. Mein Häscher jedoch hatte andere Vorstellungen.

»So etwas kommt gar nicht in Frage! Macht Platz, ihr da; macht Platz! Hand der Gerechtigkeit für den Kerl und sonst nichts. Wir haben einen Eid geschworen, und der bezieht sich sogar auf solchen Abschaum wie den hier. Platz da, sage ich!«

Widerwillig gaben sie uns den Weg frei. Ich erhielt

einen Stoß in den Rücken und taumelte vorwärts, wobei ich Sarahs Leiche so nahe kam, daß ihr Blut meine Schuhe benetzte. Im Vorbeigehen warf ich einen letzten gepeinigten Blick auf sie – und hielt auf der Stelle inne.

Mit einer Hand umklammerte sie den Zwilling von Hopes lavendelfarbenem Handschuh.

»He! Was soll das? Weitergehen! Na los, weiter!«

Ich ging weiter.

KAPITEL 9

Der erstaunliche Fall der giftigen Eidechse

In dieser Nacht kam Deirdre zu mir; sie ritt auf dem Rücken eines Nachtmahrs.

Zuerst glaubte ich, der Traum sei mein eigenes Werk, eine der hübschen, bittersüßen Visionen, mit denen ich mich während der Jahre meines Exils schon so oft sanft gequält hatte. Ich war wieder zu Hause. Weiche Hosen aus gegerbtem Hirschleder und ebensolche Tunika waren mir eine zweite Haut, und die blauen Rangmarkierungen, die über meine Arme und meine Stirn liefen, waren frisch und schön. Hochsommer war es, und stolz stand ich auf den kornischen Kliffen. In meinem Rücken lag die Burg meines Vaters, und in der Hand hielt ich meinen Bogen aus Eschenholz.

Über mir kreisten schreiend die Möwen. Ihre weißen Schwingen reflektierten das Sonnenlicht und glänzten wie geschmolzenes Silber. Der Sonne trotzend, stand die schlanke Mondsichel am Himmel und schloß sich dem Tanz der Vögel an, und ich spürte, wie die Kräfte des Nachtgestirns durch mein Blut pulsierten und die goldene Säule der Sonne mit Zauberkraft umkränzten wie rankender Efeu. Ich schwenkte meinen Bogen hoch über dem Kopf und stieß aus purer Lust an meiner eigenen Stimme einen lauten Jagdschrei aus. Die salzige Luft erwiderte ihn mit hundertfacher Stärke.

»Ich habe auf der Jagd nach dem Monde die Sonne geritten! Ich habe den Hirschbock erlegt, der die Krone aus Sternen trägt! Ich habe den dunklen Hetzhund befreit, der unter der Erde schläft! Ich habe den weißen Lachs der Weltwasser gefangen!«

In meinem Entzücken legte ich einen Pfeil auf und schoß ihn ungezielt in den Himmel. Ich verfolgte die saubere Spur seines Fluges und ließ meine Seele auf dem graugefiederten Schaft reiten. Ich trank den Wind und besaß die Welt.

Abrupt endete es. Meine Traumaugen ritten auf dem Pfeil und sahen vor mir den silbrigen Mond zu immer gewaltigerer Größe anschwellen – beobachteten voller Entsetzen, wie die Steinspitze sich in die weiße Haut einer Göttin grub, die aufschrie und ihr Blut über den ganzen Himmel vergoß. Auf der Erde erzitterten die Wurzeln der Gebirge und die Scholle. Unter mir bebte der Boden; ich stürzte und zerbrach dabei meinen Bogen. Der verwundete Mond stürzte auf die Erde, und die Vision des Sommers zerbarst in einem kreischenden Mahlstrom des Wahnsinns. Die Erde selbst riß auf, und Dämonen strömten aus ihren verwundeten Flanken. Sie ritten Rösser aus Knochen, Stein und Blut, und sie hungerten nach Menschen. Ihr Ansturm verzehrte die Lande. Ich blieb liegen, wo ich gefallen war, und mußte zusehen, wie meines Vaters Feste in Trümmer fiel, während mir das Schluchzen des Mondes in den Ohren gellte.

Ganz allmählich verblaßte die Vision, bis ich mir am Ende wieder der Gefängniszelle im Revier der

Hand der Gerechtigkeit gewahr wurde. Einzig das Weinen einer Frau verblieb als Geräusch aus meinem Traum. Ich rieb mir die Augen und erblickte Deirdres Geist.

Sie war wunderschön. Immer war sie wunderschön gewesen. Kein Mann, der nicht blind war, hätte das abstreiten können, und viele wären froh und dankbar gewesen, eine solche Frau heiraten zu dürfen. Für jemanden unserer kleinwüchsigen Rasse war sie hochgewachsen, fast so groß wie Victoria, und ihre blauschwarzen Zöpfe reichten ihr bis an die Fersen. Um die Stirn trug sie den silbernen Reif, den mein Vater ihr geschenkt hatte als Zeichen dafür, daß er mit ihr als zukünftiger Schwiegertochter und Herrin des Reiches einverstanden sei. Ihre reich mit Stickereien verzierte Tunika reichte ihr bis an die Knie und umgab sie leicht und locker wie eine Wolke.

»Deirdre ...« Ich wußte nicht zu sagen, ob dieser Besuch noch Bestandteil des Traumes war oder nicht. Meine Stimme jedenfalls klang normal genug, als ich sie beim Namen rief, zögerte sie nicht mit der Antwort.

»So hast du mich noch nicht vergessen? Dabei hätte ich geschworen, du dachtest, es würde dir sehr leicht fallen! Ja, wende dich nur von mir ab und laß meinen Namen in Vergessenheit geraten, so daß du den Herrn all deiner Gelüste spielen kannst!« Der Geist war nicht etwa ein farbloses Phantom. In allen Einzelheiten konnte ich die lebende Deirdre sehen, nur ein wenig verblaßt wie guter Stoff, der zu lange Wasser und Sonne ausgesetzt gewesen ist. Sie grinste, zeigte ihre wölfisch weißen Zähne zwischen bleichen Lippen und breitete die Arme aus. Zwischen ihren Fingern hing tröpfelnder Seetang herab.

»Nein, so leicht wirst du mich nicht vergessen, o Herr! Da ich dich nicht heiraten konnte, nahm ich Nodens zu mir ins Bett. Ich öffnete meine jungfräuliche Tunika, legte mein Schwert, meinen Bogen und meinen Jagdgürtel aufs grasbedeckte Kliff und rief den einen Herrn an, der mich haben wollte!«

»Deirdre, das war unnötig! Du hattest keinen Grund, dich zu töten. Selbst wenn ich dich nicht – heiraten wollte, gab es doch andere.«

»Andere.« Ihre Stimme klang leise und geistesabwesend. Sie hob die langen Hände, um mit den Fingerspitzen den silbernen Reif um ihr ebenholzschwarzes Haar zu berühren. »Aber keinen wie dich. Keinen Prinzen unseres Volkes. Glaubst du etwa, ich hätte mich mit einem Geringeren begnügt als dem Mann, den ich verdient hatte? Mein Blut war so rein wie deines! Meine Kräfte waren ebenso mächtig! Und selbst nach meinem Tod in der grauen See gebiete ich noch immer darüber!«

»Das weiß ich.« Ich setzte mich aufrecht und barg mit einem müden Seufzen mein Gesicht in den Händen. »Das weiß ich.«

Deirdres Gelächter erfüllte die Zelle. »Ach John! Armer John! Was für ein Name für den Prinzen der Pikten! Doch welch wunderbar gewöhnlicher Name für ein Schaf des Verräters Bran. Die Jahre deines Exils sind nun fast gezählt, John. Wenn sie vorüber sind, darfst du in dein eigenes Land zurückkehren; unser Volk vermißt seinen Prinzen. Ich aber werde nicht dulden, daß ein Magierprinz zu ihm zurückkehrt, solange ich mit einem Lager aus Muscheln und Kraken als Bettgenossen vorliebnehmen muß.«

Abrupt hob sie die Arme wie ein Schwan die Flügel, und ihre lose Tunika umwallte sie. Ihre Zöpfe entflochten sich, und die blauschimmernde schwarze Pracht trieb in unsichtbarem Wasser nach oben. Die grünen Geheimnisse der See überfluteten meine enge Gefängniszelle. Deirdres festes Fleisch schwoll an und verblich; es nahm das aufgedunsene Aussehen einer Leiche an, die lange unter Wasser gelegen hat. Die

Gezeiten rissen ihre Tunika in Fetzen, und Deirdres dunkle, unvergeßliche Augen sanken in die leeren Höhlen ihres klappernden Totenschädels. Durch Lippen, die nun aus Knochen statt Fleisch bestanden, hörte ich einmal mehr, wie sie mir die *Geasa* meiner Vernichtung auferlegte.

»*Ohne deine Kräfte kannst du kein Prinz mehr sein, und außer über die allergeringsten sollst du über keine Kraft mehr gebieten! Was dir gehört, das wirst du frei benutzen können, doch wenn du deine Zauberkräfte außer den allergeringsten benutzt, verlierst du einen Menschen, der dir sehr teuer ist! Beschwöre die Zauber, daß sie dir dienen, wenn du es wagst! Beschwöre sie, und sei Zeuge, wie der Tod dir die raubt, die du wertschätzt!*«

Ihre Hände waren nur noch aus Knochen, ihr Leib ein vom Seetang behangenes Gerippe. Ihr Haar war zu schwarzem Filz geworden und wurde nur noch von dem silbernen Stirnreif am Schädel gehalten. Sie ließ sich auf mich zutreiben und zerrte mit kreidigen Fingern meine Wangen zu sich herab. Blanke Knochen schoben sich mit Gewalt in meine Arme, und ihr Haar umfing und umflocht mich wie tausend schwarze Schlangen. Meinen Lippen zwang sie einen abscheulichen Kuß auf. Mund an Mund stand ich mit Deirdres Leichnam, und ein spöttisches Zischen drang an mein Gesicht; mit sich brachte es den klammen Dunst des sturmgepeitschten Meeres.

»*Und hoffst du etwa, die freien zu können, die du nun liebst, John? Diese Tochter aus dem Geschlecht Brans des Verräters! Er kam zu uns und stahl das geringe Wissen, das wir ihm töricht zuteil werden ließen. Nie wieder werden wir die Tore des westlichen Gebirges jemandem von druidischem Blut öffnen! Wie wird der Prinz in seine Lande zurückkehren – ohne Kräfte, die ihm dienen, und einer Königin aus dem Geschlecht des Verräters? Wie wird er seinem Volk beibringen, daß er sich aus der Mitte der Tuchweber und Lederverächter eine Braut erwählt hat?*

O süßer Geliebter, lieber John, ich glaube nicht, daß ich auf ewig alleine in Nodens' Armen schlafen muß!«

Die Knochen kicherten rauh auf, dann schüttelten sie sich vor Gelächter. Zwischen uns wallte eiskalte Luft auf und trug sie davon. Ich sackte auf meiner Koje zusammen und verschränkte erschöpft die Arme vor den Augen. Dann weinte ich. Geliebt hatte ich Deirdre niemals und wußte genau, daß ihre Liebe nur meiner Krone gegolten hatte, doch war Deirdre Teil der Schönheit der Erde gewesen und meinetwegen in den Freitod gegangen.

Ich glaube, dann schlief ich ein. Deirdres Heimsuchungen versteckten sich gern zwischen den Schichten der Träume. Diesmal bestand meine Vision im Schlummer aus kühlen Schrecken: Sarahs Leichnam mit dem lavendelfarbenen Handschuh in seiner Faust. Donne war bei mir, kniete sich in das Blut und sagte, die Beweise seien eindeutig: ich müsse der Ripper sein. Ich wurde vor die Sternkammer gezerrt, wo Mrs. Hendrik den Vorsitz führte. Ein Gericht aus steingesichtigen Druiden sprach über mich das Todesurteil. Ich wurde durch das Cripples' Gate vor die Stadtmauern geschleppt, wo Cuchulain Jones und die Baker Street Irregulars die furchtbare Strafe ausführten, die das Gericht verhängt hatte: mit Mrs. Hendriks unverwüstlichen Teekuchen gesteinigt zu werden. Ich riß den Mund auf, weshalb der erste mir gleich zwischen die Zähne gerammt wurde. Er triefte vor Mrs. Hendriks persönlicher Variante von Zitronenmarmelade. Das war zuviel! Selbst Alpträume sollten einen Sinn für Gnade haben.

»Aufstehen! Hören Sie auf zu wimmern! Man zahlt mir nicht genug, daß ich für einen erwachsenen Mann das Kindermädchen spiele. Aufstehen, habe ich gesagt!« Der Akolyth, der in meine Zelle gekommen war, während ich noch schlief, rüttelte mich grob, bis ich völlig zu mir kam.

»Zeit ... Zeit für meine Verhandlung?«

Er lachte kurz auf. »Für jemanden wie Sie? Wohl kaum, verdammt! Ein Verfahren will er, in diesen Zeiten! Die Palastverliese und der Tower quellen über vor armen Schweinen, die auf ihre Verhandlung warten, und wer soll sie ihnen geben? Nein, am besten machen Sie ein großes Dankesopfer, daß es für Sie keine Verhandlung mehr geben wird. Sie sind frei. Ihre Unschuld ist erwiesen. Und jetzt raus mit Ihnen!«

»Frei?«

Der Akolyth schüttelte den Kopf. »Sie sprechen doch Britisch, oder? Frei! Unschuldig! Sie haben das Mädchen nie angerührt! Ist das klar genug?«

Endlich bekam ich meine schlaftrunkenen Sinne beisammen und setzte mich gerade hin, dann zupfte ich meine zerknitterte Jacke am Saum glatt. »Selbstverständlich ist das klar genug, Sir! Wenn Ihr Bruderakolyth Augen im Kopf hätte, dann wäre uns beiden eine elende Nacht erspart geblieben. Hat er denn geglaubt, ich hätte die arme Sarah mit meinen bloßen Händen aufgeschlitzt? Wo war das Messer, mit dem das Verbrechen begangen wurde? Um es zu verstecken, war schließlich keine Zeit! Ein wenig einfache Beobachtung, und ...«

»Schon gut, schon gut, jetzt halt mal die Luft an, Kumpel.« Der Akolyth packte mich am Arm und schob mich aus der Zelle.

Raschen Schritts gingen wir einen kurzen Korridor entlang und kamen in den Zentralraum des Reviers. Der Sergeant vom Dienst saß hinter seinem hohen Schreibtisch und nickte leutselig, als ich erschien. »Aha, Dr. Weston! Ich hoffe, wir haben Ihnen nicht allzu viele Unannehmlichkeiten bereitet, indem wir Sie festnahmen?«

Ich schnaubte durch meinen Schnurrbart. Der Sergeant beschloß, dies zu ignorieren. »Fein, fein. Ich wußte, daß ein Mann Ihres bürgerlichen Pflichtbewußtseins Nachsicht üben würde. Der Gerechtigkeit muß Genüge getan werden. Ich bin sicher, Sie haben Verständnis für unsere gegenwärtigen Schwierigkeiten.«

»*Ihre* gegenwärtigen Schwierigkeiten!« Ich legte jedes Jota frostiger Verachtung, die ich nur aufbringen konnte, in diese Worte. »Sie sollten einmal eine Nacht in einer Ihrer Zellen verbringen, bevor Sie so unbedacht von ›Schwierigkeiten‹ sprechen, guter Mann. *Schwierigkeiten*, fürwahr! Mein Rückgrat schmerzt unerträglich, und ich glaube, ich habe mir so viel Rheuma zugezogen, um damit drei Heiler eine ganze Woche lang pausenlos zu beschäftigen.«

Der wohlwollende Gesichtsausdruck des Sergeanten verkümmerte und verschwand. Ehemalige Gefangene, die bei ihrer Freilassung etwas anderes als grenzenlose Dankbarkeit empfanden, waren ihm offensichtlich neu. »Frecher Kerl«, hörte ich ihn brummen.

Laut sagte er: »Was unsere Zellen angeht, so ist daran nichts, dessen wir uns schämen müßten, Sir. Schließlich und endlich ist dies hier kein Landgasthof für die feine Welt. Früher sind wir für unsere Einrichtungen sogar hoch gelobt worden. Die gegenwärtige Krise ...«

»Er hatte einen Besucher bei sich, Sergeant«, warf der Akolyth ein, der mich aus der Zelle geholt hatte. Auch er fand meine Widerspenstigkeit völlig unangebracht und stand kurz davor, mir um der Ehre des Reviers willen eins oder auch zwei mit dem Schlagstock zu versetzen. Der Sergeant beugte sich vor und umfaßte die Schreibtischkante wie ein Papagei seine Sitzstange.

»Einen Besucher?«

»Weiblich, was sonst.« Die beiden Gesetzesakolythen tauschten selbstgefällige Blicke aus. »Ich konnte sie riechen, hing glockenklar in der Luft.«

»Wundervoll. Ein Mann, der Glocken riechen kann«, raunte ich meinem Kragen zu.

»Nun.« Der Sergeant trommelte mit den Fingerspitzen auf die Schreibtischplatte. »Nun, nun, nun. Besucher sind ein schwerer Verstoß gegen die Vorschriften. Ein bißchen Fummelei zum Zeitvertreib, was, Dr. Weston? Sehr schlecht. Da muß ich Sie melden.«

Durch keine noch so große Dehnung der Phantasie konnte irgendein Mann die Heimsuchung durch Deirdre mit der sinnlichen Fürsorge eines normalen Besuchers gleichsetzen. Deirdres Gegenwart zu erklären hätte jedoch bedeutet, weitaus mehr von meinem Leben zu offenbaren, als ich ein paar pedantische Akolythen wissen lassen wollte. Mein innerer Dämon stimmte lauthals dafür, die Sache mit äußerster Unverschämtheit durchzustehen – was dazu führen konnte, daß ich mich mit einer echten Anklage am Hals tief in der Tinte steckend wiederfand. Die Einmischung eines durchschnittlich aussehenden Mannes, der schon auf einem Stuhl neben dem Eingang zum Revier gesessen hatte, als ich vor den Sergeanten gebracht wurde, rettete mich vor meiner eigenen Tollkühnheit.

»Sergeant, ist das nun Dr. John H. Weston?« fragte er. Er war ein kräftiger Mann mit hoher Stirn, dunklen Haaren und eindringlichen, klugen Augen. Sein dichter brauner Schnurrbart glich dem meinen wie ein Ei dem anderen, und die Ledertasche eines Arztes lehnte am Bein des Stuhles, auf dem er saß.

Der Sergeant zog eine gelbe Karteikarte auf seinem Schreibtisch zu Rate. »Dr. med. John H. Weston, verhaftet wegen des Verdachts, der Ripper zu sein. Ja, Sie haben ganz recht.«

»Angesichts der Knappheit qualifizierter Druiden wurde ich von dem Akolythen, der vor Beginn Ihrer Schicht Ihren Posten versah, hinzugezogen. Ich habe die notwendigen forensischen Untersuchungen durchgeführt. Bei eingehender mikroskopischer Überprüfung der Kleider dieses Mannes vermochte ich nicht die geringste Spur von Blut des Opfers zu finden. Gekoppelt mit der Tatsache, daß die Mordwaffe fehlte und es ganz offenkundig unmöglich ist, eine gesunde junge Frau auf diese barbarische Art zu ermorden, ohne daß es zu einem Handgemenge kommt, bei dem der Angreifer vom Blut des Opfers besudelt wird, sah ich mich bemüßigt, Dr. Westons sofortige Freilassung zu empfehlen.«

»Und?« Der Sergeant war nicht beeindruckt. Stattdessen blickte er den Gerichtsmediziner scheel an.

»*Und,* Sir, seitdem werde ich hier festgehalten, während meine eigenen Angelegenheiten aus dem Ruder laufen. Doch stört mich Ihre bedauerliche Unterlassung aller üblichen Höflichkeit gegenüber einem Mitarbeiter längst nicht so sehr wie der offensichtliche Mangel an Vernunft hinter der Anschuldigung, mit der Sie den armen Mann nun noch behelligen. Besucher! Die gleiche Karteikarte, die Sie so charmant konsultierten, um sich der Identität dieses Mannes zu versichern, trägt auch den Hinweis, daß John H. Weston, Doktor der Medizin, *kein Druide* ist. Das steht schwarz auf weiß darauf, und ich habe es gelesen, bevor ich mit meiner Arbeit begann, und wenn seitdem nicht ein schelmischer Akolyth die Tinte mit einem Unsichtbarkeitszauber belegt hat, dann sollte es noch immer da stehen.«

Der Sergeant nahm wieder die Karte. »Kein Druide. Das stimmt.« Er räusperte sich und wahrte sein Gesicht, indem er sich heimtückisch auf seinen Untergebenen stürzte.

»Riechst also Besucher, Cumhail? Wahrscheinlich hat's mehr mit geschmuggeltem gallischem Brandy zu tun! Wie sollte dieser Mann denn eine Besucherin bekommen, wenn er keinen Zauber hat, mit dem er sich segnen könnte?« Cumhail begann vor Angst zu zittern, und der Sergeant bedachte ihn mit der Bemerkung, er solle nicht jeden Häftling nach seinen eigenen geilen Neigungen beurteilen. Salbungsvoll wandte er sich wieder an mich.

»Nehmen Sie meine Entschuldigung an!«

Auf die ich, verdammt noch mal, verzichtete.

Vor dem Revier füllte ich zunächst mehrmals die Lungen mit freier Luft. Der Arzt, der für mich Partei ergriffen hatte, betrachtete mich dabei lächelnd.

»Ein gutes Gefühl, freigelassen zu werden, sogar dann, wenn man genau weiß, daß man unschuldig ist, nicht wahr, Dr. Weston?«

Ich erwiderte das Lächeln. »Zu Ihren Diensten, Sir. Ich stehe tief in Ihrer Schuld. Ich wußte gar nicht, daß die Bruderschaft mittlerweile ordentliche Mediziner hinzuzieht.«

Er hob leicht die Schultern. »Eine andere Wahl bleibt ihr nicht. Lesen Sie keine Zeitung? Die Reihen der Goldenen Bruderschaft sind in letzter Zeit sehr ausgedünnt worden. Der Branswall muß ständig mit Zaubern verstärkt werden, sonst bröckelt er, obwohl er unsichtbar ist. Die Patrouillenboote, die sich um seine Instandhaltung kümmern, scheinen zudem in letzter Zeit vom Pech verfolgt zu werden.«

Ich nickte. »Erst gestern las ich vom Schicksal der *Maura Oisin*. Eine Tragödie.«

Mein neuer Bekannter nickte schweigend. Ich vermag nicht zu sagen, was an diesem Mann auf der Stelle meine Sympathie weckte, die über bloße Dankbarkeit hinausging und auch über unseren zufälligerweise gleichen Beruf. Donne war schon zu lange aus meinem Leben verschwunden, und ich vermißte wohl die Behaglichkeit eines Gesprächs mit einer verwandten Seele. Daher entschloß ich mich, meine Bekanntschaft mit diesem Gentleman zu vertiefen.

»Ich hoffe, Sie halten mich nicht für unhöflich, Sir, aber bis zu diesem Moment ist es mir nicht einmal in den Sinn gekommen, Sie nach Ihrem Namen zu fragen. Den meinen kennen Sie ja bereits.«

Der Arzt verbarg sein Lächeln, indem er sich den Schnurrbart glattstrich. »Dieses Vergnügen habe ich bereits seit Jahren, Dr. Weston. Ich bin ein glühender Bewunderer Ihrer wundervollen Geschichten im *Strand*.«

Ich stöhnte auf.

»Habe ich etwas gesagt, das Ihnen ungelegen kommt?«

»Nein, nein. Durchaus, Sir. Aber wenn Sie wüßten, wie es ist, wenn man – verfolgt wird von den Geschöpfen seiner Feder.«

Der fremde Arzt spitzte die Lippen. »Ich hätte gegen diese Erfahrung durchaus nichts einzuwenden, Dr. Weston. Meinen eigenen Bemühungen, die über Publikationen in medizinischen Fachzeitschriften hinausgehen, war keineswegs solcher Erfolg beschieden wie den Ihren. Andererseits teile ich auch nicht die Wohnung mit einem solch schillernden Charakter wie Brihtric Donne.«

»Manchmal, das kann ich Ihnen versichern, müssen Donne und ich unsere Räume mit dem Donne und dem Weston meiner Erfindung teilen. Mit vier von uns wird es in Nummer 221 B recht eng, das dürfen Sie mir glauben.«

»Nun, dann sollten sich zwei von Ihnen wohl eine eigene Wohnung suchen.« Sein Grinsen war freundlich und verschmitzt zugleich. Er reichte mir die Hand. »Arthur Elric Boyle, Doktor der Medizin, zu Ihren Diensten, sollten Sie sich jemals entscheiden, dem einen oder anderen Ihrer Wohnungsgenossen zu kündigen. Ich könnte den zusätzlichen Dr. Weston brauchen, damit er mir in der Praxis hilft, obschon der mir fremde Donne vielleicht die interessantere Hälfte des Duos wäre.«

»Sie haben freie Wahl!« versicherte ich ihm und

schüttelte ihm kräftig die Hand. »Erlauben Sie mir, Sie zum Abendessen einzuladen? Das ist ja wohl das Mindeste, was ich für den Mann tun kann, der meinen Namen reingewaschen hat – und das gleich zweimal!«

Dr. Boyle erwies sich als faszinierender Begleiter. Seine Interessen reichten weit über das enge Gebiet der Schulmedizin hinaus. Ich hatte mich dazu entschlossen, mich während meines Exils mit den Heilkräften von Kräutern und Pflanzen zu beschäftigen, denn mir fehlte die Zeit, einen echten Grad als Arzt zu erringen. Dr. Boyle andererseits war nicht nur ein approbierter Arzt, sondern besaß zudem auch umfassende Kenntnisse in der Kräuterheilkunde, Hermetik, Wasserheilkunde und Ganzheitsmedizin.

»Ich schmeichle mir damit zu glauben, daß ich einen fähigen Heiler abgegeben hätte, wenn meine Familie Blutsbande zur Bruderschaft besäße«, gestand er. »Die Kräfte, die die Heiler hinzuziehen, um ihre Therapie zu erzielen, gehören zur ›anderen Welt‹; der ›Geisterwelt‹, wenn Sie so wollen. Druidische Heiler können mit solchen Kräften in Verbindung treten und sie ihrem Willen unterwerfen, doch sind sie nicht die einzigen, denen das Studium dieser Kräfte gestattet ist. Aha! Hier ist ein nettes kleines Eßlokal, das mir einer meiner Patienten empfohlen hat.«

Wir unterbrachen unser Gespräch, um das bescheidene Lokal zu betreten, nach dem Dr. Boyle gesucht hatte. Schwarz-goldene Schrift am Vorderfenster hieß uns im *Renfield's* willkommen. Wie viele ähnliche Restaurants in diesem, von allen Londoner Stadtteilen am ausgeprägtesten nur dem Eingeweihten zugänglichen Soho rühmte sich das Renfield's einer exotischen Speisekarte, und seine kunstvollen Menüs wurden in einer Atmosphäre äußerster, fast spartanisch anmutender Genügsamkeit serviert. Weiße Öltücher dienten als Decken der zwei Dutzend Tische, und nicht einmal ein einfacher grüner Zweig in einer leeren

Weinflasche lockerte das karge Dekor. Mein Stuhl hatte ein Wackelbein und schwankte vor und zurück, während wir unser wirklich erstaunlich exquisites Mahl genossen.

Wir speisten Lammvorderrippe, die so rosig und zart war, daß mein Herz von Mitleid für das Geschöpf erfaßt wurde, dessen Seele ausgesprochen edel gewesen sein mußte, wenn es so kraftvoll schmeckte, und entschied mich daher, strengen Vegetarismus zu praktizieren – allerdings erst später. Beim Hauptgang sprachen wir überhaupt nicht, doch als die letzte Faser vom Knochen gelöst war, fuhr Dr. Boyle mit seinem Vortrag über die Heilkunst fort.

»Den Körper zu heilen bedeutet in gewissem Umfange auch, die Seele zu heilen, Dr. Weston, und die Seele zu heilen bedingt, daß man sie auf ihrer ureigensten Ebene erreicht. Wie aber gehen wir das an? Vielleicht durch die schnell verfliegenden Eigenschaften von Kräuterdämpfen. Aber wie durchdringe ich die fleischliche Hülle und gelange zum Geist darin? Keine Vorlesung, die ich auf der Universität hörte, gab eine Antwort auf diese Frage. Ich mußte sie auf eigene Faust finden. Zum Glück stehen auch denjenigen unter uns, die nicht dem Druidengeschlecht entstammen, einige Wege offen. Spiritismus ist einer davon – und zwar der beste.«

Ich schlug nach einer späten, fetten Sommerfliege, die gekommen war, um nach einem bequemen Weg zu den Essensresten auf meinem Teller zu suchen. »Ich muß eingestehen, daß ich nichts über den Spiritismus weiß, Dr. Boyle.«

Die Fliege wich leichthin aus und sandte einen mystischen Ruf an etliche ihrer Schwestern, die sämtlich von einem Nachbartisch herbeischwärmten. Boyle fächelte sie beiseite, ohne daß es irgendeinen Sinn hatte. »Das ist sehr schade, Dr. Weston. Ihr Freund Mr. Donne würde zweifellos über die Séancen, an denen ich regelmäßig teilnehme, spotten und alles auf Taschenspielertricks und Humbug reduzieren.«

»Hokuspokus«, murmelte ich. Die Fliegen luden nun pauschal alle entfernten Vettern und weitläufig verwandten Mündel ein. Ich schlug mit meiner Serviette um mich, aber anstatt mit dem kleinen gefalteten Seidenpapier, wie man es in Lokalen wie diesem verwendete, hätte ich auch versuchen können, ihnen mit einer Briefmarke vom Festland auf den Leib zu rücken.

»Nun, wenn Ihre Geschichten nicht völlig frei erfunden sind, dann ist Mr. Donne andererseits auch nicht völlig engstirnig. Ich würde Sie und ihn gerne einladen, mich einmal zu einer Séance zu begleiten. Tatsächlich werde ich morgen an einer teilnehmen. Darf ich auf Ihr Kommen rechnen?«

Vielleicht lag es an Boyles Aufrichtigkeit oder seinem ernsthaften Verlangen, sein Vergnügen am Okkultismus mit uns zu teilen, jedenfalls sollte Donne mit allen schneidenden Bemerkungen, die er wohl machen würde, zum Teufel gehen. Boyles Überzeugung war so absolut, seine Intelligenz so ansprechend und seine Verbundenheit mit seinem Glauben so unerschütterlich, daß er mich in gewisser Weise an meinen verhafteten Gefährten denken ließ und mich ihn schmerzlich vermissen machte. Das kurze Scharmützel, das ich gerade mit dem Strafvollzug gehabt hatte, hatte mir die Augen geöffnet. Ich mußte an Donne denken, der in einem weitaus weniger ungezwungenen Gefängnis als einer Zelle im nächsten Revier festgehalten wurde; bevor die innere Stimme der Vernunft mich davon abhalten konnte, sprudelte es aus mir hervor, und ich gewährte Dr. Boyle vollen Einblick in die Schuldgefühle, die Betrübnis und die Hilflosigkeit, die mich in bezug auf den gefangenen Brihtric Donne quälten.

Er hörte mich an, ohne ein einziges Wort einzuwerfen. Als ich offenbar geendet hatte, fragte er: »Das Mädchen – das Opfer des Rippers – war also gar keine Unbeteiligte?«

»Die unglückselige Sarah! Nein, ich hatte sie treffen wollen. Wäre ich pünktlich gewesen ...«

Er berührte mich bei der Schulter. »Sie dürfen sich nicht die Schuld daran geben. Mir scheint, daß Sie sehr zu dergleichen neigen. Obwohl wir erst kurze Zeit miteinander bekannt sind, ist mir diese Tendenz an Ihnen aufgefallen. Sie können sich unmöglich alle Ungerechtigkeit der Welt auf die Schultern laden. Das Mädchen wäre vielleicht auch dann gestorben, wenn Sie sich nicht verspätet hätten. Trösten Sie sich mit dem Wissen, daß Sie längst nicht so hilflos sind, wie Sie offenbar annehmen. Sie sind die rechte Hand von Mr. Brihtric Donne. Er wird weder diese Angelegenheit ununtersucht noch Sarahs Tod ungesühnt lassen.«

»Donne steht leider nur wenig Handlungsspielraum zur Verfügung. Er sitzt in Haft.« Ich klatschte in die Hände, um den Karrieren diverser Fliegen ein Ende zu bereiten, aber sie stoben auseinander und wichen aus. Das Geräusch indes erregte die Aufmerksamkeit eines hageren Mannes mit schütterem sandfarbenen Haar. In Hemdsärmeln stand er hinter der Geldkassette. Die schlaffen Hände reibend, näherte er sich nun unserem Tisch und blickte mich in irritierender Weise von der Seite an.

»Gibt es ein Problem, Sir?« fragte er krächzend.

»Sie sind nicht unser Kellner, habe ich recht?« entgegnete Dr. Boyle.

Der seltsame Kerl, dessen Gesicht die gleiche Farbe aufwies wie Molke, stieß ein dünnes, falsches Lachen aus.

»Himmel nein, Sir, das bin ich nicht. Ich bin der Inhaber.« Er stellte das Aneinanderreiben der Hände ein und deutete auf das spiegelbildliche *Renfield's* auf der Fensterscheibe, dann auf die eigene eingefallene

Brust. »Darf ich fragen, ob alles zu Ihrer Zufriedenheit gewesen ist?«

»Das Essen – bei den Göttern, ja, die cuisine war überragend«, versicherte ich ihm.

»Oh, vielen Dank, Sir, vielen Dank. Dieses bescheidene Eßlokal stellt nach langer und leider höchst unfreiwilliger Abwesenheit meinen ersten Versuch dar, ein Geschäft zu führen. Allerdings bestand einer der Verzüge meiner Anstellung ... dort in einer Ausbildung auf dem Gebiete der Kochkunst und der Ernährung. Ich freue mich, daß es Ihnen bei mir gefallen hat.«

»Ja, nur ...« Ich machte eine Gebärde der Machtlosigkeit. »Sie müssen wirklich etwas gegen diese Fliegen unternehmen.«

Renfields Kaninchenaugen verfolgten die Beschuldigten im Fluge. Rasch strich er sich mit einer prallen, weißlichen Zunge über den lippenlosen Mund. »Ich werde bestrebt sein, in dieser Hinsicht etwas zu erreichen, Sir.« Mit einer Verneigung drehte er sich um und schlurfte hinter die Theke mit der Geldkassette zurück.

»Ein bemerkenswerter Mann«, sagte ich. »Erinnern Sie mich daran, hier nie wieder zu speisen.«

»Gern, wenn Sie mir den gleichen Gefallen erweisen wollen«, antwortete Dr. Boyle. »Ich möchte wissen, ob Mr. Stoker das Vergnügen der Bekanntschaft dieses Herrn bereits gemacht hatte, als er mir das Lokal empfahl. Nun, vielleicht schon. Meine Patienten sind bisweilen ein wenig absonderlich.« Während er seine Arzttasche an sich nahm, beglich ich die Rechnung. Vor dem *Renfield's* tauschten wir unsere Adressen aus. Um genauer zu sein, nahm ich seine Karte; jedem aufmerksamen Leser meiner Geschichten im *Strand Magazine* stand die Nummer 221 B unauslöschlich ins Gedächtnis geschrieben.

»Wenn Donne in Haft sitzt, stehen Ihnen nur zwei

Alternativen offen«, sagte er, bevor wir uns voneinander verabschiedeten. »Entweder müssen Sie ihn befreien, oder Sie müssen ohne ihn agieren.«

»Ohne Donne?« Schon der Gedanke ließ mich frösteln. »Aber wie? Ich wüßte nicht, wo ich beginnen sollte. Dr. Boyle, Sie haben bei meiner Befreiung die entscheidende Rolle gespielt. Wenn wir vielleicht gemeinsam ...«

Davon wollte er nichts hören. »Warum fürchten Sie sich, auf eigene Faust zu handeln, Dr. Weston? Sie sind ein tüchtiger Mensch. Wollen Sie sich denn lieber mit Schuldgefühlen über Miss Sarahs Tod quälen, anstatt etwas deswegen zu unternehmen? Wollen Sie etwa stellvertretend für Ihren eingesperrten Freund leiden, wenn Sie womöglich Mittel und Wege besitzen, ihm die Freiheit zu verschaffen?«

»Sie verstehen nicht!« rief ich aus. »So leicht ist das nicht.«

»Sie meinen«, entgegnete Dr. Boyle, »daß Sie sich nicht gestatten, es sich leicht zu machen. Besuchen Sie mich, wann immer Sie wollen, Dr. Weston. Ich werde Ihnen Hilfe leisten, wo ich kann, doch die Auflösung von Kriminalfällen durch die Anwendung logischer Schlußfolgerungen ist nicht gerade mein Spezialgebiet. Sie hingegen sind mit Mr. Donnes Methoden vertraut; also wenden Sie sie doch an.« Mit diesem letzten Ratschlag verließ er mich.

Mrs. Hendrik begrüßte mich entzückt. »Ach, und ich dachte schon, Ihre elende kleine Schlampe hätte sich als nicht besser erwiesen, als sie sein sollte, und Sie umgebracht, um an Ihre Brieftasche zu kommen!« rief sie mir zu.

»Mrs. Hendrik, diese ›elende kleine Schlampe‹ ruht in diesem Moment im Leichenschauhaus. Sie wurde vom Ripper höchstpersönlich überfallen und ermordet.«

(Welcher Ripper trägt wohl lavendelfarbene Damenhandschuhe? fragte eine leise Stimme in meinen Ohr.)

»Nein!« Mrs. Hendriks Augen wurden rund und so groß wie Untertassen. Sie faßte sich an die Brust, als müßte sie befürchten, daß sie ihr hinunterfiel. »Ach das arme liebe reizende Mädchen! Der teure Engel!« Sie schneuzte sich in den Schürzensaum. »Und Sie, lieber Dr. Weston, daß Sie die Erwählte Ihres Herzens auf solch schreckliche Weise verlieren müssen!«

Als Mrs. Hendrik endlich ihre Klage beendet hatte, war Sarah Giles pauschal vom verkommensten aller Londoner Straßenmädchen zur tugendhaftesten aller jungfräulichen Töchter eines geheimnisvollen Herzogs befördert worden.

Dankbar ging ich zu Bett und wurde diesmal weder von Träumen noch Sendbotschaften gepeinigt. Der nächste Morgen läutete einen jener klaren, frischen Herbsttage ein, an denen sich die Seele zwischen den Lippen hervorschiebt und den Leib drängt, sich doch Flügel wachsen zu lassen. Singend brachte Mrs. Hendrik das Frühstück herauf.

»Mrs. Hendrik«, unterbrach ich sie mitten im Trällern. »Mrs. Hendrik, wenn Sie bitte einen Korb fertigmachen würden. Ich werde heute Donne besuchen.« Ich mußte ihn über Sarahs Schicksal in Kenntnis setzen. Was er wohl aus alledem schließen würde? Mit Sicherheit würde er mich tadeln, weil ich den auffälligen lavendelfarbenen Damenhandschuh im Griff der Leiche zurückgelassen hatte. Ohne Zweifel hätte Donne auf der Stelle ein Schauspiel improvisiert, um den Gesetzesakolythen dieses verführerische Beweisstück vor der Nase wegzuschnappen.

Darin irrte ich mich nicht. Nachdem ich endlich in seine Zelle im Tower vorgelassen worden war, umarmte er mich herzlich, zog die Tücher von den beiden Körben, die ich ihm gebracht hatte, bedachte Mrs.

Hendriks Gaben mit einer resignierten Grimasse, lauschte meinem Bericht über meine neusten Abenteuer und zerriß mich anschließend in der Luft.

»Bravo, Weston, bravo. Wie stets verwechseln Sie logische Schlußfolgerungen mit Fiktionalisierung. Sie gehen davon aus, daß der Handschuh, den Sarah im Tode so verzweifelt umklammerte, ihrem Mörder gehört haben muß. Hätte es denn nicht ihr eigener sein können? Haben Sie wenigstens nachgeschaut, ob er in etwa ihre Größe hatte?«

»Was sollte eine Hausmagd mit derart ausgefallenen Handschuhen anfangen?« führte ich zu meiner Verteidigung an.

»Es ist sogar sehr wahrscheinlich, daß eine Hausmagd ausgefallenen wenngleich nutzlosen Putz begehrt, Weston. Sarah liebte die Requisiten des Melodramatischen. Nur begriff das arme Mädchen den Unterschied zwischen Schauspiel und Realität zu spät. Anzunehmen, der Handschuh in ihren Fingern sei nicht ihr eigener, war falsch, Weston, und dennoch bin ich geneigt, Ihre Annahme zu teilen.«

»A-*ha*!«

»Nehmen Sie das nur nicht« – er runzelte tief die Stirn – »als eine Art Lizenz, sich Erkenntnisse zurechtzulegen, wo derlei nicht existiert. Wie Hope war auch Sarah eine unserer Verbindungen zum Königshaus. Je mehr dieser Verbindungen vom Feinde durchtrennt werden, desto hilfloser werden wir, und um so isolierter ist die Königin. Schneiden Sie Ihrem Gegner den Nachschub und die Nachrichtenübermittlung ab, und Sie beschleunigen seine Kapitulation. Eine klassische militärische Taktik, genau das, was man von jemandem wie Lord Kitchener erwarten sollte. Zunächst wird Ihnen der Zutritt zur Königin verwehrt – warum sollte Ihre Majestät auch einen herkömmlichen Herbalisten empfangen?, könnte man fragen –, dann werden unsere Kontakte zum Palast einer nach dem anderen eliminiert. Wir ahnen nicht einmal, welche Schritte Seine Lordschaft als nächste einleiten wird.«

»Gütige Götter, Donne, das ist doch furchtbar! Sarah schrieb mir am Tage ihrer Ermordung, sie hätte mir etwas überaus Wichtiges mitzuteilen. Nun glaube ich, daß es diesmal gestimmt hat, denn welchen Grund hätte Kitcheners Helfershelfer sonst gehabt, sie ausgerechnet an jenem Abend zu ermorden?«

»Ausgezeichnet, Weston! Wie ich sehe, habe ich meine Zeit doch nicht völlig verschwendet bei dem Unterfangen, Sie zu unterweisen. ›Kitcheners Helfershelfer‹, sagen Sie, und nicht etwa: ›der Ripper‹. Was macht Sie da so sicher?«

»Nun ... na ...« Ich suchte nach Worten. »Der Handschuh, wissen Sie ... und diese vielen Schlagzeilen über den Ripper geben doch einen idealen Deckmantel für jeden her, der Übles im Sinn hat. Man muß nur das Vorgehen des Rippers nachahmen, und jeder derartige Mord wird ihm zur Last gelegt.«

»Oder ihr. Sie dürfen nicht die Möglichkeit ausschließen, daß der Ripper eine Frau sein könnte.« Donne lächelte ironisch, als er meinen ungläubigen Gesichtsausdruck bemerkte. »Wieso nicht?« entgegnete er. »Unser würdiger Gegner Lord Kitchener zapft orientalische Magie für seine Zwecke an, und gerade in diesem Mythenkreis wimmelt es von weiblichen Geisterwesen. Diese sind mindestens so mächtig und gefährlich wie ihre männlichen Gegenstücke, aber meist hübscher anzusehen. Haben Sie denn niemals von Peris gehört, Weston? Wunderschöne geflügelte Geister, deren Schönheit jeden Mann verführt, und dann reißen sie ihn mit ihren zarten Fingern bei lebendigem Leib in Stücke.«

»Aber woher sollen wir denn wissen, was Kitchener herbeibeschworen hat, um ihm zu dienen, Donne? Was sollen wir unternehmen?«

»Wir, Weston?« Er schloß die Augen und lehnte sich

auf der rauhen Holzbank zurück, die einzige Sitzgelegenheit in seiner feuchten Zelle. Donne war weit oben im White Tower untergebracht, einem ehemaligen Wachtposten. Die schmalen Fenster dienten der Bequemlichkeit der Bogenschützen und ließen nur wenig Licht, aber viel feuchte Luft ein, die von der Themse aufstieg. Von den dicken, gekrümmten Wänden schien es beständig zu tropfen, und das kleine Kohlebecken, das dürftige Wärme abstrahlte, schwelte nur widerwillig. Wenn der Winter anbrach, würde Donne in schrecklicher Not sein. Selbst während der warmen Sommermonate war es in der Zelle stets, wenn ich ihn besuchen kam, kühl und trist gewesen.

»Ewig kann man Sie nicht festhalten«, sagte ich.

Donne rieb sich über die Arme. Während seiner Haft waren sie abgemagert, und nun wirkte mein Gefährte knochig und hohlwangig. »Weston«, entgegnete, »das kann man sehr wohl.«

Ich spürte, wie in mir unbändige Wut aufstieg, und sah in Donnes Augen die Spiegelbilder all jener, die mich immer wieder ernst aufgefordert hatten, meine Pflicht zu tun. *Du mußt Deirdre heiraten. Sie müssen Ihren Freund retten. Du mußt der Königin helfen, die du liebst. Sie müssen gegen Kitchener einschreiten. Müssen, müssen, müssen,* nur tun konnte ich nichts. Ich hatte Angst. Das einzige, was ich in meinem Leben je zuwege gebracht hatte, war einer Heirat auszuweichen, von der ich wußte, daß ich mit ihr nicht hätte leben können. Und wozu hatte dieser Entschluß geführt? Ein Mädchen war in den Freitod gegangen und hatte im Sterben einen Fluch auf mich gelegt, der eine Mauer zwischen mir und der Zauberkraft errichtete, über die zu gebieten mein Recht war.

»Sie denken wieder an sie, Weston«, sagte Donne.

»Sie?«

Er holte tief Luft. »Bemerkenswert. Kein Wunder, daß ich den engen Kontakt zu Frauen vermieden habe

– von den notwendigen Erfordernissen abgesehen. Gleich als wir uns zum erstenmal begegneten, nahm ich die Spuren unsichtbarer weiblicher Krallen auf Ihrem Geiste wahr.«

Dieser ersten Begegnung erinnerte ich mich gut. Es hatte keine fünf Minuten gedauert, bis Donne mich beiseite nahm und informierte, er habe hinter meiner Larve als Herbalist meine wahre Natur erkannt.

»Wie ich sehe, sind Sie in Aberystwyth gewesen. Sie sind einer der sogenannten Dunklen, Sir, und verbannt wegen eines Verbrechens gegen Ihr Volk. In diesem Fall spielt eine Frau eine Rolle. Eine arrangierte Ehe vielleicht, aus der das Glück entschwand oder die sogar niemals glücklich gewesen ist; und wer außer den Königshäusern arrangiert heutzutage noch Heiraten? Nein, nein, sehen Sie mich nicht so an, mein lieber Dr. Weston – wenn Sie wünschen, so genannt zu werden. Ich bin kein Druidenhexer. Ich bin ein gewöhnlicher Mensch.«

Gewöhnlich? Nur der erste von den vielen kleinen Scherzen des Mr. Donne. Er gelobte mir feierlich, alles für sich zu behalten, was er allein durch Beobachtung und Deduktion über mich herausgefunden habe. Ich glaubte ihm, und in all den Jahren, in denen wir zusammen wohnten, hatte er mein Vertrauen in ihn nicht ein einziges Mal enttäuscht. Die wenigen Einzelheiten, die er nicht zu deduzieren vermochte – Deirdres Namen zum Beispiel – enthüllte ich ihm, und in Verbindung mit seinem Schweigegelübde bildete mein Bekenntnis den unzerstörbaren Grundstein unserer Freundschaft.

»Sie denken an Deirdre«, sagte Donne.

»Nicht nur an Deirdre.«

»Und selbstverständlich auch an die Königin. Weston, reinigen Sie Ihren Verstand von allen Gedanken außer denen an die Königin, wenn Sie sie retten wollen. Machen Sie sich keine Sorgen um mich; vergessen Sie mich, wenn es sein muß. Im Augenblick gibt es so wenige hochrangige Angehörige der Goldenen Bruderschaft in London, daß man einfach nicht genug davon entbehren kann, um ein Schwurgericht für mich zusammenzustellen. Für eine Weile bin ich noch vor dem Verrätertod sicher. Aber die Königin! Sie mußte schon lange ohne die *Rules* auskommen. Inwieweit sind ihre Kräfte dadurch beeinträchtigt? Ist sie geschwächt worden? Das wäre nur zu Lord Kitcheners Vorteil, und er wird dies mit aller Härte betreiben. Sie müssen Ihre Bemühungen dort konzentrieren, wo sie am meisten gebraucht werden, Weston; die Königin braucht Sie.«

»Aber was kann ich tun? Was soll ich tun? Sie müssen doch eine Idee haben ... einen Ratschlag ... wenigstens eine Richtung müssen Sie mir vorgeben, Donne!«

Er blickte an die grob gehauenen Deckenbögen und spitzte die Lippen wie um einen unsichtbaren Pfeifenstiel. Wie sehr er die Freuden des Tabakgenusses in der Gefangenschaft vermissen mußte! »Was könnte ich wohl wollen, das Sie tun sollen? Ich hätte es gern, daß Sie Ihre Krücken von sich werfen und gehen wie ein Mann.«

Ich konnte ihn nur anstarren.

»Kommen Sie schon, Weston. Noch nie habe ich Sie ohne irgendeine Art Stütze gesehen. Schon lange bevor Sie sich dieses Hinken zuzogen, weigerten Sie sich, ohne Hilfe zu gehen. Zuerst war es Ihre Zauberkraft, die Sie aufrechthielt. Nachdem Deirdre Sie davon abschnitt, übernahm ich die Stelle der Zauberei. Donne und Weston, Weston und Donne; niemals aber Weston allein. Nun jedoch ist es schließlich soweit und läßt sich nicht mehr hinauszögern, wenn Ihre Majestät gerettet werden soll. Was ich wünsche, das Sie tun sollen? Ich wünsche, daß Sie sich benehmen, als hätte es einen Brihtric Donne niemals gegeben.«

Seine Worte klangen mir noch in den Ohren, während ich unter den wachsamen Blicken der Wärter die Wendeltreppen hinunterstieg. Das Herz war mir schwer. Auf dem Hof des Tower erfaßte mich ein eisiger Windstoß, dessen Kälte mir durch meine neue, aufgezwungene Unabhängigkeit noch schneidender vorkam. Ich verweilte noch im Schatten des Haupttors und rieb mir die Hände, um sie zu wärmen, bevor ich mich auf die Straßen wagte.

Zwei Gardisten teilten meinen zeitweiligen Unterschlupf. Sie trugen die blutroten Roben der Jünger des Schlachtraben – ein fast ausgestorbener Zweig der Bruderschaft, der nur noch wegen seiner glanzvollen Vorstellungen auf Paraden und anderen zeremoniellen Anlässen aufrechterhalten wurde. Auf den Schultern des einen Wächters saß ein Paar zahmer Raben und pickte abwechselnd rohe Fleischstückchen auf, die der Mann ihnen mit den Fingern hinhielt. Die Gardisten beachteten mich ebensowenig, wie es die Raben taten, und führten ihr Gespräch weiter, so daß ich mithören konnte.

Ich wünschte, es wäre anders gewesen.

»... schon wieder eins verschwunden.«

»Aye, das vierte diesen Monat.« Der rotgekleidete Jünger gab seinen Haustieren ohne hinzusehen noch einen Fleischfetzen. »Und eine Besatzung aus guten Männern ist mit ihr gesunken.« Er streichelte dem Raben auf seiner rechten Schulter das schimmernde

Federkleid. »Wir beide sollten uns wohl am besten wieder ein wenig mit unseren Stärkungszaubern befassen, Iolo. Noch vor Sammain werden sie die Reihen der Jünger nach Männern absuchen, die den Branswall bewachen können.«

»Sammain!« Sein Freund zog die Schultern hoch, als wäre ihm ein Hauch Winterluft unter den Kragen gekrochen. »Ich sage dir, diesen Sammain werden wir Dinge zu Gesicht bekommen, die man in Britannien seit Jahrhunderten nicht mehr gesehen hat.«

»Was meinst du damit?« Ein Fleischstückchen verschwand im gierigen Schlund eines Raben. »Willst du wach bleiben und dir den Ritt der Toten ansehen?«

»Darüber macht man keine Scherze! Ich sage dir, das Land ist krank, es liegt mit einem Fieber darnieder, das ihm das Blut aus der Ackerfurche saugt.«

Der Jünger, der die Raben fütterte, hielt inne und achtete nicht auf die ungehaltenen Schreie seiner Schützlinge. Die Vögel tanzten ungeduldig von einer Klaue auf die andere, trotzdem erhielten sie kein weiteres Fleisch. »Was du das sagst, ist Verrat gegenüber der Königin, Iolo.«

»Verrat! Verrat oder Wahrheit, du wirst schon sehen, wenn wir Sammain haben! Wenn die Bruderschaft nur Augen im Kopf hätte, dann müßte sie doch erkennen, was aus dem Land wird, und sie sollte auch wissen, wie man die Zeichen eines Fluches deutet; jeder Novize müßte das hier doch verstehen können!« Iolo richtete den Blick auf mich. »Sie! Sie da!« Er zog seinen vergoldeten Amtsstab aus dem weißen Ledergürtel und stieß mich damit an, so daß es mir unmöglich war, mich unauffällig davonzumachen. Widersetzlichkeit gegenüber einem Jünger würde nur zu einer Konfrontation führen, die ich alles andere als herbeiwünschte.

»Meister?« Ich rieb mir fester meine eisigen Hände, doch ungeachtet dessen breitete sich die Kälte aus.

»Fließt das Blut der Weisen in Ihren Adern?«

»Kein Tropfen, Meister; kein einziger.«

»Gut. Dann sagen Sie mir folgendes: Was hat es zu bedeuten, wenn das Blut des Landes versiegt?«

Ich spürte, wie mir der Mund austrocknete. Jedes Kind kannte die Antwort auf diese Frage. Jedes Kind fürchtete den Tag, an dem sie gestellt werden mußte.

»Sprechen Sie«, forderte mich der Jünger auf, der die Schwarzen Todesvögel hegte. »Die Frage ist ernst gemeint.«

»Wenn das Blut des Landes versiegt«, rezitierte ich die vorschriftsgemäße Antwort, »dann bekriegen sich Drachen unter der Krume – Grün wird zu Dürre, Blut zu Knochen, Überfluß zu Hungersnot und Leben zu Tod.« Ich brachte die Wörter als monotone, graue Litanei hervor.

Die Jünger des Schlachtraben nickten. »Und was«, fragte Iolo, »wird die Furche wieder mit Leben füllen?«

Auch diese Antwort kannte ich, aber ich hätte sie niemals ausgesprochen. »Das – das Aufheben des Fluches, Meister?«

Damit wollte sich Iolo nicht zufriedengeben. »Ja, aber wie hebt man den Fluch auf? Das wissen Sie doch sicher auch!« Als ich den Kopf schüttelte, spuckte er verächtlich aus. »Kein Wunder, wenn das Land erkrankt! Sie hat die Menschen so fett werden lassen wie Milchkühe und die alten Lehren vernachlässigt. Hat Cumhail nicht gesagt, daß sie nur deswegen an Beltaine reitet, um sich einen Bettgenossen zu suchen? Wann hat jemand sie zuletzt die angemessenen Opfer darbringen sehen? Sie hat den Thron doch nur bekommen, weil sie als einzige aus diesem Zweig von Brans Geschlecht übrig war, und nun muß ganz Britannien dafür zahlen! Und doch trägt sie den Preis, der zu unserer Rettung entrichtet werden muß, in sich. Und genau den wird sie an diesem Sammain auch zahlen, hör auf meine Worte!«

»Pst! Der Mann ist doch nicht taub.« Der Rabenfütterer deutete mit einer Kopfbewegung auf mich. Ich setzte einen Ausdruck dumpfer Unwissenheit auf.

Iolo brachte ein Lächeln hervor. »Er versteht nicht die Hälfte von dem, was wir sagen. Er ist ein guter, ehrlicher Brite, stimmt's?«

»Das hoffe ich, Meister. Ich bin keiner der Weisen, das steht fest, und ich halte mich aus allem heraus, was meinen Horizont übersteigt.«

Iolos Freund lachte auf. »Welch bequeme Philosophie. Hören Sie, guter Mann, ich biete der Morrigan dieses Opfer in Ihrem Namen dar.« Er warf ein größeres Fleischstückchen in die Luft. Die beiden Raben flatterten auf, stießen in einem Aufstieben schwarzer Federn zusammen und kämpften um die Beute. Der kleinere war schneller und gerissener, er trug Sieg und Fleisch davon. »Ein gutes Omen«, sagte ihr Besitzer, als sich die Vögel wieder auf seine Schultern niederließen.

»Für wen?« hörte ich Iolo fragen, während ich schon davonhastete.

Was füllte wohl die Furche wieder mit Leben? Blut.

Wenn das Land aufschreit und verflucht zu sein scheint, so wird es als Zeichen betrachtet, daß der Herrscher zu schwach geworden ist, um noch zu herrschen. Der Lehnsherr Britanniens ist Britannien, und wenn Britannien leidet, so hat der Souverän versagt. Diese Schuld kann nur mit Blut beglichen werden, und dazu muß der Herrscher sein Leben lassen. Die erstickende Luft, die ungewöhnlichen Nebel, die braune Fäule auf Feldern, die einst grün waren – alles Zeichen, die von den verbleibenden Weisen leicht als Schreie nach dem höchsten Opfer der Königin gedeutet werden mochten. Und gegen ihre vereinte Macht würde sich Victoria nicht verteidigen können – nicht ohne die *Rules Britannia*.

Victoria mußte sterben, die Weisen würden es von

ihr verlangen; Britannien würde es fordern. Sie selbst würde begreifen, daß sie als Herrscherin versagt hatte, und nicht einmal versuchen, dem Tod zu entgehen.

Da erkannte ich, daß viel zuviel auf dem Spiel stand, als daß ich hätte riskieren dürfen, auf eigene Faust zu handeln. Wenn ich mich verrechnete, wenn ich versagte, würde es Victorias Tod zur Folge haben. Wie könnte ich dann noch weiterleben, mit der vollen Last der Schuld auf meinem Haupt? Nein, die *Rules* mußten wiederbeschafft werden – und ich schwor, sie Kitcheners Händen zu entreißen –, aber ich konnte mich nicht allein gegen ihn stellen.

Mein Gedanke richtete sich auf den einen Mann, der mich ebenso stark und vorteilhaft beeindruckt hatte wie Donne, und das innerhalb eines ebenso kurzen Zeitraums. Ich nahm seine Visitenkarte aus meiner Brieftasche. Schon bald hatte ich eine vorbeifahrende Droschke angehalten und rumpelte darin über die Pflastersteine zum Hause des Dr. Arthur Elric Boyle.

Eine dünne Frau von angenehmem Äußeren öffnete die Tür, nachdem ich an der Klingel gezogen hatte. »Wie kann ich Ihnen helfen, Sir? Vor morgen früh um neun ist keine Sprechstunde, es sei denn, es handelt sich um einen Notfall.«

»Nein, ich bin rein privat hier, aber wichtig ist es dennoch«, antwortete ich.

»Nun, auch in diesem Fall muß ich Sie bitten, morgen wiederzukommen. Dr. Boyle ist zu einem seiner Treffen gegangen.«

»Treffen ... ach, die Séance vielleicht?«

Die Dame in der Tür – ich wußte nicht, ob seine Frau oder seine Haushälterin – bekundete mit einem Nicken, daß ich recht hätte. »Sind Sie denn ebenfalls ein Spiritist, Sir?«

»Jawohl!« Wenn ich lüge, beginne ich, schneller zu sprechen. »Jawohl, auch ich bin ein Suchender nach der Wahrheit, mehr als in einer Hinsicht kann ich mich Bruder von Dr. Boyle nennen, denn auch ich bin Arzt, wissen Sie, aber ich komme aus Manchester, und unsere kleine Runde dort riet mir, ich solle mich unbedingt mit Dr. Boyle in Verbindung setzen, wenn ich denn nach London käme, weil es mir nicht gut täte, zu viele Sitzungen zu verpassen, vor allen deshalb nicht, weil ich jüngst *solche* Fortschritte gemacht habe, einen echten Durchbruch zur ›anderen Seite‹, oder der ›Geisterwelt‹, wenn Sie wissen, was ich meine, und es wäre schrecklich, all das wieder zu verlieren, nur weil ich keine geeignete Gruppe ...«

Sie drückte mir ein Stück Papier in eine meiner weit ausholend gestikulierenden Hände. Ihre gezwungene Höflichkeit widerspiegelnde Miene ließ mich wissen, daß sie mir damit am liebsten den Mund gestopft hätte. »Sie finden ihn unter dieser Adresse. Einen guten Tag, Sir.« Sie knallte mir die Tür vor der Nase zu, allerdings sehr sanft.

Der Wagenlenker, der mich zu der angegebenen Adresse fuhr, gehörte zu den geschwätzigeren Londonern. Ich war so angespannt wie eine gestraffte Bogensehne und nicht sehr empfänglich für seine freundlichen Eröffnungen, was ihn jedoch nicht im geringsten zu entmutigen schien. Während mir der Kopf schwirrte, wenn ich nur überlegte, welche möglichen Ausgänge mein Gespräch mit Dr. Boyle haben konnte, scherzte der Lenker der typischen, einem offenen Streitwagen nachempfundenen Droschke über jedes erdenkliche Thema unter der Sonne.

»... 'türlich, bei den ganzen trocknen Zaubern dies Jahr kann man keine besondre Ernte nicht erwarten, Sir. Einen magren Winter vielleicht und einen hungrigen Frühling. Meine Frau sagt, die Königin wär' an allem schuld – die Götter mögen sie schützen –, aber ich sage, schau'n wir mal, sag' ich. Abwarten und gucken, meinen Sie nicht auch, Sir?«

»Allerdings.«

»Denn schließlich und endlich, was soll Ihre Majestät denn bitte schön wegen dem Wetter unternehmen? Wenn wir feines Wetter hätten und trotzdem würd' nichts wachsen, ja dann, da wär' ich der erste, der verlangt, daß die Königin was dagegen unternimmt oder abdankt. So, da wär'n wir, Sir. Acht null zwo. Seien Sie nur vorsichtig. Ich kann nicht behaupten, daß ich diesen Teil der Stadt besonders schätze. Hier sammeln sich einfach zu viele Ausländer. Nun weiß ich zwar, daß keiner von denen 'n Zauberer sein kann, aber kommt es einem nicht manchmal wie Hexerei vor, wenn man sieht, wie schnell die sich vermehren? Also, wenn ich nach Hause komme und meiner Frau sage, daß ich mehr ausländische Visagen in den besseren Teilen von London und sogar in der Nähe des Palastes rumlungern sehe – die Götter mögen uns alle schützen –, dann sagt sie, ich bilde mir das nur ein, und ...«

»Wieviel schulde ich Ihnen?«

»Zwo sieben. Oh, vielen Dank, Sir, sehr verbunden!«

Ich mochte kaum sagen, wie froh ich war, den Wagenlenker und seine Frau losgeworden zu sein. Der Tag näherte sich seinem Ende, und in diesem Teil der Stadt drängten sich die Gebäude auf beiden Seiten einer schmalen, krummen Straße, die man fast als Gasse hätte bezeichnen müssen. Die höheren Häuser neigten sich über der Fahrbahn einander zu und hielten die unteren Regionen in künstlichem Zwielicht. Ich entfachte eine Flamme – diesmal mit Hilfe eines gewöhnlichen Streichholzes –, um an dem Haus die Türglocke zu finden.

Mein Läuten rief ein ungepflegt aussehendes Dienstmädchen herbei, das sich jedoch wärmer und fröhlicher gab als die anspruchsvollere Dame in Dr. Boyles Haus. »'allo, Schnuckelchen«, begrüßte sie mich, »zu wem wollen Sie denn?«

»Ich suche nach Madame Marushka, bitte.«

»Na, das hätt' ich mir doch glatt denken können. Immer, wenn hier anständige Leute ankommen, dann bloß dann, wenn sie einen von ihren Seangßen abhält. Kommen Sie mit, mein Freund, ich bring' Sie da gleich rauf.«

Mit bezauberndem Hüftschwung ging sie vor mir die dunkle Treppe hinauf, eine Venus im zerschlissenen Unterrock, eine Rhiannon der Hintertreppen, eine Göttin unter dem Schmier.

Ich kniff ihr in den Po und erhielt dafür eine Ohrfeige.

»Nichts da, Schnuckelchen. Ich bin 'n gutes Mädchen, so ist das. Das da ist Madame Marushkas Tür. Sie denken mal immer schön an die andern Gäste und lassen schwer arbeitende Mädchen in Ruhe.«

Ich gehorchte. Sie stolzierte die Treppe hinunter, und ich pochte laut an die Tür. Sie wurde mir von einem schmächtigen Mann in den mittleren Jahren geöffnet, der aussah wie eine Wühlmaus in einem Straßenanzug.

»Sind Sie auf der Suche nach der Wahrheit?« fragte er mich – indem er eine Stimme benutzte, von der er wohl hoffte, daß sie gewichtig und beeindruckend klang.

»Das bin ich«, antwortete ich bescheiden.

»Tritt ein, Bruder.«

»*Tritt ein, Bruder*. Also wirklich, Harry! Man könnte geradezu glauben, wir wären eine Bande von Hügelgrabräubern.« In dem Raum, in den ich eingelassen worden war, war es nicht heller als im Hausflur, doch die Frau, von der Harry gescholten wurde, verstrahlte ihr ganz eigenes Licht. Mit raschelnden weiten Röcken aus rosa Seide schwebte sie auf mich zu und faßte mich bei den Händen.

»Sie sind der Neue, nicht wahr?« fragte sie, und ihre dunklen Eulenaugen funkelten lebhaft vor

Begeisterung. »Madame Marushka wird so entzückt sein. Wir beginnen in Kürze. Hätten Sie gern eine Tasse Tee? Madame ist zwar Russin, doch der Tee ist meist trinkbar.«

»Das wäre ganz großartig, Miss ...?«

Die junge Dame lachte klangvoll. Sie warf dabei den Kopf in den Nacken, so daß ihre dicken Locken aus bläulichschwarzem Haar tanzend die milchweißen Schultern berührten. »Ehrlich gesagt weiß ich gar nicht, wie ich mich vorstellen soll, Sir. Wenn ich Sie bitte, mich beim Vornamen zu nennen, halten Sie mich vielleicht für aufdringlich. Aber wenn ich Ihnen meinen vollen Namen mitsamt Titel nenne, schüchtere ich Sie womöglich ein? Der arme Harry jedenfalls ist deswegen wochenlang ganz aus dem Häuschen gewesen. Er konnte nicht einen Ton zu mir sagen, ohne sich vorher zehn Minuten lang einleitend zu verbeugen und Kratzfüße zu machen.«

»Ich hoffe doch, ich bin aus härterem Holz geschnitzt als Harry«, erwiderte ich leise. Das brachte sie wieder zum Lachen.

»Nun gut. Ich bin Ada Augusta, die Gräfin von Lovelace.« Sie knickste artig. »Und ich versichere Ihnen, ich bin nicht hier, um mich ein wenig unters gemeine Volk zu mischen. Mir ist es als Sucher der Wahrheit ebenso ernst wie Ihnen.«

Ich hob ihre Hand an meine Lippen. »Dann sind Sie, wie ich fürchte, schrecklich frivol, Mylady. Die Suche, die mich hierher führte, gilt nämlich lediglich einem Bekannten: Dr. Boyle.«

»Arthur? Dort steht er, am Samowar.« Mit ihrem schlanken Arm hakte sie sich bei mir ein und geleitete mich durch den schäbig möblierten Raum. Die Wände waren von einer Mischung aus dicken sienabraunen Vorhängen, bunten Tischläufern und Bildern in vergoldeten Rahmen bedeckt; letztere zeigten entweder geziert lächelnde Kinder oder deprimierende Historienmalereien. Ein monströs anmutender Tisch und die dazugehörigen Stühle nahmen den größten Teil der Stellfläche ein. Auf dem abgenutzten Tischtuch aus ungebleichter Spitze standen etliche Teetassen. An einigen Stellen war das Tischtuch so fadenscheinig, daß man den Tischüberzug aus billigem grünem Fries darunter sehen konnte.

Dr. Boyle trank noch Tee und unterhielt sich mit einer drallen, nachlässig wirkenden blonden Frau in Witwenkleidung. Sie deutete einmal auf diesen, dann jenen Teil ihres Körpers und verzog dabei das Gesicht. Lediglich mit dem Verziehen des Gesichtes folgte Boyle ihr.

»Dr. Boyle?«

»Aha, Dr. Weston!« Er eilte zu mir. »Ich bin ja so froh, Sie zu sehen. Aber ...« Er blickte an mir vorbei. »Ihr Freund ...?«

»Noch immer im Tower. Ich bin allein gekommen.«

»Allein? Gut! Das ist immerhin ein erster Schritt.«

»Ich bin gekommen, um Sie um Hilfe zu bitten.«

Sein Lächeln verschwand. »Selbstverständlich werde ich Sie anhören, aber ich fürchte, meine diesbezügliche Haltung kennen Sie bereits. Ich werde Sie anhören ...« – er hob die Hand, um meinem Einwand zuvorzukommen –, »und zwar nach dieser Sitzung. Die Dame, aus deren Klauen Sie mich errettet haben, ist jüngst verwitwet. Meiner persönlichen Ansicht nach muß ihr Mann sich bei ihr mit Hypochondrie angesteckt haben und daran gestorben sein. Doch wie dem auch sei, sie verfügt über etwas, das wir als einen ›frischen Kontakt‹ zur anderen Seite bezeichnen. Wenn man nicht mit einem besonders begabten Medium arbeiten kann, gilt die einfache Regel: je mehr frische Kontakte, desto besser.«

Ich hätte gern gewußt, als was Dr. Boyle wohl Deirdre bezeichnet hätte. Mein Kontakt mit der anderen Seite war jedenfalls konstant und qualvoll frisch.

»Dann wird diese Sitzung mir sicherlich neue Perspektiven eröffnen«, sagte ich in der Hoffnung, ihn zum Einlenken zu bewegen.

»Aber ganz ohne Zweifel. Um genau zu sein, waren Lady Lovelace und ich unter den ersten, die heute abend eintrafen, und Madame informierte uns, daß wir den Vorzug der Gegenwart einer zweiten Witwe genießen dürfen.«

»Gleich zwei Witwen! Sieh mal einer an!« Meine falsche Begeisterung erwies sich als wenig besser als eine einzige Schicht eines billigen Firnis: Er hielt nicht lange und bekam leicht Risse. Ein Thespisjünger von Donnes Format werde ich nie sein. Auf meine Bemerkung folgte daher unbehagliches Schweigen. Dr. Boyle ließ sich nicht für dumm verkaufen, und die anbetungswürdige Gräfin von Lovelace erst recht nicht. Ihre wohlgeformte Hand hatte auf meinem Arm geruht; nun zog sie sie mit betonter Gestik zurück und sprach Dr. Boyle auf eine Weise an, die ganz offensichtlich darauf abzielte, mich auszuschließen.

Dr. Boyle tat nichts, um die Kluft zu überbrücken. Ich hatte mich als Spötter im Tempel erwiesen, ich wurde ausgestoßen. Keine Armesündermiene der Welt vermochte mir noch Absolution zu erkaufen. Ich versuchte mich in das Gespräch einzuschalten und die Belastungen zu erklären, unter denen ich in letzter Zeit lebte, doch führte Ada den Arzt fort aus meiner verseuchenden Nähe. Die kleine blonde Frau, die gehört hatte, wie Dr. Boyle mich mit meinem Titel anredete, näherte sich, um die Rezitation ihrer Wehwehchen bei mir fortzusetzen.

Vor diesem Schicksal bewahrte mich der plötzliche, lautstarke Auftritt einer fettleibigen, von Schultertüchern verhüllten älteren Dame mit einem Gesicht wie ein scharlachroter Vollmond, die sich durch die dicken Perlenvorhänge schob, die den Durchgang zum übrigen Teil der Wohnung verhüllten. Ihr auf dem Fuße folgte eine weit zierlichere, braunhäutige Frau, die sich mit der Anmut einer Kerzenflamme bewegte. Von Kopf bis Fuß war sie in ein exotisches, luftiges Gewand von der Farbe der Traubenhyazinthe gekleidet. Auf ihrer Stirn, genau zwischen ihren großen, umbrabraunen Augen, befand sich ein kleines rotes Mal. Ich konnte nicht anders, ich mußte sie angaffen. Zwar war ich mit Donne zu der einen oder anderen Gelegenheit auf dem Festland gewesen, doch auch dort war mir eine Dame wie diese nicht vor die Augen bekommen.

Nun, was dies anbetraf, so galt das gleiche auch für den Fall von Madame Marushka – denn unter all den Tüchern verbarg sich in der Tat Madame Marushka. Ihr Britisch war mit einem starken moskowitischen Akzent belegt, und sie verhielt sich, als wolle sie jeden einzelnen Anwesenden im Raume umarmen und uns *en masse* an den gewaltigen, wogenden Busen drücken.

»Kinder! Kinder, wir wollen uns setzen! Wir wollen den mystischen Zirkel bilden, meine Lieben, und unsere Wanderer wieder zu Hause willkommen heißen!«

»Ach je!« keuchte meine kleine Witwe und huschte auf einen der Stühle am spitzenbedeckten Tisch. Auch ich bewegte mich rasch – rasch genug, um den Stuhl zu erhaschen, der von dem ihren am weitesten entfernt stand. Wie es sich zeigte, ließ sich Madame Marushka gleich zu meiner Rechten nieder. Sie blinzelte mich an, dann rief sie aus: »Eine gute Aura! Wer sind Sie?«

»Mein Name ist John H. Weston, Madame. Ich bin neu hier, doch hoffentlich nicht unwillkommen.«

»Unwillkommen? Was soll dieses Gerede von unwillkommen? Mein liebes Kind, wie Vater Svarog – den Sie den Himmel nennen – das Böse ebenso wie das Gute verhüllt, so heißen wir willkommen, wer immer hierher kommt? Wonach suchen Sie?«

Ich wußte nicht ganz, was ich darauf antworten sollte.

Madame Marushkas scharfe blaue Augen raubten mir allen Mut. Einige Menschen vermag man einfach nicht zu belügen, solange man in dieser sehr dubiosen Kunstform kein Meister ist.

»Schon recht, mein guter Mann. Machen Sie sich nichts daraus.« Madame tätschelte mir flink die Hände. »Könnte es sein, daß Sie nicht einmal genau wissen, wonach Sie suchen? Machen Sie sich nichts daraus! Wir werden Ihnen helfen. Und nun wollen wir uns vereinigen.« Sie legte die Hände vor sich auf die Tischdecke, so daß die Daumen einander berührten.

Rechts von Madame saß ein Mann mit dünnem, stahlgrauem Haar und zimperlichem Mund, wiederum zu seiner Rechten die exotische Schönheit. Ihre mit Antimonschwarz umrandeten Augen strahlten hell, denn darin spiegelte sich das Licht der Kerze, die im Zentrum des Tisches stand und brannte. Neben sie hatte sich die Gräfin von Lovelace gesetzt, wiederum daneben Dr. Boyle. Ich hoffte, daß er und sie sich mir gegenüber wieder etwas milder gestimmt zeigen würden, nachdem Madame Marushka mich so freundlich angesprochen hatte, doch als ich seinen Blick suchte, wich er mir aus. Die Gräfin hingegen wollte gerade, wie ich glaube, meinen inständigen Kontaktversuch erwidern, als Madame Marushka darum bat, daß jemand die anderen Lichter lösche, und Ada sich erhob. Neben Dr. Boyle saß die blonde Witwe, neben dieser eine spröde alte Jungfrau, dann ein bulliger älterer Gentleman von jener Sorte, die Memoiren schreibt, welche niemand lesen möchte, und ihm folgte Harry, dessen Stuhl zu meiner Linken stand.

»Wir wollen beginnen«, kündigte Madame Marushka mit einer Stimme an, die mich an die Glocke eines gesunkenen Schiffes erinnerte. An mich gewandt, fügte sie hinzu: »Mein lieber neuer Sohn, Sie werden über unsere Gemeinschaft schon viele seltsame Dinge gehört haben, doch betreiben wir hier keine Scharlatanerie. Ich bin kein Medium, wie Sie es auf dem Jahrmarkt finden, wo man einen Knopf drückt oder an einer Schnur zieht, um Geister zu erwecken. Jeder in unserem Kreise kann sich der Stimme der Geisterwelt öffnen. Wir warten, wir meditieren, wir lassen uns von den alterslosen Rhythmen der geheiligten Worte auf die andere Ebene tragen. Und wir alle erzielen unseren Gewinn daraus, ganz gleich, wen von uns die Geister sich als ihr Gefäß und Reittier erkiesen.«

Ein niedriger, auf und ab wallender Ton erhob sich nun von den Lippen aller am Tische Sitzenden – von allen außer mir und, wie ich feststellte, der dunklen Frau. Die Wörter, die man da aussprach, verstand ich kaum, ja, ich konnte nicht einmal entscheiden, ob es sich um Worte oder sinnloses Kauderwelsch handelte. Plötzlich wurde Dr. Boyle stocksteif.

»Ich bin durch!« rief er aus. Der Singsang verebbte. Boyle beugte sich über den Tisch vor und starrte mir ins Gesicht. »Bei allen Göttern, die jemals gelebt haben, Mann«, sagte er langsam, »*was haben Sie nur getan?*«

Unwillkürlich machte ich mich auf meinem Stuhl klein. Sein Gesicht sah fremd aus, und seine Augen unheimlich. »Welches Verbrechen verlangt nach einer so schrecklichen Sühne?« Seine Stimme wurde bei dieser Frage immer höher, bis sie zu einem schaurigen Fisteln geworden war, und noch immer starrte er mich an. »Abgeschnitten zu sein, alleingelassen zu sein, so einsam! Ach, Freund, vergeben Sie mir, daß ich je gering von Ihnen dachte! Sollte ich die Last tragen, die auf Ihren Schultern ruht, ich müßte wohl eher ...«

Schlagartig schloß er die Lippen. Sein Kopf schwenkte hastig nach links und geriet ins Schaukeln. »Was ist da zwischen uns getreten? Was ist dort?« Wie gebannt beobachtete ich ihn, wie er einem ausgebildeten Jagdhund gleich nach der Witterung schnüffelte, bis sein Blick sich auf das gleichmütige Gesicht der dunkelhäutigen Frau heftete.

»*O ihr Götter!*« kreischte er auf, dann löste sich ein wortloser Schrei aus seiner Kehle, und er bog sich so heftig zurück, daß er seinen Stuhl mit einem widerhallenden Krachen umwarf. »*Ihr Götter, die Bosheit! Diese Bosheit!*«

Ich erhob mich von meinem Platz – wie wir alle –, doch bevor ich um den Tisch laufen konnte, um zu Dr. Boyle zu gelangen, blies ein Windstoß die einzige Kerze aus.

In der plötzlichen Dunkelheit kam ich meinen unsichtbaren neuen Bekannten ins Gehege. Indignierte Rufe nach Licht mischten sich mit Angstschreien und unterdrücktem Grunzen, als wir alle umherwimmelten und einer mit dem anderen zusammenstieß. Ich hörte, wie Dr. Boyle sich auf dem Boden hin und her warf und um sich schlug, und verstärkte mein Bemühen, zu ihm zu gelangen. Madames wuchtiges Mobiliar erwies sich dabei als beinahe ebenso entscheidendes Hindernis wie ihre Gäste.

»Halten Sie sich fest, alter Freund! Hier bin ich!« Die Stimme gehörte Harry. Der schlankere Mann hatte es vor mir geschafft, sich aus dem allgemeinen Handgemenge herauszuwinden.

»Zu-zurück!« keuchte Dr. Boyle. »Hier sitzt sie und wartet nur darauf, wieder zuzuschlagen! Harry, bei allem, was ...«

Im gleichen Augenblick schrie Harry auf, und ich glaube nicht, daß ich je einen Laut gehört habe, der mich stärker angetrieben hätte. *Deirdre, sei verdammt. Soviel kann ich noch nutzen!* dachte ich und beschwor das Erdenfeuer, um Madame Marushkas Lampen wieder anzuzünden.

Licht flammte auf. Ich stand keine drei Fuß von Harry entfernt, doch Harry war tot. Die Hände um Dr. Boyles Bein geklammert, lag er am Boden. Boyle

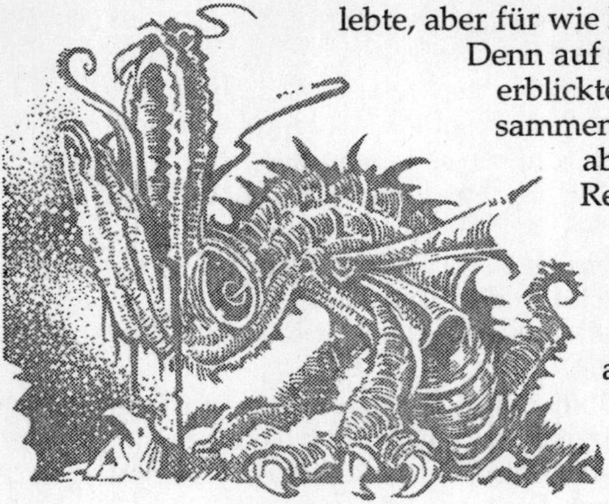

lebte, aber für wie lange noch? Denn auf seiner Brust erblickte ich ein zusammengekauertes, abscheuliches Reptil, dessen Aussehen kein geistig gesunder Mann anders denn als eine aus der Trunksucht geborene Vision beschreiben könnte. Abgesehen vom blutroten Fleck auf der Hinterseite seines Kopfes war es vom stumpfen Weiß eines Knochens. Sein scheußliches Haupt ließ es hin und her pendeln, während es gleichzeitig den Doktor mit dem Blick seiner schwarzen, schlangenhaften Augen im Banne hielt. Als er sich regte, zischte das Reptil und bohrte ihm mit vier krallenbewehrten Füßen in die Hemdbrust. Fächerförmige Zwillingskämme entsprangen dem Hals des Geschöpfes auf halber Höhe, und eine scharlachrote Zunge berührte das Gesicht des Arztes so sanft wie die Hand einer Geliebten.

Ich setzte über Harrys Leichnam und packte die scheußliche Eidechse gleich hinter dem Kopf. Die Götter allein wissen, was mich dazu trieb, ein solches Risiko einzugehen. Ich handelte ohne nachzudenken und spürte, wie der doppelte Zackenkamm des Reptils mir in die Hand schnitt.

»So, und was nun, du Biest?« Ärgerlich schüttelte ich das Tier. Eine dickliche, übelriechende Flüssigkeit tropfte ihm aus dem Maul, und es blickte mich mit geradezu menschlicher Aufsässigkeit an. Aber sein

Spiel war aus. Mit einer Drehung meiner Hände brach ich der Eidechse das Genick. Den Kadaver des Reptils ließ ich fallen und kniete mich neben Dr. Boyle, der stöhnend eine Hand hob, auf der sich eine Bißwunde abzeichnete.

»Verdammt sollt ihr sein! Ihr Feiglinge! Um Eponas willen, helft mir!« schrie die Gräfin von Lovelace. Ich blickte auf und sah sie mit der geheimnisvollen dunklen Witwe ringen, während alle anderen ringsum fassungslos auf die Szene starrten.

Was ich sah? Wer wird mir glauben, was ich sah? Denn kaum hatte ich registriert, daß Ada die Arme der Frau gepackt hatte und zur Unbeweglichkeit verdammte, beobachtete ich, wie die Schleier sich hoben und ein dritter Arm sich so geschmeidig wie eine Schlange daraus hervorschob. Ein dritter Arm! Jawohl, und dann ein vierter und ein fünfter und ein sechster, daß die mutige Gräfin aus Furcht vor der menschlichen Arachne, die gepackt zu haben sie so übergangslos feststellen mußte, gellend aufschrie. Und dennoch zeigte die Adlige sich mutig: Selbst jetzt ließ sie das Monstrum nicht los.

Ganz anders hingegen die übrigen. Der Schrecken, der sie gerade noch in Bann gehalten hatte, räumte panischem Entsetzen das Feld. Sie stießen und rempelten, jeder allein darauf bedacht, als erster durch die rettende Tür zu eilen und zu verschwinden. Madame Marushka war bereits außer Sicht. Ich stolperte über Dr. Boyle – wenn das Gift der Eidechse ihn noch nicht getötet hatte, dann bestand vielleicht Hoffnung –, und packte von hinten zwei der überzähligen Arme des Ungeheuers.

Die Exotin ließ den Kopf sinken – dann drehte sie ihn *komplett* herum. Ein menschlicher Hals mit den Knochen eines Sterblichen hätte das nicht vermocht, ohne zu brechen. Ihr Gesicht hingegen verlor niemals den Ausdruck nüchterner Gelassenheit und auch nicht ein Jota des fremdländischen Zaubers; selbst da nicht, als sie mit wildem Auflachen den Mund öffnete und eine Zunge, von der Blut tropfte, zwischen eine Doppelreihe nadelspitzer gelber Zähne zuckend auf mich zuschnellte.

Der, den ich gesucht habe! Die Worte explodierten in meinem Schädel. Mir war, als sei ich in einem Glockenturm gefangen, und es läutete zu Mittag. Mein Griff büßte seine Kraft ein, so daß ich sie losließ und die Hände vor meinen dröhnenden Kopf schlug. O ja! *Er wird zufrieden sein!*

Mit den vier freien Armen wirbelte sie um sich, als wären es Windmühlenflügel, und schleuderte Ada mit der gleichen Leichtigkeit fort, mit der ich eine Fliege davongescheucht hätte. Dann näherte sie sich mir, und ich trat vor ihr zurück, bis ich die Wand in meinem Rücken spürte und nicht weiter zurückweichen konnte. Sie hielt nun Waffen in den Händen – Schwert, Dolch, Dreizack, Pfeil und gespannten Bogen ... und in der letzten einen Menschenschädel.

An der luftigen Seide, in die sie gehüllt war, züngelten violette Flämmchen auf, und ihre Füße trippelten wie im Tanz.

»Gezücht von Tschernobog! Bei Dazhbogs Macht, hinfort! Byelobog vernichte dich, Svarog wende sein Antlitz von dir ab, Dazhbogs Pfeil töte dich!« Zwischen uns und dem Licht stand plötzlich Madame Marushka. In der einen Hand hielt sie ein silberbeschlagenes Buch, in der anderen einen büscheligen Pferdeschwanz. Wie eine Geißel peitschte sie den Pferdeschwanz in unsere Richtung, und ich spürte, wie kühle Tröpfchen, mild wie ein Frühlingsschauer, auf meine Haut spritzten.

Der Dämonin, die mich bedrängte, kam das Naß offenbar alles andere als mild vor. Sie heulte auf, als wäre sie nicht mit Wasser, sondern mit weißglühendem Metall besprenkelt worden, schlug wirbelnd die brennenden Schleier um sich und verschwand.

»Dr. Weston!« Der Ruf der Gräfin von Lovelace ließ mir keine Zeit, Madame Marushka zu danken oder gar zu fragen, was sie getan habe. »Bitte kommen Sie rasch. Dr. Boyle liegt im Sterben!«

Im Sterben? Nein, wenigstens das blieb uns erspart. Das übelriechende Reptil hatte ihn nur einmal, in die Hand, gebissen. Ich schnitt die anschwellenden Wunden ein und saugte das Gift ab, dann überprüfte ich Herzschlag und Atmung. Beide waren nur unwesentlich beschleunigt, und obwohl seine Haut feucht war vor Schweiß, war sie weder in gefährlicher Weise klamm noch verfärbt.

An der Leiche des armen Harry fand sich kein Kratzer.

»Ein ... schwaches Herz«, brachte Dr. Boyle hervor. »Harry war mein Patient.«

Und der Anblick des widernatürlichen Reptils hätte selbst bei einem gesunden Manne Herzklopfen hervorgerufen. Madame Marushka ließ ihre Masse zu Boden sinken, löste Harrys Todesgriff um Boyles Bein, drehte den unglücklichen Mann herum und schloß seine Augen.

»Möge Vater Svarog mir vergeben, daß ich dieser Unholdin je den Zutritt zu diesem Hause gestattet habe. Von ihr konnte ich nur sehen, was sie mich sehen lassen wollte. Sie sagte, sie sei aus einem fernen Land gekommen und daß ihr Volk wie wir daran glaube, daß die Seele nicht auf ewig wandert, sondern nach einem weiteren Leben in einem anderen Körper verlangt. Sie wollte den Schatten ihres Ehegemahls sprechen und ihn fragen, wohin das Rad von Leben und Tod ihn geschleudert habe.«

Die alte Russin seufzte und wischte sich eine einsame Träne von der roten Wange.

»Liebste Madame ...« Ada umarmte sie. »Sie dürfen

sich nicht die Schuld geben. Mein Blut trägt einige Zauberkraft in sich, doch auch ich vermochte nicht ihre Larve zu durchschauen, bevor sie zuschlug. Ich habe gesehen, wie ihre Hand vorzuckte und einen Tropfen warmes Wachs von der Kerze nahm. Daraus hat sie dann ihre monströse Kreatur geformt! Schauen Sie nur! Wohin ist die giftige Eidechse verschwunden?«

Sie sprach die Wahrheit. Ich hatte den Kadaver in der Nähe auf den Fußboden fallen lassen, doch nun lag dort auf Madames abgenutztem Teppich nur noch ein langer, sauber in zwei Hälften gebrochener Zapfen aus Kerzenwachs.

»Wir müssen Sie auf den Hof eines Heilers bringen«, sagte ich und half Dr. Boyle aufzustehen. Er war ein massiger Mann, und sein Gewicht auf meiner Schulter rief ein fürchterliches Pochen in meinem schlechten Bein hervor. Trotzdem weigerte ich mich, ihn loszulassen.

»Und was ist mit ihm?« Dr. Boyle deutete auf den Leichnam.

Ada legte sich Dr. Boyles anderen Arm über die schlanken Schultern und nahm mir den Hauptteil der Last ab. Ich fragte mich, ob sie gesehen hatte, wie ich zusammenzuckte. »Für Harry kommt jede Hilfe zu spät, Arthur. Dr. Weston und ich werden hierher zurückkehren und das Nötige veranlassen, nachdem wir uns um Sie gekümmert haben. Ist mit Ihnen alles in Ordnung ...?«

»Alles in Ordnung?« Die Augen der Russin strahlten. »Ha! Ich habe mich nie besser gefühlt! Ach, meine geliebten Kinder, kümmert euch nur gut um unseren Freund, und seid rasch zurück. Nicht in meinen wildesten Träumen hätte ich mir je ausgemalt, einen so frischen Kontakt zu erhalten!« Sie raffte Harry an sich und zog ihn in eine warme Umarmung, in der er erstickt wäre, wenn er nicht schon ...

Ada und ich mußten nur etwa einen Block mit Dr. Boyle zwischen uns laufen, bis wir an eine Straße kamen, die belebt genug war, daß öffentliche Droschken darauf nach Fahrgästen Ausschau hielten. Die Fahrt zum nächsten Heilergehöft erwies sich zum Glück als weder besonders lang noch außerordentlich holprig. Novizen müssen ihre Erfahrungen sammeln, und nichts bietet mehr interessante Fälle als die ärmeren Stadtteile Londons, ganz besonders in den Tagen, die auf Beltaine, Imbolc und die Braufeste im Oktober folgen.

Während zwei junge Novizen mit kräftigen Armen Dr. Boyle auf eine Trage legten und die Decke an seinen Seiten feststeckten, sagte er: »Sie sehen, Dr. Weston, ich wäre gar nicht in der Lage gewesen, Ihnen zu helfen, ganz gleich, wie ich mich entschieden hätte.«

»Machen Sie sich keine Gedanken, Sir.« Ich drückte ihm fest die unverletzte Hand. »Ruhen Sie sich aus, und werden Sie wieder gesund. Wir sehen uns wieder, und ich hoffe, dann erweise ich mich nicht wieder als Scharlatan.«

Er lächelte schwach. »Und ich hoffentlich nicht wieder als Eiferer. Die Götter seien mit Ihnen.«

Draußen vor dem Gehöft bot ich der Gräfin von Lovelace an, ihr einen Wagen zu rufen, der sie nach Hause bringen würde.

»Aber Dr. Weston, wir wollten doch zu Madame zurückkehren?«

»Und sie bei ihrem Gespräch mit Harry stören? Lieber würde ich sterben, und dann hätte sie zwei frische Kontakte.«

»Sie sind unverbesserlich!« Dennoch schenkte sie mir einen freundlichen Blick. »Arthur hat recht. Wir haben Sie schäbig behandelt. Es dauert eben doch seine Zeit, bis man den beiläufigen Sucher bekehrt hat. Ich werde jedenfalls zu Madame zurückkehren, aber nicht, um Harrys Schatten anzuhören. Ich habe mein Schultertuch vergessen.« Ihre bloßen Schultern zitterten. Ich streifte mein Jackett ab und legte es ihr um die Achseln; doch nun spürte ich die herbstliche Kühle.

»Dann wollen wir dorthin zurückkehren.«

Als wir uns auf einem Wagen dorthin befanden, fragte Ada: »Sie sind also Dr. John H. Weston. Doch nicht der gleiche ...?«

Ich knallte meine Faust auf die Haltestange und verlor fast den Griff mit der anderen Hand, was mich nach hinten aus dem Wagen geschleudert und auf meinen dicken Schädel hätte stürzen lassen. Währenddessen fuhr Ada fort: »Wenn Sie der Mann sind, dann muß ich schnellstmöglich unter vier Augen mit Ihnen reden. Sobald wir Madame wieder verlassen haben ...«

Wir waren da.

Die Druiden auch.

»Welch unangenehmes Zusammentreffen, Dr. Weston«, begrüßte mich der Eiserne Herzog. Er war in einer noch schlechteren Laune als beim letztenmal. Das mochte an einer profunden Verletzung seines Stolzes liegen. Viele Schiffe, die am Branswall patrouillierten, waren der *Maura Oisin* ins nasse Grab gefolgt, und alle waren zum großen Teil mit Druiden bemannt gewesen. So viele Angehörige der Bruderschaft waren spurlos verschwunden, daß der Herzog von Wellington seine Brüder in den wilden nördlichen Provinzen bitten mußte, ihm in der britischen Hauptstadt beizustehen. Selbst die heilige Insel Mona war verwaist. Zusammen mit dem Umstand, daß sein Gefolge mithin auf einen einzigen sehr jungen Novizen zusammengeschmolzen war, mußte ihm all das überaus schwer zusetzen.

»Ein glückliches Zusammentreffen, würde ich eher sagen, Meister. Schon seit Wochen bemühe ich mich, Ihnen eine Petition vorzulegen, in der ...«

»Genug!« Er hob seinen Stab, der durch sein Mißvergnügen knisterte und kalkweiß leuchtete. »Sparen Sie sich Atem und Pergament. Brihtric Donne wird seine gerechte Strafe erhalten, wie alle, die sich gegen das Gesetz Britanniens vergehen.«

Bedeutungsvoll blickte er auf Madame Marushka. Sein Novize hielt die alte Russin am Arm fest und wirkte dabei sehr nervös. Eine imposante Frau wie sie konnte ihn auf viele Arten töten, ohne ihm eigentlich übel gesinnt gewesen zu sein.

»Ach, um Himmels willen!« Ada fand in einer Ecke ihr Schultertuch und schlug es sich mit schwungvoller Gebärde um die Achseln, dann gab sie mir mein Jackett zurück. Sie trat vor den Eisernen Herzog und erwiderte meisterhaft seinen stechenden Blick. »Was haben Sie vor? Haben Sie denn noch nicht genug Häftlinge, um mit ihnen herumzuspielen, daß Sie noch mehr Leute festnehmen müssen? Nicht etwa, daß Sie genügend Brüder zur Verfügung hätten, um ihnen eine gerechte Verhandlung zu geben und sie wieder auf freien Fuß zu setzen, o nein! Sagen Sie mir doch einmal, welch scheußlichen Verbrechens Sie Madame Marushka bezichtigen!« Und als käme es ihr erst jetzt in den Sinn, fügte sie hinzu: »Meister.«

»Ganz die Tochter Ihres nutzlosen Vaters«, brummte der Erzdruide. »Wenn dieses Buch ihr Eigen ist, dann wissen Sie wohl, welche Anklage sie erwartet.«

Er packte das Buch mit den Silberdeckeln, mit dem Madame den weiblichen Unhold überwunden hatte, und drückte es Ada grob in die Hände.

Sie betrachtete die Seiten eingehend und sagte schließlich: »Ich verstehe kein einziges Wort. Das ist kyrillische Schrift.«

»Ein Buch über ausländische Magie, mein Kind!« Das weiße Haar des Herzogs stand gesträubt von seinem Kopf ab wie die Mähne eines gereizten Löwen. »Ist das etwa kein schwerwiegendes Verbrechen?«

»Mumpitz«, widersprach Ada ihm. »Wie sollte dergleichen nach Britannien kommen? Der Branswall müßte es aufgehalten haben.«

»Der Branswall ist gebrochen! Gebrochen oder wenigstens geschwächt. Sie! Wie sind Sie nach Britannien gekommen?«

Madame Marushka warf die Arme weit auseinander; vielleicht beabsichtigte sie, ihr neues Land voll Begeisterung symbolisch zu umarmen. Der Novize wurde zu Boden geschleudert und zog sich am Tisch hoch, wobei er quiekte: »So nicht, Alte! So nicht!« Doch niemand schenkte ihm Beachtung.

»Nach Britannien! Ah! Ich bin erst diesen Sommer hierhergekommen, und doch fühle ich mich schon als Mutter aller einsam wandernden Seelen dieser Insel! Ich kann Ihnen gar nicht sagen, werter Sir – Meister, heißt das, richtig? –, wie sehr ich Ihrem Sammain-Fest entgegenfiebere. Dann lasse ich alle Türen und Fenster so offen wie mein Herz für jeden Toten, der meiner bedarf!«

Ich glaube, ich habe als einziger Wellington: »Verrückte alte Schachtel« brummen hören. Er wandte sich an Ada: »Da hören Sie es. Der Wall gibt nach. Wie sonst hätte sie dieses Buch ungehindert nach Britannien bringen können? Ihr Schiff wäre erstarrt, kaum daß es den Wall berührt hätte. Doch der Wall reicht nicht mehr aus. Dafür haben wir noch andere Beweise gefunden – Beweise, deren genaue Natur Sie nicht bekümmern muß.«

»Beweise, die Donne Ihnen schon vor Monaten vorgelegt hat!« brüllte ich ihn an. »Wenn Sie ihn damals angehört hätten, wären heute noch viele Ihrer Brüder am Leben, und der Branswall zeigte keine Lücken.«

Der Eiserne Herzog trat näher an mich heran, bis er und ich uns einen Atemzug hätten teilen können. Seine Augen blitzten bedrohlich. »Brihtric Donne ist ein Verräter an Britannien.«

»Die Goldene Bruderschaft ist nicht Britannien«, erwiderte ich. »Ganz gleich, wie gern Sie das auch hätten, sie ist es nicht. Und genauso wenig hat Donne je einen von Ihnen verraten. Meister Caradoc war einer seiner engsten Freunde. Wenn Donne vor ein ordentliches Gericht gestellt wird, dann werden Ihre Brüder ihn für unschuldig befinden müssen, woraufhin Sie um so mehr als Narr dastehen werden, weil Sie ihn überhaupt erst angeklagt haben. Eins kann ich Ihnen über Brihtric Donne sagen: Er liebt Britannien mehr als je ein Mann vor und jemals nach ihm.«

»Dann soll er Britannien vom Ende eines Henkerseiles aus lieben. Denn ich schwöre Ihnen bei Esus, daß ich ihn in der Luft tanzen sehen werde. Schon viel zuviel Zeit habe ich mit ihm vergeudet. Nun werde ich tun, was mir jemand aus dem näheren Umkreis der Königin vorgeschlagen hat. Ich bringe ihn vor ein Gericht aus Adligen, ob es Druiden seien oder nicht.«

»Jawohl, tun Sie das, und brechen Sie die Gesetze Britanniens, die zu verteidigen Sie behaupten! Nur ein Schwurgericht aus Weisen darf einen Menschen zum Tode verurteilen.«

»Das stimmt – es sei denn, die Königin erteilt eine Ausnahmegenehmigung. Und diese Genehmigung wird erteilt werden, Dr. Weston. Ich lege Ihnen nahe, Ihren Freund morgen im Gefängnis zu besuchen, und an jedem darauffolgenden Tag ebenfalls. In den kommenden Jahren können Sie sich ja damit trösten, daß Sie ein Buch verfassen – ›Die letzten Tage des Brihtric Donne‹.«

Ich hätte noch einiges zu erwidern gehabt, doch Ada ergriff mich am Arm und zog mich energisch aus Madame Marushkas Wohnung.

Wellington schnaubte verächtlich und verbannte mich aus seinen Gedanken. Mein erzwungener Aufbruch war ihm eine besondere Freude. Ich protestierte; doch Ada zeigte sich beharrlich. Erst als wir unten auf der Straße standen, gab sie mich frei.

Ich massierte meinen Arm: er fühlte sich wund an. Die Dame hatte einen festen Griff; ich erinnerte mich, mit welch stählerner Hand sie den Unhold festgehalten hatte.

»Oh! Habe ich Ihnen weh getan? Das tut mir leid. Es liegt an Wellington; dieser Tage benimmt er sich wie eine blinde Bulldogge. Nach allem in seiner Reichweite schnappt er und vernichtet es, wenn er kann. Noch ein Wort von Ihnen, und er hätte Sie ebenfalls festnehmen lassen. Irgendeine plausible Beschuldigung wäre ihm nachträglich schon eingefallen.«

»Sie sprechen von ihm, als wären Sie mit ihm sehr vertraut, Mylady.«

Ein fragender Unterton schlich sich in diese Feststellung. *Vertraut geht sie mit ihm um, und mehrfach recht grob,* dachte ich. Nicht etwa, daß er es nicht voll und ganz verdient gehabt hätte.

»Mit ihm? Vater hat mich oft mit zu ihm genommen, als er noch einen Sinn für Humor besaß. Schon meine geringe Spur von Brans Blut bewirkte, daß ich mir gewisse Freiheiten herausnehmen durfte, wenn ich mit dem alten Mann sprach, und ich weigerte mich, davon abzulassen, nur weil man ihn zum Erzdruiden ernannt und er sich in einen aufgeblasenen Langweiler verwandelt hatte. Vater spricht oft von ...« Die Stimme versagte ihr. Mittlerweile waren wir an die gleiche Durchgangsstraße gelangt, auf der wir zuvor den Wagen angehalten hatten, und im Laternenschein sah ich, daß ihr Tränen in den Augen standen.

»Mylady, was ist mit Ihnen?«

Die Tränen quollen hervor. »Ada. Bitte nennen Sie mich Ada. Und bitte – bitte, Dr. Weston –, Sie müssen meinem Vater helfen. Sie dürfen ihn nicht weiter mit Mißachtung strafen! Ganz verzweifelt bedarf er Ihrer Hilfe und der Mr. Donnes.«

»Ihren Vater soll ich ...? Aber wie kann ich einen Mann mit Mißachtung strafen, den ich nie ...?«

Auch tränenüberströmt wies ihr Gesicht die Vollkommenheit einer italienischen Kamee auf. Nur ein einziges Mal hatte ich ähnlich vollkommene Züge gesehen, und nicht auf dem Gesicht einer Frau. Ihre nächsten Worte sollten meine plötzliche Vermutung bestätigen. »Aber Sie kennen ihn. Und nur Sie wissen, wie dringend er Ihre Hilfe benötigt. Wochenlang hat er sich kaum aus dem Café Royal gewagt und immerfort auf Ihr Kommen gehofft. Selbst jetzt geht er noch unabänderlich jeden fünften Abend dorthin. Er hat Mutter verlassen – so viel hat er mir anvertraut –, aber er will mir nicht sagen, wo er nun wohnt oder wie oder auch nur, welche Angelegenheit er mit Ihnen zu regeln hat. Ach, Dr. Weston, ich habe solche Angst!«

Lord Byrons Tochter.

KAPITEL 10

Der Fall der entzückendsten Dame, die Donne je kennenlernte

»Lord Byrons Tochter«, sagte Donne. »Ich glaube, an Ihnen ist mehr als das, Lady Lovelace.« Er beugte sich über den Essenskorb, den ich mitgebracht hatte, und zog das Decktuch von einem Teller voller Sahnetörtchen. Ich hatte mich diesmal dagegen entschieden, Mrs. Hendriks brutale Vorstellungen von *cuisine* auf jemanden herabzubeschwören, der ohnehin schon schwer leiden mußte. Als Ada am Morgen in ihrer privaten gallische Kutsche vorgefahren war, um mich abzuholen, hatte ich auf einem kurzen Halt an Mildreds Bäckerei bestanden.

»Mr. Donne«, entgegnete Lady Lovelace, »was sollte denn mehr an mir sein?« Sie nahm ein Törtchen vom Teller und setzte es streng neben sich auf die Bank.

Kaum hatte sie Donnes elende Zelle betreten, war es, als wäre die Sommersonnenwende gekommen und die tote Sonne neu geboren worden. Unverzüglich hatte Donne ihr die einzige anständige Sitzgelegenheit überlassen.

»Entweder sind Sie bescheiden, Mylady, oder Sie spielen mit mir. Ihr schätzenswerter Kollege, Mr. Babbage, würde davon wohl nicht sehr viel halten. Er steht in dem Ruf, jeden Winkelzug abgrundtief zu verachten.«

Ada bedachte ihn lediglich mit einem strahlenden Lächeln, wie es für sie typisch war, und zog das Decktuch von dem Korb, den sie unabhängig von mir hergebracht hatte. Er war groß und unhandlich, und dennoch war sie allen Versuchen meinerseits, sie von der Last zu befreien, mit sanftem, aber entschlossenem Widerstand begegnet. Aus diesem Korb zog sie nun eine glänzende Bronzekanne, die geschickt abgedichtet und nach außen mit Korduanleder isoliert war, dazu drei sorgfältig eingeschlagene Porzellantassen und die dazugehörigen Untertassen. Sie verteilte sie, schenkte Tee aus der Bronzekanne aus und bot Sahne und Zucker an, bevor sie antwortete.

»Ich gebe zu, daß ich Ihre Fähigkeiten auf die Probe stellen wollte, Mr. Donne. Aber an dergleichen sollten Sie wohl gewöhnt sein. Dem großen Brihtric Donne zu begegnen und ihm etwas zu verschweigen – und abzuwarten, ob er es tatsächlich allein aus seinen Beobachtungen zu folgern vermag –, ist mittlerweile ein ebenso klassischer britischer Zeitvertreib wie Rinderraub. Es zu unterlassen wäre, als käme man aus dem Nordland und besuchte London, ohne auf die Sehenswürdigkeiten zu starren, nur um dann zu schwören, daß einen dort, woher man komme, Sehenswerteres erwarte.«

Ich hätte nicht sagen können, ob ihre Entschuldigung Donne besänftigte oder nicht. Wie immer, wenn er mit einem Fall befaßt war, verrieten seine Gesichtszüge nichts von den Gedanken, die den Verstand dieses Mannes beherrschten. Indessen wandte er sich an mich.

»Ich erwähne den Namen Babbage zum erstenmal, Weston. Sagt er Ihnen etwas? Nein. Warum sollte er auch? Dennoch, eins ist gewiß: Wäre dieses Land anders und würde von Menschen und nicht von der Magie beherrscht, so wären der Name von Charles Babbage und seiner Analytischen Maschine in das Herz jedes britischen Schulkindes graviert.«

»Soweit würde ich nicht gehen, Mr. Donne«, entgegnete Ada. »Die Analytische Maschine ist niemals über einen Entwurf hinausgekommen. Mr. Babbage mangelte es an den nötigen Geldmitteln, um fortzufahren.«

»Geldmittel, die er bekommen hätte, wenn sich die Regierung dafür interessiert hätte. Aber warum sollte die Bruderschaft den Bau einer Maschine unterstützen, die den Menschen entlasten würde, wenn sie sich andererseits ihr Monopol auf Problemlösungen erhalten konnte – und die monopolistischen Preise, die sie dafür erzielt? Aber zurück zum Wesentlichen! Weston weiß nicht, wovon wir sprechen. Würden Sie ihn erleuchten, Mylady?«

Ada schenkte mir eine frische Tasse Tee ein und versetzte das Getränk nach meinem Geschmack mit Sahne und Zucker. »Charles Babbage ist ein brillanter Mensch, Dr. Weston. Indem er gewisse mathematische Prinzipien zur Anwendung brachte, gelang ihm die Konstruktion eines Apparats, den er die Analytische Maschine nannte. Diese Maschine sollte komplizierte Berechnungen in einem Bruchteil der Zeit anstellen, die ein menschliches Gehirn dazu benötigt. Selbstverständlich hätte man der Maschine die Aufgaben in ihrer eigenen Sprache mitteilen müssen, in – wie soll ich es nennen – Maschinisch?«

»Ein auf der Mathematik basierender Rechner, der fähig ist, eine Sprache auf mathematischer Grundlage zu verstehen«, sagte Donne. Ich glaubte, hinter seiner schräg gehaltenen Teetasse die Andeutung eines Lächelns zu bemerken. »Und Lady Lovelace ist die Mathematikerin, die den Kode entwickelt hat, mit dessen Hilfe wir gewöhnlichen Sterblichen die Maschine ansprechen könnten. Ferner hat sie eine Monographie unter dem Titel ›Für Gebrauch und Erhaltung der Magie relevante Gleichungen‹ veröffentlicht. Anerkannterweise gilt sie als recht begabt.«

»Begabt! Ich glaube, Sie setzen die Lady herab, Donne. Ich würde mich enthusiastischer äußern!«

»Daran steht für mich kein Zweifel. Doch wollen wir uns nicht weiter mit Babbages erstaunlicher Erfindung beschäftigen, Weston. Sie berichteten mir vom Vater Ihrer Ladyschaft.«

So war es. Aufmerksam hörte sich Donne die ganze Geschichte von der Séance am vergangenen Abend an, während er mit jeweils drei Schritten seiner langen Beine die Zelle von einer Wand zur anderen durchmaß.

Als ich ihm auseinandersetzte, was Wellington zu seinem Schaden ersonnen hatte, sagte Donne nur: »Der Herzog bewegt sich im Rahmen des Gesetzes. Ein Mann kann für ein Kapitalverbrechen auch ohne druidisches Schwurgericht verurteilt werden, wenn die Königin gestattet, daß ein Gremium aus Adligen über ihn das Urteil spricht. Sicherlich ahnen Sie, aus welcher Quelle der Vorschlag dazu stammt?«

»Kitchener«, sagte ich.

»Was, Lord Messingknopf?« rief Ada. »Was hat er damit zu tun, daß Sie hier sitzen, Mr. Donne? Bei Epona, Kitchener hat seine schmutzigen Finger in genügend Kuchen innerhalb des Palastes. Mama schätzt ihn; Grund genug, ihn vom Fleck weg zu verabscheuen. Gelegentlich besuche ich sie, wenn sie bei

Ihrer Majestät ist. Sie ist zur Herrin der Dienstboten ernannt worden, obwohl ich nicht begreife, weshalb sie so plötzlich in der Gunst Ihrer Majestät gestiegen sein sollte. Wahrscheinlich auf Kitchener zurückzuführen. Bei jedem meiner Besuche ist er bei der Königin. Sie behaupten, er werbe um sie, und sie begegne der Werbung mit einiger Gunst. Das ist doch absurd!«

»Ha!« Donne blieb mitten im Schritt stehen. »Und wieso sagen Sie das, Lady Lovelace? Aus weiblicher Intuition?«

»Mr. Donne«, erwiderte sie kühl, »seien Sie nicht albern. Damit schaden Sie Ihrem Ruf. Die leitenden Posten im Palast sind mit Druiden besetzt. Heutzutage werden die Druiden selten und werden anderswo benötigt. Im Rahmen meines letzten Besuchs bei Mama nahm ich mir die Freiheit, den Palastsekretär aufzusuchen, der ebenfalls zu den Weisen gehört, um ihm die Frage zu stellen, ob Privatpersonen vielleicht die Sorte Teegebäck kaufen würden, die Ihre Majestät bevorzugt. Er war nicht in seinem Büro, doch nahm ich mir die Freiheit, einen Schritt weiterzugehen und einen Blick auf die Haushaltskonten zu werfen, während ich auf ihn wartete – auf der Suche nach Teegebäck, wie Sie sicher verstehen. Dort sah ich schwarz auf weiß, Mr. Donne, den Beweis, daß die Dienstboten im Palast mit Ausnahme so weniger, daß ich sie an den Fingern einer Hand abzählen könnte, durch Personen ersetzt worden sind, welche Lord Kitchener empfohlen hat. Der Name Seiner Lordschaft stand in dem Feld, das für Bemerkungen reserviert bleibt – in Seiner Lordschaft eigener Hand.«

»Nicht in der Schrift des Sekretärs? Das will mir als schlimmerer Verstoß erscheinen als Ihr Eindringen, Lady Lovelace«, sagte Donne.

»Eindringen? Mr. Donne, Sie sind ein Gentleman, denn auf meine weiteren Verstöße weisen Sie nicht hin; zum Beispiel, daß ich das Büro mit einem Nachschlüssel geöffnet habe.«

»Und mich anzulügen, um einen anderen zu erwähnen. Teegebäck. Also wirklich.«

»Ich habe Ihnen keine Lügen erzählt. Ich habe nur die Wahrheit ein wenig farbiger gestaltet. Daß Sie den Kernpunkt erkennen würden, wußte ich von vornherein. Ja, auch der Palastsekretär hat seinen Posten räumen müssen, und ja, ich bin in das Büro eingedrungen, um die Bücher einzusehen, und kein Schloß in Britannien vermag mich aufzuhalten, wenn ich mich zu etwas entschlossen habe. Sie sind während Ihrer Haft schrecklich inaktiv gewesen, Mr. Donne. Häftlinge benötigen Ertüchtigung, und in Ihrem Fall glaubte ich mit mehr Dankbarkeit rechnen zu können, wenn ich Ihnen ein Puzzle verschaffte, in dem einige Teile mit Vorbedacht zurückgehalten wurden, als wenn Sie einige Stunden Hofgang erhielten.«

Nun lächelte Donne tatsächlich.

»Sie sind eine mit Erfindungsgabe gesegnete junge Dame, Mylady. Ich schwöre, alles in meiner Macht Stehende zu tun, um Ihren Vater zu unterstützen. Weston hat immer wieder geklagt, daß es ihn überfordere, den gegenwärtigen Fall ohne meine Hilfe zu bewältigen. Daher scheint es, als müßte ich aus dem Tower fliehen. Jawohl, bevor der Herzog von Wellington erreicht, daß ich *en pleine air* eine ausgesprochen unangenehme Gigue tanzen muß.«

»Der Eiserne Herzog ist starrsinnig und kleingeistig, aber er würde für Ihre Majestät sterben«, entgegnete Ada. »Er arbeitet nur deswegen auf Ihre Hinrichtung hin, weil er glaubt, die Königin wünsche es so. Doch in Wahrheit spricht Kitchener mit der Stimme Ihrer Majestät. Ihr Götter, wenn ich nur wüßte, wie dieser schreckliche Mensch solch gewaltigen Einfluß auf die Königin erlangen konnte! Was hat er in Händen? Jedesmal, wenn ich die beiden im

Palast sehe und er sie gerade nicht anblickt, spüre ich, wie sehr sie den Mann haßt und zugleich fürchtet. Auch Mama nimmt die Gefühle Ihrer Majestät wahr und genießt sie.«

Donne blickte ihr lange ins Gesicht. Schließlich sagte er: »Ich glaube, Lady Lovelace, Sie sind die einzige Menschenseele außer Weston und mir, der man dieses Wissen noch anvertrauen kann. Doch zuvor muß ich einen Weg finden, aus dem Tower zu fliehen.«

Flucht aus dem Tower von London! Wie viele hatten es versucht, wie viele waren gescheitert! Unbetrauert und unbestattet lagen ihre Knochen in dem flachen Graben, der das hohe Steinbauwerk umgab. Schon vor langer Zeit hatten die Raben des Tower sie blankgenagt. Als Wächter machten die Kinder der Morrigan gute Figur, doch wenn ein Ausbruch drohte, dann zeigte sich, daß sie nicht nur der Zierde dienten. Schwere Gitter aus Magie umgaben den Queen's Tower, in dem alle Häftlinge von druidischem Blut einsaßen, doch bei den gewöhnlichen Sterblichen im White Tower genügte ein einfacher Spruch der Verstärkung und Vergrößerung, den man auf einen hungrigen Raben warf, um jeden Fluchtversuch blutig enden zu lassen.

»Können Sie Donne denn nicht mit Hilfe Ihrer Zauberkraft zur Flucht verhelfen, Lady Lovelace?« fragte ich.

»Ich kenne nur sehr wenige Zaubersprüche, und Brans Blut ist bei mir sehr dünn. Ich bin eine noch geringere Magierin als mein armer lieber Vater. Schon viel zu lange heiraten die Byrons eher Geld als Macht. Schon bald werden unsere Abkömmlinge kaum mehr sein als gewöhnliche Sterbliche. Dann geben sie vielleicht noch außerordentlich gute Köche ab, denn dabei handelt es sich um das letzte bißchen Mana, das man verliert. Mr. Donne auf zauberischem Wege zu Freiheit zu verhelfen überfordert meine Zauberkraft bei weitem.«

»Bekümmern Sie sich deswegen nicht, Mylady«, beruhigte Donne sie. »Ich werde schon einen Plan ersinnen. Oh! Ich sehe gerade, wir werden die Wächter rufen müssen, denn uns droht die Belagerung durch zwei der rücksichtslosesten und verschlagensten Krieger Britanniens.«

»Wer?« fragte die nördliche Wandkrümmung. »Wir?«

»Halt's Maul, Diccon! Jetzt hast du uns verraten!« fauchte die südliche.

Lady Lovelace und ich beobachteten höchst erstaunt, wie die beiden einander gegenüberliegenden Stellen der Zellenmauern sich kräuselten und jeder ein kleiner Junge mit fuchsrotem Haar entstieg. Ihre Gesichter ähnelten einander so sehr, daß sie eng verwandt sein mußten. Der kleinere und jüngere von beiden schniefte elend, während er aus den Steinen trat. Donne hob ihn auf und quetschte sich neben Lady Lovelace auf die Bank, damit er den Jungen auf seinen Knien sitzen lassen und ihn aufheitern konnte.

»Tränen, Hoheit? Das geht doch nicht an!«

»Ich kann nichts dagegen tun.« Diccon nahm dankbar das Taschentuch an, das Ada ihm reichte, und schneuzte sich die Nase. »Ned ist immer so gemein zu mir, und ganz ohne Grund! Sie haben bereits *gewußt*, daß wir da sind! Ich habe uns nicht verraten.«

»Um der Wahrheit die Ehre zu geben, war es Seiner Königlichen Hoheit Magenknurren«, entgegnete Donne. »Selbst durch festen Stein kann es ein Geräusch sein, an das man denken muß. Hätte der Korb mit den Sahnetörtchen ein wenig weiter von der Wand entfernt gestanden, dann wäre Ihr Überraschungsangriff wohl gelungen. Doch selbst das Königshaus kann Sahnetörtchen nicht widerstehen. Wenn Königliche Hoheit uns die Ehre erweisen würden?« Mit einer Hand wies er auf den beladenen Korb.

»*Königliche Hoheit?*« Ich sah nur zwei Jungen –

Jungen mit außerordentlich Kräften, soviel stand fest –, die sich nun neben den Korb hockten und die Münder mit Törtchen vollstopften. Kaum war die Einladung ausgesprochen worden, war Diccon geschmeidig von Donnes Schoß geschlüpft.

»Edward der Ausmanövrierte, kurzzeitig König von Britannien«, machte Donne bekannt. »Und sein Bruder Richard, Herzog von York. Sie werden gewiß von ihnen gehört haben.«

»Wer hätte noch nicht von den Kleinen Prinzen im Tower gehört«, entgegnete ich. »Aber ich hielt sie für tot.« Als mir ihr körperloser Auftritt wieder einfiel, fragte ich: »Sind sie tot?«

»Ich bin ebensosehr am Leben wie Sie!« rief Seine Königliche Hoheit, den Mund voller Sahnecreme.

»Bei den meisten Historikern besteht leider die unvorteilhafte Neigung, Tatsachen zu romantisieren«, antwortete Donne. »Zwei junge Prinzen, die unter fragwürdigen Umständen zum Tode verurteilt wurden, das liest sich besser als Zeugenaussagen, wie König Henry der Thronräuber seine Verwandten durch Arglist an den Tower band, wo sie bis auf den heutigen Tag leben. Ich mißbillige ihre Haft sehr, doch muß ich zugeben, daß ihre Besuche mir die Stunden der Untätigkeit bemerkenswert leichter gemacht haben.« Er zerwühlte dem Herzog von York die Locken und blickte ihm für die Länge eines halben Atemzugs versonnen ins Gesicht. Niemals werde ich alles erfahren, was es über meinen Gefährten zu wissen gibt.

»Historiker sind entweder Staubwedel oder gescheiterte Dramatiker«, sagte Ada in einem Ton, als sei sie sich dieser Tatsache ohne einen Funken Zweifel sicher und dulde keine Ausnahmen. »Nur begreife ich nicht, wie diese beiden, die zu der stärksten Linie mit Brans Blut überhaupt gehören, die vielen Jahre im White Tower gehalten werden konnten, denn der

White Tower wird überhaupt nicht von Magie beschirmt. Was hält sie hier?«

Die beiden Jungen zuckten mit den Schultern. Der junge, einstmalige König von Britannien blickte verschämt drein.

»Nehmen Sie es sich nicht so zu Herzen, Königliche Hoheit«, tröstete ihn Donne. »Henry der Thronräuber ist ein verschlagener Meister der Manipulation gewesen. Bedenken Sie nur, wie geschickt er die Schuld an seiner Tat unter den Teppich gekehrt und dem unschuldigen Onkel Richard die volle Verantwortung zugeschoben hat.«

»Was? Doch nicht Onkel Diccon!« Beide Jungen protestierten lauthals. »Ich dachte, das hätten Sie nur zum Scherz erzählt«, sagte König Edward schließlich.

»Ein Scherz mit ernstem Kern, fürchte ich. Denn alles, was ich Ihnen berichtete, ist wahr gewesen. Jenseits dieser Mauern glaubt alle Welt, daß Herzog Richard von Gloucester Sie einkerkern und später ermorden ließ.«

»Ach, der so tapfere Henry«, fiel Ada ein. »Er erschlug den bösen buckligen Mörder, den widernatürlichen Onkel, den ... ich ziehe es vor, all diese Ergüsse nicht wiederzugeben. Als besonderen Dienst am Reiche hat er danach den britischen Thron an sich gerissen und Ihre Schwester geheiratet.«

»Niemand erzählt uns etwas«, schmollte der König.

»Und Onkel Diccon war überhaupt nicht so, wie Sie sagen«, jammerte der kleine Diccon und setzte an, wieder zu weinen. »Wir hatten Onkel Diccon lieb!«

Ada half ihm, sich die Nase zu putzen.

»Unter respektablen Gelehrten ist der Name Ihres Onkels schon seit langem von aller Schuld befreit«, sagte Donne. »Die Öffentlichkeit hingegen schenkt lieber den sensationelleren Versionen Glauben. Manchmal wünschte ich mir wirklich, Druidenblut in den Adern zu haben, so daß ich in der Zeit zurück reisen könnte, um das viele Unrecht, das sich im Laufe der Geschichte ereignet hat, ungeschehen zu machen.«

»Das geht nicht«, rief König Edward. »Kaum ein Weiser kann das!«

»Es erfordert eine Sonderausbildung«, meinte auch Ada.

Während ihres Geplauders über lange zurückliegendes Recht und Unrecht geriet ich völlig in Vergessenheit. Allmählich gewöhnte ich mich daran. »Wenn es Ihnen nichts ausmacht, Donne, dürfte ich dann erfahren, was die beiden jungen Herren daran hindert, ihre zweifellos großen Kräfte zu nutzen, um aus diesem Höllenloch zu entfliehen?«

Donne versteht sich auf ein außerordentlich provozierendes Lächeln, mit dem man gemeinhin vorlaute Kinder bedenkt, die schon zu alt sind für eine Tracht Prügel. »Henry der Thronräuber war sehr gerissen. Glauben Sie, er wäre stark genug gewesen, dem jungen Edward in offenem Kampf die Krone zu entreißen?«

»Nicht mal halb so stark!« verteidigte sich der König.

»Und nicht einmal der kleine Diccon wäre töricht genug gewesen, einen bekannten Schurken wie Henry auch nur in die Nähe des Queen's Tower zu begleiten, welcher durch Magie beschirmt wird. Aber wenn Sie ein kleiner Junge wären, den das mit dem Königtum nun einmal verbundene Brimborium fürchterlich langweilt, würden Sie sich da nicht auf die Chance stürzen, einem Mann einen Streich zu spielen, von dem Sie wissen, daß Sie ihn einfach so in einen Frosch verwandeln könnten ...?« Und er schnipste mit den Fingern.

»Der alte Mistkerl sagte, er hätte ein Geschenk für uns.« Diccon, Herzog von York, erhob die Stimme, nachdem Ada ihm die Tränen mit sanfter Hand abgetupft hatte. »Zwei Wiesel, beide schneeweiß bis auf einen roten Sattel.«

»Er hat gesagt, er hätte sie gelehrt, wie verrückt aufeinander zuzurennen«, fügte Edward hinzu. »Wir sollten ihnen Männchen aus Stroh mit Holzlanzen in der Hand auf den Rücken setzen und sie laufen lassen. Er sagte, er hätte sie im Turm versteckt, weil unsere Frau Mama nicht wollte, daß wir so oft Krieg spielten.«

»Eine beklagenswerte Schwäche vieler Mütter.« Donne erhob sich. »Die Schachtel, in der sich die versprochenen Wiesel befinden sollten, enthielt in Wirklichkeit einen mächtigen Zauber. Als König Edward sie mit Herzog Richard an seiner Seite öffnete, traf sie Henrys Hexenbann. Von diesem Augenblick an hätte jeder Versuch der Prinzen, die ihnen innewohnende Magie zu benutzen, einen Alterungszauber ausgelöst, durch den sie so schnell altern würden, daß sie an Alterschwäche stürben.«

»Und kein Monarch kann Britannien beherrschen, ohne über seine volle Zauberkraft zu gebieten«, stellte Ada fest. Ich mußte an Victoria denken und spürte, wie mir das Blut aus dem Gesicht wich.

»Warum aber sind sie dann hier geblieben? Selbst wenn sie nicht regieren konnten, warum sollten sie im Tower bleiben und Henry den Thron stehlen lassen?«

»Nun kommt das pervertierte Genie des guten alten Henry ins Spiel, Weston! Während eine körperlose Stimme, die ebenfalls aus der fatalen Schachtel drang, den Prinzen klarmachte, welcherart Zauber sie gerade zum Opfer gefallen waren, befand sich Henry bereits außerhalb des Turmes und wirkte einen zweiten Bann.«

»Er rief einen Dämon herbei«, warf Diccon ein, dem die Unterlippe zitterte, »einen Dämon, der den Befehl hat, uns in Stücke zu reißen, sobald wir einen Fuß vor den Turm setzen.«

»Wir konnten also unsere Zauberkraft nicht mehr

benutzen, um herauszukommen, ohne auf der Stelle an Altersschwäche zu sterben«, sagte Edward, »und wir konnten unsere Zauberkraft nicht gegen den Dämon einsetzen. Nach allem, was wir wissen, wartet er immer noch da draußen. Henry hat eine bestimmte Art herbeibeschworen, die Sorte, die am liebsten Kinder frißt.«

»Kurz gesagt konnten die Prinzen den Turm weder auf magischem noch auf herkömmlichem Wege verlassen.« Donne ging in die Hocke und legte den Jungen seine Arme um die Schultern. »Henrys Bann läßt ihnen gerade soviel Zauberkraft, daß sie ihr Leben verlängern und kleinere Streiche spielen können wie den, dessen Zeuge Sie gerade geworden sind. Sie hatten ein langes, wenn auch nicht sehr glückliches Leben, und besitzen ewige Jugend.«

»Solange sie ihre Zauberkraft nicht benutzen. Ich verstehe«, sagte ich. »Wie schade. Ich hatte gehofft, Ihre jungen Freunde könnten ihnen zur Flucht verhelfen, doch würde ich nicht zulassen, daß sie Ihnen die Freiheit mit ihrem Tod erkaufen.«

»Ich auch nicht, Weston. Ich auch nicht.«

Ada sprang von der Bank auf, als sei sie vom Blitz getroffen. »Bei Cernunnos, weshalb nicht?« rief sie.

»*Weshalb nicht?*« stieß ich ungläubig hervor, von solch unerwarteter Rücksichtslosigkeit in einer lieblichen Hülle wie dieser völlig überrascht. »Meine liebe gnädige Frau, die Jungen müßten sterben, deshalb nicht!«

»Nein, das stimmt nicht! Nicht notwendigerweise, Dr. Weston.« Nun war es an ihr, in der Zelle auf und ab zu schreiten, und dabei verströmte sie ein durchaus Donnesches Flair. »Mein Haus ist nicht allzuweit vom Tower entfernt. Viel Mana wäre nicht erforderlich, um Donne dorthin zu transportieren.« Sie hockte sich zu Donne und den Prinzen auf den Boden und begann zu sprechen – für mich bloßes Kauderwelsch.

Anders als Donne habe ich niemals ein Semester Mathematik in Cambridge gehört. Natürlich hatte ich nur sein Wort darauf.

»Ja«, sagte er leise, dann ein wenig lauter: »Ja, das stimmt. Wenn ich mich korrekt an die Berechnungen erinnere, die Sie veröffentlicht haben, so sollte diese geringe Menge an zauberischer Energie keinen Schaden anrichten können ... Doch nein, nach meiner Berechnung würde sie den Jungen, der den Transportzauber wirkt, zu einem Siebzigjährigen machen. Eine endlose Gefangenschaft als sorgloser Junge zu erdulden, ist eine Sache – das gleiche als Greis zu tun, etwas ganz anderes.«

»Aber Mr. Donne, ich meinte doch, *beide* Jungen sollten den Zauber auf Sie legen ...«

»Beide ...«

»Sehen Sie sich meine Berechnungen bei Gelegenheit noch einmal an. Zauberei kann das Werk eines einzelnen oder einer Gruppe sein. Selbst Bran benötigte die Hilfe seiner Mitdruiden, um den Wall zu erschaffen, und bis zum heutigen Tag wird dieser von einer Gruppe Weiser gepflegt, nicht aber von einem Meister allein. Ein einzelner Druide könnte zwar genügend Zauberkraft für diese Aufgabe besitzen, doch würde sie ihn schnell auslaugen, und er müßte sterben. Konzertierte Bemühungen hingegen fordern jedem Zaubernden nur einen Bruchteil der Kraft ab.«

»Prächtig!« Mit diesem Wort sprang Donne auf, ergriff Ada bei den kleinen Händen und zog sie zu sich hoch. »Und so offensichtlich wie etwas, das man versteckt, indem man es unverhohlen herumliegen läßt. Meine liebe Lady Lovelace, ich muß sagen, daß ich wohl noch vieles zu lernen habe. Und ich könnte mir keine charmantere Lehrerin wünschen.«

»Jungs ... – Königliche Hoheit, Hoheit, werden Sie uns helfen?« Ich hatte Ada zuvor noch nie so reizvoll gesehen. Der König und sein Bruder waren noch

Jungen, aber Kinder in jenem gesunden Alter, in dem ein Mann, noch kaum den Windeln entfleucht, knapp davor steht, die Reize des schönen Geschlechts wahrzunehmen.

»Selbst wenn wir sterben müßten!« rief Edward der Ausmanövrierte aus.

»Oh, Sie werden nicht sterben«, sagte Ada; »altern werden Sie wohl – Sie beide –, aber nur bis Sie etwa fünfundzwanzig bis dreißig Jahre alt wären.«

»Und noch dazu sind Sie dann – ach, ein ausgezeichneter Scherz auf Kosten der Knochen des alten Henry! – durchaus in der Lage, als freie Männer durch das Tor des White Tower zu schreiten«, fügte Donne mit diebischer Freude hinzu.

»Wie denn, Donne? Der Dämon ...«

»Der Dämon, Weston, hält nach zwei *Jungen* Ausschau, nicht nach zwei jungen Männern. Ich bezweifle sogar, ob dieser Dämon es mit zwei jungen Männern aufnehmen könnte. Davon abgesehen sind alle Dämonen zwar sehr wild, aber auch sehr dumm. Sobald Sie frei sind, Königliche Hoheit, sollten Sie und Ihr Bruder sich beim Lehrstuhl für Lebende Geschichte an der Universität Cambridge vorstellen. Dort wird man sich freuen, Ihnen helfen zu dürfen, sich an das neue Leben zu gewöhnen.«

»Nun ...« Der ehemalige König atmete tief durch. »Sind Sie bereit, Mr. Donne?« Donne nickte. »Alles fertig, Diccon?«

»Auf geht's.« Die Jungen faßten sich bei den Händen, und dann begann ein schwaches Leuchten von ihnen auszugehen. Eine zweite Aura bildete sich um Donne. Während ich noch zusah, begann Donnes Gestalt zu flackern, dann verschwand sie aus der Sicht.

»›Wohin ist die Kerzenflamme entschwunden?‹« zitierte Ada.

»Wohin? Ich weiß es nicht«, antwortete eine klangvolle Stimme, die mir entfernt vertraut vorkam. König Edward der Ausmanövrierte ragte nun sechs Fuß hoch auf und war entsprechend stämmig gebaut, ein gutaussehender junger Mann mit den kühnen Augen seines kriegerischen Vaters. Sein Bruder wirkte wie eine kleinere Ausgabe desselben Modells.

»Wir haben Ihren Geist berührt, um zu erfahren, wohin Sie ihn geschickt haben wollten«, erklärte der Herzog von York. »Dann haben wir ihn dorthin transportiert.«

König Edward der Ausmanövrierte musterte seinen Bruder. »Na, der alte Hal Pfennigfuchser war vielleicht das erste Wort der Götter in Sachen Spinatstecher, aber wenigstens haben wir ihm eine gewisse Eleganz der Zaubersprüche zu verdanken.« Als Diccon ihn verwirrt ansah, fügte er hinzu: »Unsere Kleider, du Trottel! Sie sind mit uns gewachsen. Nicht, daß ich etwas dagegen hätte, wenn Sie das, was ich anzubieten habe, näher in Augenschein nähmen, Mylady.« Er zwinkerte Ada zu.

»Dr. Weston«, wandte sich die Unerschütterliche an mich, »es ist Zeit für alle Besucher, den Turm zu verlassen.« Wir nahmen die Körbe auf und hakten uns in unausgesprochener Übereinkunft beieinander ein. »Warten Sie noch eine Weile, bis wir fort sind, bevor Sie ebenfalls gehen, meine jungen Herren. Es wäre wohl ein wenig auffällig, wenn vier Besucher eine Towerzelle verließen, die nur von zweien betreten worden ist.«

Der gewachsene König lachte schallend. »Wohl kaum, Liebste! Diccon und ich, wir gehen auf dem gleichen Weg, den wir gekommen sind, dann spazieren wir aus unserer Zelle, so manierlich, wie Sie nur wollen. Man macht sich nicht die Mühe, sie zu bewachen – in der Vergangenheit kaum und heutzutage schon gar nicht. Aber geben Sie uns einen Kuß auf gutes Gelingen, ja?« Er zog Ada aus meinem Arm zu sich und knutschte sie mit mehr Enthusiasmus als Stil und Können.

Sein Schmerzensjaulen mußte bis zur *The Strand* zu hören gewesen sein. Ada glättete ihr Haar und löste geziert den kleinen, aber sehr erbosten Dämon, der sich mit den zuschnappenden Klauen, die er anstelle von Händen besaß, in der Oberlippe Seiner Ehemaligen Majestät verankert hatte. Sie spuckte ihn an, und er verschwand.

»Dies sei Ihre erste Lektion, Königliche Hoheit, niemals eine Frau zu küssen, bevor Sie sicher sind, daß sie es auch selbst wünscht.« Und damit gingen wir.

Als wir den Tower verließen, dunkelte es bereits. »Ich frage mich, ob die Prinzen sich je an das gegenwärtige Britannien anpassen werden«, bemerkte ich, als ich Ada vor den Stufen ihres Hauses aus der Kutsche half. Das Gebäude war ein bescheidenes Anwesen im georgianischen Stil, es fehlten auch nicht die klassischen Säulen, welche die Tür flankierten, und die Venus aus vom Festland importiertem Marmor, die uns in der Eingangshalle begrüßte. Rom ist es nicht gelungen, Britannien auf militärischem Wege zu erobern, doch sickerte die römische Kultur durch die Risse im Branswall. Unsere Schönen Künste sind dadurch nur um so reicher geworden.

»Sie werden es schaffen, doch erleichtert es mich, daß ich keine Schankmaid aus Cambridge bin. Stellen Sie sich vor, die Pubertät stürzt sich unvermittelt auf Sie, nachdem sie vierhundert Jahre lang auf kleiner Flamme geschmort hat!« Sie stellte ihren Korb ab, legte die Hände zusammen und hauchte darin einer silbernen Taube Leben ein. »Rufe Merriwell, meine Süße.« Das erschaffene Wesen flog davon. Adas Zauberkraft mochte nicht allzu stark sein, doch schön anzusehen war sie allemal.

Als die kleine Taube zurückkehrte, saß sie auf der Schulter eines schlanken Gefolgsmanns mit völlig ausdruckslosem Gesicht, ein Faktotum der Art, von der immer behauptet wird, sie sei Gold wert, die als Bezahlung jedoch meist nicht einmal Silber erhält.

»Mylady ließen rufen?«

»Merriwell, das ist Dr. Weston. Da die Stunde schon fortgeschritten ist, wird er heute nacht hierbleiben.«

»Ich werde die Köchin darüber in Kenntnis setzen, Mylady? Soll ich sein Gepäck hinaufbringen?« Damit meinte er den Korb.

»Bringen Sie das zusammen mit meinem in die Küche und lassen Sie sie von der Köchin säubern. Ach, und da Dr. Weston sozusagen spontan aus einer Laune heraus gekommen ist, suchen Sie ihm bitte auch passende Kleidung für das Abendessen und die Nacht heraus.«

»Sehr wohl, Mylady. Ich werde ihn im Einhornzimmer unterbringen, wenn Sie das zufriedenstellt. Das Drachenzimmer ist bereits belegt.« Letztere Neuigkeit offenbarte er, als handele es sich um eine Tragödie nationaler Tragweite, die in Ordnung zu bringen Merriwell jedoch, erhielte er den Befehl dazu, sein Leben opfern würde.

»Belegt?« Ada warf mir einen schelmischen Blick zu. Wir wußten beide, wer im Drachenzimmer wohnte.

»Jawohl, Mylady. Vor nicht allzu langer Zeit kam ein Gentleman im Hause an. Ich würde es wagen, den Zeitpunkt auf vor etwa einer Stunde zu schätzen. Maisie entdeckte ihn im Drachenzimmer. Zu meinem Leidwesen muß ich erwähnen, daß sie darob unten einen gewissen Tumult anhub. Als der Gentleman sich als Bekannter Ihrer Ladyschaft vorstellte und darum bat, bis zu Ihrer Rückkehr warten zu dürfen, sah ich keinen Grund, ihm sein Ansinnen zu verweigern. Da er sich bereits im Drachenzimmer befand, erschien es mir das Beste, daß er dort verblieb. Wird auch er die Nacht hier verbringen?«

Ada wandelte ihr aufkommendes Gekicher in ein

Niesen um. »Ja, Merriwell. Bringen Sie ihm alles Gewünschte. Dr. Weston werde ich persönlich in sein Zimmer führen.«

»Sehr wohl, Mylady.« Merriwell schlurfte mit unseren Körben davon. Sollte Donne nach Nackttänzerinnen verlangen, Merriwell hätte sie zweifelsohne beschafft. Hatte seine Herrin nicht gesagt: ›Alles Gewünschte‹?

Wir stiegen eine geschwungene Treppe hinauf, deren Marmor das warme Leuchten polierten Alabasters aufwies. »Das hier ist das Einhornzimmer«, sagte Ada, als wir zu der ersten Tür am Ende der Treppe kamen. Wir gingen weiter über den Korridor, dessen Boden mit einem dicken, weichen, tabakfarbenen Teppich belegt war, und sie benannte mir jedes Zimmer. »Hier ist das Solarium, daneben die Herrschaftssuite. Sie hat ihr eigenes Badezimmer, aber Sie können dort baden, wenn Ihnen nach etwas Tiefergehendem ist als Gesicht und Hände waschen; dazu besitzt Ihr Zimmer ein eigenes Waschbecken. Der Abort befindet sich am Ende des Korridors neben Ihrem Zimmer – dieses Haus ist so altmodisch. Und hier haben wir das Drachenzimmer!«

Sie hielt sich nicht mit Anklopfen auf. Schließlich und endlich gehörte das Haus ihr. Donne saß vor einem Kamin, der aus seltenem, gestreiftem grünen Marmor geschlagen war. Er besaß die Form eines Drachenmauls und gab so dem Zimmer seinen Namen. Donne hatte eine Meerschaumpfeife zwischen den Lippen und trug einen maulbeerfarbenen Morgenrock, den er an der Taille zugebunden hatte. Er wirkte, als sei er mit der Welt voll und ganz im Einklang.

»Lady Lovelace, im Nachleben ist für Ihren treuen Merriwell gewiß ein Ehrenplatz reserviert«, begrüßte er uns.

Merriwell selbst erschien im Türrahmen. »Ich bitte

um Verzeihung, Mylady, Gentlemen, doch unten steht ein Besucher, der Mr. Donne zu sprechen wünscht. Ein etwas kleingeratener Besuch, wenn ich mir die Freiheit der Bemerkung gestatten darf. Ist das vielleicht der Gentleman, nach dem Sie geschickt haben, Sir?«

»Ha! Er verschwendet keine Zeit. Ausgezeichnet, ganz ausgezeichnet. Bitte, Merriwell, bringen Sie ihn herauf, bringen Sie ihn herauf.«

Minuten später pflanzte Friedrich Gutmann einen innigen kontinentalen Kuß auf Adas Hand. Merriwell brachte eine Karaffe mit Sherry herbei und schloß die Tür hinter sich.

Mich fragte der Zwerg: »Also haben Sie endlich den Mumm gefunden, ihn zu befreien?« Donne lenkte ihn ab, bevor ich mich mit einer aufrichtigen Antwort beschämen mußte.

»Friedrich, in letzter Zeit haben im Palast einige einschneidende Umwälzungen stattgefunden. Ich hätte es gern, daß Sie sich dort eine Beschäftigung suchen – in welcher Eigenschaft spielt keine Rolle.«

»Wie kommen Sie darauf, daß man mich nehmen wird?« fragte der Zwerg anzüglich und zog eine schlanke Zigarre aus der Westentasche. Säuberlich schnitt er das Ende ab, entzündete sie und begann den Raum mit übelkeiterregendem Rauch zu füllen.

»Ich habe großes Vertrauen in Ihre Überzeugungskraft, Friedrich. Sie werden hineinkommen. Wie lange Sie dort bleiben können, steht auf einem anderen Blatt. Doch sobald man Sie eingestellt hat, begeben Sie sich, darum bitte ich Sie, zur Königin. Benutzen Sie dazu jede List, die Ihnen notwendig erscheint. Erstatten Sie mir Bericht, sobald Sie Kenntnis über Handlungen und Gemütsverfassung Ihrer Majestät und aller aus ihrer nächsten Umgebung besitzen. Ich wäre Ihnen sehr verbunden, wenn Sie sofort beginnen könnten.«

Friedrich stieß noch mehr Rauch aus. »Ganz wie Sie

wünschen, mein Freund. Ich werde nicht einmal innehalten, um ein Glas dieses wunderbaren Amontillados mit Ihnen zu genießen.«

»Herr Gutmann«, sagte Ada, »wenn Sie Mr. Donne helfen können, so will ich Ihnen ein ganzes Faß davon nach Hause liefern lassen.«

Als Friedrich fort war, berief Donne den Rat ein. Mit unausgesprochener Einstimmigkeit weihten wir Ada in den Fall ein. »Sie hat genausoviel zu verlieren wie wir beide«, erklärte mir Donne; »vielleicht noch mehr: Ihr Vater ist tief in die Sache verwickelt, wenngleich gegen seinen Willen. Vertrauen Sie ihr, wie Sie mir vertrauen würden.«

Wir stimmten ferner darin überein, daß es einstweilen sehr töricht wäre, zur Baker Street 221 B zurückzukehren. Donnes Flucht aus dem Tower mußte mittlerweile entdeckt worden sein, und der erste Ort, an dem die Goldene Bruderschaft nach uns suchen würde, wäre unsere Wohnung. Man würde sie unter Beobachtung halten. Was die Möglichkeit eines allsehenden Schleppnetzzaubers über London betraf, der Donne in Adas Anwesen aufstöbern konnte, so beruhigte mich die Dame des Hauses persönlich.

»Es bedeutet eine monumentale Aufgabe für die Bruderschaft, jeden Winkel und jede Ritze in ganz London zu durchsuchen. Es sind schlechthin nicht genügend Druiden übrig, um diese Aufgabe angemessen zu bewältigen. Weil man bei dieser Bande jedoch nie sicher sein kann, bin ich ihnen zuvorgekommen und habe einen besonderen Schirmzauber über dieses Haus gelegt. Jeder allsehende Zauber, der dieses Haus trifft, wird alles erblicken – außer Mr. Brihtric Donne. Er wird mit den Wandbehängen verschmelzen.«

»Mylady, Sie versetzen mich immer wieder in Erstaunen.«

An diesem Abend speisten wir gut.

Der unnachahmliche Merriwell hatte mir eine Garnitur Abendkleidung in meiner Größe besorgt, und als ich mich zum Schlafengehen zurückzog, fand ich auf dem fürsorglich aufgeschlagenen Bett ein seidenes Nachthemd und eine Nachtmütze aus dem gleichen Material vor. Auf dem Nachttischchen stand Brandy, der in einem Schwenker über einer Kerzenflamme gewärmt wurde.

Merriwell hätte wohl die Lippen geschürzt, hätte er sehen können, wie verschwendet seine Dienste an mir waren. Trotz des aufregenden Tages und aller Bemühungen des Dieners, den Schlaf in meine Kammer zu locken, blieb ich hellwach. Ich machte mir zu viele Sorgen um Victoria. In welche Ränke mochte Kitchener sie in diesem Moment einspinnen? Meine Arme verlangten danach, sie zu umschlingen, und mich folterte der Gedanke, daß wir uns vielleicht niemals wiedersehen sollten.

Irgendwo schlug eine Uhr zweimal an. Ich seufzte und berührte mit dem Finger den Docht meiner bereits gelöschten Kerze. Sie entzündete sich, und ich stand auf und ergriff sie. Ich wollte sehen, ob ich nicht Donne mein Herz ausschütten konnte. Zwar behagte mir der Gedanke, ihn ausgerechnet in seiner ersten Nacht in einem bequemen Bett nach der Tortur des Tower zu stören, nicht sonderlich, aber ich mußte einfach mit jemandem sprechen. Ich überquerte still den Korridor und klopfte leise an die Tür des Drachenzimmers.

Ich erhielt keine Antwort.

Donne war noch nie ein Tiefschläfer gewesen. Wie ein angespannter Jagdhund stand er oft durch das leiseste Geräusch aufrecht im Bett. Ich klopfte lauter, ohne irgendeine Wirkung zu erzielen. An die Tür zu hämmern war zu dieser frühen Morgenstunde völlig ausgeschlossen, denn damit hätte ich das ganze Haus aufgeweckt. Das hätte mir Merriwells Missbilligung eingebracht. Indem ich mich auf die Festigkeit unserer Freundschaft verließ, drehte ich am Türknauf. Es war nicht abgeschlossen, und ich schlüpfte ins Zimmer.

Das Bett war unberührt; niemand hatte darin geschlafen. Ein seidenes Nachthemd und eine Nachtmütze gleich den meinen lagen gewissenhaft zusammengefaltet auf dem Kopfkissen. Ich wußte nicht, was ich daraus folgern sollte. Hatte Adas Zauber etwa nicht ausgereicht? Hatte es den Eisernen Herzog so gierig nach Donnes Blut gedürstet, daß er all seine Zauberkraft benutzt hatte, um meinen Freund zu finden und hinwegzutransportieren? Was auch immer geschehen war, auf jeden Fall mußte Ada von Donnes Verschwinden unterrichtet werden.

Gerade, als ich an die Tür des großen Schlafzimmers klopfen wollte, trat Merriwell aus den Schatten. »Bitte nicht, Sir.«

»Aber es geht nicht anders, Merriwell«, flüsterte ich verzweifelt. »Mein Freund ist fort.«

»Das glaube ich nicht, Sir.«

»Was? Haben Sie ihn gesehen? In der Bibliothek! Ist er etwa dort?«

»Wir haben keine Bibliothek, Sir. Wenn Sie es wünschen, beschaffe ich Ihnen jedoch etwas Passendes zu lesen.«

»Dann also – in der Küche?« Daß Donne um zwei Uhr früh plötzlich Appetit bekommen sollte, schien mir gar nicht zu dem Bild zu passen, daß ich von ihm hatte, aber wenn man das Unmögliche ausgeschlossen hatte ...

»Mr. Donne ist nicht unten, Sir, wenn es das ist, dessen Sie sich zu versichern wünschen. Und das Solarium Ihrer Ladyschaft ist abgeschlossen.«

Rasch warf ich einen Blick auf die Badezimmertür. Nein, man hörte weder Wasser laufen noch Plätschern, und Merriwell bestätigte meine Folgerung mit einem knappen Kopfschütteln. Der Abort? Ich sollte, hellwach und angespannt wie ich war, nicht seine Schritte auf dem Gang vor meiner Tür gehört haben? Nun war nur noch ein Ort übrig, der in Betracht kam.

»Nein«, sagte ich zur Schlafzimmertür. Wie benommen ging ich zum Einhornzimmer zurück, und Merriwell geleitete mich als treuer Schäferhund. Ein Glas warmer Milch mit Honig erschien in seinen Händen. Er wartete ab, bis ich es ausgetrunken hatte. Plötzlich fühlte ich mich furchtbar müde, und er führte mich ans Bett.

»Was immer übrigbleibt, muß, ganz gleich wie unwahrscheinlich es erscheint, die Wahrheit sein, Sir«, sagte Merriwell. »Gute Nacht, Dr. Weston. Ich genieße jede Ihrer Geschichten im *The Strand*.«

KAPITEL 11

Die Suche nach dem Heringshändler

»Na, sind wir heute munter«, begrüßte ich Donne, als er zum Frühstück herunter kam.

Donne begutachtete die abgedeckten Platten auf der Anrichte und häufte sich Eier, warme Brötchen, Bücklinge und Nierenpastete auf den Teller, dann antwortete er: »Ihrer prüden Selbstgerechtigkeit können Sie meinetwegen noch weitere fünf Minuten frönen. Danach wäre ich sehr dankbar, wenn Sie sie beiseite lassen könnten.«

»Eingebildeter Pinsel«, brummte ich.

Donne verschlang sein Frühstück und schob den geleerten Teller von sich. »Nun wollen wir uns unserem Problem widmen, Weston.« Er streckte die Beine unter dem Tisch aus, legte die Handflächen aneinander und klopfte sich mit den Fingerspitzen leicht gegen das Kinn. »Dank Ihrer regelmäßigen Besuche bin ich nicht derart von der Welt abgeschnitten gewesen, wie es manch einer unserer Widersacher gern gesehen hätte. Ich weiß um den traurigen Zustand, in dem sich der Branswall befindet. Ich weiß um die Fäule, die sich auf unser schönes Land gesenkt hat. Ich weiß, was droht, sollte sich herausstellen, daß die Königin das Land nicht zu heilen vermag.« Er schenkte mir einen mitfühlenden Blick. »Wie ich sehe, sind Sie sich dessen ebenfalls bewußt. Die *Rules Britannia* – das einzige Mittel, mit dem sich Britannien wiederherstellen ließe – sind fort, und die Königin ist in Kitcheners Hand. Mit jedem Tag zieht er die Schlinge enger.« Donne beugte sich über den Tisch zu mir vor; er erinnerte mich an einen sprungbereiten Tiger. »Nun frage ich Sie offen heraus, Weston: Wieso zögert er?«

»Wieso ...«

»Der Mann war einer der fähigsten Heerführer Britanniens, bevor seine Eitelkeit ihn dazu verleitete, nach dem Thron zu schielen. Der Ehrgeiz hätte ihn sonst an den Rand der Verzweiflung und darüber hinaus getrieben. Welche Chance, König zu werden, hat denn ein Mann ohne Druidenblut? Die Magie hatte einen ebenso unüberwindlichen Wall wie den des Bran errichtet, welcher Kitchener von der Krone trennte. Also verbrachte er all die Jahre im Ausland, Jahre des Studiums, Jahre, in denen Kitchener seine Seele und seine Herren an die tückischste aller fremden Zauberei verkaufte, an die orientalische. Nun tanzen Afrits auf seinen Befehl – und töten. Waffen aus Stahl befinden sich in der Hand sterblicher Gefolgsleute. Durch mörderischen Zauber scheitert jedes Druidenschiff, das ausläuft, um den Branswall auszubessern. Wenn Sie über solche Macht geböten, würden Sie da noch Ihre Zeit damit verschwenden, um die Herrin über Britannien zu werben, wenn Sie sich ihr genausogut im offenen Kampf stellen könnten?«

Ich dachte sorgfältig darüber nach. »Wenn ich ein guter Feldherr wäre wie Kitchener, würde ich zögern, die Offensive zu beginnen, bevor ich weiß, daß alle

Faktoren mir einen leichten, überwältigenden Sieg garantieren. Bis dahin würde ich alles daran setzen, die Verteidigung meines Gegners zu schwächen. Vermutlich würde ich versuchen, soviel Zeit zu gewinnen als möglich.«

»Weston, bei Ihnen scheint doch noch nicht alle Hoffnung verloren zu sein. *Zeit*. Hier, in diesem einen Wort, liegt der Schlüssel zu den gestohlenen *Rules*. Kitchener wartet den rechten Augenblick ab. Doch stellt sich noch eine andere Frage, und Ihnen scheinen ja heute die Einsichten zuzufliegen. Kitcheners *Haschâschîn* besaß Waffen aus kaltem Stahl, jedoch nur Handwaffen. Kitchener ist allerdings nicht der Mann, der ein Kalb entwendet, wenn ihm der Raub einer ganzen Viehherde möglich wäre. Sie erinnern sich gewiß der Wunder in puncto schwerer Artillerie, die unsere Freunde auf dem Festland uns während unseres letzten Aufenthaltes dort vorführten. Warum begnügt sich Kitchener also mit Pistolen und Messern? Warum verschafft er sich keine Kanonen?«

»Nun, das wird am Branswall liegen, Sie wissen schon ... hm ... hm ...« Ich runzelte die Stirn und suchte in meiner Teetasse nach Antworten. Pistolen oder Kanonen, welche Rolle spielte das schon? Nicht das kleinste Körnchen metallischen Eisens oder gar Stahls konnte den Branswall durchdringen. Selbst wenn er so weit geschwächt war, daß er ausländische Zauberei nach Britannien gelangen ließ, so mußte er doch zu Nichts zusammenbrechen, bevor er Todesmetall die Passage gestattete.

Donne rang sich ein schiefes Lächeln ab. »Ihrem Schweigen entnehme ich Ihre Schlußfolgerungen. Sagen Sie mir, Weston – Sie, der Sie an meiner Seite standen, als Monsieur Lapin von der *Académie française* uns den Prozeß zur Herstellung von Stahl in allen Einzelheiten beschrieb –, sagen Sie mir, wie wird Stahl hergestellt?«

»Nun, das ist recht einfach, Donne. Man nimmt ... man nimmt einfach ... einfach ...« Ich stutzte und zerbrach mir den Kopf, aber es wollte mir nicht einfallen. Zorn überfiel mich, und ich fuhr Donne an: »Sagen Sie mir's doch!«

»Das kann ich nicht. Ich weiß es nicht mehr.«

»Was? Sie wollen mich wohl auf den Arm nehmen, Donne! Sie haben ein Gedächtnis wie eine Frau, der man Unrecht getan hat!«

»Welch netter Vergleich. Etwas übertrieben, aber ganz nett. Ich will offen mit Ihnen sein, mein Freund. Die Zauber im Branswall verhindern nicht nur, daß Stahl nach Britannien gelangt, sie löschen auch jede Kenntnis der Stahlherstellung. Bücher vom Festland, die sich mit dem Thema befassen, kommen in Britannien mit Seiten an, die zu rostiger Asche zerfallen sind. Ausländische Metallurgen, die unser Land betreten, müssen nach ihrer Heimkehr noch die einfachsten Grundlagen der Stahlherstellung neu erlernen. In Britannien gibt es einige Vorkommen an Hämatit, denn Eisen ist auf der ganzen Welt das verbreitetste Metall. Jeder Brite, der Zugang zu einer Esse hat, könnte Eisen herstellen, aber wer möchte schon den Zorn der Bruderschaft auf sich lenken? Und Eisen ist spröde – viel zu spröde, um daraus überlegene Waffen herzustellen.«

Ich erhob mich von der Frühstückstafel und begann nervös auf und ab zu schreiten, während Donne zuschaute und sich Tee nachschenkte. »Dann ist es doch unmöglich, daß Kitchener Stahlwaffen besitzt! Völlig unmöglich! Woher hat er sie nur? Haben vielleicht seine Afrits sie ihm hergestellt?«

»Auch die Zauberei hat ihre Grenzen. Genau wie in der Natur gibt es auch im Übernatürlichen ein Gleichgewicht. Die schrecklichsten Ungeheuer der Unterwelt sind zugleich auch die dümmsten. Zudem vermögen sie nichts aus dem Nichts zu erschaffen. Wenn sie Seiner Lordschaft Waffen herstellen sollten, benötigten sie noch immer Material und Vorlagen.«

»Bei allen Göttern, Donne, Ihr Rätsel ist unlösbar!«

»Ganz im Gegenteil. Zuzeiten muß man, um die Lösung eines Problems zu finden, seine Lösung sein.«

Ich warf mich enerviert auf meinen Stuhl. »Noch mehr Rätsel!«

»Geduld, Weston. Wie ich schon sagte, weist die natürliche Welt Grenzen auf. Unsere Sinne und die Summe unseres Seins existiert in den beiden Ebenen der Zeit und des Raums. Selbst Henry der Thronräuber hat daran gedacht. Wenn die räumliche Bedrohung seines lauernden Dämons die Prinzen nicht im Tower hielt, dann seine temporale Maßnahme – der Alterungszauber. Stahl kann nicht nach Britannien hineingelangen. Kann er herausgebracht werden?«

»Wenn er nie hereinkommt, wie sollte er hinausgelangen? Sie haben doch gerade erklärt, wie unmöglich es ist, ihn von der anderen Seite des Walls hereinzubringen oder auf dieser Seite herzustellen.«

Donne hob warnend den Finger. »Oh, es gab Stahl in Britannien, der nicht von außen hereingebracht wurde. Es war einmal, Weston, es war ...«

»Bessemer!« rief ich und knallte die Faust auf die Tischplatte.

»Ganz genau. Bessemer der Häretiker. Bessemer das Genie wäre angemessener. Lange, bevor es auf dem Festland wiederentdeckt werden mußte, enträtselte er hier in London das Geheimnis der Stahlherstellung.«

»Aber er ist tot, Donne. Die Bruderschaft hat ihn ermordet.«

»So sagt man. Trotzdem existierte in der Zeit zwischen seiner Entdeckung und seiner Ermordung Stahl in Britannien. Wenn Lord Kitchener durch den Raum keinen Stahl ins Land bringen kann, dann vielleicht durch die Zeit?«

Wäre Donne ein großer Ochsenfrosch aus dem Mund gesprungen und hätte *A Wandering Minstrel* angestimmt, ich hätte nicht verblüffter sein können. »Durch die Zeit? Welch absurde Idee!«

»Nein, Weston, eine brillante Idee. Genie ist oft der Zwillingsbruder des Wahnsinns. Ich beabsichtige, meine Theorie auf die Probe zu stellen. Währenddessen möchte ich Sie bitten, daß Sie ins Café Royal gehen. Lady Lovelace glaubt, daß ihr Vater heute abend dort sein wird. Er geht regelmäßig an jedem fünften Abend in dieses Lokal.«

»Er sucht nach uns? Aber warum gibt sie ihm nicht einfach Nachricht, er solle hierherkommen?«

»Wenn das möglich wäre, hätte sie es schon längst getan. Er lehnt es vollständig ab, sie in seine Schwierigkeiten zu verwickeln. Mylady ist eine fähige Frau – sehr fähig.«

Ich hielt es weder für höflich noch durch unsere Freundschaft sanktioniert, Donne zu bitten, sich näher zu Adas Fähigkeiten zu äußern. Ein Streifen Sonnenlicht lag auf dem Tisch, und der klare Himmel lockte. »Ich glaube, ich unternehme einen kleinen Spaziergang, Donne.«

»Ausgezeichnet, Weston. Seien Sie nur heute abend im Café Royal.«

An der Tür erwartete mich Merriwell bereits und präsentierte mir auf einem Samtkissen ein Offiziersstöckchen. Der Tag war frisch und die Luft voll von den zuträglichsten der zahlreichen Londoner Gerüche: ofenfrische Brötchen, brennendes abgelagertes Holz, Äpfel und Veilchen, die duftend in den Körben der Händler lagen. Wie stets trugen mich meine Schritte zur *The Strand,* Londons vornehmster Durchgangsstraße, mit der mich eine seltsame Affinität verband. Meiner Meinung zufolge gab es in der ganzen Stadt keine andere Straße, die auch nur halb so angenehm gewesen wäre wie *The Strand,* und kein Eßlokal, das sich mit der zarten Wonne des Simpson's vergleichen ließe. Das *Renfield's* ganz sicher nicht, bei Lug.

Mein Bummel hatte keinem Zweck folgen sollen, aber nachdem ich mich kurz an den Sinneseindrücken des schönen Morgens erfreut hatte, stellte ich fest, daß meine Gedanken wieder zu Donnes neuester Theorie zurückkehrten – daß durch die Tore der Zeit Stahl nach Britannien komme.

Hätte ich nicht die Folgen zu fürchten gehabt, wenn ich meine Kräfte benutzte, so wäre ich ohne weiteres in der Lage gewesen, Donne auf der Stelle eine Antwort zu weissagen. Doch durch Deirdres Todesfluch gelähmt, vermochte ich gar nichts zu tun. Als *The Strand* sich näher an die Themse schwang und der unbeschreiblich köstliche Geruch des Flusses an meine Nase drang, besann ich mich Old Jims, des geheimnisvollen Fischhändlers.

Der Alte sprach in Rätseln, doch umgab ihn die Aura eines Mannes, der auch die dazugehörigen Antworten kannte. Seinen Dialekt hatte ich schon lange als dem der Pikten im hohen Norden Britanniens verwandt eingeordnet. Verfügte sein Volk über die gleiche alte Magie wie das meine? Wieder strich ich über den Markt von Billingsgate, entschlossen, Old Jim zu finden und auszufragen. Schließlich und endlich hatte ich eigene Theorien über die Vorgänge und mußte sie jemandem auseinandersetzen. Donne hatte stets einen besseren Redner denn Zuhörer abgegeben.

Die Sonne war weiter in den Himmel gestiegen, als mein Weg mich von The Strand an die Uferpromenade führte. Bis Mittag waren es noch einige Stunden, und doch erspähte ich am Embankment bereits etliche Londoner Bordsteinschwalben, die sich kühn bemalt und schwer parfümiert feilboten. Zu meinem Mißvergnügen hängte sich eines dieser bedauernswerten Geschöpfe an mich.

»Tag, Chef«, zirpte sie. »Hübscher Tag für einen

kleinen Spaziergang, nicht wahr?« Sie fädelte ihren Arm in meinen – ein draller Arm, den eine etwas zu enge Hülle aus pflaumenblauer Bombasine vor meinen Blicken verbarg. Von Kopf bis Fuß war die Frau eine Studie in aufdringlichen Purpurtönen, bis hin zu den Streifen farbiger Schmiere auf ihren Augenlidern.

»Lassen Sie mich los, Miss. Ich habe nichts für Sie.«

»Das werden wir schon noch herausfinden, nicht wahr?« Ihre Sprache überraschte mich ein wenig. Von der Aussprache und Betonung, wie sie bei den unteren Schichten üblich ist, war nichts zu bemerken. »Ich weiß schon, wie ich einen Gentleman zu einer Änderung seiner Meinung bewege. Als ich noch in Diensten stand ... – Wenn Sie es mir bezahlen, erzähle ich Ihnen, wie ich es mit Lord Melbourne getan habe.«

»Für eine Frau wie Sie gibt es doch wohl nur eine Möglichkeit, jemanden wie Lord Melbourne zu erblicken: von der Besuchergalerie im Parlament.«

Die Dirne schüttelte sich vor Lachen. »Da haben wir's aber nicht getrieben, Süßer. *Als ich noch in Diensten stand,* habe ich gesagt. Bevor ich aufgehört habe, mir etwas vorzumachen, und nur noch die besser bezahlte Arbeit tue. Wissen Sie eigentlich, welche Almosen man den Mädchen im Buckingham-Palast bezahlt? Winnie und Sarah und Liza und ich, wir kannten gar kein anderes Gesprächsthema. Jetzt haben sie Winnie und Liza auf die Straße gesetzt, kein Mensch weiß, was aus Sarah geworden ist, und ich genieße das Leben. Die Welt ist schon komisch.«

Allerdings sehr komisch. Unwillkürlich faßte ich ihr Handgelenk fester. Grinsend blickte sie herab. »Schon anders überlegt?«

»Welch ... hübsche Handschuhe«, sagte ich und wich ihrem Blick aus. Sie sahen genauso aus wie die beiden, die ich an zwei unterschiedlichen und doch ähnlich scheußlichen Orten gefunden hatte.

»Gefallen sie Ihnen? Wollen Sie Ihrer Frau so ein

Paar kaufen?« Sie versetzte mir einen Ellbogenstoß in die Rippen. »Handschuhe wie die hier finden Sie nirgendwo in der ganzen Stadt. Aber als Liza und Sarah und ich das letztemal zusammen ausgingen, haben wir diesen schrecklichen kleinen Laden entdeckt – ob Sie's glauben oder nicht, der alte Knacker verkauft die tollsten Sachen für wenig Geld. Aber allein wäre ich nie in dieses Viertel gegangen; wenn wir nicht zusammen gewesen wären, hätte ich die Handschuhe hier nie bekommen! Aber Sie sind hier, stimmt's? Also, kommen Sie mit. Sie können mir ein Trinkgeld geben, sobald wir da sind, wenn Sie wirklich solche Handschuhe kaufen wollen. Und wenn nicht ...« Ihre Zunge schoß zwischen ihren purpurroten Lippen hervor wie die einer Natter.

»Die Handschuhe; nur die Handschuhe.«

Die käufliche Frau hatte nicht übertrieben. Sie führte mich tatsächlich in eins der übelsten Viertel von London. Ich hätte sie davonjagen können, doch war mir, als sollte ich mich von ihr zu dem Geschäft bringen lassen, von dem sie gesprochen hatte. Hätte Donne meine Gedanken lesen können, wäre er an ihnen verzweifelt. Plötzlich hatte die Vorstellung von mir Besitz ergriffen, daß der Fall so gut wie gelöst wäre, gelänge es mir nur, diesen Laden aufzuspüren. Hatte das Straßenmädchen nicht erwähnt, sie habe zuvor im Buckingham-Palast gearbeitet? Hatte sie nicht Sarahs Namen fallenlassen? Trug sie nicht die lavendelfarbenen Handschuhe, die in mir solch furchterfüllte Erinnerungen weckten?

Fäden, Fäden, Fäden! Nur der kluge Detektiv weiß, welche Schuß und Kette seines Falles bilden und welche nur nutzlose Knäuel sind.

»Hier ist es«, sagte die Frau. Sie zeigte auf ein niedriges, halb mit Holzplanken verkleidetes Häuschen, das sich wie ein Buckliger zwischen seinen höheren Nachbarhäusern duckte. Über der geschwärzten Tür schwang an Messingringen ein Ladenschild hin und her: ›Der alte Raritätenladen‹. »Na?« fragte die Dirne herausfordernd.

Ich drückte ihr einen Shilling in die Hand und schickte sie fort. Sie hieß mich einen verschwenderischen Narren, dann verschwand sie in dem Labyrinth aus schmalen Gäßchen, die das Gebiet wie ein Netz durchzogen. Ich widmete ihr keinen weiteren Gedanken, sondern betrat unverzüglich den muffigen Laden.

Das silberne Klingeln einer kleinen Glocke verkündete mein Eindringen. Der junge Mann im Laden fuhr bei dem Geräusch zusammen, und ich muß gestehen, daß es mir nicht anders erging, denn er war in die schneeweiße Robe eines vollwertigen Druiden gekleidet. An meine letzten Begegnungen mit der Goldenen Bruderschaft dachte ich nur ungern.

»Ach du meine Güte, haben Sie mich erschreckt! Aber alles in Ordnung. Kommen Sie rein, kommen Sie nur herein. Sie müssen die unglaublichen Dinge mit eigenen Augen sehen, die dieser alte Gentleman anbietet.« Ich sah keinen alten Gentleman und bemerkte diesen Umstand. »Er kommt gleich zurück«, entgegnete der junge Druide, »er sucht nach etwas, nach dem ich gefragt habe.«

»Etwas Seltenes?«

»Die Götter allein wissen, ob es selten oder so gewöhnlich ist wie Straßenschmutz! Ich habe vergessen, was es war, und nur danach gefragt, weil ich ihn hier heraus haben wollte. Ich wollte allein sein, um mir die Einzelheiten dieses wunderbaren Ladens um so genauer einprägen zu können. Ich mache Studien für mein neues Buch, müssen Sie wissen.« Er reichte mir die Hand und blickte mir mit fröhlich strahlenden blauen Augen ins Gesicht. »Meister Dickens, Sir; Charolis für meine Freunde. Mit wem habe ich das Vergnügen zu sprechen?«

»John H. Weston, Doktor der Medizin.« Trotz seiner schmalen, damenhaften Hände besaß der schriftstellernde Druide einen angenehm kräftigen Händedruck.

»Doch nicht der Dr. Weston? Dann sind wir ja Schriftstellerkollegen. Ich habe Ihre bezaubernden Geschichten im *Strand Magazine* gelesen. Sind Ihnen vielleicht meine Werke bekannt? ›Ein Imbolc-Lied in Prosa‹? ›Eine Geschichte aus zwei Sensen‹? Bis zum nächsten Beltaine-Fest hoffe ich, das Buch fertig zu haben, an dem ich gerade schreibe, und die Notizen zu ›Das Geheimnis von Edwin Druid‹ ein wenig ausgeführt zu haben, aber ...«

Seine glanzvolle Beschreibung eines Autorenlebens wurden unterbrochen, als durch den schmierigen Vorhang, der den Verkaufsraum vom Hinterzimmer trennte, ein altersgrauer Mann trat. Er reichte Meister Dickens eine Missgeburt aus angelaufenem Silber, deren Zweck kein geistig normaler Mensch jemals hätte erraten können. »Ha'm Sie sowas gemeint, Meister?« Seine Stimme krächzte und pfiff, als erklänge sie aus einer Orgel mit löchrigem Blasebalg.

»Jaaaawohl. Ganz genau. Was verlangen Sie dafür?«

Drei Shilling und sechs Pence wechselten schließlich den Besitzer, und der Druide verließ das Geschäft. Der alte Ladeninhaber wandte sich mir zu und fragte, was ich wünsche.

Er mußte schon gelebt haben, als der Branswall errichtet wurde. Keine Stelle an seinem Körper war ohne Runzeln und Verkrümmungen, und sein Atem spielte ganze Flötensonaten, während er schwerfällig in die Lungen ein- und wieder aus ihnen herausrasselte. »Wie ich höre, haben Sie auch Handschuhe im Sortiment«, sagte ich.

»Handschuhe? Handschuhe! Aber ja, Handschuhe! Selbstverständliche habe ich Handschuhe im Sortiment. Alle Farben. Alle Größen. Welche Länge soll es sein, Sir? Ach, und wollen Sie eigentlich Herren- oder eher Damenhandschuhe? Sie müssen mir das schon genau sagen, Sir, den Rest besorge ich.« Mit einer Geschwindigkeit, die für solch ein Relikt bemerkenswert erschien, hüpfte er hinter dem Ladentisch auf und ab. In seinen nach oben auf mich gerichteten Augen war keine Spur hohen Alters zu beobachten.

»Damenhandschuhe, und die ... Länge spielt keine Rolle. Aber sie hätte gern lavendelfarbene.«

»Lavendelfarbene?« Seine buschigen Augenbrauen hoben und senkten sich etliche Male. »Ist das nicht ein seltsamer Zufall! Ich hatte ein halbes Dutzend Paar lavendelfarbene, und zu dieser Jahreszeit werden die nicht von vielen Londoner Geschäften geführt. Auf jeden Fall sind drei Paar davon am selben Tag aus der Tür geflogen.«

»Was Sie nicht sagen. Die Dame muß sie sehr gemocht ...«

»Dame? Hier kommen nicht viele rein, die sich mehr als ein Paar auf einmal leisten können. Drei junge Dinger sind's gewesen, und sie kamen zusammen rein. Zwei davon ha'm sich je ein Paar gekauft, und dann war da noch diese fremdländische junge Frau. Auf ihre Weise ganz hübsch, aber sie war wie in 'n purpurnen Kokon gehüllt, irgendeine Heidentracht war das. Und hier hatte sie 'nen dicken roten Fleck.« Er stach sich mit dem Finger mitten auf die Stirn. »Fragen Sie mich bloß nicht, wieso.«

Fast hätte ich meine Zunge verschluckt, so überwältigt war ich von meinem unerwarteten Glück. Ob ich jemals die ›fremdländische junge Frau‹ vergessen konnte, die während Madame Marushkas Séance eine derart abstoßende Verwandlung durchgemacht hatte? Was immer sie war – Unhold, Ungeheuer, Dämonin unter Kitcheners Befehl –, sie hatte eine Vorliebe für Violettöne. Ich malte mir aus, wie sie Hopes Bank betrat und unter ihrem gebauschten Gewand den purpurroten Blutegel hervorzog, auf den sie den Zauber legte, der ihn über alle Grenzen der Natur hinaus anwachsen und die unglückseligen Bankangestellten töten ließ. Währenddessen betrat sie unter dem Vorwand privater Geschäfte sein Büro, wo sie ihm ihre wahre Gestalt zeigte. Menschen können vor Furcht sterben. Hope war es so gegangen, ebenso dem armen Harry während der Séance.

»Ich nehme ein Paar.«

»Wären Ihnen diese recht, Sir?« Er legte zwei Handschuhe auf den Ladentisch. Laut bekundete ich meine Begeisterung und zahlte, was der Alte verlangte. »Ich pack' sie Ihnen noch ein, und wenn Se dann so gut wär'n, mir Ihren Namen und Ihre Anschrift zu geben ...«

»Wozu das?« Ich bemühte mich darum, mir meine Aufregung nicht anmerken zu lassen, denn hier bot sich eine Chance, mit der ich nicht im entferntesten gerechnet hätte!

»Ist eben die Art, wie ich mein Geschäft führe. Ich weiß gern, welche Kunden zurückkehren und woher sie kommen.« Er zog eine staubige Kladde aus dem Regal hinter sich und klappte sie auf, dann zog er seinen Kneifer ein wenig herunter und suchte nach einem Stift. Ein schrilles Pfeifen drang aus dem Hinterzimmer. »Der Teekessel!« Fröhlich rieb der Alte sich die Hände. »Gerade die rechte Zeit für einen guten Tee. Darf ich Sie zu einer Tasse einladen, Sir? Ich habe so selten Gesellschaft dabei.«

Ich träumte von Ruhm, ja, ich träumte. Ich wollte eine Tasse Tee mit dem Mann trinken und ihn unter einem Vorwand aus dem Verkaufsraum schicken, dann in die Kladde blicken und die Adresse der Dämonin herausfinden. Diese wiederum mußte mir Kitcheners Versteck verraten – sicherlich konnte man Peris und Dschinnen nicht in Pall Mall verstecken;

schließlich gab es Bestimmungen. Meinen Triumphzug wollte ich mit dem Wiederfinden der *Rules Britannia* krönen, und alles sollte Dr. med. John H. Weston zujubeln – dann sollte doch Donne die ganze verdammte Geschichte für das *Strand Magazine* aufschreiben!

Alles jubelte John H. Weston zu, dem größten Idioten des Königreichs. Der Greis hätte nicht kooperativer sein können. Er brachte zwei Tassen Tee, ich bat um Zucker, er ging hinaus, um welchen zu holen; unmittelbar bevor er zurückkam, fand ich in der Kladde den gewünschten Eintrag; ich warf mir zwei Zuckerstücke in den Tee, trank ihn genüßlich und versank in einer bodenlosen schwarzen Wolke, ohne weiter zu träumen. Nicht mehr, als ich verdient hatte. *Narr!*

Als ich wieder zu mir kam, war ich mit dünnen, einschneidenden Schnüren zur Unbeweglichkeit gefesselt. Der alte Mann grinste auf mich herab. Eine Augenbraue trug er noch, die andere hatte er sich bereits abgenommen. Hinter ihm stand eine in Weiß gekleidete Kapuzengestalt, die uns den Rücken zuwandte.

»Er ist wach, Meister.« Der Alte sprach nun mit der Stimme eines Mannes in den besten Jahren. Er schleuderte die zweite falsche Augenbraue von sich. Mit einem großen Taschentuch wischte sich der Schurke die Theaterschminke des Alters von der hohen, gewölbten Stirn und den scharfen Zügen.

Mich erstaunte es nicht im geringsten, als sich Lord Kitchener neben seinen Spießgesellen stellte und nur innehielt, um die Kapuze zurückzuschlagen. »Das sehe ich, Morganwg. Sie entpuppen sich als lästig, Dr. Weston. Die Königin hält so beharrlich an den Erinnerungen an Sie fest, daß meine Werbung um Ihre Majestät nicht die Entwicklung nimmt, die ich gern sähe. Ich hatte gehofft, Ihre Attraktivität läge in überragenden geistigen Fähigkeiten – keine andere Erklärung für das, was sie in Ihnen sieht, erschien mir plausibel. Und doch zeigen Sie sich hier als fürchterlich leicht zu übertölpeln und zu überwältigen. Wie der dümmste Gimpel gehen Sie dem erstbesten auf den Leim.«

»Na, auf jeden Fall hätten wir ihn, nicht wahr, Meister? Soll ich ihn beseitigen?«

»Dieses Vergnügen behalte ich mir selbst vor«, erwiderte Kitchener. »Aber Ihre Belohnung werden Sie erhalten. Als Handschuhverkäufer müßten Sie auf einen Blick erkennen, daß wir hier nur den linken Handschuh haben. Ich glaube, Sie würden es vorziehen, den rechten auszuschalten.«

Morganwgs wilde Augen funkelten boshaft. »*Donne.*«

»Er soll Ihnen gehören – nach all den Jahren, all den Demütigungen, die er Ihnen zugefügt, und all den Plänen, die er Ihnen zunichte gemacht hat. Ich will Ihnen sogar helfen, ihn zu finden.«

»Morganwg.« Der Name entfleuchte meinen Lippen als heiseres Flüstern.

Kitchener grinste höhnisch. »Gewiß haben Sie schon von ihm gehört. Erstaunt Sie etwa sein Aussehen? Auch Napoleon ist kleinwüchsig gewesen, doch kann man einen Mann nicht an seiner Körpergröße messen – oder an seinem Blut. Ihrer Bruderschaft stehen noch einige Lektionen bevor – zumindest denen, welchen ich erlaube, so lange zu leben, um sie zu erlernen.«

Langsam hob er die Arme und breitete sie zu beiden Seiten aus, bis er mich an die halbmondförmige Klinge einer gallischen Streitaxt erinnerte. Worte in fremder Zunge flossen ihm von den Lippen. Morganwg begann vor Furcht zu zittern und zupfte zaghaft am Kleidersaum seines Herrn. »Sie rufen doch nicht etwa sie herbei, oder?«

Ohne eine Silbe des Gesangs oder einen Takt des Rhythmus zu verpassen, ohrfeigte Kitchener den Mann mit dem Handrücken, ein Schlag, der mit boshafter Brutalität geführt wurde. Morganwg taumelte zurück; seine linke Gesichtshälfte leuchtete puterrot.

Zwischen Kitchener und mir entstand ein Ring aus ungesundem, gelblichem Licht. Flügelpaare schoben sich daraus hervor, Schwingen, die in allen Farben des Sonnenaufgangs schillerten. Zuerst waren sie ganz klein, nicht größer als die von Sperlingen, doch je heller der Ring strahlte, desto weiter wuchsen sie heran. Scharlachrote Fetzen und Lumpen ringelten sich von jedem Flügelpaar hinweg, dann schwebten in dem expandierenden Lichtring puppenhafte Geschöpfe. In Kitcheners Beschwörung fielen schwache, wohlklingende Stimmen ein, die dem Leuchtring entstiegen. Sie wurden lauter und lauter, bis der Raum mit einem Schwarm ausnehmend hübscher Frauen gefüllt war, die geflügelt waren und deren Schönheit geradezu schmerzte. Jedes einzelne Gesicht war ein Gedicht aus elfenbeinweiß, ebenholzschwarz und rosa. Ihr Ring verschob seine Achse und wandelte sich zu einer kreisenden Krone über Kitcheners Haupt. Allmählich kam die Drehbewegung zum Stillstand. Kitcheners Beschwörung und ihr antwortender Gesang verebbten. Wartend schwebten die bezaubernden Frauen in der Luft.

»Haben Sie dergleichen je zuvor gesehen, Dr. Weston?« Mit einer Hand machte Kitchener eine beiläufige Geste, als weise er auf ein Beet Dahlien und kein Diadem unsterblicher Schönheit. »Das sind Peris, die ich zu einem gewissen Preis – der nicht allein monetärer Art gewesen ist – von ihrem früheren Eigentümer erstanden habe, dem Alten vom Berg. Vielleicht haben Sie schon einmal Legenden über seine Anhänger gehört, die Gilde der *Haschâschîn*?« Grinsend genoß er den Scherz. »Nach meinem letzten Besuch bei dem Alten ist die Gilde jedoch aufgelöst worden. Die Assassinen und die Peris dienen nun beide nur noch mir. Und sie sind bei weitem nicht die einzigen.«

Auf ein Zeichen von ihm schienen sich die Peris in lebende Sterne zu verwandeln. Eine silbrige, berauschende Helligkeit ging von ihnen aus. Benommen schüttelte ich den Kopf, und als sich die schwarzen Punkte vor meinen Augen verzogen, vermochte ich den gesamten Raum klar zu sehen. Wir befanden uns nicht mehr im ›alten Raritätenladen‹.

Unbeholfen rollte ich mich herum und richtete mich mit Hilfe der linken Schulter in eine Sitzhaltung auf, um die Wunder der Kammer genauer betrachten zu können. Ein flaches Kohlebecken aus Silber, in dem kalte Asche lag, bildete die Sonne dieses Kosmos. Die Planeten wurden von einer Vielzahl seltsam anmutender und die Neugierde weckender Behälter dargestellt, deren exotische Formen aus jeder erdenklichen Kombination aller auf Erden vorkommender Metalle gebildet wurden – davon abgesehen, daß nirgendwo auch nur ein Atom Todesmetall zu erblicken war. Seine Lordschaft schlenderte ohne Eile an das Kohlebecken und machte sich sodann auf einen langsamen, spiralisierenden Gang zu seinen Schätzen. Hier und da blieb er stehen, um einen besonders bemerkenswerten Gegenstand aufzuheben und ihn von mir betrachten zu lassen.

»Sehen Sie diese Flasche, Dr. Weston? In diesem

simplen Behältnis ist der Dämon Kezariah gefangen. Ihm wohnte das Verlangen und die Gabe inne, das Universum zu spalten, bis er an den Quell von dessen Macht gelangt, und das, was er findet, dem Menschen als kostenloses Geschenk zu überlassen. Was der Mensch damit tun könnte ...« Kitchener zuckte mit den Schultern. »Das ist das Schöne an den Dämonen. Niemals halten sie inne, um nachzudenken.«

Er ging weiter, bis ein anderer Gegenstand sein Interesse erregte. »Als einem Offizier in den überseeischen Streitkräften Ihrer Majestät wurde mir im Unterschied zu den meisten britischen Untertanen umfassende Reisefreiheit gewährt. Ich habe sie in vollem Ausmaß genutzt. Unter dem Deckmantel, neue Territorien für unsere kindischen Rinderraube zu erkunden, bin ich sehr weit herumgekommen. Es gibt Magie auf der Welt, Dr. Weston. Der Osten ist voll davon. An eine reife, im Sommer angeschwollene Melone erinnert er und wartet nur darauf, aufgeschnitten und trockengelegt zu werden.« Das Lächeln auf seinem Gesicht habe ich schon an vielen Katzen gesehen; und auch an Vögeln – kurz vor ihrem Tod.

Dann hob Kitchener ein Glöckchen. Dabei achtete er sorgsam darauf, den Klöppel mit der anderen Hand festzuhalten.

»Wunderhübsch, nicht wahr? Sie stammt aus Nippon, wo einst ein Kaiser befahl, daß alles Edelmetall in seinem Reich zusammengeschmolzen und zu einer Tempelglocke gegossen werden solle. Doch die Metalle waren zu stolz, um sich zu mischen; die Glocke barst schon in der Gußform. Der alte Glockengießer sah sich vor seinem Kaiser beschämt. Er mußte entweder Erfolg haben oder rituellen Selbstmord begehen. Er hatte eine Tochter, die ihren Vater über alles liebte, und sie ging zu einem Geisterleser, welcher ihr weissagte, daß nur das Blut einer Jungfrau Gold an Silber und Silber an Kupfer binden könne.

Beim letzten Versuch des Vaters, die große Glocke zu gießen, warf das selbstlose Mädchen sich in das geschmolzene Metall im Schmelztiegel. Auf der ganzen Welt gebe es keine Glocke, die süßer klingt, heißt es.«

»Und die Glocke, die Sie da halten, ist ...?« Sie erschien mir so klein.

»Beim Himmel, nein, Dr. Weston. Sie unterschätzen die gesammelten Schätze Nippons. Jene Glocke überragt einen Mann um ein Mehrfaches. Doch ist die Geschichte bezaubernd; sie inspiriert. Ein Hexenmeister auf der Insel wollte die Glocke in kleinerem Maßstab nachformen. Seine Tochter jedoch hatte von ihrem Vater ein gutes Maß an boshafter Verschlagenheit geerbt und empfand kein bißchen töchterliche Ehrfurcht. Sie widersetzte sich dem Vorschlag der Selbstopferung.« Langsam drehte er die Glocke, so daß das Leuchten der Peris sich darin fing und zurückgeworfen wurde. Wie stechend sich die reflektierte Weißglut ins Auge brannte! Selbst Kitchener mußte den Kopf senken.

»Die junge Hexe ging daher unfreiwillig in den Tod, und ihr Vater war so weise, daß er beschloß, mit der entstandenen Glocke nicht zu experimentieren. Doch eines Tages muß ich mir vielleicht doch anhören, was diese tote Zauberin aus Nippon mir zu sagen hat.«

Und so ging es weiter; er genoß es, sich mit dem okkulten Reichtum zu brüsten, den er angesammelt hatte. Dämonen und Dschinnen schliefen in Flaschen, Seuchen und Alpträume schlummerten unruhig unter juwelenbesetzten Deckeln aus geschnitztem Sandelholz und Malachit. Seine Hände zuckten zu den Wänden des Raumes, wo reihenweise Talismane und Glücksbringer an Ketten mit Gliedern aus Elektrum, Gold und Blei hingen.

»Wenn die Seelen aller Menschen, die geopfert werden mußten, um auch nur eines dieser Amulette zu erhalten, in diesem Raum versammelt würden – wie eng würde es da den Verdammten werden! Und alle, alle gehören sie mir!«

»Dann sollten Sie eigentlich zufrieden sein«, entgegnete ich. »Sie könnten sich doch ein hübsches kleines Königreich auf dem Kontinent erringen. Wenn Sie die Gesetze Britanniens so sehr verabscheuen – die Vorurteile gegen Nicht-Druiden und so fort –, warum bleiben Sie hier?«

Ich hatte nicht gewußt, daß ich zum Spaßmacher geboren bin. Kitchener jedoch lachte laut und ausgiebig. Als er endlich die Gewalt über seine Stimme zurückerlangt hatte, antwortete er: »Ich laufe nicht gern davon. Ich bin nach Britannien zurückgekommen, um der Goldenen Bruderschaft eine Stahlklinge an die Kehle zu halten. Ich will hier herrschen, in diesem Land und keinem anderen, in dem Land, in dem ich geboren wurde! Die Krone Britanniens will ich, und ich werde sie bekommen!«

Dreimal hintereinander klatschte er scharf in die Hände. Die Peris begannen erneut zu kreisen, diesmal beschrieben sie einen geschlossenen Bogen, der senkrecht zum Boden verlief. Ohne zu schrumpfen, zogen sie ihren Kreis zusammen, bis ihre Schwingen zu einem weichen weißen Schemen im Zentrum des Ringes, den sie mit ihren Leibern bildeten, verschmolzen. Lord Kitchener sah ich nicht mehr; er stand auf der einen Seite des Rings, Morganwg und ich auf der anderen. Das Flügelrad kräuselte sich wild, und dann schien sich die wallende Fläche langsam zu verfestigen, bis ich glaubte, mein eigenes Gesicht im Spiegel der verbundenen Perisflügel erkennen zu können.

»Das Glas der Fernsicht«, erklärte Lord Kitchener, und beim Klang seiner Stimme nahmen die Peris ihr Lied wieder auf. Eine Vision bildete sich.

Der Spiegel zeigte ein geräumiges, luftiges Atelier. Ein fremdartiges Metallgebilde auf Kufen, die an die eines Schlittens erinnerten, beherrschte den Raum.

Zwei Männer – der eine im Gewand eines Weisen, der andere im fadenscheinigen Talar eines Gelehrten – unterzogen das Gebilde einer eingehenden Prüfung. Das Lied der Peris schwoll an, und die Tonart änderte sich; nun hörten wir auch, was die Männer redeten:

»... gewiß ist es ungefährlich. Ich habe die Maschine bereits getestet. Im Grunde verrichtet sie nicht mehr, als mir einen Fokus für mein Talent der temporalen Materieversetzung zu bieten. Durch die Maschine vermag ich diese Macht besser zu kontrollieren, verstehen Sie?«

»Nun, ich hätte mir dergleichen nie träumen lassen – das heißt, ich hatte verzweifelt gehofft, daß die Geschichten um Ihre phänomenale Maschine sich nicht als belanglose Gerüchte erweisen würden. Für meine Arbeit in Cambridge hängt alles davon ab, einen heiklen Punkt der britischen Geschichte zu klären, welcher leider nicht hinreichend belegt ist ...«

»Ja, ja, guter Mann, das alles haben Sie mir bereits erklärt. Und ich freue mich, Sie dahin zu senden, wohin Sie müssen – oder sollte ich eher sagen: ›dawann‹ und ›wowann‹?«

Das Gesicht des Druiden leuchtete vor Warmherzigkeit und guter Laune. Der verhungert wirkende Gelehrte ergriff dankbar seine Hand und schwenkte sie wild. Seine kurzsichtigen Augen funkelten mit dem Fieber, das man bekommt, wenn man zu viele Bücher liest und zu selten an die frische Luft geht. Er war eine armselige, hagere Erscheinung, und im Geiste verordnete ich ihm bereits Kraftnahrung und Körperertüchtigung, als er sagte:

»Ich kann Ihnen einfach nicht oft genug danken, Meister Wells. So wenig ist bekannt über ... – nun, Sie wissen genug über meine Studien, um zu sehen, weshalb ich es vorziehe, ihn nicht den ›Häretiker‹ zu nennen, wie es sonst jeder tut.«

»Taranis mag Sie beschirmen, mein Freund! Wenn Sie den Namen des alten Bessemer reinwaschen, so ist mir das

Lohn genug. Ich sehe es nicht gern, wenn irgendein Mensch fälschlich angeklagt wird, und schon gar nicht, wenn dieser Mann ein Druidenbruder ist. Setzen Sie sich nun in die Maschine, und ich schicke Sie auf den Weg.«

Und genau das tat er in dem Augenblick, in dem ich die Maske des angeblichen Gelehrten aus Cambridge durchschaute. Donne! Er wand sich in das enge Flechtwerk der Maschine, setzte sich, die Gerätschaft begann ringsum zu vibrieren, und *Plopp!*, war Donne verschwunden.

Der Spiegel zerbarst in flirrende Flügel. Die Peris stoben zu den Deckenbalken auf und glitten sodann hernieder. Hinter Lord Kitchener schwebten sie in der Luft und schufen ihm durch ihre Pracht einen Thron.

»Nun, Morganwg, Ihre Aufgabe wird Ihnen leicht fallen. Sie haben gesehen, wohin Ihre Beute entschwunden ist. Vertrautes Terrain für Sie. Kümmern Sie sich darum.« Nicht ohne sich noch vor seinem Herrn zu verbeugen, eilte Morganwg davon. Kitchener hob die linke Hand und bildete mit Daumen und Ringfinger einen Kreis. Meine Fesseln fielen von mir ab und zu Boden. Kitchener blickte mich an, dann die Peris.

»Ich überlasse ihn euch«, sagte er und verblaßte, bis er aus dem mit Talismanen behängten Raum verschwunden war.

Alles in allem waren es elf Peris. Elf makellose Gesichter, elf schlanke Leiber, doch vermochte ich unter ihrer Schönheit nicht einen Funken irgendeines menschlichen Gefühls erkennen. Selbst Puppengesichter weisen eine Spur falscher Emotion auf, die ihnen aufs Porzellan gemalt worden ist. Die Gesichter der Peris waren ohne Ausdruck, ohne Leben. Dann lächelten sie.

Ihre Zähne erinnerten an eine Doppelreihe aus Dornen – sie waren schwarz und mit Widerhaken besetzt; am scharlachroten Zahnfleisch hellte sich ihre Farbe zu einem stumpfen Grau auf. Ihre gefalteten Schwingen begannen im Takt eines Todesmarsches zu schlagen. Wie ein Wesen näherten sie sich, und die Luft pulsierte mit jedem Streich ihrer Fittiche. Eine von ihnen trieb noch näher zu mir, während ihre Schwestern sich hinter ihr zu Reihen anordneten. Mit blassen Händen berührte sie den Halssaum ihres Gewands. Es fiel herab und entblößte meinem Blick weiße Haut, die völlig makellos war und die Glätte von Jade aufwies. Die Bewegungen, die sie in der Luft schwebend vollführte, waren unaussprechlich lüstern und dazu angetan, den Betrachter einzulullen.

Ich konnte meinen Blick nicht von ihrem beutegierigen Maul abwenden, ganz ungeachtet des letzten Trostes, den sie mir bot.

Ich wich zurück, ohne zu bemerken, wie ich mich bewegte. Weit kam ich nicht. Schon zu bald berührten meine tastenden Hände eine der mit Trophäen überladenen Wände. Die nackte Peri berührte den Boden und faltete die Schwingen ein. Näher und näher kam sie; ihre Finger suchten meine Hände. Die sachteste Berührung ihrer Finger genügte, um mich gegen meinen Willen für sie zu entflammen. Augenblicklich reagierte ich; mein Leib kämpfte gegen die Gewalt des Geistes an, um sich zu befreien, und wollte sich nur noch mit der Peri vereinen, nach Annwn mit den Konsequenzen! Ich stellte fest, daß meine Hände wie von selbst über ihre Arme zu ihrem Hals gestrichen waren und nun abwärts streichelten und die festen Brüste drückten, nach denen es meinen Mund verlangte – Brüste, die so kühl waren wie Glas und nie dazu gedacht, ein Kind zu säugen, Brüste ohne Brustwarzen, die ihre unfaßbare Vollkommenheit hätten beeinträchtigen können.

Du bist unser, wir sind dein. Wir können keinem anderen Mann dienen als dir. Jede von uns ist jungfräulich und unberührt. Du wirst der erste und einzige sein. Jede von uns ist dir Weg zum und Substanz des Paradieses.

Ein dicker, warmer Geruch nach Treibhausblumen vernebelte mir den Kopf. Ich hörte, wie ihr Atem gemeinsam langsam eingesogen und wieder ausgestoßen wurde, immer zusammen, immer wie ein Wesen. Ich trat von der Wand fort, als träumte ich. Die Peris sammelten sich um mich, schlossen mich ein, ihre Augen waren rund und glänzten, waren umrahmt von Antimonschwarz. Mit geschickten Fingern lösten sie mir eine Bekleidungsschicht nach der anderen, bis ich spürte, wie sich haarlose Haut an mich drängte, und ein liebestolles Stöhnen vernahm, das von dem Geschöpf in meinen Armen stammte.

Erfreut sie dich mehr als ich, mein Liebster?

Diese Stimme erklang dünn und spöttisch in meinem Kopf. Mein Kopf zuckte vor den einladenden Lippen der Peri zurück, und mein Blick glitt über den Kreis der geduldigen Zuschauer. Plötzlich stand eine mehr darunter als zuvor. Zwischen zwei vollkommenen Gesichtern starrten mich Deirdres augenlose Höhlen an; ihr Schädel war noch weißer als die perlene Haut der Peris.

O nein. Du mußt noch viel mehr erdulden, bevor ich dir zu sterben gestatte, mein süßer Johnnie. Das ist mein Brautpreis, und diese kleinen Hübschen werden ihn mir nicht rauben können! Sieh dich um, Liebster, bevor du dir dein Vergnügen nimmst. Spitze Zähne, schnelle Klauen und der Hunger der todlosen Wesen umfängt dich. Eine verführt die Beute, doch sobald du sie nimmst, nehmen sie dich.

Die Erscheinung trieb davon, und der Kreis der Peri zog sich enger zusammen, doch nun hatte ich ihren Verführungszauber abgeschüttelt. Deirdres Haß zeigte die gleiche Wirkung wie ein Kübel Eiswasser über den Kopf.

Ich brüllte heiser auf wie ein Mann, der aus einem

Alptraum erwacht, und stieß die nackte Peri von mir fort. Ein lautes, ärgerliches Summen erfüllte die Kammer. Die Flügel der Peris vibrierten wie Violinsaiten, über die der Bogen streicht, und ihre leeren Gesichter verdunkelten sich. Nur die Anführerin suchte mich noch immer in ihre Umarmung zu locken, indem sie jedes Spiel von Licht, Schatten und subtilen Bewegungen nutzte, um mich zu reizen. Wieder wallte meine fleischliche Lust nach ihr auf, doch nun beschwor ich freiwillig die Vision der toten Deirdre herauf, um die Gewalt über mein Tun zu behalten. Ich kniff die Augen zu und wirbelte herum, schlug nach den Peris hinter mir und brach blind aus dem Kreise aus. Ich rannte nur wenige Schritte, dann prallte ich gegen die Wand.

Das war nicht der einzige Handel, den wir bieten, Sterblicher. Wir zeigten dir nur den sanftesten.

Ich schlug die Augen auf. Die Peris hatten sich zu einem Halbmond angeordnet, und die Anführerin war nicht mehr von den anderen zu unterscheiden. Nein, doch: Sie war diejenige, die den Dolch hielt. Silberglanz funkelte auf seiner Klinge; sie war klein, die Waffe einer Puppe.

Oh, und doch vergießt sie Blut! Sehr wenig Blut, aber sie schneidet. Schnitt für Schnitt gehörst du uns mehr. Ein langsamer Schnitt nach dem anderen, bis du darum bettelst, daß wir dir noch einmal den zerfetzenden Tod bieten, den Tod des Verschlingens, törichter Sterblicher!

Wenn Deirdres Geist noch nahe genug lauerte, um die Gedanken zu verstehen, die mir von den Peris in den Verstand projiziert wurden, so muß sie gelacht haben. Ja, gelacht, und noch lauter, wenn sie sich in Erinnerung rief, daß ich die Macht der Erde herbeirufen konnte, damit sie mir beistand, und daß ich gerade das nicht wagen durfte. Wie hätte ich es tun können, da doch ihr Fluch auf mir lag? Sie kannte mich zu gut, meine Deirdre, und sie wußte genau, ich würde eher sterben als mich auf Kosten derer, die ich liebte, zu retten. *Törichter Sterblicher.* O ja, das war ich, und ich konnte nicht anders; nicht einmal jetzt.

Ich spürte, wie sich mir etwas Kaltes, Knorriges ins Kreuz drückte. Die Peris neigten sich vor und zurück, mit den Zehenspitzen strichen sie über den Boden, und der Dolch wurde längs ihrer Reihe von Hand zu Hand weitergereicht und wieder zurückgegeben, nachdem jeder der bösen Geister das Metall mit einem eigenen grausamen Segen bedacht hatte. Jeder Schnitt, den die Klinge mir zufügte, trüge den Willen aller Peris in sich. Ohne nachzudenken, griff ich hinter mich, um den Gegenstand aus dem Weg zu räumen, der mich daran hinderte, mich mit dem Rücken flach gegen die Wand zu pressen – was immer mir eine Wand im Rücken auch nützte, wenn der Dolch schließlich auf mich zuschoß.

Meine Hände prickelten. Ich hob mir den Gegenstand vors Gesicht, und das Prickeln wurde stärker. Einer von Kitcheners verdammten, vor Zauberkraft strotzenden Talismanen. *Öffne mich! Öffne mich!* Ich glaubte sehen zu können, wie seine gerundeten Seiten pochten wie die roten Wände eines lebendigen Herzens. *Dein ist die Macht, o mein Herr! Ach, laß mich doch frei!* Das Klopfen des Gegenstandes – der wie eine jener Muscheln geformt war, die von der Brandung ans Ufer gespült werden – das schwere, hypnotische Hämmern – die Wellen – die See ...

Deine Gabe, die Erdmagie anzuzapfen, ist stark, sagte mein Lehrer, in dessen grauen Augen sich die Wellen spiegelten. Und so soll es auch sein; ein schwacher Mann vermag nicht zu herrschen. Du kannst die Zauberkraft freisetzen, sie bewältigen, sie aus den Tiefen hervorholen, wo der Fels wie Wasser fließt und das Wasser von Leben wimmelt. Selbst bevor du das gelernt hast, reichte deine Macht schon aus, um anderen Zauberkräften den Weg zu bahnen als deinen eigenen.

Andere Zauberkräfte. Mit den Händen umschloß ich den Talisman wie mit einer zweiten Muschelschale und befreite seine Magie.

Dunkelheit wallte aus meinen Handflächen. Eine schwarze Säule aus öligem Rauch schoß an die Decke und zerbarst zu der massigen, dämonischen Gestalt eines monströsen Dschinns. Mit bestürztem Flügelschlagen wichen die Peris zurück.

Wie lautet dein Wille, o Herr?

»Rette mich.« Mehr vermochte ich nicht zu sagen, und selbst diese beiden Worte brachte ich nur mit brüchiger, schwankender Stimme hervor.

Dein Wille geschehe.

Schwere Fäuste wie schwarze Gewitterwolken griffen hinab und umschlossen die erschauernden Peris. Wenn sie aufschrien, so drang nichts von dem Geräusch nach außen. Vielmehr vernahm ich ein zartes, hohes Zirpen gleich dem Lied einer Grille, und dann öffnete der Dschinn die Hände und zeigte sie mir. Sie waren leer. Eine Wolke irisierender Federn trieb vor meinen Augen zu Boden. Soviel Schönheit, soviel Bosheit; für die Peris empfand ich kurz widersinniges Bedauern.

Was wünscht mein Herr nun von mir?

Ich hob die verwaisten Federn auf und betrachtete sie lange. Wie sehr sie sich von dem scharfkantigen Gefieder des Afrit unterschieden! »Nun ... ich weiß nicht recht.« Ich wies vage auf die vier Wände. »Versenke all diese Amulette im Meer – dein eigenes auch.«

Der Dschinn zog die Brauen zusammen. Mit einem Geräusch, das an einen alten Ledersessel denken ließ, auf den man sich niedersetzt, bildeten sich Falten auf seiner Stirne und glätteten sich wieder. *Mein eigenes auch? Habe ich dich verstimmt, o Herr?*

»Nicht im geringsten. Ich befreie dich davon und möchte, daß du es versenkst, damit niemand sich je wieder dein Herr nennen kann. Aber vorher vernichte noch die anderen zauberischen Spielzeuge. So lautet mein Wunsch, nach dem du mich gefragt hast.«

Der Dschinn hatte eine breite Brust und war von der Taille aufwärts so schwarz wie Kohle. Unterhalb der Lenden bestand er aus einer sich windenden Rauchwolke, so daß sie Verbeugung, die er mir zu Ehren ausführte, ein wenig problematisch wurde. *Mein herzloses Herz und meine seelenlose Seele winden sich unter dem Schmerz des Bedauerns, Wohlwollendster, aber ich bin außerstande, dir deinen Wunsch zu erfüllen.*

»Den Teufel bist du!«

Ein Teufel bin ich, geehrter Wohltäter. Doch kann ich nur einige dieser Schmuckstücke vernichten. Den Rest beschirmen Schutzzauber vor meinen geringen Kräften. Zwar war er so kahl wie eine Eierschale, aber er faßte sich dennoch an die Stirn, als wollte er sich verlegen an einer Haarlocke zupfen.

Ich musterte die Wände und fuhr mit den Händen über die Amulette, dann durchstrich ich den Raum und berührte wahllos Flaschen und Fäßchen. »Du sprichst die Wahrheit. Ich spüre die Abstoßungszauber. Welch ein Glück, daß dein Amulett nicht so geschützt gewesen ist, was?«

Der Dschinn goß einen Teil seines rauchigen Leibes in die Messingmuschel zurück, die er Zuhause genannt hatte, damit er mir besser ins Auge blicken konnte. In der Pupille eines seiner bernsteinfarbenen Augen sah ich mein ganzes Gesicht im Spiegel. *Mein Herr ist wahrlich mein Herr. Ich bin nur die Hülle für seine Macht. Du bist die Quelle. Ich verneige mich demutsvoll vor dem Überlegenen. Aber* – erneut das ledrige Knirschen – *warum muß jemand, der über eine mystische Macht gebietet wie du, meine elende Hilfe in Anspruch nehmen, um mit gefiedertem Ungeziefer fertigzuwerden?*

»Dschinn, alter Junge, das ist keine kurze Geschichte, und weil sie noch lange nicht vorüber ist, würde ich sagen, du tust, was du kannst, um den Ballast in diesem Raum auszudünnen, und dann machst du dich davon. Wie ich sagte, bist du frei.«

Der Dschinn erhob sich wieder zu seiner gewaltigen Größe und berührte in der orientalischen Geste der Ehrerbietung Stirn, Lippen und Herz. *Ich höre und gehorche.*

»Tu das«, sagte ich und begann damit, meine verstreuten Kleidungsstücke aufzulesen. Als ich wieder angezogen war, hatte der Dschinn ein gutes Drittel der Talismane entfernt und sich dorthin verzogen, wo immer sich pensionierte Dschinnen sammeln.

Ich verließ den Raum durch die gleiche Tür, die ich Morganwg hatte benutzen sehen, und stellte fest, daß sie mich in einen gewöhnlichen Keller führte. Eine magere Londoner Ratte saß auf einem Faß mit eingedrückten Dauben und winkte mir mutig mit den Schnurrhaaren zu. Eine flackernde Öllampe stand in einer Nische neben einer Holztreppe mit moosbedeckten Stufen.

Ich stieg sie hinauf und gelangte an eine Falltür, die ich aufdrückte. Ein Flickenteppich lag über der Falltür, und als ich ihn beiseite geschoben hatte, fand ich mich in dem vertrauten Verkaufsraum des Raritätenladens wieder.

Herbstliches Zwielicht ließ die Straßen dieser üblen Gegend noch sinistrer erscheinen. Ich beeilte mich, zu Adas Haus zurückzukommen. Als ich erschien, schritt sie in ihrem Salon auf und ab, offenbar entschlossen, eine Spur in den Teppich zu treten.

»Bei Eponas Mähne, wo stecken Sie denn?« schrie sie mich an, als sie mich erblickte.

Ich berichtete ihr, was mir widerfahren war. Sie ballte die Fäuste und wirkte, als hätte sie mich am liebsten damit verprügelt.

»Ob er Sie wirklich richtig einschätzt?« überlegte sie laut. (Ich brauchte nicht zu fragen, wer er sei.) »Sind Sie tatsächlich so hoffnungslos? Bei den Göttern – über einen Dschinn zu gebieten und ihn freizulassen! Was haben Sie sich dabei nur gedacht?«

»Ich dachte«, antwortete ich gemessen, »daß es falsch ist, irgendein Wesen zu versklaven, sei es magisch oder nicht.«

»Magie!« Sie schnaubte. »Was verstehen Sie von Magie? Vielleicht hätte man dem Dschinn nur zu befehlen brauchen, die *Rules Britannia* herbeizuholen – es hätte so einfach sein können wie der Gedanke daran! Aber das Denken fällt Ihnen wohl nicht leicht, was?«

Ich habe eine Abneigung gegen überreizte Frauen. Aus irgendeinem Grund neigen sie gewöhnlich dazu, mich zu beleidigen. »Meiner Meinung hätte es Donne ebensosehr wie mir widerstrebt, die *Rules* auf diese Weise zurückzuerlangen. Und davon abgesehen, Madam, hätten Sie dem zugehört, was ich gerade gesagt habe, so hätten Sie begriffen, daß der Dschinn alles andere als allmächtig gewesen ist. Wenn Kitchener so weitsichtig war, den größeren Teil seiner Talismansammlung magisch zu schützen, so liegt eine Kostbarkeit wie die *Rules Britannia* doch wohl unter mehr Schutzzauber als wir zählen könnten.«

Ada sank auf einem mit Stickereien verzierten Sessel zusammen. Der unerschütterliche Merriwell erschien mit Brandy und Soda für seine Herrin. Sie stürzte den Cocktail in einem Schluck herunter und hob ihren hilflosen Blick zu mir.

»Verzeihen Sie mir, Dr. Weston. Es ist nur ... ich mache mir solche Sorgen. Mr. Donne ist fort, und ich weiß nicht, wohin.«

»Fort ...« Ich erinnerte mich an Kitcheners Anweisungen an den entzückten Morganwg und erbleichte. »Lady Lovelace – Ada –, kennen Sie vielleicht einen Druiden namens Wells?« Ich berichtete, was ich in den Spiegel der Perisschwingen gesehen hatte.

Ada schüttelte den Kopf. »Der Name ist besonders in der Bruderschaft sehr verbreitet. Eine ganze Seitenlinie der Weisen heißt so, denn früher sind sie die Hüter der heiligen Opferbrunnen gewesen.«

»Schon, doch der, den ich meine, ist Spezialist für die Zeitreise, und er muß sich in London aufhalten, sonst hätte Donne niemals so rasch zu ihm gelangen können. Wer kann jedoch wissen, wo man solch einen Mann finden kann?« Über diese Frage sann ich nach und sprach meine Gedanken laut aus. »Donne würde die Spezialeinheit auf die Fährte setzen. Cuchulain und sein Haufen sollten mittlerweile von ihrem albernen Raubzug zurück sein. Ich muß mit Mildred sprechen – aber sie ist auf der Baker Street; was, wenn Wellington noch immer unser Haus beobachten läßt? Nein, das Risiko können wir nicht eingehen.«

Ada ergriff meine Hände. »Wenn Sie mir verraten, wie man mit der Spezialeinheit in Verbindung tritt, so will ich das tun. Aber Sie müssen mir im Gegenzug einen Gefallen erweisen. Heute abend können Sie im Café Royal meinen Vater treffen. Bitte, gehen Sie hin. Und helfen Sie ihm. Bitte.«

Minuten später, als Ada sich bereit machte, die Baker Street Irregulars zu kontaktieren, eilte ich die Vordertreppe hinab und auf die Straße. Ich ging so schnell ich konnte zum Café Royal. Der unheilverkündende Abendnebel sandte bereits milchiggelbe Tentakel in jede Straße und Gasse, doch hielten die Lampen noch das schlimmste im Zaume. Rasch bog ich um eine Ecke und stieß gegen einen unnachgiebigen Holzbalken, der mir den Atem aus den Lungen rammte.

Schmerzerfüllt keuchte ich auf und ergriff die Planke, um nicht das Gleichgewicht zu verlieren, während die Flecke, die mir vor den Augen tanzten, allmählich wieder verschwanden. Etwas Pelziges rieb sich an meinem Handgelenk und miaute.

»Schön, daß wir uns treff'n, mein Jung'.« Aus dem Nebel grinste mich Old Jims stoppeliges Gesicht an. Der Kater Tam rieb sich noch einmal freundlich an mir, denn ich hatte die Kante des Fischkarrens noch nicht losgelassen.

»Schön, daß wir uns treffen? Ich habe den ganzen Morgen nach Ihnen gesucht! Verdammt nochmal, warum sind Sie nicht aufzutreiben, wenn ich Sie suche, und kreuzen auf, wenn ich Sie nicht gebrauchen kann?«

»Diesmal sind Sie wohl dran mit den Rätseln, was?« Er grollte tief in der Kehle, vielleicht, um seiner Belustigung Ausdruck zu verleihen. »Aber besonders gut könn' Se das noch nicht. Vielleicht, weil Sie noch gar nicht wissen, was Sie eigentlich woll'n. Und deshalb hab' ich auch keine Zeit für Sie, also gehab'n Se sich wohl.«

»Warten Sie!« Ich wollte den Karren festhalten, doch meine Finger durchdrangen ihn, als bestünde er aus Sand, und schlossen sich um Nichts. In der Nacht verhallte ein geisterhafter Katzenschrei.

KAPITEL 12

Die abenteuerliche Begegnung mit dem Bund der Laienmendikanten

Wie die meisten guten Briten hatte auch ich meine bevorzugten Zufluchtsorte für den Abend. Der Schankraum im Cri' gehörte dazu, und wie viele meiner bornierten Mitmenschen nahm ich an, daß jeder Londoner eine Lieblingsschenke hatte, welche mehr oder minder meinem Geschmacke entsprach. Davon konnten freilich nicht alle dem Cri' gleichen wie ein Ei dem anderen, aber das *Ambiente* – die Stimmung, wenn Sie diesen Begriff vorziehen – sollten sich doch ähneln.

Das war, bevor ich das Café Royal kennenlernte.

Von außen glich es anderen Lokalen, doch wenn man eintrat, überquerte man mehr Schwellen als nur eine. Eine Längsseite des allgemeinen Schankraums wurde von einer schwarzen Theke eingenommen, hinter der vergoldete Spiegel ein Vermögen an Geistern in Flaschen zurückwarfen – nicht die Sorte Geister, mit denen ich noch vor kurzem zu tun gehabt hatte, sondern viele Sorten des trinkbaren und bekömmlicheren Weingeistes. Somit war der Schankraum noch durchaus herkömmlich zu nennen, doch auf das Publikum konnte diese Bezeichnung nicht angewandt werden. Alle standen sie auf die eine oder andere Art mit den Künsten in Verbindung.

Warum muß das Wort ›Künste‹ unweigerlich das Schlimmste in einem Mann wecken, als sei es eine Lizenz, das sittliche Empfinden einer Gottesanbeterin und die Körperpflege eines kranken Meerschweinchens an den Tag zu legen? Selbst in seinen wunderlichsten Stimmungen wäre Donne den unfaßbar ausgefallenen Kostümierungen, deren sich die Gäste im Café Royal befleißigten, auch nicht im entferntesten nahegekommen. Ich in meinem gewöhnlichen Tweedanzug stach heraus wie eine Krähe unter Pfauen. Rings um mich kreischten und schnatterten Wüstlinge und besudelte Tauben, *Décadents* und jene, die lediglich von der Verworfenheit angelockt werden.

Lord Byron indes sah ich nirgends. Folglich mußte ich warten, ob er sich vielleicht noch zeigte. Genau das tat ein junger Mann mit trüben Augen am Marmortisch gleich neben mir; sein Begleiter gab sich unbeeindruckt.

Jemand zupfte mich am Ärmel. »Sir, würde es Ihnen etwas ausmachen, einer Dame aus einer unerquicklichen Lage zu helfen?« Höchst bezaubernd unterstrichen kornblumenblaue Augen unter golden geschminkten Wimpern die Bitte um meinen Schutz. Die einsame Krähe hatte eine passende, wenngleich vorübergehende Begleitung gefunden. Die hübsche Hilfesuchende war beinahe so konventionell gekleidet wie ich; in ihrem Fall in rehbraune Seide, die mir bescheidenen Einblick bot.

»Es wäre mir eine Ehre. Wie kann ich Ihnen dienen?«

Röte breitete sich auf ihrem Gesicht aus. Ihre Züge waren weder zierlich noch fein geschnitten, doch gerade dieses stumpfe Antlitz betonte ihre angenehmen Manieren. »Meine Schwester – die, wie ich leider sagen muß, nicht gerade der Stolz unsere Familie ist – hat mich gebeten, mich hier mit ihr zu treffen.« Sie wandte den Blick ab und fügte leise hinzu: »Sie ist eine Schauspielerin«, ganz eindeutig eine Offenbarung, die ihr Qual bereitete. »Ich bin gerade erst hierhergekommen und ... würde nur ungern allein warten. Wenn Sie mir meine Zudringlichkeit vergeben könnten.«

Vergeben? Ich hieß sie willkommen! Wir setzten uns an einen Tisch, und ich bestellte einen passablen Sauternes, der uns das Warten auf unsere jeweiligen Verabredungen verkürzen sollte. Wir hatten die Flasche erst zur Hälfte geleert, als ein liederlicher Kellner mit einer zweiten kam.

»Die habe ich nicht bestellt, guter Mann«, wandte ich ein.

»Mit 'ner Empfehlung des Bundes der Laienmendikanten, Sir!« Er blinzelte mir zu und zog den Korken. »Seine Exzellenz der Präsident bittet Sie um die Ehre, zu ihm an 'n Tisch zu kommen, wenn's Ihnen recht wär'.«

»Da muß es sich um einen Irrtum handeln.«

»Dort bitte, Sir.« Er winkte mit seinem feuchten Leinentuch in Richtung des größten Tisches im Raum. Ich sah hinüber und konnte nicht umhin, die breiten Züge und die noch breitere Gestalt von Londons berüchtigtstem Dramatiker, Dichter und Spötter zu erblicken, von Mr. Oscar Wilde. Noch in der Woche vor dem Beltaine-Fest hatten Donne und ich der Premiere seiner vernichtenden Satire ›Lady Wintermeres Faun‹ beigewohnt.

Da Lord Byron noch immer keine Anstalten machte zu erscheinen, hielt ich es für ebenso ratsam wie höflich, an Mr. Wildes Tisch zu gehen und ihm für den Wein zu danken. In einem Raum voller beachtlicher Rivalen war er eindeutig die bemerkenswerteste

Figur. Sobald Byron eintraf, würde er mit Sicherheit in Wildes Richtung sehen und müßte mich auf der Stelle erblicken.

Wie sich erwies, hielt Wilde gerade hof, aber was für ein Hof das war! Er machte sich nicht die Mühe, sich zu erheben, als ich nähertrat. Die fremde Dame klammerte sich zaghaft an meinen Arm und bemühte sich, niemanden anzustarren.

»Dr. Weston, bis in die Tiefen meiner Seele bin ich entzückt!« Seine dickliche Hand vermochte noch immer einen festen Druck auszuüben. »Setzen Sie sich zu uns.« Er wiegte den Kopf zur linken Hälfte seiner mit rotem Plüsch bezogenen Bank und entließ zwei seiner Gefolgsleute. Welch eine Menagerie! Von den acht jungen Männern, die mit Wilde zusammensaßen, war die Hälfte vom dünnsten aristokratischen Blut in Britannien, die andere offensichtlich Stallburschen und Gassenjungen, die man in lachhafte Gesellschaftsanzüge gestopft hatte.

»Dr. Weston«, trällerte Wilde in seinem klangvollen Tenor, »schreibt.«

»Geseire«, sagte einer der Edelknaben. Er saß rechts von Wilde, und da meine Begleiterin und ich auf der anderen Seite des Dramatikers Platz erhalten hatten, mußte ich mich vorbeugen, um an des Letzteren Leibesfülle vorbei diesen scharfsinnigen Kritiker näher in Augenschein nehmen zu können. Er hatte feines blondes Haar und eine pedantisch wirkende kleine Nase, die geradezu danach schrie, sie ihm zu brechen.

»Sei nicht garstig, Alfred«, sagte Wilde. »Eine der Maximen unseres Bundes der Laienmendikanten besteht immerhin darin, einer häßlichen Welt Schönheit abzuverlangen, nicht aber, bereits bestehende Häßlichkeit zu fördern.«

Alfred war jedoch nicht zu besänftigen.

»Dr. Weston ist der liebe, enge, unersetzliche Gefährte eines wahrhaft bewundernswerten Mannes«, fuhr Wilde fort. »Damit meine ich selbstverständlich Mr. Brihtric Donne. Er ist eine Inspiration, ein lebender Beweis für die Gültigkeit des Eckpfeilers aller echten Philosophie. Die alten Griechen taten gut daran, als sie ihre Frauen absonderten – damit will ich Sie nicht beleidigen, meine Liebe«, fügte er an meine Begleiterin gewandt hinzu. »Frauen sind jedoch nicht in der Lage, einen Gedanken zu verfolgen, ohne ihn zu trivialisieren. Nur durch die Kommunikation von Geistern gleichen Potentials kann die Menschheit hoffen, sich über die Barbarei zu erheben. Zur Erlangung dieser Perfektion muß jedoch ein Geist dem anderen überlegen sein – der geliebte Lehrer, der getreue Führer. Wie Dr. Weston in seinen dramatischen Vignetten für das *Strand Magazine* so charmant auseinandersetzt, hat Mr. Donne das schönere Geschlecht auf seinen angestammten Platz verwiesen. Zur Belohnung hat er eins der leistungsfähigsten Gehirne in ganz Britannien entwickelt und die bedingungslose Hingabe eines treuen Freundes errungen.«

Er klopfte mir so fest auf den Rücken, daß ich fast über den Tisch geflogen wäre.

»Bravo für den treuen Freund. Warum machst du ihn nicht auch zu einem Laienmendikanten, Oscar?« Alfred gähnte lautstark und stürzte die klebrige grüne Flüssigkeit aus seinem Glas herunter. Dann beugte er sich an Wilde vorbei und zeigte mir die Zähne. »*Mendikant*, Dr. Weston. Das heißt *Bettler*. Was macht es schließlich schon, wenn ein oder zwei Buchstaben falsch sind, für Brihtric Donnes lieben, entzückenden, *hingebungsvollen* Freund?«*

Im Namen meines Freundes Donne, Friedrich

* Hier haben wir es mit einem Wortspiel zu tun, für das sich im Deutschen keine Entsprechung findet: beggar ist englisch für Bettler, bugger ein Vulgärausdruck für einen Homosexuellen. (Anm. des Übersetzers)

Gutmanns Mädchen und der Gräfin von Lovelace schlug ich dem Flegel die Faust ins Gesicht.

»Alfred!« schrie Wilde auf. Der gute Alfred sackte zusammen und rutschte, ohne Antwort zu geben, friedlich zu Boden.

Wilde fauchte mich mit lästerlichen Flüchen an und tastete unter dem Tisch nach Alfreds reglosem Körper. Die vornehme keltische Art, gedehnt zu sprechen, war jedenfalls verschwunden. Wilde war außer sich vor Zorn. Ich versuchte, mich mit meiner Begleiterin zurückzuziehen, aber kaum hatte er Alfreds blutüberströmtes Gesicht gesehen, da bellte er: »Andy, wenn du ihn kriegst, winkt dir 'ne Fünf-Pfund-Note!«

Ich wußte, daß er mich meinte und es sich nicht um ein freundliches Ansinnen handelte. Andy war der kräftigste der Stallburschen. Er wählte den direkten Angriff, warf sich über den Tisch und packte mich bei den Schultern. Ich verlor das Gleichgewicht und schlug rücklings auf den Marmor. Gläser und Flaschen flogen klirrend in alle Richtungen. Auch ohne Hoffnung auf Wildes Kopfgeld ließen sich Andys Kumpane vom Sturm der Begeisterung mitreißen. Die vier hängten sich an meine Arme und Beine und breiteten mich auf der Tischplatte aus. Andy schlug einer Weinflasche den Boden ab und hob sie, um mich damit auszuweiden. Ich wehrte mich mit aller Kraft und konnte mich von einem der jungen Männer losreißen, doch die anderen hielten mich nur um so fester.

Das abgebrochene Glas zischte durch die Luft und bohrte sich nur wenige Zoll neben meinem Gesicht in den Tisch. Nur um Haaresbreite verfehlten grüne Splitter mein rechtes Auge.

»Halt den Mistkerl fest, Jimbo!«

Andy nahm eine andere Flasche zur Hand. Die Lordchen taten ihre Aufregung mit zirpenden Lauten kund. Einer von ihnen sammelte seine ganze Kühnheit, entwand die Flasche aus Andys Hand und reichte ihm eine schwerere.

»Ja, so ist's recht, mein Lieber! Zeig's ihm!«

»Mach' ich schon, keine Sorge.« Er hob die Flasche. Die kleinen Lords warfen sich auf mich, um nur nichts von der Tötung zu verpassen. »Dem zeig' ich's endgültig!« rief Andy.

Doch sollte ich die Lektion niemals erhalten. Hinter Andys Rücken beschrieb einer der vergoldeten Plüschstühle einen Bogen; nur die Götter wissen, wo er begann, doch er endete an Andys haarigem Hinterkopf. Der Stallbursche brach zusammen und gesellte sich in Ruhestellung zu Alfred.

»Nehmt das, ihr dreckigen Feiglinge!« brüllte meine Begleiterin; sie brüllte mit tiefster Baßstimme.

»Tommy, du Miststück! Hau ab!«

»Von wegen! Ich laß das nicht zu! Und wenn Mr. Wildes Schoßhündchen am Boden liegt, dann deshalb, weil er einen fairen Schlag bekommen hat. Dr. Weston wird 'nen ebenso fairen Kampf bekommen!« Die ›Dame‹ riß sich den breitkrempigen Hut mitsamt flachsblonder Frisur herunter und streifte die Kalbslederhandschuhe ab, wobei erstaunlich fleischige Fäuste zum Vorschein kamen. »Wer von euch Scheißern ist als nächster dran?«

Und das Getümmel kannte keine Grenze mehr.

Um es gleich zu sagen, zog ich mich recht rasch aus der Affaire, bis sich der Kampf auch zu den anderen Tischen ausbreitete. Altem Groll wurde Luft gemacht und der Grundstein zu neuem gelegt, bevor das *Corps d'élite* der Rausschmeißer des Café Royal in den Salon strömte und so viele von uns hinauswarf, wie man nur zu fassen bekam. Ich selbst flog mit der dritten Welle durch die Vordertüre. In der kalten Nachtluft brannte mein geschwollenes und zerkratztes Gesicht.

»So ist London eben«, erklärte ich dem Mond.

Ich rappelte mich auf und stieg vorsichtig über

meine Rinnsteingenossen. Die Schlägerei im Café Royal war mittlerweile verebbt, und ich wußte nicht, ob mein Wiedereintreten erwünscht wäre, doch blieb mir keine andere Wahl. Lord Byron mußte noch ...

»Dr. Weston.« Das war er. Er kauerte in den Schatten, doch die Stimme gehörte unverkennbar ihm, und auch das Profil, das zu sehen war, wenn das schwache Licht aus den offenen Cafétüren auf ihn fiel, hätte keinen anderem gehören können.

»Lord ... Geordie. Geordie, Sie machen sich keine Vorstellung, wie froh ich bin, Sie hier zu fin...«

Er schnitt mir das Wort ab. »Ich habe keine Zeit. Ich werde beobachtet und verfolgt, immer hat man mich im Auge, sogar jetzt. Sie müssen sich ebenfalls vorsehen; seine Diener werden auch Ihnen folgen. Um mich selbst mache ich mir keine Gedanken mehr. Ich bin nicht mehr wichtig. Was gesagt werden muß, wird gesagt werden. *Schützen Sie die Königin!*« Damit grub er seine Finger in meine Hände. Ich spürte, daß er mir ein gefaltetes Stück Papier zuschob. Er wollte verschwinden, ich aber mußte noch etwas erfahren.

»Geordie, warten Sie. Sie haben das Blut. Ich muß einen Druiden finden, einen ganz bestimmten. Er ist der Schlüssel zu diesem Fall. Wie kann ich ihn finden? Er heißt ...«

Byron hob ruckartig die Hand. »Keine Namen! Sie müssen Berkeley sprechen; Little Queen Street 25.« Und ohne ein weiteres Wort ließ er mich stehen.

Nun, dann sollte ich wohl mit Berkeley sprechen. Ich rief einen Mietwagen herbei, der mich vor dem angegebenen Haus absetzte. Die Gebäude auf der Little Queen Street waren alt, strahlten jedoch eine gewisse Respektabilität aus. Ich rief Erdenfeuer in meine Fingerspitzen und las den Zettel, den Lord Byron mir zugesteckt hatte, bevor ich diesen Berkeley aufsuchte, wer immer das auch sein mochte.

Unsinniges Geschwafel. *Einzige Tochter meines*

Hauses und meines Herzens, ist Dein Verstand wie der Deiner Mutter? O nein, ich will nun nicht die Gründe aufzählen, welche dafür und welche dagegen sprechen. Ich bin durchaus in der Lage, eins und eins zusammenzuzählen und zehn herauszubekommen; Du aber auch. Boatswain war ein edleres Tier als ich, doch ist er tot, und Du weißt, wo er begraben liegt. Wenn nicht, wird 10, 1, 10011, 1011, 101, 10010, 10110, 1001, 1100, 1100, 101 dem geduldigen Ergründer vieles enthüllen. Adieu.

Ich steckte mir den Zettel wieder in die Tasche. Sollte Donne diese Nuß knacken, für mich war so etwas nichts. Ich läutete und weckte eine mißgestimmte Hauswirtin, die mich anwies, zwei Treppen hinaufzusteigen, wenn ich zu Berkeley wolle, und ansonsten tot umzufallen. Im Vergleich zu Lord Byrons Rätsel ergaben ihre Worte wenigstens Sinn.

»Wer ist da?« Berkeley war etwa doppelt so verärgert wie seine Wirtin, doppelt so grimmig und doppelt so groß. Er blickte zürnend zu mir hinunter, und ich bin kein kleiner Mann. »Was zum Teufel wollen Sie so spät noch?«

»Mr. Berkeley, ich bitte Sie für die Störung vielmals um Verzeihung, aber ...«

»Für Sie heißt das immer noch Captain Berkeley, Freundchen. Ja, Captain, das können sie sich hinter die Ohren schreiben, die elenden Maden!« Wie der Dschinn mußte auch er sich bücken, um mir in die Augen zu blicken. »Also! Ich habe Sie schon einmal gesehen. Sie sind im Palast gewesen. Wer hat Sie hergeschickt? Wenn man mir meine Anstellung zurückgeben will, dann sagen Sie ihnen, daß sie von vornherein nie das Recht hatten, sie mir zu nehmen. Schmutziger verdammter ausländischer Abschaum!«

»Captain, es tut mir leid, aber ich fürchte, ich weiß nichts von Ihrer Anstellung.«

Er richtete sich daraufhin wieder auf und blickte mich mit doppelter Feindseligkeit an. Dann entspannte sich übergangslos seine Miene, und ein tiefes Seufzen durchlief seine massige Gestalt. »Kommen Sie herein. Kommen Sie nur. Es war wohl zuviel erwartet.«

Seine Wohnung bestand aus einem einzigen Zimmer, in dem sich ein niedriger Kochherd befand, ohne daß eine Spüle zu sehen war. Der Raum vermittelte den Eindruck, in ihm wohne ein eingefleischter Junggeselle. Überall standen Dinge in Unordnung umher, aber man sah keinen nennenswerten Schmutz. Die einzige Ausnahme vom allgemeinen Durcheinander bildete ein hölzerner stummer Diener, wo zwei makellos auf Hochglanz polierte Stiefel kerzengerade unter einer im allerbesten Zustand gehaltenen Uniform der Palastgarde Wache standen.

»Daher kennen Sie mich also«, sagte ich. »Sie sind von der Königlichen Garde.« Den Körperbau dazu besaß er.

»War ich, verdammt noch eins«, knurrte Berkeley. »Haben mir gekündigt, schon vor Wochen. Nun steht einer von Lord Küchenstinkers komischen Käuzen an meiner Stelle, und ein mageres Exemplar, so was haben Sie noch nicht gesehen. Das ganze verdammte Korps wird von Gestalten wie dem überschwemmt. Bei den Göttern, wie Esel sehen sie aus – eine Schande für die Uniform!«

Bei der Erwähnung der Uniform warf er einen liebevollen Blick auf die eigene. Rechts neben den Stiefeln sah ich die hohe Bärenfellmütze stehen und stellte mir vor, als welcher Monolith dieser Berkeley aufragen mußte, wenn er in voller Montur erschien. Dann dachte ich an meinen Besuch im Palast zurück und an die absonderlichen Gesichter, die nun unter den Bärenfellmützen hervorblickten. »Ein trauriger Tag für Britannien, als man Sie und Ihre Leute davonschickte«, sagte ich und meinte es aufrichtig.

Diese Bemerkung wärmte ihm das Herz. »So ein schlechter Kerl sind Sie wirklich nicht, Dr. Weston.«

»Woher kennen Sie meinen Namen?« Noch war ich nicht bereit anzunehmen, daß ein weiterer Mann mit Donnes geradezu übernatürlicher Fähigkeit zur Deduktion leben sollte. Aber ich wußte, daß ich mich nicht vorgestellt hatte.

Der zwangspensionierte Gardist lachte. »Das überrascht jeden. Ich bin kein Druide, Sir, aber ich habe Mittel und Wege, Namen herauszufinden. Als guter Gardist betrachte ich es als meine Pflicht zu wissen, wer im Palast ein- und ausgeht. Grundsätzlich stelle ich Erkundigungen an und finde den Namen zum Gesicht, wenn ein Fremder den Palast betritt. Sie habe ich zum ersten Mal am Beltaine-Abend zu Gesicht bekommen, auch wenn Sie mich nicht sehen konnten.«

»Ich war bewußtlos.«

»Einmal das und viel zu schwer für die beiden Jungen, die Sie zur Königin geschleppt haben. Die Götter mögen sie schützen. Na, für dergleichen habe ich eine Gabe. Sobald ein Name einmal hier drin ist« – er wies mit dem Finger auf die Schläfe –, »bleibt er da auch. Dr. med. John H. Weston, Baker Street 221 B.« Meine Personalien rasselte er mit einem schuljungenhaften Grinsen herunter.

»Ganz erstaunlich, Captain!«

»Pah! Das ist noch gar nichts. Nun, womit kann ich Ihnen helfen? Sie sind wohl kaum zu dieser Uhrzeit ins Haus eines Fremden gekommen, um sich sagen zu lassen, wie Sie heißen und wo Sie wohnen.«

»Ich wurde von einem Freund an Sie verwiesen, der sagte, Sie könnten mir bei der Suche nach einem Druiden helfen.«

»Einem Druiden? In letzter Zeit sieht man sie nicht mehr so häufig, aber bisher war es noch nicht schwierig, einen zu finden.«

»Einen ganz bestimmten Druiden; einen Meister Wells, dessen Spezialgebiet der Transport durch die Zeit ist.«

»Wells ...« Berkeley legte sich zwei Finger auf die Lippen. »Meister Wells ... Wissen Sie, Dr. Weston, dieser Name, und was er einem Mann ins Gedächtnis ruft – einem durstigen Mann –, einem, der sich längst nicht so oft sein Bier leisten kann, wie er gern möchte, seit er entlassen worden ist ...«

An Verzweifelte ist ein Wink mit dem Zaunpfahl niemals verschwendet. Ich drängte den titanischen Berkeley die Stufen hinunter in die Eckkneipe, wo ich im folgenden lernen sollte, daß es vier Pints bitteren Bieres bedurfte, einen Gardisten zum Singen zu bewegen.

»Auf den Rollen der Bruderschaft steht mehr als ein Meister Wells, Dr. Weston. Auf Wunsch des Eisernen Herzogs schuf Brian der Imagist ein Buch mit allen Angehörigen der Bruderschaft, in dem Bilder und Namen und sonst alles verzeichnet ist. Wir Wächter können hineinsehen, wann immer wir wollen. Ich habe die Gelegenheit ergriffen, es von vorn bis hinten durchzuarbeiten, Seite für Seite, so daß ich alle Namen und Gesichter hier oben habe« – wieder die Schläfe –, »falls ich sie mal brauche. Das Bildbuch verzeichnete auch ihre besonderen Talente. Nun gibt's immer noch mehr als einen Meister Wells in London, selbst nach der häßlichen Geschichte mit Meister John Wellington gleichen Namens vor zwei Jahren, aber der einzige mit Zeitreisefähigkeit wohnt Horns Way 40.«

»Horns Way?« Diesen Straßennamen hatte ich noch nie gehört. Anders als im Falle Donnes besteht meine geistige Karte von London fast nur aus größeren Durchgangsstraßen, während weite Gebiete schraffiert und mit dem Vermerk ›Hier leben Dämonen‹ versehen sind. »Wo bei den Göttern ist das?«

»Na, einfach ...« Berkeley schloß den Mund und blickte verärgert drein. »Von hier aus kommt man nicht dahin. Aber warten Sie. Kommen Sie mit in meine Wohnung, und ich leihe Ihnen ›Mortons

Messer-und-Gabel-Führer London‹. Der hat eine recht gute Karte auf dem Umschlag, wenn man bedenkt, daß es nur ein Eßlokalführer ist.« Er lächelte mich entschuldigend an. »Mit Namen und Gesichtern habe ich nie Schwierigkeiten, Sir, aber wenn es darum geht, jemandem dem Weg zu weisen, bin ich oft hilflos wie ein Neugeborenes.«

Mir blieb also keine Wahl, als mit Berkeley in sein Zimmer zurückzugehen. Kaum waren wir da, warf er sich unter sein zerdrücktes Bett und suchte dort nach dem Morton. Der erste Gegenstand, den er hervorfischte, war es nicht.

»Meine Hutbürste!« rief er erfreut. »Die alte Bärenfellmütze will schon seit Tagen mal wieder richtig geschrubbt werden. Hören Sie, Dr. Weston, würde es Ihnen etwas ausmachen, selbst danach zu suchen, während ich mich um meine Mütze kümmere? Was Sie finden, dürfen Sie behalten, wie man so sagt, und Ihnen wird schon nichts begegnen, was beißt.« Diesen Ulk genoß er sehr und ließ mich unter das Bett kriechen, während er nach dem struppigen Pelzhelm griff.

Die Bärenfellmütze sprang ihn an!

Als Berkeley aufschrie, rollte ich mich unter dem Bett hervor. Der Gardist schlug mit der Bürste auf seine Mütze ein, ohne damit etwas auszurichten. Vier geschmeidige, in Krallen endende Gliedmaßen hatten sich aus dem Pelz geschält und hafteten Berkeley an der Brust. Ein häßliche, spitze Schnauze und zwei rubinrote Augen schoben sich ebenfalls hervor, aber am schlimmsten waren der nackte rote Schwanz und die nadelspitzen Zähne im Maul. Das Tier bedeckte selbst Berkeleys mächtige Brust zur Hälfte. Es zuckte mit dem Schwanz und biß dem Gardisten ins Handgelenk. Blut quoll aus der Wunde; die Bürste fiel mit einem Poltern zu Boden.

Ich rappelte mich auf und packte die Bestie beim Schwanz. Mit einem reptilischen Zischen drehte sie

mir den Kopf zu und versuchte, mich ebenfalls zu beißen. »Ach, das möchtest du wohl gern, was?« Ich biß die Zähne zusammen, umschloß mit beiden Händen fest den Schwanzansatz und riß Berkeley das ekelhafte Nagetier von der Brust. Die Krallen hinterließen große Risse im Jackett des Gardisten, und ein wenig Blut sickerte hervor. Bevor das Ungeheuer mich mit Zähnen und Klauen angreifen konnte, holte ich aus und schlug ihm an der Wand den Schädel ein.

Berkeley kniete sich gegen den zuckenden Kadaver und sagte: »Eine Ratte. Aber diese Größe!«

»In den Tropen wächst alles größer, als wir es als normal empfinden«, erklärte ich ihm. »Ich habe von solchen Geschöpfen gelesen. Man findet sie auf der Insel Sumatra. Offenbar will jemand verhindern, daß ich mit Meister Wells in Verbindung trete, Captain Berkeley; jemand, der über solche Monstren verfügt. Dieser Jemand hat einen seiner Diener Ihre Mütze durch dieses Tier ersetzen lassen, während wir im Pub waren.« Lord Byron hatte die Wahrheit gesprochen, überlegte ich; nun hatte ich ebenfalls das unbehagliche, unmißverständliche Gefühl, von ungesehenen Augen beobachtet zu werden. »Es tut mir leid, daß Sie, der Sie völlig unbeteiligt sind, durch seine Angriffe behelligt werden.«

»Unbeteiligt bin ich wohl kaum!« Berkeleys Nackenhaare hatten sich aufgestellt. »Und es braucht Ihnen kein bißchen leid zu tun! Sie werden Meister Wells erreichen, Sir, dafür sorge ich schon! Jetzt kommen die beschissenen ausländischen Ratten schon in anständige britische Häuser, wo sie völlig unerwünscht sind ...«

Und so geleitete mich zu Horns Way 40 ein Palastgardist Ihrer Majestät in fast kompletter Montur (bis auf die Bärenfellmütze). Er führte mich bis vor Meister Wells Haustür, salutierte zackig und marschierte davon.

KAPITEL 13

Der Fall des Weinhändlers Vendee

Nun war es sehr spät geworden, fast graute schon der Morgen; wir hatten jene bedenkliche Stunde, in der alle Hoffnung die Erde verlassen zu haben scheint. Der gelbe Nebel strich noch zwischen den Häusern umher, doch auch seine Zeit war vorüber: Die Morgenbrise reinigte bereits Londons Straßen.

Ich zog an Meister Wells' Glockenschnur – er wohnte in einem Einfamilienhaus. Während ich wartete, bereitete ich geistig eine überschwengliche Entschuldigungsansprache vor; zu solcher Stunde reißt man Druiden einfach nicht aus dem Schlaf, es sei denn, man begehrt, in ein niederes Amphibium verwandelt zu werden. Als weitere Vorsichtsmaßnahme umfaßte ich das Offiziersstöckchen fester, das Merriwell mir am Morgen gereicht hatte; immerhin bestand die Möglichkeit, daß es nicht Meister Wells war, der an die Tür kam.

Doch er kam persönlich. Und zudem reagierte er auf mein Läuten fröhlich. »Hullo.« Er war klein und erinnerte an einen Kobold, gleichzeitig war er pausbäckig wie ein Sommersperling. Er hieß mich eintreten und bot mir einen Platz und ›'ne Kleinigkeit‹ an, um die morgendliche Kälte zu vertreiben; all das, bevor er daran dachte, mich nach meinem Namen zu fragen.

»Überaus freundlich von Ihnen, Meister Wells.«

»Freundlich? Blödsinn! Die Goldene Bruderschaft ist Dienerin des britischen Volkes, mein Freund.«

»Das habe ich schon oft gehört, aber einige Ihrer Brüder können recht ...«

Mit einer wegwerfenden Bewegung seiner pummeligen Hände wies er hypothetische Brüder weit von sich. »Für das Pflichtbewußtsein anderer Druiden bin ich nicht verantwortlich. Ich habe gerade genug Zeit, um mich um mein eigenes zu kümmern. Hätten Sie gern noch einen?« Er schwenkte die Karaffe in meine Richtung. »Nein? Nun, dann wollen wir einmal hören, was ich tun kann, um Ihnen zu helfen.«

»Meister Wells, im Augenblick reicht mir allein, Sie lebendig und bei guter Gesundheit zu sehen.«

»Tatsächlich? Wie außergewöhnlich! Ich meine, mir hat es eigentlich immer gereicht, aber ... Wer sind Sie denn?«

»Mein Name ist Dr. med. John H. Weston. Vielleicht haben Sie meine Geschichten im *Strand* gelesen.« Bringen wir's gleich hinter uns, dachte ich.

»Im *Strand*? Was Sie nicht sagen!« Er goß sich einen weiteren Drink ein. »Sie müssen verzeihen, aber ich bin zu beschäftigt, um mehr zu lesen als meine Korrespondenz, und manchmal fehlt mir selbst dazu noch die Zeit.« In mir wogte ein herzliches Gefühl für den kleinen Druiden auf.

»Meister Wells, früher am heutigen Tage haben Sie einen Herrn empfangen, der wie ein Gelehrter aus Cambridge gekleidet war.«

»Padraic MacFinn, jawohl, ein liebenswerter Mensch. Forscht über Bessemer den Häretiker. Ich habe für ihn getan, was ich konnte. Wenn er ein Freund von Ihnen ist, so seien Sie unbesorgt. Er ist in der Zeit zurückgereist, zurück in Bessemers Tage, und weil ich die Zauber nicht ganz exakt ausführen kann – trotz meines neuen Gerätes zur Fokussierung meiner Verschiebungskraft nicht –, wird er irgendwann, beginnend mit diesem Augenblick bis hin zu einigen Tagen in der Zukunft hier wieder eintreffen.«

»Sie holen ihn wieder zurück?«

»Nun, ich muß dazu nicht hier zur Stelle sein. Schließlich wäre es ein wenig ungünstig, wenn er ausgerechnet am Morgen zurückkommen möchte, wenn ich gerade auf den Markt einkaufen gegangen bin. Dann könnte er denken, er sei in der Zeit verloren gegangen, gefangen in der Vergangenheit. Ein fürchterliches Gefühl, das kann ich Ihnen versichern. Ich habe es selbst mehrmals empfunden, als ich noch Akolyth war und mein Talent schulte. Ich bin zu Anfang nur ein oder zwei Jahre zurückgesprungen, aber wenn man nicht ins Jetzt zurückkehren kann ... – nun, wie würden Sie sich fühlen, wenn Sie einem Heute hinterhereilten, das Sie niemals einholen könnten, weil Ihnen das Gestern als Gewicht an den Füßen hängt?«

»Wie kommt er denn dann zurück?«

Der Druide hob das leere Glas in das Licht des anbrechenden Tages und schwenkte die letzten Tropfen darin umher. »Die Quelle, aus der die Energie stammt, mit der Ihr Freund die Zeitmauer durchbricht, bin immer noch ich, aber die Maschine ist das Instrument. Wenn er sich nur an die Anweisungen hält, die ich ihm erteilt habe, wird die Maschine ihn aufnehmen, mich finden, wo immer in London ich mich aufhalte, die Energie abziehen, die sie benötigt, und sie benutzen, um ihn ins Jetzt zu bringen.«

Meine nächste Frage wollte ich nicht stellen. Kein Mensch hört sie gerne, wenn er sich eine Lebensversicherung bei der Gilde der Kristallseher kauft, und schon gar nicht von einem Fremden: »Aber was ist, Meister Wells, wenn Ihnen – was die Götter verhüten mögen – ein Unglück zustößt?«

Meister Wells sah betroffen drein. »Mir? Oje. Ja, ich verstehe, was Sie sagen wollen, Dr. Weston. Kein Wunder, daß Sie so früh hierhergekommen sind und sich Sorgen um Ihren Freund Padraic machen. Wenn ich einen Unfall erlitten hätte – Ojemine! Jawohl, dann säße er fest. Oje, ich muß die Maschine unbedingt umbauen, daß sie genügend von meiner Energie speichern kann, um die Reisenden zurückzubringen, ganz gleich, ob ich in der Nähe bin oder nicht. Ich danke Ihnen, daß Sie mich darauf aufmerksam gemacht haben.«

Ich biß mir auf die Unterlippe. »Können Sie ihn denn jetzt zurückholen und die Maschine später modifizieren?«

»Das steht völlig außer Frage. Der Zeitreisende allein bestimmt den Moment seiner Rückkehr. Das ist Teil der Vorschrift für den Zeitversetzungszauber, dem ich Wirkung verleihe. Wenn ich Sie in die Vergangenheit schicke, könnten Sie jemanden, dem es nicht bestimmt ist zu sterben, keinesfalls töten, ganz gleich, wie oft Sie versuchten, ihm mit Ihrer Sichel den Hals aufzuschlitzen. Andererseits kann ich in die Vergangenheit schicken, wen ich will; wenn es ihm nicht bestimmt ist, in unsere Gegenwart zurückzukehren, dann sind seine Fäden eben so gewoben, und ich kann nichts daran ändern. Es hat mit Aktion, Einfluß und Ergebnis zu tun. Ich glaube, auch die Götter sind an irgendeiner Stelle mit darin verquickt.«

Mir kam eine Idee. »Sie haben meinen Freund in die Vergangenheit versetzt. Können Sie mich ihm vielleicht hinterherschicken?«

»Aber natürlich. An die gleiche Stelle wie ihn, wenn auch nicht in die gleiche Sekunde. Die Maschine wird nah an beiden Koordinaten ankommen; dicht, aber nicht genau dort. Selbstverständlich lasse ich Sie auch nicht in einer Wand auftauchen.« Er hielt das offenbar für komisch. »Kommen Sie morgen wieder. Oder sollte ich sagen, später am Tag? Die Sonne ist schon fast aufgegangen.«

»Wieso können Sie mich nicht gleich versetzen?«

»Mein lieber Dr. Weston ...« Meister Wells ließ seine Hände auf den von der weißen Robe bedeckten Knien ruhen. »Ich brauche nicht viel Schlaf, doch immerhin ein wenig. Ich muß meine Kräfte sammeln für die Zauber, die Sie benötigen werden. Nach Ihrem Aussehen zu urteilen, könnte auch Ihnen ein Nickerchen nicht schaden. Gehen Sie nach Hause, und kommen Sie ausgeruht später wieder. Wenn Sie in der Zeit zurück reisen, müssen Sie Ihre Sinne beisammen haben. Einer meiner Klienten war wohl schlaftrunken und sagte deshalb etwas sehr Falsches, während er die berühmte Niederwerfung der Schismatiker unter König Canute beobachtete. (Genau deswegen wollte er in die Vergangenheit, auch wenn ich mir nicht vorstellen kann, wieso; er war ein blutdürstiger junger Kerl.) Ich erfuhr nie, was aus ihm wurde, bis man im letzten April den alten Opfersumpf im Mag Mell Park trockenlegte. Er war noch zu erkennen, wenn auch nicht ganz er selbst; überhaupt nicht.«

Ich beschloß, mir Meister Wells' Ratschläge zu Herzen zu nehmen. Bevor ich ihn verließ, warnte ich ihn jedoch, beschrieb Morganwg so gut ich konnte und schärfte dem kleinen Druiden ein, unter keinen Umständen jemanden einzulassen, auf den diese Beschreibung paßte. »Wenn man sein Talent für Verkleidung und Verstellung in Betracht zieht, Meister, dann sollten Sie am besten gar niemanden ins Haus lassen«, fügte ich hinzu.

»Doch wieso sollte dieser Morganwg Ihrem Freund Padraic so sehr übelwollen, daß er ihm durch mich zu schaden versuchte?«

Einem Druiden konnte ich die Einzelheiten gerade dieses Falles nicht anvertrauen, ganz gleich, wie herzlich der Mann auch war. Ich beugte mich vor und senkte die Stimme. »Universitätsquerelen, Meister. Rivalitäten im Kollegium. Diese Leute können unfaßbar rücksichtslos werden, fürchte ich.« Er schien zu verstehen, was ich meinte.

»Im Krieg um die Levitation der Messingnasen habe ich einen Vetter dritten Grades verloren«, erklärte er nickend. »Er wurde hinabgeschickt – auf überaus jähe Weise. Ich werde für Ihren Freund beten.«

Zuversichtlich, daß Wells sich bis zu meiner Rückkehr schützen könnte, begab ich mich zu Adas Haus. Sie war wach und sah nicht so aus, als hätte sie in dieser Nacht bereits geschlafen. Ich reichte ihr die kurze Mitteilung ihres Vaters und berichtete meine Abenteuer.

»Ich vermag mir keinen Reim darauf zu machen. Ich nehme an, er meint, Sie seien seine ›einzige Tochter‹. Verstehen Sie, was er sagen will?«

Ada las den Zettel und rieb sich danach die Augen. »Ich bin so müde, daß ich sehr wohl eins und eins addieren und zehn herausbekommen könnte. Wir sollten beide schlafen und uns ausgeruht um unsere Aufgaben kümmern.«

Merriwell führte mich in mein Zimmer und wartete, bis ich mich entkleidet hatte, damit er meine Sachen ausbürsten konnte. Aus der Art, wie er die Kleidungsstücke hielt, schloß ich, daß er für mein Hemd und die Unterwäsche den Gnadentod in Erwägung zog. Ich fiel in erschöpften Schlaf.

Ich kann nicht sagen, wieviel später es war, als ich von dem Gefühl erwachte, beobachtet zu werden. Ich sprang im Bett auf, bereit, mich allem zu stellen, was Lord Kitchener mir vielleicht auf den Hals gehetzt hatte. Doch keinem Afrit mit schwarzen Schwingen oder Giaour mit Schaum vor dem Mund begegnete mein »Wer da?«, sondern dem dunklen, fröhlich-zynischen Gesicht Seiner Ehemaligen Majestät Charles II.

»Na so was, Dr. Weston, Ihr schlaft ja zu Stunden wie ein Hurenkuppler.«

»Ich bin gerade erst zu Bett gegangen, Königliche Hoheit.«

»›*Quod erat demonstrandum*‹, hätten unsere alten Feinde gesagt. Während Ihr also in London umherbrunftet, schwebt meine Nichte Victoria in höchster Gefahr. Geduldig wartete ich auf Nachricht von Euch und bin, nachdem ich kein Wort empfing, herbeigekommen, um Antwort zu verlangen.«

Ich empörte mich über seine Darstellung. »Wenn Donne und ich Sie nicht kontaktiert haben, Sir, so deswegen, weil unsere einzige Verbindung endgültig durchtrennt wurde. Hope ist tot. Was Ihre Nichte angeht, so sollten Sie wissen, daß ich sie als Mensch noch mehr liebe denn als Herrscherin. Tatsächlich hoffe ich sehr, daß die Zeit, welche seit unserem letzten Beisammensein verstrichen ist, nicht die Gefühle abgekühlt hat, die sie mir entgegenbringt. Und ich habe nicht eine verdammte Seele gebrunften. Oder gebrunftet. Gebrunft. Wie *immer* das verdammte Perfekt auch lauten mag!«

Ein Funkeln trat in König Charles' brombeerfarbene Augen. »Sprecht Ihr etwa nicht das Britisch der Königin, Dr. Weston? Brunften ist ein schwach konjugiertes Verb. Dabei hielt ich Euch für einen gebildeten Mann! So, Hope ist also tot? Ich muß einen Rapport erhalten. Wärt Ihr so freundlich, oder müssen wir noch Mr. Donne konsultieren?«

Ich erklärte Donnes Abwesenheit, dann teilte ich dem ehemaligen König alles mit, was ich wußte, und schloß mit Donnes Theorie, daß Kitchener auf Zeitgewinn bedacht sei, bis sein Erfolg außer Zweifel stünde. »Er umwirbt die Königin. Gibt sie ihm nach, so erhält er, was er begehrt: die britische Krone. Zeigt sie sich halsstarrig, so wird er einen anderen Zug machen. Worin dieser Zug auch bestehen wird ... Victoria sitzt zwischen den Backen eines Nußknackers gefangen. Gewiß ist sie sich der Heimsuchung Britanniens bewußt – ebenso gewiß, wie Lord Kitcheners ausländische Zauberkunst die Ursache darstellt.«

König Charles verzog das Gesicht. »Die allermeiste weltliche Magie ist imstande, Ernten zunichte zu machen und das Vieh zu quälen, schon die allerprimitivste. Heil- und Reinigungszauber sind weitaus anspruchsvoller. Ohne die *Rules* kann Victoria nur sehr wenig unternehmen, und auf kurz oder lang wird der Rat sich der uralten Arznei gegen das kranke Land entsinnen.«

»Das Blut der Königin.« Die Kehle wurde mir eng.

»Das ihre.« Nun war sein Mund überhaupt nicht mehr schlaff und sinnlich, sondern angespannt und konzentriert. »Kitchener weiß das und würde Victoria in seine Umarmung locken, indem er sie mit der Opferung bedroht. Sie kann ihn heiraten und weiterleben oder ihn abweisen und sterben. Auf die eine oder andere Weise schafft er sie zum Altar.«

Der König hatte am Fußende meines Bettes gesessen. Nun stand er auf und schritt zwischen Bettstatt und Fenster auf und ab. »Zuviel meiner Zauberkraft habe ich an mir selbst verbraucht, Dr. Weston. Ich habe das Leben eines Libertins gelebt; es war angefüllt mit selbstsüchtigen, berauschenden fleischlichen Wonnen. Nun ist für mich der Augenblick gekommen, mich zu erinnern, daß ich vom Blute Brans bin und dieses Blut eine etwas noblere Konduite verdient. Ich werde Lord Kitchener sein hübsches Spiel schon verderben. Persönlich gehe ich zum Erzdruiden und lege ihm den Fall vor.«

»Zu Wellington? Nein, das dürfen Sie nicht! Victoria wird ...«

»Ruhig Blut, Dr. Weston. Victoria soll kein Leid geschehen. Mit meinen Kräften bin ich in all den Jahren haushälterisch umgegangen, und wenn der Eiserne Herzog auch zürnt und mit den Zähnen knirscht, so ist die Zauberkraft in mir doch lange noch stark genug, um ihn zu Gehorsam und Hilfeleistung zu zwingen. Gegen Victoria und mich kann er allein nicht bestehen. Er muß ihr den Verlust der *Rules* vergeben – und der Rat wird sich dabei geschlossen hinter ihn stellen –, oder sie alle erfahren, was es heißt, sich einem König zu widersetzen!«

Als ich Charles' kühnen, direkten Plan vernahm, überfluteten mich böse Ahnungen. »Wenn das der einzige Weg ist ...«

»Dr. Weston, uns gebricht es an der Zeit, noch weitere Wege zu erörtern. Zieht Euch an. Ich werde mich mit dem Herzog in Verbindung setzen und die Affaire ein für allemal klären. Ihr werdet zu der Vision gehören, die ich ihm sende, und Euer Zeugnis wird eventuell seinen anfänglichen Ärger abmildern.«

Ich sollte Wellington milde stimmen? Der Mann haßte mich bis aufs Mark. Ich erinnerte mich noch gut an den Blick, mit dem er mich bedacht hatte, als ich im Bett der Königin lag und er mich schlafend glaubte. Was würde er erst tun, wenn er erfuhr, daß ich nicht nur der ›gewöhnliche Herbalist‹ war, den er verachtete, sondern einer der Dunklen, die er fürchtete? Nun gut. Ich beschloß, meine Befürchtungen zur Seite zu schieben – sie würden wieder hervorkommen, sobald der Eiserne Herzog mein Gesicht erblickte – und den Wünschen des einstigen Königs Folge zu leisten.

Charles klingelte nach Merriwell, der mit gereinigter Kleidung und einem Frühstückstablett erschien, welches für eine Person gedeckt war: Tee in einer Porzellankanne mit Rosenmuster, Toast in einem silbernen Halter und Rührei. Merriwell ließ seinen unbeeindruckbaren Blick auf dem König verharren.

»Bitte vielmals um Vergebung, Sir, aber war ich anwesend, um Sie in das Haus der Lovelaces einzulassen?« erkundigte er sich verbindlich.

»Nein, mein guter Mann. Ich zog es vor, nicht durch die Vordertür zu kommen. Bereite ich Ihm Ungelegenheiten?«

»Keineswegs, Sir. Ich entschuldige mich für die ungenügende Vorbereitung Ihrer Ankunft. Ich werde Ihnen sofort eine Tasse bringen. Wenn Sie das Versehen gütigst verzeihen würden.«

Charles lachte herzlich auf. »Meiner Treu, ich hätte einiges darum gegeben, Ihn als Leibdiener zu haben, als ich noch auf dem britischen Thron saß! Wenn Er sich noch mehr in der Gewalt hätte, würde ich nach dem Totengräber schicken. Kommen hier denn andauernd irgendwelche Kerle binnen eines Augenblicks in die Zimmer und wieder heraus?«

»In letzter Zeit schon, Sir. Wenn der Herr zu Hause ist, herrscht allerdings ein wenig mehr Ordnung.«

»Der Herr?« fragte ich.

»Der Earl von Lovelace, Sir«, antwortete Merriwell. »Myladys Ehegemahl.«

»Ich hatte den Eindruck, sie sei ... vielleicht eine Witwe.«

»Nein, Sir. Meines Wissens ist sie das nicht. Wäre Assamtee zufriedenstellend, Sir«, fragte er an den König gewandt, »oder bevorzugen Sie eine frische Kanne Keenum?«

»Bring Er mir nur eine Tasse auf einem silbernen Tablett – silbern, hat Er's vernommen?«

»Silber, Sir. Sehr wohl, Sir.« Von einem Augenblick

auf den anderen verschwand er aus dem Raum und kehrte mit Tasse und Tablett wieder und zwar auf eine derart mühelos anmutende Weise, daß sie Schande über das gesamte druidische Transportwesen bringen mußte. Seine Königliche Hoheit stellte die Tasse, kaum daß Merriwell fort war, beiseite und konzentrierte sich ganz auf das Tablett.

Ein ähnliches Meisterstück der Beschwörungskunst hatte er zuletzt auf Mrs. Hendriks Samowar abgehalten. Eine Vision der Vergangenheit herbeizurufen ist schwieriger als die eines lebendigen Menschen, auch wenn man dies Charles' Kunststückchen niemals angemerkt hätte. »Ich spreche den Herzog als erster an«, erläuterte er mir unser Vorgehen, »aber Ihr stellt Euch unmittelbar neben mich. Er muß Euch von der ersten Sekunde an sehen können. Es geht nicht an, daß bei solchen Zaubern Lauscher außerhalb des Sichtbereichs stehen; das tut man einfach nicht. So.« Er zog sich einen Stuhl an das Bett heran, auf das er das leere Tablett gestellt hatte, und hieß mich, ihm über die linke Schulter zu blicken, so daß ich mein Spiegelbild deutlich auf der glänzenden Fläche erkennen konnte. »Jetzt.«

Mit den Händen beschrieb er luftige Muster über dem Tablett, bis sich, als hätte man die Läden eines Fensters geöffnet, Licht aus der Mitte ergoß. Das Licht war schwindelerregend, grau und turbulent; Licht, wie es von einem stürmischen Himmel fällt. Der Herzog von Wellington hielt sich trotzig an der Reling eines auf den Wellen auf und ab tanzenden Schiffes aufrecht. Seine weiße Robe triefte von der Gischt.

»*Govannon! Govannon!*« Klar drang der Ruf über dem Grollen der See an meine Ohren. Ein Bürschchen, das noch viel zu jung wirkte für die weiße Robe eines Meisters, die er trug, arbeitete sich an der Reling entlang vor, bis er an der Seite des Eisernen Herzogs stand.

»Meister – Meister, der Kapitän sagt, das Ruder reagiert nicht mehr«, keuchte der Jüngling.

»Soll das etwa alles sein, was du und die anderen Welpen getan haben? Den Kapitän um Hilfe zu bitten? Warum habe ich dich in die weiße Robe investiert, obwohl du noch in den Windeln steckst? Pah!« Er gab sich keine Mühe, seine Abscheu zu verbergen. *»Muß ich euch denn noch die Nase putzen, bevor ihr sterbt?«*

»Meister, wir haben mehr getan. Der Sturm hat uns überrascht. Gerade, als wir die Formeln zur Stärkung des Walls anstimmen wollten, spürten wir, wie das Meer unruhig wurde. Culhwch und Erian lösten sich aus der Trance und versuchten, die See zu beruhigen, aber sie sagten, daß ihre Zauberkraft versiegt sei. Meister, auch die anderen haben sich nun aus der Trance gelöst; sie warten unter Deck auf uns. Wenn Sie Ihre Kraft mit der unsrigen vereinen, sollten wir dann nicht den Sturm bezwingen können?«

Ich beobachtete, wie das stolze, hochmütige Gebaren des Eisernen Herzogs aus ihm herauslief wie Sand. Er wandte den Blick von Govannon ab und schaute über die Wellen hinweg eine Felsenküste an, die drohend hinter den Brechern aufragte.

»Nein«, sagte er. *»Auch meine Kraft ist versiegt. Wer auch immer den Wind und die Gezeiten beherrscht, die dieses Schiff gegen die Felsen dort treiben, will uns nicht entkommen lassen. Es ist, als sei unser Schiff ein Fisch, der von einer festen Leine unerbittlich gen jene Küste gezogen wird. Wer gebietet über solche Macht? Wer holt uns Hilflose ein? Ich weiß es nicht. Ich bin alt, Govannon. Mein ganzes Leben habe ich Britanniens Heil gewidmet. Ich dachte, ich wäre vielleicht zu alt und könnte deshalb unser Schiff nicht allein retten; daß junge Druiden mit frischer Zauberkraft vielleicht obsiegen könnten, wo ich versagt habe. Aber darum geht es nun gar nicht. Wir sind die letzten der Weisen, und wir sind diesem Bösen nicht gewachsen. Sobald wir von Erden gegangen sind, wird der Branswall noch weiter einbrechen, bis nichts mehr von seinem*

Zauber übrig bleibt. Dann fällt Britannien.« Er legte Govannon einen Arm um die Schultern und stützte sich auf ihn, ein alter Mann. »*Weine um Britannien, Junge. Weine um Britannien.*«

Mit dem Zischen schaumiger Wellen, die über ein steiniges Ufer spülen, ergoß sich das graue Licht über das Tablett.

»Das ist schlecht«, sagte der König. »Wenn sogar der Erzdruide verloren ist, dann ist es sogar monströs.«

»Wir haben ihn nicht sterben sehen«, gab ich zu bedenken.

»Ob lebendig oder tot, wo ist er? Welche Küste sollen wir denn absuchen? Ich fürchte, um diese Affaire müssen wir uns allein kümmern, Dr. Weston.«

»Dann hole ich besser Donne.«

»Was? Ihr wollt zurück bis in Bessemers Zeit? Dr. Weston, uns wird selber die Zeit knapp! Soll Donne zurückkehren, wann er will. Wir haben uns um vieles zu kümmern!«

»Und dazu brauchen wir Donne.« Furcht macht mich sehr beharrlich. Der König befühlte seinen dünnen schwarzen Schnurrbart.

»Einige von uns auf jeden Fall; so viel steht fest. Nun gut, Dr. Weston, dann kümmert Euch darum.«

Unten wartete Merriwell darauf, daß er den König in den Salon führen konnte, um seiner unfreiwilligen Gastgeberin vorgestellt zu werden. Charles II. beugte sich über Adas Hand und begutachtete dabei mit geübtem Kennerblick ihre Reize. Währenddessen eilte ich zum Stall des Hauses, wo ich ein dickes Shetlandpony und einen Einspänner fand. Ich beschlagnahmte beides und fuhr zu Meister Wells zurück.

»Sie sehen durchaus erfrischt aus, Dr. Weston. Sind Sie bereit für unseren kleinen Sprung? Ich habe mir Ihre Warnung zu Herzen genommen und niemanden hereingelassen, ja, ich habe sogar einem Gesetzesakolythen mit Sonderausbildung fünf Shilling und sechs Pence bezahlt, damit er mir einen Schutzzauber gegen feindselige Besucher auf die Vordertür setzt. Kommen Sie herein, und wir bringen Sie in Null Komma nichts zu Ihrem Freund.«

Wir stiegen drei Treppen hinauf und erreichten schließlich das Atelier, an das ich mich aus Kitcheners Peris-Spiegel erinnerte. In Nachahmung von Donnes vorsichtigen Bewegungen setzte ich mich in den Apparat, während Wells einige letzte Kontrollen und Justierung vornahm. Dann gab er mir einen kleinen Fetzen Leder, in das mehrere Schriftzeilen eingebrannt waren.

»Ihre Anweisungen für die Rückkehr. Verlieren Sie es nicht, und beachten Sie sie aufs Wort. Der Zauber erfordert, daß Sie vor Ihrer Rückkehr auf die Ebene von Salisbury reisen – bei Zaubern dieser Größenordnung greift man alle Energiequellen an, derer man habhaft wird. Machen Sie sich keine Sorgen. Selbst in Bessemers Zeiten konnte man an jeder Straßenecke räumliche Transportzauber kaufen.«

»Kaufen?«

»Ach du meine Güte, natürlich, wie konnte ich das vergessen!« Meister Wells schürzte die Lippen, dann huschte er an eine rustikale Kommode in der Ecke und durchwühlte die Schubladen, bis er ein kleines Säckchen aus Sämischleder zutage förderte, in dem es leise klimperte. »Zeitgenössisches Geld, Dr. Weston. Ihre Kleidung spielt keine Rolle – der Adel unternahm auch damals schon modische Exzesse –, aber wenn Sie mit heutigen Münzen bezahlen, dann enden Sie in Newgate. Das können wir nicht zulassen. Ich gebe mein Bestes, daß Sie nahe bei den Koordinaten Ihres Freundes herauskommen, aber auf keinen Fall an genau den gleichen. Das darf nicht sein; glauben Sie mir. Sobald Sie dort sind, gehen Sie zu Vendee, haben Sie mich verstanden? Vendee. Er war Weinhändler, und Bessemer wohnte über seinem Laden und seinen Kellern, während er sich seinen ... unglückseligen Studien widmete. Fertig? Dann ab mit Ihnen!«

Aus Mangel an Zügeln oder einem anderen Steuerinstrument hielt ich mich an zweien der Messingbögen fest, die einem Vögelkäfig gleich den festen, lederbezogenen Stuhl im Herzen der Maschine glockenförmig umgaben. Meister Wells schritt zur linken Seite seiner Konstruktion und legte die Hände auf eine Tafel aus feinem Metallgewebe, die sich auf gleicher Höhe mit meiner Schulter befand. Zunächst nahm ich überhaupt keine Veränderung wahr. Dann bildete ich mir ein, daß dünne, gekräuselte türkisgrüne Spiralen aus dem Gitter traten und auf mich zu wogten. Ich fragte ich, ob vielleicht etwas Feuer gefangen haben könne – ein von Magie verursachter Brand bringt Rauch und Aschen in den ungewöhnlichsten Farben hervor –, und wollte schon Meister Wells warnen, als der erste ›Rauchfaden‹ mich berührte. Doch handelte es sich keineswegs um Rauch, und die Berührung war alles andere als sanft. Der Kringel wies die Festigkeit eines Menschenleibs auf, und kaum hatte ich diese Entdeckung gemacht, da zog das sich ringelnde Gebilde sich zurück, formte einen Ball und warf sich mir so heftig gegen den Brustkorb, daß blauorangefarbene Funken vor meinen Augen zu tanzen begannen.

Als meine Sicht sich wieder geklärt hatte, fand ich mich mehr als ein Jahrhundert in der Zeit zurückversetzt.

Zu meiner Erleichterung hatte sich London nicht sehr verändert. Der Druide Wells hatte durchaus recht gehabt, als er meinte, niemand würde meinem fremdartigen Äußeren weitere Beachtung zukommen lassen. In London kann man nicht schockieren. Ich hätte durchaus ein Höfling sein können, der die Wirkung seines neuen Putzes zunächst am gemeinen Volk ausprobieren wollte, bevor er damit vor die *ton*, wie man es damals nannte, trat. Ich benötigte nur wenige Minuten, um mich zurechtzufinden. Der kleine Druide hatte mich sehr gut bedient. Auf der anderen Straßenseite lockte ein großes Schild mit einer gewaltigen Traube Weinbeeren: *Vendees Weine, Sr. Majestät Hoflieferant*.

Mr. Vendee höchstpersönlich bemannte den Ladentisch im Geschäft. An der Wand hinter ihm stapelte sich eine Reihe gealterter Eichenfässer über der anderen. Kisten mit schwarzen Flaschen standen ordentlich hier und da im Verkaufsraum; ob sie nun auf Abtransport warteten oder dekorativen Zwecken dienten, wußte ich nicht zu sagen. Zwei Stühle neben dem Kamin und ein Kellermeistertisch mit einer Karaffe und zwei Gläsern darauf fügten eine gemütliche, heimelige Note hinzu, doch Mr. Vendee zeigte sich zutiefst geschäftstüchtig.

»Kommen Sie herein, Sir, kommen Sie nur herein! Bitte, Sir, setzen Sie sich! Vergeben Sie mir meine Unwissenheit, aber sind Sie nicht Lord Pruett, Sir? Lord Marberry hat mir geschrieben, er wolle mein bescheidenes Lager Ihrer Aufmerksamkeit anempfehlen, M'lord. Nun habe ich zufällig ein, zwei Fäßchen des allerbesten Portweins vorrätig, nach dem es Sie nur verlangen kann. Wahrhaft, eine Symphonie der Trauben! Wenn Sie sich bitte setzen und eine Kostprobe nehmen wollen, Sir?« Vor Aufregung wackelte ihm die gepuderte Perücke.

Ich hielt ihn auf, bevor er mich dorthin komplimentieren konnte, wo die Karaffe wartete. »Mr. Vendee, ich bin nicht Lord Pruett. Ich suche hier nach einem Freund. Vielleicht haben Sie ihn gesehen, er ist ähnlich gekleidet wie ich.«

Vendee besaß das gerötete Gesicht eines Mannes, der sehr gern eingehend die Qualität seiner Ware begutachtet, doch nun stieg ihm ein noch tieferer

Purpurton ins Antlitz. »Wie Sie? Nun, Sie werden nicht allzu viele Leute finden, die sich kleiden wie Sie, mein alter Freund, nicht diesseits von Vauxhall.«

Ich gab einen Laut der Verstimmung von mir. »Verzeihen Sie. Ich meinte, daß ich nach einem Gelehrten aus Cambridge suche.« Donnes Verkleidung als mythischer ›Padraic‹ hatte ich völlig vergessen. Eine kluge Wahl: die Talare der Gelehrten hatten sich schon seit Jahrhunderten nicht mehr geändert. Und, wie ich anzufügen wage, die Gelehrten auch nicht. »Wir sind gekommen, um Ihren Mieter zu besuchen, den Meister Bessemer.«

»Hmpf. Warum haben Sie das nicht gleich gesagt. Ein Gentleman, auf den Ihre Beschreibung paßt, ist vor noch nicht zehn Minuten nach oben gegangen, um mit dem Meister zu sprechen.« Ach, diese wundersame Erfindung von Meister Wells: mich so dicht auf Donnes Fersen in die Vergangenheit zu schicken! »Sie brauchen nur durch diesen Torbogen zu gehen und dann nach rechts. Eine Treppe führt zu Meister Bessemers Räumen hinauf.« Ihm schauderte heftig, und ein Nebel aus weißem Pulver stob von seinen künstlichen Locken auf. Auch in diesem Jahrhundert machte die Goldene Bruderschaft also die normalen Menschen nervös. Ich fragte mich, ob Meister Bessemer für seine Unterbringung dem Weinhändler überhaupt mehr als eine nominelle Miete zahlte.

Ich dankte Vendee für seine Hilfe und verließ ihn durch den genannten Torbogen, welcher auf einen schmalen, nach rechts verlaufenden Korridor führte. Direkt mir gegenüber befand sich ein zweiter Torbogen, hinter dem ich Mr. Vendees Kontor erblickte. Ein kleiner, dicklicher Angestellter nahm konzentriert Eintragungen ins Hauptbuch vor. Zwei kräftige Lehrlinge mit Lederschürzen, die sich auf einer Versandkiste lümmelten, sprangen rasch auf, als sie meine Schritte hörten, doch kaum gesehen, daß ich nicht ihr Herr war, ergaben sie sich wieder dem Müßiggang. Gewiß war der Büroschreiber nicht darauf erpicht, ein Paar stämmiger Schlägertypen mit strenger Autorität zu eifrigerer Arbeit anzutreiben.

Ich fand die Treppe an der Stelle, die Vendee mir beschrieben hatte. Gleich daneben, am Ende des Ganges, war eine schwere, mit Nägeln beschlagene Tür, auf die auch das finsterste Verlies der Königin stolz gewesen wäre.

»'s deweinkeller, Chef.« Einer von Vendees Lehrlingen hatte sich hinter mich gestellt, während ich das eindrucksvolle Portal gemustert hatte.

»Verzeihung?«

»Wo 'r die Flaschen hintut, mein' ich, oder was? Sie sin' des Königs Verwalter? Ich soll Ihn' alles zeig'n.«

»Nein, es tut mir leid. Ich will nur Meister Bessemer einen Besuch abstatten.«

»A' so.« Der Junge spuckte nachdrücklich auf den Boden. »Könn' Se sich die Stuf'n spar'n, Chef. Sie seh'n nämlich nich so aus, als ob Se sich zuviel anstreng' könnt'n, ohne außer Puste zu komm'. Der Meister is heute noch nich dagewes'n.«

»Bist du dir da ganz sicher, junger Mann? Ein Freund von mir ist erst vor zehn Minuten hochgegangen, um ihn zu besuchen.«

Der Lehrbube wölbte mit der Zunge erst die eine, dann die andere Wange. »'n magrer alter Bücherwurm? Ja, wir ha'm ihn hochgehn sehn, Bob und ich, das ha'm wir. Wir sehn immer, wenn einer hochgeht zu ihm. Dadurch schütz'n wir 'n bißchen den Besitz vom Meister. Geht schließlich nich, daß allzu viele Gesell'n hier einfach rumlaufen, wie se's verflixt so wollen, nich wahr?« Etwas in seinen Augen – die so hart und braun waren wie Kaffeebohnen – sagte mir, daß ich mich in die Klasse von ›Gesellen‹ eingeschlossen betrachten durfte, die er hier nicht gern einfach umherlaufen sah, wie sie es wollten.

»Also! Da geh'n sowieso nur wenige rauf, und Sie wart'n einfach, bis Ihr Freund da wieder runterkommt. Ich laß Sie Meister Bessemer nich in sein'n Räumen stör'n. Sonst beschwert er sich wieder beim alten Vendee, und Bob und ich krieg'n Hiebe dafür.«

Ich blieb am Fuß der Treppe stehen und legte den Kopf schräg. »Ich höre Stimmen. Also muß Meister Bessemer dort oben sein. Vielleicht habt ihr ihn einfach nicht gesehen, als er kam. Schließlich ist er einer der Weisen, vielleicht hat er sich durch Zauberei nach oben transportiert.«

»Nee, nee! Bob und ich, wir ha'm dem Meister schon die eine oder andere Flasche hochgebracht, mit Empfehlung'n von Mister Vendee, und ich war so mutig und hab' gefragt, warum er jeden Tag die Stufen hochsteigt, wo doch jedes Kind weiß, daß die Weisen überallhin flieg'n können wie 'n Vogel. ›Ja, das könn' wir‹, sagt er da zu mir. ›Aber Magie hinterläßt 'ne Spur, jawohl, und ich hab' mir nich die Zimmer hier gemietet, damit meine Brüder mich so leicht finden können, daß ich so 'ne deutliche Spur leg'! Die Treppe kommt mir genau recht, wann immer ich herkomm', mein Junge‹, genau so hat er's gesagt, so wie wär' ich seinesgleichen. Also, wenn Se mich frag'n, dann is Ihr komischer Bücherwurmfreund genauso wie alle andren. Der is nich ganz dicht und spricht mit sich selbst. Latschen Se mal hoch, und holen Se ihn wieder runter.«

In gleichmütigem Ton versicherte ich dem frechen Burschen, daß ich seinen Anweisungen mit aller gebotenen Eile nachkommen werde. Dabei klopfte mir das Herz bis zum Hals, und mein Magen krampfte sich zusammen, denn ich *hatte* von oben Stimmen gehört – *unterschiedliche* Stimmen. Donne führte keine Selbstgespräche, und wenn Bessemer nicht in seinen Räumen sein konnte, ohne daß die Lehrbuben ihn bemerkt hätten – wenn er lieber die Treppe benutzte als eine deutliche Spur zu legen, anhand derer andere Druiden sein Kommen und Gehen verfolgen konnten –, mit wem sprach Donne dann? Ich fürchtete sehr, die Antwort auf diese Frage schon zu kennen.

Die Stufen waren breit und wohl ausgelegt. Sie knirschten daher nicht allzu laut, während ich hinaufstieg. Auf halber Höhe sah ich das obere Treppenende und eine Tür, die einen Spalt weit offenstand. Bessemers Räume mußten sich gleich über dem Verkaufsraum von Vendees Weinhandlung befinden. Ich schlich über das Treppenpodest und blickte vorsichtig in den Türspalt.

Morganwg kehrte den Stabwerkfenstern den Rücken zu. Durch ihre milchigen Glasscheiben fiel helles Licht, das sich hübsch auf dem Lauf der Pistole spielte, mit welcher er Donne bedrohte. Mein Freund hatte den Talar des Cambridger Gelehrten abgestreift und ließ gerade mit dem Kostüm die Brille zu Boden fallen. Morganwg grinste abfällig.

»Ja, so gefallen Sie mir schon besser, Donne: als Sie selbst. Andernfalls hätte ich mich um den Triumph betrogen gefühlt, Sie getötet zu haben.«

»Ein Triumph, der durch das Mittel, das Sie gewählt haben, zweifellos noch vergrößert wird.« Donne wies gelangweilt auf die Pistole. Bei der beiläufigen Gebärde zuckte Morganwg zusammen. »Warum so nervös, Morganwg? Man sollte doch glauben, Sie hätten den Finger am Drücker.«

Donnes Erzfeind verzog schmollend das Gesicht. »Schon mehrmals stand ich kurz davor, endgültig Schluß zu machen mit Ihnen; jedesmal konnten Sie sich meinem Anschlag entziehen. Ich traue Ihnen nicht. Selbst wenn Sie so nackt wie am Tage Ihrer Geburt vor mir stünden, ohne eine Waffe in Reichweite, würde ich Ihnen trotzdem nicht trauen. Und wenn Sie es wären, der die Pistole in der Hand hätte, dann würden Sie mir nicht trauen.«

»Nein«, antwortete Donne gelassen. Obwohl ich sein Gesicht nicht sehen konnte, wußte ich doch, daß er sich keine Furcht anmerken ließ, ganz unabhängig davon, was er innerlich empfand. »Ich würde rasch den Abzug durchziehen und so einer der niedrigsten Kreaturen ein Ende machen, deren Fuß jemals Britanniens heilige Erde entweihte.«

Morganwg lachte gezwungen. »Dabei glaube ich, daß Sie und ich gerade in diesem Fall dem gleichen Ziel dienen könnten. Unter Lord Kitcheners Herrschaft wird Britannien endlich von der Tyrannei befreit sein, mit welcher die Goldene Bruderschaft den gewöhnlichen Mann schon so lange in Ketten legt. Sie sollten mit uns frohlocken, Donne. Niemand verabscheut die Druiden mehr als Sie.«

»Sie sind ungenau, Morganwg, und das ist schon immer der Fallstrick für Sie gewesen. Ich verabscheue die Goldene Bruderschaft keineswegs. Das käme der Abscheu gegen die Weisheit selber gleich. Dem Erbe, das die Bruderschaft über Jahrhunderte hinweg meinem Volk erhalten hat, bringe ich nichts als Respekt entgegen, ebenso dem Frieden, den sie Britannien geschenkt hat. Nicht einverstanden bin ich nur mit dem Widerstreben der Druiden, den einzelnen britischen Untertanen nach Antworten suchen zu lassen, die nicht von der Zauberei erteilt werden. Sie sprechen vom gewöhnlichen Mann. Wie die Druiden begreifen Sie offenbar nicht, daß an dem Briten nichts Gewöhnliches ist, wenn Sie ihm nur Gelegenheit geben, sich zu beweisen. Ihr Herr Kitchener hingegen will den Frieden brechen wie eine Eierschale. Seine Götter heißen Gier und Ehrgeiz. Er wird gegen die Großmächte des Kontinents Krieg nach ihren Bedingungen führen wollen. Kohle und Stahl werden unser Land schwärzen, wenn er unser Volk zwingt, sich für Eroberungszüge zu wappnen, die es weder will noch begreift. Was einst die schöne grüne Insel Britannien war, wird nichts weiter mehr sein als eine Aneinanderreihung finsterer Täler.«

»Genug!« Morganwg legte die hohe Stirn in Falten, und dadurch wirkte seine hervorspringende Nase noch mehr als sonst wie ein Vogelschnabel. Donne und Morganwg zu beobachten war, als sehe man den Drohgebärden zweier feindlicher Raubvögel zu; Donne erinnerte dabei an den fürstlichen Adler, Morganwg hingegen mehr an einen Aasgeier.

»Genug.« Donne zeigte noch immer keine Regung. »Nun wollen Sie mich also erschießen.«

»Sie erschießen?« Ein dunkles Lachen drang zwischen den dünnen Lippen des Schurken hervor. »Sie erschießen? Warum sollte ich mir die Mühe machen? Ich muß nur ins London der Gegenwart zurückkehren und Wells töten, dann sind Sie auf immer hier gefangen. Das wäre sehr amüsant. Sie haben wohl geglaubt, nur der Druide Wells hätte die Macht, die Zeit zu durchqueren. Bis zu dem Augenblick, als ich Sie hier überraschte. Mir fiel es viel leichter, in diese Zeit zu kommen als Ihnen! Was bedeutet denn einem übernatürlichen Geist die Zeit? Was sind Jahrhunderte für einen Afrit, Jahrtausende einem Dschinn? Meinem Herrn habe ich es zu verdanken, daß solche Dämonen zu meinen Lieblingsrössern wurden. Magische Rösser, meiner würdig! Sie mit Ihrer Herablassung gegenüber allem Zauberwerk sollen noch danach hungern, bevor Sie sterben. Lord Kitchener hätte die *Rules Britannia* persönlich niemals berühren können, doch die Daevas, die ihm dienen, genossen das Feuer des Altars in vollen Zügen, bevor sie das Buch entwendeten. Außer auf den Flügeln von Dämonen hätte ich nie in dieses Zeitalter reisen können.«

Ein Unterton von Unmut schlich sich in Donnes Stimme. »Wenigstens bleiben Sie dieser Tage unter Ihresgleichen, Morganwg. Rüsten Sie sich nur für die Hölle, die auf Sie wartet.«

»Aber Sie«, Morganwg hob die Pistole, »werden sie vor mir sehen.«

Mit meinem Stock schlug ich die Tür auf und stürzte in das Zimmer; ich hoffte, Donne beiseite werfen zu können, wenn Morganwg den Schuß abgab. Die Tür flog auf und prallte mit einem lauten Knall an die Wand, einem so ohrenbetäubenden Knall, daß er sich mit dem Knalll der Pistole zu einem einzigen Geräusch vereinigt haben mußte. Ich landete flach auf dem Boden, ohne Donne auch nur berührt zu haben, denn er hatte sofort die momentane Ablenkung genutzt, die mein überraschendes Eindringen ausgelöst hatte, und sich auf Morganwg geworfen. Nun rang er mit dem Schurken um den Besitz der Pistole. Aus der Vehemenz, mit der Morganwg, der kleinere von beiden, sich daran festklammerte und versuchte, den Lauf auf Donne zu richten, schloß ich, daß sie doch noch nicht abgeschossen worden war. Ich rappelte mich auf, um meinem Gefährten beizuspringen, doch mein verwundetes Bein gab unter mir nach und schmerzte, daß mir die Tränen in die Augen traten. Zum Glück war Donne Manns genug, sich selbst um sich zu kümmern.

Unerwartet gab er den Lauf der Waffe für einen kurzen Augenblick frei und riskierte dadurch für einen Moment, daß Morganwg die Pistole auf ihn richtete und schoß, trat mit der Leichtfüßigkeit eines erfahrenen Boxers einen Schritt zur Seite und schmetterte dem Mann eine linke Gerade ans Kinn, die ihn zum Taumeln brachte. Donne stieß mit etwas nach, das verdächtig nach einem Rugbyangriff aussah, und Morganwg brach zusammen. Sofort entwaffnete mein Gefährte ihn und hielt ihn mit der eigenen Pistole in Schach.

»Wir sprachen gerade darüber«, keuchte Donne, »was ich täte, wenn die Situation sich umkehrte, nicht wahr, Morganwg?« Und an mich gewandt, fügte er fröhlich hinzu: »Ich bin außerordentlich erleichtert, Sie zu sehen, Weston. Immer wieder zwingen Sie mich dazu, meine Einschätzung Ihrer Person zu revidieren.« Wie ein Kind saugte er an seiner linken Hand, während die Rechte – in der er die Pistole hielt – sich nicht um Haaresbreite bewegte. »Der menschliche Kiefer weist eine außerordentliche Härte auf, Weston. Sie werden meinen Knöcheln wohl eine Kräuterbehandlung angedeihen lassen müssen, nachdem wir zurückgekehrt sind.«

»Ihr kommt niemals lebendig zurück«, krächzte Morganwg. Ich hoffte sehr, daß sein Kiefer wenigstens doppelt so sehr schmerzte wie Donnes Faust. Dem Anblick des blauen Flecks nach zu urteilen, der sich darauf bereits bildete, sollte mein Wunsch erfüllt werden.

»Was soll der Unsinn?« Mein Bein schmerzte noch immer und machte mich sehr reizbar. »Steckt Meister Bessemer etwa so tief in Kitcheners Tasche, daß er versuchen würde, uns aufzuhalten, wenn er herkommt?«

Morganwg lachte überaus schrill und unangenehm. »Tief ist Bessemer schon, aber nicht in der Tasche Seiner Lordschaft. Als mein Herr mit Bessemer in Verbindung trat, versprach er dem alten Narren einen Schutz, den selbst die Bruderschaft nicht durchdringen könnte, und die Freiheit, mit seinen Experimenten fortzufahren. So machte Bessemer sich ans Werk und stellte Stahl für uns her – nicht viel, aber genug. So ein Dschinn ist ein wundervolles Geschöpf. Zwar kann er als magisches Wesen die Berührung durch Todesmetall nicht ertragen, aber er kann den Stahl formen, ohne ihn zu berühren. Bessemer lieferte den Stahl, Kitcheners Dschinn schuf daraus Waffen. Leider roch Bessemer Lunte. Irgendwie fand er heraus, was mein Herr wirklich vorhat.« Ein höhnisches Grinsen verzerrte Morganwgs Gesicht zur Fratze.

»Da haben Sie ihn ermordet«, sagte Donne. »Nicht die Goldene Bruderschaft, sondern Sie.«

»Wenn Sie Bessemer sehen wollen, dann gehen Sie doch hinunter in Vendees Keller und schlagen Sie das große Faß Malvasier auf, Donne.«

»Eine literarische Allusion aus Ihrem Munde. Sie erstaunen mich, Morganwg.« Während er die Waffe aufs Herz des Meisterverbrechers gerichtet hielt, zerrte er ihn hoch. »Wir haben eine Verabredung mit der Justiz, glaube ich. Wir werden einen der Irrtümer der Geschichtsschreibung korrigieren.«

»Was hat dieser Tumult zu bedeuten?« Die plumpen Hände in noch plumpere Hüften gestemmt, stand Mr. Vendee in der Türe und funkelte uns alle zornig an. Mich erstaunte nur, daß der Lärm unseres Kampfes nicht auch den Schreiber und die beiden Lehrbuben herbeigelockt hatte.

»Mr. Vendee, helfen Sie mir, um der Götter willen, Hilfe! Das sind zwei Irre, die gerade aus Bedlam entkommen sind! Helfen Sie mir, bei Ihrem Leben!« kreischte Morganwg und wand sich in Donnes Griff wie ein Aal.

Zu meinem Entsetzen erwies sich der kleine Vendee als tapferer Mann. Furchtlos stürzte er sich auf Donne. Obwohl er keine Chance gehabt hätte, meinen Gefährten zu überwinden, drängte er sich doch zwischen Morganwg und die Pistole. Der arme Kerl hatte dergleichen noch nie gesehen und ahnte nicht, in welche Gefahr er sich begab! Doch Donne wußte dies sehr gut und war nicht bereit, mit einem Schuß zu riskieren, daß ein Unschuldiger zu Tode kam. Ich versuchte, den Weinhändler zurückzuzerren, und im entstehenden Durcheinander gelang Morganwg die Flucht.

Und es kam noch schlimmer. Daß sein Feind zu entkommen drohte, lenkte Donne ein wenig ab, und diese kurze Unachtsamkeit verschaffte Vendee Gelegenheit, ihm ausgerechnet die Pistole zu entreißen. Ihr Gewicht vermittelte dem Weinhändler den Eindruck, es handele sich um einen eigenartig geformten Streitkolben oder dergleichen, denn er drosch wild damit um sich, erst nach Donne, dann nach mir. Es ließ sich nicht vorhersagen, ob er uns zuerst den Schädel einschlagen und dann aus Versehen erschießen würde oder umgekehrt. Zum Glück wurde Vendee in der Erregung des Kampfes leichtsinnig, und ich vermochte mit meinem Stock einen Glückstreffer auf seiner Hand zu landen. Er ließ die Pistole fallen, und als sie auf dem Boden aufprallte, entlud sie sich mit einem Krachen. Der Schuß zerschmetterte die Fensterscheiben zu Scherben.

»Meiner Treu«, hauchte Vendee, und die Augen wollten ihm schier aus den Höhlen quellen. Ein Beben durchlief den kleinen Dicken. Ich glaubte schon, er würde vor uns auf die Knie fallen. »Zauberei. Oh, ihr Meister, können Sie mir je vergeben?« Nun wurde es zuviel für ihn. Er sank auf die Knie.

»Mr. Vendee, stehen Sie auf. Wir gehören nicht zur Goldenen Bruderschaft.« Donne klang erschöpft, aber schicksalsergeben. Er zwang den Weinhändler aufzustehen. »Wäre es anders, hätten wir das hier« – und er nahm die Waffe an sich – »nicht so willig angefaßt. Auch sind wir keine Bedlamiten.«

Vendee starrte die Pistole an und wagte schließlich sogar, den noch warmen Lauf zu berühren. »Todesmetall.« Er begann wieder zu zittern. »Ich kenne den Mann, der Sie als Bedlamiten bezeichnet hat. Er ist schon oft hierhergekommen und hat Meister Bessemer besucht. Ich hielt ihn für einen der Weisen, aber wenn er damit zu tun hatte ...« Tausend verschiedene Mutmaßungen flackerten in seinen Augen. »Ach gütige Epona, rette mich! Ich habe ja auch damit zu tun! Was soll nur aus mir werden, wenn die Bruderschaft erfährt, daß ich an etwas teilhatte, das mit Todesmetall zusammenhängt?«

»Von uns erfährt sie es jedenfalls nicht«, sagte ich in der Hoffnung, den Mann soweit zu beruhigen, daß er mit seinem erbärmlichem Jammern aufhörte. »Wir werden das hier mitnehmen, wenn wir gehen.« Während ich noch sprach, steckte Donne die Pistole ein. Vendees Dankbarkeit kannte keine Grenzen. Wir mußten ihn fast mit Gewalt davon abhalten, uns alle Münzen aufzudrängen, die er in den Taschen hatte. Als wir gingen, legte ich Vendee höflich nahe, seinen Vorrat an Malvasier zu überprüfen, wenn er Zeit dazu fand.

»Sie sind ein listiger Teufel«, schalt mich Donne, als wir wieder auf der Straße waren. »Mit keinem Wort haben Sie angedeutet, was er in einem dieser Fässer vielleicht finden wird.«

»Ich wollte nicht in der Nähe sein, wenn er diese Entdeckung macht. Ich bin sicher, daß unser Mr. Vendee sich zu helfen weiß und Bessemers sterbliche Überreste verstohlen genug beseitigt, denn warum sonst sollte noch in unserer Zeit das Gerücht behaupten, die Bruderschaft hätte sein Verschwinden bewerkstelligt?«

»Weston, Sie erstaunen mich immer wieder!« Nach einer Trennung, die sehr gut für immer hätte sein können, war es sehr gut, sein Lächeln wiederzusehen. Auf der ganzen Welt gab es niemanden, zu dem ich eine tiefere und dauerhaftere Bewunderung und Zuneigung empfand als für Brihtric Donne.

Leider bewölkte sich sein Gesicht schon bald wieder. »Wir müssen versuchen, in unsere eigene Zeit zurückzukehren, mein Freund, obwohl ich mich frage, ob die Sache die Mühe wert ist. Indem er die Kräfte von Kitcheners Kreaturen nutzt, schlüpft Morganwg mit Leichtigkeit von einer Zeit zur anderen. Mittlerweile wird er in die Gegenwart zurückgekehrt sein.«

Sofort begriff ich seine Niedergeschlagenheit. »Sie glauben, er wäre zurückgekehrt und hätte Wells ermordet? Ich habe den alten Mann gewarnt ...«

Donne befreite sich aus seiner düsteren Stimmung.

»Wir sollten nicht zuviel als gegeben voraussetzen, Weston. Wir müssen es zumindest versuchen. Wells ist ein Druide, und Sie haben ihn vor Morganwg gewarnt. Wir wollen die Hoffnung nicht aufgeben. Eine gewisse Lady verläßt sich auf uns. Um ihretwillen werden wir Wells' Anweisungen ausführen und hoffen, daß sich damit unsere Rückkehr in die Gegenwart bewerkstelligen läßt.«

Was der kleine Druide mir gesagt hatte, erwies sich als vollkommen korrekt:

Auch im London Bessemers waren Transportzauber leicht erhältlich. Nach kurzer Zeit standen Donne und ich auf der windigen Ebene von Salisbury. Die grauen Steine Stonehenges erhoben ihre moosbewachsene Wucht nur einen Speerwurf von uns entfernt in den Himmel.

»Dieses Geheimnis würde ich gern lösen, Weston. Diese schweren Steine standen schon genauso da, wie wir sie heute sehen, als Bran noch ein Junge war. All ihrer Weisheit zum Trotz wissen die Druiden nicht, wer sie errichtet hat. Sie sprechen davon, daß an dieser Stelle Blutopfer dargebracht worden seien. Doch wenn ein Mann dem Beweis gegenübersteht, daß jene, die vor ihm kamen, zu Größe fähig waren, so wird er dazu neigen, diese Größe herabzusetzen. Stets findet er eine Möglichkeit, die Menschen herabzuwürdigen, die sich erdreisteten, andere Götter zu verehren als er selbst.« Er sah mich forschend an. »Ich nehme nicht an, daß Ihr Volk etwas damit zu tun hatte?«

»Ich fürchte, nein, Donne. Mein alter Lehrer hat mir von Stonehenge erzählt, gestand jedoch, nichts über die Erbauer zu wissen.«

»Nun, es erleichtert mich sehr zu hören, daß die piktischen Magier doch nicht so allmächtig sind, wie die Legenden der Druiden sie darstellen. Den

Hokuspokus, den Wells uns aufgeschrieben hat, können Sie reinen Gewissens durchführen, Weston. Da es sich um einen Zauber handelt, der Ihnen überlassen wurde – und der zudem noch druidischer Natur ist –, wird er Ihre Geas nicht verletzen.«

»Welche von Ihnen für weiteren Hokuspokus gehalten wird.«

Donne schüttelte den Kopf. »Ihnen ist sie ein Quell tiefer Sorge, mein Freund. Das will ich nicht bagatellisieren.«

Der Tag war kühl, und die am Horizont dräuenden Regenwolken hatten die Schaulustigen ferngehalten und uns dadurch völlige Abgeschiedenheit zwischen den Steinen verschafft. Wir sprachen die Wörter nach und vollführten die nötigen Gesten, wobei wir den Anweisungen auf unseren Lederstreifen minutiös Folge leisteten. Einmal führten wir das Ritual durch, dann wieder, und schließlich ein drittes Mal. Dann ließ Donne die Arme zu seinen Seiten sinken.

»Wells ist von uns gegangen.«

Ich hatte nicht derjenige sein wollen, der diese schreckliche Gewißheit aussprach. Nun, da es geschehen war, fragte ich: »Was tun wir jetzt?«

»Wir beginnen, indem wir nach London zurückkehren. Das wird uns einige Zeit kosten, es sei denn, im nächsten Dorf residiert ein zugänglicher Landdruide, der uns zurücktransportiert. In London sollten wir sodann nach einem anderen Weisen suchen, der Wells' besondere Gabe besitzt. Das wird uns wohl einige Zeit kosten.«

Zeit, jawohl. Zeit, die würde es brauchen. Zeitversetzung war von allen Zauberarten die seltenste. Selbst wenn ich die Geas hätte brechen können, die Deirdre mir auferlegt hatte, wäre ich nicht in der Lage gewesen, uns in irgendeiner Weise zu helfen. Zeitreise gehörte nicht zu den Erdzaubern. Während ich schon der Verzweiflung gestattete, mich vollends auszufullen, erblickte ich eine gebeugte Gestalt, die über die hüglige Wiese auf uns zuhinkte.

»Donne, da kommt jemand. Sollten wir uns nicht lieber verbergen? Wir sind nicht in London, und auf dem Lande kleidet man sich höchst konservativ. Wer immer das ist, könnte uns vielleicht von den Behörden ergreifen lassen, und dann sind wir weiter denn je davon entfernt, wieder in die Stadt zu kommen.«

Donne zog eine Börse aus Sämischleder hervor, die derjenigen, die Wells mir gegeben hatte, glich wie ein Ei dem anderen. »Solange unser Geld nicht ungültig ist, sind wir sicher. Nur die Armen werden *Jacks o' Bedlam*. Die Reichen nennt man exzentrisch.«

Nun kam unser Besucher in Sicht. Es war eine alte Frau, deren Gesicht sich durch ihr verfilztes, graues, herunterhängendes Haar kaum erkennen ließ.

»Guten Tag, Mütterchen«, begrüßte Donne sie.

Ihre zerlumpten Kleider entsprachen ebenso wie unsere nicht der Mode, doch bei ihr lag es daran, daß sie aus dem vergangenen Jahrhundert stammten. »Guten Tach auch euch, Jungens. Ich bin die Antwort auf all eure Fragen. Im Dorf da nennt man mich Moll Scryer, die Kristallseherin. Was wollt ihr denn wiss'n? Ich ruf' euch Visionen herbei! Ich weiß Dinge zu seh'n, junge Herr'n, die ihr euch niemals träumen lassen würdet! Nur 'n halb'n Penny, wenn's recht ist, und ich laß euch bis ans Ende der Welt seh'n, wenn euch danach ist.«

Donne wies sie ab, doch erwies sich die verrückte Alte als hartnäckig. Er warf mir einen bittenden Blick zu. Ich nehme an, er meinte, daß, da das schöne Geschlecht meine Angelegenheit sei, ich mich auch mit dessen emeritierten Angehörigen zu befassen hätte. Schließlich stimmte ich zu, daß Moll Scryer mir eine Vision herbeirief.

»Da müss'n wir in den Hain da, guter Herr«, sagte sie und ergriff mich mit erstaunlich kräftiger Hand beim Arm. »Da gibt's 'n Teich. Fürs Kristallsehen brauch'n wir Wasser.«

Je früher ich die alte Hexe ihren Spruch sagen und sich ihren Penny verdienen ließ, desto eher konnten Donne und ich nach London aufbrechen, um dort einen Druiden wie Wells zu suchen. Ich folgte ihr in die kleine Schonung unweit des Monumentes. Wie sie gesagt hatte, fanden wir dort einen Teich, welcher nicht viel größer war als Wellingtons Zeremonienkessel. Wir setzten uns ans Ufer in die Kresse und die Sternhyazinthen. Moll hielt mir ihre schwielige Hand unter die Nase und wackelte ungeduldig mit den Fingern. »'n halb'n Penny.«

Ich suchte in meiner Börse und schenkte ihr eine ganze Kupfermünze. Von soviel Großzügigkeit war sie nahezu überwältigt. »Ihn'n sag' ich was ganz Tolles weis, Euer Hoheit, jawohl, das tu' ich.«

»Weissage oder weissage nicht, aber beeile dich. Die Schmeicheleien kannst du dir für deine anderen Kunden aufsparen.«

Sie spuckte mitten in den Teich. »Ich weiß, was ich seh. Geben Sie acht, sonst wissen Sie's nicht.« Wie ein Vogel die Schwingen ausbreitet, reckte sie die Arme über den Teich und bog sie nach innen, um einen Kreis zu bilden, bis sich beide Hände berührten und die Vision erschien.

Victoria.

»Victoria!« Ich konnte nicht anders, ich mußte ihren Namen ausrufen. Es war keine gewöhnliche Vision. Mir schien es, als sei ich mit Victoria im gleichen Raum – dem Empfangszimmer ihrer Suite im Palast. Im Kamin loderte ein großes Feuer, und Victoria trug ein hübsches Kleid aus spitzenbesetztem, cremefarbenem Samt, aber ihr Gesicht war fahl. In ihren Augen schimmerte Verzweiflung. Ich dachte, sie hätte mich gehört, denn sie hob plötzlich den Kopf und wandte den Blick von den Flammen ab. Doch in Wirklichkeit reagierte sie nur darauf, daß sich die Tür öffnete. Lady Byron trat ein.

»*Euer Majestät gehen es gut?*« Ich wünschte, ich hätte ihr diesen Ausdruck falscher Besorgnis aus dem Gesicht prügeln können.

»*So gut es mir nur gehen kann.*«

»*Es könnte Ihnen besser gehen. Wenn Sie nur zur Besinnung kämen, würde sich für Sie alles zum Guten wenden. Von Ihrer gespielten Schüchternheit haben wir allmählich genug. Es ist nun an der Zeit, daß Sie sich entscheiden, sonst nehmen wir Ihnen die Entscheidung ab.*«

»›*Wir*‹*? Sind Sie denn mit Lord Kitchener am Nabel zusammengewachsen, Mylady? Ein hübsches Paar gäben Sie ab! Sie sollten ihn heiraten, nicht ich.*«

Lady Byron überging diese Bemerkung kommentarlos. »*Sammain rückt immer näher, Majestät*«, sagte sie langsam und mit leiser Stimme. Jede Silbe kostete sie aus. Ein Schauder überlief die Königin, das konnte ich deutlich sehen. »*Ihre Verbündeten sind alle fort. Sie haben niemanden mehr, an den Sie sich wenden könnten. Britannien kränkelt vor sich hin, und Ihr Blut wird die Insel erretten. Verlangt es Sie so sehr danach, es zu vergießen? Was bleibt Ihnen anderes übrig, als meinen Herrn zu heiraten?*«

Victoria erhob sich mit der erhabenen Würde aufsteigenden Opferrauches von ihrem Stuhl. »*Ich habe bereits mehr als Ihren Herrn geheiratet. Ich habe den Mann erwählt, der an meiner Seite herrschen soll, doch selbst seine Liebe bedeutet nichts, denn er ist erst der zweite, dem ich mein Herz schenke. Ich bin die Braut Britanniens, und das Land wird mich nicht so leicht Ihnen überlassen.*«

Ihr frivoles Hofkleid schmolz dahin wie Schnee unter der Sonne. Die Spitze kräuselte sich zusammen, und der Stoff schrumpfte, bis die Arme der Königin nackt waren, ebenso eine Brust, und Lady Byron das kurze Bronzeschwert erblickte, das Victoria in der Hand hielt. Die Königin nutzte die Überraschung ihrer Feindin, sprang vor und drehte der Frau den Arm auf den Rücken. Die Spitze ihres Kurzschwerts drückte sie ihrer sich windenden Feindin gegen den Brustkasten.

»*Nun wollen wir diesen Ort verlassen, der einmal mein Palast gewesen ist. Nach meiner Rückkehr werde ich Lord Kitchener und all seine schmutzigen Diener ins Meer treiben. Sie sind meine Geisel, Lady Byron, falls einer der Fremden mich an der Flucht hindern will.*«

»Mutige Frau«, sagte ich leise, und meine Stimme schlug leichte Wellen auf dem Wasser. »Meine tapfere Geliebte.« Victoria schob die widerstrebende Lady Byron zur Tür, doch bevor sie den Knauf drehen konnte, öffnete sie sich. Dort stand Lord Kitchener in Begleitung einer Frau, die sich in die Farben der untergehenden Sonne kleidete.

»*Niemals habe ich Ihnen das fromme Lämmlein abgenommen, das Sie mir vorspielten, Victoria*«, sagte er. »*Sosehr ich es auch begrüßt hätte, habe ich doch Ihrer Unterwürfigkeit mißtraut. Das hier nun, das gleicht mehr dem, was von ich der einstigen Herrscherin über Britannien erwartet hätte. Legen Sie das Schwert hin. Für dergleichen ist es längst zu spät.*«

»*Ich habe mehr Hilfe als nur ein Schwert*«, widersprach die Königin. Die Frau in Purpur wandte sich dem Feuer zu. Ihr Gesicht konnte ich nicht erkennen.

»*Nun, ich auch*«, sagte Kitchener. Er reichte der Frau die Hand, als wollte er ihr auf einen Wagen helfen. »*Ich glaube, nun ist es soweit, daß Sie die Bekanntschaft von jemandem machen, der all Ihre elenden kleinen Schwerter wert ist.*«

Er berührte die Verschleierte leicht mit der Fingerspitze. »*Kali.*«

Das Feuer brüllte und loderte zu einer hungrigen gelben Lohe auf, die ihr die purpurnen Schleier vom Leib brannte. Spinnenglieder lösten sich paarweise von ihren Schultern. Mit ihren kleinen, mit Rouge geschminkten Füßen begann sie, auf dem Herd der Königin einen Rhythmus zu schlagen, während die Messingglöckchen, die sie an den Handgelenken trug, und die lächerlich kleinen silbernen Zimbeln in ihren Händen einen exotischen Kontrapunkt lieferten.

»Kali. Durga. Die Schwarze Mutter. Die Göttin Kali, die das Blut trinkt.«

Ihr Mund klaffte abwechselnd auf und schloß sich wieder. Die blutbefleckten Reißzähne darin knirschten aufeinander. Dieses greuliche Gesicht rief mir die unzähligen Schrecken ins Gedächtnis, die wir erlebt hatten, seit alles begann – der purpurrote Blutegel und die giftige Eidechse, der Tod Hopes und Meister Caradocs und der kleinen Sarah. Den Tanz Kalis umgab eine Aura obszöner Koketterie. Ein Hüftgürtel aus Totenschädeln klopfte kalkbleiche Kadenzen bei jedem Wiegen, jeder Drehung, jeder wallenden Bewegung. Aus einer Schüssel in Kalis Händen tropfte Blut auf den Leib der Königin und tauchte bald den ganzen Raum in einen scharlachroten Nebel, der so dick war, daß ich den salzigen Geschmack auf der Zunge schmeckte und die in meine Kehle aufsteigende Übelkeit bezwingen mußte. Die Königin stieß einen unterdrückten Schrei aus und stieß Lady Byron von sich. Sie hob das Schwert und schlug mit der knappen Präzision der erfahrenen Kämpferin zu. Sie schlug einen der vielen sich windenden Arme ab. Er fiel zu Boden und kringelte sich wie eine Schlange, während das schwarze, der Wunde entströmende Blut rings um die tanzende Göttin einen Kreis formte.

»Kali, die Bluttrinkerin.«

Und der Arm lag nicht mehr am Boden, sondern saß wieder dort, wo Victoria ihn abgeschlagen hatte. Vier Schwerter zuckten durch die Luft. In blinder, bluttrunkener Ekstase legte die Göttin den Kopf in den Nacken, und nun erkannte ich, daß hängende Leichen ihre Ohren schmückten; sie erbebten und drehten sich unter Kalis Bewegungen. Alle vier Schwerter klirrten gleichzeitig, wie ein einziges, gegen Victorias Klinge und zerschmetterten sie. Lady Byron packte die Königin von hinten, zog sich eine dünne Kette vom Hals und benutzte sie, um Victoria die Hände zu binden. Ich hörte Victorias Keuchen, als das Metall ihre Haut berührte; es mußte sich also um ein Kettchen aus Eisen handeln. Lord Kitchener machte vor der schwarzen Göttin eine spöttische Ehrenbezeugung, und der Tanz endete.

Nun war sie nur wieder eine in purpurne Roben gekleidete Frau.

»*Fast ist es schon Sammain, Euer Majestät*«, sagte Kitchener zu der gefesselten Königin. »*Ich glaube, Ihnen wird es guttun, wenn Sie einige Zeit fern von den Lasten des Palastlebens verbringen, in der Sie meinem Antrag gebührende Überlegung schenken können. Die treuen Dienstboten, die ich Ihnen verschafft habe, werden dafür sorgen, daß niemand, absolut niemand, Sie bis dahin stören wird.*«

»*Wenn ich für Britannien sterbe*«, erwiderte die Königin, »*so bleibt mir wenigstens der Trost zu wissen, daß die* Rules *Ihrem Zugriff für immer verschlossen bleiben werden. Um sich ihre Zauberkraft zunutze zu machen, benötigen Sie meine Hilfe – und die werden Sie niemals erhalten.*«

»*Meine liebe Victoria*«, entgegnete Kitchener. »*Eines dürfen Sie sich sicher sein: Wenn Sie an Sammain sterben, dann nicht für Britannien. Wenn die Macht der* Rules *nicht mir gehören soll, dann werde ich dafür sorgen, daß die Umstände Ihres Todes mir mehr Zauberei erkaufen, als den* Rules *innewohnt. Schaffen Sie sie fort.*«

Lady Byron drängte die Königin zum Kamin. Die purpurn gekleidete Frau beobachtete unbewegt, wie sich neben dem Herd eine Geheimtür öffnete und die beiden Frauen darin verschwanden. Lord Kitchener wollte ihnen folgen, als die Frau ihn mit einer ungeduldigen Berührung aufhielt. Ihre schlanken Hände steckten in lavendelfarbenen Handschuhen.

»*Wie lange soll ich noch warten, Sterblicher?*« fragte sie. Ihre Lippen bewegten sich dabei nicht. Wie Kitchener hörte ich ihre Worte in meinem Kopf. »*Versprechen sind armselige Opfer. Ich habe mich nicht sättigen können. Du hast viel versprochen, als du Kali Ma anriefst, daß sie dir diene. Ich diene nicht für nichts. Du bist mächtig, aber ein Gott bist du nicht. Im großen Tanz beobachten wir einander sorgsam, du und ich. Sobald du den Schritt machst, den du am Ende machen wirst, den falschen Schritt, den Schritt gegen die Messer, dann nehme ich mir, was du versprochen hast. Mich kümmert es nicht, wessen Blut ich trinke.*«

Lord Kitchener widerstand ihr. Seine Augen wirkten wie zwei Steine und waren fast so kalt wie die ihren. Ich habe nie behauptet, der Mann sei nicht tapfer. »*Du wirst Blut zu trinken bekommen, Kali. Mein Wort gilt. Aber erst an Sammain, erinnere dich. Wie du sagst, ich bin kein Gott, doch kann ein Mensch die Götter seinem Willen unterwerfen, wenn er den Mut dazu hat. In der Sammainnacht sollst du dich sättigen können; du wirst das Blut Britanniens trinken.*«

Die Mundwinkel der Frau hoben sich und entblößten gelbe Reißzähne. Schwärze sickerte hervor.

»Victoria!« Ich warf meine Arme in die Geheimtür, doch alles, was ich erreichte, war, daß ich sie mir bis zu den Ellbogen durchnäßte. Zwischen meinen Knien quakte indigniert ein Frosch und hüpfte vom Ufer in die Mitte des Teichs. Die Greisin ließ sich gackernd auf die Hacken nieder.

»Das war für mich nur ein Spiel, Sir, aber nun wiss'n Sie wohl, daß ich über 'ne Macht gebiete, die Ihre Aufmerksamkeit verdient. 'ne Kristallseherin wird dafür bezahlt, daß sie sieht. Vor mir gibt's kein Geheimnis. Ihr schwarzes Piktenblut liegt vor mir so offensichtlich wie Ihr Name und Ihr Rang unter den

Dunklen. Ich kann Ihnen größ're Dienste leisten als Weissagen für 'nen halben Penny, Dr. Weston. Unter dem dunklen Volk sind Sie 'n Prinz, und 'n Prinz gebietet über alle Geheimnisse der piktischen Magie, auch über das, was die Dunklen Bran dem Gepriesenen vorenthalten haben. Und Sie lieben die Königin.«

Sie brachte ihren zahnlückigen Mund näher an mein Ohr. »Ich kann sie retten. Ich hab' Ihnen die Zukunft gezeigt. Denen, die Sie ins Exil geschickt ha'm, denen schulden Sie doch nichts. Warum haben sie das überhaupt getan? Für den Tod eines eitlen Mädchens, wegen 'nem Fluch, den Sie nicht verdient ha'm, wegen 'ner Geas, gegen die ich Ihnen helf'n könnt'! Nichts, gar nichts schulden Sie den Dunklen! Weihen Sie mich in ihre Geheimnisse ein, und ich diene Ihnen treu. Lehren Sie mich, was selbst Bran nicht gewußt hat, und Sie und ich lassen 'ne andere Vision aus dem Wasser aufsteigen.« Sie senkte die Stimme zu einem geröchelten Flüstern. »Geben Sie mir die Magie der Dunklen!«

Einen Moment lang konnte ich nur auf den nunmehr ungestörten Spiegel des Teichs starren. Was ich gesehen hatte, konnte nicht der Trick eines Scharlatans gewesen sei, sondern ein echter Einblick in die Zukunft. Zu sehr war ich Sproß einer königlichen Linie von Magiern, als daß ich echte Magie nicht erkannt hätte. Auch Moll Scryer wußte, wer und was ich war, und darum hätte sie niemals gewagt, mich zu belügen oder mir vorzugaukeln, sie verstände sich auf mehr, als ihr tatsächlich möglich war. Wenn ich ihr mein Wissen gab, dann konnte sie meine Zauberkraft für mich handhaben, ohne daß Deirdres Geas sie aufzuhalten vermochte.

Doch dazu mußte ich mein Volk verraten.

Also weigerte ich mich. Victoria, die mich im Herzen so gut kannte, hätte verstanden.

»Doppelt verdammter Narr!« kreischte die alte Hexe und fuhr mit ihren schmutzigen Fingernägeln durch die Luft. »Dann nimm das Schlimmste mit!« Sie floh durchs Dickicht, und ich sah sie nicht wieder.

Donne wartete am äußeren Steinkreis auf mich. Zuerst glaubte ich, er wäre allein, doch dann bemerkte ich, daß er in ein ernstes Gespräch mit jemandem vertieft war, den die Monolithen vor meinem Blick verbargen – ich hätte nicht sagen können, ob es sich um eine oder mehrere Personen handelte.

»Ah, da sind Sie ja wieder, Weston! Während Sie den Feen nachjagten, habe ich die Bekanntschaft eines ortsansässigen Gentlemans gemacht, der dafür sorgen wird, daß wir eiligst nach London zurückkehren.«

Ich spürte plötzlich, daß sich etwas an meinen Fußgelenken rieb. Tam blickte unschuldig zu mir hoch und miaute. Old Jim, der Fischhändler, schob sich um die Steinkante in mein Blickfeld. Er rauchte seine gräßliche Pfeife. Ich begann zu reden und wollte Donne wissen lassen, daß es sich keineswegs um eine Zufallsbegegnung handele und ich diesen Mann aus dem London unserer Zeit kenne. Was um alles in der Welt suchte er hier, er und sein allwissender Kater?

Meine Kehle zitterte und brachte nichts als Schweigen hervor. Ich konnte nicht sprechen, und Donne bemerkte nichts. Old Jim zwinkerte mir zu.

Nichts anderes vermochte ich zu tun, als zu nicken und ihnen zu folgen, als der Fischhändler uns über die kreideweiße Ebene zu einem staubigen Karrenweg führte, auf dem wir wiederum das hügelige Land überquerten, bis wir ein schmuckes Dorf erblickten. Der alte Mann geleitete uns über die wohlgepflegten Sträßchen, bis er eine strohgedeckte Kate fand, die ihm zusagte. Er öffnete uns das Gartentor und deutete über den Weg, der zur Türe führte.

»Nur hinein, ihr Herren, nur hinein«, sagte er. Von seinem Nordlanddialekt, den er bislang immer benutzt hatte, war keine Spur auch nur zu erahnen. »Meister Gorbaduc ist ein verläßlicher Druide, und für Reisezauber gibt's kaum einen Besseren. Einsichtig ist er auch. Gehen Sie nur hinein.«

Donne und ich gehorchten, doch kaum befanden wir uns in der niedrigen Kate, da erstarrten wir erstaunt. »Leer!« Anders konnte man es nicht sagen; kein einziges Möbelstück war zu sehen, nicht einmal ein Kamin. Vier weiße Wände umgaben uns, als steckten wir in einem Pappkarton.

»Eine Falle!« rief ich, und gerade, als ich die Gewalt über meine Zunge wiedererlangt hatte, begann sich der desolate Raum mit dickem Rauch zu füllen, der meinem Leib alle Kraft entzog. »Eine Falle«, stöhnte ich und sank ins Nichts. Das letzte, was ich sah, war Victorias Geist, der unerbittlich von mir fort in die Wolken davongetragen wurde.

KAPITEL 14

Das Abenteuer des Staatsmannes, des Leuchtturmwärters und des zahmen Kormorans

Zu meinem großen Erstaunen kam ich in dem behaglichen Daunenbett im Einhornzimmer von Adas Haus wieder zu mir. Ich sprang heraus und hielt nur lange genug inne, um mich zu vergewissern, daß ich noch vollständig angekleidet war, dann rannte ich wie ein Irrer über den Korridor zu Donnes Zimmer. Mein Gefährte saß, wie ich ihn schon früher vorgefunden hatte, mit ausgestreckten Beinen vor dem leeren Kamin, doch diesmal spiegelten seine scharfgeschnittenen Züge tiefste Melancholie wider.

»Da sind Sie ja«, stellte er fest. Es war völlig unmöglich zu entscheiden, ob ihn meine Gegenwart erstaunte, verdroß oder gänzlich gleichgültig ließ.

»Wie sind wir wieder zurückgekommen, Donne? Was ist geschehen?« wollte ich wissen.

Donne verschob seinen dürren Leib ein wenig auf dem Sessel. »Das, mein lieber Weston, ist für mich nur ein weiterer Grund, mich ungern mit der Magie einzulassen. Entweder hinterläßt sie einen mit zu vielen möglichen Erklärungen für ein einzelnes Phänomen oder mit gar keinen.« Er beugte sich vor und starrte in die Kaminasche. Mir wurde bewußt, wie kühl es in dem Zimmer war.

»Sie ist verheiratet, Weston.«

»Wer? Ach, Ada? Das habe ich gleich gewußt.« Nachdem Merriwell es mir gesagt hatte. »Bedrückt Sie das so sehr?«

»Sobald wir diesen Fall und insbesondere Lord Byrons Verwicklung darin aufgeklärt haben, werde ich wohl alle weiteren Kontakte mit Lady Lovelace einstellen müssen.«

»Warum denn, beim Namen des Himmels? Ada scheint es überhaupt nicht zu stören, daß es einen Grafen von Lovelace gibt. Sie ist eine wunderschöne Frau, Donne, und Schönheit schreibt oft eigene Gesetze. Außerdem geht mit ihrer Schönheit eine unvergleichliche Intelligenz einher, die ...«

»Weston, es ist unnötig, mir das Offensichtliche mitzuteilen. Lady Lovelace ist eine Frau, wie es sie auf dieser Welt vielleicht nur einmal gibt. Ich bedaure nichts von dem, was zwischen uns vorgegangen ist. Sie hat ihre Regeln, ich habe meine. Von nun an werde ich sie als Klientin behandeln, nichts weiter.«

Mir paßte die Vorstellung überhaupt nicht, Donne könnte Ada mit der gleichen kühlen, kritischen Art behandeln, die er für gewöhnliche Frauen reservierte. In meinen Augen war Ada die zweitungewöhnlichste Frau auf der ganzen Welt. »Machen Sie mir nun nur nicht weis, Sie hätten die Existenz des Ehemanns erst jetzt bemerkt, Donne. Nicht Sie, der die häßlichsten

Laster eines Menschen mit einem flüchtigen Blick auf dessen Fingernägel erkennen kann!«

Donne setzte ein grimmiges Lächeln auf. »Vielleicht können Sie sich vorstellen, welch bittre Pille es für meinen Stolz ist, die Tatsache zu schlucken, daß die Poeten – diese am wenigsten rationalen aller Männer – oft recht haben. Zuneigung blendet das Auge – und den Verstand. Bisher habe ich gut daran getan, dergleichen zu meiden. Meine Entdeckung bezüglich Lady Lovelaces Ehestand war rein zufälliger Natur. Nun kann ich zu meinem gewohnten Leben zurückkehren.«

In diesem Moment erkannte ich, daß allein meine Gesellschaft Donne vor der völligen Vereinsamung bewahrte.

Lady Lovelace persönlich unterbrach meinen Gedankengang, indem sie hereinkam ohne anzuklopfen, wozu sie in ihrem eigenen Hause jedes Recht besaß. Donne und sie tauschten einen Blick aus, der mir verriet, daß sie ihre Differenzen bereits ausgeräumt und sich auf eine rein geschäftsmäßige Beziehung zwischen einem Spezialisten und einer Klientin zurückgezogen hatten. Keiner von beiden drückte mit irgendeinem Anzeichen Verlangen oder Bedauern aus. Immer wieder wundere ich mich über die britische Gabe, den äußeren Anschein zu wahren.

»Ich habe meinen Teil von Vaters Kode entschlüsselt«, sagte sie und legte Donne ein Papier über die Knie.

»Das ging schnell«, bemerkte ich. Sie bedachte mich mit einem verständnislosen Blick.

»Ich hatte mehr als genügend Zeit zur Verfügung und im übrigen nichts anderes zu tun. Ich wußte nicht, daß Vater über irgendwelche mathematischen Kenntnisse verfügt. Deshalb hat mich die Auflösung um so mehr erstaunt. Den Kode zu ersinnen wird ihm nicht leicht gefallen sein. Der entscheidende Hinweis findet sich hier.« Sie deutete auf den Satz, in dem Byron behauptete, eins und eins addiert ergebe zehn. »Das Binärsystem. Die Zahlen, die folgen, sind im Binärsystem geschrieben.«

Nun verlangte ich nach einer Erklärung. Donne stopfte sich eine Pfeife und rauchte sie, während Ada sich bemühte, mir ein Zählsystem nahezubringen, das nicht auf Zehnergruppen beruhte. Wenn man versuchte, so sagte sie, statt mit den Fingern mit den Ellbogen zu zählen, dann würde man vielleicht das zugrunde liegende Prinzip verstehen. So oder so ähnlich: Für mich hätte sie auch attisches Griechisch sprechen können.

»Sie wissen, daß in unserem herkömmlichen dezimalen System eine Eins in der zweiten Spalte von rechts für eine Menge von Zehn steht. Eine Eins in der nächsten Spalte steht für Zehn zum Quadrat, Zehn mal Zehn, also Einhundert. Die Eins in wiederum der nächsten Spalte heißt Zehn mal Zehn mal Zehn, Zehn hoch Drei oder Eintausend. Im Binärsystem aber benutzt man nur die Ziffern Null und Eins, weil jede Spalte für Gruppen von Zwei steht. Eins-Null bedeutet eine Gruppe von Zwei. Eins-Null-Null bedeutet Zwei zum Quadrat, also Vier, und so weiter. Eine Binärzahl, die wie eine Elf aussieht, bedeutet also in Wirklichkeit eine Gruppe von Zwei plus eine Einheit, mithin Drei. Eins-Null-Eins wäre dann Zwei zum Quadrat plus Eins, oder Fünf. Verstehen Sie?«

Ich verstand überhaupt nichts, aber sie, und schließlich hatte sie den Kode ihres Vaters entschlüsselt. Das genügte mir. »Was haben wir also?« Ich blickte Donne über die Schulter. »Zwei, Eins, Neunzehn, Elf, Fünf ...« Ich las die Zahlen ab und vermochte ihnen nichts zu entnehmen.

Donne lächelte mich mit milder Ironie an; er war wieder ganz der Alte.

»Sie haben trotzdem nicht den blassesten Schimmer, was Byron uns mitteilen will, nicht wahr?

Und doch, sobald man seine Nachricht einmal aus dem Binärsystem übertragen hat, ist sie geradezu peinlich einfach zu entschlüsseln. Es handelt sich um einen simplen Zahlen-Buchstaben-Kode, und die entsprechenden Buchstaben fügen sich zusammen zu dem Wort: ›Baskerville‹.«

»Ach, wirklich?« Ich muß geklungen und ausgesehen haben wie ein Schaf. Nun lachte Donne.

(Es mag hinterhältig von mir sein, aber manchmal spielte ich für Donne freiwillig den Narren. Ich war mehr oder minder die einzige enge Gesellschaft, die er auf Erden genoß. Kurzzeitig überschneidet sich vielleicht sein Leben mit dem anderer – der geneigte Leser müßte nur Friedrichs Mädchen befragen, wenn er meinem Wort nicht vertrauen möchte –, doch sind diese Überschneidungen bestenfalls oberflächlicher Natur. Ich hatte leise Hoffnungen gehegt, daß seine Begegnung mit Ada zu etwas reifen würde, was einer herkömmlichen menschlichen Beziehung ähnlich wäre, und nachdem dies nun nicht sein sollte, wollte ich ihn aufheitern, um sein Augenmerk von den Herzensaffairen abzulenken und ihn denken zu lassen: »Es ist schon in Ordnung; der gute alte Weston braucht mich immer noch.« Soll der Leser dieser Seiten mich doch für einen ewig Begriffsstutzigen halten, Weston den Clown, dessen jämmerliche Geistesblitze Donnes Deduktionen im Vergleich um so wunderbarer erscheinen lassen. Ich hielt mir zugute, der Politiker unseres Gespanns zu sein, und nur die Götter wissen, wie oft Politiker einen Narren aus sich machen.)

Donne wollte die Entschlüsselung gerade für mich noch etwas ausführlicher erläutern, als der einzigartige Merriwell mit Tee zwischen uns Gestalt annahm.

»Bitte verzeihen Sie die Störung, Madam, aber die Person, nach der Mr. Donne geschickt hatte, ist eingetroffen.«

Donne rieb sich die Hände. »Das wird Friedrich sein! Führen Sie ihn hinauf, Merriwell.«

»Sehr wohl, Sir.«

»Sie kommen gerade rechtzeitig, Friedrich«, sagte Donne, als Merriwell den kleinen Kuppler hereinführte. »Lady Lovelace hat die Nachricht ihres Vaters erfolgreich entschlüsselt. Vielleicht haben auch Sie etwas beizusteuern, während wir versuchen, den Rest zu eruieren.«

Friedrich kicherte häßlich. »Als würden Sie jemand anderem eine Chance lassen, Ihnen beim Lösen eines Rätsels zuvorzukommen! Aber mir soll's recht sein. Ich bin nun ohne geregelte Tätigkeit. Im Palast hat man mich gefeuert.«

Ich zog die Augenbrauen hoch. »Lange hat es ja nicht gedauert bis zu Ihrer Entlassung. Haben Sie in der kurzen Zeit denn überhaupt etwas erfahren können?«

»Kurze Zeit? Doch wohl eher vierzehn Tage. Ich habe als Page gearbeitet und hatte Glück, überhaupt angestellt zu werden. Der gallische Botschafter stattete seinen jährlichen Besuch ab, und man wollte die kontinentalen Mächte wohl noch nicht wissen lassen, daß irgend etwas faul ist im Staate Britannien. Wie Sie wissen, wimmelt es heutzutage am Hofe Ihrer Majestät ja vor Orientalen, und niemand kann sagen, was die Gallier tun würden, wenn der Botschafter in der Heimat davon berichtete. Deshalb wurde ich eingestellt und alle verbliebenen britischen Gesichter zusammengezogen, um die Königin und die Suite des Botschafters für die Dauer des Besuchs zu bedienen. Kaum war er aufgebrochen, hat man mich hinausgeworfen, und mit mir alle verbliebenen Briten.«

»Sagten Sie gerade vierzehn Tage?« Innerlich begann ich die Tage abzuzählen. Nein, das konnte doch nicht sein. Das war völlig unmöglich.

»Ihrem Gesichtsausdruck entnehme ich, daß Sie

sich allmählich der beunruhigenden Tatsachen in puncto Zeitreisen bewußt werden, Weston«, sagte Donne. »Von aller Zauberei ist die Zeitversetzung die am wenigsten exakte. Als ich mich hier, in der Gegenwart, wiederfand, wunderte ich mich über die Kühle, die dem September nicht entsprach, aber typisch ist für den späten Oktober. Wir sind durch die Zeit gereist und haben dafür in gleicher Münze bezahlt.«

»Aber dann – welcher Tag ist denn heute? Was ist geschehen?«

Ada ergriff das Wort, und ich bemerkte die angespannten Fältchen in ihren Augenwinkeln. »Nachdem Sie auszogen, um Mr. Donne zurückzuholen, versuchte ich mit allen Mitteln, meinen Vater zu finden. Seine Ehemalige Majestät, Charles II., stellte mir seine Druidenkräfte zur Verfügung, doch selbst diese erwiesen sich als nutzlos. Mein Vater ist unseres Wissens spurlos verschwunden. Mein Vater, Dr. Weston, und mit ihm alle Angehörigen der Goldenen Bruderschaft bis auf eine Handvoll.«

»Das ist wahr«, pflichtete ihr Friedrich bei, »und ich hätte es nie für möglich gehalten, daß ich eines Tages sagen müßte, ich vermißte es, sie in ihren weißen Roben an jeder Straßenecke stehen zu sehen. Ohne sie ist London nicht mehr London, und Britannien nicht mehr Britannien. Die Neuigkeiten aus den anderen Grafschaften lauten alle gleich: die Druiden fast völlig verschwunden.«

Ihre Verbündeten sind alle fort. Sie haben niemanden mehr, an den Sie sich wenden könnten. Erneut hörte ich Lady Byrons schneidende Worte, mit denen sie Victoria verspottete. Victorias Verbündete, die verschwundenen Weisen. Die von Moll Scryer heraufbeschworene Vision stand mir in all ihrer Schrecklichkeit erneut vor Augen. Eine Kristallseherin kann nur lesen, was die Zukunft bereithält; die Gegenwart bleibt ihr verschlossen. Aber zu welchem zukünftigen Zeitpunkt würde Victoria dieser blutdürstigen Göttin gegenüberstehen? Lady Byron und Kitchener hatten beide Sammain erwähnt, den Tag, welcher den Oktober beschließt. Wie lange vor Sammain aber hatten die Ereignisse aus meiner Vision stattgefunden? War es schon zu spät, um meine Geliebte zu erreichen und sie zu warnen, oder war der Moment bereits vorüber und sie in den Wochen, die Donne und ich verloren hatten, verschwunden? Die Druiden waren fort. Victoria ebenfalls?

»Im Namen der Gnade, welchen Tag haben wir heute?« brüllte ich.

Ein langer Schatten fiel mitten unter uns. König Charles war gekommen. »Welchen Tag, Sir? Zwei Tage vor Sammain. Meiner Treu, weshalb nicht zwei Tage vor Anbruch des Weltenendes? Das wäre das Beste.« Er drängte sich näher an Ada und gab großes Interesse an dem Papier vor, das sie Donne gegeben hatte. Lachend wich sie einen Schritt vor ihm zur Seite.

»*Bitte,* Königliche Hoheit. Sie brauchen mich nicht zu kneifen, ich bin so reif wie eine Traube.«

Charles setzte einen unschuldigen Ausdruck auf. »Wer ist dieser Boatswain, meine Liebe?« Mit seinem langen Finger stach er nach dem Papier mit Byrons Nachricht. »Und all dieses Gekrakel, nur um ›Baskerville‹ zu sagen? Die Baskervilles sind doch nicht mehr als hungerleidender Devon-Adel. Einen Fluch oder zwei haben sie im Laufe ihrer Familiengeschichte auf sich geladen, aber ansonsten sind sie so langweilig wie eine Haselmaus, mein Wort darauf.«

»Was die Baskervilles betrifft, so haben Sie völlig recht, Sir«, antwortete Donne. »Doch wenn sie so unwichtig sind, weshalb dann ihren Namen so sorgfältig kaschieren, mit einem Kode, den nur ein einziger Mensch in ganz Britannien – nämlich Lady Lovelace – entschlüsseln könnte?«

Ada sprach nun den abgedankten König an: »Boatswain war ein Hund, den mein Vater sehr geliebt hat, Königliche Hoheit. Als Boatswain verendet war, machte Vater sich sehr große Mühe mit der Inschrift am Grabhügel des Tieres.« Für nur einen Augenblick fiel das abgehärmte Aussehen von ihr ab. Liebevoll lächelte sie beim Gedanken an ihren Vater. »Als er mir Boatswains Grabhügel zum erstenmal zeigte, war ich noch ein Kind, aber ich werde niemals vergessen, was er mir dort sagte: ›Ada, es gibt so viele Menschen, die ihren Gefährten viel weniger Liebe und Treue zeigen, als Boatswain mir erwiesen hat. Diese Menschen ruhen unter Cairns beeindruckender Größe, so ist es in der Geschichte Britanniens schon immer gewesen. Je größer der Hügel, desto weniger Substanz verbirgt er. Deshalb habe ich Boatswain nicht begraben wie ein gewöhnliches Tier, sondern so, daß sein Grab mit dem Hügelgrab jeder britischen Adelsfamilie mithalten kann.‹«

»Holen Sie Ihren Mantel, Weston«, befahl Donne.

»Was?« verlangte Charles zu erfahren. »Wohin wollt Ihr denn so mir nichts, dir nichts aufbrechen? Ihr habt meine Frage noch nicht beantwortet! Oder Eure eigene: *Wieso die Baskervilles?*«

»All diese Fragen hat Lady Lovelace beantwortet, Königliche Hoheit – ganz wie ihr Vater es plante.« Donne war aufgesprungen und hatte den Morgenmantel abgelegt. »Nur sie konnte begreifen, daß es sich um einen binären Kode handelte. Nur sie wußte, wer Boatswain gewesen ist. Nur sie konnte sich an Worte erinnern, die sie in ihrer Kindheit an einem Grabhügel gehört hatte, und welche die losen Fäden erst miteinander verknüpfen. Zwar bedeutete ein derart persönlich gehaltenes Rätsel ein hohes Risiko, aber verzweifelte Männer sind oft die waghalsigsten Spieler. Wir werden uns zum Herrenhaus der Baskervilles in Devon begeben, Königliche Hoheit, wo wir zweifelsohne einen Familiengrabhügel von beeindruckenden Ausmaßen vorfinden. Je unbedeutender die Familie, desto größer der Grabhügel; schon vor langem ist mir dieses Phänomen aufgefallen, und ich stimme darin mit Lord Byron überein.«

»Donne, wir können doch nicht ... ich meine, ich kann nicht! Ich muß zur Königin! Sie schwebt in schrecklicher Gefahr. Wenn es nur noch zwei Tage bis Sammain sind ...« Eilends und vor Aufregung stammelnd berichtete ich, was ich in diesem harmlosen Teich auf der Ebene von Salisbury gesehen hatte.

Der einstige König sog Luft durch die Zähne ein. »Wenn das der Geschmack der Mächte jenseits des Branswalls ist, dann danke ich doch den Göttern, daß ich Brite bin und lichteren Gottheiten diene. Götter, die Menschenblut trinken, man faßt es kaum!«

»Königliche Hoheit«, sagte Donne leise, »nach den druidischen Lehren verlangen unsere Götter als Preis dafür, das Land zu heilen, Victorias Blut.«

König Charles zog ein finsteres Gesicht.

»Darüber sollten die Druiden zuallererst mit mir sprechen! Und die Götter sollten gefälligst ihren Geschmack ändern!«

»Donne, ich muß erfahren, ob mit Victoria noch alles in Ordnung ist. Wenn die Ereignisse, die ich gesehen habe, noch nicht stattgefunden ...«

»Genau, Weston.«

»Als ich gestern aus dem Palastdienst ausschied, ging es ihr noch gut«, warf Friedrich ein.

»Vieles kann sich in kurzer Zeit ändern«, entgegnete Donne.

»Königliche Hoheit ...«, wandte ich mich an den einstigen König von Britannien. »Könnten Sie vielleicht eine Vision der Königin heraufbeschwören?«

Charles wirkte ein wenig unwillig. »In den letzten paar Monaten habe ich mehr von meiner Kraft verbraucht als in den zweihundert Jahren davor, Dr. Weston. Eigentlich wollte ich mir ein wenig von meiner Zauberkraft bewahren, um mich weiterhin dem sehr angenehmen Zeitvertreib meines Rentenalters hinzugeben, aber ... Na, was soll's! Vielleicht bin ich schon länger auf der Welt, als ich erwünscht bin. Ja, auf jeden Fall werde ich Victoria herbeirufen.« Er räumte das Teegeschirr beiseite und benutzte wie zuvor das Silbertablett als Instrument. Victoria erschien in Sicht. Sie saß in ihrem Büro und konferierte mit Lord Melbourne, dem Premierminister. Lord Kitchener stand am Fenster und gab Desinteresse am Gegenstand des Gespräches vor.

»Wir sagen nun lieber nichts zu ihr«, flüsterte Charles. »Je weniger der Hurensohn von unserem Vorgehen weiß, desto besser.«

Victoria trug das gleiche Gewand, das ich in Moll Scryers Teich gesehen hatte. Mit geballten Fäusten sprang sie gerade von ihrem Stuhl auf und herrschte Lord Melbourne an:

»Also bezwingen Fischerboote die schwersten Nordseestürme, aber ein stabiler, von Druiden bemannter Küstenfahrer sinkt spurlos?«

Lord Melbourne senkte unter ihrem Zornesausbruch den Kopf.

»Ich kann Euer Majestät nur mitteilen, was geschehen ist. Wir müssen eine Notsitzung des Parlaments einberufen. Das Volk muß gewarnt werden. An diesem Sammain wird zum erstenmal seit unzähligen Jahrhunderten die Goldene Bruderschaft nicht zugegen sein, um sich zwischen

die Lebenden und die sich erhebenden Toten zu stellen.«

»Nicht einer? Gibt es in meinem ganzen Königreich keinen einzigen Druiden mehr? Das ist doch unmöglich!«

»Euer Majestät, viele vom Blute Brans leben noch in Ihrem Reich, aber ihre Kräfte sind die schwächsten. Sie wissen selbst um die schwierigen Entscheidungen, die wir in den vergangenen Wochen treffen mußten, seitdem der Herzog von Wellington verschwunden ist. Sie waren zugegen, als wir beschließen mußten, was Vorrang genießen sollte und was nicht – ob weitere Anstrengungen unternommen werden sollten, den Branswall zu stärken oder den Angehörigen der Bruderschaft zu verbieten, sich aufs Meer hinauszuwagen. Damals schien Sammain noch sehr fern zu liegen. Nun aber ist es anders.«

Die Königin nahm ihren Füllfederhalter zur Hand und kritzelte etwas auf den Bogen Papier, der vor ihr auf dem Schreibtisch lag. *»Lord Melbourne, ich will das Parlament einberufen. Wie lange dauert es, bis das Unterhaus sich versammeln kann? Wird es rasch genug gehen, daß man in der Sammain-Frage noch zu einer Lösung kommt?«*

»Das werden wir sehen. Wir werden kein volles Haus haben, das wissen Sie sicher. Die Abgeordneten des Nordlands werden Schwierigkeiten haben, einen Druiden zu finden, der sie so kurzfristig hierhertransportieren kann. Und noch mehr, ich hoffe, ich kann jemanden finden, der diese Proklamation an alle Abgeordneten des Unterhauses übermittelt.«

Die Königin war mit dem Schreiben fertig und hielt das Papier in die Höhe. Es verwandelte sich in einen Merlin, der auf ihrem Handgelenk saß. Victoria nickte, und das Fenster öffnete sich, um den Zwergfalken davonfliegen zu lassen. *»Die Proklamation ist auf dem Weg«*, erklärte sie. *»Es werden schon genügend von ihnen eine Möglichkeit finden, hierherzukommen. Ich hoffe nur, das Unterhaus macht praktikable Vorschläge bezüglich Sammain. Man sollte glauben, es wäre genug, daß man die*

Bevölkerung warnt, in den Häusern zu bleiben, wenn die Toten durch die Straßen ziehen.«

Lord Kitchener kam zu Victoria, blieb hinter ihrem Sessel stehen und legte vertraulich eine Hand auf die Lehne. Wenn ihr sein Verhalten mißfiel, so zeigte sie es mit keiner Regung.

»*Eure Majestät vergessen, warum es nicht ausreicht, sich an Sammain einfach nur zu verstecken. Früher, in der alten Zeit vor König Bran, brauchte ein weiser Mensch nur an seinem Herdfeuer zu bleiben und die Geister nicht an ihrem Vorbeizug zu hindern. Doch als die Goldene Bruderschaft zu Macht gelangte, schwand ihre Geduld mit den britischen Toten. Stärke gebiert Überheblichkeit.*« Er zeigte die Zähne.

»*Meine Vorfahren begingen viele Fehler*«, gestand Victoria ein. »*Trotzdem sollten Sie nicht glauben, daß die Entscheidung, die britischen Toten zu Sammain in Bann zu halten – zu verhindern, daß sie ihre Grabstätten verließen – aufgrund von Arroganz gefällt wurde. Es geschah als Zeichen ihrer Stärke, das stimmt, aber allein aus dem Grund, daß die einfachen Leute beruhigt wurden und sich selbst in der Nacht, in der die Kräfte des Bösen am stärksten sind, sicher fühlen konnten, solange die Goldene Bruderschaft über sie wachte.*«

»*Aus welchem Grund auch immer, man hat den Toten ihr Recht verweigert*«, sagte Lord Melbourne. »*Ich verstehe, was Seine Lordschaft meint. Im Westen gibt es Geschichten darüber, was geschieht, wenn ein Unglück den ansässigen Druiden davon abhält, die nötigen Sammain-Rituale durchzuführen. Dann herrscht der Schrecken. Die Toten kommen rachsüchtig aus den Gräbern hervor. Die Wut über die lange Gefangenschaft verleiht ihnen den Mut, auch Türschwellen zu überschreiten und sich ans Herdfeuer vorzuwagen. Ich möchte lieber nicht daran denken, was geschähe, wenn alle Toten Britanniens plötzlich auferständen. Das wäre unser Untergang.*«

»*Ich werde wie immer tun, was ich nur kann*«, versprach Victoria. »*Ich werde bei Stonehenge die nötigen Opfer bringen. Und das Unterhaus kann sich darauf verlassen, daß ich London gut beschützen werde.*«

»*Das ist immerhin etwas*«, sagte Lord Melbourne.

»*Ja, das ...*« Lord Kitchener unterbrach sich abrupt. Er blickte hierhin und dorthin, bevor seine Augen zum Stillstand kamen.

»*Was starren Sie denn so, Mann?*« wollte der Premierminister wissen.

»*Nichts.*«

Doch mit seinem Blick fixierte er mich.

König Charles wischte mit den Fingern über das Tablett und verscheuchte so die Vision. »Meiner Treu, habt Ihr das gesehen? Er hat uns gespürt! Wir sollten keine weitere Beobachtung riskieren.«

»Wenigstens wissen wir, daß die Königin in Sicherheit ist«, sagte Friedrich.

»Aber wie lange noch?« Donne war nun bereit zum Aufbruch. »Weston, begeben Sie sich zur Königin, denn noch besteht eine Chance, sie zu retten. Was mich betrifft, so reise ich nach Baskerville Hall in Devonshire.«

Friedrich öffnete die Vorhänge einen Spalt und spähte nach draußen. »Sie kommen aber vor Sammain nicht mehr nach Devonshire, Donne, nicht auf dem schnellsten Pferd Britanniens, und ich fürchte, gerade an diesem Sammain sollte man sich nicht unter freiem Himmel ertappen lassen. Die Königin hat immerhin gesagt, sie wolle London beschützen.«

»Die Pocken sollen Lord Kitchener holen und jeden, der ihm dient!« rief König Charles aus. »Und wenn ich meinen letzten Tropfen Zauberkraft opfern muß, um ihn niederzuwerfen, so gebe ich ihn freudig! Dr. Weston, ich werde meine Nichte persönlich warnen. Versucht nicht, mich davon abzuhalten. Was Euch angeht, Mr. Donne, so ...« Er küßte meinen Gefährten auf beide Wangen und berührte sodann mit dem

Mittelfinger die Stelle zwischen Donnes Augen, die Geste, welche für gewöhnlich einen Transportzauber beendet. Bevor Charles seinen Arm wieder gesenkt hatte, befand Donne sich schon in Baskerville Hall.

»Ich werde Sie begleiten«, erklärte Ada. »Ich brauche nur einen Moment.« Sie eilte aus dem Zimmer, bevor wir auch nur mit einem Wort Widerspruch erheben konnten.

»Nun, ich nicht«, sagte Friedrich, der ebenfalls zur Tür ging. »Ich werde mich um meinen eigenen Haushalt kümmern, bis alles vorbei ist. Mein Teil habe ich geleistet.« Zum ehemaligen König sagte er: »Schauen Sie ruhig mal bei uns vorbei, Rowley. Ich habe einige neue Mädchen mit alten Ideen. Oder war es umgekehrt?« Während er die Treppe hinunterstieg, sang er ein Sachsenlied. Ich gab mich keinen Zweifeln über dessen Anstößigkeit hin.

Kurz darauf kehrte Ada zurück. Sie trug nun das Gewand der Töchter Boudiccas – eine kurze Tunika aus Hirschleder, dazu passende Hosen, ein kurzes Reisecape, einen Schild und ein Kurzschwert aus Bronze. Ihre Füße steckten in römischen Sandalen, die durch eine Schicht weiblicher Zauber über der anderen konserviert die Jahrhunderte überstanden hatten. Als alle Römer auf britischem Boden erschlagen waren, war es den Frauen um deren wunderbare Fußbekleidung zu schade gewesen.

»Ihr seht aus wie ein Kaninchen im Wolfspelz«, bemerkte der einstige Monarch und versuchte, Ada zärtlich unters Kinn zu greifen. Diesmal genügte ein Blick von ihr, um ihn von dem Gedanken abzubringen. »Ich sehe schon, auf Euch beide muß ich die alte Kamelle wirken, anders geht's wohl nicht.«

»Welche alte Kamelle?« fragte ich, dann sah ich Ada. Wo gerade noch das Kriegermädchen gestanden hatte, sah ich nun eine strahlende Erscheinung, eine Dame im Stil der Herrschaft von König Charles II.

Trauben von Schmachtlocken bauschten sich über ihren Ohren, und geringelte Haarsträhnen fielen ihr in die Stirn. Doch wer verschwendete viel Zeit mit der Betrachtung ihrer Haartracht, wo das tief ausgeschnittene Samtkleid Adas Brüste bis fast zu den Spitzen offenbarte? »Gütiger Himmel!«

Ada kicherte – ihr Schild war unerklärlicherweise zu einem Fächer aus indigoblauen Federn geworden. »Wenn Sie Ihr Gesicht sehen könnten, Dr. Weston! Nein, welch prächtige Locken Ihnen gewachsen sind! Und Stiefel mit scharlachroten Absätzen – kurz gesagt, das letzte Wort in puncto Putz! Königliche Hoheit sind ein wahrer Adept des Truges.«

Erfreut über das Kompliment richtete sich Charles den Schnurrbart zurecht. »Nun – was soll ich sagen –, als junger Mensch, als ich mich Hexenmeister Cromwell entgegenstellen mußte, erhielt ich Übung zuhauf. Aber wir haben nun keine Zeit fürs Geschichtenerzählen. Wir sollten zum Palast reiten; meine Zauberkraft möchte ich lieber für Entscheidenderes aufsparen.«

Wir ritten so lautstark als möglich durch die Londoner Straßen, um den Anschein einer Gruppe leichtfertiger Aristokraten zu wahren, die vor der düsteren Sammain-Zeit noch ein letztesmal über die Stränge schlagen. An diesen Ritt werde ich mich mein Lebtag erinnern. Die Straßen waren öde und leer. Die Häuser, an denen wir vorbei galoppierten, starrten auf unsere Kavalkade mit derart leeren Fenstern, daß man sich leicht vorstellen konnte, London sei eine Stadt der Toten. Und wenn Sammain war, mochte es durchaus soweit kommen.

Wir stiegen am Tor ab und überließen es Charles, uns durch Einschüchterung den Weg an den Gardisten vorbei zu bahnen. Die Uniform paßte ihnen nur schlecht und ließ sie zwergenhaft erscheinen; und über einen unpassend gekleideten Mann läßt sich leicht die Oberhand gewinnen. Der Gardist, den Charles zu fassen bekam, vergaß seine Rolle als Wächter so sehr, daß er uns die Türen öffnete und einen Pförtner herbeirief. Ich übernahm das Regiment und scheuchte den kleinen Kerl kurzerhand davon.

»Hinweg mit Ihm, wir kennen den Weg. Cernunnos soll Ihn verfluchen – pockiger Hurensohn von einem Bettler, kennst Er uns etwa nicht? Was! Meiner Treu, kennt Er nicht einmal die Blutsverwandten der Königin? Geh Er und brunfte mit Seiner Mutter, gemächtloser Lakai, verschwind' Er, bevor wir Ihn ...«

Mir blieb es erspart, zu konkreten Drohungen überzugehen; der Kerl ergriff die Flucht. König Charles lachte homerisch. »*Gemächtloser Lakai?* Oh, welch schwerer Schlag, welch vernichtender Treffer, Sire; Ihr seid ein schlimmer, schlimmer Mensch. *Brunfte mit Seiner Mutter,* wahrlich!«

»Ich habe lediglich versucht, authentisch zu klingen.«

»Nun, laßt es lieber bleiben. Auch wenn er nun Hilfe herbeirufen wird, immerhin habt Ihr uns von ihm befreit. In Anbetracht der Lage sollten wir den inneren Weg zu Victorias Suite nehmen.«

Einen besseren Führer durch den Palast als den einstigen König hätten wir uns nicht wünschen können. Er öffnete die Wandvertäfelung, winkte uns hindurch, folgte und schloß leise wieder die Geheimtür. Wir faßten uns an den Händen – denn gleich welches Licht zu entfachen wäre in höchstem Maße töricht gewesen –, und Charles führte uns durch das Labyrinth hinter dem Tafelwerk. Schließlich blieb er stehen und öffnete ein winziges Guckloch, um zu erkunden, ob die Königin in ihrem Wohnzimmer allein war.

»Wir haben Glück«, ließ er mich über Ada wissen, die seine geflüsterten Worte an mich weitergab. »Sie ist allein. Das arme Mädchen weint. Unter diesen Umständen seid Ihr wohl am besten geeignet, mit ihr zu sprechen und uns zu melden.«

Ich erhob keinen Einwand. Charles lüftete den Trug von mir, so daß ich mein gewohntes Aussehen wiederhatte, und zeigte mir, wie man auf unserer Seite der Wand die verborgene Tür entriegelte. Ich schob den Riegel leise beiseite und trat hinaus.

»Victoria?«

Ich sprach leise und rechnete trotzdem damit, daß sie vor Überraschung oder Furcht aufsprang. Sie hingegen tat keines von beiden, sondern hob ihr tränenüberströmtes Gesicht ganz allmählich von den Händen, und ganz allmählich verdrängte ein Lächeln die Tränen.

»John«, sagte sie mit Wärme. »Ich wußte, du würdest kommen.« Victoria reichte mir die Hände in einer königlichen Willkommensgeste, und ich kniete vor ihr nieder. Sie strich mir mit den Fingern durchs Haar, bis ich ihre Hände ergriff und sie mir aufs Herz drückte. »Ist das nicht absurd?« fragte Victoria. »Halb glaube ich noch immer zu träumen und fürchte, daß du verschwindest, wenn ich loslasse.«

»Er ist echt genug«, meinte Charles, der diesen Augenblick für den geeignetsten hielt, um sich zu erkennen zu geben. Ada trat hinter ihm ins Zimmer. »Ich hoffe, du gehörst nicht zu den Frauen, die für jeden Ausflug erst ihre Siebensachen zusammensuchen wollen; denn wir müssen den Palast auf der Stelle verlassen.«

»Verlassen ... Lieber Onkel, ich versuche seit Monaten zu entkommen! Aber all meine Versuche sind gescheitert.«

»Gescheitert? Unsinn! Du hast vielleicht die *Rules* verloren, aber du verfügst doch über eigene Zauberkraft, und das nicht zu knapp! Was hielte dich davon ab, dich vom Fleck weg nach Land's End zu versetzen, wenn es dir in den Sinn käme?«

»Sieh selbst. Aber dazu mußt du zurück in den Geheimgang gehen und von dort aus beobachten.«

»Wieso?«

»Bitte. Du wirst schon sehen.«

Charles wirkte verärgert, aber wir erfüllten Victoria den Wunsch. Hinter der Täfelung positionierte der einstige König Ada und mich an einem zweiten Guckloch unweit dessen, das er benutzt hatte.

Kaum hatten wir uns verborgen, stellte sich Victoria vor einen kleinen Sekretär und murmelte einige Worte, die eine Holzschale voller Rosen erscheinen ließ; ein ganz simpler Zauber. Was darauf jedoch folgte, war längst nicht so simpel: alle Farbe wich aus Victorias Haut, die sodann in fahlem Orange zu leuchten begann. Die unvorhersehbare Konsequenz einer alltäglichen Zauberei erschütterte mich so sehr, daß Ada mich auf einen weiteren Aspekt hinweisen mußte: »Sie bewegt sich nicht; nicht im geringsten.«

»*Taranis' Donnerkeil!*« rief ich aus; das heißt, ich wollte es. Adas weiche Hand verschloß mir den Mund.

»Pst! Schauen Sie nur!«

Was blieb mir übrig? Nach wenigen Augenblicken öffnete sich die Tür zu den Räumen der Königin, und Lady Byron trat ein. Mit selbstgefälligem Grinsen betrachtete sie die bewegungsunfähige Königin eine Weile, dann hob die den Juwelenanhänger, den sie am Halse trug, und drückte ihn gegen Victorias Lippen. Das orangefarbene Leuchten verlosch, und die Königin erwachte wieder zum Leben.

»Welche Torheit haben Sie denn nun schon wieder begangen, Majestät?« fragte Lady Byron mit ekligsüßer Besorgnis.

Victoria berührte die Rosen. »Ich wollte nur wissen, ob irgend etwas mich aufheitern könnte.«

»Ach? Befällt Eure Majestät die Trübsal? Und dabei ist der Feiertag so nahe! Nein, so geht das nicht. Leider habe ich woanders Wichtiges zu erledigen – eine nichtige Streiterei in der Küche –, aber danach komme ich sofort zurück, und dann werden wir ein hübsches langes Gespräch führen.«

Kaum hatte Lady Byron den Raum verlassen, stießen Charles, Ada und ich uns in dem dunklen Gang gegenseitig an, weil jeder von uns als erster die Geheimtür durchschreiten wollte. »Nun ist es wohl offensichtlich«, sagte die Königin. »Sobald ich innerhalb dieser Mauern meine Zauberkraft benutze, wird Lady Byron alarmiert, und ich muß auf der Stelle verharren, bis sie kommt und mich wieder befreit. Nur unter Lord Kitcheners Augen ist dieser Zauber zeitweise aufgehoben.«

Ich erinnerte mich an die Vision, in der Victoria ein Blatt Papier in einen Falken verwandelt hatte, und erkannte, daß sie die Wahrheit sprach. Kitchener war anwesend gewesen.

»Hmpf.« König Charles stützte das Kinn auf die Hand und überdachte die Lage. »Kannst also nicht mit magischer Hilfe fliehen, hm? Schlecht, sehr schlecht. Und Kitcheners Gardisten wissen genug, um dich sofort aufzuhalten, sobald du versuchst, den Palast wie eine gewöhnliche Frau zu verlassen. Ja, mit Sicherheit.« Er ergab sich unzusammenhängendem Gemurmel.

»Warum benutzen Sie nicht Ihre Zauberkraft, um sie aus dem Palast hinauszutransportieren?« fragte ich.

»Ihr seid wirklich nicht vom Blute Brans, nein, Dr. Weston? Nein, dann würdet Ihr diese Frage nicht stellen. *Das geringere Gefäß kann das höhere nicht bewegen.* Das hat Bran bei seinen Forschungen herausgefunden, bevor er König der Insel wurde. Victoria ist der regierende Souverän Britanniens, und damit gibt es kein höheres Gefäß als sie – sie vermag mich zu transportieren, aber nicht umgekehrt. Ich könnte oberflächliche Magie auf sie legen – und sogar Vernichtungszauber, falls ich lebensmüde wäre –, aber Transport? Nein!«

»Donne sagte, daß sogar Magie ihre Grenzen hat. Wieder einmal hatte er recht.« Charles und ich wandten uns wieder dem Problem der unaufschiebbaren Flucht der Königin zu.

»Euer Majestät«, sagte Ada, »darf ich einen Vorschlag machen: das Gambit der kleinen Prinzen?« Sie berichtete, wie die kleinen Prinzen als Erwachsene den Tower unbeschadet verlassen hatten. »Ihr Onkel vermag doch oberflächliche Magie auf Sie zu legen, das hat er selbst gesagt. Und sind Gesicht und Gestalt nicht die gröbste Oberflächlichkeit? Er soll unser Aussehen vertauschen. Sie verlassen den Palast als freie Frau mit geborgter Haut, und ich nehme Ihren Platz hier ein.«

»Aber wie wollen Sie dann entkommen?« Die Königin gehörte nicht zu der Sorte Damen, die es zulassen, daß andere an ihrer Stelle in Not gerieten.

Lady Lovelace indes wirkte nicht im geringsten besorgt. »Das gelingt mir schon.«

Bevor Victoria noch mehr Einwände erheben konnte, wirkte König Charles seine Zauber, und die beiden Frauen tauschten Gestalt und Rang. »Oh!« rief Victoria aus; mit Adas Stimme und in Adas üppiger Verkleidung.

Charles gab mir mein geckenhaftes Aussehen wieder, dann nahmen er und ich die Königin bei je einem Arm, während sich Ada in der gleichen Stellung an die gleiche Stelle setzte, wo ich die verstörte Victoria in der Vision in Molls Teich gesehen hatte. Die Zukunft ist formbares Material. Ada sagte, sie wolle uns am Eingang zum Mag Mell Park treffen, und sie klang, als meinte sie es ernst. Ich fragte mich, welches neue Ende die Szene am Pool nun wohl nehmen würde.

Und tatsächlich gesellte sie sich wieder zu uns; lange warten mußten wir nicht. Charles gab den Damen und mir das ursprüngliche Aussehen zurück.

Adas Kriegerinnenkleidung wirkte ein wenig aus der Form geraten. Als ich mich diesbezüglich erkundigte, antwortete sie: »Mutter und ich haben lange miteinander diskutiert. Wenn alles vorbei ist, muß ich ihr die Gefahren erklären, die es mit sich bringt, schlechte Beziehungen einzugehen. Nun jedoch müssen wir nach Baskerville Hall in Devonshire, Euer Majestät. Wollen Sie uns begleiten?«

»Nichts lieber als das. Es ist so wunderbar, meine Kräfte wieder frei benutzen zu dürfen!« Sie warf die Arme weit auseinander wie ein Vogel, der die Flügel spreizt, um sich in die Lüfte zu erheben, und die dunklen Palisaden, die den Mag Mell Park umgaben, verwandelten sich in den Kiesstrand von Norddevon.

»Das ist aber nicht Baskerville Hall«, sagte ich. (Leider entschlüpfen mir manchmal auch dann, wenn ich nicht für Donne den opportunen Narren spiele, ganz unabhängig dumme Bemerkungen.)

Victoria blickte mich nur liebevoll an. »Es wäre unhöflich, mit einer Gruppe dieser Größe unangemeldet im Hause eines Briten zu materialisieren. Baskerville Hall liegt auf dieser Erhebung, gleich hinter dem Eichenhain. Ich war einmal bei Sir Hugo auf eine Jagd eingeladen. Weiter vorn führt eine Treppe aufwärts.«

Die Sonne senkte sich auf die Wellen hinab. Schwarz und unheilverkündend hob sich der warnende Finger eines Leuchtturms gegen das schwächer werdende Licht ab. So viele Schiffe auf See verloren, und die meisten davon vor dieser Küste! Welch ernüchternder Gedanke. Wir folgten der Landzunge auf der Suche nach der Treppe, die vom Strand hinaufführte. Statt dessen fanden wir etwas völlig anderes.

Ein übergewichtiger älterer Gentleman in gestreifter Jerseyjacke und Segeltuchhosen hockte am Strand. Sein mützenloser Kopf war kahl wie ein Ei. In den Händen hielt er eine lange, flexible Leine, deren Ende ins Wasser tauchte. Seine Haltung glich indes mehr der eines Anglers als der eines Seefischers. Der Mann wartete untätig. Dann straffte sich die Leine, und er stieß einen Freudenruf aus, bevor er begann, sie einzuholen. Am anderen Ende der Leine erblickten wir schließlich einen mittelgroßen, schwarzen Vogel mit einem kleinen Halsband um den schlanken Hals und einem dicken Fisch im Schnabel. Der Mann zerrte beides ans Ufer.

»Na, das ist doch mal ein Fang, Herrschaften!« Er hielt den Fisch hoch, damit wir ihn näher betrachten konnten. Wir aber interessierten uns viel mehr für den seltsamen Vogel. »Ein Kormoran, Ladys, ein prächtiger Vogel. Sie können ihn ruhig anfassen. Ich hab' ihm beigebracht, nach nichts zu schnappen, was keine Flossen hat. Ist doch keine Nixe unter Ihnen, oder?« Er blinzelte verschmitzt und musterte ihre verborgenen unteren Gliedmaßen.

Victoria, die in ihrem spitzenbesetzten Samt an dieser wilden Küste völlig fehl am Platze wirkte, beugte sich vor, um den Kormoran am Köpfchen zu streicheln.

Der Vogel legte unter der Liebkosung den Kopf zurück und stieß sie an, um weiter gestreichelt zu werden, so als wäre er eine verwöhnte Katze.

»Er scheint Sie zu mögen«, sagte der Besitzer des Vogels. »Kommen Sie von der Hall?«

»Nein, aber dahin wollen wir«, antwortete Victoria. »Sind Sie von dort?«

»Nein, und die Lady sei gesegnet!« Das Gelächter des fetten Mannes ließ seine Wampe wackeln und grub Fältchen in der glänzendroten Haut seines haarlosen Schädels. »Sehen Sie den Leuchtturm? Dort wohne ich. Und ich muß mich gleich aufmachen, um mich um die Bake zu kümmern. Oh, wir hatten schreckliche Schiffbrüche hier am Strand, Herrschaften, aber das lag nicht am Licht!«

»Die Schiffe der Bruderschaft.« Ich dachte an die

vielen verlorenen Menschenleben, und eine tiefe Traurigkeit befiel mich.

»Das gibt's doch nicht!« rief der Leuchtturmwärter. Er wirkte völlig aus der Fassung gebracht. »Ich hab' die Schiffe gesehen, wie sie auf die Felsen weiter oben die Küste hoch geprallt sind – sie liefen direkt darauf zu, als ob die Kapitäne verrückt geworden wär'n und die Schiffe absichtlich gegen die Felsen steuern würden. Aber die Weisen? Das würden die doch nicht tun! Ach, wie schrecklich, fürchterlich ist das. Es sah fast so aus, als hätten die Schiffe eine Leine am Bug gehabt, und jemand am Strand hätte sie eingeholt, so wie ich mit meinem Tierchen hier umgehe. Es spielte gar keine Rolle, wie der Wind stand und ob Ebbe oder Flut herrschte – die Schiffe wurden geradewegs ans Ufer gezogen!«

»Magie«, sagte Charles so leise, daß ich ihn nur deswegen hören konnte, weil wir so eng zusammen standen. Doch der Leuchtturmwärter hatte offensichtlich sehr scharfe Ohren.

»Die Götter seien Ihnen gewogen, Sir, das ist auch genau das, was ich gedacht habe! Denn wir hatten oft hellen Himmel und Sonnenschein, wenn die Schiffe hereinkamen. Aber hinter ihnen blies ein Sturm aus dem Nichts, und wenn sie an den Felsen zerschellen, schwebten über ihnen schwarze Wolken. Glauben Sie nicht von mir, daß ich nicht an den Strand gegangen wäre und nach Überlebenden gesucht oder zur Hall nach Hilfe geschickt hätte. Und trotzdem haben wir nie auch nur eine lebende Seele gefunden, und niemals einen einzigen Leichnam, nicht mal auf See treibend. Sehen Sie sich das an. Sehen Sie nach Norden, Herrschaften. Dort, hinter dem Kanal, da hausen die Dunklen. Hinter dieser üblen Sache steckt niemand anders als sie.«

»Was!« rief ich aus. »Sind Sie verrückt geworden?«

»Ich bin so vernünftig wie Sie, Sir.« Der Dicke

bedachte mich mit einem mißtrauischen Blick. »Es ist schon vernünftig, was ich sage. Was wissen wir denn von den Dunklen, hm? Der gute König Bran selber hat ihnen ihre finsteren Geheimnisse entlockt, damit sie solche Zauber nicht mehr gegen anständige Leute einsetzen können. Ließ die kleinen schwarzen Mistkerle mit nichts mehr zurück als 'ner Handvoll Sand und dem Herzen voller Haß auf alle anständigen Britischen. Die haben noch nie was Gutes im Schilde geführt, und jetzt zahlen sie's uns damit heim, daß sie unschuldige Seeleute ermorden. Ha! Die sollen nur warten, bis unsere gute Königin davon hört! Sie wird schon wissen, wie sie mit den nacktarschigen Bastarden umspringen muß. Sie wird ihr Heer in ihre Berge führen und sie ausräuchern wie die Ratten! Pikten! Da wär'n mir ja Drachen lieber.«

Nur mit allergrößter Mühe gelang es mir, meine Gefühle zu bezähmen. Was nutzte es, wenn ich diesem Schwein erklärte, daß seine Vorstellung von den Pikten so schlapp war wie ...? Nun, es waren Damen anwesend. Eine dieser Damen – Victoria – ergriff das Wort.

»Ich fürchte, da irren Sie sich, guter Mann«, sagte sie milde.

»Von wegen der Pikten? Das wär' ja gelacht!«

»Haben Sie denn je einen Pikten gesehen? Mit einem gesprochen?«

Nun wurde er trotzig. »Nein. Aber ich weiß, wovon ich rede!«

»Sicherlich glauben Sie, daß es so wäre. Was Ihre Königin angeht, so kann ich Ihnen mit Bestimmtheit sagen, daß ihr nichts ferner läge als eine Invasion des Piktenlandes. König Bran der Gepriesene ist nicht ganz so, wie Sie es sich vorstellen, zur Zauberei der Dunklen gekommen. Er beging vielmehr einen Diebstahl und hat in gewisser Weise das Gastrecht mißbraucht. Das ist die traurige historische Wahrheit, mit der seine Nachkommen bis zum heutigen Tage leben müssen. Wenn Ihre Königin also jemals das Land der Dunklen betritt, dann nicht, um es zu erobern, sondern um Vergebung zu erbitten.«

»Warum? Hat sie denn Angst vor ihren Zaubertricks? Denn dann ist sie blöde – ohne daß ich respektlos sein will. Die Pikten machen ja schon eine tolle Vorstellung, aber worauf läuft alles hinaus? Gauklerpossen und Falschspielertricks; überhaupt keine echte Magie!«

Mein Liebling begegnete seinen hysterischen Darstellungen mit einem entwaffnenden Lächeln. »Dann hoffe ich, daß wir Gelegenheit erhalten, die Magie der Dunklen aus erster Hand zu beobachten. Ich würde die Dunklen jedenfalls gern kennenlernen. Und wenn sich die Möglichkeit eröffnet, dann will ich Sie und Ihren wunderbaren Kormoran mitnehmen. Denn wenn ihre Magie echt ist, dann haben Sie in den anderen Punkten vielleicht auch geirrt. Und wenn sie falsch ist, dann brauchen wir Ihren Kormoran, daß er uns zu essen beschafft, während wir dort sind.«

Der Leuchtturmwärter kratzte sich am Kopf. »Ich weiß nicht, was ich von Ihnen halten soll, M'lady, nein, das weiß ich ehrlich nicht. Wie ist es – trauen Sie 'nem alten Seebär genug, daß Sie mit mir auf meinen Posten kommen? Ich hab' da was, was ich Ihnen gern zeigen würde, aber oben beim Licht ist für Ihre Freunde nicht genug Platz.«

»Ich vertraue Ihnen meine Ehre an«, sagte die Königin und reichte ihm die Hand. Damit verschwanden sie.

»Was mag der arme Mann wohl denken, wenn er einfach so davongefegt wird?« fragte Ada, als sie zu lachen aufgehört hatte. »Vielleicht verwechselt er die Königin mit einer rachsüchtigen Piktin!«

»Wir müssen ihnen nach!« rief ich und wollte zum Leuchtturm aufbrechen, doch Ada hielt mich zurück.

»Ihre Majestät weiß sich durchaus zu helfen. Sie braucht uns nicht. Ich bin sicher, sie kann ohne unsere Hilfe nach Baskerville Hall kommen.« Es blieb kein Raum für Einwände. Ada und Charles drängten mich davon.

Bei unserer Ankunft sah ich nicht viel von Baskerville Hall, denn der anbrechende Abend beraubte bereits die Fassade ihrer Einzelheiten. Auch am folgenden Morgen schenkte ich den architektonischen Details nicht sonderlich viel Aufmerksamkeit, denn wir alle waren mit anderem beschäftigt. Daher muß ich mich bei dem Leser, der sich für solche Dinge interessiert, hiermit entschuldigen und kann zu meiner Ehrenrettung nur sagen, daß ich hoffe, eines Tages dahin zurückzukehren und diese unglückselige Lücke in meiner Erzählung zu schließen.

In der Hall stellten wir uns Sir Hugo Baskervilles Diener Brendan vor, der uns vom Eingang in einen weitläufigen Raum führte, in welchem wir Donne vorfanden, der mit dem Herrn des Hauses in ein ernsthaftes Gespräch vertieft war.

»Weston! Eure Ehemalige Majestät, Lady Lovelace, kommen Sie herein. Sir Hugo zeigt mir gerade seine Sammlung.«

»Ugh!« machte Charles und ergriff die Flucht.

»Meine Güte!« Ada schlug sich die Hände vor den Mund und eilte ihm hinterher. Ich stand da wie ein Narr, bis ich einen näheren Blick auf die fragliche Sammlung warf.

Die Wände des Raumes waren mit einer bestürzenden Kollektion von Eisen behängt – Eisen in Form von Waffen. Es gab Waffen offensichtlich kontinentalen Ursprungs, einige primitive britische Erzeugnisse, sogar Antiquitäten aus der Römerzeit. Ein brutal aussehender, stachliger teutonischer Morgenstern hing neben einer aufgehenden Sonne aus gekrümmten Schwertern, ein ausgehöhlter Elefantenfuß barg ein

Bouquet aus Speeren und Piken. Und ich sah noch weitere: Streitkolben, Messer, eiserne Pfeilspitzen, Armbrüste und Bolzen – ein tödlicher Haufen.

»Kann niemandem verübeln, wenn er wie ein Hasenfuß davonhetzt«, sagte Sir Hugo. Ein Mann, der so kinnlos und zitternasig war wie er, schien mir genau der Richtige, andere als Feiglinge zu verunglimpfen. Blondes Haar klebte ihm schlaff am schmalen Schädel, ein Anblick, der mich an ein Ei denken ließ, das angebrochen ist und aus dem der Dotter quillt. »Seltsames Volk, diese Druiden.«

»Doch liberal genug, daß man Ihnen gestattet, Ihre Sammlung als eine Art Provinzmuseum zu pflegen. Ich muß zugeben, daß ich beeindruckt bin«, sagte Donne.

»Oh, in diesem Teil des Landes gibt es reichlich Eisenvorkommen, Mr. Donne«, entgegnete Sir Hugo und tätschelte zärtlich den Morgenstern. »In den Tagen vor Brans Königtum haben die Briten hier es schon gefördert und benutzt, wissen Sie. Die Goldene Bruderschaft schämt sich nicht der Vergangenheit; sie mag nur Eisen nicht besonders, das ist alles. Nun, wie viele von Ihnen darf ich denn zum Supper erwarten?«

»Wir sind zu viert, Sir Hugo: außer mir – ich bin Dr. Weston – die Gräfin von Lovelace, Seine Ehemalige Majestät und Ihre Majestät.«

»Doch nicht Vickie! Bei Epona, wie schön, sie einmal wiederzusehen! Die Frau hat eine Figur, was?«

Sir Hugos unverschämte Worte verblüfften mich derart, daß ich nicht einmal daran dachte, Donne zu fragen, woher er wußte, daß Victoria mit uns kommen würde. Aber weshalb sollte ich auch? Er wußte stets Bescheid, und ich wollte verdammt sein, bevor ich ihm Gelegenheit gab, vor diesem Landei mit seinen geistigen Klimmzügen zu prahlen. »Ein wenig mehr Respekt, wenn Sie von der Königin sprechen, wenn ich bitten darf«, entgegnete ich eisig.

»Respekt? Bei den Göttern, tue ich denn nicht genug dran, Ihre süße Majestät zu lieben? Nun soll ich sie auch noch respektieren? 'türlich respektier' ich sie. Braucht doch nicht eigens ausgesprochen zu werden, das.«

»Sir Hugo ...« Donne nahm ihm beiseite und wechselte einige Worte mit ihm. Als Baskerville mich wieder anblickte, geschah dies mit völlig anderem Ausdruck; nun war er der Beeindruckte.

»Tatsächlich? Bei Rhiannons Zitzen! Dr. Weston, gestatten Sie mir, Ihnen die Hand zu schütteln!« Nachdem wir dies hinter uns gebracht hatten, musterte er mich von Kopf bis Fuß und fügte hinzu: »So ein glücklicher Hurensohn eines besoffenen Kesselflickers!«

Wie erquicklich, wenn man eine gewisse Reputation genießt.

Ihre Majestät gesellte sich zu einem ausgezeichneten Abendessen im großen Speisesaal von Baskerville Hall. Donne war während des Mahls überaus zapplig. Zeit sei kostbar und jeder verlorene Augenblick unersetzlich, erklärte er mehr als einmal. Sir Hugo zeigte sich davon völlig unbeeindruckt und lehnte es rundweg ab, uns zum Grabhügel seiner Familie zu führen.

»Sie müssen verstehen, es ist nach Sonnenuntergang. Nach Sonnenuntergang treibt man sich nicht in der Nähe von Gräbern herum, und schon gar nicht zu dieser Jahreszeit. Unten im Dorf lebt eine alte Vogelscheuche von Druiden, der morgen nacht die Sammain-Riten murmeln und dafür sorgen wird, daß unsere Toten schön ruhig liegenbleiben, aber wir wollen sie auf keinen Fall so sehr aufregen, daß der alte Knabe nicht mehr mit ihnen fertig wird.«

Zu Donnes Verzweiflung stimmten Victoria, Charles und Ada Sir Hugo vorbehaltlos zu. Er wäre durchaus in der Lage gewesen, sich über die Einwände des jungen Adligen hinwegzusetzen und heimlich mit mir in der Nacht den Hügel aufzusuchen, doch in Anbetracht solch hochkarätiger Opposition wurde selbst Donne nachdenklich. Zwar tat er das meiste vom Tun der Druiden als Hokuspokus ab; andererseits hatte ich ihn noch nie über die Zeremonien zur Besänftigung der Toten spotten hören. Donne hatte lange gelebt und viel gesehen.

Für die Nacht wurden uns behagliche Zimmer zugewiesen. Von meinem Fenster aus überblickte man das Heidemoor, das sich hinter dem Herrensitz gleich an den Küchengarten anschloß. Bis Vollmond war noch ein Tag, und sein silbriges Licht verwandelte das wilde, wellige Land in ein zweites Meer. Ich stand am Fenster und dachte an nichts anderes als daran, diese grenzenlose Schönheit in mich einzusaugen. Als ich hörte, wie hinter mir die Tür geöffnet wurde, sagte ich, ohne den Blick abzuwenden: »Kommen Sie herein, Donne. Das müssen Sie sehen. Es ist einfach wunderbar.«

Eine zierliche Hand schob sich zwischen meine Finger. »Ja, ganz wunderbar«, sagte die Königin. Ich errötete vor Verlegenheit über meinen Irrtum. Zum Glück war es im Zimmer zu dunkel, als daß sie es hätte sehen können. Sie küßte mich leicht auf den Mund. »Vielleicht besitzt du nicht die Gabe deines Freundes, einen unerwarteten Besucher am Schritt zu erkennen, aber dafür hast du andere Talente.« Sie küßte mich wieder, und diesmal mit Nachdruck. »So lange bin ich von dir getrennt gewesen, John.«

In dieser Nacht machten wir die verlorenen Tage wieder gut. Victorias Liebe war abwechselnd fordernd und träge, verspielt und voller unausgesprochener Reue. In Laufe meines Lebens habe ich viele Frauen gekannt, aber keine kommt Victoria gleich. Verliebte zeichnen sich durch mehr aus als durch die Berührung von Haut zu Haut. Für einige ist der Liebesakt Befriedigung genug – er ist dann Selbstzweck. Doch für uns war er nur eine Brücke, die armselige einzige Möglichkeit, zu des anderen Seele vorzudringen. *Du bist mein anderes Ich,* sagte ich wortlos und hörte sie antworten: *Und du das meine.*

Als wir endlich einschliefen, sollten wir nicht lange schlummern. Ein böser Traum drang in meine Ruhe, und Victoria mußte mich wachrütteln. »John, was ist mit dir? Du hast geschrien.« Ich zitterte wie im Fieber und klammerte mich an sie. Wie sollte ich es ihr erklären? Wie nur? Deirdres Geist hing als verblassendes Geflecht aus durchscheinenden Knochen und von der See zernagten Lumpen noch in der Luft. *Erzähl ihr von mir, John! Erzähl deinem Liebchen doch von mir!*

Konnte Victoria den stummen Spottruf hören? Das werde ich nie erfahren. Ich kann nur sagen, daß mich etwas drängte, ihr in dieser Nacht alles zu berichten, und so offenbarte ich ihr, wer und was ich war. Ich sprach von Deirdres Fluch und meiner Verbannung. Ich hörte nicht auf zu reden, bis ich mich dabei ertappte, daß ich Zusammenhänge erklärte, die ich bereits erläutert hatte. Victoria hingegen gab mit keinem Blick oder Wort zu erkennen, wie sie meine Enthüllung aufnahm.

Schließlich seufzte ich auf; ich fühlte mich von einer Last befreit. »Nun?«

»Nun was, John?«

»Nun – na, ich bin ein Pikte.«

»Das weiß ich. Und darüber hinaus ein piktischer Prinz. Das hast du mir mehr als einmal gebeichtet. Ich könnte glauben, du willst mich anführen.«

»Und ... ändert das denn etwas? Stört es dich?«

»Du bist ein ganz großes Dummerchen.« Sie begann, mit meinem Schnurrbart zu spielen. »Wenn du ihn dir abrasiertest, würde es mir Kummer bereiten. *Das* würde mich stören. Aber daß du ein Pikte bist ... Du bist immer ein Pikte gewesen, schon als ich dich zum erstenmal sah. Ein Pikte ist, was du bist, und was du bist, das liebe ich. Ich will dich heiraten, John, wenn *du* nichts dagegen einzuwenden hast.«

»Aber die Bruderschaft ...«

»Die Bruderschaft. Die Götter allein wissen, was aus der Bruderschaft geworden ist. Aber das eine sage ich dir, mein Lieber: Wenn sie sich alle heute nacht in diesem Zimmer sammeln würden, bewaffnet mit den stärksten und furchterregendsten Zaubern, ich würde sie besiegen und dich zum Gemahl nehmen. Jawohl, und dann würde ich vor ihren Augen mit dir ins Bett steigen!«

»Bitte nicht.«

»Armer John. Du bist so prüde. Liegt das an deiner piktischen Herkunft, oder hast du dir diese ärgerliche Gewohnheit erst in Britannien zugelegt?« Im Mondlicht schimmerten ihre Augen verträumt. »Wie ich mir wünschte, der Herzog von Wellington wäre hier. Ein Prinz – selbst ein piktischer – ist wohl alles andere als ein bürgerlicher Herbalist. Über eine Königskrone rümpft man nicht die Nase.«

Allerdings verzog ich nun die Nase, und zwar heftig. »Laß doch bitte meinen Schnurrbart in Ruhe, mein Herz.«

»Wie du willst, John.« Ihre Hände fanden flugs eine andere Beschäftigung.

Als mich das erste blasse Morgenlicht weckte, war Victoria nicht mehr in meinem Bett, aber ich fand sie mit den anderen am Frühstückstisch wieder. Donne genoß nichts von den Köstlichkeiten, die Sir Hugo für seine königlichen Gäste auftischte, sondern schritt vor den hohen Fenstern auf und ab und tat alles in seiner Macht Stehende, daß keiner von uns auch nur einen Bissen genoß.

»Endlich«, fauchte er, als die letzte Serviette zusammengefaltet auf den Tisch gelegt wurde. Sir Hugo half

Victoria in einen seiner eigenen Mäntel, während die Stallknechte sechs prächtige Pferde herbeiführten.

»Der Familienhügel ist nicht allzuweit entfernt«, erklärte Sir Hugo beim Aufbruch. »Kann mir nicht vorstellen, was Sie dort eigentlich wollen. Wir Baskervilles haben ihn schon lange nicht mehr benutzt. Seit der Regentschaftszeit nicht mehr, stellen Sie sich das vor. Furchtbare Verschwendung von Zeit und Geld, den Zugang zu öffnen und wieder zu verschließen und neu zu bepflanzen, wenn Sie mich fragen, und all das nur, um Großonkel Sowieso zur verdammten ewigen Ruhe zu betten. Wir haben nun ein wunderbar hübsches Familienmausoleum. Sind Sie sicher, daß Sie nicht lieber das besichtigen wollen?«

»Der Hügel ist genau das Richtige«, beschied ihn Donne.

»Aha.« Sir Hugo wirkte enttäuscht. »Nun, da haben wir ihn. Sieht aus wie ein alter gestrandeter Wal, finden Sie nicht auch?«

Das Hügelgrab der Baskervilles erinnerte in der Tat an jenes Meeresungeheuer, doch selbst ein echter Wal hätte nicht auffälliger sein können. Während Heidemoor und Sümpfe rundum mehr oder minder ohne besondere Merkmale waren, erhob sich der Grabhügel künstlich so weit in die Höhe, daß es nur dem Erregen der Aufmerksamkeit dienen konnte. Donne stieg ab und umschritt den Hügel, dann kletterte er hinauf und wieder herunter.

»Vollkommen mit Gras und anderer ortsüblicher Vegetation bedeckt, obwohl darauf die eine oder andere Wildblume wächst, die in Devonshire nicht heimisch ist. Die Erde zur Errichtung des Hügels wurde also von woanders herbeigeschafft und brachte die Blumensamen mit. Ihre Vorfahren sind nicht die freundlichsten Dienstherren gewesen, Sir Hugo.«

Dieser Seitenhieb auf seine Ahnen berührte den Adligen mit dem leeren Gesicht nicht im geringsten.

»Ein Haufen herzloser Bastarde, jeder einzelne von ihnen. Der alte Gor Baskerville hat diesen Hügel errichtet. Ging nach Gallien und brachte von dort seine Braut mit – nicht, daß die Dame willens gewesen wäre, ihn zu heiraten. Dann nahm er ihren Namen an – deshalb heißen wir Baskerville, so ein gallischer Unfug – und glaubte, er könnte sie dadurch beeindrucken, daß er seine Leibeigenen diese kleine Pustel hier errichten läßt. So anders sind die Damen damals nicht gewesen, und wenn ich um eine werbe, dann schicke ich ihr Blumen und keinen Grabstein. Jedenfalls spickte Lady Yolande de Baskerville eines Abends seine Suppe mit gallischem Gewürz, und der alte Gor konnte sich seinen Grabhügel vorzeitig von innen begucken. Vorher hatte er ihr jedoch noch ein Kind gemacht, und da das Anwesen auch nicht zu verachten war, ist Yolande hier geblieben.«

»Öffnen Sie ihn«, forderte Donne.

»Was? Den Hügel?« Sir Hugo schüttelte den Kopf. »Kommt gar nicht in Frage. Glauben Sie etwa, ich möchte, daß der alte Gor heute nacht bei mir hereinschneit und mich um einen Abschiedstrunk bittet?«

»Wenn Sie nicht tun, worum ich Sie bitte, dann werden Sie mehr als nur den alten Gor heute nacht auf Ihrer Schwelle vorfinden. Öffnen Sie das Grab.«

»Kann ich nicht. Da müßte ich erst zur Hall und Leute herbeiholen lassen. Der Zugang ist doch seit Ewigkeiten verschüttet gewesen. Haben Sie mir etwa nicht zugehört? Es braucht vier kräftige Kerle mit Hacke und Spaten, um das Erdreich zu räumen, und dann ...«

»Dann die *Erlaubnis*, es zu öffnen«, unterbrach Donne ihn. Er winkte nach Charles, Victoria und Ada. »Ich würde sagen, der verschüttete Eingang ist – hier.«

»Stimmt genau, da ist er«, sagte Sir Hugo. »Ach, nun begreife ich. Man kann Druiden herumkriegen, daß sie einem die Schwerstarbeit abnehmen, nicht wahr?« Er grinste und offenbarte neben einem ausgezeichneten Gebiß den natürlichen Charme des Idioten.

Ada trat zum Hügel vor.

»Über viel Macht verfüge ich nicht, aber ich will es versuchen.« Sie streckte die Arme aus, mit den Handflächen nach oben, und bog die Hände zu perfekten rechten Winkeln hoch, die traditionelle Geste des Öffnens. Nichts geschah.

»Darf ich, mein Liebes?« König Charles zog vor Lady Lovelace den federgeschmückten Hut, dann wiederholten sie beide mit vereinten Kräften die Gebärde; es zeigte keine Wirkung. »Bei allen Schädeln Hexenmeister Cromwells! Ich habe Schwereres vollbracht, ohne auch nur darüber nachzudenken. Was soll diese Schurkerei?«

Victoria blickte ihn besorgt an. »Onkel, geht es dir gut?«

»Gut genug! Ich habe noch immer Magie und mehr in mir; falls das deine Sorge war, mein Kind. Aber es *bewirkt* einfach nichts!«

»Laß mich es versuchen.«

»Nein«, widersprach Ada. »Wir wollen es alle versuchen.« Sie stellten sich in einer Reihe mit Victoria in der Mitte auf und faßten sich bei den Händen. So klein sie war, konnte ich doch die Stärke der angeborenen Zauberkraft spüren, die von ihrer zierlichen Gestalt ausging. Wer konnte ihr die Stirn bieten? Wer vermochte sich dreien vom Blute Brans zu widersetzen?

Der Grabhügel widerstand ihnen unberührt, unbewegt – nicht der zarteste Grashalm auf der Böschung bog sich unter dieser größten Machtkonzentration, deren unsere Gruppe fähig war, denn ich durfte meine fluchbeladene Zauberkraft nicht zum Einsatz bringen. Ich sah die Anstrengung auf ihren Gesichtern, als sie alle Energie gegen den Grabhügel richteten, bis entweder die Erde oder sie nachgaben. Und es hätte gut sein können, daß sie an dem nutzlosen Kampf zerbrachen, hätte die arme Ada nicht leise geächzt und wäre zusammengebrochen.

»Aufhören, verdammt noch eins! Aufhören!« brüllte Donne. Er kniete sich neben Ada und hob sie auf. »Sehen Sie denn nicht ein, daß wir hier machtlos sind. Denken Sie nach! Denken Sie! Was ist das einzige, was Ihre Zauberkraft einschränkt?«

Charles fuhr ärgerlich zu Sir Hugo herum. »Eure dreifach verfluchte Sammlung von Todesmetall ist schuld, Sire! Entweder versenkt Ihr es noch zu dieser Stunde im Meer, oder ich binde Euch diesen Schmutz als Gewicht an den Hals und schicke Euch damit beschwert persönlich in Nodens' Gemächer!«

Sir Hugo begann vor Angst zu zittern, doch ich warf ein: »Wie sollte das sein, Königliche Hoheit? Wir sind nunmehr weiter von Baskerville Hall entfernt als bei unserer Ankunft am Strand. Doch dort konnte Ihre Majestät unbehindert Magie einsetzen.«

»Ausgezeichnet beobachtet, Weston!« rief Donne aus. Ada rührte sich und blickte uns bestürzt aus seinen Armen an. »Fürchten Sie nichts, Lady Lovelace. Brans Blut fließt allerdings sehr dünn in Ihnen. Sie können der Anstrengung, mit einem Zauber gegen eine Wand aus Eisen anzukämpfen, nicht lange widerstehen.« Er half ihr auf die Beine und stützte sie, bis sie wieder ohne Hilfe stehen konnte. »Nun, Sir Hugo, es sieht ganz so aus, als müßten wir doch noch nach Ihren Hacken und Schaufeln senden.«

»Wenn Brendan, Willard und Arden mit anpacken, dann können wir den Eingang morgen freigelegt haben«, versprach Sir Hugo fröhlich.

»Einen ganzen Tag!«

»Allerdings. Der Hügel besteht hauptsächlich aus Erde. Die Grabkammern reichen tief unter den Boden, der oberirdische Teil soll nur Räuber und dergleichen ablenken. Vielleicht kann ich noch mehr Leute aus dem Dorf bekommen ...«

»Aber dann ist es zu spät, Mann!« Donne stapfte aufgeregt bis zum Ende des Hügels und wieder zurück. »Heute nacht ist Sammain! Selbst wenn Lord Byrons Rätsel nichts Wichtiges enthüllt, müssen wir doch unser Bestes geben, um es zu lösen. Er hat uns zu einem ganz bestimmten Zweck hierher geführt, und mehr wissen wir nicht. Das ist unsere einzige Hoffnung! Britanniens einzige Hoffnung. Es muß eine Möglichkeit geben, es rechtzeitig zu öffnen – anders kann es nicht sein!« Und noch rascher stapfte er vor dem Hügel hin und her.

Ich wußte eine Möglichkeit, aber sie gab ich nicht gern preis. Ich nahm Victoria auf die Seite und sagte: »Du weißt, daß die piktische Magie nicht die gleiche Sorte Zauberei ist wie deine. Wir ... sind der Erde und ihren drei Geschwistern enger verbunden. Für uns ist das Eisen nur ein Teil der Erde. Ich glaube, ich könnte ...« Mir fiel es sehr schwer, nun fortzufahren.

Victoria begriff.

»Du könntest den Hügel öffnen, nicht wahr? Aber damit würdest du gegen die Geas verstoßen, und wenn Lord Byrons Hinweis bedeutungslos wäre – bei Belinus, der Mann war schon vor dieser Angelegenheit unstet genug –, dann hättest du für nichts das Verderben über dich gebracht.«

»Nicht über mich. Über die, die mir teuer sind.«

»Dann ist die Geas ja noch schwerer zu ertragen. Lieber John, wir müssen dieses Hügelgrab auf anderem Weg öffnen. Ich kann nicht zulassen, daß du für etwas verletzt wirst, was sich als fruchtloses Unterfangen erweisen könnte.« Damit umarmte sie mich.

Durch den Samt ihres Kleides und den Tweed meines Mantels und meines Jacketts verbrannte mich etwas. Überrascht zuckte ich zurück.

»John?«

»Victoria – was trägst du?« Sie schien meine Frage

nicht zu verstehen – zu Recht, wie man meinen sollte –, bis ich klarstellte: »Was trägst du *dort*?« Und ich deutete auf eine Stelle zwischen ihren Brüsten.

Sie steckte einen Finger in den hochgeschlossenen Kragen ihres Kleides und zog ein Band aus sorgsam verknoteter Wolle hervor, an dem eine blaßblaue Steinscheibe hing. Ehrfürchtig hob ich die Hand, berührte die Scheibe und spürte die konstante, starke Wärme erneut, die ich so deutlich wahrgenommen hatte, als Victoria mich in die Arme nahm.

»Woher hast du das?«

»Das? Der Leuchtturmwärter – der mit dem abgerichteten Vogel – hat es mir gegeben. Nur deshalb sollte ich mit ihm auf den Turm kommen. Er behauptete, es am Ufer gefunden zu haben, und der Dorfdruide habe ihm gesagt, es handele sich um – vergib mir, John – ›schmutzige piktische Magie‹. Der Leuchtturmwärter sagte, er habe dem Druiden diesen Unsinn nicht geglaubt, aber weil ich so beharrlich für die Pikten eingetreten sei, sollte ich es haben. Er hielt es für einen hübschen, damenhaften Anhänger, und die Pikten besäßen nicht mehr magische Anhänger zu eigen als eine Sau ... na, als eine Sau Hoden hätte. Ein höchst vulgärer Mensch. Ich mochte ihn. Was ist das, John? Ist das wirklich ein piktischer Zauberanhänger? Du starrst so merkwürdig darauf!«

Nur die Lehrer unter uns dürfen ihn besitzen. Nur die Männer und Frauen, denen gestattet ist, das Talent der höchstgeborenen Magier zu schärfen und auszufeilen. Man nennt es ein Erdenauge. Es vermag viele Rätsel zu lösen und viele Türen zu öffnen. Ich erinnerte mich, wie stolz mein eigener Lehrer seines trug. Ich bat ihn, ob ich es berühren dürfte, und spürte seine Wärme. *Magst du es?* hatte er mich gefragt. *O ja!* Ich starrte es mit der gesunden Begierde der jungen Menschen an. *Dann will ich es dir eines Tages geben. Vielleicht, wenn du den Thron besteigst, der dir bestimmt ist. Auch ein König ist in gewisser Weise ein Lehrer.* Ich senkte niedergeschlagen den Blick. *Ich werde noch viele Jahre lang nicht König sein. Und ich weiß gar nicht, ob ich König werden möchte. Da lächelte er mich an, denn mein Lehrer mochte mich sehr gern. Wenn das so ist, gebe ich dir es vielleicht schon früher; wenn du seiner bedarfst.* Und der kleine, gestaltwandlerische Kobold, der wie immer an der Robe meines Lehrers hing, nahm das Äußere einer Katze an und rieb sich an meinen Beinen.

Ich habe die Gabe, die Zauberkraft von Talismanen auszulösen, ohne dazu meine eigene Magie einzusetzen. Lord Kitcheners gefangener Dschinn hatte unlängst bewiesen, daß ich diese Kunst keineswegs vergessen hatte.

Ich ergriff das Erdenauge und eilte an Victoria, an den anderen und schließlich an Donne vorbei. Dann legte ich das Amulett auf die grasbewachsene Flanke des Hügelgrabes. Ein Riß erschien in der Böschung, verbreiterte sich und schluckte den kleinen blauen Stein. Das Tor zu den alten Toten der Baskervilles stand uns erwartungsvoll offen.

»Ich muß schon sagen, keine schlechte Arbeit!« sagte Sir Hugo. »Wie haben Sie das gemacht, mein Alter? Sind Sie vom Blute und haben es uns verschwiegen?«

»Nein.«

»Nun, war ja nur eine Frage.« Als ich mich von ihm abwandte, hörte ich ihn brummen: »Der ist eingebildet genug, ums noch zum Erzdruiden von ganz Britannien zu bringen.«

Sir Hugo stand das Recht zu, als erster in den Hügel vorzudringen; Donne folgte ihm. Der Weg war zu schmal, als daß wir anders als hintereinander eintreten konnten. Aus irgendeinem Grund fand ich mich am Ende der Reihe wieder, denn ich hatte mich gebückt, um das Erdenauge vom aufgewühlten Erdboden aufzuheben. »Hier vorn erweitert sich der

Gang«, rief Sir Hugo nach hinten, um uns Mut zu machen. »Bleiben Sie nur auf meiner Fährte, und verirren Sie sich nicht in einen der Seitengänge. Dort gibt es viele Sackgassen und unwichtigere Schreine, müssen Sie wissen. Wenn der Weg abwärts führt, dann wird es richtig interessant.«

Victoria ging vor mir. »John«, sagte sie leise, »John, als du den Hügel geöffnet hast, da hast du doch nicht deine Zauberkraft benutzt, oder?«

»Nur die des Steines. Ich bin noch immer so nutzlos wie zuvor.«

»Nicht für mich.« Sie drückte mir warm die Hand, dann stolperte sie.

»Halte dich mit beiden Händen an der Wand fest, Victoria. Der Weg ist alles andere als eben.« Gerade noch konnte ich den dunklen Umriß ihres Kopfes vor mir ausmachen, mit dem sie einmal zustimmend nickte.

Der Boden wurde, ganz wie Sir Hugo vorhergesagt hatte, abschüssig und beschrieb schließlich eine Spirale nach rechts. Schon lange hatten wir den Sonnenschein hinter uns zurückgelassen. Die Dunkelheit und die unterirdische Feuchtigkeit waren absolut, und dennoch hätte ich nicht erwartet, daß meine Victoria in der Finsternis den niederen Menschenängsten erliegen könnte. Doch zu meiner Überraschung fuhr sie plötzlich herum und umarmte mich.

»Bring mich hier hinaus, John! O bitte, bring mich zurück an die Oberfläche!«

Die anderen hörten ihren Aufschrei und blieben stehen. »Was ist denn, mein Kind?« fragte König Charles, der vor ihr den Tunnel betreten hatte. Hinter ihm bemühten sich Ada, Donne und Sir Hugo zu sehen, was vor sich ging.

»Dieser Ort ist vom Bösen erfüllt!« rief Victoria, »ein scheußlich böser Ort. Fühlen Sie das denn nicht? Kommt es Ihnen denn nicht auch so vor?«

»Mein liebes Kleines.« Vor König Charles' schemenhaft erkennbaren Schatten wirkte seine zierliche Nichte wie eine Zwergin, obwohl der Tunnel ihn zu einer gebeugten Haltung zwang. »Ich gebe zu, daß dieser Hügel mir Kälte in die Knochen jagt, aber wir müssen weitergehen.«

»*Wieso? Wieso?*« Victoria schmiegte sich an mich, und ihre Stimme wurde schrill. »Weil Lord Byron uns eine Nachricht schickte, wir sollten hierherkommen? Lord Byron war mit Kitchener verbündet! Woher wissen wir denn, daß er wirklich die Seiten gewechselt hat? Meiner Meinung nach laufen wir in eine Falle! Wir sollen hier verschüttet werden und sterben! Verdammt sei der Verräter, denn wir alle sind so gut wie tot!«

Etwas klatschte, und Victoria keuchte auf; das Leuchten ihres Erstaunens und Zorns erhellte den Gang kurz mit der Helligkeit eines Glühkäfers. Ada hatte sich an König Charles vorbeigeschlängelt und der Königin eine kräftige Ohrfeige gegeben.

»Wie können Sie es wagen!« rief Victoria.

»Im Namen meines Vaters wage ich es«, entgegnete Ada. »Mit jedem Recht darf ich wohl voller Wahrhaftigkeit sagen, daß, wenn er jemals Kitchener gedient hat, dies allein auf das Betreiben meiner Mutter zurückzuführen ist. Daß mein Vater lieber bei seinen Versen hätte bleiben sollen, gebe ich gern zu; er war ein Unschuldiger, was die schändlichen Instinkte anderer Menschen betraf. Wenn er ernstlich beabsichtigt hätte, Sie oder uns alle in die Falle zu locken, so hätte er das auf weit sicherere und bequemere Weise zustande bringen können als durch einen komplizierten Kode, den nur ich verstehen kann. Eure Majestät, irgendwo in diesem Grabhügel befindet sich eine große Menge der einen Substanz, die stark genug ist, um die Zauberkraft des höchsten Gefäßes im ganzen Lande zu stören – die Ihre nämlich. Und da Sie mit dieser Zauberkraft geboren wurden und sie ebenso einen Teil Ihrer Person darstellt wie Blut und Hirn und Knochen – ist es da ein Wunder, daß Sie in Furcht und Schrecken fallen, wenn solch ein großer Teil Ihres Ichs plötzlich negiert wird?«

Allmählich lockerte Victoria ihren Griff. »Ich bitte um Verzeihung, Lady Lovelace – sowohl Sie als auch Ihren Vater.«

»Sein Angedenken«, entgegnete Ada leise. Dann drangen wir tiefer in den Hügel vor.

Victoria und Charles, die mächtigsten Druiden unter uns, spürten den eisigen Zauber des vergrabenen Eisens am stärksten. Ich nahm wahr, mit welcher Mühe beide das immer stärker werdende Verlangen unterdrückten, panikerfüllt zu fliehen. Mittlerweile waren wir an einen Teil des Tunnels gekommen, von dem zu beiden Seiten Kammern abzweigten, und ich fragte mich, ob ich Victorias Hand ergreifen sollte, um ihr durch die Berührung Mut zu machen, als meine eigene Hand gepackt wurde.

Sie wurde von hinten gepackt und so kräftig zurückgezogen, daß ich in eine der Nebenkammern stürzte. Eine rauhe Hand, die nach Salz roch, verschloß mir den Mund, bevor ich nach Hilfe rufen konnte, und ein schweres Gewicht legte sich auf meine Brust. Mir drang der Geruch nach altem Fisch warm in die Nase, und meine tastende freie Hand packte ein dickes Fell. Augen wie grünes Hexenfeuer fixierten mich.

Visionen vergessener britischer Dämonen, die der Sage nach in alten Grabhügeln hausten, stiegen vor meinem inneren Auge auf. Was hatte ich, ein Fremder, zwischen den Toten dieses Landes verloren? Dann erstrahlte in einer kleinen Nische hoch oben in der Wand des Schreins ein schwaches Lichtlein.

»Laß ihn los, Tam, ist schon gut.«

Wie hatte ein kleiner Kater wie Tam mich so unbeweglich am Boden festhalten können? Nun sprang er von meiner Brust und kauerte sich in der Ecke des Schreines zusammen, wo er sich ausgiebig zu putzen begann.

Ich rollte mich herum und blickte in das wohlbekannte Gesicht von Old Jim, dem Fischhändler.

»Ich weiß nun, wer du bist«, sagte ich.

»Dafür haste lang genug gebraucht, mein Jung.« Trotz meiner Erklärung ließ er nicht von seinem Nordlanddialekt ab. Er setzte sich auf die Kante des Opfertisches, auf dem Schoß ein Tablett voller Stinte. Einen warf er dem Kater zu, der sich in einen Kormoran verwandelte, den Fisch aus der Luft schnappte und wieder die Gestalt einer Katze annahm, um sich an der Gabe zu laben. »Also biste am Ende noch drauf gekommen. Dein Freund hätt's nach 'nem Augenblick rausgehabt, wer ich bin.«

Ich stand auf und wischte mir den Schmutz von den Kleidern. »Aber warum? Warum bist du mir gefolgt? Hat das Thing dich geschickt?«

Bevor er antworten konnte, hallte Donnes Stimme laut durch den Gang. »Weston! Weston, kommen Sie hierher!« Ich zuckte zusammen und ging zum Ausgang des Schreines.

»Dem gehorchste auf den leisesten Wink, was?« Mein Lehrer gab sich keine Mühe, seinen Spott zu verbergen. Ich drehte mich rasch um, um ihm heftig zu widersprechen, denn zum erstenmal in meinem Leben empfand ich Zorn auf den Mann, der meine Zauberkraft geformt und mich ihre Handhabung gelehrt hatte – und mir aus welchen Gründen auch immer ins Exil gefolgt war.

»Jawohl, und er mir! Glaubst du einen Moment lang, daß er nicht käme, wenn ich ihn bräuchte – wenn ich ihn riefe? Zähle die Jahre, die ich von meinem eigenen Volk verstoßen unter Fremden gelebt habe, zähle sie! Und weswegen? Hat das Thing mich je angehört? Hast du je auch nur in Erwägung gezogen, Deirdres

Tod näher in Augenschein zu nehmen? Nein, ihr brauchtet ja nur zu wissen, daß ich der Grund für ihren Tod gewesen bin! Wozu darüber nachdenken, daß Deirdre ihren Tod selber herbeigeführt hat? *Wer auch immer den Tod über den anderen bringt, soll dafür erdulden, was das Thing ihm auferlegt.* Oh, ich erinnere mich gut unseres wunderbaren Gesetzes! Eins kann ich dir sagen: Donne würde mich niemals verurteilen, ohne sich meine Sicht der Dinge nicht wenigstens angehört zu haben. Donne würde mich niemals verstoßen, wie ihr mich verstoßen habt. Donne würde zu mir stehen, wie umgekehrt ich zu ihm stünde. Wenn ich während meiner Verbannung eine Lektion gelernt habe, die zu lernen sich lohnt, dann diese: Die Bande von Freundschaft und Treue sind stärker als die des Blutes.«

Old Jim rieb sich das stopplige Kinn, und seine Züge zerrannen wie Wachs zum Gesicht Moll Scryers. Tam schnurrte, dann quakte er laut wie der Frosch, der in die Mitte des Waldteiches gehüpft war.

»Denen, die Sie ins Exil geschickt ha'm, denen schulden Sie doch nichts.« Ich hörte die gleichen Worte noch einmal, und wieder mit der Stimme der alten Frau. *»Nichts, gar nichts schulden Sie den Dunklen!«* krächzte Moll und war doch Old Jim.

»Aber du bist deinem Volk treu geblieben, mein Jung. Auch wenn du dafür viel riskier'n mußtest. Du hast uns nicht verraten, obwohl du uns so haßt. Geh zu deinem Freund, Johnnie – wenn du so genannt wer'n willst. Wenn Donne dir beigebracht hat, treu und ehrlich zu sein, dann soll er nich vergessen wer'n, wenn der Tag der Sühne kommt.«

Donne rief mich wieder, drängender. Ich hatte keine Zeit, mir über die Worte oder die Anwesenheit meines Lehrers Gedanken zu machen. Ich eilte so schnell es ging, nur von meinen tastenden Händen geführt, bis ein helles Licht voraus mir den Weg beleuchtete und ich in der Zentralkammer des Hügelgrabes der Baskervilles herauskam.

Ich mußte meine Augen vor dem Licht beschirmen, bis sie sich an die Helligkeit gewöhnt hatten. Während ich noch halbblind wartete, sagte Donne: »Weston, ich nehme an, Sie haben noch den blauen Tand, den Sie so wirksam zum Öffnen des Hügels eingesetzt hatten?« Ich durchwühlte meine Taschen und hielt das Erdenauge schließlich in die Höhe. »Ausgezeichnet.« Es wurde mir im gleichen Moment aus der Hand gerissen, als ich endlich in der Lage war, meine Umgebung wahrzunehmen.

Wie gelähmt verharrte ich auf der Stelle. Donne und die anderen drängten sich am Ende einer unterirdischen Kammer, die sich ungeahnt weit erstreckte. Sie wurde von Fackeln erhellt, die unter etlichen Luftschächten brannten, welche zur Oberfläche führten. Doch die Helligkeit rührte nicht nur von den Fackeln her, sondern auch vom strahlenden Weiß der Druidenroben. Denn mit Handschellen aus Todesmetall an die Granitwände gekettet, blickte die Goldene Bruderschaft von Britannien in ungläubigem Schweigen ihren Rettern entgegen.

Donne berührte mit dem Erdenauge die Fesseln des nächststehenden Druiden, und sie fielen zu Boden.

Kapitel 15

Die Unterstützung, von der vielleicht eines Tages berichtet werden darf

In Baskerville Hall herrschte das Chaos. In den Korridoren hallte unablässig das Trappeln von Dienstboten, Dörflern, Akolythen, Druiden und mir selbst wider. Kaum hatte Donne den letzten von Lord Kitcheners Gefangenen befreit, war der Wahnsinn ausgebrochen. Wer hätte geahnt, daß so viele der Weisen in Sir Hugos alten Grabhügel paßten? Auch wenn man jene abrechnete, die während ihrer Gefangenschaft starrsinnige und zum Scheitern verurteilte Widerstandsversuche unternommen hatten und daher gestorben waren, ergab die annähernd volle Besetzung der Goldenen Bruderschaft von Britannien eine große Zahl Menschen, mit der man zu rechnen hatte.

»Sie da! Weston! Wo bleibt der Kessel?«

Ich blieb auf der Stelle stehen; das Gewicht der beiden Weidenkörbe, vollgestopft mit allen scharfen Besteckteilen, die ich in der Küche von Baskerville Hall nur hatte auftreiben können, zog mir die Arme hinab. Auch die Gartenschuppen und Gewächshäuser waren nach allem abgesucht worden, was einer Sichel auch nur entfernt ähnelte oder sich sonstwie dazu eignete, einer Kuh die Kehle durchzuschneiden. Ich sollte meine Last so rasch als möglich auf die eilends gerodete Lichtung in Sir Hugos kleinem Wäldchen bringen, wo in aller Hast eine Kultstätte errichtet wurde. Doch wenn der Eiserne Herzog ruft, kann man nur sehr schlecht andere Pflichten als Ausrede anführen. Also ließ ich die Körbe fallen – die Messer ergossen sich auf den Boden –, und eilte in Sir Hugos ›guten Salon‹, welchen der Erzdruide als vorläufiges Hauptquartier in Beschlag genommen hatte. Zwei andere hochrangige Druiden standen neben ihm und brüteten über einer eilig zu Pergament gebrachten Kartenskizze der näheren Umgebung. Mag sein, daß der Vergleich blasphemisch erscheint, doch sie erinnerten mich an ein Gemälde von Julius Cäsar und seinen Feldherren bei der Planung einer Eroberung, das ich gesehen hatte, als Donne und ich Rom besuchten.

»Sie kommen mit leeren Händen?« Er mochte mich nach wie vor nicht besonders, obwohl seine Gefangenschaft und anschließende Befreiung ihn in bezug auf das Thema Donne ein wenig zugänglicher gemacht hatten.

»Sir Hugos Wäscherin sagt, Sie können ihren Waschkessel gerne haben, er sei im Augenblick jedoch voll mit Kochwäsche. Sie bekommen ihn, wenn sie fertig ist.«

»Bei Sucelus! Haben Sie ihr denn nicht erklärt, daß wir Sammain-Tag haben? Wo ist die alte Hexe? Ich schicke einen Akolythen, der ihre verdammte Wäsche auskippt und mir auf der Stelle den Kupferkessel holt!«

»Für diese Aufgabe suchen Sie besser einen kräftigen Kerl aus, Euer Gnaden. Es ist wenig ratsam, sich eine britische Wäscherin zur Feindin zu machen. Die Kelle, mit der sie die Wäsche umrührt, sieht ziemlich schwer aus.«

»Vielen Dank für Ihren Rat«, entgegnete der Herzog. Und er ging sogar so weit, daß er mir verkniffen zugrinste.

Ich klaubte die verstreuten Messer auf und eilte zum Haupttor der Hall, wo eine Reihe von Sir Hugos Stallknechten auf schnellen Pferden wartete. Sobald einer eine Kiste oder einen Korb zugeworfen bekam, galoppierte er davon in die Richtung, wo sich die restlichen Weisen versammelt hatten. Früher am Tag hatte der ferne Hain vom Klang der Axtklingen widergehallt, die in ehrwürdige Baumstämme bissen, dann vom Grunzen kräftiger Ochsen im Joch, die die Baumstümpfe entwurzeln mußten, und den Rufen ihrer von Zeitnot bedrängten Treiber. Bevor der Tag vorüber war, würde den Ochsen ihre Mühsal auf sehr merkwürdige Art vergolten werden, denn sie würden unter den Messern der Druiden ihr Leben als Opfer ausbluten. Kräftige Kleinbauern von überall aus der Grafschaft schufteten, um die Baumstämme zu Scheiten und Anmachholz zu zerkleinern; daraus schichteten sie ein Sammain-Feuer auf, wie es Britannien noch nicht gesehen hatte. Ich reichte die Körbe mit den Messern an den ersten Stallknecht in der Reihe weiter und schlug seinem Roß aufmunternd aufs Hinterteil. Während er davongaloppierte, schleppte ich mich zum Haus zurück.

Aus der Küche am Ende des Hauses erklangen die Laute von Streit und Handgemenge. Höchstwahrscheinlich hatte der Herzog von Wellington seinen Akolythen den Kupferkessel holen geschickt, und nun erfuhr der glücklose Kerl aus erster Hand, in welche Stimmung es eine anständige britische Wäscherin versetzte, wenn man sie mitten in der Arbeit störte. Während ich dastand und im stillen das unbekannte Opfer bedauerte, wurde ich fast von drei Priesterinnen niedergetrampelt, die in vollem Lauf und die Arme voller Kräuter, aus dem Garten herbeieilten. Eine von ihnen stolperte leicht über meinen Fuß.

»Dummkopf! Steh nicht im Weg herum!« bellte sie mich an.

Soviel also zur Höflichkeit, soviel zur Dankbarkeit. Soviel zu der Frage, ob Dr. med. John H. Weston für diese hysterische Bande auch nur noch einen Finger rührte.

Wie müde ich war! Meiner Meinung nach hatte ich genug für die Sache getan, indem ich hierhin und dorthin rannte und wie ein Tölpel den Handlanger spielte. Seit der Befreiung der Druiden hatte Donne nichts weiter geleistet, als reserviert dazustehen und leidenschaftslos Wellington unsere Anwesenheit zu erläutern. Ich fragte mich, ob er ein Wort zu meinen Gunsten einwarf – denn wer hatte schließlich den Grabhügel geöffnet und das Amulett zum Lösen der Fesseln zur Verfügung gestellt? –, aber ich hörte kein Wort von dem, was Donne dem Eisernen Herzog erzählte. Ich war körperlich leistungsfähig, und alle körperlich Leistungsfähigen wurden in Anspruch genommen, mit der versinkenden Sonne um die Wette zu laufen und dafür zu sorgen, daß bis zur Dämmerung alles für das Sammain-Ritual bereit war.

»Weston! He, Johnnie! Hierher!«

Ich hatte mich gegen die Wand des Korridors gelehnt, um besser schmollen und über Undankbarkeit reflektieren zu können. Nun rief mich eine vertraute Stimme durch einen Spalt in der Holzverkleidung an, der sich unverhofft hinter mir zu einem Durchgang erweiterte. Ich taumelte in ein behagliches verborgenes Herrenzimmer, in dem mich Sir Hugo mit offenen Armen und randvollem Glas begrüßte. Verschwörerisch blinzelnd schloß er die Geheimtür wieder und winkte mich in einen Sessel. Die gestiefelten Füße auf Sir Hugos Schreibpult gelegt, ließ Lord Byron mich mit gedämpfter Stimme hochleben.

»Johnnie! Endlich sind Sie da. Ganz exquisiter Brandy, den Sir Hugo hervorgeholt hat. Sie schauen aus wie die Schatten Annwns. Hocken Sie sich hin. Oh, und nehmen Sie meinen Dank. Ich hatte noch keine Gelegenheit, Ihnen meine Dankbarkeit angemessen zu beweisen, aber das werde ich tun, wenn ich erst wieder zu Kräften gekommen bin.«

Wenn man an der Farbe des Gesichts die Gesundheit eines Mannes ablesen könnte, so wurde Lord Byron mit jedem Schluck robuster. Ich probierte von dem Getränk und fühlte mich danach mannhaft genug, um den Sittenrichter zu spielen. Ich drohte den Flüchtigen mit dem Finger und fragte: »Wie lange verstecken Sie beide sich denn schon hier?«

»Wie lange zwingt der Eiserne Herzog denn schon ehrliche Menschen zur Schwerstarbeit?« kicherte Sir Hugo.

»Eine Schande!« rief Lord Byron.

»Pah!« Sir Hugo leerte sein Glas und schenkte sich ein weiteres ein. »Solide Verwaltungsarbeit, das ist mein Metier. Habe ich ihm nicht die Leute beschafft, die für ihn schuften? Habe ich ihm nicht gesagt: ›Nur zu, Euer Gnaden, hackt ruhig das Wäldchen nieder, auch wenn's meilenweit das einzige brauchbare Jagdrevier ist‹? Verdammt anständig von mir.«

Ich trank noch ein wenig Brandy und gelangte zu dem Schluß, daß jemand, der einen derart bestückten Keller unterhielt, schon ein moralisch sehr hoch stehender Charakter sein müsse, verdammt anständig und Liebling der Götter. Und da ich weiß, wie ich mich als Gast zu benehmen habe, wechselte ich einsichtig das Thema. »Es sieht ganz so aus, als würden wir es rechtzeitig schaffen, Gentlemen.«

»Nun, welche Erleichterung«, meinte Sir Hugo. »Je mehr ich darüber höre, was heute nacht hätte geschehen können, desto weniger gefällt 's mir. Muß doch nicht sein, daß die Toten frei umherlaufen, oder? Das rührt einfach zu vieles auf. Ich bin ein friedliebender Mensch, Johnnie – ist doch recht, wenn ich Sie Johnnie nenne, oder? Nennen Sie mich Hugh. Ich finde, jedes hat seinen Platz, und da soll es auch bleiben. Stellen Sie sich nur vor, der alte Gor kommt nach all den Jahren in den Salon spaziert! Nein, das muß nicht sein. Nehmen Sie noch einen Schluck.«

Ich nahm noch einen Schluck. Der Brandy wärmte mir die Seele, und der Segen, vor dem Tohuwabohu jenseits der Wand behütet zu sein, wuchs zu einer tiefen und dauerhaften Zuneigung für Lord Byron und Sir Hugo heran – für Geordie und Hugh, gute Kerle, Busenfreunde auf ewig, Blutsbrüder, Gefährten bis in den Tod! (Der Brandy war wirklich außerordentlich gut.)

In dieser umgänglichen Laune sagte ich: »Wenn Sammain vorüber ist, dann kommen Sie alle in die Baker Street 221 B, und dann lassen wir die alten Zeiten wieder aufleben. Bringen Sie Ihre Familien mit. Jemand muß schließlich die vielen Teekuchen aufessen. Bringen Sie alle Ihre wunderbaren Familien mit.«

»Kann ich nicht«, entgegnete Sir Hugo. »Hab' keine, abgesehen von einem armseligen Neffen.« Diese Erkenntnis überwältigte den armen Mann, und er begann laut zu schniefen.

Das war zuviel für den guten Geordie, einen Prinzen unter den Männern. Wir wechselten uns damit ab, dem armen Hugh auf den Rücken zu klopfen und ihm das Glas nachzufüllen – und unsere eigenen auch, das sparte Zeit. »Nehmen Sie's nicht so schwer, alter Junge. Familie ist auch nicht immer unbedingt das Gelbe vom Ei. Meine Frau würde ich Ihnen gern überlassen, wenn Sie mir nur den Fuhrlohn zurückerstatten.«

Ich nahm Anstoß an seinen Worten. »Sir, Ihre Frau mag ein Miststück sein, aber ich werde nicht hier stehen und mir anhören, wie Sie die Mutter jenes Vorbilds für alle Frauen, Lady Lovelace, beleidigen.«

»Vor-was? Nein, erwähnen Sie sie nur nicht, Johnnie, bitte nicht! Sie hat mich verlassen, das herzlose Kind. Haben Sie denn nicht gesehen, mit welchem Ausbruch der Zuneigung sie mich begrüßt hat, als Sie uns unter diesem Hügel wiederfanden? ›Ach, Vater, o Vater! Ich danke allen Göttern‹ und so fort. Sie ließ sich kaum von mir losmachen. Ein liebes Kind. Aber wo ist sie jetzt? Jetzt, wo ihr Vater die tröstende Gegenwart seiner Tochter braucht, um ihm die Stirn zu glätten und die Hand zu halten nach dieser schrecklichen Tortur? Wo, wo ist meine liebste Ada nun? Beraubt stehe ich am Ufer, wo jüngst noch die tanzenden Wellen glänzten. Mein Aug sucht den – den ... Hm. Haben Sie vielleicht einen Stift zur Hand, Hugh? Ich glaube, das ist was.«

Lord Byron begann, Sir Hugos Schreibpult zu durchstöbern, doch ich fragte: »Ja, wo ist sie eigentlich? Ich habe ganz Baskerville Hall bestimmt sieben- oder achtmal durchquert, und ich habe keine Spur von ihr gesehen. Oder von der Königin.«

»Die Götter mögen sie schützen!« brüllte Lord Byron und hob in einem Anfall von Patriotismus das Glas. Wir wiederholten den Ruf und tranken.

»Oder König Charles«, kam Sir Hugo auf das Thema zurück. »Den hab' ich auch nicht gesehen. Was die Weisen hier tun, mag ja gut und schön sein für den Rest von Britannien, aber die Toten Könige von Britannien können in dieser Nacht nur durch einen ihres Blutes zur Ruhe gelegt werden. Die Königin ist nach Stonehenge aufgebrochen, um dort die üblichen

Riten abzuhalten, und Seine Ehemalige Majestät begleitet sie, um ihr zu helfen. Würde mich nicht wundern, wenn Lady Lovelace mit von der Partie wäre, und Ihr Freund Donne auch. Verdammt unpassend. Hätte ihn gut brauchen können. Ein Verbrechen.«

»Ein Verbrechen? Etwas Ernstes? Welcher Art?«

Sir Hugo starrte in den Bodensatz seines Glases und rülpste gedämpft. »Ernst genug, wenn man bedenkt, daß dieser Kitchener noch immer auf freiem Fuß ist. Schlimm genug, daß er dieses viele verfluchte Eisen in *meinem* Familiengrab aufhebt – und allein die Götter wissen, was er mit der Familie angestellt hat! Ich beabsichtige, dem Eisernen Herzog meine Dienste anzubieten und den Bastard wie einen tollwütigen Fuchs aufzustöbern, sobald Sammain vorbei ist. Es gibt nichts Schöneres als eine Parforcejagd mit den Hunden der Baskervilles. Die vergessen Sie Ihr Lebtag nicht.«

»Das Verbrechen, Hugh?« forschte ich.

»Raub!« rief er und hob das leere Glas. Dann sackte er zusammen und fiel in lautstarken Schlummer.

»Verträgt nichts und weiß nicht, wann er genug hat. Typisch Landjunker«, bemerkte Lord Byron. Er stand bis zu den Knöcheln in den privaten Papieren Sir Hugos, welche er bei seiner Suche nach einem Stift ringsum verstreut hatte. »Machen Sie sich keine Gedanken, Johnnie. Sie sind schließlich nicht der Detektiv. Wir warten, bis Donne zurückkommt, und dann setzen wir ihn auf die Fährte.«

»Auf *welche* Fährte?«

»Hören Sie, alter Junge, kein Grund, gleich so pampig zu werden!«

»Geordie, ich bin es endgültig leid, andauernd in Donnes Schatten verwiesen zu werden. Ich weiß selber, daß ich sein Genie nicht besitze, aber die Grundbegriffe der Ermittlungskunst übersteigen keineswegs meinen Horizont. Also, was ist gestohlen worden?

Das Tafelsilber? Vermutlich liegt es im Hain, so wie jedes andere Messer, das sich im Hause fand. Schmuck? Dann lasse ich den Erzdruiden persönlich feststellen, ob einer der Einheimischen lange Finger gemacht hat. Was fehlt?«

»Waffen«, antwortete Lord Byron und fügte, bevor ich etwas erwidern konnte, hinzu: »Und die sind nicht auf dem Weg in den Hain, dafür lege ich meine Hand ins Feuer. Kein Druide würde sie je berühren. Hughs Sammlung hat teilweise das Laufen gelernt – nicht allzu viele Stücke, das stimmt, aber dennoch? Wer sollte soviel Eisen wollen? Keiner der Einheimischen, dafür verbürge ich mich. Eisen bedeutet Ärger, besonders dann, wenn der Eiserne Herzog in der Nähe ist. Der alte Gentleman hat diesen hübschen Beinamen wahrscheinlich nur deswegen erhalten, weil die anderen Druiden sich lieber dem Todesmetall in den Weg stellen als ihm.«

Es gibt Momente, in denen das Gehirn nicht funktionieren sollte und es dennoch tut. Mir kam ein schrecklicher Gedanke, den kein Brandy der Welt hätte zurückdrängen können, und ich mußte nun mehrere Fragen stellen, die eine Schlußfolgerung entweder bestätigen oder entkräften würden, von der ich hoffte, daß sie sich als falsch erwies.

»Und Sie sagen, Donne sei nicht – erreichbar?«

»Ich weiß verdammt genau, daß er nicht erreichbar ist, denn ich bin der Grund für seine Abwesenheit. Es hat wenig Zweck, sich zu verstecken, solange ein Kerl wie Donne in der Nähe ist. Er öffnete die Tür dieses kleinen Versteckes von außen und überraschte Hugh und mich vor einigen Stunden. Dann nahm er mich mit.«

»Weswegen?«

Lord Byron verschränkte die Arme über der Brust und krümmte die Lippen zu einem koboldhaften Lächeln. »Um den Mann persönlich zu zitieren: ›Sie haben Britannien auf bemerkenswerte Weise gedient, indem Sie eine Frau von Lady Lovelaces Kaliber gezeugt haben, Sir, doch nun müssen Sie noch mehr leisten. Ich muß auf der Stelle nach Mabdown transportiert werden. Nein, zerbrechen Sie sich nicht den Kopf. Es handelt sich um ein kleines, unbedeutendes Dorf in Wiltshire. Selbst Ihre kümmerliche Zauberkraft sollte ausreichen, um mich dorthin zu versetzen.‹ Er nimmt kein Blatt vor den Mund, Ihr Freund Donne!«

»Nein, als Diplomat ist er nicht gerade bekannt. Mabdown ...« Ich runzelte die Stirn.

»Vermutlich riete er auch Ihnen, sich nicht den Kopf zu zerbrechen, Johnnie. Er zeigte es mir auf einer Karte und bat darum, in die Hügel außerhalb des Dorfes transportiert zu werden. Auf diese Weise ist das Risiko gering, daß er in jemandes Kräutergarten herauskommt. Ich tat wie gebeten, und niemand war erstaunter als ich, daß mein angerostetes bißchen Zauberkraft sich als ausreichend erwies. Zumindest glaube ich, daß es ausreichte. Tja, nach allem, was ich weiß, könnte der arme Donne in diesem Moment auch in der Avon treiben. Ich könnte das Ziel sowohl nicht erreicht haben als auch darüber hinausgeschossen sein.«

Bedächtig verlieh ich meinen Befürchtungen Ausdruck. »Stonehenge liegt in den Hügeln von Wiltshire. Und ich erinnere mich an ein kleines Dorf, das von den stehenden Steinen aus zu Fuß erreicht werden konnte, nur seinen Namen habe ich nicht erfahren. Wenn Donne heute nacht dorthin geschickt werden wollte, dann muß er einen triftigen Grund dafür gehabt haben. Kann denn irgend etwas wichtiger sein als das Ritual der Königin?« Ich wandte mich um moralische Unterstützung an die Brandykaraffe, aber sie war leer. »Aber wenn er bei der Königin sein wollte, warum hat er dann nicht Baskerville Hall mit ihr verlassen?«

Lord Byron machte jene gallische Geste, mit der man sagt, man wisse nichts und bekümmere sich auch nicht darum.

»Dann hätte er doch gleich sagen können, er wolle nach Stonehenge. Das ist ein viel einfacheres Ziel. Magie ruft Magie herbei. Vor kurzem habe ich auf recht schmerzhafte Weise erfahren müssen, daß Quellen großer Zauberkraft auch von Anti-Magie angezogen werden: Das Eisen, das Lord Kitchener unter dem Hügel vergraben hatte, zerrte die Druidenschiffe zu sich wie ein riesiger Magnet. Macht zieht Macht an, ob positiv oder negativ. Sie messen Donnes Beweggründen stets schicksalhafte Bedeutung zu. Vielleicht möchte Ihr Freund aber nur meine Tochter überraschen, sobald die Zauber gewirkt sind, sich aber nicht am Sammain-Ritual der Königin beteiligen. Er ist ein guter Detektiv, aber in Herzensangelegenheiten vermögen wir Dichter durchaus Deduktionen anzustellen, die jeden Laien sehr erstaunen.«

»Sie wissen, wo Ada ist? Aber vorhin haben Sie doch gesagt ...«

»Alles, was ich über Ada verkündet habe, war für Hughs Ohren bestimmt. Weckt man erst sein Mitleid, ist er viel freigiebiger mit seinem Brandy. Schon vor Stunden habe ich mein Mädchen mit Ihrer Majestät und Seiner Ehemaligen Majestät aufbrechen sehen. Donne war ebenfalls da und verabschiedete sie alle; er war so höflich, wie Sie sich nur wünschen können. Jawohl, eine nette Überraschung, wenn er auftaucht, nachdem das Ritual vorbei und das Feuer entfacht ist; dann beginnt der vergnügliche Teil.«

»Ich würde es nicht vergnüglich nennen, die Toten zu Boden zu strecken.«

»Die Toten«, entgegnete Geordie, »sind auch nicht die einzigen, die zu Boden ... Nun ja, Sammain ist zwar nicht Beltaine, aber mehr als ein Liebespaar hat schon erklärt, daß ein Scheiterhaufen so gut warm hält wie der andere.«

»Das Verhältnis zwischen Donne und Ihrer Tochter ist rein beruflicher Natur.« Um Donnes willen versuchte ich, empört zu klingen, was mir nicht besonders gut gelang.

»So wird es sein«, meinte Lord Byron, »und ich bin noch unberührt. Donne hatte einen übergroßen Weidenkorb dabei, als ich ihn nach Mabdown transportierte. Wie viele beratende Detektive veranstalten denn nach Einbruch der Dunkelheit ein Picknick mit ihren Klientinnen?«

»Nur wenige. Geordie, Sie wetten doch gern: Jede Wette, daß sich in Donnes Korb die fehlenden Stücke aus Hughs Sammlung befunden haben.«

»Tatsächlich? Eine sehr verlockende Wette. Warum um alles in der Welt sollte er diesen Plunder entwendet haben?«

»Weil es sich um Eisen, um Todesmetall handelt, Geordie, zum größten Teil jedenfalls, und das ist die eine Substanz, deren Berührung magische Wesen – auch die der orientalischen Sagen – nicht ertragen können.«

»Orientalisch ... Kitchener?«

»Genau der. Zwar haben wir die Bruderschaft befreit, aber heute nacht wird sie mehr als beschäftigt und die Königin nur schwach bewacht sein. Jawohl, sie hat ihre Zauberkraft, und König Charles ist alles andere als ein Schwächling – selbst Ihre Tochter besitzt ein gewisses Zaubertalent, das nicht zu verachten ist. Doch Kitchener gebietet über weit mehr. Heute nacht wollte er Victoria opfern, und was soll ihn davon abhalten, es noch zu versuchen? Wir haben seinen Plan durchkreuzt, aber wir haben ihn nicht besiegt.«

Aus Lord Byrons Lippen war alles Blut gewichen. »Donne ist nur ein Mann. Selbst wenn er bewaffnet ist, gebietet er über keinerlei Zauberkraft. Und ich habe gesehen, wozu Kitchener imstande ist! Götter,

Johnnie, das ist schrecklich! Die Königin, ach, die Königin!«

»Alles nur ein Grund mehr für uns, zu ihr zu gehen. Donne ist nur ein Mann, wie Sie sagen, aber er besitzt die Entschlossenheit eines Dutzends, und er ist treuer Brite. Er würde für Ihre Majestät sterben. Allein hat er gegen Kitcheners Macht nur wenig Chancen, aber mit uns an seiner Seite?«

»Wie denn, Johnnie, wie denn? Die Sonne muß nun fast untergegangen sein. Wir können unmöglich rechtzeitig in Stonehenge ankommen.«

»Wieso nicht? Sie haben Donne dorthin transportiert – mehr oder weniger dorthin wenigstens. Warum nicht auch uns?«

Lord Byron ließ sich schwerfällig in den Stuhl neben Hughs Schreibpult fallen und schloß die Augen. »Ich wünschte, es wäre so. Ich wünschte, heute nacht hätte ich die Zauberkraft Brans in mir. Verstehen Sie denn nicht, Johnnie? Ich bin verbraucht. Von Anfang an steckte nicht viel Zauberkraft in mir, und was ich habe, nutze ich vorsichtig und stümperhaft. Heute nacht braucht der Eiserne Herzog jeden einzelnen Mann, dem auch nur ein Tropfen vom Blute Brans durch die Adern rinnt. Am Sammain-Abend werden alle Feuer in Britannien gelöscht, und der Scheiterhaufen, den wir bei Mondaufgang auf der Lichtung entzünden, muß zauberkräftig genug sein, um jeden Herd im ganzen Land neu zu entfachen. Ich habe Donne einen Gefallen getan, indem ich ihn fort transportierte, denn ich stehe tief in seiner Schuld dafür, daß er mich aus dem Grabhügel befreit hat. Mehr als diese Zauberkraft kann ich einfach nicht entbehren.«

»Und der Königin schulden Sie nichts, oder was? Und Ihrer eigenen Tochter?« Ich packte ihn, zog ihn zu mir hoch und schüttelte ihn wütend, als wäre ich ein Terrier, der mit dem Maul eine Ratte beim Kragen gepackt hat. »Den Hügel habe ich geöffnet! Das Erdenauge gehört *mir*! Ich habe es Donne geliehen, und der hat damit Ihre Fesseln geöffnet. Donne hat sich den Dank dafür erschlichen! *Mir* schulden Sie einen Gefallen, nicht Donne!«

In meinem Zorn hatte ich vergessen, daß Byron nicht der Mann war, der sich solch grobe Behandlung gefallen ließ. Etwas Weißes, Hartes zuckte von links auf mich zu, und die Welt versank in einem Funkengestöber. Ich landete auf Sir Hugos Schoß, dann sank ich zu Boden.

Hugh grunzte und schlief weiter.

»Tut mir leid«, sagte Lord Byron, ohne es zu meinen. Er half mir auf und betrachtete sein Werk. »Das gibt ein hübsches Veilchen. Ich kann nicht behaupten, daß Sie's nicht verdient hätten. Hören Sie zu, ich werde den Eisernen Herzog von Ihrem Verdacht unterrichten, aber niemand von seinen Leuten wird deswegen irgend etwas unternehmen können, bis sie ihre Rituale durchgeführt haben. Ich kann Ihnen nicht helfen, ganz gleich, was ich Ihnen offenbar schulde, und damit hat es sich. Aber, Johnnie ... was oder wer nun das Grab geöffnet hat, muß ein Quell der Macht sein. Wenn es Ihre Kraft war – wenn Sie uns befreit haben –, warum können Sie damit nicht nach Stonehenge kommen?«

Warum ...

»Entschuldigen Sie mich. Mir ist eingefallen, daß ich noch etwas zu erledigen habe.« Wenn ich plötzlich kühl klang, so hatte ich dafür einen hinreichenden Grund. Daß meine linke Gesichtshälfte vor Schmerz pochte, verübelte ich Byron nicht im geringsten. Er war im Recht gewesen, ich hatte den Hieb verdient gehabt und war davon in mehr als einer Hinsicht ernüchtert worden. Nein, die Förmlichkeit in meiner Stelle entsprang dem plötzlichen, dringenden Bedürfnis, allein zu sein. Ich schlüpfte aus dem

Geheimzimmer und suchte die Einsamkeit der Gärten von Baskerville Hall.

Die Sonne stand niedrig, doch letzte Strahlen ersterbenden Lichtes tauchten den Himmel in Schönheit. Ein früh aufgegangener Stern hing mit leiser Lieblichkeit in den Ästen eines Birnbaums. In den Schatten der hereinbrechenden Nacht glitten Geister zahlreich durch die leise flüsternden Blätter. Meine Gedanken wandten sich meinem Gefährten zu.

»Heut abend sind Sie schwermütig, Weston.« Worte, die ich vor Jahren gehört hatte, als Donne und ich die magielosen Länder auf dem Kontinent durchstreiften und die Wunder bestaunten, die gewöhnliche Menschen hervorzubringen verstanden. Die verlassenen Tempel fremder Götter gewährten einem Rudel römischer Katzen Unterschlupf, denen die einstige Pracht der Cäsaren völlig gleichgültig war. *»Die Ruinen verleiten viele Menschen dazu, in sich hineinzuhorchen. Sie denken an Ihre Heimat.«*

»Ich habe keine Heimat.«

Er ließ seine Hand auf meiner Schulter ruhen. Nur ich konnte seinem schwachen Lächeln mehr entnehmen, als jeder andere bemerkt hätte. *»Da haben Sie unrecht. Die wahre Heimat eines Menschen sind weder seine vier Wände noch das Land, auf dem sein Haus steht, noch das Königreich, zu dem das Grundstück gehört. Sie sind zu Unrecht aus Ihrem Königreich verbannt worden, doch Ihre Heimat liegt dort.«* Fast beiläufig berührte er sich über dem Herzen. *»Und ich versichere Ihnen, keine Macht auf Himmel und Erden soll Ihnen diese Heimat je nehmen können, so lange ich lebe, mein guter Freund.«*

Ich kniete mich am Fuße des Birnbaums nieder. Dort wuchs ein Flecken wilder Kleiner Brunellen, der allheilenden Pflanze. Die tiefpurpurnen Blumen erinnerten an die Mäuler kleiner Drachen. Wenn ich sie berührte, würde ich wieder die Gezeiten der Erde und des Lebens spüren, die von der hungrigen Wurzel durch den Stengel bis in die Blüte flossen. Jede wachsende Pflanze auf dem Angesicht der Erde war ein Kanal, der die Zauberkraft der Tiefe aus der Dunkelheit ans Licht förderte, lebende Zügel, die die Schöpfung selbst aufzäumten. Für den, der mit der piktischen Magie vertraut war, erforderte es nur ein Wort und einen Moment des Willens, um über mehr Macht zu gebieten, als Bran und seine Nachkommen sich je hätten erträumen lassen.

Ich bin John H. Weston, Doktor der Medizin und *Magister Demonii*, Meister der Dämonen, wie Donne mich einmal titulierte – Donne, der furchtlos ausgezogen war, um seine Königin zu schützen, und meine Liebe. Wie konnte ich weniger tun, es sei denn, ich war wirklich nicht mehr als jemand, der kläglich im Schatten eines anderen Mannes steht? Donne hatte mir nicht einmal seine Absichten offenbart. Warum sollte er auch? Der Weston, den er kannte, scheute stets vor Eigeninitiative zurück. Und was sollte geschehen, wenn er mir nicht mehr sagen konnte: *Weston, tun Sie dies; tun Sie das*? Mein Leben setzte er längst nicht so unbedenklich aufs Spiel wie sein eigenes.

Fürchtete ich nur Deirdres Geas oder noch etwas anderes? Gewöhnliche Menschen schrecken ebenso sehr wie verbannte Prinzen vor den großen Herausforderungen des Lebens zurück. Einige sind noch auf der Flucht, wenn sie sterben. Einige halten rechtzeitig an und begreifen, daß es einen Punkt gibt, an dem ein Mensch aufhören muß davonzulaufen. Mit dem silbernen Abendstern als einzigem Zeugen faßte ich wieder die Zügel der Magie – nahm sie durch die Wurzeln der bescheidenen Brunelle auf.

Als die alte Macht in meinen Körper zurückströmte, klapperten meine Knochen. Der Himmel drehte sich um mich, die Sterne schossen übers Firmament. Ich keuchte nach Luft und ertrank fast in dem fünften

Element, für das ich geboren war und dem ich mich viel zu lange verweigert hatte. Dann, plötzlich, war es vorüber. Ich war nun ein Teil der Erdmagie und diese wiederum ein Teil von mir. Ich erhob mich und streckte die Arme zu Schwingen in einen vorbeistreichenden Wind, der mich hoch über das Baumdach von Baskerville Hall hob. In den oberen Regionen der Nacht nahm ich den Wind zum Roß und ritt darauf nach Stonehenge.

Wie Donne entschied ich mich dagegen, genau an der Stelle des Steinkreises zu erscheinen. Möglicherweise verlief dort alles wie geplant; meine unerklärliche Ankunft würde dann nur das Ritual stören. Der Mond war noch nicht aufgegangen, und dunkle Wolken verdeckten den sterngesprenkelten Himmel über Caer Gwydion, wo ich mich auf das Hügelland hinabsenkte. Victorias Scheiterhaufen lag noch so weit entfernt, daß es mir nicht heller als der matte Schimmer eines Binsenlichts erschien. Ich war entschlossen, mich so behutsam und ungesehen zu nähern als möglich, und daher ließ ich mich in den kalkigen Boden sickern.

Als mein Lehrer mir zum erstenmal zeigte, wie man mit der gleichen Leichtigkeit durch die Erdschichten schwimmt, mit der ein Otter sich in einen Gebirgsbach wirft, hatte ich Angst bekommen. Dann aber wurde das Wunder, die Geheimnisse der Welt direkt vor meinen Augen zu haben – Augen, die nun zu mir gehörten –, berauschend. Wann immer ich konnte, wann immer ich einen Grund fand, stürzte ich mich in den Boden und vervollkommnete mein ungeschliffenes Talent, bis keiner aus meinem Volk mir darin gleichkam.

Ein Meister der piktischen Magie vermag jedwedes physische Element dazu zu bringen, die Eigenschaften eines der drei anderen Elemente anzunehmen. Unter meinen Füßen konnte die Luft so fest werden wie die Erde, und der Erde vermochte ich die verzehrenden Eigenschaften des Feuers zu entlocken. Durch die Wiltshire-Erde bewegte ich mich wie durch Wasser. Ich drang langsam und mit Anmut vor und tauchte schließlich in einem der stehenden Steine auf. Meine Augen vermochten durch den fremden Stein zu sehen, auch wenn meine Sicht etwas verschwommen und lichtschwach war. Vom Fels umgeben atmete ich und wartete.

Victoria befand sich im Steinkreis, dazu König Charles und Ada. Donne konnte ich nicht sehen, aber wenn Byrons Versetzungszauber erfolgreich gewesen war, dann näherte sich mein Gefährte vielleicht erst jetzt vorsichtig dem Kreis aus Richtung Mabdown, oder er wartete bereits beobachtend im Dunkeln auf den Zeitpunkt des Eingreifens wie ich.

Die Liebe meines Lebens hatte ihr kleines Feuer dicht am Fuße eines Steinblocks entfacht, der zur ganzen Länge im Boden steckte und nur wenig hervorlugte. Ein kleiner, abgenutzter Kessel hing über den Flammen, ohne daß eine Halterung sichtbar gewesen wäre. König Charles hatte seine altmodische Tracht nicht abgelegt; Victoria und Ada trugen beide weiße Roben und hatten sich das Haar mit goldener Schnur zurückgebunden. Ada hielt eine silberne Schüssel in den Händen, aus denen Victoria Pflanzenteile nahm, die sie in den heißen Kessel warf. König Charles bewachte einen Stapel Feuerholz, der ohne Zweifel in dem Hain geschlagen worden war, in dem mir ›Moll‹ die alptraumhafte Vision geboten hatte. Einen nach dem anderen legte er die Scheite nach.

»Fertig«, sagte Victoria und ließ die Arme an den Seiten herabhängen.

»Bis auf die Mondwasser«, sagte Charles.

»Hier sind sie.« Ada löste eine Lederflasche von ihrer Hüfte. »Ich gieße sie aus, sobald es notwendig ist.«

Victoria blickte unmittelbar auf den Stein, in dem ich gefangen war. Ihre Augen folgten dem Umriß des Quaders nach oben, zu dem schweren Sturzblock, der die Lücke zwischen ihm und dem nebenstehenden Stein überbrückte und von unbekannten Händen darauf gelegt worden war. »Aber das ist auch alles, was noch zu tun bleibt. Wir sind rechtzeitig fertig geworden. Sehen Sie nur, der Mond steht nicht mehr als eine Handspanne über dem Horizont. Ach, welche Erleichterung! Scheuern Sie die Schüssel aus, Ada, und vergießen Sie die Mondwasser.« Ada gehorchte und füllte die Silberschale aus ihrer Flasche. Nun wandte sich Victoria an Charles. »Onkel, würdest du mit deinen Anrufungen beginnen?«

»*Onkel?*«

Obwohl ich in Stein gehüllt war, ließ mich diese Stimme vor Zorn und unwillkürlicher Furcht erbeben. Lord Kitchener trat aus dem Schatten eines stehenden Steines, und Morganwg folgte ihm. »Ich hoffe, Sir, Sie gönnen mir das Vergnügen und die Ehre, mit Ihnen mit gleichermaßen vertrauter Herzlichkeit zu verkehren, wenn die Königin und ich erst verheiratet sind. Sie zählen zu den wenigen britischen Monarchen, die ich ernstlich bewundere.«

»Das fasse ich nicht als Kompliment auf, pockennarbiger Hurensohn!« Der einstige König legte die Hand auf den Knauf seines Bronzeschwertes. »Mach Er sich davon! Er stört das Ritual.«

Lord Kitchener verbeugte sich militärisch knapp. »Wie Sie wünschen, Sir. Ich gehe, sobald mir Ihre Nichte das Heiratsversprechen gegeben hat. Wir sind so gut wie verlobt.«

»So gut wie verdammt!« Victorias blaue Augen funkelten. »Sie werden gehängt, und zwar bald. Ich selbst werde eher das Seil dafür stiften, als daß ich daran denke, Sie zu ehelichen. Ihre Pläne haben wir durchkreuzt. Die Weisen sind frei und kennen nun ihren

Feind. Sie sollten aus Britannien fliehen, solange Sie noch können. Ich möchte jedenfalls nicht in Ihrer Haut stecken, wenn die Goldene Bruderschaft sich an Ihre Fersen heftet.«

»Und selbstverständlich würden Sie die Jagd anführen? Was halten denn Sie von einer Ehefrau wie dieser, Morganwg? Soll ich sie dennoch in die Familie aufnehmen?«

Donnes Intimfeind lachte glucksend über einen Scherz, den nur er selbst begriff. In seinen mageren Armen hielt er eine kleine Schatulle fest an die Brust gedrückt. Das Licht des Feuers blitzte golden auf dem Verschluß und den Beschlägen auf, während Morganwg sich vor fortgesetztem Gelächter schüttelte.

»Was ist denn das für eine Kreatur?« fragte König Charles. »Wenn Er lebend davonkommen will, braucht Er bessere Verbündete als den. Und selbst dann soll Seine Haut, solange ich ein Wörtchen mitzureden habe, alles andere als heil bleiben.« Indem er vortrat, zückte er sein Schwert.

Kitchener wich keinen Zoll zurück und grinste. »Ihr Wort zählt jedoch nichts. Ob nun mit oder ohne Einwilligung der Königin, ich werde über Britannien herrschen. Allerdings täte sie besser daran, sich mir zu unterwerfen. Sehr viel besser. Nur ein schlechter Stratege offenbart schon beim ersten Vorstoß seine sämtlichen Verbündeten.« Er berührte den blauen Stein, der ihn verborgen hatte.

Erst die eine, dann die andere schwarze Schwinge entfaltete sich. Kreischend fuhren die widernatürlichen Federn über die benachbarten Steine. Gehässig grinste das Antlitz des abgrundtief Bösen auf die drei Zelebranten herab. Nun konnte ich verstehen, weshalb der arme alte Isaacs vor Furcht gestorben war, als er das Gesicht des Afrit erblickte.

König Charles' Schwert fuhr ganz aus der Scheide, bevor Victoria oder Ada – oder ich – reagieren konnte.

Auf der bronzenen Klinge leuchteten rot-silberne Energiewirbel, wie nur die Zauberei sie hervorbringen kann. Der Afrit fauchte mordlustig, entblößte die schrecklichen Reißzähne und breitete die Flügel aus, um in die Luft zu steigen und sich wie ein Falke auf den trotzigen König zu stürzen. So lange wartete Charles nicht ab. Geduckt eilte er näher an das Ungeheuer heran, ohne auf die krallenbewehrten Pranken und Adlerfüße zu achten, die nach ihm schlugen und ins Fleisch drangen. Die verzauberte Klinge zuckte vor. Der Schrei des Afrits bohrte sich in mein Gehirn, bis König Charles ihn mit einem zweiten, tödlichen Streich gnädig zum Verstummen brachte.

Der einstige König stand über dem erschlagenen Alptraum. Er war am ganzen Körper vom eigenen Blut überströmt, aber er grinste. »Er ...«, begann er zu Kitchener gewandt, doch was immer er sagen wollte, ob es Drohung oder Prahlerei geworden wäre, werden wir nie erfahren. Eine schwarze Faust schoß aus dem Nachthimmel herab und schmetterte Charles zu Boden. Das Schwert entfiel seiner Hand und landete klirrend vor Kitcheners Füßen, dann weidete ein zweiter Afrit den einstigen König aus und begann ihn zu verschlingen.

»Man sollte niemals ihre Gatten töten«, sagte Lord Kitchener. »Wissen Sie, Euer Majestät, Sie nehmen einen Partner fürs Leben. Sehen sie nur, selbst während sie auf meinen nächsten Befehl warten, hocken sie paarweise auf einem Platz.« Er winkte mit der Hand; der Scheiterhaufen loderte grell auf und erhellte die Schatten zwischen den Monolithen. Auf jedem Sturzstein saß wenigstens ein Paar der geflügelten Ungeheuer, auf einigen sogar mehrere. »Sowohl die Natur als auch die Übernatur mißbilligen Ihren ledigen Stand. Kommen Sie nun zur Besinnung und erhören meinen Heiratsantrag?« Er wies auf die armseligen sterblichen Überreste des ehemaligen Königs.

Morganwg lachte noch rauher. Der Afrit hielt inne und versuchte, den Leichnam aufzuheben, um damit davonzufliegen und sein gottloses Mahl in Abgeschiedenheit fortzusetzen.

Gedankenschnell warf Victoria ihren Priesterinnendolch nach dem Dämon. Er schlug genau zwischen den beiden Flügeln ein und zerbarst in einem Ausbruch weißglühender Energie, die Afrit und Beute einschloß und verzehrte. »Da haben Sie meine Antwort!« rief Victoria. Ihre Augen waren trocken. Erst wenn es ein Später gab, würde sie um ihren Onkel weinen. Der Obsidiandolch erschien wieder in ihrer Hand. Ada hielt den ihrigen ebenfalls bereit.

Jetzt! dachte ich. Ich trat aus dem Stein.

Nein. Ich trat in Feuer. Ringsum brannte der Fels in Grau, Schwarz und Zyanblau; er war zu einem Folterinstrument geworden. Schon die geringste Bewegung bewirkte, daß mich unbeschreiblicher Schmerz durchfuhr. Wie ein wilder Hund heulte ich auf, heulte, bis mir vom Widerhall der Kopf zu platzen schien. Dann spürte ich auf meinen Lippen die Berührung von etwas Kühlem, eine angenehme Linderung der fürchterlichen Qual, und mein Herz segnete die Quelle.

Vielen Dank, John. Wer hätte je gedacht, daß du mich einmal segnen würdest? Deirdres Totenschädel drückte seinen meereskalten Knochen an meine Wange. Auf meinen Lippen lagen ihre fleischlosen Finger. Ich konnte keine Antwort geben, ich konnte mich nicht bewegen; so groß war das Entsetzen, das von mir Besitz ergriffen hatte, daß ich mich lieber wieder in den Schmerz des flammenlosen Steinfeuers gestürzt hätte.

Du hast das selbst über dich gebracht, mein lieber Johnnie, wie auch die vielen anderen Fehler in deinem Leben. Du hast es gewagt, deine Zauberkraft wieder an dich zu nehmen. Was könnte ich nun schon noch tun, als dich von meinem Fluch treffen zu lassen? Oh, es ist solch ein starker Fluch, John! Es hat so viel von meinem Geist verbraucht, um ihn wirksam werden zu lassen. Und deshalb werde ich, wenn er einmal ausgeführt worden ist, in die Leere und ins Nichts stürzen. Du wirst mich nie wiedersehen. Aber ich werde die Befriedigung mit in die Vergessenheit nehmen, daß jemand dir Teures für deine Kühnheit gebüßt hat. Du wirst diesen Stein nicht verlassen, bevor der Fluch sein Opfer gefunden hat. Dann darfst du deine Magie einsetzen, wie es dir beliebt, Johnnie, aber jeder Zauber, den du wirfst, wird dich wie der Pfeil eines Kobolds ins Herz treffen und dir in Erinnerung rufen, wer heute nacht durch deine Schuld gestorben ist!

Der Schädel bewegte sich zur Seite, bis ich genau in seine leeren Augenhöhlen blickte, und darin konnte ich durch den Stein, der mich gefangen hielt, meine Geliebte erneut sehen. Meine Qualen und Deirdres Spott hatten in einer anderen Zeit stattgefunden als draußen. Außerhalb des Steins waren nur wenige Augenblicke verstrichen.

»Warum sind Sie nur so starrsinnig?« fragte Kitchener. »Wie wollen Sie meiner Streitmacht widerstehen? So schlecht ist mein Angebot doch gar nicht. Sie brauchen die *Rules* zurück, sonst nehmen die Weisen Ihr Blut, um das Land zu heilen. Aber wenn Sie mich heiraten, können wir die *Rules* gemeinsam nutzen, und die Bruderschaft wird Sie nie wieder behelligen. Die Vereinigung meiner und Ihrer Zauberkraft wird ein Geschlecht von Magiern hervorbringen, das die Grenzen des Branswalls über das Meer ausbreitet, und erst der Kontinent, dann der Osten und schließlich alle Länder der Erde werden uns und unseren Nachkommen gehorchen. Sind Sie etwa nicht zum Herrschen geboren, Victoria? Ich jedenfalls bin dazu berufen!«

»Sie herrschen nicht, Sie verschlingen nur! Wenn mich die Rettung Britanniens das Leben kosten soll, dann sei es so! Denn ich liebe das Land und weiß, welchen Preis die Liebe manchmal fordert. Und das ist etwas, das Sie niemals erfahren werden. Ich aber weiß, daß ich auch ohne die *Rules Britannia* die Macht finden werde, Sie und Ihre Ungeheuerschwärme zu besiegen. Ich werde sie finden, weil ich muß.«

»Und ich«, fügte Ada hinzu. Ohne Warnung schleuderte sie ihren Dolch nach Kitcheners ungeschütztem Herzen.

Morganwg stürzte zur Seite und hielt dem Messer die Schatulle in die Flugbahn. Mit einem lauten Knall prallte das Wurfgeschoß auf das Kästchen, welches Morganwgs Händen entrissen wurde und zu Boden fiel. Der Deckel sprang auf und entließ ein Wesen, das ich zwar schon mehrmals gesehen hatte, aber noch nie in dieser Gestalt: Noch nie hatte sich die Göttin Kali mir in ihrer ganzen Anmut und Größe gezeigt, jene alles verschlingende Ausgeburt des Untergangs: Kali die Vernichterin, die Schwarze Mutter, die Trinkerin des Blutes, des Lebens, des Lichtes. Selbst die Afrits verzagten vor ihrem Anblick und kauerten sich auf ihren Plätzen zusammen.

»Im gleichen Augenblick, in dem Sie mich erneut abweisen, gehören Sie ihr«, erklärte Kitchener. »Mit Ihrem Blut trinkt Kali das Blut Britanniens und gewährt mir als Gegengabe für dieses große Opfer die Herrschaft über dieses Land. Aber eigentlich möchte ich mein Königtum nicht auf diese Weise erringen. Wenn ich Kali jemanden opfere, so bedeutet es, daß ich auf immer in ihrer Schuld stehe – gerade bei einem so bedeutungsschweren Opfer wie dem Blut einer Königin! Erteilen Sie mir die Gewalt über die *Rules*, Victoria! Offenbaren Sie mir ihre Geheimnisse!«

Victoria stand ihm stolz und mit geradem Rücken gegenüber. An ihr fand sich auch nicht eine Spur von Zartheit mehr. Sie war die Schwertkämpferin, die Zauberwirkerin, die Herrin Britanniens. Mehr als die

Bedrohung durch den Tod war nun vonnöten, daß sie zurückwich. Dennoch umklammerten ihre Hände den Dolch noch fester und zitterten leicht. Sie wollte nicht sterben, und sie wollte auch nicht mit ihrem Blut den Tod über Britannien bringen. Über dem kleinen Scheiterhaufen drohte Kalis dunkelrotes, von Blutdurst verzerrtes Gesicht; es wartete auf die Antwort der Königin.

Victoria schüttelte den Kopf.

»Dann sollen Sie vor Ihrem Tod die ach so kostbaren *Rules Britannia* wenigstens noch einmal sehen«, sagte Kitchener. »Und Sie werden in dem Wissen sterben, daß sie Ihnen zum Greifen nah gewesen sind.« Von seiner Handfläche stieg eine purpurne Lichtkugel auf und schwebte wie eine Seifenblase zum versenkten Stein – dem Opferstein. Dort leuchtete sie hell auf, und der Stein schob sich aus dem Erdreich empor. Staub und Grassoden wirbelten umher. In der Schwärze unter dem Stein glühte weißes Feuer, und im Herzen der Flammen ruhten die *Rules Britannia*, von Kitchener unberührt und unberührbar ohne die Hilfe von jemandem, der geboren war, sie zu benutzen.

Victoria stieß einen hohen Schrei der Überraschung und der Freude aus, dann stürzte sie vor, um sich auf den Schatz in der Grube zu werfen. Kalis riesiger Fuß stapfte mit klirrenden golden Fußringen vor und versperrte der zierlichen Königin den Weg. Victoria taumelte zurück, und Ada fing sie auf und stützte sie.

»Ihre Kreaturen haben sie gestohlen, aber benutzen können Sie sie nicht!« brüllte Ada herausfordernd. »Selbst wenn ich heute nacht sterben sollte, diese Befriedigung werde ich haben.«

»O nein, Lady Lovelace«, entgegnete Morganwg und stellte sich näher an seinen grimmigen Herrn. »Sie werden im Tode nur wenig Befriedigung finden. Sehen Sie, Sie sind für mich bestimmt.«

Lord Kitchener ließ seinen Blick träge über die Reihen der Afrits auf den Sturzsteinen schweifen. »Ergreift sie.«

Hilflos! Hilflos! Keine Verzweiflung ist mit der vergleichbar, die ich empfand, als ich tatenlos zusehen mußte, wie diese entsetzlichen Kreaturen ihre glitzernden Flügel ausbreiteten und in den nächtlichen Himmel aufstiegen, um sich auf die Frauen zu stürzen und sie gefangenzunehmen. Welche Hoffnung blieb ihnen, wenn die Afrits sie einmal in den Klauen hielten? Welche außer der auf einen raschen Tod? Und rasch würde ihr Tod nicht sein, das las ich Kitchener und Morganwg am Gesicht ab. Selbst Kali wirkte nicht halb so monströs wie dieses unheilige Duo. Kali tötete und trank Blut, weil dies die Essenz ihrer Göttlichkeit darstellte, doch Kitchener und Morganwg waren Menschen. Sie hätten Menschen sein sollen.

Die Afrits kreisten über Stonehenge, dann ging ihr Anführer in den Sturzflug.

Victoria sprang vor, um seinem Angriff mit der Spitze ihres Dolches zu begegnen; Ada deckte ihr den Rücken. Es gelang ihr, die ebenholzschwarze Haut des Monstrums zu durchstoßen, und der Afrit stieg wieder auf, um einen zweiten Angriff zu versuchen. Dickes Blut tropfte von ihm herab. Doch der Befehl, der wie eine Vogelstimme klang und mit dem er einen anderen zum Angriff aufforderte, endete plötzlich in einem Schrei, der mir das Blut in den Adern gefrieren ließ. Die rasiermesserscharfen Schwingen rollten sich zusammen, und der Afrit stürzte ab.

Das Durcheinander, das darauf folgte, läßt sich kaum ermessen. Ihres Anführers beraubt, griffen die übrigen Afrits die Frauen wahllos und ohne Lenkung an. Und einer nach dem anderem zuckte mit den Schwingen und erfüllte die Luft mit einem grellen Schrei, wenn ihn das gleiche Schicksal ereilte wie den Anführer. Einer nach dem anderen stürzten sie kreischend ab und lagen mit eng an den Bauch gezogenen krallenbewehrten Pranken da. Pfeilschäfte ragten ihnen aus der Brust.

Pfeile! Überall schwirrten sie im Steinkreis umher. Kaum begriff Lord Kitchener, was vor sich ging, als er durch ein Händeklatschen einen Schutzzauber um sich schloß. Ein Pfeil streifte Kali, und ihr Heulen ließ den Felsen rings um mich reißen und splittern. Rasend vor Schmerz stampfte sie mit den Füßen und duckte sich vor weiteren Geschossen. Morganwg stand offenbar nicht so sehr in Kitcheners Gunst, um in den Schutzzauber mit eingeschlossen zu werden. Ein Pfeil durchbohrte ihm den linken Arm. Mit einem qualvollen Grunzen zog er ihn heraus und starrte auf die blutige Spitze. »Eisen.«

»Ein passender Tod für Sie, Morganwg!« Donne sprang ins Licht. Dabei ließ er den stabilen Langbogen zu Boden fallen, und der leere Köcher klatschte ihm gegen den Rücken. Er hatte sich zwei kurze Bronzeschwerter in den Gürtel geschoben, dazu den dicken Eisengriff des teutonischen Morgensterns. Dessen Kette hing ihm über dem Nacken wie eine zahme Schlange. Die Schwerter warf er der Königin und Ada zu, dann bezog er zwischen ihnen Stellung. In großen, ausholenden Bögen schwang er den Morgenstern über ihren Köpfen. Einer der überlebenden Afrits kam ihm zu nahe, und Donne schlug ihm die niedrige Stirn ein.

»Kali!« Kitchener machte eine strenge befehlende Geste. Die Göttin gehorchte und stürzte vor, doch die stachlige Eisenkugel schnitt ihr ins Fleisch, und sie sprang außer Reichweite. Gelber Schaum quoll zwischen ihren Reißzähnen hervor. So rasch brächte sie wohl nicht wieder den Mut auf, sich dem Kuß des Eisens zu stellen. Die toten Afrits legten ein beredtes Zeugnis ab von der Macht, die das Eisen über scheinbar unsterbliche Wesen besaß. Hiebe, die normalerweise nur verwundet hätten, waren tödlich, wenn sie mit Todesmetall ausgeführt wurden.

»Sie können sie nicht auf ewig abhalten, Donne«, zischte Morganwg, der seine Wunde mit einem Tuchstreifen verband, den er sich vom Hemd gerissen hatte. Er wirkte gequält. Es war sehr gut möglich, daß Kitchener ihm den Befehl zum Angriff geben würde, ihm, der er den Meuchelmord stets dem Kampf Mann gegen Mann vorgezogen hatte. »Die Göttin wird Sie und die Königin in einem Bissen verschlingen!«

Donne senkte den Morgenstern. Die Afrits hatten sich auf ihre Plätze zurückgezogen, wo sie von einer Pfote auf die andere traten und unruhig untereinander schnatterten. Kali stand allein; in warmes Elfenbeinweiß tauchte der Feuerschein ihre Zieratschädel. Sie wartete den günstigsten Zeitpunkt ab. Die Kampfpause gestattete es Donne, seinem Erzfeind zu antworten. »Viel Zeit brauche ich nicht. Wenn der Mond über jenen Sturzstein dort steigt, müssen überall in Britannien die Sammain-Rituale vollzogen sein. Dann werden die Druiden die Königin anrufen, und wenn sie nicht antwortet, werden sie kommen. Wären Ihre Schoßdämonen stark genug, um sich der kompletten Goldenen Bruderschaft entgegenzustellen, Kitchener, hätten Sie wohl kaum so lange mit dem Losschlagen gezögert, nicht wahr?«

Ein mutiger Afrit wagte einen Vorstoß, und der Morgenstern zuckte vor. Ein Flügel verbog sich zu einem unmöglichen Winkel. Ada erledigte die Bestie mit zwei schnellen Schwertstreichen; die Klinge schimmerte vor neu gewirkten Vernichtungszaubern.

Lord Kitchener stieß eine unverständliche Verwünschung hervor. Donne lächelte, und der Morgenstern beschrieb erneut anmutige Kreise über seinem Kopf mit solcher Leichtigkeit, als bestünde die Waffe aus einer Papierkugel an einer Schnur und nicht aus tödlichem Eisen. Das Gewicht der Waffe und die Körperkraft, die notwendig war, um sie in Schwung zu halten, mußten beträchtlich sein, aber Donne gab nie auch nur die Andeutung von Ermüdung preis. Der Mann verfügte über einen gewaltigen Vorrat an körperlicher Ausdauer, den man niemals bei ihm vermutet hätte. »Eine halbe Stunde noch; vielleicht weniger«, sagte er.

»Ich habe längst noch nicht alle meine Reserven angebrochen, Donne«, entgegnete Lord Kitchener.

»Ein taktischer Experte wie Sie? Das hätte ich auch nicht erwartet.« Die Eisenkugel blieb unbeirrt auf ihrer Umlaufbahn. »Ich allerdings auch nicht.« Ich war der einzige, der diese Behauptung als Bluff erkannte. Die Frauen hingegen bezogen Zuversicht aus ihr, während Kitchener einiges an Optimismus einbüßte.

»Warum haben Sie nicht das Amulett des Dschinns mitgebracht?« fragte Morganwg mit greller Stimme. »Der hätte aus diesen verdammten Eisenwaffen Klumpen gemacht!«

»Ich habe mich darauf vorbereitet, der Königin gegenüberzutreten – mehr als gut vorbereitet. Halten Sie den Mund, Morganwg.«

»Von wegen«, murrte der Schurke so leise, daß sein Herr es noch gerade hören konnte, dann verbarg er seinen Groll hinter einem salbungsvollen Grienen.

»Die Attacke fortsetzen!« brüllte Kitchener. Er schüttelte die Fäuste, als wollte er die Sterne vom Himmel pflücken.

Die Afrits kamen nicht umhin, ihm zu gehorchen. Als Stoßkeil aus Klauen und schneidenden Flügeln griffen sie an. Auch andere Wesen warfen sich aus dem Sternenhimmel. Wie schrecklich mußten die Höllen des Festlands sein, daß sie solche Monstren gebaren? Auf welch sinistren Pfaden war Kitchener gewandelt, um sie unter seine Gewalt zu bringen? Ausgeburten, für die mir kein Name einfiel;

Geschöpfe mit Tierköpfen und verkrümmten Menschenkörpern warfen sich Donne, Lady Lovelace und der Königin entgegen. Der Morgenstern pfiff, heulte und zerschmetterte Knochen. Die verzauberten Bronzeschwerter der Frauen zuckten herab und trennten Körperteile, die niemals miteinander hätten verbunden sein dürfen.

Meine Freunde kämpften mutig. In einer gewöhnlichen Schlacht hätten sie sich einen ehrenhaften Heldentod erworben. Auf keinen Fall konnten sie Lord Kitcheners Kreaturen lange aufhalten. Aber, wie Donne gesagt hatte und Kitchener nur zu gut wußte, ging es auch gar nicht darum, lange zu widerstehen. »Ergreift sie! Ergreift sie!« kreischte der sonnengebräunte Mann. Mit besorgten Augen maß er immer wieder den Stand des aufgehenden Mondes.

»Rufen Sie doch mehr herbei, Meister!« schrie Morganwg. Keine Sekunde nahm er seinen haßerfüllten Blick von Donne. Eine große Begierde verzehrte ihn, die Begierde, Donne sterben zu sehen. »Sie gebieten noch über andere. Rufen Sie sie!«

»Narr! Wollen Sie etwa, daß ich alle meine Mittel verbrauche?«

»Wenn der Mond erst hoch genug steht, werden uns Ihre strategischen Reserven nichts mehr helfen; jetzt müssen Sie handeln!«

»Halten Sie Ihren feigen Mund. Sie stehen hier und tun nichts, und deshalb soll Nichts Ihre Belohnung sein, wenn diese Schlacht geschlagen ist.«

»Sie haben mir versprochen ...!« Er faßte mit beiden Händen nach Lord Kitcheners Ärmel, doch glitten seine Finger von dem Schutzzauber ab.

»Verschwinden Sie. Sie sind nichts als ein elender Kriecher, ein erbärmlicher Wicht, und waren mir einmal nützlich, aber nun ... nun wünschte ich, Donne hätte Ihr Rückgrat und Sie seines. Er ist zehnmal mehr Mann, als Sie es je sein werden!«

Morganwg starrte ihn an, und in seinem hageren Gesicht arbeitete es. Dann stieß er einen wortlosen Schrei aus, hob einen Stein vom Boden auf und schleuderte ihn mit aller Kraft. Und einem einfachen Stein aus der Hand eines Irrsinnigen gelang, was Kitcheners höllischer Hofstaat nicht vermocht hatte: Das Wurfgeschoß traf Donne mit großer Wucht seitlich am Kopf. Mein Gefährte geriet ins Taumeln und lockerte seinen Griff um den Morgenstern, welcher ihm durch den eigenen Schwung aus der Hand gerissen wurde und irgendwo in der Dunkelheit zu Boden fiel. Donne brach zusammen. Obwohl Ada und Victoria noch mehrere Monstren ausschalteten, fehlte ihnen der entscheidende Schutz der eisernen Waffe, und so dauerte es nicht lang, bis zwei Afritpaare sie packten, voneinander trennten, ihnen die Handgelenke umdrehten, so daß sie die Schwerter fallenlassen mußten, und sie wehrlos festhielten.

Ada banden sie an einen der stehenden Steine. Ein Zauberspruch Kitcheners senkte den Opferstein wieder zur Erde hinab, und Victoria wurde darauf ausgestreckt. Donne erlangte im festen Griff zweier Afrits das Bewußtsein zurück. Die Überreste des Dämonenkorps Seiner Lordschaft standen still in den Schatten. Um die beiden Schwerter, die im Gras lagen, machte das Höllengezücht, wenn es sich bewegen mußte, einen großen Bogen. Kitchener stieß eins davon mit dem Fuß an und lachte glucksend.

»Gut gemacht, Morganwg. Ich wußte, daß Ihr kostbares Ego mir ein besserer Helfer sein würde als Sie selbst.«

»Bedeutet für mich keinen Unterschied. Ohne mich wären all Ihre Pläne zum Scheitern verurteilt gewesen. Der große Kitchener, Gebieter über die ungewöhnlichsten Dämonen, nicht in der Lage, einen gewöhnlichen Sterblichen zu entwaffnen! Ich vertraue darauf, daß Sie als Offizier und Ehrenmann Ihre Schuld mir gegenüber angemessen begleichen, wenn Sie erst über diese Insel herrschen.«

Kitchener blickte Morganwg bemerkenswert sanft an. »Ich ziehe es vor, meine Schulden weitaus rascher zu bezahlen als das – um genau zu sein, unmittelbar dann, wenn ich sie eingehe. Ich mag es überhaupt nicht, wenn Verpflichtungen über meinem Haupt schweben. Stimmt es nicht – Kali Ma?«

Das Zucken seiner Hand, ein feuriges Braun, war kaum zu bemerken, doch es genügte. Die Göttin stieß ein entzücktes Heulen aus und weidete den unglücklichen Morganwg aus wie ein Huhn. Mit lauten, gierigen, schrecklichen Genußgeräuschen schlürfte sie sein Blut, und als sie fertig war, ließ sie ein verschrumpeltes Bündel aus Haut und Knochen zu Boden fallen. Ein hyänenköpfiges Wesen kroch aus den Reihen der Dämonen hervor und begann, an den armseligen Überresten des Meuchlers zu nagen.

Donne stoß einen Ausruf der Abscheu und des Mitleids hervor. Victoria keuchte, und Ada wandte rasch den Kopf ab.

Kitchener grinste belustigt. »Stört es Sie, daß Ihr Lebenswerk so leichthin beendet worden ist, Donne? Ich hatte mit Ihrer Dankbarkeit gerechnet. So oft hat es geheißen, Sie wünschten Morganwg den Tod. Er hätte sich an Ihrem Sterben ergötzt.«

»Er war mein Feind, Kitchener, und Britannien ist besser dran ohne ihn. Doch bei allen Göttern, er war ein Mensch, und auch er hätte im Tod ein wenig Menschenwürde verdient gehabt!«

»Verschwenden Sie an ihn nicht Ihr Mitleid. Er wußte genau, wie tief ich es hasse, wenn man mich an meine Schulden erinnert. Nun hat er mir als Vorschuß auf das gedient, was ich dieser charmanten Göttin schulde.« Er wies auf Kali. »Sie ist eine unersättliche Gläubigerin, und darum würde ich es vorziehen, die Herrschaft über Britannien ohne ihre Mithilfe zu erringen. Also, Eure Majestät? Sie haben nun gesehen, was es heißt, von der Hand der Schwarzen Mutter zu sterben. Vielleicht glauben Sie, sich diesem Tod stellen zu können. Möglicherweise hätten Sie damit recht. Doch zuerst sollen Sie sehen, wie Ihre Gefährten ihr übergeben werden – langsam.«

Er hob einen der Steindolche auf, die ebenso wie die Bronzeschwerter nach dem Kampf auf dem Boden gelandet waren. Adas Arme und Beine waren am Steinblock sternförmig ausgebreitet. Kitchener hielt ihr die scharfe Schneide an die Wange. »Nachdem Kali sich an Morganwg gelabt hat, müssen wir vielleicht ihren Appetit neu wecken. Wollen Sie mir dabei helfen, Lady Lovelace? Mir ist zu Ohren gekommen, Sie seien die perfekte Gastgeberin. Was ich vorhabe, könnte ich mit bloßen Händen verrichten. Ich könnte es mir auch noch anders überlegen und sie tatsächlich benutzen. Das wäre nicht so sauber wie – *dies*.« Der Dolch zuckte herab. Ada schrie auf.

Donne entwand sich dem Griff der Afrits, stürzte vor und packte den anderen Steindolch, ohne innezuhalten.

Bevor der Hexenmeister wußte, wie ihm geschah, war Donne über ihm, und die kurze schwarze Obsidianklinge zuckte auf Kitcheners Hals zu. Donnes Stich konnte nicht fehlgehen. Und er ging nicht fehl.

Kitchener lachte auf.

Der Schutzzauber beschirmte ihn nach wie vor, aber nichts beschirmte Donne. Mein Freund verharrte noch reglos, wie betäubt, und starrte auf seine abgebrochene Klinge, als Kitcheners Dolch sich ihm ins Herz bohrte.

»Wie konnte ich ... das nur vergessen?« Er umklammerte den Messergriff, der ihm aus der Brust ragte, und sank nach vorn zusammen.

Es ist vollbracht. Deirdres Stimme in meinem Ohr

klang wie die ersterbende Wucht der See bei Einbruch der Ebbe. Der Mond verdunkelte sich.

»Nun, gnädige Frau ...« Kitchener wandte sich wieder Ada zu.

»Nein! O nein!« rief die Königin. Heftig wand sie sich im Griff der Kreaturen, die sie unbeirrt festhielten.

Lord Kitchener drehte sich bedächtig zu ihr um und blickte auf sie hinab. »Bedeutet das eine Kapitulation? Das wäre weise.«

»*Nein!*« Ich brach aus dem Stein hervor, denn durch die Vollendung von Deirdres Geas war ich frei, befreit durch den Tod eines Menschen, der mir teuer gewesen war und dessen Blut nun in der Erde versickerte. »Stellen Sie sich mir. Drehen Sie sich um, und stellen Sie sich mir! Auf der ganzen Welt und auch nicht jenseits davon gibt es irgendeine Macht, die Sie noch retten kann!«

Ich rief ihn herbei, mir zu helfen, die Wurzel meines Hauses, den Diener eines einzigen Herrn. Der Boden tat sich auf und gebar ihn, hellrot leuchtend vom Erdenfeuer, das geschmolzene Herz der Welt, den Roten Drachen. Majestätisch wuchs er unter mir heran, sein Rücken war mein Sattel, und zwischen den Zähnen zog ich das Sonnenschwert des piktischen Königshauses hervor, dessen Klinge geschmiedet worden war, als Himmel und Erde zusammen lagen und die Rassen der Menschen zeugten.

Feuer traf auf Feuer. Der Rote Drache brüllte und erhob sich in die Lüfte. Ich beugte mich über seinen Nacken und lenkte ihn nach meinem Willen, bis sein Atem sich mit der Klinge des Sonnenschwertes vereinte. Kali Ma stieß eine Herausforderung hervor, rief Tod und Blutvergießen auf uns herab. Der Tod traf aufs Feuer und verbrannte. Ich stach ihr die Augen aus. Hoch züngelten Flammen auf und fraßen sich in Kalis Schädel. Feuer verkochte das Blut, das sie getrunken hatte, und verbrannte ihr unheiliges Fleisch zu Asche. Wo das Erdenfeuer wütet, da werden die Götter zu Schatten.

Nun war Kali zwar vernichtet, doch Kitchener hatte noch immer seine Legionen. Wie Maden schwärmten sie aus, und wie Maden zerquetschten wir sie. Ich verdrängte den Gedanken an Donnes Tod völlig und konzentrierte mich ganz auf das Entzücken, die Gewalt über meine Kräfte wiedererlangt zu haben und meine Feinde niederzumetzeln. Doch dieser Genuß erwies sich als kurzlebig. Der Dämonen waren zu viele. Kitchener lenkte ihren Angriff nicht mehr, sondern widmete sich ganz dem Herbeirufen von immer neuen Schrecken. Der Kreis von Stonehenge gebar eine garstige Brut von Männern mit Schlangenleibern und vielgliedrigen, gehörnten Dämonen. Der Feueratem des Roten Drachen verheerte ihre Reihen, und das Sonnenschwert wütete unter ihnen wie eine Sense unter dem Korn, aber das reichte nicht aus.

Schließlich erblickte ich das letzte Wesen, das Kitchener beschwor. Es war ein Bulle in den Farben Weiß, Gold und Rot mit dem ernsten Gesicht eines bärtigen Mannes, einem juwelenbesetzen Diadem und Adlerschwingen. Kitchener hatte einen Afrit nicht in den Kampf geschickt, und diesen ließ er nun die Königin über den Rücken des Stieres legen. Er brüllte fremdartige Wörter, die den Kampfeslärm übertönten. Was konnten sie anderes sein als die Beschwörung einer Macht, die noch schrecklicher war als Kali Ma? Und wie anders konnte er für deren Dienst bezahlen als mit Victorias Leben? Die Höllengeschöpfe hatten uns eingekreist und bedrängten uns allein durch ihre Anzahl. Mit ihren Klauen schlugen sie nach mir, bissen und krallten, wo immer sich ihnen eine Gelegenheit bot. Mit dem Sonnenschwert schlachtete ich sie auf beiden Seiten nieder, ohne daß es noch half: Kitchener konnten wir nicht mehr rechtzeitig erreichen. Das Mondlicht funkelte auf der Klinge des Dolches, den er über Victorias Brust hob. Der Dolch bestand aus Stahl.

Ein menschlicher Schrei durchbrach die Nacht. Der Mond, der auf der Oberkante des Sturzsteines ruhte, warf ein geisterhaftes Licht. Und die Geister ritten herbei, um sich mit ihm zu vereinen.

Ihre Rösser waren Knochengerippe, ihre bleichen Gesichter jedoch deutlich zu erkennen. Die meterlangen Pfeile, die von den vordersten Reitern abgeschossen wurden, waren wirklich genug, um zu verwunden und zu töten. Einer traf den Menschenbullen in die Seite. Das Geschöpf brüllte und sprang beiseite. Ein zweiter Pfeil durchbohrte seine Schläfe. Der Bulle brach zusammen und riß in seinen Todeszuckungen einen der stehenden Steine um. Der Sturzstein, der darauf geruht hatte, rutschte herab und zerquetschte eine Ansammlung von Kitcheners Kreaturen. Victoria warf sich auf die andere Seite und ergriff ihr verlorenes Schwert.

Wie Gewitterwolken an einem Augusthimmel stürmten die Reiter heran. Boudicca war unter ihnen, mit fliegendem Haar rief sie den Zorn aller Götter auf ihre Feinde herab. Hinter ihr ritten William und Canute, Caradoc und Arthur folgten dichtauf. Sie waren die Toten Könige von Britannien, und das Ritual zu ihrer Besänftigung in dieser Nacht war nicht vollendet worden. Sie hatten sich erhoben, wie es ihnen bestimmt war, und sie zogen gegen den Mann, der das Ritual gestört hatte. Charles ritt als letzter von ihnen; auf seinem Gesicht sah ich noch das frische Blut und die grimmige Entschlossenheit, mit der er sein Skelettroß antrieb.

Die Toten Könige vernichteten alle Monstren, die Kitchener herbeigerufen hatte. Die nähere Umgebung von Stonehenge wurde zum Beinhaus der merkwürdigsten Leichen. Eine Schlacht im wahrsten Sinne des

Wortes. Das Sonnenschwert in meiner Hand beleuchtete die wenigen Ungeheuer, die sich wehrten – und untergingen. Die Toten kann man nicht mehr töten.

Kitchener versuchte, Donnes Manöver nachzuahmen und sich die Toten Könige mit dem Stahldolch vom Leibe zu halten. Sein Schutzzauber leuchtete matt, soviel Kraft mußte er aufwenden, um ihn wirksam zu halten. Eine rothaarige Kriegerin zügelte ihr Roß knapp außerhalb Kitcheners Reichweite und sprang aus dem Sattel. Ich kannte sie von den Portraits bei Hofe – es war Elizabeth die Große, die Königin Britanniens. Auch zur Schlacht gerüstet, ohne Schmuck, Spitzen und Seide war sie eine beeindruckende Gestalt.

»Bei Llews Tod! Ich bin Seiner Kindereien aus tiefstem Herzen überdrüssig, Kerl!« Sie stemmte die Hände in die Hüften und musterte ihn. Die anderen Toten Könige gesellten sich, sobald sie das Massakrieren der Dämonen beendet hatten, zu ihr und bildeten einen beständig wachsenden Ring um Kitchener.

»Weicht zurück! Zurück mit euch allen!« Ein Schweißtropfen auf seiner Stirn war das einzige äußere Anzeichen meisterlich unterdrückter Panik. »Diese Klinge ist aus Todesmetall!«

»Todesmetall!« Elizabeth lachte auf, und die anderen Toten Könige fielen ein. »Was schert das die Toten?« Sie zog eine goldene Sichel aus ihrem Gürtel und schlitzte Kitcheners Schutzbann auf wie einen Weinschlauch. Bevor er noch ein weiteres Wort sagen konnte, sprang sie vor und trennte ihm mit einem einzigen, tödlichen Streich das Haupt von den Schultern.

»Todesmetall«, wiederholte Victoria. Sie packte Kitcheners Kopf bei den Haaren und hielt ihn unter dem einstimmigen Jubelruf ihrer Vorfahren in die Höhe. »Das hat er davon.« Die Toten stießen einen Triumphschrei aus und schlugen mit Schwertknäufen und Speerschäften gegen ihre Schilde.

Ich schnitt Ada vom stehenden Stein los und strich ihr über die entstellte Wange. Das Fleisch – das schließlich nichts anderes ist als Erde in einer wärmeren Verkleidung – schmolz unter meinen Fingern zu einer fugenlosen Wasserfläche zusammen. Eine Narbe hinterließ ich nicht. Sie dankte mir niemals dafür. Wortlos blickten wir uns einen oder zwei Atemzüge lang ins Gesicht, dann quollen ihr die Tränen aus den Augen und überfluteten ihre Wangen. Sie stürzte davon und warf sich weinend auf Donnes Leichnam. Selbst einem *Bean Sidhe* hätte ihre Trauerklage eine Gänsehaut bereitet.

Victoria band sich Kitcheners Kopf an den Gürtel, die passende Stelle für diese grausige Trophäe. Keinen Augenblick lang rechnete ich damit, daß sie mir ohnmächtig in die Arme sinken oder den Göttern für mein rechtzeitiges Erscheinen danken könnte. Zuvor hatte sie einige Male Schwäche gezeigt, doch niemand hätte bestreiten können, daß sie während der letzten Konfrontation innere Stärke und grenzenlose Tapferkeit unter Beweis gestellt hatte. Als Meisterin des Schwertes und der Zauberei kam sie mir gleich, und ich hätte nicht zugelassen, daß sie sich kleinmachte. Sie schob ihr Schwert in die Scheide und legte mir den Arm um die Hüften.

»Ich bin so froh, daß du hier bist, John«, sagte sie. Der Satz endete mit einem halb unterdrückten Schluchzen. Sie weinte ebenso wie ich. Wir sahen einander nicht an, sondern nur Donne und die arme, unglückliche Ada. Ihm vermochte der Tod weder die Würde zu nehmen, noch konnte er auf seine Eroberung stolz sein. Ada zog den Steindolch aus der tödlichen Wunde, richtete seine Gliedmaßen und drückte ihm schluchzend die Augen zu. Es war, als liege er zu Hause auf dem Sofa, verloren in Nachsinnen über das letzte, unlösbare Rätsel.

Über den Reihen der Toten Könige von Britannien

erhob sich ein Laut und schwoll an, bis er unsere Aufmerksamkeit auf sich gelenkt hatte. Der Aufzug der Geister und ihrer Skelettrösser wurde dünner und teilte sich. Zwischen den beiden nebligen Flügeln trat ein alter Mann vor, der eine Robe in schimmerndem Grün, Blau und Gold trug. Diese Robe fiel zu beiden Seiten über die Flanken des großen, katzenhaften Tieres, auf dem er ritt. Ein silbernes Geweih ragte aus dessen Stirn, und durchscheinende Libellenflügel entsprangen den Schultern.

Der Reiter saß ab und kniete vor mir nieder. »Bitte«, sagte ich und bedeutete ihm, sich wieder zu erheben. »Du bist mein Lehrer. Ich sollte es sein, der kniet.«

»Ich knie nicht vor deinem Rang, sondern vor deiner Tapferkeit.« Er winkte sein atemberaubendes Reittier näher. Es rieb seinen schweren Kopf an meinem Arm und schnurrte wie ein gewöhnliches Kätzchen. »Du hast Tam noch nie zuvor in seiner wahren Gestalt gesehen, nicht wahr? Und lange ist es her, daß du mich in der Robe des Lehrers erblicktest.« Er blickte sich im Steinkreis um. Wohin sein Blick fiel, dort verschwanden die erschlagenen Ungeheuer wie Tau, den die Sonne berührt. Die Toten Könige von Britannien murmelten untereinander.

Mein Lehrer schenkte ihnen einen langen Blick und sagte dann: »Jawohl, wir beide sind Pikten, dieser Kriegermagier und ich. In uns schlummern auf ewig die fünf Elemente dieser Welt. Ich spüre, daß ihr uns fürchtet. Wieso ist das so, denn wir hatten nie Zwist mit euch?«

Ein zweites Mal teilten sich die königlichen Reihen, und ein weißbärtiger Titan von einem Mann mit einem Druidenstab in der Rechten schritt vor. Seine Robe war weiß wie ein Bart, und der gemmenbesetzte Goldreif eines König saß auf seinem wallenden Haar. »Wir fürchten euch Pikten. Wir fürchten euch wegen des Unrechts, das wir euch vor so langer Zeit zugefügt haben. Das Unrecht, das ich an euch verübt habe.« Er beugte sich vor und stützte sich auf den Druidenstab. »Als wir uns heute nacht aus unseren Grabhügeln erhoben und das Ritual unbeendet fanden, hätte uns sehr gut eine ewige, ziellose Wanderung über diese Insel bevorstehen können. Doch du hast uns hierher gerufen, du hast uns die Not gemeldet, du hast uns geheißen, in der Stunde höchster Gefahr in Waffen und beritten an diesen Ort zu eilen. Wieso? Aus welchem Grund hast du unser Land und unser Geschlecht gerettet? Hast du den Verrat vergessen, den ich vor so langer Zeit an deinem Volke verübt habe? Ich habe nichts vergessen. Ich bin Bran, den man fälschlich den Gepriesenen nennt, und verstehe dein Handeln nicht.«

Ich antwortete an Stelle meines Lehrers, für mein Volk. »Britannien gehört dir ebenso wie uns, Herr Bran. Du hast den Beistand an dich gerissen, den wir dir, wenn du gefragt hättest, willig geschenkt haben würden. Dein Volk und meines sind schon zu lange voneinander gebannt. Und vom Leben eines Verbannten erfuhr ich genug, um zu wissen, daß es weder Rast noch echte Zufriedenheit kennt. Mir kam es stets vor, als fehlte ein Teil meiner selbst. Die Lebenden haben zuwenig Zeit, um sich um die Fehden der Toten zu scheren. Eure Kinder sollen ihre Städte unserem Volk öffnen, und wir öffnen euch dafür wieder unsere Berge. Ein Land und ein Volk wollen wir sein, und ein Band der Magie soll uns vereinen.«

Von den Toten erklang ein schwungvoller Freudenruf.

Victoria umarmte mich. »Es soll sein, wie du sagst, John. Diese Insel soll wieder eins sein. Was sonst erwünschst du dir, Geliebter?« Ich gab keine Antwort. Meine Augen ruhten auf Donne.

»So tief also hast du für ihn empfunden?«

Ich küßte sie mit aller Zärtlichkeit, die in mir war.

»Du stellst diese Frage, weil sie dich beunruhigt, Geliebte? Ich habe ihn geliebt.«

»Nein«, entgegnete sie ernst und einfach. »Ich frage, weil ich das gleiche für ihn empfunden habe. Ich habe ihn geliebt, wie sie ihn geliebt hat.« Sie wies auf Ada. »Wie viele ihn geliebt haben. Von uns allen hast du das größte Anrecht auf dieses Gefühl.«

»Wenn doch heute nacht mein Blut anstelle des seinen vergossen worden wäre!« Machtlos schlug ich mit dem Sonnenschwert nach den Schatten. »Ich habe die piktische Magie zur Gänze gemeistert, doch der Tod ... ach, der Tod ist ein natürlicher Teil der Welt, und meine Zauberkunst endet an den Grenzen des Natürlichen.«

Der Rote Drache schlug nervös die Krallen in den Boden, denn ich hatte den einen Schleier erwähnt, den auch unsere gelehrtesten Zauberer niemals durchdrungen hatten. Er floh vor seiner Furcht, indem er zurück an den verborgenen Ort verschwand, an dem er zu Hause war. Unsere Zauberkraft bedient sich der Eigenschaften der Elemente, die sie subtil veränderte. Der Tod hat nichts Subtiles an sich. Der Tod und alles, was auf ihn folgte, war nicht Gegenstand unserer Lehren.

Victoria umfaßte meine freie Hand. »Meine nicht.« Sie hob ihr Bronzeschwert, bis dessen Klinge parallel die des Sonnenschwertes berührte. Die gewundenen Kraftlinien zuckten von ihrer Waffe zu meiner und banden beide Klingen aneinander. »Annwn!« rief Victoria und hob unsere vereinten Schwerter zum Himmel.

Und die Toten antworteten: »*Annwn!*«

Ich versuchte, von Victoria abzurücken, aber es gelang mir nicht; mein Schwert ließ mich nicht los. Victoria hob die Verbindung unserer Waffen wieder auf und trat von mir zurück. Sie griff sich in den Ausschnitt ihrer weißen Robe und zog einen geisterhaft leuchtenden Mistelzweig hervor. Die Mistel war die heilige Pflanze, die nur von Druiden zur richtigen Stunde mit einer goldenen Sichel geschnitten werden durfte und in von Priesterinnen gewobenen Netzen gefangen werden mußte, bevor sie den Boden berührte.

»Ich werde deinen Freund zurückholen, John«, versprach sie. Die Schmarotzerpflanze erhellte Victorias Gesicht mit ihrem unverkennbaren Leuchten. »Eines Tages muß ich nach Annwn gehen; heute nacht ist nur ein Vorgeschmack.«

Sie legte den Mistelzweig auf den Opferstein. Der Felsblock teilte sich wie eine Rosenblüte. Durch die Öffnung schwebten die *Rules Britannia* zu uns auf. Victoria steckte das Schwert in die Scheide und nahm den geschnitzten Kasten aus dem Feuer, das erlosch, kaum daß seine Schutzaufgabe erfüllt war. Victoria hatte das Kästchen gegenüber Donne sehr ausführlich beschrieben, und beide hatten wir es in Visionen gesehen. Es war, als begrüßte man einen alten Freund nach einem langen, ermüdenden Krieg wieder zu Hause.

»Victoria, ich kann nicht mit ansehen, wie du dich erneut in Gefahr begibst. Die Goldene Bruderschaft wird bald hier sein. Glaubst du, man wird dir gestatten, was du um Donnes willen zu tun vorhast?«

»Nein«, antwortete sie gelassen. Sie preßte sich die *Rules* an den Busen. Ich stellte mir vor, wie sie unser erstes Kind so hielt. »Die Bruderschaft würde sagen, ich beginge ein Sakrileg. Nach dem Tod muß die Seele wiedergeboren werden, aber nicht in die gleiche Hülle, die sie verlassen hat. Es gibt eine Kindergeschichte von einem Zauberkessel, der tote Krieger zu neuem Leben erweckte, damit sie weiterkämpften, aber sie sprachen nie wieder ein Wort. Ein belebter Leichnam ist nicht das gleiche wie ein lebender Mensch. Ich werde Donnes Seele aus der Unterwelt zurückholen oder die meine dort lassen. Die

Bruderschaft wird alles tun, was sie wagt, um mich aufzuhalten. Küß mich jetzt, John. Die Toten gehen nach Hause, und ich muß ihnen folgen.«

Ich küßte sie, aber ich ließ sie nicht los. »Ich komme mit dir.« Ich steckte das Sonnenschwert in die Scheide und legte die Hände auf die *Rules*. »Ich schwöre es bei meiner Zauberkunst und bei deiner. Annwn gewinnt entweder zwei Seelen oder verliert eine.«

Sie schenkte mir einen königlichen, ruhigen und unergründlichen Blick. »Wir müssen uns beeilen«, sagte sie nur.

So verließen wir Stonehenge gemeinsam, die Liebe meines Lebens und ich. Sie nahm den heiligen Mistelzweig wieder zur Hand und beleuchtete damit den Weg, auf dem wir den Toten Königen folgten. Als langsame, bleiche Kavalkade ritten wir über das wellige, mondbeschienene Land. Unsere Führer hielten sich an keinen von Menschenhand geschaffenen Weg. Bald erlosch der Mond, und wir waren so gut wie blind. Über uns türmten sich hohe Erdwälle. Wir waren in eine Art enge, schwarze Schlucht eingeritten. Auf dem immer schmaler werdenden Streifen Nachthimmel über uns schienen noch einige Sterne, aber schon allzubald rückten die Wände der Kluft endgültig zusammen und verdeckten auch darauf die Sicht.

Ich zog das Sonnenschwert, und sein Schimmern vereinigte sich mit dem zaghaften Leuchten des Mistelzweigs. Zu sehen gab es wenig. Unter mir hörte ich trocken verdorrtes Gras knistern, das hie und da durch weiße, fremdartige Wildblumen noch trostloser wirkte. Der Pfad wurde immer schmaler, und Victoria übernahm die Führung.

»Woher weißt du, wohin wir gehen müssen?« fragte ich.

»Ich folge den Geistern.«

Ich schob den Kopf vor, doch so sehr ich meine

Augen auch anstrengte, vermochte ich jenseits des Mistelzweigs, den Victoria hielt wie eine Reiselaterne, nichts zu erkennen. Das sagte ich ihr.

»Die Phantome kann auch ich nicht mehr sehen, aber ich sehe die Knochen ihrer Pferde schimmern. Diesem Schimmer folgen wir.«

Da glaubte ich, weit vor uns das Geräusch von Pferdehufen auszumachen, die durch einen flachen Bach wateten. Das hohle Plätschern wurde schließlich immer lauter, und der Geruch nach Unkraut und Teichwasser drang an unsere Nasen. Vor uns verbreiterte sich der Weg, und die umgebende Dunkelheit war nicht mehr völlig schwarz. Wir vermochten nun wieder den Unterschied zwischen Felswänden und dem Himmel über uns zu erkennen, auch wenn dieser Himmel nicht geschaffen war, daß Mond und Sterne an ihm prangten. Er wölbte sich wie eine Glocke über uns, und Nebelfäden ringelten sich empor und krochen über die Krümmung dieses Firmaments. Der Geruch und die Geräusche eines Sees waren nun unverkennbar.

»Wir sind allein, John.«

Das waren wir. Vor unseren Füßen türmte sich ein gewaltiger Haufen aus voneinander gelösten Pferdeknochen. Die Toten waren aus unserer Nähe geflohen und bereitwillig in ihr Reich zurückgekehrt. Das diffuse Strahlen ihrer geflügelten Seelen erleuchtete die Nacht von Annwn.

In diesem Schimmer erblickten wir die große schwarze Barke, die auf uns wartete.

Weshalb suchen Lebende, denen doch die Erde gehört, Annwn auf? fragte eine der vier verschleierten, gekrönten Frauen, die in dem düsteren Gefährt knieten.

Victoria verbeugte sich voll Demut. »Dunkle Königin, der Durchgang ist uns wohl nicht verboten. Wir kommen in Frieden.«

Nein. Stören werdet ihr den Frieden von Annwn. Aber

kommt. Es wird niemals verwehrt, unser Land zu betreten.

Wir traten in die Barke, die wie ein normales Boot unter unserem Gewicht schwankte. Ich tat mein Bestes, um nicht zu lange und zu intensiv die vier trauernden Königinnen zu betrachten, aber mir blieb nichts anderes übrig, als den steifen, blassen, voll gerüsteten Körper eines hochgewachsenen, gutaussehenden Mannes anzusehen, der auf einem Lager in der Mitte des Bootes ruhte.

Kommt schweigend in unser Land. Arthur schläft. Heute nacht ist seine Seele weit geritten und hat hart gekämpft. Nun muß er ruhen, wenn er sich je wieder erheben soll.

Auf der Barke überquerten wir den geisterhaften See und gelangten ans andere Ufer. Kaum waren wir von Bord gegangen, als sich Victoria zu den vier Königinnen umdrehte und sagte: »Ich bin Victoria, die Herrin von Britannien. Ich besitze die *Rules*.« Sie zeigte ihnen das geschnitzte Kästchen. »Bei ihren Kräften und Zaubern beschwöre ich euch, an diesem Ufer des heiligen Sees zu bleiben, bis wir zurückkehren. Ein anderer wird uns begleiten.«

Ein anderer? Fleisch oder Seele?

»Eine Seele.« Sie pflückte eine Beere von dem Mistelzweig und legte ihn der ersten Dunklen Königin zu Füßen. »Die wieder zu Fleisch wird.«

Die Beere bindet uns. Wir werden nur so lange warten, wie ihr Licht uns hier hält. Die Mistelbeere strahlte elend schwach, aber beständig.

Annwn wird auf vielerlei Weise beschrieben. Einige behaupten, es sei eine Insel, andere, es liege unter der Erde, wieder andere, es könne zwischen den Sternen gefunden werden. Ich kann nicht sagen, was richtig ist, denn es mag noch andere Wege geben, auf denen man diesen trostlosen Ort erreicht als den, für den wir uns entschieden hatten. Wenn ich nie einen davon entdecke, will ich mich glücklich schätzen. Ich kann nur sagen, daß dieses Land unserer süßen Erde ähnelt und sich zugleich so sehr von ihr unterscheidet, wie es nur möglich ist, wenn Sterbliche sich darin noch immer zurechtfinden sollen.

Alles war ruhig. Es herrschte ein einziger, grenzenloser Friede. Ich erblickte Gras und Bäume und erspähte ängstliche Vögel und andere Tiere, aber ich hörte weder ihre Laute noch ihr Kommen und Gehen. Unsere Schritte waren völlig geräuschlos. Ich brach einen Zweig ab und hoffte auf ein Geräusch, das mir versicherte, daß ich nicht mein Gehör verloren hatte. Das Holz knackte beruhigend, aber der Zweig verging zwischen meinen Fingern und verwehte als Nebelfähnchen.

»Wo sind sie?« fragte ich Victoria. »Wo sind die Toten? Ist Annwn denn so groß?«

»Es steht geschrieben, Annwn wäre von der Größe einer Haut«, antwortete Victoria, »aber ich weiß nicht, welche Art Haut, oder ob sie vorher in Streifen geschnitten worden ist oder nicht. Es spielt auch keine Rolle, John. In der kurzen Zeit, die uns zur Verfügung steht, könnten wir Donnes Seele niemals körperlich finden. Für das, was wir tun müssen, scheint mir diese Stelle so gut wie jede andere.«

Wir waren zwischen den Bäumen auf eine Art Wiese hinausgetreten. Meine Augen hatten sich mittlerweile an das trübe Zwielicht gewöhnt und verstanden es, zwischen den diversen Schattierungen von Schwärze zu unterscheiden und Umrisse und Entfernungen zu erkennen, als stünden wir noch immer auf der sonnenbeschienenen Erde. Victoria kniete im niedrigen, buschigen Gras und öffnete das Kästchen mit den *Rules Britannia.* Sie blätterte durch die kunstvoll beschriebenen Seiten und stimmte schließlich mit sehr, sehr leiser Stimme ein bezauberndes Lied an. In diesem stillen Land aber klang es so laut und grell wie ein Feueralarm.

Fast hätte ich ihr die Hand über den Mund gelegt.

Menschenlaute wirkten hier gefährlich und entweihend.

Als sie das Lied beendete, klapperten mir beinah die Zähne. Erleichtert atmete ich tief durch. »Ist er hier?«

»Einige von ihnen sind hier.«

Zwischen uns und den Bäumen wogte und kräuselte eine Ansammlung aus grauem Rauch. Manchmal glaubte ich, darin die verwischten Züge menschlicher Gesichter ausmachen zu können. »Donne?« rief ich verhalten.

»Das sind die Neuverstorbenen. Sie wissen noch genug, um zu kommen, wenn man sie ruft. Wir müssen ihre Reihen weiter ausdünnen.«

Sie streckte mir die Arme entgegen. »Liebe mich, John.«

Unheimlichkeit von Ort und Begleitumständen hätten in mir gewiß jeden Gedanken an und jede Neigung zur körperlichen Liebe zum Ersterben gebracht, hätte ich überhaupt damit gerechnet. Victorias Ansinnen jedoch traf mich jedoch so unvermittelt, daß ich dagegen keine Einwände erheben konnte, und sie fügte dem Vorteil der Überraschung die Überzeugungskraft jener Künste hinzu, die sie im Laufe der Jahre erworben hatte. Deshalb konnte ich weder widerstehen noch über den Anblick nachdenken, den wir den Verstorbenen boten. Als wir fertig waren, waren die Bäume durch die wogenden Nebelfetzen wieder sichtbar.

»Siehst du, wie schnell sie vergessen? Was wir getan haben, hat den meisten schon nichts mehr bedeutet, und deshalb sind sie wieder davongeschweift. Die, die noch hier sind, erinnern sich noch an die Wonnen. Nun weißt du, was wir tun müssen, John: Wir müssen alle Bande zur Erde heraufbeschwören – Essen und Trinken, Lachen, Tanz, sogar Kummer –, bis wir den einen Schatten finden, der so neu in Annwn ist, daß er noch alles erkennt, was wir ihm zeigen.«

»Aber das dauert doch ... Wie lange haben wir noch?« Ich schaute auf den Mistelzweig. Die Mondbeeren leuchteten nicht mehr sehr hell. Auch Victoria erkannte es, und ihre Miene verfinsterte sich.

»Nicht so lange, wie ich ... gehofft hatte. Dieser Zweig war nicht so frisch, wie er hätte sein können. Die Rufe der Trennung dauern zu lange.« Eine Weile schwieg Victoria, dann befahl sie: »John, geh zur Barke. Kehre auf die Erde zurück. Ich werde Donnes Seele finden und dir hinterherschicken.«

»Ich lasse dich hier nicht allein. Wie gelangst du zurück?«

»Geh, sage ich!« Mit den Fäusten trommelte sie auf den Boden. Ganz eindeutig fürchtete sie sich vor ihrem Entschluß, aber sie wollte nicht zurückweichen; sie nicht. »Ich bin es, die für Donnes Tod verantwortlich ist! Wäre ich mehr eine echte Königin und weniger ein vergnügungssüchtiges Mädchen gewesen, dann hätten mir die *Rules* niemals genommen werden können!« Sie riß sich Kitcheners abgetrennten Kopf aus dem Gürtel und starrte in seine leeren Augen. Dann zwang sie ihre Furcht, sich in Haß zu verwandeln, den sie besser vor mir verbergen konnte. »Ich selbst trage die Schuld daran, daß dein Verrat so weit gedeihen konnte«, raunte sie der schrecklichen Trophäe zu. »Geh! Folge deiner verlorenen Seele in welche fremde Hölle sie auch gefahren ist!« Damit schleuderte sie den Kopf davon. Die versammelten Geister zerstreuten sich aus Furcht vor dem schauerlichen Geschoß.

Alle bis auf eine. Sie beugte sich nieder und nahm menschliche Gestalt an, um den unerwarteten Fund besser betrachten zu können.

»Donne!« rief ich aus – was scherte mich der Friede von Annwn! Der Geist hielt inne und blickte mich an.

Es war Donne; da konnte kein Zweifel bestehen. »Wir haben ihn gefunden!« rief ich. »Jetzt können wir gehen.«

»Noch nicht. Er muß mit uns kommen wollen.«

»Wollen ...? Wer könnte diesen Ort denn nicht verlassen wollen?« Der Einwand erschien mir überaus absurd; trotzdem hielt Victoria daran fest. Und nicht ohne Grund. Während unseres kurzen Wortwechsels war der Geist bereits davongeschwebt; allzu schnell hatte er das Interesse am Kopf Kitcheners verloren.

»Donne! Donne, kommen Sie zurück!« Wenn der Geist mich gehört hatte, so reagierte er nicht. Ich versuchte ihn durch direkte Methoden aufzuhalten, indem ich den grauen Boden vor ihm zu einem Wall aufsteigen ließ, der ihm den Weg verstellte. Der Geist verschwand nicht hindurch, sondern schwebte ihn entlang, bis er zum Ende der Erdmauer gelangte. Durch eine Verlängerung der Wand ließ er sich nicht entmutigen. Er hatte mehr als genug Zeit; wir nicht.

»Beschwöre ihn, Victoria!« rief ich, während ich den Geist noch mit der Erdmauer zu halten versuchte. »Binde ihn!«

»John, das ist nicht möglich. Geister können nur dann beschworen und gebunden werden, wenn der Zauberer in der Welt der Lebenden steht und der Geist sich in Annwn befindet. Doch wir sind ebenfalls in der Unterwelt. Es ist hoffnungslos. Wir werden ihn verlieren. Geh zurück zur Barke, Geliebter; bitte, geh zurück!«

»Nicht allein. Nicht nach all dem.« Ich fügte dem Erdwall Feuer zu – mit Erdenfeuer kesselte ich Donnes Geist ein. Feuer jedoch ähnelte seiner eigenen ätherischen Substanz zu sehr, um ihn einschließen zu können; er ignorierte es. Also begnügte ich mich weiterhin damit, ihn mit dem Erdwall einzuengen. So würde ich im grauen Reich Annwn sterben: indem ich eine unendliche Mauer errichtete, um einen Toten darin einzuschließen. Wie lange ich wohl damit zubringen könnte, bevor die Sinnlosigkeit mir den Verstand raubte?

Und schon bald glaubte ich, verrückt geworden zu sein, denn plötzlich stand Ada neben mir. Sie trug das gleiche Gewand, das sie getragen hatte, als wir Donne im Tower besuchten, und sie lächelte. Ich hörte ihre Stimme sagen: »Am meisten haben mir immer Scarlattis Werke für Violine gefallen, Mr. Donne. Ist das Ihr Instrument? Was, eine Stradivari? Sie müssen sehr glücklich sein. Würden Sie mir die Freude machen, mir eine Probe Ihres Spiels zu geben?«

Sie sah genauso wirklich aus wie Victoria oder ich.

Ich träumte, ich hörte den süßen, traurigen Klang des vertrauten alten Instrumentes, das das leblose Reich von Annwn mit einem Faden aus sehnsüchtiger Sorge umspann.

Der Geist hielt inne, um zuzuhören.

Die Stradivari nahm zwischen uns in der Luft Gestalt an, bis ich den milden, altehrwürdigen Glanz des verhätschelten Holzes sehen konnte. Dünne, sensible Finger strichen eine eindringliche Melodie. Der Geist schwebte näher und füllte neblige Fäden seiner Substanz in die spielenden Hände, als seien es Handschuhe.

»*Victoria* ...«, begann ich. Mit einer abrupten Bewegung hieß sie mich schweigen. In meinem Kopf hörte ich sie sagen: *Wir Briten haben eure piktische Magie nicht deshalb gestohlen, weil wir keine eigene gehabt hätten. Es gab Druidenzauber, die schon uralt waren, als die Seele des Gepriesenen Bran noch viele Wiedergeburten warten mußte. Diese alten Zauber haben wir vielleicht vernachlässigt, aber in Vergessenheit geraten sind sie nicht. Es sind Illusionen – mächtige, unerreichte Trugbilder. Sie liegen uns im Blut. Es sind die Träume der britischen Seele.*

Vor meinem Erdwall erschien eine vertraute Szene: unsere behaglichen Räume in der Baker Street, im

Kamin ein Feuer, in der Luft der würzige Geruch des Shags, von einer Wolke Tabakrauch verhangen das einladende Funkeln des Tantalus. Etwas Weiches, Kissenartiges stieß mir gegen den Ellbogen. »Ich bitte um Entschuldigung, Dr. Weston, ganz sicher«, rief Mrs. Hendrik aus. Ich war gegen ihren Busen gestoßen, und sie wirkte, als hätte es sie nicht im geringsten gestört. »Ist Mr. Donne ...? Oh, da sind Sie ja, Sir! Kommen Sie und trinken Sie Ihren guten Tee, bevor er kalt wird.« Sie setzte das lackierte Tablett auf dem Tisch ab und schenkte zwei Tassen mit dampfendem Tee ein.

Sie war kaum gegangen, als die Türe aufflog und ein junger Mann in völlig derangierter Kleidung ins Zimmer stolperte. Er bot den verzweifelten Anblick eines Betrunkenen oder eines hoffnungslos Wahnsinnigen. »Dank allen Göttern, daß ich Sie rechtzeitig gefunden habe, Mr. Donne! Ich bin mit meiner Weisheit am Ende! Nur Sie können mir jetzt noch helfen! Ein Verbrechen wurde verübt, ein Verbrechen der unaussprechlichsten Sorte. Ich bin Zeuge gewesen, ich weiß alles, aber niemand will mir glauben. Wenn Sie nur ... – ach, was hätte das für einen Sinn? Warum sollten Sie anders sein als alle? Das Problem ist zu schwierig, die darin Verwickelten zu hochgestellt, das Risiko, das ich allein durch mein Herkommen eingehe, einfach undenkbar. Und wozu? Wozu das alles? Damit auch Sie und Ihr Freund Dr. Weston mich auslachen? Nein, nein, ich sollte lieber gehen. Vergessen Sie mein Gesicht! Um Ihrer eigenen Sicherheit willen, vergessen Sie, daß Sie mich je gesehen haben!«

Der verstörte Mann sprang zur Tür, doch der Geist langte vor ihm dort an. Die Hände, mit denen er noch die Stradivari hielt, waren undurchsichtig und real, eine Eigenschaft, die sich nun einem aufsteigenden Erröten gleich die Arme hinauf ausbreitete, den Rumpf hinab zu den Beinen und Füßen und schließlich zurück nach oben, bis auch das Gesicht säuberlich ausgeprägt und geformt war, wenngleich es noch keine Farbe erhielt. Die verfestigte Geistergestalt zwang unseren Besucher mit sanfter Gewalt, sich zu setzen, legte sodann die Violine beiseite und griff nach der vollen Teetasse. Victorias Illusion war perfekt, doch blieb es ein Trugbild. Der Geist trank geschmacklosen Tee aus einer Tasse, die nicht existierte. Und während er trank, fiel das Grau Annwns von ihm ab, wie der Frühnebel sich vor den ersten Sonnenstrahlen lichtet. Je mehr Leben in den Geist zurückfloß, desto stärker hob er sich von der heraufbeschworenen Unwirklichkeit der Teetasse, der Violine, des peinerfüllten Klienten und der Wohnung in der Baker Street ab. Allmählich verblaßten diese Illusionen, bis ich – grinsend wie ein Idiot und weinend wie ein Kind – meinem lieben Freund Mr. Brihtric Donne gegenüberstand.

Auch er lächelte, als er sah, daß er Nichts aus Nichts schlürfte. Als er mich umarmte, war sein Griff um meine Schultern warm. Fest. Lebendig.

»Guter alter Weston. Der letzte Vorhang soll noch nicht fallen.«

EPILOG

Das Abenteuer des müden Schauspielers

Wir standen am Geländer der London Bridge, Donne und ich. Unter uns floß die Themse mit majestätischer Gemächlichkeit dahin. Das Wasser glitzerte in allen Farben des Regenbogens und rauschte um die alten Steinpfeiler. Windschiefe Häuschen, die schon seit Urzeiten auf der Brücke stehen mußten, neigten sich nach innen und boten uns widerwillig Schutz vor dem späten Winterwind.

Ich klappte den Schaffellkragen meines Überziehers hoch und versuchte der Kälte zu widerstehen. Donne hatte mich an diesen Treffpunkt bestellt, ohne einen Grund für die Wahl dieses sehr unbehaglichen Ortes anzugeben. Seit meiner Heirat war ich noch immer ein regelmäßiger Besucher in 221 B und hatte Donne dutzendemal gesagt, er solle den Palast als sein zweites Zuhause betrachten. Etwas bekümmerte meinen alten Gefährten. Er würde es mir mitteilen, wenn ihm danach war.

Um die Zeit bis zu dem Augenblick, in dem er sich zu sprechen entschied, zu vertreiben, bemerkte ich: »Das Königliche Toleranzgesetz ist heute in Kraft getreten, Donne. Wir feierten den Anlaß, als Ihre Nachricht eintraf.«

Donne ließ seine angespannten Hände auf dem Geländer ruhen. Eine Möwe tauchte in den Wind, und er beobachtete ihren Flug. »Ihre Gesetzgeber haben einen merkwürdigen Sinn für Humor, Weston. Toleranz ist ein halbherziges Wort, und die Menschen könnten den Buchstaben des Königlichen Gesetzes gleichermaßen halbherzig befolgen.«

»Ich weiß nicht, was an dem Gesetz falsch sein soll. Was *hätten* wir Ihrer Meinung nach denn mit all den Ausländern anstellen sollen, die Kitchener ins Land gebracht hat? Dorthin zurückschicken, woher sie gekommen sind? Zum einen würde das Jahre dauern, zum anderen möchte nicht ein einziger von ihnen Britannien wieder verlassen! Das sind Menschen, Donne. Sie haben Kitcheners Befehlen gehorcht, weil ihnen keine Wahl blieb – alle außer den *Haschâschîn*, und mit denen hat die Königliche Garde bereits abgerechnet.«

Er neigte den Kopf ein wenig und verzog die Lippen zu einem beinahe unmerklichen Lächeln. »Sie hören mir nicht zu, Weston. Meine Einwände betreffen keineswegs jene, die der verstorbene Lord Kitchener zum Betreten Britanniens zwang, damit sie die Rollen der Dienstboten in Victorias Palast übernahmen. Ich habe mich unter sie gemischt und erfahren, wie unser überwundener Feind sie zur Gefolgschaft genötigt hat. Keine der Geschichten, die ich so erfuhr, hört sich sonderlich angenehm an. Ich werde sie für mich behalten. Die Götter – unsere und ihre – sind Zeuge, daß sie den Frieden verdient haben – wenn es je Flüchtlinge gegeben hat, die Ruhe verdient haben, dann sie. Aber werden sie diese Ruhe, diesen Frieden erhalten? Ihre Majestät hat Britannien geheilt, nachdem die *Rules* wieder ihr gehörten, aber hat sie rechtzeitig gehandelt? Das Übel, das Kitchener dem Land zugefügt hat, ging sehr tief. Es heißt, viele Briten hätten einen Hungerwinter durchlebt. Nun gilt es abzuwarten, wie der Frühling wird – und wer die Schuld auf sich nehmen muß, wenn die nächste Ernte nicht den Erwartungen entspricht. Ich fürchte, daß man Lord Kitcheners unfreiwillige Spießgesellen zu Sündenböcken machen könnte. Kann Ihr Toleranzgesetz das verhindern?«

Ich war mehr als stolz auf das Königliche Toleranzgesetz, denn ich hatte während seiner Formulierung etliche Vorschläge eingebracht, und Lord Melbourne persönlich hatte einen oder zwei meiner Punkte lobend herausgestellt. Ich entschloß mich daher, Donnes Zweifel zu übergehen und auf die Vorteile des Gesetzes hinzuweisen. »Auch für Isaacs' Volk ist gesorgt. Das Gesetz gewährt den hier lebenden Juden und ihren Nachkommen Asyl. Wenigstens hat der arme Kerl sein Leben nicht sinnlos geopfert.«

Donne blickte zurück aufs Wasser. »Wie beiläufig wir vom Opfergang eines anderen Menschen sprechen. Selbst wenn etwas Gutes daraus entstanden ist – konnte das in irgendeiner Weise den Todesschmerz lindern, den der alte Isaacs durchleiden mußte?« Er gab mir ein Zeichen und richtete sich auf, als wollte er sich nicht mehr auf das Brückengeländer verlassen. Aus der Tasche seines Reisemantels zog er seine bereits gestopfte schwarze Tonpfeife. Ich entzündete sie ihm, indem ich ein Staubflöckchen in der Luft in Feuer verwandelte. Donne nahm zwei, drei lange Züge und grinste mich an.

»Armer Weston, Sie frieren ja. Sie würden lieber die Chancen erörtern, in dieser Ecke einen gemütlichen Pub zu finden, wo es warmen Whisky gibt, anstatt über die Metaphysik zu meckern. Seien Sie unbesorgt, alter Freund, ich werde Ihnen nicht mehr viel länger zur Last fallen.« Er füllte sich die Lungen mit Rauch und fragte sodann aus dem Blauen heraus: »Und wann ist der frohe Tag?«

»Welcher Tag?«

»Bei Anfragen dieser Natur sollte man behutsam vorgehen. Eine delikate Angelegenheit, und ein Mann überhört leicht, worauf man hinauswill. Ich hätte gern gewußt, wann ich hoffen darf zu hören, daß Sie Vater geworden sind.«

»Donne! Woher wissen Sie davon? Victoria hat es mir erst vor einem Monat gesagt, und da war sie sich selbst noch nicht ganz sicher.«

»Damals schon, später nicht mehr. Ich habe an den Imbolc-Riten teilgenommen. Ich wollte sehen, wie unser neuer Prinzgemahl sich dabei wohl schlägt.«

»Ich habe Sie dort gar nicht bemerkt!«

»Das will ich auch gehofft haben! Dennoch stand ich in der ersten Zuschauerreihe und habe einmal ganz gewaltig Krach geschlagen. Vielleicht erinnern Sie sich noch an einen jungen, wie ein Nordländer gekleideten Mann, der ...«

»... dieses abstoßende Lied über den Cambridgelehrer und die vier Schafe gesungen hat! Das waren Sie?«

Donne verbeugte sich bescheiden. »Sie gaben sich natürlich größte Mühe, sich so zu verhalten, als wäre ein derart Anstoß erregender Kerl unsichtbar. Daher haben Sie mich nicht erkannt. Aber ich habe Sie gesehen und die Königin. An einer Frau, die erfahren hat, daß sie ein Kind erwartet, ist eine unmißverständliche Veränderung des Gebarens zu beobachten. Sie umgibt sich mit einer Aura des Wunders, die sich nur schwer imitieren oder falsch auslegen läßt. Sie wird sanfter, wenn Sie so wollen. Beim ersten Kind ist diese Veränderung ganz besonders deutlich zu bemerken.«

»Warum sagen Sie mir dann nicht, wann es fällig ist?«

»Wann sie fällig *sind*, Weston«, entgegnete Donne, und sein wissender Blick war vollkommen unerträglich. »Ich gedachte dieses Privileg für ihren Vater zu reservieren, wie es allgemein gebräuchlich ist. Nun, lassen wir das. Ich werde mich kurz vor dem voraussichtlichen Zeitpunkt mit Mrs. Hendrik in Verbindung setzen und sie ein Geschenk beschaffen lassen, das dem königlichen Paar angemessen ist.«

»Ach, was soll das mit Mrs. Hendrik! Wir wollen nichts von einem Namensfest hören, bei dem Sie fehlen. Bringen Sie sich, und lassen Sie das Geschenk weg.«

»Unmöglich. Sie werden das Geschenk nehmen und ohne mich auskommen müssen. Ich gehe fort.«

Der Winterabend wurde grauer und kühler als zuvor. Ich rieb meine bereits in Handschuhen steckenden Hände aneinander, ohne daß daraus auch nur ein Quentchen Wärme entstand. »Haben Sie mich deswegen hierher bestellt, um mir das zu sagen, Donne?«

»Weil ich von hier aus unverzüglich aufbreche. Das ist das Beste. Ich habe Mrs. Hendrik angewiesen, unsere – meine Räume bis zu meiner Rückkehr zu verschließen. Sie klingen übrigens fast so, als würden Sie mich vermissen. Glauben Sie mir, mit der Zukunft Britanniens haben Sie und die Königin mehr als genug Beschäftigung. Sie werden zwischen London und Ihrem Königreich hin- und herflitzen wie ein Federball. Sie, der Sie einst geglaubt haben, Sie hätten keine Heimat, haben nun deren zwei! Und zwei Reiche auf einmal zu regieren ist keine simple Aufgabe; genausowenig wie die Vereinigung zweier Zweige der Zauberei oder zweier schon lange entfremdeter Völker. Wenn Ihre Pflichten als Prinzgemahl von Britannien Ihnen Zeit lassen, werden Sie sich um Ihre piktischen Untertanen kümmern müssen, und wenn Sie es irgendwie schaffen, zwischen beidem Atem zu schöpfen, dann wird dieser höchst bemerkenswerte Mann, den Sie Ihren Lehrer nennen, sicherlich Aufgaben finden, um Ihnen die Mußestunden zu vertreiben. Sie werden keine Zeit übrig haben, um meiner Gegenwart oder Abwesenheit auch nur einen Gedanken zu schenken.«

Ich senkte das Kinn tiefer in den Kragen. Als Prinzgemahl von Britannien mußte ich an der Garderobe nicht sparen, aber selbst die feinste, schwerste Winterkleidung, die für Geld zu kaufen war, vermochte nicht die Kälte aus mir zu vertreiben.

Nun stand ich also davor, den Mann zu verlieren, der anscheinend aus meiner eigenen Einbildung in mein Leben getreten war. Als ich zuerst über Brihtric Donne schrieb, hätte ich nie gedacht, daß jemand wie er wirklich existieren könnte, und doch hatte etwas in mir darauf bestanden, daß es so sein müsse. Er war das Ergebnis meines einsamen Nachsinnens gewesen, meiner Sehnsucht nach einem tapferen und edlen Freund, dessen Charakterstärke und Verstandesschärfe meine eigenen Desiderate ausfüllte und abstellte. Die Begleitumstände seines Auftauchens hatte ich nie mit kritischen Augen betrachtet. Ich gebiete über Zauberei, aber ich schätze das Wunder hoch. Wer ein Wunder auf den eigenen beiden Händen sitzen sieht, der wagt kaum zu atmen, aus Furcht, es könnte erschrecken und davonfliegen.

Das Wunder bestand nun nicht darin, daß Brihtric Donne wirklich existierte, sondern daß seine Existenz der Summe all meiner Wünsche entsprach und all meine Träume erfüllte. Und mehr: Ihm gehörten die unbestechlichen Augen, die meine vielen Ausflüchte durchschauten, der scharfe Verstand, der meine Verworrenheit analysierte und meinen Gedanken Sinn entnahm, und das gütige Herz, das wußte und mich lehrte, daß ich selbst die Quelle meiner Erlösung sein mußte.

Und nun stellte ich das letzte Problem für ihn dar, als müßte er entschwinden, wenn mein Geist ihn nicht mehr benötigte, um mir den Rücken zu stärken. Es war, als würde sich irgendwo zwischen uns ein gewaltiger Vorhang herabsenken.

»Wohin gehen Sie? Und warum? Sagen Sie schon, denn ich kann mir nicht helfen, mir kommt es vor, als wäre ich in irgendeiner Weise daran schuld. Ist das so?«

»Sie?« Er lachte auf. »Noch immer ein Romantiker, Weston. Noch immer schreiben Sie dunkle, geheime Beweggründe allem zu, was in Wirklichkeit ganz einfach ist. Ich wünsche wieder im Ausland zu reisen. Ich möchte den Kontinent durchqueren und vielleicht darüber hinaus in die Länder, die Kitchener erforscht hat. Wir haben festgestellt, wie gefährlich es ist, die Außenwelt zu ignorieren. Einmal ist Britannien von fremder Zauberei überrascht worden und hat überlebt; beim nächstenmal haben wir vielleicht nicht so viel Glück. Machen Sie sich keine Sorgen; eines Tages komme ich zurück. Es gibt auch sehr viel, was ich an unseren eigenen Küsten erkunden möchte. Erinnern Sie sich noch an Meister Wells? Er ist Sir Hugos Familiengrab unverletzt entkommen und hat sich sofort wieder an seine Arbeit gemacht, an seine Zeitmaschine nämlich. Denken Sie nur an all die Geheimnisse aus Britanniens Vergangenheit! Ich glaube, ich werde mir das Vergnügen machen, noch ein oder zwei davon zu enträtseln, bevor ich mich zur

Bienenzucht nach Sussex zurückziehe. Andererseits werde ich nie wieder in der Lage sein, meine Monographie *Die Isolation der Königin* zu lesen, ohne an Ihre Frau zu denken.«

Ich glaubte, daß mich meine Emotionen überwältigen mußten. »Donne, die Verpflichtung, die wir – die ich Ihnen schulde ...«

Er drückte mir fest die Hand. »... ist nichts im Vergleich zu dem, was ich Ihnen schuldig bin. Sie haben mir das Leben gegeben, Weston. Davor muß alles zur Nichtigkeit verblassen. In mehrerlei Hinsicht haben Sie mir Leben gegeben – mehr als Sie glauben.«

Der Abend hatte sich zur Nacht gewandelt. Wir sahen, wie die Lichter Londons die Themse hinauf und hinunter aufleuchteten, wie die große Prozession der Sidhe, wenn sie aus ihren hohlen Bergen ausreiten. Schwacher Schneefall setzte ein.

Mitten zwischen den treibenden Schneeflocken sagten wir uns dort, auf der London Bridge, Lebewohl. Wir gingen zwischen den Häusern hindurch, die uns vor dem Wind schützten, und kamen an die Straße, die über die Brücke hinwegführte. Laternen strahlten hell, und Schneeflocken tanzten in ihrem Schein wie Motten. Gemeinsam gingen wir eine Weile über die Brückenstraße, bis wir zum ›Axe and Singer‹ kamen, einer schlichten Gastwirtschaft. Den Gedanken, unseren Abschied noch weiter hinauszuzögern, konnte ich nicht ertragen, deshalb stürzte ich mich auf diese Gelegenheit, mich von Donne zu trennen. Und doch, während er davonschlenderte, konnte ich nicht anders und blieb unter dem hin und her schwingenden Wirtshausschild stehen, um ihm mit meinem Blick so lange alles Gute zu wünschen, bis er außer Sicht war.

Er war nur einige Häuser weit gegangen, als eine kapuzenbedeckte Gestalt ihm den Weg vertrat. Donne blieb stehen, und ich konnte sehen, daß die beiden ein anscheinend sehr ernsthaftes Gespräch führten. Der

Fremde hatte eine kleine Reisetasche in der Hand, die er zu Donnes Füßen abstellte. Während des Gesprächs schüttelte Donne mehrmals den Kopf – zuerst langsam und sanft, dann immer nachdrücklicher.

Ich spielte den Spion. Sorgfältig darauf bedacht, nicht in die Lichtkreise der Laternen zu treten, schlich ich mich von Haus zu Haus, um dieses eigenartige Treffen genauer beobachten zu können. Ich hätte mir die Mühe der Geheimhaltung jedoch auch sparen können. Als ich mich endlich an das Paar herangeschlichen hatte, war die Diskussion zu Ende. Donnes Gesprächspartner bückte sich und hob die Tasche auf. Dabei verrutschte die Kapuze, und ich erkannte Ada. In ihren dunklen Augen standen keine Tränen, nicht einmal, als sie Donne zum letztenmal bat, sie mitzunehmen. Sein Mund bewegte sich kaum, als er ihr die Bitte abschlug. Er blieb auf dem Fleck stehen, bis sie sich schließlich von ihm abwandte und im wirbelnden Weiß verschwand.

Was ich auf seinem Gesicht glänzen sah, war gewiß nur geschmolzener Schnee.

Ich ging zurück zur Gastwirtschaft.

ENDE

Anmerkungen des Übersetzers

Seite 11

›Die Beschämung der Maudie Jones‹ - Hierbei handelt es sich um ein Theaterstück von Esther Friesner, das auf verschiedenen ›Conventions‹, Treffen von SF- und Fantasy-Fans, aufgeführt wurde, zuletzt auf dem AlbaCon '98. Dazu findet sich einiges unter der Internet-Adresse

http://www.ssf.net/people/Steve.Miller/alba98.htm
.

Seite 15

Goldkuguar - Im Original steht hier *catamount*, eine Zusammenziehung von *cat of mountains*, Bergkatze, Berglöwe, Cougar, für den Kuguar eine alte Schreibung darstellt. Eine Wertumrechnung erschließt sich uns leider nicht.

Seite 22
Mit Beltaine feiern die Kelten den Beginn des Sommers. Es findet in der Nacht zum 1. Mai statt. Dabei werden riesige Scheiterhaufen entzündet und Vieh hindurchgetrieben.

Seite 25
Epona, eine keltische Göttin, ist die Schutzpatronin der Pferde, Esel und Maultiere.

Seite 70
Illic et Venus et leves Amores atque ipsa in medio sedet Voluptas

Seite 72
Sammain ist das keltische Sommerendfest.

Seite 80
Boudicca – Gestorben 62 n. Chr., Königin der Iceni – Anführerin eines erfolglosen Aufstandes gegen die römische Besatzung. In Westons und Donnes Welt scheint dieser Aufstand von Erfolg gekrönt gewesen zu sein.

Seite 85
Die Morrigan (Morrigu) ist eine hexenartige Sagenfigur, die zumeist unheilbringend in den Kampf eingreift oder Unheil verkündet.

Seite 192
Pour encourager les autres – Zur Ermutigung (oder zum Ansporn) der anderen.

Seite 221
Geasa, Geas – keltisches Wort für Gelübde.

Seite 228
Zu Arthur Elric Boyle nur so viel: Elric von Melniboné (aus der Feder Michael Moorcocks) und Conan der Cimmerier (erschaffen von Robert E. Howard) sind beide klassische Helden der Heroic Fantasy.

Seite 229
Renfield ist eine Gestalt aus Bram Stokers Roman ›Dracula‹, der in die Gewalt des Vampirs gerät und sich als dessen Diener nur noch von Insekten ernährt.

Seite 271
Charles Babbage (1792-1874) baute den ersten mechanischen Vorläufer der heutigen Computer, die Differenzmaschine, und entwarf ein universeller einsetzbares Rechengerät, die Analytische Maschine. Aufgrund mechanischer Schwierigkeiten, die von den damaligen Ingenieuren nicht gelöst werden konnten, wurde sie jedoch nie gebaut.

Seite 274
En pleine air – im Freien, unter freiem Himmel.

Seite 302
Charles Dickens (1812-1870) verfaßte unter anderem: ›Ein Weihnachtslied in Prosa‹, ›Eine Geschichte zweier Städte‹, ›Leben und Abenteuer Martin Chuzzlewits‹ und ›Der Raritätenladen‹.

Seite 327
Oscar O'Flahertie Wilde (1856-1900) wurde 1895 auf Betreiben Lord Queensburys wegen Verführung seines Sohnes Alfred Douglas zum Laster zu zwei Jahren Zuchthaus verurteilt (so schreibt Brockhaus, Handbuch des Wissens von 1925).

Seite 347
Quod erat demonstrandum – Was zu beweisen war. Schluß einer mathematischen Ableitung.

Seite 443
Bis in die Neuzeit hinein benutzte man in irischen Häusern zur Beleuchtung Binsenbündel, die man zuvor in Talg getaucht hatte. Augenzeugen berichten, daß dies eine armselige Beleuchtung war.

Seite 464
Sidhe sind elfenartige Wesen, die in Burg- und Grabhügeln leben.

Nach dem ›*Herrn der Ringe*‹ war die Welt der Fantasy nicht mehr dieselbe. Kaum ein anderes Werk hat einen solchen Einfluß auf eine ganze Literaturgattung ausgeübt. In dieser außergewöhnlichen Anthologie verbeugen sich einige der bedeutendsten Autoren des Genres respektvoll vor ihrem großen Vorbild J.R.R. Tolkien, mit Geschichten, die sie speziell zu seinen Ehren geschrieben haben:

TERRY PRATCHETT, STEPHEN R. DONALDSON,
ROBERT SILVERBERG, GREGORY BENFORD,
JANE YOLEN, CHARLES DE LINT,
DENNIS L. MCKIERNAN, PETER S. BEAGLE,
POUL UND KAREN ANDERSON,
JOHN BRUNNER, PATRICIA A. MCKILLIP
und viele mehr.

ISBN 3-404-13803-1

BASTEI LÜBBE

Abgeschieden von der übrigen Welt, umschlossen von Meer und Bergen, liegt Elderland, die Heimat des friedfertigen Ffolks. Das Ffolk ist stolz auf seine Geschichte und hortet im großen Museum zu Aldswick viele seltsame und kuriose Dinge aus der Vergangenheit. Doch als die düsteren Schatten dieser Vergangenheit sich auf das Land legen und eine Gefahr heraufzieht, die alle schon längst gebannt geglaubt, treten Geheimnisse zutage, von denen niemand etwas ahnte. Nun muß sich das Ffolk bewähren. Das Schicksal des ganzen Imperiums lastet auf einer kleinen Gruppe treuer Freunde, die zu einer abenteuerlichen Reise aufbrechen, welche sie an die Grenzen der Welt führen wird, zum Anfang und zum Ende der Zeit …

ISBN 3-404-20333-X

BASTEI LÜBBE

Das Hohe Haus, Abendsee, das seine Giebeldächer zwischen den großen Hügeln erhebt, die eine Landschaft voller Efeu, Rotdorn und Brombeersträuchern überragt, mit Früchten so süß und klein wie die Fingerspitzen eines Kindes; das Hohe Haus haben normale Sterbliche nur selten gesehen. Jene, die es besuchen, gelangen nicht durch Zufall dorthin, und jene, die in ihm leben, verweilen lange in seinen dunklen Hallen; nur selten wagen sie sich auf die gewundene Straße, die zu den Siedlungen der Menschen führt. Von allen die dort leben, war nur einer dort geboren worden und aufgewachsen — der Mann mit Namen Carter Anderson. Erst in der Zeit der Not hat das Haus ihn wieder zurückgerufen. Über sein Leben und die großen Taten, die er während des Großen Krieges des Hohen Hauses vollbracht hat, berichtet Das Graue Buch von Abendsee, doch diese Geschichte erzählt von einer Zeit lange vor diesen Heldentaten.

ISBN 3-404-20381-X

BASTEI LÜBBE

Epische Fantasy im Stil von Tolkien
und Marion Zimmer Bradleys Darkover-Zyklus.

Arcana ist eine archaische Welt, die bisher nur friedliche Zeiten erlebte. Doch plötzlich tauchen Elfen auf und berichten von Dämonen, die durch eine Weltenbresche nach Arcana einzufallen versuchen. Der Orden der Magier von Cavillon entsendet eine Expedition – die bald in einen Hinterhalt gerät. Nur mit Hilfe eines geheimnisvollen Fremden können die Ordensbrüder entkommen: Kenran Del, ein irdischer Raumfahrer, der auf Arcana Schiffbruch erlitten hat und plötzlich das Geschick der Welt in Händen hält . . .

Beginn eines spannenden, in sich geschlossenen Zweiteilers von Frank Rehfeld, der vor allem als Co-Autor Wolfgang Hohlbeins bekannt wurde und bereits zahlreiche Romane in Deutschland veröffentlicht hat.

ISBN 3-304-20373-9

BASTEI
LÜBBE